이탈로 칼비노 1923년 쿠바에서 농학자였던 아버지와 식물학자였던 어머니 사이에서 태어나 어린 시절부터 자연과 가까이하며 자랐다. 토리노 대학교에 입학해 공부하던 중 이탈리아 공산당에 가입해 레지스탕스 활동에 참여했다가, 2차 세계 대전이 끝난 뒤 조셉 콘래드에 관한 논문으로 졸업했다. 1947년 레지스탕스 경험을 토대로 한 네오리얼리즘 소설 『거미집으로 가는 오솔길』을 발표해 주목받기 시작했다. 『반쪼가리 자작』, 『나무 위의 남작』, 『존재하지 않는 기사』로 이루어진 '우리의 선조들' 3부작과 같은 환상과 알레고리를 바탕으로 한 철학적, 사회참여적인 작품, 『모든 우주만화』같이 과학과 환상을 버무린 작품, 이미지와 텍스트의 상호 관계를 탐구한 『교차된 운명의 성』과 하이퍼텍스트를 소재로 한 『어느 겨울밤 한 여행자가』 같은 실험적인 작품, 일상 가운데 존재하는 공상적인 이야기인 『마르코발도 혹은 도시의 사계절』, 『힘겨운 사랑』 등을 연이어 발표하면서 이탈리아뿐만 아니라 세계 문학계에서 독보적인 위치를 차지하게 되었다. 1972년 후기 대표작인 『보이지 않는 도시들』을 발표해 펠트리넬리 상을 수상했다. 1981년에는 프랑스의 레지옹 도뇌르 훈장을 받았다. 1984년 이탈리아인으로서는 최초로 하버드 대학교의 '찰스 엘리엇 노턴 문학 강좌'를 맡아 달라는 초청을 받았으나 강연 원고를 준비하던 중 뇌일혈로 쓰러져 1985년 이탈리아의 시에나에서 세상을 떠났다.

모든
우주만화

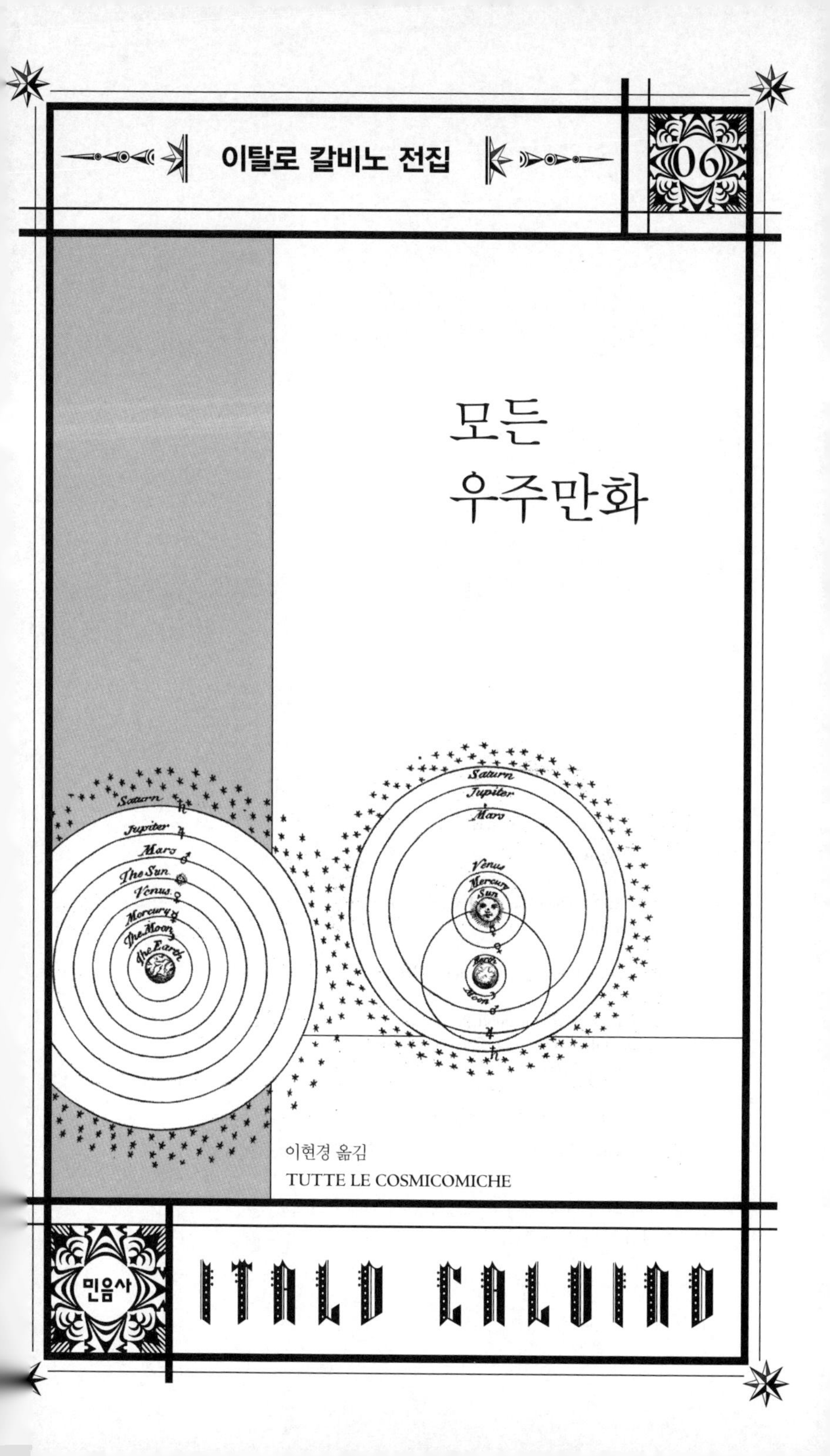

이탈로 칼비노 전집 06

모든 우주만화

이현경 옮김

TUTTE LE COSMICOMICHE

ITALO CALVINO

민음사

차례

우주만화

티 제로

1 크프우프크의 다른 이야기들

2 프리실라

3 티 제로

다른 우주만화 이야기

새로운 우주만화

변형된 우주만화

우주만화

달과의 거리

조지 H. 다윈 경에 따르면 옛날 옛적에는 달이 지구와 아주 가까웠다고 한다. 달을 지구 곁에서 서서히 밀어낸 것은 조수였다. 달은 지구의 바닷물에 조수가 일게 했다. 그사이 지구는 서서히 힘을 잃었다.

나도 잘 알고 있소! **크프우프크 노인이 소리쳤다**. 여러분은 기억할 수 없겠지만 나는 기억한다오! 어마어마하게 큰 달이 항상 우리 위에 있었지. 보름달이 될 때면 달이 우리를 짓눌러 버릴 것 같았지. 그때는 밤도 대낮처럼 밝았는데 달빛은 버터 색이었소. 초승달일 때 달은 바람에 흔들리는 검은 우산처럼 하늘을 굴러다녔소. 그리고 달이 차오를 때는 뿔 모양이 되어 낮게 떠다녔는데, 금방이라도 갑(岬) 끝에 걸려 거기 박혀 있을 것 같았다오. 하지만 그렇게 달 모양이 서서히 변하는 과정은 지금과 전혀 달랐지. 태양과의 거리가 달랐기 때문이오. 궤도와 기울기가 어땠는지는 기억 나지 않는구려. 그리고 지구와 달이 그렇게 가까이 있었기 때문에 일식이나 월식이 기회가 있을 때마다 일어났소. 그 커다란 두 짐승이 계속 서로에게 그림자를 만들 방법을 찾은 건 두말할 필요도 없지.

궤도? 그야 물론 타원형이었지. 타원형 말이오. 달은 우리를 납작하게 짓누르다가 조금 날아가기도 했소. 달이 우리 가까이 있을 때면 밀물이 상승해서 어떻게 걷잡을 수가 없었지. 보름달이 아주 낮게 뜨는 밤이면 밀물이 높이 솟았소. 달이 거의 바다에 잠길 정도였다니까. 말하자면 바로 몇 미터 위에 있었던 거요. 우리가 달에 올라가려는 시도를 해 봤냐고? 당연히 해 봤겠지? 배를 타고 달 밑으로 가서 사다리를 달에 기대 놓고 올라가기만 하면 됐소.

달이 가장 낮게 떠서 지나가는 지점은 '아연의 암초'가 있는 앞바다였소. 우리는 그 당시 사용하던 노 젓는 배를 타고 갔다오. 코르크나무로 만들어진 둥글납작한 배였지. 그 배에 여러 명이 탔다오. 나, 선장인 브흐드 브흐드, 그의 아내, 귀가 안 들리는 내 사촌, 그리고 가끔 크슬트흘크도 탔는데 그때가 아마 열두 살쯤 되었을 거요. 그런 날 밤이면 물은 아주 잔잔해서 수은처럼 보였소. 물속에서 헤엄치던 보라색 물고기들은 달의 중력에 저항하지 못하고 모두 물 위로 떠올랐소. 낙지와 사프란색 해파리도 마찬가지였지. 그리고 작은 게, 오징어, 가볍고 투명한 해초와 산호초 따위의 조그만 생물들이 항상 날아올랐소. 그것들은 바다에서 떨어져 나와 달로 가서 석회질인 달 천장에 매달려 밑으로 늘어지거나 떼를 지어 허공에 머물다가 인광을 번뜩여 대서, 우리가 바나나 잎을 흔들어 쫓아내곤 했소.

우리는 이렇게 했다오. 배에 사다리를 싣고 가는 거요. 한 사람이 사다리를 잡고 다른 사람은 사다리 위로 올라가지. 그사이 또 다른 사람이 노를 저어 달 밑까지 가는 거요. 그렇게 하려면 여러 사람이 필요하지.(아까는 중요한 사람들만 말한 거요.) 사다리에 올라간 사람은 배가 달에 다가갔을 때 놀라서 소리치기도 했다오.

"정지! 정지! 머리가 달에 부딪히려고 해!"

어마어마하게 크고 뾰족한 돌출부들이 있고 가장자리는 울퉁불퉁하게 이가 빠진 것이 꼭 톱니 같은 달이 우리 머리 위에 떠 있는 것을 보자 그런 느낌이 든 거였소. 지금은 아마 다르겠지만 당시에는 달이, 더 정확히 말하자면 달의 밑바닥, 달의 배, 간단히 말해 지구에 닿을 듯 말 듯 지나가는 그 부분이 날카로운 비늘로 뒤덮여 있었소. 물고기 배와 비슷했지. 내 기억으로는 냄새도 물고기와 비슷했는데, 물고기 냄새 그 자체라기보다는 훈제 연어 냄새 같기도 했고, 그것도 겨우 맡을 수 있을 정도였다오.

사실 사다리 맨 위 칸에 균형을 잡고 똑바로 서서 두 팔을 뻗으면 달에 딱 닿았소. 우리가 계산을 잘했던 거지.(우리는 아직 달이 멀어질 거라는 생각은 하지 못했다오.) 주의해야 할 게 딱 하나 있었는데 그건 손을 어떻게 대느냐 하는 것이었소. 나는 단단해 보이는 비늘을 하나 골랐지.(우리는 대여섯 명이 조를 이루어 차례로 모두 달에 올라갔다오.) 나는 한 손으로, 다음에는 다른 손으로 비늘을 움켜잡았고 곧 내 밑에 있던 사다리와 배가 멀어지는 것을 느꼈소. 달의 움직임에 의해 내가 지구 중력으로부터 멀어진다는 것도 말이오. 맞소, 달은 우리를 끌어갈 힘이 있었던 거요. 지구에서 달로 옮겨 간 바로 그 순간 나는 그걸 알아차렸다오. 재빨리 몸을 세우고 공중제비와도 같은 동작으로 비늘을 붙잡고 다리를 허공으로 뻗었다가 두 발로 달의 바닥을 딛고 일어서야 했소. 지구에서 보면 머리를 아래로 하고 거꾸로 매달린 것처럼 보이겠지만 내게는 평소와 다름없는 자연스러운 자세였다오. 한 가지 신기한 점은 눈을 뜨면 반짝이는 바다가 보이고 그 위에 배와 내 친구들이 포도 넝쿨의 포도송이처럼 매달려 있다는 것이었소.

이런 점프에 특별한 재능을 보인 사람은 귀가 들리지 않는 내 사촌이었다오. 그의 투박한 두 손은 달 표면에 닿자마자(그는 늘 사다리에 제일 먼저 뛰어올랐지요.) 갑자기 부드러워지고 자신감에 넘쳐 붙잡아야 할 지점을 곧 찾아냈지. 뿐만 아니라 사촌은 손바닥을 달 표면에 대기만 해도 척척 달라붙는 것처럼 보였다오. 한번은 사촌이 손을 뻗는 사이 달이 사촌을 향해 오는 것처럼 보이기까지 했다니까.

지구로 내려오는 건 달에 올라가는 것보다 훨씬 어려운 일이었는데 사촌은 이 일도 마찬가지로 능숙하게 해냈다오. 지구에 내려올 때는 두 팔을 들고 가능한 한 높이 점프를 해야 했소.(달에서 보면 두 팔을 높이 든 것이고 지구에서 보면 다이빙을 할 때나 깊은 물속에서 헤엄칠 때와 흡사하게 허공에 두 팔이 떠 있는 거였다오.) 그러니까 지구에서 달로 뛰어오를 때의 동작과 똑같았단 얘기요. 다만 이번에는 사다리가 없을 뿐이지. 달에는 사다리를 기대 놓을 데가 전혀 없었으니까. 하지만 내 사촌은 팔을 앞으로 하고 점프를 하는 대신 달 표면에서 공중제비를 돌듯 몸을 숙이고 얼굴을 밑으로 했소. 그리고 두 손을 불끈 쥐고 뛰어내렸지. 배에 있던 우리는 사촌이 공중에 똑바로 서 있는 것을 보았다오. 꼭 거대한 공 같은 달을 떠받치고 있다가 손바닥으로 쳐서 튀어 오르게 하는 것 같았소. 그사이 사촌의 두 다리는 우리의 손이 닿는 거리 안에 들어왔고 우리는 사촌의 발목을 잡아 배 안으로 끌어당길 수 있었다오.

이제 여러분은 대체 무엇 때문에 우리가 달에 올라갔는지 물어보겠지요. 설명을 해 드리리다. 우리는 큰 수저와 양동이를 들고 우유를 뜨러 갔더랬소. 달 우유는 리코타 치즈처럼 아주 진했거든. 우유는 비늘과 비늘 틈에 고여 있었는데 달이 지구의 초원과 숲과 석호 위를 지나갈 때 거기서 날아온 다양한 물체와 물질 들이 발효돼 만들어진 거였소. 달 우유는 기본적으로 식물 수액, 개구리 알, 역청, 제비콩, 벌꿀, 전분 결정체, 철갑상어 알, 곰팡이, 꽃가루, 젤라틴 물질, 벌레, 송진, 후추, 천연 소금, 산화 물질 등이 한데 섞여 만들어졌소. 달의 거친 표면을 덮은 비늘들 속에 수저를 집어넣기만 하면 됐지. 수저를 빼내면 그 위에 귀중한 진흙이 한가득이었소. 물론 순수한 상태는 아니었다오. 불순물이 많았지. 달이 드넓은 사막의 메마른 공기 속을 가로지르며 발효되는 과정에서 모든 물질이 용해되는 것은 아니었소. 어떤 것들은 거기에 박힌 채 원래 형태 그대로 남아 있었다오. 손톱과 연골, 못, 해마, 과일 씨와 꽃자루, 깨진 그릇 조각, 낚싯바늘, 어떤 때는 빗도 있었지. 이렇게 걸죽한 상태였기 때문에 우유를 모은 뒤에는 기름을 걷어 내고 체로 걸러야 했다오. 그건 별로 어려운 일이 아니었지. 문제는 우유를 어떻게 지구로 보내느냐였소. 이렇게 했다오. 수저를 두 손으로 잡고 투석기를 쏘듯 수저에 담긴 우유를 쏘는 거였소. 힘껏 쏘아 올리면 리코타 치즈 같은 우유는 날아올라가 천장에, 그러니까 바다 표면에 달라붙는 거지. 그렇게 되면 우유는 바다 표면에 떠 있게 되고, 그걸 배 위로 떠 올리는 건 아주 쉬웠소. 그렇게 우유를 던지는 일에서도 내 사촌은 특별한 재주를 보였다오. 손목이 튼튼했고 목표물을 정확히 맞혔지. 우리가 배에서 사촌을 향해 들어 올린 통에 우유를 단번에 명중시켰어. 하지만 나는 표적을 맞히지 못하는 경우가 많았다오. 내가 쏜 우유가 달의 중력을 이기지 못하고 눈 깜짝할 사이에 내게 다시 떨어졌거든.

내 사촌의 뛰어난 행동은 그게 전부가 아니라오. 비늘에서 달 우유를 떠내는 건 사촌에게는 놀이 같은 거였소. 때로는 수저 대신 맨

손이나 손가락 하나만 찔러 넣어도 됐으니까. 차근차근 체계적으로가 아니라 여기저기 뛰어다니며 우유를 떠냈다오. 꼭 달에게 장난을 치거나 놀려 주려는 것처럼, 아니면 간지럼을 태우려는 것처럼 말이지. 그리고 사촌이 어디에 손을 대든 염소 젖을 짤 때처럼 우유가 솟아 나왔다오. 우리는 그 뒤를 따라다니면서 사촌이 여기저기 솟아오르게 한 우유를 모으기만 하면 될 정도였지. 그렇다고 귀가 안 들리는 사촌이 분명한 의도를 갖고 실질적인 계획에 따라 움직이는 것 같진 않았소. 그는 순전히 기분 내키는 대로 이리저리 움직였지. 또 그저 재미로 어떤 지점들을 건드리기도 했다오. 바로 비늘의 틈새, 달의 부드러운 속살이 그대로 드러난 곳 말이지. 가끔 내 사촌은 점프를 할 때 정확히 계산된 움직임으로 손가락이 아니라 엄지발가락으로(맨발로 달에 올라갔을 때) 달을 눌렀소. 괴상한 소리를 내며 계속 점프한 것으로 보아 이것을 굉장히 좋아했던 것 같소.

달 표면은 비늘이 균일하게 덮인 것이 아니라 비늘 없이 묽고 미끄러운 진흙만 덮인 데가 여기저기 퍼져 있었다오. 이런 부드러운 공간이 사촌에게 공중제비를 넘거나 새가 되어 나는 듯한 환상을 불러일으킨 것 같더군. 반죽 덩어리 같은 달에 자신의 발자국을 직접 새기고 싶은 것 같았지. 그렇게 사촌은 달로 들어가 돌아다니다가 갑자기 우리 시야에서 사라져 버리기도 했다오. 달에는 우리가 탐험해야 할 동기나 호기심을 가져 본 적이 없는 지역이 넓게 펼쳐져 있었지요. 내 사촌이 사라진 곳이 바로 거기였소. 그래서 나는 생각했다오. 사촌이 우리 눈앞에서 제멋대로 펼쳤던 공중제비 넘기와 장난스러운 동작이 사실은 그가 은밀한 지역에서 펼칠 어떤 비밀스러운 일을 위한 준비나 서곡 같은 것이라고 말이오.

'아연의 암초' 앞바다로 가던 밤이면 우리는 기분이 이상했소. 즐거우면서도 약간 걱정스럽기도 했지요. 머릿속에 뇌 대신 달의 중력에 이끌려 떠다니는 물고기 한 마리가 들어 있는 것 같았소. 그래서 우리는 악기를 연주하고 노래를 부르면서 노를 저었다오. 선장의 아내가 하프를 연주했지. 그녀는 팔이 아주 길었는데 그런 밤이면 뱀장어처럼 은빛으로 빛났다오. 시커멓고 이상한 겨드랑이는 성게 같았지. 하프 소리는 부드러우면서도 날카로워서 우리는 자제하지 못하고 길게 비명을 지를 수밖에 없었다오. 음악에 맞춰 노래하기 위해서가 아니라 우리의 귀를 보호하기 위해서였지.

투명한 해파리들은 해수면 위로 떠올라 잠시 몸을 떨다가 파동치듯 달을 향해 날아올랐다오. 크슬트흘크는 재미 삼아 공중에서 해파리들을 잡아 보려고 했지만 쉽지 않았지. 한번은 해파리 한 마리를 잡으려고 두 손을 뻗고 깡충 뛰다가 그 애 역시 공중에 떠 있게 되었다오. 몸이 너무 말라서 달의 중력을 누르고 다시 지구로 내려오기에는 몸무게가 너무 가벼웠던 거요. 그래서 그 애는 바다에 떠 있는 해파리들 사이로 날아다니게 되었다오. 어린 크슬트흘크는 처음에는 깜짝 놀라 울음을 터뜨렸지만 이내 웃었소. 공중을 날아다니면서 작은 물고기를 잡아 어떤 것은 입으로 가져가 깨물기도 했지. 우리는 그 애 뒤를 따라가기 위해 노를 저었다오. 달은 하늘에 떠 있는 바다 생물들, 고리를 만든 긴 해초들, 그 한가운데 멈춰 서 있는 소녀를 끌고 타원형 궤도를 따라 달렸다오. 크슬트흘크는 머리를 양 갈래로 땋았는데 이 갈래머리가 제각각 달 쪽으로 뻗어 날아가고 싶어하는 것 같았지. 그사이 크슬트흘크는 달의 중력에 저항하듯이 허공에서 발버둥을 쳤소. 그러다 샌들을 잃어버리는 바람에 양말이 벗겨져 중력에 끌려 대롱거렸지요. 우리는 사다리 위에서 양말을 잡아 보려고 했다오.

크슬트홀크가 공중에 떠 있는 생물을 먹기로 한 건 정말 좋은 생각이었소. 몸이 무거워지면 무거워질수록 지구 쪽으로 더 가까이 내려왔으니까. 뿐만 아니라 공중에 떠 있는 물체들 중에서 그 애의 몸이 가장 컸다오. 그래서 연체동물과 해초와 플랑크톤이 그 애의 몸에 끌려오기 시작했소. 곧 아이의 몸은 규토 질 조개껍질, 키틴 질 갑각류 껍질, 거북이 등딱지, 그리고 해초 줄기로 뒤덮이게 되었지요. 이런 것들에 뒤범벅되면 될수록 달의 중력으로부터 자유로워져서 바닷물을 스칠 정도로 밑으로 내려왔고, 끝내 물에 빠지고 말았다오.

우리는 즉시 노를 저어 달려가서 그 애를 구조했소. 그 애 몸이 온통 자석이 되어 버렸기 때문에, 그 몸에 달라붙은 것들을 전부 떼어 내느라 애를 먹었다오. 머리는 부드러운 산호들에 휘감겨 있었지. 빗으로 머리를 빗을 때마다 멸치와 새우가 비 오듯 떨어졌소. 삿갓조개들의 빨판이 눈썹에 달라붙은 바람에 눈은 완전히 감겨져 있었지. 오징어 다리들이 팔과 목을 휘감았고. 옷은 이미 해초와 해면으로 만든 것 같았다오. 우리는 큰 것들만 대충 떼어 내 주었소. 크슬트홀크는 몇 주 동안 몸에서 지느러미와 조개를 떼어 내야 했다오. 하지만 피부에는 아주 작은 규조류들이 반점으로 찍혀 있어서 자세히 들여다보지 않으면 미세한 사마귀가 흩어진 것 같았지.

지구와 달 사이의 공간에는 그렇게 두 개의 중력이 서로 겨루며 균형을 이루었던 거요. 들려줄 이야기가 더 있다오. 달에서 지구로 떨어진 물체는 얼마 동안은 여전히 달의 힘이 남아 있어서 우리 세계의 중력을 거부했소. 키가 크고 몸무게가 꽤 나가는 나 역시 달에 갔다가 돌아오면 지구 중력에 적응하는 데 시간이 걸렸다오. 그래서 내가 머리를 아래로 하고 하늘로 두 다리를 뻗고 있는 동안, 내 친구들은 흔들리는 배에서 내 팔을 힘껏 붙잡아야 했소.

"잡아! 우릴 꽉 잡아!" 친구들이 내게 소리쳤소.

나는 친구들 손을 더듬거리는 와중에 가끔 브흐드 브흐드 부인의 젖가슴을 꽉 움켜쥐기도 했다오. 가슴은 둥글고 단단했는데 그 촉감은 기분 좋고 확실했소. 달의 이끌림과 비슷한, 아니 그보다 더 큰 중력을 발휘했다오. 내가 고개를 거꾸로 처박고 떨어지다가 다른 팔을 그녀의 엉덩이에 두를 때는 더더욱 그랬다오. 그렇게 난 이미 다시 이 세상으로 돌아와 배 바닥에 요란하게 쿵 떨어졌고, 브흐드 브흐드는 내가 정신을 되찾을 수 있게 물 한 양동이를 내게 쏟아 부었소.

선장의 아내를 향한 내 사랑 이야기, 그리고 내 고뇌의 이야기는 이렇게 시작된 거라오. 그 부인에게 집요한 눈길을 던지는 나 자신을 곧 발견하게 되었기 때문이오. 내 사촌의 손이 달을 확실하게 짚었을 때 나는 그녀를 보았소. 달과 그토록 친밀한 내 사촌을 보며 그녀가 어떤 생각을 하는지를 그녀의 눈빛을 통해 알 수 있었지. 그리고 사촌이 달 탐험을 위해 비밀스러운 장소로 사라졌을 때 그녀가 불안해하고 안절부절못하는 것도 보았다오. 브흐드 브흐드 부인이 달을 얼마나 질투하는지, 내가 사촌을 얼마나 질투하는지를 나는 분명히 알게 되었지. 브흐드 브흐드 부인의 눈은 다이아몬드 같았소. 그녀가 거의 도발적으로 달을 바라볼 때 두 눈은 마치 이렇게 말하듯 불같이 타올랐다오. "넌 그를 가질 수 없어!" 나는 소외당한 기분이었소.

이 모든 것을 전혀 눈치채지 못한 사람은 바로 귀머거리 사촌이었소. 내가 그의 다리를 잡아당겨 지구로 내려오게 도와주는데, 앞서 설명했듯이 브호드 브호드 부인은 자제력을 완전히 잃고 사촌에게 무게를 실어 주기 위해 몸소 긴 은빛 팔로 그를 감싸며 온 힘을 다했소. 나는 가슴이 찢어지는 것 같았지만(내가 그녀를 잡을 때마다 그녀의 몸은 나긋나긋하고 부드러웠지만 내 사촌에게 하듯이 앞으로 몸을 내밀지는 않았거든.) 사촌은 무관심했고 달에서 느낀 흥분으로 그때까지도 정신이 없었다오.

나는 선장을 보면서 그가 아내의 태도를 눈여겨보았는지 자문해 보았소. 그렇지만 소금기에 절고 검은 주름이 깊이 파인 그의 얼굴에는 어떤 표정도 나타나지 않았소. 달에서 제일 마지막으로 떨어지는 건 항상 귀머거리 사촌이었기 때문에 사촌이 내려왔다는 것이 배를 출발시키는 신호가 되었다오. 그때 브호드 브호드가 유별나게 친절한 몸짓으로 배 바닥에서 하프를 집어 아내에게 내밀었소. 그녀는 하프를 받아 몇 곡조 연주하지 않을 수 없었지. 그녀를 사촌에게서 떼어 놓을 수 있는 것은 하프 소리 이외에는 아무것도 없었다오. 나는 우울한 곡조의 노래를 시작했소. 이런 노래였지.

"반짝이는 물고기들은 모두 물 위에 떠 있고, 물 위에 떠 있고, 칙칙한 물고기들은 바다 속에, 바다 속에 있다네."

그러자 사촌을 제외한 모든 사람들이 같이 나를 따라 합창했소.

매달 달이 그쪽으로 지나가고 나면 곧 귀머거리 사촌은 세상일과는 완전히 동떨어진 자신의 세계 속으로 다시 들어갔다오. 그러다가 보름달이 될 때쯤이면 잠에서 깨어났지. 다시금 보름달이 되었을 때 나는 선장의 아내 곁에 남아 있고 싶은 마음에 달에 올라가는 차례를 바꾸었소. 그런데 내 사촌이 사다리에 올라서자마자 브호드 브호드 부인이 이렇게 말하는 거였소.

"오늘은 나도 저 위에 올라가고 싶어요!"

선장의 아내는 지금까지 달에 한 번도 올라간 적이 없었소. 그런데 브흐드 브흐드는 반대하지 않았소. 반대하기는커녕 그녀의 몸을 사다리 쪽으로 밀다시피 하면서 이렇게 소리치는 거였소.

"가고 싶으면 가!"

그래서 모두가 다 같이 그녀를 도와줬지. 내가 뒤에서 그녀를 받쳐 줬다오. 내 품 안에서 동그랗고 부드러운 그녀의 몸을 느꼈소. 그리고 그녀를 떠받치느라 손바닥과 얼굴로 그녀의 몸을 밀었지. 그녀가 달 표면으로 올라간 것을 느꼈을 때 나는 잃어버린 그녀의 감촉이 아쉬워 초조해졌소. 그래서 그녀를 따라 허공으로 몸을 던지며 이렇게 말해 버리고 말았다오.

"나도 올라가서 도와줘야겠어요!"

하지만 누군가에게 붙잡혀 움직일 수가 없었소.

"자넨 여기 있어. 나중에 여기서 할 일이 있을 테니." 선장 브흐드 브흐드가 나직이 명령했소.

그 순간 각자의 의도는 이미 분명해진 거였소. 그렇지만 나는 전혀 알아차리지 못했지. 뿐만 아니라 지금도 그것을 완전히 이해했다고 자신할 수가 없다오. 물론 선장의 아내는 달 위에서 내 사촌과 단둘이 있고 싶은 바람을 오랫동안 키워 왔던 거요.(아니, 최소한 사촌 혼자 달에 떨어져 있게 내버려 두고 싶지 않았는지도 모르지.) 하지만 아마도 그녀의 계획에는 훨씬 더 야심만만한 목표가 있었을 거요. 가령 귀머거리 사촌과 마음이 통해서 함께 달에 숨어서 한 달 정도 지내는 것 말이오. 그러나 내 사촌은 귀가 들리지 않기 때문에 그녀가 설명하는 말을 전혀 알아들을 수 없었을지도 몰라요. 아니면 부인의 욕망의 대상이 자신이라는 것조차 눈치 못 챘을 수도 있고. 그러면 선장은? 그는 아내로부터 자유로워지기만을 기다렸지. 사실 그녀가 달 위로 가자마자 우리는 그가 자기 기분대로 나쁜 버릇을 즐기는 것을 보았다오. 그제야 우리는 그가 왜 아내를 말리지 않았는지 이해할 수 있었소. 그런데 그는 처음부터 달의 궤도가 차츰 멀어지고 있다는 것을 알았던 것 아닐까요?

우리 중 그 누구도 그런 의심을 하지 않았다오. 어쩌면 귀머거리 사촌만이 귀가 들리지 않기 때문에 그럴 수 있었는지도 모르지. 그는 자신이 사물을 파악하는 단순한 방식으로, 그날 밤 달에 작별을 고해야 한다는 것을 감지했던 것 같소. 그 때문에 자신의 비밀 장소에 숨어 있다가 배로 돌아갈 즈음에야 다시 모습을 보였던 거지. 선장의 아내는 열심히 사촌을 찾아 헤맸다오. 우리는 그녀가 비늘 덮인 넓은 달 위를 이리저리 왔다 갔다 하는 것을 보았소. 그러다가 그녀가 갑자기 걸음을 멈추고 배에 남아 있는 우리를 쳐다보았소. 마치 사촌을 보았냐고 우리에게 묻듯이 말이오.

물론 그날 밤은 다른 때와는 뭔가 달랐소. 해수면이 보름달 뜰 때면 보통 그랬던 것처럼 팽팽한 것이 아니라 오히려 하늘 쪽으로 둥글게 휘어 있고, 느슨하고 흐늘흐늘한 것 같았지. 마치 달이 중력을 다 쓰지 않은 것처럼 말이오. 물론 달빛도 여느 때의 보름달 빛과는 달라서 밤의 어둠이 더 짙어진 것 같았다오. 달에 올라간 동료들도 무슨 일인가 벌어지고 있다는 것을 알아차린 게 틀림없었지. 동료들은 겁에 질린 눈으로 우리를 향해 일어섰소. 그들과 우리 입에서 동시에 고함 소리가 터져 나왔소.

"달이 멀어지고 있다!"

고함 소리가 채 잦아들기도 전에 내 사촌이 달 위로 달려 나오는 모습이 보였소. 그는 놀란 것 같지도, 넋이 나간 것 같지도 않았소. 두 손으로 바닥을 짚고 보통 때처럼 공중제비를 돌려고 했는데 이번에는 공중으로 도약을 하고 난 뒤, 꼬마 크슬트흘크가 그랬던 것처럼 공중에 그대로 멈춰 서 있었다오. 잠시 동안 그는 달과 지구 사이에서 이리저리 빙빙 돌더니 몸을 뒤집었소. 그러고는 급류를 헤쳐 나가야 하는 사람처럼 두 팔을 힘껏 저어 수영하면서 여느 때와 달리 느릿느릿 지구 쪽으로 향했소.

달에 있던 다른 선원들도 허둥지둥 사촌을 따라 했다오. 모은 우유를 배로 보내야 한다고 생각한 사람은 아무도 없었고 선장도 나무라지 않았소. 동료들이 너무 오래 지체하는 바람에 달에서 지구로 가로질러 오기에는 이미 힘들어졌지. 그들은 날것들이나 헤엄치던 내 사촌을 흉내 내 보려고 했지만 하늘 한가운데에 매달려 당황스러워하고 있었소.

"모여! 멍텅구리들아! 모이라고!" 선장이 고함을 쳤소.

그의 명령에 따라 선원들은 한데 모여 지구 중력이 미치는 지역에 닿을 때까지 함께 몸을 밀었다오. 그러다 한순간 서로 뒤엉킨 사람들이 폭포처럼 바다에 떨어지며 요란한 소리를 냈지.

이제 그들을 배에 건져 올리기 위해 노를 저어 갔소.

"기다려! 선장 부인이 없어!" 내가 소리쳤소.

선장의 부인 역시 점프하려고 애썼지만 달에서 몇 미터 떨어지지 않은 허공에 뜬 채 긴 은빛 팔을 힘없이 움직였소. 나는 사다리로 올라가, 그녀가 디딜 수 있게 하프를 내밀었지만 허사였소.

"부인한테 닿질 않아! 올라가서 데려와야겠어!"

나는 하프를 들고 막 뛰어 올라가려고 했다오. 내 위에 있는 거대한 원형의 달은 이제 예전과 다른 듯했지. 훨씬 작아진 것 같았소. 뿐만 아니라 마치 내 시선이 그것을 멀리 밀어 버리듯 점점 더 작게만 보였다오. 텅 빈 하늘이 깊은 심연처럼 활짝 열렸고 그 심연의 바닥에서 별들이 점점 더 많아졌소. 밤이 내 머리 위로 강물 같은 공간을 쏟아부은 것 같았지. 난 절망감에 사로잡혔고 정신이 아득했소.

'무서워!' 난 생각했소. '너무 무서워서 뛰어오를 수가 없어! 난 겁쟁이야!'

그런데 바로 그 순간 몸을 던졌다오. 하늘을 정신없이 헤엄쳐 가서 그녀 쪽으로 하프를 내밀었소. 그녀는 내게로 오지 않고 몸을 돌려 무표정한 얼굴을 보이기도 하고 등을 보이기도 했소.

"하나가 되어야 해요!" 내가 소리쳤소.

난 이미 그녀에게 가 있었소. 나는 그녀의 허리를 잡고 내 팔다리로 그녀의 팔다리를 껴안았소.

"하나가 돼서 같이 뛰어내려야 해요!"

그리고 그녀와 더욱 단단하게 결합하는 데 내 온 힘을 모았다오. 내 모든 감각을 끌어모아서 그 완성된 포옹을 음미했지. 그러느라고, 그녀를 허공에 떠 있던 상태에서 벗어나게는 했지만 다시 달로 떨어뜨리고 있다는 건 금방 알아차리지 못했던 거요. 내가 정말로 알아차리지 못했던 것일까? 그때 내 생각이 구체화되기도 전에 이미 목에서 고함 소리가 터져 나왔소.

"한 달간 내가 당신과 같이 있을 거요."

그뿐만이 아니었지.

"당신 위에서!" 나는 흥분해 소리쳤소. "당신 위에서 한 달을!"

그 순간 우리는 껴안은 채 달 표면으로 추락하다가 서로 떨어져 나는 이쪽에, 그녀는 저쪽의 차가운 비늘 속으로 굴러갔다오.

달 표면에 닿을 때마다 그랬듯이, 내 위에 끝없는 천장처럼 펼쳐진 고향 바다가 있을 거라고 굳게 믿고서 눈을 들었소. 바다가 보였소. 맞아요, 이번에도 보였소. 그런데 얼마나 높이 있던지, 해안가와 절벽, 갑 때문에 바다가 얼마나 좁아 보였는지 몰라. 배들도 너무나 작아 보이고, 그들이 지르는 고함 소리도 들릴락 말락 했다오! 그리 멀지 않은 곳에서 어떤 소리가 들려왔소. 브흐드 브흐드 부인이 하프를 찾아서 부드럽게 어루만지며 울음소리처럼 구슬픈 곡을 연주하고 있었던 거요.

긴 한 달이 시작되었소. 달이 천천히 지구 주위를 돌기 시작했소. 공중에 걸린 달 위에서 우리는 이제 낯익은 해변이 아니라 심연처럼 깊은 대양, 백열광을 내는 화산력의 사막, 얼음 대륙과 파충류들이 튀어나오는 숲, 칼날 같은 급류가 쏟아져 내리는 기다란 산맥의 바위벽, 늪지대의 도시, 응회암 고분, 점토와 진흙의 제국 들을 보았지. 지구와의 거리가 멀어서 모든 게 한 가지 색으로 보였다오. 지구 바깥에서 바라보니 모든 영상이 낯설게 느껴졌소. 코끼리와 메뚜기 들이 뭐가 뭔지 서로 구별할 수 없을 정도로 그렇게 빽빽하고 방대하게 떼를 지어 평원을 지나갔소.

난 행복했어야 했소. 꿈꿔 왔던 대로 그녀와 단둘이 있게 되었으니까. 내가 수없이 질투했던 사촌과 달의 은밀한 관계, 브흐드 브흐드 부인과의 친밀감은 이제 오직 나만의 것이 되었지. 한 달간의 낮과 밤이 내 앞에 연속적으로 펼쳐져 있었소. 달 표면은 약간 시큼하면서도 친숙한 맛의 우유로 우리에게 영양분을 공급했소. 우리는 저

위, 우리가 태어났던 세상, 다양한 형태로 확장된 그 세상을 마침내 모두 바라볼 수 있었고, 지구의 땅 그 어디에서도 본 적 없는 풍경을 탐험했다오. 아니면 하늘이라는 둥글게 휜 가지들에 달린 잘 익은 빛깔의 과일 같은, 달 너머의 큰 별들을 물끄러미 바라보기도 했지. 모든 것이 눈부신 희망 너머에 있었소. 하지만, 하지만, 하지만 그것은 추방이었다오.

나는 지구만 생각했소. 지구에서만 각자가 다른 누구도 아닌 자기 자신이 될 수 있었으니까. 지구에서 떨어져 나와 달에 있으니, 마치 내가 더 이상 지구에서의 내가 아닌 것 같고, 그녀 또한 내게 그녀가 아닌 것 같았소. 나는 지구로 돌아가고 싶은 마음으로 초조했고 지구를 잃어버렸다는 두려움으로 불안했다오. 내 사랑의 꿈이 완성된 것은 지구와 달 사이에서 서로 껴안고 뒹굴던 바로 그 순간뿐이었소. 그 지반을 잃은 내 사랑은 이제 우리에게 없는 것, 그러니까 장소, 주변, 이전, 이후 같은 것에 대한 고통스러운 향수만을 깨닫게 했다오.

이게 내가 느낀 감정이었소. 그럼 그녀는? 이런 질문을 스스로에게 던지면서 나는 두려움으로 마음이 산란했소. 그녀도 지구만 생각했다면 마침내 나와 한뜻이 되었다는 좋은 신호일 수 있겠지만, 그것은 모든 것이 부질없으며 아직도 그녀 욕망의 목표는 귀머거리 사촌뿐이라는 표시일 수도 있었다오. 하지만 전혀 그렇지 않았소. 그녀는 옛 행성 쪽으로는 눈을 들지도 않았다오. 창백한 얼굴로 노래를 흥얼거리고 하프를 쓰다듬으며 황무지 사이를 걸었지. 마치 달에 임시로 와 있는(나는 그렇게 생각했다오.) 자신의 상황에 완전히 동화된 것 같았소. 내가 내 연적을 이겼다는 신호일까요? 아니, 난 졌소. 절망적인 패배였소. 내 사촌의 사랑은 달을 향해 있었을 뿐이라는 것을 그녀가 곧 알았기 때문이오. 그러니 이제 그녀의 바람은 달이 되는 것, 초인간적인 그 사랑의 대상과 비슷해지는 것뿐이었다오.

달이 지구 주위를 한 바퀴 다 돌고 나자, 우리는 다시 '아연의 암초' 위에 이르렀소. 바위들을 보고 난 몹시 놀랐소. 아주 비관적인 예상을 하긴 했지만 그래도 그렇게 거리가 멀어져 작아 보이리라고는 생각조차 하지 못했으니. 내 동료들은 이제 쓸모없어진 나무 사다리는 준비하지 않은 채 물웅덩이 같아진 그 바다로 배를 저어 왔소. 그런데 배 위로 긴 창들이 숲을 이루고 있었소. 동료들 모두가 그 창을 하나씩 잡고 있었는데 창끝에는 작살이나 갈고리 같은 게 붙어 있었다오. 달에서 마지막 우유를 긁어내려는 희망을 품은 것 같아 보였지. 아니면 달에 있는 불쌍한 우리를 어떻게든 도와주려 했던 것인지도 모르고. 그렇지만 곧 그 장대들은 달에 닿기에는 너무 짧다는 게 밝혀졌다오. 실망스럽게도 우스울 정도로 짧은 장대들은 바다에 떨어져 떠다녔소. 그런 대혼란 속에서 배 몇 척이 균형을 잃고 뒤집히기도 했소. 그런데 바로 그때 다른 배에 걸쳐져 그때껏 물 위에 떠 있던 길디긴 장대 하나가 서서히 일어서기 시작했다오. 그것은 틀림없는 대나무였소. 수많은 대나무 대를 이어 붙인 것이었지. 장대가 가늘어서 흔들리다가 부러질 수도 있었기 때문에 천천히 세워야 했다오. 그리고 힘 있고 능숙하게 다루어야 했소. 수직으로 세웠을 때 그 무게로 인해 배가 균형을 잃지 않도록 말이오.

마침내 장대 끝이 달에 닿을 듯했소. 우리는 그 장대가 비늘 덮인 달 표면을 스치다가 닿는 것을 보았다오. 장대는 잠시 달에 기댔다가 달을 약간, 아니 힘차게 밀어내더니 달에서 튕겨 나갔고, 다시 달의 한 지점을 쳤다가 또다시 멀어졌소. 그때 나는 그를 보았소. 아니, 나와 브호드 브호드 부인 둘 다 내 사촌을 알아보았소. 내 사촌이 아니면 누구였겠소. 달과 마지막 장난을 하고 장대 끝으로 달을 건드리며 달의 균형을 맞춰 주듯 속임수를 쓴 건 바로 사촌이었소. 그리고 우리는 그의 용감한 행동에는 아무런 목표가 없으며 어떤 실제적인 결과에 도달하려는 생각도 없다는 것을 알게 되었지. 뿐만 아니라 멀어져 가는 달을 돕기 위해, 먼 궤도를 도는 달과 함께 돌고 싶어서 그렇게 달을 밀어 주고 있는 것일 수도 있었소. 그것 역시 사촌다운 짓이었지. 달의 성질과 그것이 가는 길, 그리고 그 운명과 대조되는 욕망들을 상상할 줄 모르는 그다운 행동이었어. 그래서 이제 달이 그에게서 멀어지고 있는데도, 그때까지 가까이 있던 달을 즐겼듯이 멀어지는 것조차 즐기고 있었던 거지.

그런 광경을 보고 브호드 브호드 부인이 어떻게 해야 했겠소? 그 순간에 이르러서야 그녀는, 지금까지의 사촌에 대한 그녀의 사랑이 보잘것없는 변덕이 아니라 돌이킬 수 없는 맹세 같은 것이었음을 보여 줬다오. 지금 내 사촌이 사랑하는 것이 멀어진 달이라면 그녀는 달에 남아 멀리 떨어져 있어야만 했던 거요. 그녀가 대나무 쪽으로는 한 발도 옮기지 않고 하늘 높은 곳에 있는 지구 쪽으로 하프를 들어 올리고 연주만 하는 것을 보면서 그것을 직감했다오. 난 분명 그녀를 보았지만 사실 곁눈으로 얼핏 보았을 뿐이라오. 대나무 장대가 달에 닿자마자 나는 뛰어올라 그것을 잡고 뱀처럼 날쌔게 장대 마디를 타고 올라갔으니까. 희박한 공기 속에서 가벼워진 나는 지구로 돌아가야 한다고 명령하는 자연의 힘에 떠밀리듯 팔다리를 이용해 장대로 올라갔소. 내가 달까지 올라갔던 이유를 잊어버린 채, 아니 어쩌면 그 어느 때보다 더 그 이유와 불행한 결과를 의식한 채 말이오. 어느 지점에 이르자 흔들리는 장대를 더 이상 힘겹게 오르지 않고 그저 지구 중력에 끌려 머리를 앞으로 내민 채 장대에서 미끄러지기만 하면 되었지. 그러는 동안 장대는 산산조각 났고 나는 배들 사이 바다로 떨어졌다오.

원만한 귀향이었고, 나는 고향을 되찾게 되었지만 내 머릿속에는 오로지 그녀를 잃어버렸다는 고통스러운 생각밖에 없었다오. 내 눈은 그녀를 찾아 영원히 닿을 수 없는 달을 향하고 있었지요. 그리고 그녀를 보았소. 그녀는 내가 떠나온 그 자리, 바로 우리들 머리 위로 높이 떠 있는 해변에 누워 있었다오. 그리고 아무 말도 하지 않았지. 그녀는 달과 같은 색이었소. 하프는 옆에 놓여 있었다오. 한 손으로 천천히 힘없이 아르페지오를 연주했지. 가슴, 팔, 엉덩이의 모습이 또렷이 보였는데, 지금도 그 모습이 생생히 기억난다오. 이제 달이 저렇게 평평한 원반이 되어 멀리 있는 지금도 말이오. 나는 초승달이 나타나기만 하면 항상 그녀를 눈으로 찾는다오. 그러다가 달이 점점 더 커지면 그녀를 보는 상상을 하지. 그녀일 수도 있고 아니면 그녀의 그 어떤 것일 수도 있지만, 수백 수천 번 다른 모습으로 보이는 그녀, 달을 달로 만드는 그녀, 보름달이 뜰 때마다 밤새 개들을 짖게 하고 그 개들과 같이 나도 울부짖게 하는 건 바로 그녀일 거요.

동이 틀 무렵에

유동적이고 형체 없는 성운이 응축되면서 태양계의 행성들이 어둠 속에서 단단히 굳어지기 시작했다고 G. P. 카이퍼는 설명한다. 모든 게 차갑고 어두웠다. 나중에 태양이 응축되어 현재와 비슷한 크기까지 축소되었다. 그리고 이런 힘든 과정 중에 기온은 계속 상승해 1000도까지 올라갔고 우주 공간으로 빛을 방사했다.

내가 어렸을 때는 칠흑같이 어두웠다오. 늙은 크프우프크가 말했다. 어렴풋이 기억나요. 우리는 보통 아버지와 어머니, 브브'브 할머니, 우리를 방문한 아저씨들, 나중에 말(馬)이 된 흐느우 씨, 그리고 아주 어린 우리가 함께 지냈지요. 이미 여러 번 이야기한 것 같은데 우리는 성운 위에 누워 있었다오. 간단히 말하자면 꼼짝 않고 납작하게 누워 성운이 돌아가는 대로 몸을 맡기고 있었지. 성운 바깥쪽에, 그러니까 표면에 누워 있던 게 아니라오. 무슨 말인지 알겠소? 그게 아니었소. 바깥쪽은 너무 추웠거든. 우린 성운 속에 누워 있었소. 마치 부드럽고 알갱이가 많은 물질 층에 덮여 있는 것 같았다오. 시간을 계산하는 방법은 없었소. 성운의 회전수를 계산하려고 할 때마다 논쟁이 벌어졌는데, 어둠 속에서는 기준점이 없었기 때문이라오. 결국 그런 논쟁은 말다툼으로 끝이 나고 말았지. 그래서 우리는 몇 세기가 몇 분처럼 흘러가게 내버려 두는 것을 좋아했소. 기다리기만 하면 되었지. 될 수 있는 대로 몸을 잘 감싼 채 잠을 자고 가끔 모두가 제자리에 있는지 확인하기 위해 말을 걸기만 하면 되었다오. 물론 몸을 긁적이기도 했소. 다 좋은데 그 작은 알갱이들이 소용돌이치는 바람에 온몸이 짜증나게 가려웠거든.

우리가 뭘 기다리고 있는지는 아무도 말할 수가 없었소. 물론 브브'브 할머니는 물질이, 온기와 빛이 우주 공간에 고르게 흩어져 있던 때를 아직 기억하고 있었다오. 노인들이 옛날이야기를 할 때 그렇듯이 몹시 과장하긴 했지만 그때는 어쨌든 좋았지. 아니, 지금과는 달랐소. 우리로서는 그 어마어마하게 긴 밤을 보내는 것이 문제였다오.

나의 누나인 즈'드(우)^{n}은 내성적인 성격 덕분에 아주 잘 지냈다오. 누나는 수줍음을 많이 탔거든. 즈'드(우)^{n}은 약간 떨어진 성운의 가장자리에서 지내기로 했다오. 그리고 검은 어둠을 바라보면서 먼지 알갱이들이 작은 폭포를 이루며 흘러가게 내버려 두었지. 작은 먼지들의 폭포수가 떨어지는 것처럼 웃으며 혼잣말도 했고 그러다 꿈속으로 빠져들었소. 잠을 잘 때나 깨어 있을 때도 꿈을 꿨다오. 하지만 우리가 꾸는 그런 꿈이 아니었소. 어둠 속에서 우리는 또 다른 어둠을 꿈꿨지. 다른 건 생각이 나지 않았으니까. 누나의 잠꼬대로 우리가 추측한 바에 따르면, 누나는 수백 배 더 깊고 다양하고 감촉이 부드러운 어둠을 꿈꿨소.

뭔가 변하고 있다는 것을 제일 먼저 알아차린 사람은 아버지였소. 나는 졸다가 아버지의 고함 소리에 잠이 깨었지.

"조심해! 여기 닿는다!"

우리 밑에 있던 성운의 물질이, 항상 부드러웠던 그것이 단단해지기 시작한 거요.

사실 어머니는 벌써 몇 시간 전부터 몸을 뒤척이면서 이렇게 말했다오.

“이런, 어느 쪽으로 돌아누워야 할지 모르겠네!”

간단히 말해 아버지는 어머니의 말을 듣고 어머니가 누운 곳에 변화가 있다는 것을 감지했던 거요. 입자가 예전처럼 부드럽고 유연하고 균일하지 않았소. 이전엔 흔적을 남기지 않고도 편안하게 누워 있을 수 있었거든. 특히 어머니가 전부터 누웠던 곳이 이제는 푹 꺼지거나 웅덩이 형태가 되어 갔다오. 어머니는 작은 알갱이나 단단한 것, 또는 혹 같은 게 밑에 있는 듯한 기분을 느낀 거였소. 마치 수백 킬로미터 밑에 알갱이들이 묻혀 있는데 그것들이 이 부드러운 먼지 입자층을 뚫고 사방에서 누르는 것 같았지. 우리는 대개 어머니의 경고에 귀를 기울이지 않았다오. 불쌍한 어머니, 어머니는 과민하고 나이도 많아서 당시의 생활 방식이 신경에 결코 좋지 않았던 거요.

그리고 당시 아기였던 내 동생 르우츠프스가 있었소. 갑자기 동생이 몸부림치고 알 수 없는 뭔가를 파는, 간단히 말해 부산하게 움직이는 소리가 들리기에 내가 물었다오.

“뭐 하는 거야?”

그러자 동생이 대답했소.

“놀아.”

“논다고? 뭘 가지고?”

“어떤 것 가지고.”

아시겠소? 그건 처음 있는 일이었다오. 가지고 놀 만한 게 아무것도 없었으니까. 그런데 어떻게 놀 수 있었을까? 그 가스 같은 물질 덩어리를 가지고? 재미있는 일이었지. 그건 즈’드(우)^{n} 누나에게나 딱 어울리는 일이었소. 르우츠프스가 놀았다면 그건 동생이 뭔가 새로운 것을 발견했다는 뜻이었소. 나중에 동생이 보통 때처럼 과장해 말한 바에 따르면 조약돌을 하나 발견했다고 했소. 그건 조약돌이 아니라 아주 단단한 물질이 뭉친 것, 혹은 말하자면 기체 성분이 적은 어떤 것이 틀림없었소. 동생은 그 점에 대해 정확하게 말하지 못했소. 뿐만 아니라 머릿속에 떠오르는 대로 지어낸 이야기만 했다오. 니켈이 만들어지는 시대가 되었을 때 동생은 니켈만 이야기했지요.

"이거야. 니켈이었어. 그때 나는 니켈을 가지고 놀았어!"

그 때문에 동생에게는 '르우츠프스 니켈'이라는 별명이 남게 되었다오.(그 애가 둔감한 성격 탓에 광물의 상태를 넘어서지 못하고 니켈이 되었기 때문에, 지금 누군가 그렇게 부르는 것이 아니었소. 사실은 달랐지요. 이 이야기를 하는 건 내 동생과 관련된 문제여서가 아니라 내가 진실을 사랑하기 때문이라오. 니켈은 약간 둔감하지요. 맞아요. 하지만 금속성의 둔감함이 아니라 콜로이드[1]적인 둔감함이라오. 그래서 아주 젊었을 때 초기 해초와 결혼을 했고 그 뒤로 어떻게 되었는지는 아무도 모른다오.)

어쨌든 모두들 뭔가를 느낀 것 같았소. 나만 빼고 말이오. 내가 주의가 산만했던 게 틀림없지. 나는 아버지가 이렇게 탄성을 지르는 것을 들었소. 꿈속에서였는지 잠에서 깼을 때였는지는 기억이 나지 않는구려.

"여기 닿는다!"

아무 의미 없는 표현이었지만(그전까지는 그 무엇에도 닿은 적이 없기 때문에 우리는 그렇게 확신할 수 있었소.) 그 말을 하는 바로 그 순간

---

1 기체, 액체, 고체 속에 분산 상태로 있고, 현미경으로는 볼 수 없으나 원자보다는 커서 반투막을 통과할 수 없을 정도의 물질.

에 의미를 갖게 되었다오. 우리 밑으로 물컹한 진흙이 평평하게 지나다가 우리를 밀어올리는 듯한 약간 구역질 나는 기분을 느끼기 시작했다는 것을 의미했소. 그래서 나는 브브'브 할머니한테 짜증스러운 목소리로 말했다오.

"아잇, 할머니!"

첫 반응이 왜 할머니에게 화를 내는 것이었는지 나중에 스스로에게 여러 번 물었다오. 브브'브 할머니는 예전의 습관을 그대로 가지고 있어서 종종 상황에 맞지 않는 일을 하곤 했소. 물질이 균일하게 팽창하고 있다고 계속 믿었지요. 예를 들면 쓰레기를 되는대로 아무 데나 버리기만 하면 그것들이 흩어져 멀리 사라져 버린다는 거였소. 얼마 전부터 응축 과정이 시작되어서, 그러니까 쓰레기들이 입자로 뭉쳐 더 이상 사라지지 않는다는 생각을 할머니는 떠올리지 못한 거라오. 그래서 나는 '닿는다!'라는 새로운 사실과 우리 할머니가 잘못 생각하는 것을 나도 모르게 연결해 그렇게 짜증스러운 소리를 질렀던 거요.

그러자 브브'브 할머니가 말했소.

"뭐라고? 고리 방석을 찾아냈다고?"

고리 방석이란 은하계 물질로 된 작은 고리로, 초기에 발생했던 우주의 대홍수 때 할머니가 어디선가 찾아낸 거였소. 할머니는 항상 그것을 가지고 다니며 방석으로 썼다오. 그런데 어느 날 밤 갑자기 그게 사라져 버린 거요. 할머니는 내가 그걸 어딘가에 숨겼다고 뒤집어씌웠소. 사실 난 그 고리 방석을 항상 증오했다오. 너무 꼴사납고 우리 성운에는 어울리지 않아 보였거든. 나는 결백했지만 할머니가 나를 비난할 수 있었던 것은 무엇보다 내가 할머니의 요구대로 그것을 계속 지키지 않았기 때문이었지요.

할머니를 항상 존경했던 아버지도 이번에는 이렇게 말하지 않을 수 없었다오.

"들어 보세요, 어머니, 지금 여기서 뭔지 모를 일이 벌어지고 있어요. 그런데 어머니하고 너희는 고리 방석 얘기뿐이니!"

"아, 내가 잠을 잘 수 없다고 말했잖아요!" 어머니가 말했소.

어머니의 말 역시 그 상황에는 별로 어울리지 않았지요.

그때 큰 소리가 들렸소.

"푸악! 우악! 쉬르르!"

우리는 흐느우 씨에게 무슨 일이 일어난 게 틀림없다는 것을 알게 되었다오. 그는 침을 뱉고 몹시 힘들게 기침을 했소.

"흐느우 씨! 흐느우 씨! 위로 오세요! 대체 어디 계신 겁니까?" 아버지가 말했소.

아직 빛 한 줄기 없는 어둠 속에서 우리는 손으로 더듬거려 그를 잡아서 성운 표면 위로 끌어올렸고 흐느우 씨는 다시 숨을 쉬었다오. 우리는 그때 응축되면서 미끄러워지던 바깥 층 위에 그를 눕혔소.

"우잇! 이것이 사람을 가두네!" 흐느우 씨가 말을 해 보려고 했지만 그는 표현력이 부족했다오.

"밑으로 가면, 밑으로 가면, 집어삼켜 버려! 카악!" 그러고는 가래침을 뱉었소.

새로운 사실은 이제 성운 속에서 정신을 차리고 있지 않으면 밑으로 빠져 버린다는 거였소. 어머니는 어머니의 본능으로 그 사실을 제일 먼저 알아차리셨소. 그래서 소리치셨지.

"얘들아, 너희 다 있지? 어디 있는 거니?"

사실 우리는 조금 한눈을 팔고 있었다오. 예전에 수세기 동안 모든 게 규칙적으로 돌아갈 때 우리는 서로 흩어지지 않도록 항상 조심을 했소. 이제 그 생각은 우리 머릿속에서 사라져 버렸지.

"침착해, 침착해. 아무도 멀리 가선 안 된다." 아버지가 말했소. "즈'드(우)^{n}! 어디 있니? 쌍둥이는? 누가 쌍둥이 못 봤어, 말 좀 해 봐!"

아무 대답도 없었소.

"어머, 세상에, 없어져 버렸어!" 어머니가 소리치셨소.

내 동생들은 그 당시 의사소통을 할 수 있는 나이가 아니었다오. 쉽게 길을 잃곤 해서 계속 감시해야 했지.

"제가 쌍둥이들을 찾아볼게요!" 내가 말했소.

"그래, 가 봐라, 착한 크프우프크야!" 아버지 어머니가 말씀하셨지. 그러고는 곧 후회하셨소.

"그런데 멀리 가면 너도 길을 잃을 거야! 여기 있어라! 아니, 가 봐. 하지만 네가 있는 곳이 어딘지 알려야 해. 휘파람을 불어!"

나는 계속 휘파람을 불면서 어둠 속을, 응축된 성운 덩어리 속을 걸어가기 시작했소. 내가 걷는다고 말했는데, 그러니까 그건 표면에서 움직이는 한 가지 방법이었다오. 그것은 불과 몇 분 전까지는 상상도 할 수 없는 일이었는데 이제 그렇게 말할 수 있었던 거요. 물질에 저항력이 아예 없어서 우리가 주의를 기울이지 않으면 표면 위에서 앞으로 나아가는 대신 모로 쓰러지거나 거꾸로 처박혀 묻힐 정도였던 거요. 그렇지만 어느 방향으로 가든, 어느 높이로 가든 내 동생들을 찾을 가능성이 없기는 마찬가지였다오. 쌍둥이가 대체 어디 숨어 있는지 알 수가 없었거든.

난 갑자기 떼구르르 굴렀소. 시쳇말로 누군가 내게 딴죽을 건 것처럼 말이오. 내가 넘어진 건 그때가 처음이었소. 나는 '넘어진다.'는 게 어떤 것인지조차 몰랐으니까. 하지만 아직 우리는 부드러운 성운 위에 있어서 다치지 않았다오.

"여길 밟으면 안 돼." 어떤 목소리가 말했소.

"크프우프크, 밟지 마." 즈'드(우)^n 누나의 목소리였소.

"왜? 거기 뭐가 있는데?"

"내가 어떤 것을 가지고 뭔가를 했어……." 누나가 말했소.

나는 손으로 더듬거렸소. 누나가 진흙 같은 것을 주물럭거려서 흙더미 위에 작은 뾰족탑, 총안이 있는 흉벽, 첨탑 들을 세웠다는 것을 알아내는 데에는 시간이 꽤 걸렸다오.

"뭘 한 거야?"

즈'드(우)^n 누나는 여느 때처럼 밑도 끝도 없는 대답을 했다오.

"내부에 내부가 있는 바깥이야. 트즐르르, 트즐르르, 트즐르르……."

나는 이리저리 고꾸라지며 계속 걸어갔소. 응축된 물질 속에 거꾸로 박힌 흐느우 씨에게도 발이 걸려 또다시 넘어졌지요.

"일어서세요. 흐느우 씨, 흐느우 씨! 좀 똑바로 서 있을 수 없어요!"

그를 밖으로 끌어내는 일은 다시 내 차지가 되었다오. 이번에는 밑에서 위로 밀어야 했소. 나 역시 완전히 가라앉아 있었기 때문이라오.

흐느우 씨는 기침을 하고 숨을 헐떡거리고 재채기를 하며(정말 어느 때보다 추웠다오.) 브브'브 할머니가 앉아 있는 바로 그 표면으로 나왔소. 할머니는 공중으로 날아올랐지만 곧 감동했지요.

"내 손자들! 내 손자들이 돌아왔구나!"

"아니에요, 어머니, 좀 보세요, 흐느우 씨예요!"

우리는 대체 뭐가 어떻게 된 건지 알 수가 없었다오.

"그럼 손자들은?"

"여기 있어요!" 내가 소리쳤소. "고리 방석도 있어요!"

쌍둥이가 오래전부터 성운 깊숙한 곳에 비밀 은신처를 만들어 두었던 게 틀림없었소. 장난 삼아 그 속에 고리를 숨겨 놓은 것도 쌍둥이였지요. 물질이 유연했을 때는 그 한가운데로 미끄러져 들어가 고리 사이로 공중제비도 돌 수 있었을 거요. 그렇지만 이제는 구멍 많은 리코타 치즈 같은 것에 갇혀 버리고 만 거라오. 고리의 구멍들은 막혀 버렸고 쌍둥이는 사방에서 짓눌리는 기분이었을 거요.

"고리 방석을 붙잡아!" 나는 쌍둥이를 이해시키려고 애썼소. "내가 밖으로 끌어당길게, 멍텅구리들아!"

나는 끌어당기고 또 끌어당겼다오. 그러다 어느 순간에 이르러, 쌍둥이는 자기들도 모르게, 이제 달걀흰자 같은 막으로 뒤덮인 표면에서 공중제비를 돌고 있었소. 하지만 고리 방석은 밖으로 나오자마자 녹아 버렸지요. 그 무렵 얼마나 이상한 일들이 벌어졌는지 모른다오. 브브'브 할머니에게 설명해도 소용이 없었을 거요.

바로 그때 마치 그보다 더 좋은 기회가 없다는 듯이, 아저씨들이 천천히 일어나서 말했소.

"이런, 늦었군요. 우리 애들이 대체 뭘 하는지 알 수가 있어야죠. 애들 걱정이 좀 되네요. 여러분을 만나서 기뻤어요. 그렇지만 우린 이제 가는 게 좋을 것 같네요."

아저씨들 말이 틀렸다고 할 수는 없었소. 아니, 걱정하며 진작에 달려갔어야 할 상황이지요. 하지만 아저씨들은 너무 먼 곳에 살았기 때문인지 약간 망설이는 것 같았소. 어쩌면 그때까지 조바심을 내면서도 입 밖에 내지 못했는지도 모르지요.

아버지가 말했소.

"여러분이 가고 싶다면 잡지는 않겠습니다. 다만 상황이 좀 더 분명해지기를 기다리는 게 낫지 않을지 잘 생각해 보십시오. 지금 같아서는 어떤 위험에 부딪히게 될지 아무도 모르니까요."

간단히 말해 사려 깊은 말이었지요.

하지만 아저씨들은 이렇게 말했소.

"아니요, 아니요, 생각해 준 것은 고마워요. 좋은 이야기 많이 나눴습니다. 그렇지만 우리는 지금 가야 해요."

그러고는 무슨 말인지 모를 어리석은 말을 덧붙였다오. 우리가 못 알아들은 게 아니라 그들이 제대로 말을 하지 못한 거라오.

정확히 말하자면 그들은 아저씨 둘에 아주머니 하나, 이렇게 세 명이었소. 셋 다 키가 굉장히 컸는데 사실 생김새는 셋 모두 똑같았다오. 그들 중 누가 남편이고, 누가 누구의 형인지 결코 알 수가 없었다오. 우리와 정확히 어떤 인척 관계인지조차 알 수 없었소. 그 당시에는 많은 것들이 애매모호한 상태였으니까.

아주머니 아저씨는 한 사람씩 차례차례 각자 다른 방향으로, 어두운 하늘을 향해 출발했소. 그런데 연락을 유지하려는 듯, 가끔씩 이런 소리를 냈소.

"오! 오!"

그들은 모든 걸 이런 식으로 했다오. 체계적으로 행동할 줄을 전혀 모르는 사람들이었지요.

세 사람 모두 떠났는데 곧 그들이 이렇게 소리 질렀소.

"오! 오!"

아직 몇 발짝 떨어지지 않은 곳에 있는 게 틀림없는데도 까마득히 먼 데서 들려오는 소리 같았다오. 무슨 뜻인지 이해할 수 없는 짧은 외침도 들려왔소. "이런, 여긴 허공이야!", "이쪽으로는 갈 수 없어!", "이쪽으로 오지 않을래?", "어디 있는데?", "뛰어!", "내가 어떻게 뛰어, 굉장하군!", "이쪽으로 돌아가야 해!" 우리와 아저씨들 사이의 거리가 한없이 벌어지고 있다는 것 말고는 우리는 아무것도 이해하지 못했다오.

마지막으로 떠난 아주머니가 그중 가장 논리적인 말을 크게 외쳤소.

"떨어져 나온 이 물건 꼭대기에는 지금 나 혼자뿐이야……."

그러자 같은 말을 되풀이하는 아저씨들 목소리가 아득하게 멀리서 들려왔소.

"바보…… 바보…… 바보……."

목소리가 들려오는 쪽의 어둠을 우리가 응시하고 있을 때 변화가 일어났소. 내가 그때까지 봤던 것 중 가장 크고 진짜 변화라고 할 만한 것으로 그에 비하면 다른 것은 아무것도 아니었다오. 간단히 말하자면 이랬소. 그것은 지평선에서 시작되었는데, 그 당시 우리가 소리라고 부르던 것과도, 그때 "닿는다!"고 말한 것과도, 다른 어떤 것과도 전혀 닮지 않은 진동이었소. 아주 멀리서 뭔가 끓어오르는 것 같기도 하고 가까이에 있는 뭔가가 다가오는 것 같기도 했소. 간단히 말해서 갑자기 모든 어둠이, 어둠 아닌 다른 어떤 것, 그러니까 빛과 대비가 되었소. 어떤 일이 벌어지고 있는지 좀 더 자세히 분석하게 되었을 때 그게 이런 거라는 사실이 밝혀졌다오. 첫째, 항상 캄캄하던 하늘이 전과 달라지기 시작했소. 둘째, 우리가 있는 표면, 울퉁불퉁한 표면은 구역질 날 정도로 더러운 얼음으로 뒤덮여 있었는데 기온이 급속도로 올라가 얼음이 빠르게 녹았소. 그리고 셋째, 우리가 광원이라고 부르게 될 그것이 있었소. 그러니까 그것은 엄청난 덩어리로, 우리와 떨어져 거대한 공간에서 하얀빛을 내고 있었으며, 계속 진동하면서 모든 색깔을 하나씩 시험해 보는 것 같았소. 그리고 또 한 가지가 있소. 거기 하늘 한가운데에, 우리와 하얀빛이 나는 그 덩어리 사이에, 흐릿하게 빛나는 두어 개의 작은 섬이 있었소. 그 섬들은 허공에서 회오리치고 있었는데 그 위에 그림자로 변한 우리 아저씨들과 다른 사람들이 올라앉아 울부짖고 있었다오.

그러니까 이렇게 된 거요. 성운의 중심이 수축하면서 열과 빛이 증가했소. 그렇게 해서 이제 태양이 존재하게 된 거요. 나머지 것들도 모두 그 주위에서 나뉘어 돌다가 여러 조각으로 모이기 시작했다오. 수성, 금성, 지구, 더 나아가 다른 것들이 되었지요. 거기 있던 사람들은 그대로 있었소. 그리고 무엇보다 몹시 더웠소.

우리는 입을 다물지 못한 채 거기에 서 있었소. 조심스레 두 손으로 땅을 짚고 있는 흐느우 씨를 제외하고는 말이오. 그리고 할머니는 저쪽에서 웃고 있었소. 아까도 말했지만 브브'브 할머니는 빛이 환하게 퍼져 있던 시대에 살았고, 어둠이 지배하던 시기 내내 조만간 세상이 예전과 똑같은 모습으로 되돌아가기라도 할 듯이 이야기하셨지요. 이제 할머니가 보기에는 그때가 된 것 같았던 거요. 잠시 동안 할머니는 무관심한 척하셨다오. 지금 일어나는 모든 걸 완전히 당연한 일로 생각하는 사람처럼 말이오. 그러다가 아무도 할머니에게 신경 쓰지 않는 것을 보고서야 웃기 시작했소. 그리고 이렇게 말씀하셨지.

“무식한 것들…… 무식한 것들…….”

그렇지만 완전히 그렇게 생각한 것은 아니었다오. 이미 할머니는 제대로 기억하지 못했으니까. 아버지는 잘 이해하지는 못했지만 조심스럽게 할머니에게 말했소.

“어머니, 어머니가 무슨 말씀을 하시는지는 알겠어요. 그렇지만 이건 정말 다른 현상이에요…….”

그러면서 바닥을 가리켰소.

“밑을 보세요!” 아버지가 소리쳤다오.

우리는 밑을 보았소. 우리를 받치고 있던 지구는 아직 젤라틴 덩어리로 거의 투명했는데 중심부터 시작해서 일종의 달걀노른자처럼 응축되면서 차츰 더 단단해지고 불투명해지고 있었소. 우리는 그 최초의 태양으로 환하게 밝아진 맞은편 지역을 꿰뚫어 볼 수 있었다오. 그 투명한 비누 거품 같은 지구 한가운데에서 우리는 헤엄치듯, 날듯 움직이는 그림자 하나를 보았소. 어머니가 말했소.

“내 딸이야!”

모두가 즈’드(우)^n 누나를 보았다오. 불같이 뜨거운 태양에 깜짝 놀랐는지, 소심한 성격에 충동적으로 그랬는지 즈’드(우)^{n}은 응축되는 지구 물질 속으로 깊이 들어가 있었소. 그리고 이제는 지구 깊은 곳에 길을 내 보려고 애쓰고 있었소. 누나는 아직 빛이 환하고 투명한 지역을 지나갈 때면 금빛 은빛의 나비 같았소. 그러다가 점점 넓어지는 어둠의 구역으로 곧 사라졌지.

“즈’드(우)^n! 즈’드(우)^n!” 우리는 소리쳐 불렀소.

우리도 길을 열어 누나에게 가 볼 요량으로 바닥에 달려들었다오. 하지만 이미 지구 표면은 작은 구멍이 무수히 많은 껍질로 점점 더 응고되어 가고 있었소. 내 동생 르우츠프스는 갈라진 틈에 머리를 집어넣었다가 목이 졸려 죽을 뻔했다오.

그러고 나자 누나가 더 이상 보이지 않았소. 이제 단단해진 구역이 지구의 중심부를 완전히 차지해 버렸소. 누나는 거기에 남아 있었고, 나는 누나가 그 속에 묻혔는지, 아니면 다른 쪽으로 무사히 빠져나갔는지 알 도리가 없었다오. 아주 오랜 뒤인 1912년에 캔버라에서 누나를 만났을 때까지는 말이오. 누나는 설리번이라는, 철도원으로 정년퇴직한 남자와 결혼해 살았는데 거의 알아볼 수도 없게 변해 있었소.

우리는 일어섰소. 흐느우 씨와 할머니가 우리 앞에서 울고 있었소. 그들은 푸른빛이 도는 금빛 불길에 에워싸여 있었소.

"르우츠프스! 왜 할머니에게 불을 붙인 거지?"

아버지가 야단을 치면서 내 동생 쪽으로 돌아섰지만, 동생도 불길에 휩싸여 있었다오. 아버지, 어머니, 나 역시 모두 불에 타고 있었지요. 우리가 불타고 있던 것은 아니오. 눈부신 숲 속에 있는 것처럼 그 속에 빠져 있었던 거라오. 불길이 지구 표면 위로 높이 솟구쳤소. 불의 공기 속에서 우리는 달리고 미끄러지고 날 수 있었소. 그렇게 불로 가득 찬 대기는 새로운 즐거움으로 우리를 사로잡았다오.

태양 광선이 헬륨과 수소로 된 행성의 껍질을 태웠소. 우리 아저씨들이 있는 하늘에서는 불붙은 공들이 소용돌이쳤지요. 꼬리 달린 혜성처럼 그 공들은 청록색이 감도는 긴 금빛 수염을 뒤에 달고 있었소.

다시 어둠이 찾아왔소. 우리는 이제 일어날 수 있는 일은 다 일어났다고 믿었다오.

"이제 모두 끝났어." 할머니가 말씀하셨소. "노인들 말에 귀를 기울여야 해."

하지만 지구는 최초의 자전을 막 끝낸 것뿐이었소. 그리고 밤이 되었지. 모든 건 시작에 불과했다오.

공간 속의 기호 하나

은하수 외곽 지역에 있는 태양이 은하계를 완전히 한 바퀴 도는 데에는 대략 2억 년이 걸린다.

맞아요, 그때는 그 정도가 걸렸지요. 그보다 빠르지는 않았어요. **크프우프크가 말했다.** 내가 지나갈 때 우주 공간의 한 지점에 기호를 표시해 두었어요. 2억 년 뒤 태양이 공전해 다시 그 지점을 지나갈 때 찾아보기 위해서 일부러 그랬답니다. 어떤 표시였냐고요? 그건 말하기가 힘들어요. 여러분은 기호라고 하면 곧 다른 것과 구별되는 어떤 것을 떠올리기 때문이지요. 그런데 거기서는 무(無)와 구별되는 게 아무것도 없었어요. 여러분은 어떤 연장이나 손으로 선명하게 새긴 표시를 생각할 겁니다. 연장이나 손을 떼면 기호가 남는 걸로 말이지요. 하지만 당시에는 아직 연장이라는 게 없었어요. 손이나 이빨이나 코, 이런 것도 없었지요. 모두 나중에 나타난 것들이랍니다. 그런 것들은 아주 나중에야 갖게 되었어요. 기호의 형태는 문제가 아니라고 여러분은 말하겠지요. 어떠한 형태이든 기호는 기호로서 쓰이면 그뿐이라고. 그러니까 다른 기호들과 다르든 같든 상관없다고요. 여러분은 즉시 그렇게 말하려고 할 겁니다. 하지만 그 시대에는 내가 같게 만든다, 다르게 만든다 말할 수 있는 본보기가 없었어요. 흉내 내야 할 것이 전혀 없었지요. 직선이나 곡선, 점이 뭔지, 튀어나오거나 들어간 게 무엇인지도 몰랐답니다. 난 기호를 표시해 둘 계획이었어요. 그것은 사실입니다. 말하자면 내가 만든 무엇인가를 기호로 간주할 의도였지요. 그러니까 다른 지점이 아니라 바로 그 지점에 기호로 표시할 생각으로 무엇인가를 만들었는데, 결과적으로 진짜 기호를 만들게 된 셈이지요.

간단히 말해 우주에서, 아니 적어도 은하의 궤도에서 만들어진 최초의 기호치고는 아주 훌륭했다고 말할 수 있습니다. 눈에 보였냐고요? 천만에. 그 당시 무언가 볼 수 있는 눈을 누가 갖고 있었겠습니까? 무에서는 아무것도 보이지 않았지요. 그건 문제도 되지 않았어요. 그것이 틀림없이 알아볼 수 있는 기호였던 것은 맞아요. 공간의 다른 지점들은 모두 똑같고 구별이 되지 않았는데 그 지점에는 기호가 있었으니까요.

행성들은 궤도를 따라가고 태양계는 자기 길을 가는 동안 나는 우주 공간의 무한한 영역과 분리된 그 기호를 재빨리 등 뒤에 남겨두고 떠났습니다. 벌써 내가 그 기호를 만나러 되돌아왔을 때를 생각했고, 그것을 어떻게 알아보게 될지, 나에게 친숙한 무에 빠지지 않고 10억 광년의 시간이 지나 돌아와서 수백 세기, 수천만 년 동안 아무것도 만나지 않고 다시 돌아와서 그 이름 없는 넓은 공간에서 내가 두고 떠날 때와 똑같이 아무 꾸밈 없이 조잡한 흔적, 그렇지만 내가 남긴, 말하자면 독특한 흔적을 지닌 채 제자리에 있는 것을 보면 얼마나 기쁠지 생각하지 않을 수 없었습니다.

은하는 수많은 별자리, 행성, 구름을 데리고 천천히 회전하고 태양 역시 나머지와 같이 가장자리 쪽으로 돌았어요. 그렇게 모든 것들이 도는 와중에 그 기호만이 한 지점에, 다른 궤도들로부터 떨어져(이렇게 만들기 위해 내가 은하계 가장자리에서 몸을 약간 내밀었지요. 온 세상이 빙빙 돌아도 기호가 그것에 아무 영향을 미치지 않도록 은하와 떨어져 있게 하려고 말입니다.) 꼼짝하지 않고 있었지요. 사람들이 그곳이 유일한 지점이라는 것을 확인하는 순간부터 그 지점은 더 이상 평범한 지점이 아니었습니다. 그 지점과 비교해서 다른 지점들을 정의할 수 있었지요.

난 하루 종일 그것만 생각했습니다. 다른 생각은 할 수가 없었지요. 내가 무엇인가를 생각한 것은 그때가 처음이었습니다. 더 정확히 말하면 전에는 무엇인가를 생각한다는 것이 불가능했지요. 첫째는 생각할 사물이 없었기 때문이고 둘째는 생각할 기호가 없었기 때문입니다. 하지만 그 기호가 있게 된 뒤로부터 생각할 사람에겐 그 기호를 생각할 가능성이 생긴 겁니다. 그러니까 거기 있는 그 기호는 생각할 수 있게 해 주는 것이라는 의미에서, 그리고 생각되는 사물, 즉 자기 자신의 기호라는 의미에서 가능성을 갖는 거지요.

그러니까 이런 상황이었습니다. 기호는 한 지점을 표시하는 데 쓰였지만 동시에 그곳에 기호가 있다는 표시가 되기도 했던 겁니다. 우주 공간에 지점들은 많지만 기호가 있는 곳은 그 지점 하나뿐이기 때문에 그건 아주 중요한 사실이었지요. 동시에 그 기호는 나만의 기호이고 나에 대한 표시이기 때문에 중요하기도 했습니다. 그것은 내가 만든 유일한 기호이고 나는 그 기호를 만든 유일한 사람이기 때문이지요. 그것은 이름 같은 겁니다. 그 지점의 이름, 그리고 내가 그 지점에 표시해 두었던 내 이름 같기도 하지요. 한마디로 이름이 필요한 모든 것에 쓰일 수 있는 유일한 이름이었습니다.

우리 세계는 은하계 가장자리에서 은하계에 이끌려 멀고 먼 공간 저 너머로 항해를 했지요. 기호는 내가 표시해 둔 그 지점에 그대로 있었습니다. 그러면서 동시에 그것은 나를 표시했고, 나를 따라왔고, 내 안에 살면서 나를 완전히 소유해 버렸지요. 그리고 나와 내가 관계를 맺으려고 시도하는 모든 것들 사이에 끼어들었어요. 그 기호를 만나기를 기다리는 동안 나는 애써 다른 기호들을 끌어내 보고, 같은 기호들을 조합해 보고 다른 기호들을 대비시켜 보았어요. 하지만 내가 기호를 표시해 놓은 순간으로부터(아니, 끊임없이 움직이는 은하계에서 그 기호를 밖으로 던진 그 몇 초의 시간으로부터) 벌써 수천만 년이 흘렀지요. 그리고 그 기호의 모든 세부 사항을 기억해야 하는 바로 지금(어떤 형태였는지 기억이 조금이라도 불분명하면 혹시 있을지도 모를 다른 기호와 그것을 확실히 구별할 수 없을 수도 있기 때문이지요.) 나는 전체적인 윤곽을 머릿속에 간직하고 있었는데도 그 전체적인 외형의 어떤 부분이 떠오르지 않는다는 것을 알게 되었답니다. 간단히 말해서 여러 요소로 그것을 분해하려고 하면 이런 요소와 저런 요소 사이가 이랬는지 저랬는지 기억이 나지 않았습니다. 그 기호를 눈앞에 두고 연구하고 참고해야 했지만, 얼마나 떨어져 있는지는 몰라도 아직은 멀리 있었으니까요. 그것을 다시 만나는 데 필요한 시간을 알아보기 위해 표시를 했던 거니까 그것을 발견해 다시 알아볼 수 있을 때까지는 시간이 얼마나 걸릴지 알 수 없었던 겁니다. 하지만 중요한 것은 내가 그것을 만든 이유가 아니라 어떻게 만들었느냐는 것입니다. 나는 그 방법에 대해 가정을 세우기 시작했습니다. 특정한 기호는 틀림없이 특정한 방법으로 만들었을 거라는 이론에 따라 혹은 틀린 답을 배제해 나가는 방식으로 나는 그 정확한 기호에 도달할 가능성이 적은 모든 형태의 기호를 지워 보았습니다. 하지만 이런 가상의 기호들은 모두 어찌해 볼 수 없게 재빨리 버렸습니다. 비교의 기준이 되어 줄 그 최초의 기호가 없었기 때문이지요. 이렇게 곰곰이 생각해 보는 가운데(은하계는 마치 온 세상과 불타오르며 빛을 발하는 원자들 때문에 간지러워 잠을 못 이루는 듯, 부드러운 허공의 침대에서 뒤척이며 계속 돌고 있었지요.) 나는 나의 기호에 대한 막연한 개념마저 상실했다는 것을 알게 되었어요. 그래서 서로 교환할 수 있는 기호의 단편들, 그러니까 기호의 내적 기호들만 이해할 수 있었답니다. 그러니까 기호 내부의 이런 기호들이 조금이라도 변하면 기호는 완전히 다른 기호로 바뀌었지요. 다시 말해 내 기호가 어떻게 되었는지 완전히 잊어버렸고 다시 떠올릴 방법도 없었던 겁니다.

내가 절망했을까요? 아닙니다. 망각은 성가신 것이지만 고칠 수 없는 것은 아니니까요. 어쨌든 나는 기호가 거기서 꼼짝 않고 조용히 나를 기다린다는 것을 알았습니다. 나는 그곳에 도착해 기호를 다시 찾고 내 추론의 가닥도 되찾을 수 있을 겁니다. 어림잡아 말하면 우리는 은하계 공전 궤도의 절반쯤 되는 지점에 이르러 있는 게 틀림없었습니다. 인내심이 필요했지요. 나머지 반은 항상 이전보다 빠르게 지나가는 인상을 주는 법이지요. 이제 그 기호가 있고 내가 그 근처를 다시 지나가게 되리라는 것만 생각하면 되었습니다.

하루하루 그 기호에 가까이 다가가고 있었습니다. 틀림없었지요. 어느 순간이든 기호와 부딪힐 수 있었기 때문에 나는 초조해서 몸이 떨렸습니다. 여기였어, 아니, 조금 더 저쪽일걸, 이제 100까지 세어 보자……. 혹시 없는 게 아닐까? 벌써 지나쳤을까? 아니었습니다. 내 기호는 어딘가에, 뒤에, 우리 은하계의 공전 궤도에서 완전히 벗어난 곳에 있었습니다. 진동을 계산에 넣지 않았던 거지요. 특히 그 시대에는 천체 중력의 영향을 받아 진동이 일었고 중력 때문에 천체는 달리아 꽃처럼 들쭉날쭉한 불규칙한 궤도를 그리게 되었지요. 수천만 년 동안 나는 다시 계산하느라 머리를 쥐어짰습니다. 우리가 가는 길은 매 은하년마다 그 지점에 닿는 것이 아니라 3은하년마다, 그러니까 60억 태양년마다 닿는다는 결과가 나왔습니다. 20억 태양년을 기다린 사람은 60억 년도 기다릴 수 있는 법이지요. 그래서 난 기다렸어요. 길은 멀었지만 걸어가는 수밖에 없었습니다. 은하수에 올라타고서, 말발굽에서 불꽃을 튀기며 달리는 말을 탄 것처럼 행성과 별들의 궤도 위를 이리저리 흔들리며 걸어갔어요. 난 점점 더 흥분 상태에 빠졌지요. 내게만 중요한 것을, 그러니까 기호와 왕국과 이름을 정복하러 앞으로 나아가는 기분이 들었습니다.

나는 두 번째, 세 번째 공전을 했지요. 그래요. 나는 비명을 질렀습니다. 내가 바로 그 자리라고 생각했던 지점에는 내 기호 대신 형태 없이 긁힌 흔적만 있고 공간은 찢어지고 짓이겨지고 마모된 상태였습니다. 나는 전부 다 잃었어요. 기호, 공간의 지점, 내가 나이기 위해(그 지점의 그 기호가 나이기 때문에) 했던 것을 말입니다. 기호가 없는 공간은 시작도 끝도 없는, 구역질 나는 허공이 되었고 그 속에서는 나를 포함한 모든 게 사라져 버렸습니다.(한 지점을 표시하기 위한 것이라면 기호가 있거나 그것이 지워져 자국만 남은 것이나 똑같다고는 말하지 말아 주길 바랍니다. 기호를 지운 것은 기호를 부정하는 것입니다. 그러니까 기호가 되지 못한 것이지요. 다시 말해 이전의 지점, 그리고 그 뒤에 이어지는 지점과 어느 한 지점을 구별하는 데 전혀 도움이 되지 않는 겁니다.)

나는 절망감에 사로잡혀 의미 없이 몇 광년을 떠돌아다녔습니다. 그러다 마침내 눈을 들었을 때(그럭저럭하는 사이, 우리 세계의 모습이 나타나기 시작했고 그 뒤로 인간 삶도 시작됐지요.), 전혀 예상치 못한 것을 보게 되었습니다. 기호를 본 것이지요. 하지만 바로 그 기호가 아니라 비슷한 기호였습니다. 내 것을 모방한 게 틀림없긴 했는데 그게 내 것일 수 없다는 것은 금방 알 수 있었어요. 통통하고 어색해 보이는 데다 우스꽝스럽게 뽐내는 것 같았지요. 그 기호로 내가 나타내고자 했던 것, 지금에야 떠올릴 수 있는, 말로 표현할 수 없는 그것의 순수함을, 대조적으로, 외설스럽게 모방한 것이었습니다. 누가 이런 속임수로 나를 놀리려 한 것일까요? 나는 그 이유를 알 수 없었지만, 마침내 수천 가지의 추론을 통해 결론에 이를 수 있었지요. 우리보다 먼저 은하계의 회전을 끝낸 또 다른 태양계에 크그우그크라는 녀석이 있었습니다.(이자의 이름은 나중에, 이름의 시대에 추론한 것입니다.) 심술궂고 질투심 많은 녀석으로 야만적인 충동 때문에 내 기호를 지워 버린 다음 조잡한 수법으로 다른 기호를 새겨 놓으려고 시도했던 겁니다.

그 기호는 크그우그크가 내 것을 흉내 낼 의도 말고는 표시하고자 하는 다른 의도가 전혀 없다는 것을 분명히 보여 주었어요. 그러니 서로 비교조차 해서는 안 되었지요. 바로 그 순간 경쟁자에게 지고 싶지 않은 욕망이 내 속에서 다른 어떤 생각보다 강렬해졌답니다. 나는 곧바로 우주 공간에 새로운 기호를 그리고 싶었습니다. 진짜 기호, 크그우그크가 질투심에 불타오르게 할 기호를. 첫 번째 기호를 표시한 뒤로 거의 7억 년 동안 다시 표시하고 싶다고 느껴 본 적이 없었는데 말이지요. 나는 아주 열심히 기호를 만들었습니다. 하지만 이제 많은 것들이 변했지요. 내가 말했듯이 세상은 스스로의 이미지를 갖기 시작했습니다. 그래서 기능하는 모든 것이 하나의 형태와 일치하기 시작했지요. 당시의 형태들에는 매우 무한한 미래가 열려 있다고들 생각했습니다.(그렇지만 그것은 사실이 아니었어요. 비교적 최근의 일을 예로 들면 공룡들이 있지 않습니까.) 그래서 내 새로운 기호에서는 당시 사물의 형태의 영향을 느낄 수 있었지요. 우리는 그런 형태를 양식이라 부르지요. 다시 말해 모든 것이 어떤 일정한 양상으로 존재하는 특별한 방식인 겁니다. 솔직히 말해 난 정말 새 기호에 만족했습니다. 첫 번째 기호가 지워진 게 아쉽다는 생각이 더 이상 들지 않았지요. 내가 보기엔 새 기호가 훨씬 더 아름다웠으니까요.

하지만 이미 은하년이 흐르는 동안, 그 순간까지 존재하던 세상의 형태들은 일시적인 것이어서 하나씩 변할 수 있다는 것을 알게 되었답니다. 이런 인식과 함께 낡은 인상들에 싫증이 나기 시작했어요. 기억하는 것조차 싫어졌지요. 나는 한 가지 생각 때문에 고통스러워지기 시작했습니다. 내가 공간 속에 기호를, 내가 보기에는 너무 아름답고 독창적이고 그 기능에 적합한 것 같은 기호를 남겨 놓았는데, 이제는 내 기억 속에서 그것이 부적절하게 거만을 떠는 것처럼 보인다는 거였습니다. 무엇보다 기호들을 만들어 내는 낡은 방식의 표시 같았습니다. 내가 적당한 때에 벗어났어야 할 사물들의 구조와 어리석게 공모한 표시 같았지요. 간단히 말해 회전하는 세계의 가장자리에 수세기 동안 머물면서 자기 자신과 나, 그리고 우리의 일시적인 사고방식을 우스꽝스러운 광경으로 만들어 냈던 그 표시가 부끄러웠던 겁니다. 그것을 기억할 때면(계속 기억이 났어요.) 얼굴이 붉어졌지요. 지질 시대 내내 그렇게 얼굴이 달아올랐어요. 수치심을 숨기려고 화산 분화구 깊숙이 들어갔고, 자괴감 때문에 대륙을 뒤덮은 빙하 덩어리를 깨물었지요. 은하계의 항로에서 항상 나보다 앞서 가던 크그우그크가 내가 지우기도 전에 이미 그 기호를 보았을 것이라는 생각에 괴로웠습니다. 또한 나를 모욕하기 위해, 은하계 구석구석에 그 기호를 조잡하게 희화해서 반복적으로 그려 놓은 그런 건방진 자로 인해 내가 우롱당하고 얼굴을 찌푸려야 한다고 생각하니 고통스러웠지요.

하지만 이번에는 복잡한 천체의 시계 장치가 내게 이롭게 작용했습니다. 크그우그크의 별자리는 그 기호와 만나지 않은 반면, 우리의 태양계는 정확히 첫 번째 공전이 끝날 무렵 그곳에 이르러, 최대한 꼼꼼하게 기호를 지울 수 있을 정도로 가까이 접근했던 거지요.

이제 우주 공간 속에 내 기호는 하나도 남지 않게 되었습니다. 다른 기호를 그릴 수도 있었지만 이제 나는 알게 되었지요. 기호란 그것을 그린 사람을 판단하는 데에도 쓰이며, 1은하년이 흐르는 동안 취향과 사상이 충분히 변할 수 있다는 것을 말입니다. 먼저 있던 기호들을 판단하는 방법은 다음에 오는 것에 달려 있다는 것도 알게 되었지요. 간단히 말해 지금은 완벽해 보이는 기호가 2억 년 혹은 6억 년 뒤에는 끔찍한 것으로 보이지나 않을지 걱정되었던 겁니다. 하지만 내가 후회하는 와중에도, 크그우그크가 야만스레 지워 버린 첫 번째 기호는 시간의 변화에 영향을 받지 않았습니다. 모든 형태가 시작되기 전에 태어났고, 모든 형태에서 살아남은 무엇인가를, 즉 기호가 되었다는 사실 그 하나를 간직하는 것으로서 말입니다.

그런 기호가 아닌 기호를 만드는 것에 이제 난 전혀 관심이 없었습니다. 그리고 그 기호를 이미 수십억 년 전에 잊었지요. 그렇게 해서 진짜 기호는 만들 수 없었지만 크그우그크를 어떤 식으로든 괴롭히고 싶어서 가짜 기호들을 만들었습니다. 흠집, 구멍, 얼룩, 크그우그크 같은 무식한 자만이 기호로 착각할 만한 속임수들을 우주 공간에 만들어 놓았지요. 하지만 그는 그것들을 부지런히 지워 버렸습니다.(나중에 공전할 때 내가 확인했지요.) 그렇게 열심히 지우느라 틀림없이 몹시 힘이 들었을 겁니다.(그의 어리석은 행동이 어디까지 가는지 보려고 우주 공간에 가짜 기호들을 뿌려 놓다시피 했으니까요.)

이제, 여러 차례 공전을 하는 동안 그가 지운 것을 관찰하면서(은하계의 공전은 이미 내게 목적도 기대도 없는, 느리고 지루한 항해가 되어 버렸지요.) 나는 한 가지 사실을 알아차렸답니다. 은하년이 흐르면서 지워진 기호들이 공간 속에서 빛이 바래 갔는데 그 밑에서 그 지점에 내가 그렸던 표시, 나의(내가 말했듯이) 가짜 기호가 다시 나타난 겁니다. 그것을 발견하고 난 불쾌했다기보다는 희망에 들뜨게 되었어요. 크그우그크가 지운 흔적이 사라졌다면 그가 그 지점에서 제일 먼저 지운 것은 이미 사라진 게 틀림없고 나의 기호는 최초의 모습 그대로 드러날 게 틀림없었지요!

그렇게 해서 기대감 속에 나는 다시 초조하게 하루하루를 보냈습니다. 은하계는 뜨겁게 달궈진 냄비 안의 튀김처럼 회전을 했어요. 은하계 자체가 튀김 냄비였고 금빛 계란 튀김이었지요. 나는 은하계와 같이 초조함으로 안절부절못했습니다.

그러나 은하년이 흐르면서 우주 공간은 이제 균일하게 황폐하고 광막한 무색의 공간이 아니었습니다. 나와 크그우그크의 머리에 떠올랐던 것처럼, 은하계가 지나는 지점들에 기호를 표시해야겠다는 생각을, 다른 태양계의 수백만 행성에 흩어진 많은 이들도 하게 된 거지요. 나는 계속 이런 기호들 중 하나, 혹은 두 개 혹은 열두어 개와 마주치곤 했습니다. 이차원의 짧고 굵은 단순한 선들 혹은 삼차원의 덩어리들, 혹은 사차원과 모든 것을 합쳐 아주 조심스레 만든 것들이었지요. 실제로 내 기호가 있는 지점에 도착했을 때 나는 다섯 개의 기호를 발견했습니다. 모두 거기 있었지요. 내 기호는 쉽게 알아볼 수 있는 게 아니었습니다. 이쪽 거다, 아니야. 여기 다른 거야, 무슨 소리, 이건 너무 현대적이야, 그게 아니라 제일 오래된 것일 수도 있어. 여기 이건 내 흔적을 알아볼 수 없어. 내가 이렇게 만들 생각을 했을 리가 없지……. 그사이 은하계는 우주 공간 속으로 흘러갔고 그 뒤에 낡은 기호들과 새 기호들을 남겼습니다. 난 내 기호를 다시 찾지 못했지요.

그 뒤로 내가 한 번도 경험하지 못한 최악의 은하년이 이어졌다고 말해도 과장이 아니랍니다. 나는 기호를 찾으러 다녔는데 공간 속에는 기호들이 꽉 차 있었어요. 전 세계의 누구나 기호를 남길 기회를 갖게 되었고, 모두가 우주 공간에 어떤 식으로든 자신의 흔적을 새기는 일을 마다하지 않았습니다. 우리의 세계 역시 내가 방향을 바꿀 때마다 더 복잡해져서 세상과 공간이 서로의 거울 같아 보였고, 아주 작은 상형 문자들과 표의 문자들로 장식된 것 같았어요. 그런 문자들 각각은 기호가 될 수도 있고 아닐 수도 있었지요. 현무암 위에 응결된 석회석, 사막의 모래 언덕 위로 바람이 높이 세운 모래 등성이, 공작 깃털 속에 자리 잡은 둥근 눈 무늬(기호들 속에서 살아가면서 천천히, 셀 수 없이 많은 사물을 기호로 볼 수 있게 되었습니다. 이런 것들은 지금까지 단지 자신의 존재 말고는 다른 의미를 전혀 나타내지 않았지요. 이런 수많은 사물들이 스스로 기호로 변했고 기호를 만들고 싶어하는 이가 일부러 만든 기호들과 합쳐졌지요.), 편암 바위 벽에 비치는 불빛의 무늬, 신전 박공벽의 코니스 427번째에 약간 기울어지게 팬 홈, 자기 폭풍이 일어날 때 텔레비전 화면에 나타나는 연속선들(연속되는 기호들은 연속되는 기호의 기호들 속에서, 항상 똑같이 그리고 항상 약간 다른 방식으로 수없이 반복되는 기호의 기호들로 증가됩니다. 우연히 거기 있게 된 기호가 의도적으로 만들어진 기호에 더해지기 때문이지요.), 석간신문에서 종이의 섬유질 때문에 제대로 인쇄되지 않은 알파벳 R의 다리 부분, 멜버른 항구 도크의 타르 발린 중공벽에서 껍질이 벗겨져 나간 80만 곳 중의 하나, 통계학 곡선, 아스팔트 위의 급브레이크 자국, 염색체……. 이따금 나는 깜짝 놀라곤 했습니다! 저거다! 잠시 나는 내 기호를 찾았다고 생각했지요. 그게 지구 위에 있든 우주 공간 속에 있든 별 차이가 없었는데 기호들을 통해 이제는 뚜렷한 경계가 없는 연속성이 설정되었기 때문입니다. 우주에는 이미 형식과 내용물로 구별되는 기호가 아니라 서로 중첩되고 유착된 두꺼운 층의 기호들만이 존재해 넓은 공간을 모두 차지해 버렸습니다. 그것은 연속적으로 이어지는 아주 작은 점이고, 선과 긁힌 흔적과 돌출 부분과 새겨진 흔적이 뒤얽힌 망이었습니다. 우주의 사방에, 모든 차원에 낙서가 휘갈겨 쓰였지요. 이제 더 이상 기준점을 정할 방법이 없었습니다. 은하계는 계속 공전했지만 나는 더 이상 그 회전수를 셀 수가 없었어요. 그 어떤 지점이라도 출발점이 될 수 있고 다른 기호들과 겹쳐진 어떤 기호라도 내 기호가 될 수 있었습니다. 하지만 그런 것을 발견한다 해도 아무 소용이 없을 것입니다. 공간은 기호들로부터 독립적으로 존재할 수 없다는 게, 어쩌면 그렇게 존재한 적도 없다는 게 분명했기 때문이지요.

모든 것이 한 지점에

에드윈 허블이 처음으로 은하계가 멀어지는 속도를 계산했는데, 이를 통해 우주의 모든 물질이 우주 공간으로 확장되기 전에 단 한 지점에 응축된 순간을 설정할 수 있다. 우주의 기원이 된 빅뱅은 대략 150억 년에서 200억 년 전에 일어났다.

물론 모두 거기 있었소. **크프우프크 노인이 말했다.** 거기가 아니면 어디 있었겠소? 그곳에 공간이라는 게 있었겠지만 당시에는 아직 아무도 알지 못했다오. 시간도 마찬가지지. 거기에 멸치 떼처럼 짓눌려 있었는데 우리가 시간에 대해 어떻게 알 수 있었겠소?

문학적으로 표현해 보려고 "멸치 떼처럼 짓눌려 있었"다고 말한 거요. 사실 우리는 서로에게 짓눌려 있을 공간조차 없었다오. 우리는 모두 단 하나의 지점에 있었기 때문에 우리들 각자의 지점은 다른 사람들 각자의 지점과 일치했다오. 간단히 말해 우리는 짜증조차 내지 않았소. 기분이야 그렇지 않았지만. 프베르^t 프베르^{d}같이 불쾌한 이가 항상 옆에 있다는 것은 세상에서 제일 짜증나는 일이었으니까.

우리가 몇 명이었냐고? 아, 난 어림으로도 그 수를 셀 수가 없었다오. 계산을 해 보려면 조금이라도 서로 떨어져 있어야 하는데 그때 우리는 한 지점을 똑같이 차지하고 있었거든. 생각과는 달리 그런 상황이 사교성에 도움이 되는 건 절대 아니었소. 예를 들어 내가 알기로는 다른 시대에는 이웃들과 왕래하며 지냈다더군. 하지만 그곳에서는 모두가 가까운 이웃이어서 아침저녁으로 인사도 주고받지 않았다오.

모두가 얼마 되지 않는 지인들하고만 관계를 유지했소. 특히 기억나는 이는 프흐(i)느크o, 그의 친구인 데 크우아에아우크, 이민자 가족인 츠'추, 내가 앞서 말했던 프베르^{t} 프베르^{d}라오. '관리 담당'이라고 불리던 청소부 아주머니도 있었는데 온 우주가 그렇게 작았기 때문에 청소부도 그 아주머니 딱 하나뿐이었소. 솔직히 그녀는 하루 종일 하는 일이 하나도 없었다오. 먼지 털 일도 없었지요. 그 지점 안에는 먼지 하나 들어갈 틈이 없었으니까. 그래서 계속 수다를 늘어놓고 푸념을 해 댔다오.

내가 여러분에게 말한 이들만으로도 그 수가 너무 많았지요. 거기다가 우리가 쌓아 놓아야 했던 물건들을 더해 보시오. 나중에 우주를 형성하는 데 쓰일 모든 물질이, 나중에 천문학(안드로메다 성운 같은)의 일부가 될 것과 지리학(예를 들면 보주 산맥)이나 화학(베릴륨의 동위원소 같은)에 속하게 될 것들이 분해되었다가 응집되어 있어서 서로 구별할 수 없을 정도였소. 게다가 항상 츠'추 가족의 가재도구들, 그러니까 간이침대, 매트리스, 바구니들에 부딪히곤 했지요. 이 츠'추 가족은 전혀 조심성 없이, 대가족이라는 핑계로 이 세상에 자기들만 있는 것처럼 행동했소. 심지어 그 지점에다 빨래를 널 빨랫줄을 매겠다고 요구까지 했다니까.

그렇다고 다른 이들도 옳게 행동한 건 아니었다오. 자기들이 먼저 그 지점에 있었고 츠'추 가족은 나중에 왔다는 주장을 근거로 그들을 '이민자'로 정의한 것부터 시작해서 말이오. 처음도 나중도 없고 이주할 다른 곳도 존재하지 않았기 때문에 그 주장은 내가 보기에는 근거 없는 편견이 분명했소. 하지만 '이민'이라는 개념을 순수한 상태로, 다시 말해 시간과 공간을 초월해 존재할 수 있는 것이라고 주장하는 이도 있었지요.

말하자면 그 당시 우리의 사고방식은 편협하고 조잡했소. 우리를 있게 한 주변 환경 탓이었지. 그런 사고방식은 우리 마음속에 남아 있어 오늘날에도 불쑥 튀어나올 수 있으니 주의를 기울여야 한다오. 우연히 우리 중 두 사람이 버스 정거장이나 극장, 국제 치과의사 학회에서 만날 경우 그 당시를 회상하게 되지요. 두 사람은 인사를 하고(어떤 때는 누군가 나를 알아보기도 하고 내가 누군가를 알아보는 때도 있지요.) 곧 우리가 아는 사람들에 대해 묻게 되고(비록 각자 다른 사람이 상기시킨 사람들 중 하나만을 기억하고 있다고 해도) 그렇게 해서 그 옛날의 말다툼, 원한, 중상모략이 다시 대화에 등장하게 되는 거요. 그러다가 프흐(i)느크o 부인의 이름까지 거론하게 되는데 모든 대화는 항상 거기서 끝나게 되어 있다오. 그러면 갑자기 쩨쩨함은 사라지고, 두 사람은 행복하고 관대한 감동의 물결에 휩싸인 자들처럼 기분이 좋아지지요. 프흐(i)느크o 부인은 우리 모두가 잊지 못하고 보고 싶어하는 단 한 명이라오. 대체 부인은 어디로 갔을까요? 오래전에 나는 부인을 찾는 일을 그만두었다오. 프흐(i)느크o 부인, 그녀의 가슴, 엉덩이, 오렌지색 덧옷, 우리는 이 은하계에서도, 다른 곳에서도 다시는 그녀를 만날 수 없을 거요.

분명한 것은 우주가 극도로 희박한 상태에 이른 뒤에는 다시 응축될 것이고, 그래서 우리가 그 지점에서 다시금 만나게 되어 새롭게 시작할 것이라는 이론은 내게 전혀 설득력이 없다는 거요. 하지만 우리 중 많은 이들이 그 사실에 기대를 하고 그곳에 모두가 또다시 모이게 될 때를 대비해 계속 계획을 세운다오. 지난달 이 찻집 안, 저쪽 모퉁이에서 누굴 봤는지 아시오? 프베르^t 프베르^d 씨였소.

"여기서 뭐 하시는 거요? 이쪽에 무슨 볼일이오?"

나는 그가 파비아[2]에서 플라스틱 제품 대리점을 하고 있다는 것을 알게 되었지요. 은니에 꽃무늬 멜빵을 멘 그는 예전과 똑같았소.

"그곳에 돌아가게 되었을 때" 그는 나직이 말했소. "주의해야 할 건, 이번에는 몇몇 사람들은 돌아가지 못할 거라는 거요……. 우리가 다 알다시피 그 즈'추 가족들은……."

나는 그 얘기를 벌써 여러 사람에게 들었다고, 그리고 이 말도 덧붙였다고 말해 주고 싶었소.

"우리가 알다시피……. 프베르^t 프베르^d 씨……."

하지만 그런 난처한 화제에 끌려 들어가지 않으려고 난 서둘러 이렇게 말했다오.

"그런데 프흐(i)느크o 부인을 다시 만날 수 있을 것 같습니까?"

"아, 그럼요……. 부인이요, 그럼요……." 그는 얼굴에 홍조를 띠며 말했다오.

우리 모두 그 지점으로 되돌아가리라는 희망을 품고 있었는데, 그것은 무엇보다 프흐(i)느크o 부인과 다시 함께 지내고 싶은 바람이라고 할 수 있었지요.(그렇지 않다고 생각하는 나 역시 마찬가지였소.) 그리고 그 찻집에서 항상 그랬듯이 우리는 감상에 젖어 그녀를 떠올렸

2 이탈리아 북부에 있는 도시.

다오. 그런 추억 앞에서는 프베르^{t} 프베르^{d}에 대한 반감도 빛을 잃어 갔소.

프흐(i)느크o 부인이 가진 큰 비밀 때문에 우리가 서로를 질투한 적은 없었소. 뒤에서 이러쿵저러쿵하는 일도 없었지요. 그녀가 친구인 데 크우아에아우크와 함께 잠자리를 한다는 건 잘 알려진 사실이었소. 하지만 그 지점에 침대가 있었다면 그 지점을 다 차지해 버리고 말았을 거요. 그러니 함께 잠자리를 한 게 아니라 그냥 그곳에 있었던 것이지요. 그 지점 어디든 침대에 있는 것과 같으니까. 그 결과, 불가피하게도 그녀는 우리 중 누구와도 침대에 같이 있을 수 있었다오. 그녀가 아닌 다른 이였다면 얼마나 많은 말이 꼬리를 이었을지 모른다오. 비방을 시작하는 건 항상 청소부 아주머니였고, 다른 이들이 곧 그 아주머니를 따라 했지요. 우선 츠'추 가족들에 대해 우리가 들은 이야기는 아주 끔찍했다오. 아버지, 딸, 형제자매, 어머니, 숙모, 모두에 대한 온갖 수상한 악담이 끊이지를 않았지요. 하지만 프흐(i)느크o 부인에 대해서는 달랐다오. 그녀가 내게 준 행복은 그녀 속에 점처럼 작은 나를 감추는 것이자 내 속에 점처럼 작은 그녀를 느끼는 그런 것이었소. 방탕하면서도(그녀의 내부에서 모두가 작은 점처럼 모여 뒤범벅된 상태이기 때문에) 동시에 순결한(작은 점 같은 그녀에게 아무도 들어갈 수 없기 때문에) 생각이었지요. 어쨌든 내가 더 이상 바랄 게 뭐가 있었겠소?

이 모든 것이 나에게 진실이었듯이 다른 사람들 모두에게도 마찬가지였소. 그녀에게도 말이오. 그녀는 기쁘게 우리를 받아 주었고 마찬가지로 다른 사람에게도 기쁘게 받아들여졌다오. 우리를 이해했고 사랑했고 우리를 똑같이 대하며 살았소.

그렇게 모두가 함께 잘 지냈다오. 너무 잘 지내서 이상한 일이 일어날 수도 있을 정도로 말이오. 갑자기 그녀가 이렇게 말했소.

"얘들아, 내게 공간이 조금만 더 있어서 너희에게 탈리아텔레[3] 파스타를 만들어 줄 수 있다면 얼마나 좋을까!"

바로 그 순간 우리는 모두 파스타 반죽을 밀대로 밀고 있는 그녀의 통통한 팔이 차지할 공간을 생각했다오. 팔꿈치 위까지 올리브기름과 밀가루에 덮여 하얘진 그녀의 두 팔이 열심히 반죽을 하는 사이, 넓은 밀판 위에 수북이 쌓인 밀가루와 계란들 위에서 출렁일 그녀의 가슴이 차지할 공간을 생각했지요. 밀가루가 차지할 공간, 밀가루를 만들 밀, 밀을 경작할 밭, 그리고 밭에 댈 물이 흘러내려 오는 산, 소스를 만들 고기를 줄 송아지 떼들이 풀을 뜯는 풀밭이 차지할 공간을 생각한 거요. 태양이 밀을 익게 하는 데 햇살을 비춰 줄 공간, 행성들 간의 가스 성운들로부터 태양이 응축되어 불타오를 공간을 생각했고, 모든 은하계, 모든 성운, 모든 태양, 모든 행성을 정지시키는데 필요한 공간에서 달아나는 수많은 별과 은하, 은하계 성단을 생각했다오. 그리고 그런 생각을 한 바로 그 순간, 이 공간이 끝없이 형성되었고 그와 동시에 프흐(i)느크o 부인이 이런 말을 했지요.

"……탈리아텔레, 이런, 얘들아!"

그녀와 우리를 포함하던 그 지점은 광년, 광세기, 광천년, 광억년의 방사상 거리로 확장되었소. 우리는 우주의 네 귀퉁이로 던져졌고 (프베르[t] 프베르[d] 씨는 파비아까지) 그녀는 에너지의 빛인지 열기인지 나로서는 알 수 없는 것으로 분해되었소. 프흐(i)느크o 부인, 우리의 조

---

3 칼국수 모양 면.

잡하고 닫힌 그 세계 한가운데에서 너그러운 도약, "얘들아, 탈리아텔레를 너희에게 먹일 수 있다면!"이라는 최초의 도약, 보편적인 사랑의 진정한 도약을 시도할 수 있었던 그녀가 말이오. 그렇게 분해되는 동안 그녀는 공간, 진정한 공간, 그리고 시간, 만유인력, 중력을 지닌 우주의 개념을 탄생시켰고, 수십억 개의 태양, 행성, 밀밭, 프흐(i)느크o 부인들이 태어나게 했는데 그 부인들은 행성의 각 대륙으로 흩어져 기름과 밀가루가 묻은 팔로 반죽을 했다오. 그리고 바로 그 순간 그녀는 사라졌고 우리는 그녀를 그리워하게 된 거라오.

색깔 없는 시대

지구를 둘러싼 대기와 대양들이 만들어지기 전, 지구는 우주 공간에서 빙글빙글 회전하는 회색의 공 모양이었을 게 틀림없다. 지금의 달처럼. 태양이 내쏘는 자외선이 아무런 차단막 없이 그곳에 도달했고 색깔은 파괴되었다. 그 때문에 달 표면의 바위들은 지구의 것처럼 색깔이 있는 것이 아니라 활력 없고 균일한 회색빛이다. 지구가 다채로운 얼굴을 보여 주는 것은 치명적인 빛을 여과하는 대기 덕분이다.

약간 단조로웠지요. **크프우프크가 말했다**. 하지만 아늑했어요. 나는 가운데에 대기가 없을 때 다 그랬듯이 아주 빠른 속도로 수천 킬로미터씩 가곤 했습니다. 회색빛밖에 보이지 않았어요. 선명하게 대조를 이루는 건 아무것도 없었지요. 정말 하얀 흰색이 있다면 그건 태양 한가운데에 있었는데 가까이에서는 볼 수조차 없었지요. 한밤의 어둠조차 검은색이 아니었습니다. 항상 수많은 별들이 모습을 보였기 때문이지요. 산맥들로 가로막히지 않은 지평선들이 내 눈앞에 펼쳐졌습니다. 산맥들은 그제야 겨우 땅 위에 나타나기 시작했는데 회색빛이었고 그 회색빛 주변도 돌투성이 회색 평야였지요. 대륙과 대륙을 건너도 난 물가에 이를 수가 없었어요. 대양과 호수와 강 들이 지하 어딘가에 있었기 때문이지요.

그때는 누군가를 만나는 일이 아주 드물었습니다. 우리의 수가 그렇게 적었으니! 자외선을 견뎌 내는 데 그리 많은 것이 필요하지는 않았어요. 특히 대기가 없다는 것을 다양하게 느낄 수 있었지요. 예를 들어 운석들을 봅시다. 우주 공간 사방에서 운석이 우박 쏟아지듯 떨어졌어요. 성층권이 없었기 때문이지요. 지금은 지붕에 떨어지듯 성층권에 떨어져 분해가 되지만요. 그리고 고요했어요. 크게 외쳤다고 해 봅시다! 진동하는 대기가 없었기 때문에 우리는 모두 귀머거리에 벙어리였어요. 기온은? 태양열을 보존할 수 있는 게 주위에 아무것도 없었어요. 밤이 되면 우리를 힘들게 하는 추위가 찾아왔지요. 다행히 지구 내부에서 응축되어 가던 여러 광물 때문에 땅속부터 지표면이 따뜻해져 왔어요. 밤은 짧았습니다.(낮도 마찬가지였지요. 지구가 빠르게 자전했으니까요.) 난 따뜻한 바위 하나를 껴안고 잤어요. 주변의 혹독한 추위는 오히려 기쁨이었어요. 간단히 말해 기온에 관한 한, 솔직히 말하자면 난 개인적으로 그렇게 불편하지는 않았답니다.

우리에게 꼭 필요한 것은 수없이 많았지만, 여러분도 알다시피 색깔이 없다는 건 아주 사소한 문제에 불과했지요. 색깔이 존재한다는 것을 우리가 알았다 해도 그건 때에 맞지 않은 사치라고 생각했을 겁니다. 딱 한 가지 불편한 점은, 뭔가를 혹은 누군가를 찾아야 할 때 시선을 집중해야 한다는 거였지요. 모두가 똑같이 색이 없어 뒤에 있거나 주위에 있는 것과 뚜렷하게 구별될 형태가 없었으니까요. 굴러가는 운석 조각이나 지진 때문에 뱀 모양으로 벌어지는 틈, 튕겨 오르는 화산력같이 움직이는 것이나 겨우 알아볼 수 있었을 뿐이지요.

그날 나는 해면처럼 구멍이 숭숭 뚫린 바위들로 이루어진 원형극장 같은 곳을 달렸습니다. 그곳은 온통 아치 같은 구멍이 뚫려 있었는데 그 뒤로도 또 다른 아치들이 펼쳐졌지요. 간단히 말해 색의 부재로 인해 우묵하게 들어간 그림자들의 음영이 다양하게 드러난 울퉁불퉁한 곳이었습니다. 이 무색의 아치 기둥들 사이에서 나는 무색의 번개 같은 게 재빨리 달려 사라졌다가 조금 더 가서 다시 나타나는 것을 보았습니다. 그것은 쌍을 이룬 두 개의 섬광이었어요. 그때까지 나는 그게 뭔지도 모른 채 사랑에 빠져 쫓아 달리고 있었지요. 그것은 아일의 눈이었습니다.

나는 모래사막으로 들어갔습니다. 어딘가 다르면서도 거의 똑같은 모래 언덕들 사이로 발이 푹푹 빠지며 앞으로 걸어 나갔습니다. 바라보는 지점에 따라 모래 언덕 등성이가 마치 누워 있는 육체들이 돋을새김된 것 같았습니다. 저쪽에 있는 것은 부드러운 가슴에 팔을 얹고 갸울어진 뺨을 손바닥으로 받친 모양 같았지요. 거기서 조금 더 가면 엄지발가락이 날씬한 젊은이의 발이 튀어나와 있는 듯한 곳도 있었어요. 나는 가만히 서서 그렇게 사람과 비슷한 형상들을 바라보며 시간을 흘려보내다가 내 눈앞에 모래 언덕이 아니라 내가 쫓던 대상이 있다는 것을 알게 되었습니다.

무채색의 그녀가 무채색 모래 위에 잠을 이기지 못하고 누워 있었던 거지요. 지금에야 알게 된 것이지만 그때는 자외선이 우리 행성에서 종말을 맞이하던 시기였습니다. 막 끝나 가던 존재 방식이 그 아름다움의 절정을 펼쳐 보여 주고 있었지요. 내 눈앞에 펼쳐진 것처럼 그렇게 아름다운 것이 지구 위로 지나간 적은 없었습니다.

아일이 눈을 떴습니다. 나를 보았지요. 처음에는 모래 세계와 나를 잘 구별하지 못하는 것 같았어요. 내가 종종 그랬던 것처럼 말이지요. 그러더니 자신을 추격했던 낯선 존재인 나를 발견하고 겁에 질린 것 같았어요. 하지만 마침내 우리 공통의 본질을 알아차린 듯했지요. 수줍어하기도 하고 눈웃음을 치기도 하며 눈을 깜빡였는데,

그 때문에 한없이 행복해진 나의 입에서는 소리 없는 비명이 터져 나왔답니다.

나는 손짓 발짓으로 대화를 하기 시작했습니다.

"모래. 모래 아니다." 먼저 주변을 가리키고 그다음에는 우리 두 사람을 가리키며 말했지요.

그녀가 알아들었다는 표시를 했어요.

"바위. 바위 아니다."

나는 이 이야깃거리로 대화를 이어 가기 위해 말했어요. 당시는 여러 가지 개념이 없던 시대였어요. 예를 들어 우리 두 사람이 무엇인지, 어떤 공통점과 차이점을 가졌는지를 설명하기가 쉽지 않았지요.

"나. 너는 내가 아니다." 나는 손짓으로 설명을 해 보았어요.

그녀는 이것에 반박했습니다.

"그래. 넌 나하고 같아. 그래 그래." 내가 말을 바꿨지요.

그녀는 약간 마음을 놓았지만 여전히 나를 믿지 않았어요.

"나, 너, 함께, 뛰어 뛰어." 내가 말했어요.

그녀는 웃음을 터뜨리더니 달아났습니다.

우리는 화산 등성이 위로 달렸어요. 회색빛 오후에 바람에 날리는 아일의 머리카락과 분화구에서 올라오는 불길이 구별이 되지 않았어요. 똑같이 창백한 날갯짓 같았죠.

"불, 머리카락." 내가 말했지요. "불, 머리카락 똑같아."

그녀도 그렇게 생각하는 것 같았지요.

"예쁘지?" 내가 물었어요.

"예뻐." 그녀가 대답했지요.

이미 희끄무레한 저녁놀 빛 속으로 해가 지고 있었어요. 불투명한 바위 절벽 위로 비스듬히 비치는 햇빛에 돌 몇 개가 반짝였어요.

"저기 돌들 똑같지 않아. 예뻐." 내가 말했지요.

"아니." 그녀가 대답하며 눈을 돌렸어요.

"저기 돌들 예쁘다." 나는 회색빛으로 반짝이는 돌들을 가리키며 우겼어요.

"아니." 그녀는 쳐다보려 하지 않았습니다.

"너한테, 내가, 저기 있는 돌들을!" 내가 제안했습니다.

"아니, 여기 있는 돌들!" 아일이 대답하며 불투명한 돌들을 한 움큼 쥐었습니다.

그렇지만 난 이미 앞으로 달려 나가고 있었지요. 반짝이는 돌을 주워 왔지만 그녀에게 억지로 쥐여 줘야 했습니다.

"예쁘잖아!" 나는 그녀를 설득해 보려고 했습니다.

"아니!" 그녀는 반박했지만 곧 그 돌들을 보았습니다.

이미 햇빛에서 멀어진 돌들은 다른 돌들처럼 불투명해져 있었지요. 그래서 그녀는 이렇게만 말했죠.

"예뻐!"

밤이 되었습니다. 바위를 껴안고 잠들지 않은 최초의 밤이었습니다. 아마 그 때문에 밤이 잔인할 정도로 짧게 생각되었는지도 모르겠어요. 빛이 매 순간 아일을 지워 버리려 하고 그녀의 존재를 의심하게 했다면, 어둠은 그녀가 곁에 있다는 확신을 주었습니다.

다시 날이 밝아 지구가 회색으로 물들었습니다. 주위를 둘러보았는데 그녀가 보이지 않았습니다. 난 소리 없이 고함을 쳤어요.

"아일! 왜 도망간 거지?"

하지만 그녀는 내 앞에 있었어요. 그녀 역시 나를 찾고 있었고 나를 발견하지 못해 소리 없이 소리를 지르고 있었지요.

"크프우프크! 어디 있어?"

어두운 빛에 우리의 눈이 익어 눈썹, 팔꿈치, 엉덩이의 윤곽을 알아보는 데 익숙해질 때까지 그랬지요.

아일에게 선물을 한 아름 안겨 주고 싶었지만 그녀한테 어울릴 만한 게 아무것도 없는 것 같았어요. 나는 그 균일한 세계의 표면과 어떤 식으로든 분리된 것, 여러 색으로 물든 것, 얼룩이 있는 것을 모두 찾아보았습니다. 하지만 아일과 나의 취향이 정반대라고는 할 수 없어도 전혀 다르다는 것을 곧 알게 되었지요. 나는 사물들을 가둬 두는 창백한 표면 너머의 다른 세상을 찾고 있었던 거지요. 나는 모든 낌새, 모든 틈새를 탐색했어요.(사실 뭔가가 변화하기 시작했어요. 무지개 색의 희미한 빛들이 색이 부재하는 어떤 지점들을 스쳐 지나갔지요.) 하지만 아일은 모든 진동이 배제된 그곳을 지배하는 침묵에 행복해하는 주민이었습니다. 완벽한 시각적 중립성을 파괴할 가능성이 있는 모든 것이 그녀에게는 고통스러운 불협화음이었습니다. 회색이 모든 것을, 회색 이외의 어떤 것이 되려는 희미한 욕망까지도 지워 버리는 그곳에서, 오로지 그곳에서만 아름다움이 시작된다고 그녀는 생각했지요.

우리가 어떻게 서로를 이해할 수 있었겠습니까? 우리 눈앞에 펼쳐진 세상의 그 어떤 것도 우리가 서로에게 느끼는 것을 표현하는 데 충분하지 않았습니다. 내가 사물들에서 낯선 진동을 끌어내려고 애썼던 반면, 그녀는 모든 것을, 그것의 최종적인 물질인 무채색의 지대로 환원시키고 싶어 했습니다.

별똥별 하나가 하늘을 가로질러 갔는데, 그 궤도가 태양 앞을 지났습니다. 그 불붙은 유동적인 표면이 잠시 햇빛의 여과기 역할을 해 주었습니다. 갑자기 세상이 그때까지 한 번도 보지 못한 빛에 잠겼습니다. 자줏빛 심연들이 오렌지색 절벽 발치에서 벌어졌지요. 내 보랏빛 두 손이 불붙은 초록빛 유성을 가리키는 동안, 아직 말이 존재하지 않아 머릿속에만 있던 한 가지 생각이 내 목에서 터져 나오려고 안간힘을 쓰고 있었습니다.

"이건 너를 위한 거야! 내가 너를 위해 이것을 그래 그래 이렇게 예쁘잖아!"

그러다가 나는 이런 전반적인 변화 속에서 아일이 얼마나 새롭고도 눈부시게 빛나는지 보고 싶은 초조한 마음에 몸을 획 돌렸습니다. 하지만 아일은 볼 수 없었어요. 그렇게 갑작스레 무채색 막이 산산조각 나는 동안 그녀는 마치 몸을 숨기고 모자이크 틈 사이로 빠져나갈 방법을 찾기라도 한 것 같았습니다.

"아일! 놀라지 마, 아일! 나와서 한번 봐!"

하지만 이미 유성의 궤도는 태양에서 멀어졌어요. 지구는 보통 때와 똑같은 회색빛을 되찾았지요. 눈부신 빛에 멀어 버린 내 눈에는 더 짙은 회색으로 보였고, 흐릿했으며, 불투명했고, 아일은 없었습니다.

아일은 정말 사라져 버렸어요. 밤이고 낮이고 오랫동안 나는 그녀를 찾았습니다. 당시는 세상이 그 뒤에 갖게 될 형태들을 시도하는 시대였습니다. 비록 제일 적합한 것은 아니라도, 이용할 만한 재료로 그것을 시험했지요. 그러니까 결정적인 것은 아무것도 없었던 겁니다. 연기 색깔의 용암으로 된 나무들이 휘어진 나뭇가지들을 사방으로 뻗었는데 그 가지에 얇은 점판암 나뭇잎들이 달려 있었지요. 불투명한 수정 데이지 꽃에서는 점토 초원을 지난 잿빛 나비들이 높이 날았어요. 아일은 무색 숲의 나뭇가지에서 흔들리거나 회색 관목 밑동에 붙은 회색 버섯을 따기 위해 몸을 숙인 무채색의 그림자일 수도 있었습니다. 백 번은 그녀를 찾은 것 같고 백 번은 잃어버린 것 같았습니다. 나는 황무지를 지나 사람이 사는 마을을 지나갔습니다. 그 당시 이름 없는 건축가들이 앞으로 있을 변화를 예감하고 머나먼 미래에나 세워질 법한 건물들을 너무 일찍 세워 놓았던 거지요. 나는 돌탑들로 뒤덮인 대도시를 가로질렀습니다. 은둔자의 집처럼 굴들이 뚫려 있는 산을 넘고, 진흙 바다에 면한 항구에 도착해, 모래 화단의 선돌이 하늘을 향해 높이 솟은 정원으로 들어갔습니다.

회색 선돌에는 보일락 말락 한 회색 선들로 줄무늬 그림이 그려져 있었습니다. 나는 걸음을 멈췄지요. 그 정원 한가운데에서 아일이 친구들과 어울려 놀고 있었습니다. 그녀들은 석영으로 만든 공을 높이 던졌다가 받곤 했습니다.

너무 세게 던진 공이 내 손이 닿는 데로 날아왔고, 난 그 공을 잡았지요. 친구들이 공을 찾으러 흩어졌습니다. 나는 아일이 혼자 있는 것을 보고 공중으로 공을 던졌다가 받았어요. 아일이 공을 보았지요. 나는 몸을 숨긴 채 석영 공을 던져서 점점 더 먼 곳으로 아일의 관심을 끌었습니다. 그리고 내 모습을 드러냈지요. 아일은 소리를 지르다가 웃었습니다. 그렇게 우리는 낯선 곳에서 공놀이를 했습니다.

그때 지진의 충격에 휩싸인 지구의 지층들이 힘겹게 균형을 맞추고 있었습니다. 가끔씩 지진이 땅바닥을 들어 올렸고, 아일과 나 사이로 땅이 갈라지기도 했는데, 우리는 그 틈을 사이에 두고 계속 석영 공을 주고받았습니다. 그 심연을 통해, 지구의 심장에 압착되어 있던 요소들이 자유로워질 길을 찾았답니다. 우리는 그 심연에서 바위의 돌출부들이 튀어나오기도 하고, 유연한 구름들이 올라오기도 하고, 뜨거운 증기가 뿜어져 나오기도 하는 것을 보았습니다.

나는 계속 아일과 공놀이를 하다가, 두터운 가스층이 지표면 위로 확장되어 간다는 것을 알아차렸지요. 그것은 서서히 나지막하게 피어오르는 안개 같았어요. 이제 그 가스층은 발목에 이르렀고, 무릎을 지나 엉덩이까지 올라왔습니다……. 그 광경을 본 아일의 눈에 불확실함과 두려움의 그림자가 점점 커졌지요. 나는 그녀를 놀라게 하고 싶지 않았어요. 그래서 아무 일도 없는 것처럼 계속 공놀이를 했지만 나 역시 불안하긴 마찬가지였지요.

한 번도 본 적이 없는 광경이었습니다. 떠다니는 거대한 거품이 지구 주위로 팽창하면서 지구를 감쌌어요. 곧 우리의 머리부터 발끝까지 뒤덮을 것 같았는데 그 결과가 어찌 될지는 알 수가 없었지요.

나는 땅바닥의 갈라진 틈새 너머에 있는 아일에게 공을 던졌지만 이상하게도 내가 생각했던 것보다 공이 훨씬 짧게 날아가 틈새로 떨어져 버리고 말았습니다. 그래요, 갑자기 공이 한없이 무거워진 겁니다. 그리고 틈새는 어마어마하게 넓게 벌어졌지요. 이제 아일은 아주 먼 곳에, 액체가 흐르고 물결치는, 우리 사이의 넓은 틈 저 너머에 있었습니다. 흐르는 액체는 절벽에 부딪혀 하얀 거품을 냈어요. 나는 그 절벽 가장자리에서 몸을 내밀며 소리쳤습니다.

"아일! 아일!"

그런데 내 목소리, 그러니까 소리가, 바로 내 목에서 나오는 소리가 크게 울려 퍼졌습니다. 내가 한 번도 상상하지 못했던 일이지요. 파도치는 소리는 내 목소리보다 더 크고 요란했습니다. 간단히 말하자면 나는 이제 아무것도 이해할 수 없었지요.

나는 두 손을 먹먹해진 귀로 가져갔습니다. 그 순간 나를 에워싼 산소와 질소 혼합물을 들이마시지 않으려면 코와 입도 막아야 한다는 걸 깨달았지만, 눈알이 빠질 것 같은 눈을 가려야 한다는 순간적인 충동이 그 무엇보다 컸습니다.

내 발밑으로 흘러가던 유체 덩어리가 갑자기 새로운 색을 띠자 눈이 멀 것만 같아 불분명한 비명을 질렀는데, 잠시 후 그것은 정확한 의미를 지니게 되었습니다.

"아일! 바다는 파랗다!"

오래전부터 예상했던 대변화가 일어난 것이지요. 이제 지구에는 공기와 물이 있었습니다. 그리고 방금 탄생한 그 파란 바다 위로 역시 색깔을 지닌 태양이 완전히 다른 색깔, 점점 더 선명해지는 색깔로 지고 있었지요. 그래서 나는 계속 이런 의미 없는 소리를 질러야겠다고 생각했습니다.

"태양이 얼마나 붉은지 좀 봐, 아일! 정말 빨개!"

밤이 되었습니다. 어둠도 달랐지요. 나는 눈에 보이는 것을 표현하기 위해 밑도 끝도 없는 소리를 질러 댔습니다.

"별들은 노란색이야! 아일! 아일!"

그날 밤에도, 그 뒤의 밤이나 낮에도 나는 아일을 찾지 못했습니다. 주위 세상은 계속 새로운 색깔들을 보여 주었지요. 분홍색 구름들이 보랏빛으로 무리 지어 모여들다가 노란 번개를 내리쳤습니다. 긴 폭풍우가 지나고 나면 무지개가 여러 가지 빛깔을 보여 주었는데, 그때까지 한 번도 본 적이 없는 색을 다양하게 조합해 비춰 주었습니다. 그리고 엽록소들이 이미 진군을 시작했지요. 이끼와 양치식물이 급류가 지나간 계곡을 초록으로 물들였습니다. 드디어 아일의 아름다움에 어울릴 만한 광경이 펼쳐진 것이지요. 그렇지만 아일은 없었습니다! 그녀가 없으니 다채로운 색깔의 모든 것이 내게는 아무 쓸모도 없고 헛되어 보였지요.

나는 다시 지구를 돌아다녔고, 회색빛이었던 것들을 또다시 보게 되었습니다. 그때마다 불은 빨간색이고 얼음은 하얀색이며 하늘은 하늘색, 흙은 갈색, 루비는 루비 색, 황옥은 황옥 색, 에메랄드는 에메랄드 색이라는 것을 발견하고 깜짝 놀랐습니다. 그렇다면 아일은? 내 상상력을 다 동원해도 내 눈앞에 나타날 그녀의 모습은 상상할 수가 없었지요.

이제 초목 때문에 초록색으로 변한 선돌의 정원을 다시 찾았습니다. 분수가 있는 연못에서는 빨간색, 노란색, 파란색 물고기들이 헤엄을 쳤어요. 아일의 친구들이 여전히 풀밭에서 무지개 색 공을 던지면서 뛰어놀고 있었습니다. 그런데 그녀들도 어찌나 변했는지! 한 여자는 하얀 피부에 금발 머리였고, 또 다른 여자들은 올리브 색 피부에 검은 머리, 발그레한 피부에 밤색 머리였고, 깨알 같은 주근깨가 매혹적인 빨간 머리 여자도 있었습니다.

"그런데 아일은?" 내가 소리쳤습니다. "그런데 아일은? 어디 갔어요? 왜 여러분과 같이 있지 않은 거죠?"

친구들의 입술은 빨갰고 하얀 이에 혀와 잇몸은 분홍색이었습니다. 유두조차 장밋빛이었지요. 눈은 청록색이 감도는 하늘색, 검은 버찌 같은 검은색, 연갈색과 붉은빛이 도는 보라색이었습니다.

"그런데…… 아일은……." 그녀들이 대답했어요. "여기 없어요……. 모르겠어요."

그러더니 그녀들은 다시 공놀이를 시작했습니다.

나는 할 수 있는 한 모든 색깔을 동원해 아일의 피부와 머리카락 색을 상상해 보려고 했지만 성공하지 못했습니다. 그래서 그녀를 찾아 지구 표면을 샅샅이 뒤졌습니다.

그러다 이렇게 생각했지요. '위에 없다면 밑에 있다는 뜻이야!'

그리고 첫 번째 지진이 발생하자 나는 벌어진 틈으로 뛰어들어 지구의 심장 속으로 들어갔습니다.

"아일! 아일!" 어둠 속에서 그녀를 불렀지요. "아일! 바깥세상이 얼마나 아름다운지 나와서 봐!"

난 목이 쉬어 더 이상 아무 말도 할 수가 없었습니다. 바로 그때 숨죽인 듯 나직한 아일의 목소리가 내게 대답했습니다.

"쉿, 나 여기 있어. 왜 그렇게 소리를 지르는 거야? 무슨 일이야?"

아무것도 보이지 않았어요.

"아일! 나하고 여기서 나가자! 모르지, 밖은……."

"난 싫어, 밖이."

"그렇지만 넌 전에는……."

"예전은 예전이야. 지금은 달라졌어. 전부 다 혼란스럽게 되어 버렸어."

나는 거짓말을 했어요.

"아니야. 빛 때문에 잠깐 변한 것뿐이야. 별똥별이 지나갈 때처럼! 지금은 다 끝났어. 전부 예전으로 돌아왔어. 가자, 두려워하지 말고."

아일이 밖으로 나가면, 처음 느끼는 혼돈의 순간이 지나가면 색깔에 익숙해지고 만족하게 될 거야. 그리고 내가 선의로 거짓말을 했다는 걸 알게 되겠지. 난 이렇게 생각했습니다.

"정말이지?"

"내가 왜 거짓말을 하겠어? 가자, 내가 널 데리고 나갈게."

"싫어. 너 먼저 가, 내가 따라갈게."

"난 빨리 널 다시 보고 싶어."

"넌 내가 원할 때 날 볼 수 있을 거야. 먼저 가, 뒤돌아보면 안 돼."

지진이 우리에게 길을 열어 주었습니다. 바위 층들이 부채 모양으로 벌어졌고 우리는 그 틈으로 나갔지요. 내 뒤로 아일의 가벼운 발소리가 들렸습니다. 다시 지진이 났고 우리는 밖에 나와 있었습니다. 나는 책장처럼 넘어가는 현무암과 화강암 계단 사이로 달려갔지요. 벌써 계단 끝에는 우리를 바깥으로 나가게 해 줄 구멍이 벌어져 있었고 어느새 그 틈 밖으로 햇빛이 비치는 초록의 지표면이 나타났습니다. 이미 빛이 어둠을 뚫고 우리를 만나러 오고 있었던 거지요. 바로 그때였어요. 난 아일의 얼굴에서도 살아났을 색깔이 보고 싶어졌습니다……. 그래서 그녀를 보기 위해 몸을 돌렸지요.

어둠 속으로 뒷걸음치는 그녀의 비명 소리가 들렸습니다. 조금 전의 햇빛에 눈이 부셔 난 아무것도 구별할 수가 없었습니다. 그러다가 천둥 같은 지진 소리가 모든 소리를 뒤덮어 버렸지요. 바위 벽 하나가 갑자기 수직으로 우뚝 솟아 우리를 갈라놓았습니다.

"아일! 어디 있어? 바위 벽이 완전히 자리 잡기 전에 이쪽으로 건너와, 빨리!"

나는 틈을 찾아 벽을 따라 달렸지만 회색의 매끄러운 바위 표면이 틈 하나 없이 넓게 자리 잡고 있었습니다.

바로 그 지점에 거대한 산맥이 생겨났지요. 나는 바깥세상으로, 대기 중으로 던져진 반면, 아일은 바위 벽 뒤쪽, 지구의 심장 안에 갇혀 있었습니다.

"아일! 어디 있어, 아일? 왜 이쪽으로 오지 않았어?"

나는 내 발밑에 펼쳐진 광경에 눈을 돌렸습니다. 그런데 문득 최초의 주홍색 양귀비꽃들이 봉우리를 터뜨리는 황록색 초원들, 짙푸른 색으로 반짝이는 바다를 향해 기울어지는 황갈색 언덕들이 줄지어 선 노란색 들판들, 이 모든 것이 내게는 아일의 존재, 아일의 세계, 아름다움에 대한 아일의 생각과 대조적으로 너무나 시시하고 통속적이고 위선적으로 보였습니다. 그러니까 아일의 자리는 결코 이곳이 될 수 없을 거라는 사실을 알게 된 거지요. 나는 이곳에 있고, 황금빛과 은빛의 반짝임, 파란색에서 분홍색으로 변해 가는 구름, 가을마다 노랗게 물드는 초록의 나뭇잎들을 결코 피할 수 없다는 것을 알고 너무 놀랍고 고통스러웠습니다. 또한 아일의 완벽한 세계는 영원히 사라졌고, 그래서 상상조차 할 수 없으며, 멀리 있는 그것을 기억할 만한 것도 하나 없다는 것, 그 세계에 대해 떠오르는 거라고는 회색 돌벽의 차가움 말고는 아무것도 없다는 사실을 깨달았을 때도 마찬가지였습니다.

끝없는 놀이

은하계들이 서로 멀어져 우주가 희박해진다면 새롭게 창조된 물질들로 새 은하계들이 형성되어 우주를 다시 메우게 될 것이다. 우주의 평균 밀도를 안정적으로 유지하려면 2억 5000만 년마다 팽창하는 우주 공간의 40세제곱 센티미터마다 수소 원자 하나씩을 만들기만 하면 된다.('안정 상태' 이론이라고 불리는 이 이론은, 우주가 특정한 순간에 일어난 거대한 폭발로 시작되었다는 다른 가설과 대비된다.)

나는 어린아이였는데도 벌써 그런 것을 다 알았답니다. **크프우프크가 이야기했다.** 수소 원자들을 하나하나 다 알았지요. 그리고 새로운 원자가 생기면 곧 알아보았어요. 내가 어린 시절에 온 우주에서 가지고 놀 거라고는 수소 원자들밖에 없었으니까. 그래서 나와 프프우프프라는 내 또래의 아이는 그것들을 함께 갖고 놀았어요.

우리가 어떻게 놀았을까요? 간단합니다. 공간이 휘어 있었기 때문에 그 곡선을 따라 수소 원자들을 당구공처럼 굴렸지요. 수소 원자가 더 멀리 굴러가게 하는 사람이 이기는 겁니다. 수소 원자를 굴릴 때는 그 결과와 궤도를 잘 계산하고 자기장과 중력장을 이용할 줄 알아야 했지요. 그렇지 않으면 원자가 궤도 밖으로 이탈해 놀이에서 제외되니까요.

놀이의 규칙은 늘 같았습니다. 한 원자로 다른 원자를 쳐서 앞으로 굴러가게 하거나 중간에서 상대의 원자를 밀어내 버리는 겁니다.

물론 너무 세게 부딪히면 안 되지요. 수소 원자끼리 탁! 하고 충돌하면 중수소나 헬륨으로 변할 수 있고 그런 원자들은 게임에서 제외되어 버리니까요. 뿐만 아니라 두 원자 중 사라진 게 상대의 것이라면 그것을 보상해 줘야만 했답니다.

여러분은 우주 공간이 어떻게 구부러져 있는지 알겠지요. 원자가 돌고 돌다가 어느 순간 경사면으로 멀리 굴러가 버리면 다시는 잡을 수가 없습니다. 그러니 놀이를 계속할수록 수소 원자의 수는 점점 줄어들었지요. 우리 둘 중 먼저 원자가 바닥난 사람이 게임에서 졌습니다.

그런데 바로 그렇게 결정적인 순간에 새 원자들이 튕겨 나왔지요. 새 원자와 낡은 원자 사이에는 상당한 차이가 있었습니다. 새 원자들은 반짝반짝 빛나고 투명하고 아주 신선하고 이슬처럼 촉촉했지요. 우리는 새로운 규칙을 정했어요. 새로운 원자 하나는 낡은 원자 세 개의 가치를 갖고, 막 만들어진 새로운 원자는 우리 둘이 똑같이 나눈다는 규칙이었습니다.

그렇게 해서 우리의 놀이는 끝나는 법이 없었습니다. 싫증이 나는 일도 절대 없었지요. 새로운 원자를 찾을 때마다 놀이도 새로워지는 것 같았고 그것이 우리의 첫 게임 같은 생각이 들었으니까요.

그런데 시간이 흐르면서 놀이가 점점 시시해졌습니다. 새로운 원자들이 더 이상 보이지 않아 사라진 원자들을 대체할 수 없게 되자 우리는 원자를 굴리는 것을 망설이게 되었고 굴리는 힘도 약해졌습니다. 게임을 할 수 있는 얼마 남지 않은 원자들마저 미끄럽고 황량한 우주 공간에서 잃어버릴까 봐 겁이 났기 때문이지요. 프프우프프도 변했습니다. 주의가 산만해졌고 이리저리 어슬렁거렸지요. 원자를 굴릴 차례가 되어도 그 자리에 없어서 그를 불러 보면 대답이 없었습니다. 삼십 분이 지나서야 다시 모습을 보였지요.

"어디 갔었어? 네 차례야. 왜 그래, 이제 이 놀이 안 할 거야?"

"당연히 하지. 짜증 내지 마. 지금 굴릴게."

"그래, 네 차례인데 또 어디로 가 버리면 이 놀이 집어치우자!"

"쳇, 네가 지니까 별소리를 다 하는구나."

그건 사실이었습니다. 나는 원자가 없던 반면, 프프우프프는 어찌 된 영문인지 항상 한 개를 비축해 가지고 있었어요. 우리가 나누어 가질 새로운 원자가 나타나지 않는다면 나는 불리한 입장을 만회할 희망을 더 이상 가질 수가 없었지요.

프프우프프가 다시 멀어지자마자 나는 살금살금 그 뒤를 쫓았습니다. 프프우프프는 내 시선이 느껴지는 곳에서는 휘파람을 불며 이리저리 산만하게 돌아다니는 것 같더니 내 시야를 벗어나자 머릿속에 정확한 계획을 가진 사람처럼 종종걸음으로 공간을 지나기 시작했습니다. 그의 계획이(곧 알게 되겠지만 그의 속임수가) 어떤 것이었는지 그리 오래지 않아 알아차리게 되었지요. 프프우프프는 새로운 원자가 만들어지는 장소를 모두 알고 있었습니다. 그래서 그 장소를 한 바퀴 돌아볼 때마다 거기서 막 만들어진 원자들을 모아 숨겨 두었던 겁니다. 그 때문에 게임을 할 원자가 부족할 일이 절대 없었던 거지요!

하지만 그 사기꾼 녀석은 그 원자들을 게임에 사용하기 전에 낡은 원자로 위장했습니다. 전자의 표면을 문질러 원자를 낡고 불투명해 보이게 한 겁니다. 예전부터 갖고 있던 원자를 우연히 자기 주머니에서 꺼낸 것처럼 나를 속이려는 의도였지요.

그게 다가 아니었어요. 게임에 쓰인 원자를 재빨리 계산해 보았더니, 그 원자들은 그가 훔쳐서 숨겨 둔 원자들의 일부에 불과했습니다. 프프우프프가 한쪽에다 수소 원자 창고를 만들고 있었던 것일까요? 무엇을 위해서? 대체 무슨 생각을 하고 있었을까요? 한 가지 의심스러운 생각이 떠올랐습니다. 프프우프프가 자기만의 새로운 우주를 건설하고 싶어 하는지도 모른다는 거였지요.

그 이후로 나는 마음의 안정을 찾을 수가 없었습니다. 그에게 복수를 해야만 했지요. 그를 흉내 낼 수도 있었습니다. 이제 장소를 알았으니 그보다 몇 분 일찍 그곳에 가서 막 탄생한 원자들을 그가 손대기 전에 먼저 차지해 버리는 거지요! 하지만 그건 너무 단순한 것 같았습니다. 나는 그의 사악함에 어울릴 만한 함정에 그를 빠뜨리고 싶었어요. 그래서 제일 먼저 가짜 원자들을 만들었지요. 그가 내 뒤통수를 치는 약탈에 몰두해 있는 사이, 나는 비밀 장소에서 내가 이용할 수 있는 모든 재료를 짓이기고 배합하고 접합했습니다. 사실 그런 재료는 얼마 되지 않았습니다. 광전자 방사물, 자기장 가루, 흩어진 중성자 몇 개 정도였지요. 하지만 침을 묻혀 둥글게 뭉치니 한 덩어리로 만들 수 있었습니다. 그렇게 덩어리 몇 개를 준비했는데 자세히 보면 수소 원자도, 이름 붙일 만한 원소도 아닌 게 분명했지만, 프프우프프처럼 은밀한 동작으로 그것들을 성급히 빼앗아 자기 주머니에 찔러 넣는 사람에게는 완전히 새로운 수소처럼 보일 수도 있었습니다.

그렇게 해서 그가 아직 아무것도 눈치채지 못하는 사이, 나는 그보다 앞서 그가 돌던 길을 돌아볼 수 있었습니다. 장소들은 머릿속에 잘 새겨 두었지요.

우주 공간은 사방이 구부러져 있었지만 특히 더 구부러진 곳이 있었습니다. 일종의 자루나 좁은 통로 혹은 벽감 같은 곳으로, 허공이 움푹 들어가 있었습니다. 2억 5000만 년마다 가볍게 딸랑거리는 소리와 함께, 조개껍질 속의 진주처럼 눈부신 수소 원자가 만들어지는 곳이 바로 그런 벽감들 속이었지요. 나는 지나가면서 수소를 주머니에 챙겨 넣고 그 자리에 가짜 수소를 놓아두었습니다. 프프우프프는 아무것도 눈치채지 못했어요. 그는 걸신들린 듯, 탐욕스럽게 그 쓰레기를 주머니에 넣었지요. 그동안 나는 우주가 그 가슴에 품어 주던 수많은 보물들을 쌓아 놓았습니다.

우리 게임의 향방은 완전히 뒤바뀌었습니다. 내게는 새롭게 굴릴 원자가 계속 있었던 반면, 프프우프프는 실패만 거듭했지요. 프프우프프가 원자를 세 번 굴리려고 시도하면 세 번 다 우주 공간에서 뭔가에 짓눌린 듯 부스러져 버렸어요. 이제 프프우프프는 게임을 없던 걸로 만들려고 온갖 핑계를 댔지요.

"빨리 해." 내가 재촉했어요. "던지지 않으면 이 게임은 내가 이긴 거야."

그러자 그가 말했지요.

"말도 안 돼. 원자가 부서지면 게임은 무효야. 그러니 처음부터 다시 시작해야 해."

그것은 그 순간에 그가 만든 규칙이었습니다.

나는 그에게 휴전을 허락하지 않았지요. 그의 주위에서 춤을 추고 그의 등을 짚고 뛰어넘으며 노래를 불렀어요.

던져던져던져던져

안 던지면 지는 거야

네가 던진 만큼 던진 만큼

던진 만큼 나도 던질 거야.

"그만해." 프프우프프가 말했어요. "다른 게임 하자."

"좋아!" 내가 대답했지요. "은하계를 던지는 게임 어때?"

"은하계를?" 갑자기 프프우프프의 얼굴이 만족스러운 듯 환하게 빛났어요. "좋아! 그런데 넌…… 넌 은하계가 없잖아."

"있어."

"나도!"

"좋아! 더 높이 날아가게 하는 사람이 이기는 거다!"

나는 숨겨 놓았던 새 원자들을 공중에 전부 던졌습니다. 처음에는 원자들이 흩어지는 것 같더니 곧 가벼운 구름처럼 모여들었어요. 구름은 점점 더 커졌지요. 그리고 그 안에서 백열광을 내는 응축 현상이 일어나더니 그렇게 응축된 것들이 구르고 또 구르다가 어느 순간 한 번도 본 적 없는 나선형의 별자리가 되었답니다. 별자리들은 공중을 맴돌다가 분수처럼 뻗어 나갔고 멀리 달아났어요. 나는 그 꼬리를 잡고 달렸습니다. 하지만 은하계를 날아가게 한 것은 내가 아니었어요. 은하계가 자기 꼬리에 나를 매달고 나를 날게 한 것이지요. 다시 말해 위도 아래도 없고 오로지 확장되는 공간뿐이었는데 그 공간 한가운데에서 은하계 역시 확장되고 있었습니다. 난 그 꼬리에 매달려, 이미 수천 광년 떨어진 곳에 있는 프프우프프 쪽으로 입을 삐쭉 내밀었어요.

프프우프프는 내 동작을 보더니 서둘러 자신의 전리품을 모두

꺼냈고 무한한 은하계의 나선이 하늘에 펼쳐지기를 기다리는 것처럼 균형 잡힌 동작으로 그것을 던졌습니다. 하지만 아무 일도 일어나지 않았어요. 탁탁 튀는 방사물, 어지럽게 깜빡이는 섬광이 전부였지요. 그러더니 곧 모든 게 사라져 버렸답니다.

"그게 다야?" 분노로 새파랗게 질려 내 뒤에서 욕을 하는 프프우프프에게 내가 소리쳤습니다.

"내가 보여 줄 거야, 크프우프크, 이 개자식아!"

하지만 나와 내 은하계는 그사이 수천 개의 다른 은하계 사이로 날고 있었어요. 내 은하계는 완전히 새로운 은하계로 온 창공의 시샘을 받았습니다. 젊은 수소처럼, 젊디젊은 베릴륨처럼 그리고 어린 탄소처럼 환히 불타는 은하계였지요. 나이 든 은하계들은 질투심에 불타서 나와 내 은하계를 피해 달아났고, 우리는 너무나 늙고 무거운 그런 은하계들을 보고 거만하게 그들을 피했지요. 그렇게 서로가 서로에게서 도망치는 사이 우리는 점점 더 희박해지고 아무것도 없는 공간을 가로지르게 되었습니다. 그리고 바로 그 텅 빈 허공 여기저기에서, 마치 불분명한 빛이 흩어지는 것 같은 광경을 다시 보게 되었지요. 그것은 방금 탄생한 물질들로 만들어진 새로운 은하계들로, 그 수많은 은하계들은 내 것보다 훨씬 젊었어요. 우주 공간은 곧 수확 전의 포도밭처럼 은하계들로 빼곡히 들어찼지요. 그것들은 우리를 피해 날아갔어요. 내 은하계는 늙은 은하계에게서 달아나듯 젊은 은하계들로부터 달아났지요. 젊은 은하계와 늙은 은하계 들도 우리를 피해 달아났답니다. 그렇게 우리는 텅 빈 하늘을 날아다니고 그 하늘도 다시 빼곡해지고, 계속 그런 식이었지요.

그렇게 조밀해지는 공간 중 한 곳에서 이런 소리가 들렸어요.

"크프우프크, 이제 복수해 줄 테다, 이 배신자야!"

나는 아주 새로운 은하계가 우리의 궤도 위로 날고 있는 것을 보았습니다. 그러고 나선 은하계의 맨 윗부분에서 몸을 내밀고 나를 향해 목청껏 위협하고 욕을 하는 나의 옛 놀이 친구 프프우프프를 봤지요.

추격이 시작되었습니다. 오르막 공간에서는 젊고 민첩한 프프우프프의 은하계가 우세했지만 내리막 공간에서는 무거운 내 은하계가 더 유리했어요.

그런 경주에서 이기는 비결이 뭔지는 다들 잘 알지요. 모든 것이 굽이진 부분을 어떻게 달리느냐에 좌우됩니다. 프프우프프의 은하계는 그 부분을 좁히려고 했다면, 난 그 부분을 넓히려고 했습니다. 넓히고 넓히다가 마침내 우리는 우주 공간 밖으로 던져지고 말았지요. 계속 프프우프프의 추격을 받으면서 말이지요. 우리는 그런 경우에 쓰는 방법대로, 그러니까 조금씩 앞으로 가면서 우리 앞에 공간을 만들며 경주를 계속했습니다.

그렇게 해서 내 앞에는 아무것도 없었지만 내 뒤에는 나를 추격하는 그 흉악한 프프우프프가 있었지요. 앞뒤로 다 기분 나쁜 광경이었지요. 어쨌든 나는 앞을 보기로 했습니다. 뭘 봤을까요? 내가 방금 뒤에서 보았던 프프우프프가 바로 내 앞에서 그의 은하계를 타고 달리고 있었습니다.

"아!" 내가 소리쳤지요. "이제 내가 널 추격하게 됐군!"

"어떻게?" 프프우프프가 말했는데, 난 그가 내 뒤에 있는 건지 앞에 있는 건지 알 수가 없었어요. "널 추격하는 건 바로 난데!"

돌아보았더니, 프프우프프가 여전히 내 뒤를 쫓고 있었습니다.

나는 다시 앞쪽을 보았지요. 그런데 거기서는 프프우프프가 내게 등을 돌린 채 달아나고 있었어요. 하지만 자세히 보니 내 앞에 있는 그의 은하계 앞에 다른 은하계가 있는 것이 보였어요. 그 은하계는 내 은하계였습니다. 그러니까 정말로 그 다른 은하계 위에 내가 있었던 거지요. 등을 보니 내가 틀림없었습니다. 나는 나를 추격하고 있는 프프우프프를 향해 돌아서서 그를 자세히 살펴보다가 그의 은하계가 다른 은하계, 즉 내가 올라타 있는 나의 은하계에 추격을 받고 있다는 것을 알게 되었습니다. 그 은하계의 나 자신은 바로 그 순간 뒤를 돌아보고 있었지요.

그렇게 모든 크프우프크 뒤에는 프프우프프가 있었고 모든 프프우프프 뒤에는 크프우프크가 있었습니다. 모든 프프우프프는 크프우프크를 추격했고 그 반대이기도 했지요. 우리의 거리는 조금 좁혀졌다가 조금 멀어지기도 했지만 이미 두 사람 중 누구도 상대를 잡을 수 없다는 게 분명해졌어요. 서로를 뒤쫓는 놀이에 우리는 이제 흥미를 완전히 잃었습니다. 게다가 더 이상 우린 아이들도 아니었지요. 하지만 달리 할 일이 없었답니다.

물고기 할아버지

석탄기에 육지 생활을 위해 물을 떠난 초기 척추동물은 폐로 호흡하는 경골 어류에서 진화했다. 이 어류들은 지느러미를 몸 밑에서 회전시켜 땅 위에서 발처럼 사용할 수 있었다.

물의 시대가 끝난 게 분명했다오. **크프우프크 노인은 기억을 떠올렸다.** 과감하게 행동하기로 결정한 자가 아주 많아졌지요. 어느 가족에게나 마른 땅에 사는 친지 한 명쯤은 있었소. 모두들 육지에서 할 수 있는 놀라운 일들을 이야기했고 친척들을 불렀지요. 이제 아무도 젊은 물고기를 물속에 붙잡아 두지 않았소. 젊은 물고기들은 자질이 뛰어난 자들이 성공한 것처럼 자기들의 지느러미가 발처럼 움직이는지 보려고 바닷가 갯벌에서 지느러미를 파닥였다오. 그런데 바로 그 무렵 우리 사이에 차이점들이 더욱 눈에 띄었소. 여러 세대 전부터 육지에서 살아온 가족들이 있었는데, 그런 가족의 젊은이들은 이제 양서류가 아니라 거의 파충류 같은 생활 방식을 자랑하곤 했다오. 그런가 하면 물고기로 행동하는 것에 미련을 버리지 못한 자들도 있었소. 아니, 그들은 예전의 물고기보다 더 순수한 물고기가 되어 갔지요.

우리 가족 이야기를 하자면, 할아버지들이 앞장서서 가족 모두가 해변에서 종종걸음을 쳤다오. 그렇게 걷는 것 이외의 다른 사명 따위는 모르는 것처럼 말이오. 종조부인 느'바느'가가 고집을 부리지 않았다면 수중 세계와의 접촉은 오래전에 중단되었을 거요.

맞아요, 우리에겐 종조부 물고기 한 분이 계셨소. 정확히 말하자면 친할머니 쪽 친척으로, 데본기의 실러캔스(민물에 사는 어류라오. 나중에 다른 어류의 사촌이 되지요. 그런데 이런 인척 관계를 길게 이야기하고 싶진 않소. 아무도 그것을 끝까지 추적할 수는 없을 테니까.) 계통에서 태어났다오. 그러니까 할아버지는 우리 조상 모두가 태어났던 그 호수의 얕은 진흙탕 물에서, 원시 침엽수림 뿌리 사이에서 살았소. 할아버지는 거기서 꼼짝도 하지 않았다오. 어떤 계절이든 부드러운 식물 층 위로 물에 빠지지 않을 정도로만 몸을 내밀고 들여다보면, 물 밑에서, 식물 층 가장자리로부터 얼마 떨어지지 않은 곳에서, 나이 든 물고기들이 그렇듯이, 할아버지가 숨이 차서 내뿜은 작은 거품들이 보글보글 끓어오르는 것을 볼 수 있었지요. 때로는 할아버지가 뾰족한 주둥이로 파내는 구름 같은 진흙 덩이들이 보이기도 했소. 할아버지는 뭔가를 찾기 위해서라기보다는 습관적으로 항상 진흙을 뒤적였지요.

"느'바느'가 할아버지! 할아버지를 뵈러 왔어요! 기다리셨어요?"

우리는 할아버지의 관심을 끌기 위해 발과 꼬리로 물속에서 텀벙거리며 소리쳤소.

"우리한테서 자라는 곤충들을 가져왔어요! 느'바느'가 할아버지! 이렇게 큰 바퀴벌레 보신 적 없죠? 괜찮으시면 한번 맛보세요……."

"그 바퀴벌레로 너희들 몸에 난 더러운 사마귀나 닦아라!"

할아버지는 항상 이런 식으로, 혹은 이보다 더 심한 말로 대꾸하곤 했다오. 매번 그렇게 우리를 맞았지만 우리는 신경 쓰지 않았소. 조금만 지나면 할아버지가 진정이 돼서 선물들을 받고 친절한 말투로 이야기를 나눈다는 것을 알았으니까 말이오.

"그런데 무슨 사마귀요, 느'바느'가 할아버지? 우리 몸에 사마귀가 있는 걸 대체 언제 보셨어요?"

사마귀라는 것은 늙은 물고기들의 편견이었다오. 마른 땅에서 사는 우리 몸에는 사마귀가 수없이 돋아 있는데 거기서 진액이 나온다는 거였지요. 그건 사실이긴 해도 두꺼비에게만 해당하는 일로 우리와는 전혀 상관이 없었다오. 아니, 우리 피부는 그 어떤 물고기보다 더 윤이 나고 매끄러웠지요. 할아버지는 그 사실을 잘 알면서도 온갖 비방과 편견이 섞인 즉흥 연설을 그만두지 않았소. 그건 할아버지가 그런 비방과 편견 속에서 성장했기 때문이라오.

우리는 일 년에 한 번씩 온 집안이 함께 할아버지를 방문했소. 대륙에 흩어져 살던 우리 집안 모두가 다시 만날 수 있는 기회이기도 했지요. 우리는 소식도 주고받고, 식용 곤충들도 나누고, 해결되지 않은 채로 남은 오래된 관심사들을 이야기하기도 했소.

할아버지는 잠자리 사냥 구역 분할 문제 같은, 몇 킬로미터나 떨어진 마른 땅에서 일어난 문제에도 끼어들었다오. 그리고 할아버지의 기준에 따라 이쪽 혹은 저쪽 편을 들었지요. 그것은 항상 수중 생활의 기준이었소.

"깊은 물속에서 사냥하는 물고기가 물 위에 떠서 사냥하는 물고기보다 항상 유리하다는 걸 몰랐냐? 그런데 뭘 그리 걱정하는 거냐?"

"그렇지만 할아버지, 들어 보세요, 이건 물 위에 뜨거나 물속에 들어가는 문제가 아니에요. 저는 언덕 밑에 있었고 그자는 물가 중간쯤에 있었다고요……. 언덕들요, 생각해 보세요, 할아버지……."

그러자 할아버지가 말했소.

"바위 밑에는 항상 맛 좋은 가재들이 있으니까."

할아버지의 현실 세계와 다른 세계가 있을 수 있다는 사실을 할아버지한테 받아들이게 할 방법이 없었다오.

그렇기는 하지만 할아버지의 판단은 우리에게 권위가 있었소. 그래서 우리는 할아버지가 전혀 모르는 일들에 대해서도 할아버지에게 조언을 청하곤 했지요. 할아버지가 완전히 틀릴 수 있다는 것을 알면서도 말이오. 할아버지가 과거의 유물 같은 존재라는 사실 때문에, 또 "지느러미를 다소 낮춰라, 옳지!" 같은 구식 말투를 쓴다는 것 때문에 할아버지에게 권위가 느껴졌는지도 모르겠구려. 할아버지의 이런 말은 이제 우리로서는 그 의미를 잘 이해할 수도 없게 되었지요.

우리는 할아버지를 우리와 같이 육지로 모셔 오려는 시도를 몇 번인가 했고 계속 시도하는 중이었소. 뿐만 아니라 이 문제를 놓고 집안의 여러 파들 사이에 경쟁이 식을 줄을 몰랐지요. 할아버지를 자기 집으로 모셔 갈 수 있는 자가 다른 친척들보다 우세한 위치를 차지할 수 있었기 때문이라오. 하지만 그것은 쓸데없는 경쟁심이었소. 할아버지는 호수를 떠날 꿈도 꾸지 않았으니 말이오.

"할아버지, 할아버지 연세에 이렇게 항상 혼자 물속에 계셔서 우리가 얼마나 마음이 불편한지 아세요……. 들어 보세요, 우리에게 좋은 생각이 있는데……." 우리가 말을 시작했소.

"너희가 이해하길 기대했다." 물고기 할아버지가 말을 가로막았지요. "이제는 마른 땅에서 퍼덕거리는 취미를 벗어던졌을 테니 당장 정상적인 존재로 돌아와 살 때다. 여기 모두를 위한 물이 있고, 먹을 거리로 말하자면 지금처럼 지렁이가 풍부한 시절도 없었다. 지금 당장 물에 뛰어들고, 그 문제는 더 이상 이야기하지 말자."

"아, 아니에요, 느'바느'가 할아버지, 무슨 말씀이세요? 저희는 할아버지를 모시고 멋진 풀밭으로 가고 싶다니까요……. 잘 지내실 수 있을 테니 두고 보세요. 축축하고 신선한 작은 웅덩이를 파 드릴게요. 할아버지는 여기서처럼 원하시는 대로 움직일 수 있어요. 주변으로 산책도 조금 가 보실 수 있을 거예요. 할 수 있을 테니 두고 보세요. 그리고 할아버지 연세에는 육지의 기온이 훨씬 더 잘 맞을 거예요. 그러니까 느'바느'가 할아버지, 제발 부탁드려요, 가실 거죠?"

"싫다!" 할아버지는 단호하게 대답했소. 그런 후 물속으로 주둥이를 들이밀고는 우리 시야에서 사라져 버렸지요.

"대체 왜요, 할아버지. 왜 반대를 하세요. 저희는 이해를 못하겠어요. 그렇게 식견이 넓으신 분이 어떤 편견 때문에……."

수면에서 콧김을 내뿜으며 유연하게 꼬리를 움직여 물속으로 깊이 들어가기 전에 할아버지가 마지막으로 이렇게 대답하는 소리가 들렸소.

"비늘 사이에 벼룩이 있는 물고기나 진흙에서 배로 헤엄치는 거다!"

그것은 할아버지 시대의 표현법이 틀림없었소.(훨씬 더 간단한 우리의 속담인 '옴 걸린 물고기가 긁는다.'와 같은 표현인 거지요.) 우리가 '땅'이라고 부르는 것을 할아버지는 기회가 있을 때마다 '진흙'이라고 표현했지요.

내가 사랑에 빠진 건 바로 그 무렵이었소. 난 르르르와 서로를 뒤쫓으며 하루하루를 보냈다오. 그녀처럼 날렵한 여자는 한 번도 본 적이 없었소. 그 당시 나무처럼 키가 컸던 양치류들 꼭대기까지 단숨에 올라갔지요. 그 식물 끝이 땅에 닿을 정도로 휘면 그녀는 밑으로 뛰어내려 다시 달리기 시작했소. 나는 조금 더 느리고 우스꽝스러운 동작으로 그녀 뒤를 쫓아 달렸지요. 우리는 메마르고 단단한 지표면에 아무런 흔적도 남지 않은 내륙 지역으로 들어갔다오. 나는 호숫가로부터 너무 멀리 왔다는 것을 깨닫고 깜짝 놀라 그 자리에 멈춰 서는 일이 종종 있었소. 그녀만큼 수중 생활에서 멀어진 이는 아무도 없는 것 같았다오. 모래와 돌의 사막, 초원, 울창한 숲, 여기저기 솟은 바위들, 석영 산들, 그것이 그녀의 세계였지요. 그녀가 갸름한 눈으로 탐색하기 위해, 그리고 그녀의 날쌘 발이 지나가기 위해 의도적으로 만들어진 듯한 세계였소. 그녀의 매끄러운 피부를 바라보면 비늘 같은 건 하나도 없는 것 같았다오.

르르르의 친척들은 날 약간 걱정스러운 눈으로 보는 듯했소. 그들은 아주 오래전에 땅에 정착한 터라 예전부터 그곳에 살아야 한다고 확신하던 집안들 중 하나였다오. 이미 알도 마른 땅에 낳고 견고한 껍질로 보호하는 그런 집안이었지요. 르르르의 도약하는 모습이며 화살처럼 날쌘 움직임을 보면, 그녀가 모래와 태양으로 따뜻해진 그런 알들 중 하나에서 지금과 같은 모습으로 태어나 올챙이처럼 물속을 떠다니는 단계를 뛰어넘었다는 것을 알 수 있었지요. 진화가 덜 된 우리 가족은 반드시 거쳐야 할 단계였는데 말이오.

르르르가 우리 가족과 인사를 할 순간이 왔다오. '느'바느'가 할아버지가 우리 집안의 최고 연장자이자 권위 있는 분이었기 때문에 난 내 약혼자를 소개하기 위해 할아버지를 방문하지 않을 수가 없었소. 하지만 기회가 있을 때마다 난 당황스러워서 다음으로 미루곤 했소. 그녀가 어떤 편견 아래 자랐는지를 알기에 아직 르르르에게 우리 종조부가 물고기라는 말을 할 용기가 나지 않았다오.

어느 날 우리는 호수를 에워싼 축축한 돌출부까지 갔소. 그곳 바닥은 복잡하게 뒤얽힌 뿌리와 식물이 모래보다 더 많았지요. 르르르가 항상 그렇듯이 도전해 보거나 용기를 시험해 보자고 제안했소.

"크프우프크, 어디까지 균형을 잡고 있을 수 있어? 물가에서 누가 더 빨리 달리는지 해 보자!"

그러고는 마른 땅에서 깡충깡충 뛰듯 앞으로 나아갔지만 약간 머뭇거리는 것 같기도 했다오.

이번에는 그녀와 겨룰 수 있을 뿐만 아니라 그녀를 이길 수도 있을 것 같았소. 축축한 곳에서는 내 발이 훨씬 더 유리했으니 말이오.

"네가 원하면 물가까지!" 내가 외쳤소. "어쩌면 그 너머까지도 갈 수 있어!"

"바보 같은 말 하지 마!" 그녀가 말했소. "물가 너머까지 어떻게 달릴 수 있다는 거야? 거긴 물이잖아!"

어쩌면 종조부에 대해 이야기하기에 적당한 순간이었는지도 모르지요.

"그게 어때서?" 나는 그녀에게 말했소. "물가 이쪽에서 달리는 자도 있고 저쪽에서 달리는 자도 있는 거야."

"밑도 끝도 없이 그게 무슨 소리야!"

"내 말은, 우리 느'바느'가 할아버지는 우리가 땅에 사는 것처럼 물속에서 살고 있다는 거야. 절대 물 밖으로 나오지 않으셔!"

"와! 느'바느'가 할아버지라는 분을 정말 만나고 싶어!"

그녀가 말을 마치기도 전에 흐릿한 호숫물 수면에 작은 거품들이 보글거리고 소용돌이가 약간 일더니 가시투성이 비늘로 뒤덮인 주둥이가 나타났소.

"아, 나다, 무슨 일이지?" 할아버지는 돌처럼 무표정한 동그란 눈으로 르르르를 뚫어지게 보면서 말했는데, 굵은 목의 양쪽 아가미가 벌렁거렸소. 할아버지가 그때처럼 그렇게 우리와 달라 보인 적은 없었다오. 정말 괴물 같았지요.

"할아버지, 괜찮으시면, 여기…… 제 약혼자 르르르를 할아버지께…… 소개해 드리고 싶어요." 이렇게 말하면서 나는 내 약혼자를 가리켰다오.

그녀는 웬일인지 뒷발로 똑바로 서 있었소. 그건 그녀가 보여 줄 수 있는 우아한 동작 중 하나였는데, 물론 구식인 할아버지는 별로 탐탁해하지 않을 자세였지요.

"아가씨, 이렇게 천천히, 꼬리에 물을 좀 적셔 보겠소?" 할아버지가 말했소.

아마 할아버지 시대에는 예의 바른 말이었겠지만 우리에게는 정말 점잖지 못한 말로 들렸다오.

난 그녀가 요란한 소리를 지르며 뒤돌아서서 달아나 버릴 거라고 생각하고 르르르를 보았소. 하지만 그건 그녀가 받은, 주변 세상의 상스러움을 무시하는 교육의 힘이 얼마나 큰지 계산하지 못한 생각이었소.

"저기요, 저기 있는 저 식물들 말이에요." 그녀는 자연스럽게 말하면서 호수 한가운데에서 자라는 거대한 골풀들을 가리켰다오. "어디에 뿌리를 내리고 있는지 말씀해 주시겠어요?"

그것은 대화를 계속하기 위해 하는 그런 질문이었지요. 그녀에게 골풀 같은 게 뭐 그리 중요했겠소! 하지만 할아버지는 그 말을 기다리기라도 한 것처럼 커다란 골풀의 뿌리들이 왜, 어떻게 물에 떠 있을 수 있으며 그 뿌리 사이로 어떻게 헤엄칠 수 있는지를 설명했소. 뿐만 아니라 사냥에 가장 적합한 장소가 그 밑이라는 것까지도.

설명은 끝이 없었다오. 나는 화가 났고 할아버지의 말을 중단시키려 애써 봤소. 그런데 그 눈치 없는 여자가 어떻게 했는지 아시오? 할아버지가 계속 말을 하게 만드는 것 아니겠소?

"아, 그래요? 물속에 있는 뿌리 사이로 사냥을 가신다고요? 흥미롭네요!"

난 이루 말할 수 없이 부끄러웠다오.

그러자 할아버지가 말했소.

"거짓말이 아니라오. 그 밑에 지렁이가 있지. 우리가 실컷 먹을 수 있는 거라오!"

그러고는 우리 생각은 하지도 않고 물속으로 뛰어들었소. 생전 처음 보는 날쌘 다이빙이었지요. 아니, 높이 도약하는 것이기도 했소. 비늘에 반점이 있는 할아버지의 가시 돋친 지느러미를 부채처럼 쫙 펼치며 한참을 물 위로 뛰어올랐다오. 그러고 나서 공중에 반원을 그리며 머리부터 물속으로 떨어졌고 초승달 같은 꼬리를 빙빙 돌리면서 눈 깜짝할 사이에 사라져 버렸소.

그 광경을 보자, 할아버지가 멀어지는 틈을 이용해 르르르에게 변명하려고 준비해 두었던 이런 말이 내 목구멍 속으로 들어가 버렸다오.

"내 말 들어 봐, 이해해야 해. 물고기처럼 살아가야 한다는 고정

관념 때문에 할아버진 정말로 물고기를 닮아 버렸어……."

나 역시 그 순간까지 할머니의 남자 형제가 어느 정도까지 물고기였는지를 몰랐던 거요. 난 겨우 이렇게만 말했다오.

"르르르, 늦었어, 가자……."

어느새 할아버지는 그 상어 같은 주둥이에 지렁이와 진흙 묻은 해초를 한입 가득 물고 다시 나타났지요.

할아버지와 헤어지고 나자, 그때까지의 일이 정말 현실 같지 않았소. 하지만 나는 르르르의 뒤를 따라 바삐 걸으며 이제 그녀가 자기 의견을 말할 거라고 생각했다오. 그러니까 나한테 다시 최악의 순간이 찾아올 거라고 말이오. 그런데 르르르는 걸음을 멈추지 않은 채 내 쪽으로 몸만 돌리고 이렇게 말했소.

"그런데 말이야, 멋져, 네 할아버지!"

이 말뿐이었소. 이렇게 빈정거리는 말 때문에 나는 벌써 여러 번 맥이 빠지곤 했다오. 그렇지만 이번만큼은 하도 등골이 오싹해서 다시 그 문제를 이야기하느니 차라리 그녀를 영영 안 만나는 게 더 나을 것 같다는 생각이 들 정도였다오.

하지만 우리는 계속 만났고 함께 다녔소. 호수에서 있었던 사건은 다시는 얘기하지 않았다오. 나는 불안했소. 그녀가 그 사건을 잊어버렸다고 믿으려 애썼지요. 이따금 그녀가 자기 가족들 앞에서 약간 극적으로 나에게 창피를 주기 위해 입을 다물고 있는 것이거나, 아니면, 이건 내게 최악의 가정이었는데, 그저 동정심 때문에 다른 이야기를 하려고 애쓰는 것이라는 의심에 사로잡혔다오. 그러던 어느 날 아침 갑자기 그녀가 이렇게 말했소.

"있잖아, 이제는 네 할아버지한테 날 안 데려갈 거야?"

나는 기어 들어가는 목소리로 물었소.

"……농담하는 거지?"

천만에, 그녀는 진심이었소. 그녀는 느'바느'가 할아버지와 다시 이야기를 나누길 간절히 바라고 있었던 거요. 난 도무지 이해할 수가 없었지요.

그날은 아주 오랫동안 호수에 있었다오. 우리 셋은 경사진 호숫가에 누워 있었소. 할아버지는 물에 더 가까이 있었고 우리 역시 물에 반쯤 젖어 있었다오. 그러니 멀리서 보면 그렇게 나란히 누워 있는 우리들 중 누가 땅에 살고 누가 물속에 사는지 금방 구분할 수가 없었을 거요.

물고기 할아버지는 늘 하는 그렇고 그런 이야기를 시작했소. 공기 호흡보다 수중 호흡이 훨씬 우월하다는 얘기로, 할아버지는 공기 호흡에 대해 온갖 험담을 늘어놓았지요. '이제 르르르가 벌떡 일어나서 멋지게 응수해 주겠지!' 나는 생각했소. 하지만 그날 르르르는 다른 작전을 쓰는 듯했다오. 열심히 토론하고 우리의 관점을 옹호하긴 했지만 느'바느'가 할아버지의 말을 진지하게 받아들이는 것 같았지요.

할아버지 말에 따르면, 땅이 솟아오른 것은 제한된 현상이라는 거였소. 땅은 솟아오를 때처럼 사라질 수도 있으며, 화산, 빙하, 지진, 습곡, 기후와 식물군의 변화 같은 변화를 겪게 될 거라는 거였지요. 그 한가운데에서 우리의 삶은 지속적인 변화에 직면해야 하고, 그 변화를 통해 모든 종족이 사라질 수도 있고, 자기 존재의 토대를 바꿀 정도로 변화에 맞설 준비가 된 자만이 살아남을 수 있다는 거였소. 그래서 삶을 아름답게 해 줄 수 있는 요인들이 완전히 뒤바뀌거나 잊힐 거라는 거지요.

그것은 호숫가의 자손인 우리를 키워 준 낙관주의와는 대립되는 의견이었소. 나는 몹시 분개하며 반박했지요. 내가 보기에 그런 논리에 대한 반론의 생생한 증거는 르르르였소. 나는 그녀가 완벽하고 결정적인, 솟아난 땅들을 정복하고 태어난 형태, 새롭게 펼쳐진 무한한 능력의 집합체라고 생각했다오. 할아버지가 어떻게 르르르라는 구체적인 실체를 부인할 수 있겠소? 나는 논박하고 싶은 마음이 뜨겁게 불타올랐다오. 그런데 내 여자 친구는 우리와 반대 의견을 가진 할아버지에게 지나칠 정도로 너그럽고 이해하는 태도를 보이는 것 같았소.

물론 할아버지 입에서 나오는 이런 불평과 욕을 듣는 데 익숙했으므로, 나에게도 이렇게 논리 정연한 추론이 새롭게 들리긴 했다오. 과장된 구식 표현이 곁들여지고 할아버지 특유의 억양이 보태져 우스꽝스럽게 들리기는 했지만 말이오. 대륙의 땅들에 대한, 비록 피상적이나마 자세한 지식을 보여 주는 할아버지의 말을 듣는 것도 놀라운 일이었소.

그런데 르르르는 이것저것 물으며 수중 생활에 대해 되도록 더 많이 알고 싶어했소. 그건 두말할 것도 없이 할아버지의 이야기를 더욱 치밀하고 감동적으로 만드는 주제였지요. 불확실한 땅과 공기와 달리, 호수와 바다와 대양은 확실한 미래를 보여 준다는 것이었소. 거기는 변화가 아주 적고, 공간과 식량은 무한하며, 온도는 항상 균형을 유지할 것이라고 했지요. 간단히 말해 지금까지 그랬던 것처럼 삶은 변형을 겪거나 의심스러운 결과가 추가되지 않고 그 형태를 완벽하게 고스란히 유지할 것이며, 모두가 자신의 본성을 깊이 파고들 수 있고 자신과 모든 것의 본질에 도달할 수 있다는 거였소. 할아버지는 물속의 미래에 대해 수식이나 환상을 덧붙이지 않고 말했소. 물속에서 나타나는(무엇보다 걱정스러운 건 염분의 증가였는데) 심각한 문제들도 숨기지 않았지요. 하지만 이러한 것들은 할아버지가 믿는 가치와 조화를 어지럽힐 만한 것은 아니었다오.

"그렇지만 지금 우리는 계곡과 산을 뛰어다니고 있다고요, 할아버지!" 나는 나와 르르르의 입장에서 소리쳤소. 하지만 르르르는 아무 말도 하지 않았다오.

"꺼져, 올챙이야. 빨리 물속으로 들어와 집으로 돌아오라고!" 할아버지는 우리에게 늘 하던 투로 말했소.

"할아버지, 우리가 수중 호흡법을 배우고 싶다 해도 지금은 너무 늦었다고 생각하지 않으세요?"

르르르가 진지하게 물었소. 르르르가 나의 친척 노인을 할아버지라고 불렀기 때문에 내가 뭔가에 홀린 기분이었는지, 혹은 이런 질문은 생각조차 할 수 없는 것이어서(적어도 나는 그렇게 생각하는 데 익숙했으니까.) 내가 정신이 없었던 건지는 정확히 알 수가 없었다오.

"원한다면, 젊은 아가씨!" 물고기 할아버지가 대답했소. "내가 당장 가르쳐 주지!"

르르르는 이상하게 웃더니 결국은 달려가 버렸소. 내가 뒤를 쫓을 수도 없게 빠르게 달렸지요.

들판으로, 언덕으로 그녀를 찾아 헤매다가 현무암 돌출부 꼭대기에 도착했다오. 그 바위에서는 호수에 에워싸인 사막과 숲으로 이루어진 주변 경치가 내려다보였소. 르르르는 거기 있었소. 그녀는 '느바느'가 할아버지의 말을 듣고 달아나고 또 달아나 그 바위에 도착하는 것으로, "이제야 알게 됐어!"라고 말하려는 게 분명했소. 물고기 할아버지가 그의 세계에 사느라 들이는 것과 똑같은 노력으로 우리는 우리 세계에 있어야 한다는 걸 알게 되었다는 거지요.

"할아버지가 저기 있듯이 난 여기 있을 거야." 나는 약간 더듬거리면서 소리쳤소. 그러고는 고쳐 말했지요. "우리 둘이 함께 있는 거야!" 사실 그녀가 없으면 난 자신이 없었으니까 말이오.

그러자 르르르가 뭐라고 대답했는지 아시오? 수많은 지질 시대가 지난 지금도 그걸 생각하기만 해도 얼굴이 붉어진다오. 그녀는 이렇게 대답했소.

"저리 꺼져, 올챙이야. 그런 건 필요없어!"

나는 그녀가 할아버지와 나를 동시에 놀리려고 할아버지 흉내를 내고 싶어하는 건지, 아니면 정말 할아버지가 종손자에게 했던 대로 행동하려는 건지 알 수가 없었다오. 두 가지 가정 모두 똑같이 맥 빠지는 것이었지요. 둘 다 나를 어중간한 중간치로, 할아버지의 세계에도, 그녀의 세계에도 속하지 못하는 자로 간주한다는 것을 의미했기 때문이라오.

내가 그녀를 잃은 것이겠소? 그런 의심을 품고, 나는 서둘러 그녀의 마음을 다시 얻으려고 애쓰며 용감한 일들을 했다오. 날아다니는 곤충을 잡고, 지하에 굴을 파고, 우리들 중 제일 힘센 자들과 싸웠지요. 나는 나 스스로가 자랑스러웠지만 안타깝게도 내가 뭔가 용감한 일을 할 때마다 그녀가 그 자리에 없어서 나를 보지 못했다오. 르르르는 계속 모습을 보이지 않았는데 대체 어디 숨었는지 알 수가 없었소.

그러다 마침내 알게 되었다오. 그녀는 호수로 가곤 했고, 거기서 할아버지한테 물속에서 헤엄치는 법을 배우고 있었던 거요. 나는 둘이 함께 물 위로 나타나는 것을 보았소. 둘은 똑같은 속도로 헤엄을 쳤는데, 꼭 남매처럼 보였다오.

"봐." 그녀가 나를 보고 유쾌하게 말했소. "발이 지느러미처럼 아주 훌륭하게 움직여!"

"장하다. 정말 멋지게 앞으로 가는걸." 나는 빈정대지 않을 수 없었다오.

그녀에게 그건 놀이였소. 난 그걸 알았지요. 그렇지만 내 마음에는 들지 않는 놀이였소. 나는 그녀를 현실로, 우리를 기다리는 미래로 불러내야만 했소.

어느 날 나는 키 큰 양치류들이 물 위로 축축 늘어진 숲 한가운데에서 그녀를 기다렸다오.

"르르르, 할 말이 있어." 그녀를 보자마자 내가 말했지요. "넌 이제 충분히 즐겼어. 우리 앞에는 보다 중요한 것들이 있어. 내가 산맥에서 통로를 하나 발견했어. 그 너머에 얼마 전에 물이 빠진 거대한 자갈 평원이 펼쳐져 있어. 우리가 거기 가서 맨 처음으로 정착하는 거야. 우리와 우리 자식이 무한히 펼쳐진 땅의 주인이 되는 거지."

"바다는 무한해." 르르르가 말했소.

"멍텅구리 늙은이가 하는 쓸데없는 소리는 집어치워. 세상은 다리를 가진 자의 것이야, 물고기의 것이 아니라고. 알잖아."

"그분이 하나밖에 없는 분이라는 것을 알아." 르르르가 말했지요.

"그럼 나는?"

"그분 같은 이는 다리를 가진 이들 중에는 없어."

"그럼 네 가족은?"

"가족들하고 싸웠어. 가족들은 아무것도 이해하지 못해."

"넌 미쳤어! 절대 뒤로 돌아갈 수는 없는 거야."

"난 할 수 있어."

"대체 뭘 하고 싶은데, 그 늙은 물고기와 단둘이서?"

"결혼. 그분과 같이 물고기로 돌아가는 거야. 세상에 다른 물고기들을 낳는 거지. 안녕."

그러고는 마지막으로 키 큰 양치식물 잎 꼭대기까지 기어오르더니 호수 쪽으로 몸을 기울여 물에 텀벙 뛰어들었소. 물 위로 다시 떠오르긴 했지만 혼자가 아니었소. '느'바'느'가 할아버지의 초승달 같은 튼튼한 꼬리가 그녀의 꼬리 곁에 나타났고, 둘은 같이 물살을 갈랐소.

고통스럽게도 난 패배한 거요. 하지만 내가 뭘 어떻게 하겠소? 난 변화하는 세상 속에서 나 역시 변화하면서 계속 내 길을 갔소. 가끔 생물들의 수많은 형태 중에서, 단 하나뿐이었던 나보다 훨씬 더 '단 하나뿐인' 형태를 만났소. 알에서 나온 새끼에게 젖을 먹이는 오리너구리, 아직 키가 작은 식물들 사이에 사는 호리호리한 기린같이 미래를 예고하는 단 하나뿐인 형태가 있었소. 신생대가 시작된 뒤에도 살아남은 공룡처럼 돌아오지 않을 과거, 혹은 악어처럼 수세기 동안 변함없이 보존될 방식을 찾은 과거를 증언하는 단 하나뿐인 형태도 있었지요. 압니다, 그들은 모두 나보다 우세한 방법으로 그들을 숭고하게 하고 그들과 비교해 나를 보잘것없는 것으로 만드는 무언가를 가지고 있었지요. 하지만 나는 그들 중 누구와도 나를 바꾸지 않았을 거요.

얼마 내기할까

우주의 역사에 응용된 인공두뇌학의 논리는 은하계, 태양계, 지구, 세포의 생명이 어떻게 해서 탄생할 수밖에 없었는지를 증명하는 방법에 있다. 인공두뇌학에서는 우주가 일련의 긍정적 부정적 '반응'을 통해 만들어졌다고 말한다. 그 '반응'이란 처음에는 수소 덩어리들을 원시 성운으로 응축한 중력에 의한 것이고, 그다음에는 중력과 균형을 이루는 원자력과 원심력에 의한 것이었다. 그러한 과정이 시작된 순간부터 우주는 연쇄적인 '반응'의 논리를 따를 수밖에 없었다.

그래요, 처음에 난 그걸 몰랐습니다. **크프우프크가 분명하게 말했다.** 아니, 누군가 조금이라도 관심을 가지고 추측해 보려 했다면 예상했을 수도 있었지요. 내 자랑이 아니라, 나는 처음부터 우주가 존재하게 될 거라는 데 내기를 걸었습니다. 그리고 정확히 맞혔지요. 우주가 어떤 형태로 존재하게 될지에 대해서도 (크)이크 학장과 몇 가지 내기를 했는데 내가 이겼답니다.

우리가 내기를 시작했을 때는 이리저리 떠도는 약간의 분자들, 여기저기 되는대로 던져진 전자들, 각자 자기 마음대로 움직이는 양자들 말고는 아무것도 없었어요. 난 정확히 뭔지는 모르지만 그래도 뭔가를 느꼈습니다. 마치 기후가 바뀔 때처럼 말이지요.(사실 약간 추워지고 있었습니다.) 그래서 내가 말했지요.

"오늘 원자들이 만들어지는지 내기할까?"

그러자 (크)이크 학장이 말했습니다.

"무슨 바보 같은 소리야, 원자라니! 나는 아니라는 데 걸겠네. 자네가 원하는 것과 정반대에 말이야."

"x도 걸겠나?"

"x에다 n을 더 걸겠네!" 학장이 말했지요.

그는 말을 채 마치지 못했습니다. 벌써 모든 양자 주위에서 전자들이 요란한 소리를 내면서 회오리치기 시작했기 때문이지요. 거대한 수소 구름이 우주 공간에서 응축되어 가고 있었습니다.

"봤지? 원자로 가득 찼잖아!"

"풋, 저게 원자라니, 굉장하군!" (크)이크 학장이 말했지요. 그에게는 자신이 내기에 졌다는 것을 인정하는 대신 온갖 핑계를 대는 나쁜 버릇이 있었답니다.

학장과 나는 늘 내기를 했습니다. 정말 할 일이 없기 때문이기도 했지만 내가 존재한다는 유일한 증거가 바로 그와 내기를 한다는 사실이고, 그가 존재한다는 유일한 증거가 나와 내기한다는 사실이기 때문이기도 했지요. 우리는 어떤 사건이 일어날지 아닐지 내기를 했습니다. 그 당시까지는 아무 일도 일어나지 않았기 때문에 선택할 수 있는 것이 실로 무한했습니다. 하지만 어떤 사건이 일어날 수 있을지를 상상할 방법이 전혀 없어서 편의상 사건 A, 사건 B, 사건 C 하는 식으로 이름을 붙여서 불렀습니다. 사건을 구별하기 위해서지요. 다시 말해 당시에는 알파벳이나 관습적으로 약속된 다른 기호가 없던 탓에, 처음에 우리는 기호들이 어떻게 존재할지에 대해 내기를 했고 그 뒤에는 이 존재 가능한 기호와 사건 들을 서로 결합했습니다. 우리가 전혀 모르는 사건들을 충분히 정확하게 지칭할 수 있게 말이지요.

내기의 판돈 역시 뭔지 알 수가 없었습니다. 판돈으로 쓸 수 있는 게 아무것도 없었으니까요. 그래서 우리는 말로만 내기를 했으며, 나중에 총액을 계산하기 위해 각자 이긴 게임의 액수를 잘 기억해두었습니다. 이렇게 계산을 하는 건 아주 힘든 작업이었어요. 아직 숫자가 존재하지 않았기 때문이지요. 게다가 아무것도 따로 분리할 수 없어서 숫자를 세기 위한 수에 대한 개념조차 없었습니다.

원시 은하계에서 원시별들이 응축되기 시작했을 때 이런 상황에 변화가 생기기 시작했습니다. 나는 차츰 높아지는 기온이 어떻게 될지 곧 알게 되었습니다.

"이제 불이 붙을 거야." 내가 말했지요.

"무슨 헛소리!" 학장이 말했습니다.

"내기할까?"

"자네 좋을 대로 해."

그 순간 팍! 하고 하얗게 빛나는 수많은 공들이 어둠을 갈랐고, 사방으로 흩어졌습니다.

"에이, 불이 붙는다는 건 저런 걸 의미하는 게 아니야……."

(크)이크가 문제를 언어에 대한 문제로 옮기려는 평소의 자기 방법대로 말을 시작했지요.

그럴 때면 나는 그의 입을 다물게 하는 나만의 방법을 이용했습니다.

"아, 그래? 그럼 자네는 어떤 걸 의미한다고 생각하는데?"

그는 아무 말도 하지 않았어요. 그는 상상력이 빈곤해서, 하나의 말이 한 가지 의미를 갖기 시작하면 다른 의미를 가질 수도 있다는 생각을 하지 못했습니다.

(크)이크 학장은 잠시라도 함께 시간을 보내기에는 상당히 따분한 유형으로, 재치도 전혀 없고 이야깃거리도 하나 없는 이였지요. 그런데 이야기할 만한 일이 전혀 일어나지 않았기 때문에, 아니, 적어도 우리가 보기에는 그랬기 때문에, 나 역시 이야기할 만한 게 그리 많지는 않았답니다. 우리가 할 수 있는 일이라곤 가정하는 것뿐이었습니다. 아니, 가정할 수 있는 가능성에 대한 가정이었지요. 지금 가정의 가정을 할 때 나는 학장보다 상상력이 더 뛰어났습니다. 그건 이롭기도 하고 불리하기도 한 거였지요. 그 상상력으로 인해 내가 훨씬 위험한 내기를 하게 됐으니까요. 그러니 승률은 거의 비슷했다고 할 수 있습니다.

대개 나는 앞으로 사건이 일어날 가능성에 내기를 건 반면, 학장은 거의 언제나 그 반대에 걸었습니다. (크)이크 학장은 정적인 현실감각을 지녔는데, 이런 식으로 표현해도 된다면, 그 당시에는 정적인 것과 동적인 것이 지금처럼 차이가 나지 않았습니다. 아니, 적어도 그런 차이를 간파하려면 주의를 집중해야 했지요.

예를 들어 별들이 커지고 있으면 내가 말했습니다.

"얼마나 더 커질까?"

그가 되도록 논쟁거리를 찾지 못하게 나는 숫자들로 예측해 보려고 애를 썼습니다.

그 당시 숫자라고는 두 개밖에 없었습니다. 숫자 e와 ϖ 뿐이었지요. 학장은 대강 계산한 후 대답했습니다.

"e까지 커져서 ϖ로 상승하지."

얍삽한 인간! 누구든 거기까지는 생각할 수 있지요. 그렇지만 문제는 그렇게 간단한 게 아니었고, 난 그걸 알았습니다.

"어느 순간 멈춘다에 내기를 걸지."

"좋아. 그런데 언제 멈추지?"

그러면 나는 결과야 어찌 되든 간에 나의 ϖ에 건다고 말합니다. 계속 가는 거지요. 학장은 아무 말도 하지 못합니다.

그때부터 우리는 e와 ϖ를 기반으로 내기를 시작했습니다.

"ϖ!" 학장이 희붐한 빛이 퍼진 어둠 속에서 소리쳤습니다.

물론 우리는 재미로 내기를 했습니다. 개인적으로 내기에서 이득을 얻을 게 없었으니까요. 원소들이 형성되기 시작했을 때 우리는 아주 희귀한 원소들의 원자를 판돈으로 계산하게 되었지요. 그런데 내가 거기서 실수를 했습니다. 가장 희귀한 원소를 테크네튬이라고 생각해 테크네튬을 내기에 걸어 이겼고, 테크네튬으로 부를 축적했습니다. 그런데 그게 불안정 원소여서 모두 방사될 거라는 사실을 예측하지 못한 겁니다. 그래서 난 원점에서 다시 시작해야만 했지요.

물론 나 역시 이렇게 잘못된 계산에 타격을 입은 적이 있지만 곧 다시 유리한 위치가 되어 위험 부담이 큰 예측도 할 수 있었어요.

"지금 비스무트의 동위원소가 나올 거야!" 나는 '초신성'의 도가니에서 막 탄생한 원소들이 탁탁 소리를 내는 것을 보면서 서둘러 말했습니다. "내기하세나!"

그러나 천만에, 그것은 아주 건강한 폴로늄 원소였습니다.

이런 경우 (크)이크는 키득키득 계속 웃어 댔지요. 자신의 승리가 대단한 것이라도 되듯이 말입니다. 그렇지만 그의 승리를 도운 건 내 쪽의 지나치게 위험한 예측이었을 뿐이지요. 하지만 내기를 하면 할수록 나는 그 메커니즘을 이해하게 되었습니다. 그리고 이런 모든 새로운 현상 앞에서 어림짐작으로 몇 번 내기를 한 뒤로는 충분히 생각해서 내 예측을 계산하게 되었지요. 한 은하계가 다른 은하계로부터 더도 덜도 아니고 수백만 광년 떨어진 지점에 고정된다는 규칙을 항상 학장보다 내가 먼저 이해하게 되었지요. 조금 뒤에는 그 일에 아무 재미도 느낄 수 없을 정도로 그렇게 쉬운 일이 되었답니다.

그래서 내가 준비한 자료를 통해 다른 자료를 머릿속으로 추론해 보려고 시도했습니다. 그리고 이 자료들로부터 또 다른 자료를 추론해 보는 거지요. 내가 표면적으로는 우리가 논쟁하는 것과 전혀 상관이 없는, 예측하지 못한 사건을 제시할 수 있을 때까지 말입니다. 그런데 나는 생각 없이 그런 것들을 이야기해 버리곤 했습니다.

한번은 우리가 나선 성운의 곡선을 예측하고 있었는데 내 입에서 불쑥 이런 말이 튀어나왔습니다.

"내 말 좀 들어 보게, (크)이크. 자네 생각에는 아시리아 인들이 메소포타미아를 침략할 것 같은가?"

그는 당황했습니다.

"메…… 뭐라고? 언제?"

나는 서둘러 계산해 그에게 날짜를 알려 주었지요. 물론 연도와 세기 단위의 날짜는 아니었습니다. 당시의 시간 측정 단위는 그런 면에서 전반적으로 그리 높이 평가받을 수 없었기 때문이지요. 그래서 정확한 날짜를 제시하려면 우리는 칠판을 가득 채우고도 남을 정도로 복잡한 공식들에 의존해야만 했습니다.

"어떻게 알 수 있지……?"

"빨리, (크)이크, 메소포타미아를 침략할까, 안 할까? 내 생각에는 침략할 것 같은데, 자네는 아니겠지. 정했나? 빨리, 꾸물거리지 말고."

우리는 아직 끝없는 우주 공간에 있었는데, 소용돌이치는 최초의 성좌들 주위에 있는 몇 개의 수소가 그 공간 여기저기에 흩어져 있었지요. 인간과 말과 화살과 나팔 들이 거뭇거뭇 보이는 메소포타미아 평원들을 상상하기 위해서는 아주 복잡한 추론이 필요하다는 건 인정하지만 달리 할 일이 없었기 때문에 우리는 훌륭하게 해낼 수 있었어요.

하지만 이런 경우 학장은 항상 아니라는 데에 내기를 걸었지요. 아시리아 인들이 성공할 수 없다고 생각해서 그런 것이 아니라 그저 아시리아와 메소포타미아와 지구와 인류의 존재 가능성을 배제했기 때문에 그런 것뿐이었습니다.

물론 이런 내기는 다른 것보다 만료 기간이 아주 길었습니다. 당장 결과를 알 수 있는 경우와는 달랐지요.

"저기 저 태양이 형성되는 거 보이지, 주위는 완전히 타원형이고? 빨리, 다른 행성들이 만들어지기 전에, 행성들 궤도 간의 거리가 얼마나 될지 말해 봐……."

우리가 그 말을 끝내기가 무섭게, 80억이나 90억, 내가 무슨 말을 하는 거지? 60억이나 70억 광년이 흐르는 동안 행성들은 각자 자신의 궤도를, 좁지도 않고 넓지도 않은 궤도를 돌기 시작했답니다.

그런데 우리가 수십억 년 동안 머릿속으로 기억하고 있던 내기들은 내게 아주 큰 기쁨을 주었습니다. 우리는 무엇에 얼마를 걸었는지 잊지 않았고, 그와 동시에 만료 기간이 가까운 내기를 기억하고 각자가 이긴 내기의 숫자(숫자의 시대가 시작되었는데 이것은 세상일을 약간 복잡하게 만들었지요.)와 판돈의 총액(나는 계속 이익을 얻어 갔고 학장은 빚이 목까지 차오를 지경이었지요.)을 기억해야 했습니다. 그뿐만 아니라 추론의 연쇄 고리 속에서 점점 더 앞서 나가는 새로운 내기들을 고안해 내야만 했지요.

"1926년 2월 8일 베르첼리 주 산티아 시, 알겠나? 가리발디 거리, 18번지에서, 내 말 잘 듣고 있지? 스물두 살의 주세피나 펜소티 양이 오후 5시 45분에 집에서 나오고 있네. 그녀가 오른쪽으로 갈까, 왼쪽으로 갈까?"

"으으음……." (크)이크는 이런 소리를 냈어요.

"말해, 빨리. 난 오른쪽으로 간다고 생각하는데."

별자리들의 궤도가 지나가는 미립자 성운들 사이로, 나는 벌써, 산티아 시의 거리를 따라 저녁 안개가 피어오르고 가로등에 불이 켜지는 것을 보았습니다. 눈 속에 흔적만 겨우 남은 인도를 비춰 주고 관세청 다음 모퉁이를 돌아 사라지는 주세피나 펜소티 양의 날씬한 그림자를 잠시 환히 비추는 가로등 불빛을요.

나는 천체에서 일어날 일을 예측하는 새로운 내기를 그만두고, 그저 조용히 기다리면서 내 예측이 서서히 사실로 드러날 때마다 (크)이크의 판돈을 내 주머니에 챙겼습니다. 하지만 내기에 대한 열정 때문에 나는 있을 수 있는 모든 사건에 대해, 그 뒤에 일어날 수 있는 무한한 사건의 아주 주변적이고 우연적인 것까지 예측하게 되었습니다. 나는 즉흥적이고 쉽게 계산할 수 있는 예언과 몹시 복잡한 작업이 필요한 예언을 결합하기 시작했습니다.

"빨리, 행성들이 어떻게 응축되는지 보이지? 대기가 어디에 형성될지 말해 보겠나? 수성? 금성? 지구? 화성? 빨리 결정하게. 자네가 결정했으니 이제 영국 지배 아래 있는 인도 반도의 인구 증가 지수를 계산해 보게. 뭘 그렇게 생각하고 있나? 서둘러."

나는 어느 운하, 하나의 틈 사이로 들어갔는데 그 너머에서는 매우 치밀한 사건들이 다양하게 벌어지고 있었습니다. 그 사건들을 한 줌 쥐어, 이런 것을 상상조차 하지 못하는 내 경쟁자의 얼굴에 집어 던질 수밖에 없었지요. 이번에는 거의 나도 모르게 이런 질문이 튀어 나왔습니다.

"아르세날과 레알마드리드의 준결승전 때 아르세날이 홈구장에서 뛰는데 어느 팀이 이길까?"

그 순간 나는 우연히 뒤섞인 것 같은 이런 말을 통해, 기호들간의 무한하고 새로운 조합을 건드렸다는 것을 알게 되었습니다. 조밀하고 불투명하며 균일한 현실은 바로 이러한 조합을 이용해, 자신의 단조로움과 어쩌면 미래를 향한 질주, 내가 맨 처음 예상하고 점쳤던 그 질주를 변화시킬 수 있을지도 모르지요. 그러한 질주는 시간과 공간을 통해, 새로운 조합과 같은 해결책 속에서 산산이 부서지게 될 뿐이지요. 나는 야간 경기를 하는 축구 선수의 가슴과 등에 적힌, 멀리서는 알아볼 수 없는 숫자들을 읽어 내면서 내가 태양계의 눈부신 소용돌이 밑의 축구장에 하얀 선을 그려 놓았다고 상상하는데, 이 선들 사이로 날아가는 축구공의 리바운드와 눈에 보이지 않는 삼각형들의 기하학 속에서 그 질주는 완전히 용해되어 버리는 겁니다.

이미 나는 이전에 내가 거둔 승리를 모두 걸고 이 가능성의 새로운 영역에 뛰어들었습니다. 누가 나를 막을 수 있었겠습니까? 평소와 다름없이 당황하며 불신을 보인 학장은 위험한 모험을 하도록 나를 자극할 뿐이었지요. 내가 함정에 빠졌다는 것을 깨달았을 때는 벌써 늦었지요. 그런데도 여전히 나는 그것을 제일 먼저 알아차린 사람이 바로 나라는 사실에 만족했습니다. 이번에는 그리 크게 만족한 것은 아니지만요. (크)이크는 행운이 자기편으로 돌아섰다는 것도 모르는 듯했습니다. 하지만 나는 그의 웃음을 예상했지요. 예전에는 웃는 일이 거의 없었는데 지금은 그 횟수가 점점 늘어나고 있었습니다…….

"크프우프크, 파라오 아멘호테프 4세에게 아들이 없었다는 거 알았나? 내가 이겼네!"

"크프우프크, 폼페이우스가 카이사르를 이기지 못했지? 내가 말했잖아!"

하지만 나는 내 계산을 끝까지 따랐습니다. 어떤 요소도 간과하지 않았습니다. 내가 처음으로 돌아간다 해도 처음처럼 다시 내기를 했을 겁니다.

"크프우프크, 유스티니아누스 황제 통치기에 중국에서 콘스탄티노플로 수입된 건 화약이 아니라 누에고치였어……. 혹시 내가 혼동한 건가?"

"아닐세, 자네가 이겼어, 이겼다고……."

물론 나는 손에 잡히지도 않고 만질 수도 없는 사건들을 예측했습니다. 많이, 아주 많이 예측했지요. 그래서 이제 더 이상은 되돌아갈 수도 없고 나 스스로를 바로잡을 수도 없었습니다. 게다가 어떻게 나 스스로를 바로잡겠습니까? 무엇을 근거로?

"그러니까 발자크는 『잃어버린 환상』에서 뤼시앵 드 뤼방프레를 자살하게 만들지 않았어." 학장이 의기양양한 목소리로 말했지요. 얼마 전부터 그는 이런 목소리로 말했습니다. "보트랭이라는 가명을 쓰는 카를로스 에레아 알지? 『고리오 영감』에 이미 등장했던 그 사람이 그를 구하게 했지……. 그런데 크프우프크, 우리 얼마지?"

나는 점점 불리해졌습니다. 내 판돈은 교환 가능한 통화로 바꾸어 스위스 은행에 안전하게 보관해 두었는데, 내기에 연이어 지는 바람에 계속 거액을 인출해야 했지요. 항상 지는 건 아니었습니다. 어떤 내기에서는 내가 다시 이기기도 해서 큰 액수를 따기도 했지만 입장은 바뀌었습니다. 내가 이겼을 때는 그것이 우연인지 아닌지 확신이 없었어요. 그리고 다음번에 다시 내 계산을 부정하는 일이 벌어지지 않을지에 대해서도 확신이 없기는 마찬가지였지요.

지금 우리가 도달한 이 시점에서는, 우리의 계산을 위해 전자계산기를 쓰는 것 이외에도 참고 문헌들이 있는 도서관을 뒤지고, 전문 잡지를 정기 구독해야 했습니다. 여러분도 아시다시피 이 모든 것은 연구 재단에서 우리를 위해 준비해 주었습니다. 우리가 이 행성에 정착하고 나서 우리의 연구를 지원해 달라고 재단에 요청했었지요. 물론 그들 눈에는 내기가 우리끼리의 순진한 놀이로 비쳤어요. 그 내기에 그런 거액이 걸려 있으리라고는 그들은 의심하지 않았답니다. 공식적으로 우리는 전자예측센터 연구원의 보잘것없는 월급으로 생활했지요. 게다가 (크)이크는 손가락 하나 까딱하지 않고도 대학에서 얻은 학장이라는 직위에 따른 수당을 받았지요.(꼼짝도 하지 않으려는 그의 태도는 계속 심해져 이 시대에는 반신불수의 모습으로 휠체어를 타고 나타났습니다.) 말이 난 김에 이야기하자면 학장이라는 지위는 나이와는 아무 상관이 없었습니다. 그렇지 않았다면 적어도 내게도 그와 비슷한 자격이 있었을 겁니다. 다만 난 그런 것에 별 신경을 쓰지 않았지요.

그렇게 해서 지금의 이런 상황에 이른 겁니다. (크)이크 학장은 자신의 조그만 사택 테라스 현관에서 휠체어에 앉아 전 세계에서 아침 우편으로 도착한 신문들을 무릎에 잔뜩 올려놓은 채 교정의 끝에서 끝까지 다 들리게 소리를 질렀답니다.

"크프우프크, 터키와 일본 사이의 핵 조약이 오늘 서명되지 않았어. 협상조차 시작하지 않았는데, 봤나? 크프우프크, 내가 말한 대로 아내 살해범 테르미니 이메레제가 3년 형을 받았네. 종신형이 아니고!"

그러면서 흰 바탕에 검은 글씨가 빼곡한 일간지들을 흔들었습니다. 그 신문들은 마치 은하계가 형성될 때의 우주 공간, 그 당시의 우주 공간처럼 목적과 의미가 제거된 허공에 둘러싸인 고립된 미립자들로 꽉 찬 우주 공간들과 같았답니다. 그 당시 그 허공에다 선과 포물선을 그리고 정확한 지점, 눈부신 빛 속에서 논의의 여지가 없는 사건이 일어날 공간과 시간의 교차점을 찾아내던 일이 얼마나 멋진 일이었던가 하는 생각이 들더군요. 반면 지금은 사건들이 마치 시멘트 반죽이 흘러내리듯, 시평들이 줄을 잇고 기사들이 끊임없이 이어지고 있습니다. 검은색의 어울리지 않는 제목과 따로 떼어 여러 가지 방향으로 읽을 수 있지만 본질적으로는 읽을 수 없는 사건들, 형태도 방향도 없으며 모든 추론을 에워싸고 침몰시키고 짓누르는 사건들이 뒤범벅되어 있지요.

"크프우프크, 아나? 오늘 월 스트리트 주가가 6퍼센트가 아니라 2퍼센트 하락한 채 장을 마감했다네! 말해 봐, 카시아 거리에 불법으로 세워진 건물은 9층이 아니라 12층이야! 네아르코 4세[4]가 롱챔프 시합에서 두 길이 차이로 이겼어. 우리 얼마지, 크프우프크?"

---

4 이탈리아 산 경주마.

공룡들

트라이아스기와 쥐라기 내내 진화하고 성장했으며 1억 5000만 년 동안 대륙의 지배자였던 무적의 공룡들이 갑자기 멸종한 이유는 확실하지 않다. 백악기에 일어난 급격한 기후 변화와 식물계의 변화에 적응을 못했기 때문일 수도 있다. 백악기 말에 공룡은 전멸했다.

나만 제외하고서 말이오. 크프우프크가 또박또박 말했다. 나도 일정한 기간 동안 공룡이었다오. 그러니까 5000만 년 동안 말이오. 그 사실을 유감스럽게 생각하지는 않소. 그 당시에는 공룡이라는 게 당연한 것이라고 생각했고 공룡이라는 이유로 존경을 받았지요.

그러다가 상황이 바뀌었소. 여러분에게 시시콜콜 이야기할 필요는 없겠지요. 패배, 실수, 의심, 배신, 전염병 등 온갖 종류의 재앙이 시작되었소. 땅 위에서는 새로운 주민들이 번성했는데 우리에게는 적이었다오. 사방에서 그들의 공격을 받았지만 우리는 하나도 제대로 물리치지 못했소. 요즈음 일부 사람들은 쇠퇴의 취향, 파괴당하고자 하는 열정이 이미 오래전부터 우리 공룡들 정신의 일부가 되었다고 말하기도 하더구려. 난 잘 모르겠소. 그런 감정은 한 번도 느껴 본 적이 없으니. 다른 공룡들이 그런 생각을 가졌다면 그것은 이미 패배했다고 느꼈기 때문일 거요.

그 대량 멸종 시대의 기억은 떠올리고 싶지 않다오. 내가 살아남을 수 있을 거라고는 생각조차 못했소. 내가 목숨을 구할 수 있었던 것은 오래디오랜 이주 덕이었는데, 나는 살점이 다 뜯긴 뼈들이 수북한 무덤들을 가로질러 갔다오. 그런 뼈 무덤들 중에서 볏이나 뿔 하나 혹은 등딱지, 혹은 비늘에 뒤덮인 살점 한 조각만이 그 생물이 살아생전 누리던 과거의 영광을 상기시켜 줄 뿐이었지요. 그런 잔해 위에서 지구의 새 주인이 된 것들의 부리, 주둥이, 송곳니, 빨판이 부지런히 움직였소. 살아 있는 것들의 흔적도, 죽은 것들의 흔적도 더 이상 보이지 않게 되었을 때 나는 걸음을 멈췄다오.

인적 없는 황량한 고원 지대를 난 몇 년씩 헤매 다녔소. 매복, 전염병, 굶주림, 추위에서도 살아남았지요. 하지만 고원에서 영원히 살아갈 수는 없었소. 그래서 밑으로 내려가기 위해 길을 떠났다오.

세상은 변해 있었소. 산도 강도 초목도 알아볼 수가 없었소. 살아 있는 존재들을 처음 발견했을 때 난 몸을 숨겼소. 그들은 새로운 주민 무리였는데, 작지만 힘이 센 전형적인 주민이었다오.

"거기, 너!"

그들이 나를 발견했소. 그들이 나를 친근하게 부르기에 난 깜짝 놀랐다오. 나는 도망쳤고 그들은 나를 쫓아 달렸지요. 수천 년 전부터 나는 내 주위에 공포를 불러일으켰고, 내가 불러일으킨 공포에 대한 다른 이들의 반응에 나 자신이 오히려 공포를 느끼는 데 익숙해져 있었다오. 그런데 이제는 아무것도 아니었소.

"거기, 너!"

그들은 적의를 느끼지도 놀라지도 않은 듯, 아무렇지도 않게 내게 다가왔소.

"왜 달리는 거지? 대체 무슨 생각을 한 거야?"

그들은 나한테 나도 모르는 길을 물으려 한 것뿐이었소. 난 그곳 출신이 아니라고 더듬거렸다오.

"그런데 왜 달아났어?" 그들 중 하나가 말했소.

"……공룡을 본 모양이군!"

그러자 일행들 모두가 웃었소. 그러나 그 웃음 속에서 나는 처음으로 우려의 낌새 같은 것을 감지했다오. 그들은 약간 떨떠름하게 웃었지요.

그들 중 하나가 심각한 표정으로 이렇게 덧붙였소.

"농담이라도 그런 말 하지 마. 넌 공룡이 뭔지도 모르잖아……."

그러니까 새 주민들 사이에는 공룡에 대한 공포가 아직도 남아 있었던 거요. 그렇지만 그들은 이미 몇 세대 전부터 공룡을 보지 못해 알아보지도 못하는 것 같았소. 나는 계속 경계하며 걸어갔지만 그래도 다시 시험해 보고 싶어 마음이 초조했다오. 어느 샘물가에서 새 주민인 젊은 아가씨가 물을 마시고 있었소. 나는 천천히 다가가 그녀 옆에서 물을 마시려고 목을 길게 뺐소. 나는 그녀가 나를 보자마자 필사적으로 비명을 지르며 숨 가쁘게 달아나리라고 예상했다오. 그녀가 위험을 알리면 새 주민들이 달려와 나를 강제로 쫓아낼 텐데……. 그 순간 나는 내 행동을 후회했소. 내가 살려면 당장 그녀를 갈기갈기 찢어야 했지요. 그리고 또다시…….

그런데 젊은 아가씨가 나를 돌아보고는 이렇게 말하는 거였소.

"물 정말 시원하죠?"

그녀는 내게 상냥하게 말을 걸었고, 낯선 사람들한테 하듯 내가 멀리서 오는 길인지, 비를 만나지는 않았는지, 여행 중에 날씨가 좋았는지 등 소소한 것들을 물었소. 나는 공룡이 아닌 생물과 그렇게 이야기할 수 있으리라고는 상상조차 하지 못했기 때문에 너무 긴장해서 거의 아무 말도 하지 못했다오.

"전 물을 마시러 항상 이곳에 와요." 그녀가 말했지요. "이 '공룡샘'에……."

나는 눈이 휘둥그레져 고개를 번쩍 들었소.

"그래요, 그래요, 오래전부터 '공룡샘'이라고 불렀지요. 예전에 여기 공룡이 한 마리 숨어 있었대요. 마지막 남은 공룡 중 하나였는데 물을 마시러 오는 사람들을 공격해서 갈기갈기 찢어 죽였대요, 세상에나!"

나는 숨어 버리고 싶었다오. '이제 내가 누군지 알게 될 거야. 나를 자세히 보면 알아볼 거야!' 나는 이렇게 생각하며 시선을 피하고 싶은 사람처럼 눈을 내리깔고 꼬리를 숨기듯 꼬았소. 얼마나 애를 썼는지, 그녀가 환하게 웃으며 내게 인사를 하고 가던 길을 갔을 때, 나는 마치 발톱과 이빨로 방어하며 싸우던 예전처럼 전투라도 한 듯 피곤했다오. 나는 그녀에게 인사 한마디 제대로 하지 못했다는 것을 알아차렸지요.

나는 강가에 도착했소. 그곳에는 새 주민들이 굴을 만들고 물고기를 잡아먹으며 살아가고 있었소. 그들은 물살이 세지 않은 곡류를 만들어 물고기들이 모이도록 나뭇가지로 둑을 쌓고 있었소. 그들은 나를 보자마자 일손을 멈추고 고개를 들었소. 나를 보고는 여전히 아무 소리 없이 서로의 얼굴을 보았는데 꼭 자기들끼리 뭔가를 묻는 것 같았다오. '이제 때가 됐어. 있는 힘을 다해 싸우는 수밖에 없어.' 나는 이렇게 생각하며 공격할 준비를 했지요.

다행히 나는 제때 공격을 멈출 수 있었소. 그 고기잡이들은 나를 공격할 생각이 전혀 없었다오. 내 건장한 체격을 보고 그들과 같이 머무르며 나무 옮기는 작업을 할 수 있는지 물어보려던 것이었지요.

"여긴 안전하답니다." 당황하는 내 모습을 보고 그들이 주장했소. "공룡들은 우리 할아버지의 할아버지 때부터 모습을 보이지 않았어요……."

내가 공룡일 거라고 의심하는 이는 아무도 없었다오. 나는 그곳에 머물렀지요. 기후도 좋았고, 음식은 우리 공룡 입맛에는 맞지 않지만 그런대로 나쁘지 않았으며, 센 힘 덕분에 일도 그리 힘들지 않았소. 그들은 나를 '못난이'라고 불렀는데 내가 그들과 다르기 때문에 그렇게 부른 것일 뿐 다른 이유는 없었다오. 난 이 새로운 주민들을 뭐라고 부르는지 알 수 없었는데, 판토테리우스나 뭐 그런 이름이었던 것 같았소. 그들은 아직 완전한 형태를 갖추지 못한 종으로, 사실 이 종으로부터 나머지 모든 종이 진화해 나왔다오. 이미 그때 개체와 개체 사이에 아주 다양한 유사성과 차이점이 나타나고 있었기 때문에, 내가 그들과 전혀 다른 종임에도 그렇게 눈에 띄지는 않는 거라고 믿었다오.

그렇다고 이런 생각에 내가 완전히 익숙해진 것은 아니었소. 나는 항상 적들 속에 있는 공룡임을 느꼈고, 밤마다 그들이 대대로 전해 내려오는 공룡 이야기를 시작할 때면 나는 긴장한 채 어둠 속으로 물러나 있었다오.

무시무시한 얘기들이었소. 이야기를 듣는 자들은 하얗게 질려 이따금 놀라 비명을 지르기도 하면서 말하는 이의 입만 쳐다보았지요. 말하는 이의 목소리에는 적잖은 감정이 드러났다오. 나는 모두가 그런 이야기를 알면서도(이야기 목록이 아주 방대하긴 했지만) 들을 때마다 새삼 놀라워한다는 것을 곧 분명히 알게 되었소. 공룡들은 수많은 괴물처럼, 실제와는 전혀 다른 모습으로 세세히 묘사되었고, 새 주민들에게 해를 입히는 것만이 목적인 존재로 그려졌다오. 마치 새 주민들이 처음부터 지구상에서 가장 중요한 주민이었고 우리 공룡들은 아침부터 밤까지 그들 뒤만 쫓아다닌 것처럼 말이오. 나로서는 우리 공룡들을 생각하면 길고 길었던 불운, 고통, 죽음이 떠오르곤 했다오. 우리에 관한 새 주민들의 이야기는 내 경험과는 너무 동떨어진 것이어서, 마치 이방인이나 낯선 이들에 대한 이야기인 양 나는 관심을 두지 않게 되었다오. 그렇지만 그 이야기를 들으면서 나는 우리가 다른 이들에게 어떻게 보였는지에 대해서는 한 번도 생각해 본 적이 없다는 것을 깨달았소. 그리고 허무맹랑한 수많은 이야기 중에서 어떤 이야기들은 그들의 관점에서 진실을 꿰뚫고 있다는 것을 알아차렸다오. 내 머릿속에서 우리로 인해 공포를 겪은 이들의 이야기와 내가 경험한 공포의 기억은 한데 뒤섞여 버렸소. 우리가 그들을 얼마나 두렵게 했는지를 이해하면 할수록 나는 더 두려워졌다오.

그들은 각자 차례대로 이야기를 하다가 어느 순간 내게 물었소.

"못난이는 어때? 넌 뭐 할 이야기 없어? 너희 집안은 공룡에 얽힌 모험담이 없어?"

"있지, 음, 그게……" 나는 말을 더듬었소. "너무 오래된 얘기라서……. 아, 너희가 알면……."

난처한 상황에서 날 구해 준 것은 샘물가의 아가씨인 '양치류꽃'이었소.

"그냥 내버려 둬……. 이방인이잖아. 아직 적응도 제대로 못했고 우리말도 잘 못하잖아……."

그들은 결국 화제를 바꿨다오. 나는 안도의 한숨을 쉬었지요.

'양치류꽃'과 나 사이에는 신뢰감 같은 게 싹텄소. 그렇다고 지나치게 친밀하지는 않았소. 나는 그녀에게 손 한 번 살짝 대지도 못했으니까. 하지만 우리는 한참씩 이야기를 나누었다오. 더 정확히 말하자면 그녀가 자신의 일상 이야기를 들려준 거라오. 나는 내 정체가 드러날까 두려워, 또 그녀가 내 정체를 의심할까 두려워 항상 일반적인 이야기만 하려고 애썼지요. '양치류꽃'은 자기가 꾼 꿈을 이야기했소.

"지난밤에 코로 불을 내뿜는 거대하고 무시무시한 공룡 꿈을 꿨어. 공룡이 다가와 내 목을 잡아 끌고 갔어. 산 채로 날 집어삼키려고 했지. 정말 끔찍한 꿈이었어. 그런데 이상하게도 하나도 무섭지가 않았어. 아니, 어땠는지 알아? 난 좋아서……."

그 꿈 이야기에서 나는 많은 것을, 특히 한 가지 사실만큼은 눈치를 챘어야만 했소. '양치류꽃'이 공격받기만을 바라고 있다는 것이지요. 내게는 바로 그때가 그녀를 안을 수 있는 절호의 기회였던 거요. 하지만 그들이 상상하는 공룡은 실제 공룡인 나와는 너무나 달랐다오. 이런 생각에 나는 그들과 더 다르게, 더 소심해졌지요. 간단히 말해 좋은 기회를 놓친 거요. 그러다가 '양치류꽃'의 오빠가 고기잡이 철이 되어 평원에서 돌아왔소. '양치류꽃'이 오빠의 감시를 심하게 받았기 때문에 우리의 대화는 점점 줄어들었다오.

'양치류꽃'의 오빠인 자흔은 나를 처음 본 순간부터 의심스러운 눈초리를 보냈소.

"저자는 누구지? 어디서 온 거야?" 그가 나를 가리키며 물었다오.

"못난이야, 나무를 옮기는 이방인이지." 다른 이들이 말했소. "왜? 뭐 이상한 거 있나?"

"저자에게 물어보고 싶어." 자흔이 험악한 얼굴로 말했소. "이봐, 너, 너한테 뭐 이상한 점 있지 않아?"

내가 뭐라고 대답할 수 있었겠소?

"나한테? 아니……."

"네 생각엔 너한테 이상한 점이 없다는 거지, 응?" 그는 이렇게 말하더니 웃었소. 그때는 얘기가 거기서 끝났지만 예감이 좋지 않았다오.

자흔이라는 자는 마을에서 가장 강경한 인물 중 하나였소. 그는 세상을 돌아다녀 보았기 때문에 다른 이들보다 훨씬 많은 것을 안다는 것을 과시했지요. 그들이 늘 해 오던 공룡 이야기를 들으면 자흔은 참을 수 없어했다오.

"꾸며 낸 이야기야." 한번은 그가 이렇게 말했소. "너희는 꾸며 낸 이야기를 하고 있어. 진짜 공룡이 여기 나타났으면 좋겠다."

"아주 오래전에 사라졌잖아……." 고기잡이가 끼어들었소.

"아주 오래전은 무슨……." 자흔이 비웃었소. "들판을 공격하는 공룡 무리가 아예 없다고는 말할 수 없어……. 평야에서 우리는 밤이고 낮이고 교대로 보초를 섰어. 그렇지만 평야에서는 같은 편들끼리는 모두 신뢰할 수 있지. 낯선 자들은 받아 주지 않으니까……."

그러더니 의도적으로 내게 눈길을 멈췄소.

질질 끌어 봤자 아무 소용이 없었소. 당장 해결하는 게 나았지요. 나는 한 발 앞으로 나갔다오.

"나한테 무슨 유감 있어?" 내가 물었소.

"어디서 태어나고 어디서 왔는지도 모르는 녀석, 우리와 같이 먹으려 하고 우리 여동생들 뒤를 쫓아다니는 녀석에게 유감이 있지……."

고기잡이들 중 몇몇이 내 편을 들어 주었소.

"못난이는 자기 먹을 건 벌고 있어. 열심히 일한다고……."

"나무둥치를 등에 짊어지고 옮기는 건 할 수 있겠지. 그걸 부인하는 건 아니야." 자흔이 계속 말했소. "하지만 위험한 시기에, 우리가 이를 악물고 우리를 방어해야 할 때, 저 녀석이 당연히 해야 할 일을 할 거라고 누가 보장하지?"

논쟁이 벌어졌다오. 이상한 것은 내가 공룡일 수도 있다는 가능성은 전혀 고려의 대상이 되지 않았다는 거요. 내게 퍼부은 비난은 내가 다르다는 것, 이방인이라는 것, 그래서 믿을 수 없다는 것이었소. 그리고 쟁점은 나로 인해 혹시 공룡이 돌아올 가능성이 얼마나 늘 것인가 하는 거였소.

"난 저 녀석이 싸우는 걸 보고 싶어, 저 도마뱀 같은 주둥이로……." 자흔이 나를 경멸하며 계속 자극했소.

나는 거칠게 그의 코앞으로 바짝 다가갔소.

"네가 달아나지만 않으면 지금이라도 보여 줄 수 있어."

정말 예상하지 못했던 일이었소. 나는 주위를 둘러보았다오. 다른 이들이 빙 둘러섰소. 이제는 우리가 싸우는 일밖에 남지 않았지요.

나는 앞으로 다가섰소. 목을 돌려, 물어뜯으려는 자흔의 공격을 피하고는 그의 다리로 달려들어 벌러덩 쓰러뜨린 뒤 그의 배에 올라탔소. 그게 실수였다오. 공룡들이 예전에 가슴과 배를 물어뜯기고 발톱에 할퀴여 죽어 가면서도 적을 꼼짝 못하게 했다고 생각했다는 것을 모르는 것처럼, 그런 공룡들을 한 번도 본 적이 없는 것처럼 그런 동작을 한 거요. 그러나 아직은 꼬리를 이용해 균형을 유지하고 버틸 수 있었다오. 외려 밑에 깔려서는 안 되었지요. 나는 힘을 냈지만 무너지고 있다는 것을 느낄 수 있었소…….

구경꾼들 중 하나가 소리를 지른 건 바로 그때였다오.

"힘내라, 공룡!"

내 정체가 밝혀졌다고 생각했고, 그와 동시에 나는 옛날의 나로 되돌아가 있었소. 질 때 지더라도 그들에게 옛날의 공포를 다시 경험하게 하는 게 좋을 것 같았지요. 그래서 나는 자흔을 한 번, 두 번, 세 번 공격했소…….

우리는 서로에게서 떨어졌소.

"자흔, 우리가 말했잖아. 못난이는 힘이 세다고. 못난이를 만만하게 보면 안 돼!"

모두들 웃으며 나를 축하해 주고 등을 두드려 주었지요. 나는 이제 정체가 발각되었다고 생각한 터라 어리둥절했다오. 조금 뒤에야 '공룡'이라는 건 그들이 시합에서 경쟁자들을 격려할 때 쓰는 말이라는 것을 알게 되었지요. '네가 제일 세다, 힘내!'라는 뜻이라오. 사실 나한테 소리친 건지, 자흔을 향해 소리친 건지조차 불분명했다오.

나는 그날 이후로 모든 이의 존경을 받았소. 자흔까지도 나를 격려했고 내가 다시 힘을 쓰는 것을 보려고 내 뒤를 따랐다오. 그들의 일상적인 공룡 이야기에도 약간 변화가 있었다는 것을 말해야겠구려. 어떤 일을 항상 똑같은 방식으로 판단하는 데 지칠 때면 유행이 다른 방향으로 바뀌기 시작하듯이 말이오. 이제 마을에서 어떤 일을 비판하려고 할 때면, 공룡들 사이에서는 그런 일이 일어나지 않았을 거라고 말하는 습관이 생겼다오. 또 공룡들은 여러 가지 일에서 모범을 보였고 이런저런 상황에서(예를 들면 개인적인 생활에서) 공룡의 태도는 비웃을 게 전혀 없다는 등등의 말을 하기도 했소. 간단히 말해 아무도 정확히 알지 못하는 공룡들에 대해 사후 찬양을 하다시피 한 거라오.

한번은 듣다 못한 내가 이렇게 소리를 지르고 말았다오.

"과장하지 말자고. 대체 공룡을 뭐라고 생각하는 거야?"

"조용히 해, 공룡을 본 적도 없는 네가 뭘 안다고?" 그들은 반박했소.

어쩌면 사실대로 말할 적당한 순간이었는지도 모르지요.

"내 눈으로 봤으니까!" 내가 소리쳤소. "너희가 원한다면 어떻게 생겼는지 설명해 줄 수도 있어!"

그들은 내 말을 믿지 않았소. 내가 자기들을 놀린다고 생각했지요. 나로서는 공룡에 대한 그들의 새로운 이야기 방식이 예전의 것만큼이나 참을 수 없었다오. 우리 공룡들을 공격한 잔인한 운명에 대해 내가 느끼던 고통과는 별개로, 나는 공룡들의 삶을 내부 깊숙이까지 알았기 때문이라오. 편견에 가득 차서 새로운 상황에 발맞추어 갈 수 없었던 제한된 사고방식이 얼마나 크게 우리를 지배했는지 알았다오. 그런데 이제 와서 이들이 그렇게 보수적이고, 말하자면 그렇게 따분했던 우리들의 그 작은 세상을 본보기로 삼으려는 것을 보아야만 했던 거요! 그들이 우리 종족에게 일종의 성스러운 존경심을 부여하는 것을 느껴야만 했던 거요! 난 한 번도 느껴 보지 못했는데 말이오. 하지만 결국 그렇게 하는 게 옳다는 생각이 들더군. 새 주민들이 좋은 시절의 공룡들과 뭐 그리 다르겠소? 물고기들을 모으려고 둑을 쌓아 놓은 마을에서 안전함을 느끼면서 잘난 체하기도 하고 뻔뻔하게 행동하기도 하는 그들이 말이오……. 나는 내 종족에게 느꼈던 참을 수 없는 감정을 이들에게도 똑같이 느꼈다오. 공룡을 칭찬하는 것을 들으면 들을수록 나는 공룡과 그들이 동시에 끔찍하게 싫어졌소.

"있잖아, 지난밤에 공룡이 우리 집 앞으로 지나가는 꿈을 꿨어." '양치류꽃'이 내게 말했소. "위풍당당한 공룡이었어. 공룡들의 왕자나 왕이었을 거야. 나는 예쁘게 단장을 했어. 머리에 리본을 매고 창가에 서 있었지. 공룡의 관심을 끌어 보려고 공룡에게 인사를 했어. 하지만 공룡은 내가 있다는 것조차 알아채지 못했어. 내게 눈길도 주지 않았지……."

그 꿈은 나에 대한 '양치류꽃'의 마음 상태를 이해할 수 있는 새로운 열쇠를 내게 주었다오. 이 젊은 아가씨는 나의 소심함을 건방진 오만함으로 잘못 생각하는 게 틀림없었지요. 지금 다시 생각해 보면, 그런 태도를 조금만 더 유지하고 그 거만한 무관심을 과시하기만 했어도 그녀를 완전히 정복할 수 있었을 거란 생각이 든다오. 하지만 나는 이런 뜻밖의 사실에 감동해 그만 눈물을 글썽이며 그녀의 발치에 무릎을 꿇고 이렇게 말했지요.

"아니야, 아니야, 네가 생각하는 것과 달라. 넌 그 어떤 공룡보다 훌륭해. 수백 배는 더 훌륭해. 나는 정말 너에 비하면 훨씬 보잘것없어……."

'양치류꽃'은 몸이 굳어 한 걸음 물러섰다오.

"무슨 소리야?"

그녀가 기대했던 건 그게 아니었던 거요. 그녀는 당황했고 그 광경에 약간 불쾌해했소. 나는 너무 늦게야 깨달았지요. 서둘러 다시 일어섰지만 불편한 분위기가 우리 사이에 무겁게 내려앉았다오.

게다가 바로 뒤이어 일어난 일 때문에 더 생각할 시간도 없었지요. 전령들이 숨을 헐떡이며 마을에 도착한 거였소.

"공룡들이 돌아온다!"

떼를 지어 맹렬하게 평야로 달려오는 낯선 괴물들이 보였소. 그 속도로 계속 달린다면 내일 새벽에는 마을을 습격할 것 같았지요. 마을에 경보가 울렸소.

여러분은 그 소식을 듣고 내 가슴속에서 얼마나 강렬한 감정이 솟구쳤을지 상상할 수 있을 거요. 내 종족이 멸망한 게 아니었구나! 내 형제들과 만나 예전의 삶을 다시 시작할 수 있겠구나! 그러나 내 머릿속에 떠오른 예전 삶에 대한 기억은 끊임없는 패배와 도주와 위험뿐이었소. 또다시 시작한다는 것은 어쩌면 그런 고통스러운 상황을 일시적으로 다시 겪는 것, 이미 끝났다고 여기던 상태로 돌아가는 것을 의미할 뿐일 수도 있었소. 벌써 나는 이 마을에서 일종의 새로운 평온을 얻었고, 그것을 잃고 싶지 않았다오.

새 주민들의 마음도 다양한 감정으로 나뉘었소. 공포에 사로잡혀 있는 한편으로, 예전의 적을 물리쳐 승리를 거두고 싶은 마음도 있었지요. 공룡들이 살아남아 반격해 오고 있다면 아무도 그들을 저지할 수 없으리라고 생각했고, 공룡들이 승리를 거두는 게 가혹한 일이기는 해도 모두에게 좋을 수도 있다는 사실도 배제할 수 없었소. 간단히 말해 새 주민들은 방어하는 동시에 도망치고 적들을 물리치면서도 패배하고 싶었던 거요. 이런 불분명한 태도는 그들의 어수선한 방어 준비에도 고스란히 드러났다오.

"잠깐만!" 자흔이 소리쳤소. "우리 중에 지휘할 사람은 딱 하나뿐이야! 가장 힘센 못난이!"

"맞아! 못난이가 우리를 지휘해야 해!" 다른 이들도 한목소리로 말했지요.

"그래, 그래, 못난이에게 지휘를!" 그러면서 그들은 내 명령을 기다렸소.

"안 돼, 대체 무슨 소리야. 난 이방인이고 그럴 능력도 없어……." 나는 피했다오. 하지만 그들을 설득할 방법이 없었소.

내가 어떻게 해야 했겠소? 난 그날 밤을 뜬눈으로 새웠소. 내 혈관에 흐르는 피가 나에게 도주해 내 형제들과 합류하라고 명령했다오. 반면 나를 환영해 주고 받아 주고 믿어 준 새 주민들에 대한 신의는 내가 그들 편에 서길 원하고 있었소. 게다가 나는 공룡들을 위해서도, 새 주민들을 위해서도 손가락 하나 까딱할 가치가 없다는 것을 너무나 잘 알았다오. 만일 공룡들이 침입과 참극으로 지배권을 되찾으려 한다면 그것은 그들이 과거의 경험에서 아무것도 배우지 못했고 단지 실수로 살아남았다는 의미일 거요. 그리고 새 주민들은 내게 지휘권을 주면서 아주 손쉬운 해결책을 찾으려 한 게 분명했소. 이방인에게 모든 책임을 떠넘긴 거지요. 이방인은 그들의 구원자가 될 수도 있고, 패배했을 경우 적을 진정시키기 위해 적에게 넘겨줄 희생양이 될 수도 있으며, 또 적의 손에 자신들을 넘겨줌으로써 공룡에게 지배당하고 싶었던, 고백할 수 없는 자신들의 꿈을 실현해 줄 배신자가 되어 줄 수도 있었으니 말이오. 간단히 말해 나는 공룡들에 대해서도, 새 주민들에 대해서도 알고 싶지 않았소. 서로 죽이든 살리든 말이오! 나는 양편 모두에게 관심이 없었소. 그러니 자기들끼리 알아서 하게 내버려 두고 그런 옛날이야기에는 더 이상 관여하지 말고 나는 될 수 있는 대로 빨리 도망쳐야 했소.

그날 밤 나는 어둠을 틈타서 마을을 떠났다오. 내게 제일 먼저 충동적으로 떠오른 생각은 전쟁터에서 멀어져 나의 비밀 은신처로 돌아가자는 것이었소. 하지만 호기심이 훨씬 강렬했소. 내 동료들을 다시 보고 그들이 승리하는 것을 지켜보고 싶었던 거요. 나는 굽이진 강이 내려다보이는 바위들 위에 몸을 숨기고 새벽이 되기를 기다렸소.

날이 밝으면서 지평선에 형체들이 나타났소. 그들이 돌진해 오고 있었던 거요. 그들의 모습을 정확히 분간하기도 전에 나는 벌써 공룡들은 그렇게 점잖지 못하게 달린 적이 없다는 것을 알아차렸다오. 내가 그들을 알아보고 웃었는지 나 자신을 부끄러워했는지는 기억이 나지 않는구려. 그들은 초기의 코뿔소 떼로, 몸집이 크고 육중하고 볼품없고 거칠게 생기고 뿔이 나 있지만, 실제로는 아무런 해를 끼치지 않고 풀을 뜯어 먹고 살았다오. 바로 그 코뿔소 떼를 그 옛날 지상의 왕들과 혼동했던 거요!

코뿔소 떼는 천둥 같은 소리를 내며 달렸소. 그러다가 멈춰 서서 관목들을 훑아 보더니 고기잡이들의 진지인 것도 눈치채지 못한 채 지평선을 향해 다시 달리기 시작했소.

나는 달려서 마을로 돌아왔지요.

"너희가 잘못 안 거야! 공룡이 아니야!" 내가 알렸소. "코뿔소들이야. 코뿔소들이었다고! 벌써 가 버렸어! 위험할 게 하나도 없어!"

그리고 한밤중에 내가 마을을 떠난 것을 변명하기 위해 덧붙였다오.

"정찰을 하러 갔던 거야! 염탐하고 와서 너희에게 말해 주려고!"

"공룡이 아니라는 것은 우리가 몰랐을 수 있어." 자흔이 침착하게 말했소. "하지만 네가 영웅이 아니라는 건 알게 되었지."

그는 내게서 등을 돌렸소.

물론 다른 이들도 실망했다오. 공룡에게, 나에게.

이제 공룡에 대한 그들의 이야기는 우스갯소리가 되었소. 그런 이야기에서 끔찍한 괴물은 우스꽝스러운 등장인물이 된 거요. 그들의 천박한 정신은 이제 내게 아무 영향도 미치지 않았다오. 나는 이제 더는 우리의 것이 아닌 세상에 살기보다는 사라지는 쪽을 택하게 했던 정신의 위대함을 인정하게 되었다오. 내가 생존해 있는 것은 오로지 공룡이, 아직도 자신들을 지배하는 두려움을 천박한 조롱 뒤에 숨기고 있는 이런 보잘것없는 자들 사이에서 그와 같은 위대함을 계속 느끼기 위해서일 뿐이라오. 새 주민들이 조롱과 두려움 말고 달리 어떤 것을 선택할 수 있었겠소?

'양치류꽃'도 꿈 이야기를 할 때 전혀 다른 태도를 보였다오.

"시푸르둥둥한 우스꽝스러운 공룡이 있었어. 모두들 그 공룡을 놀리고 꼬리를 잡아당겼지. 그래서 내가 나서서 보호해 주고 데려다가 쓰다듬어 주었어. 그리고 공룡이 그렇게 우스꽝스럽게 생기긴 했지만 세상의 어떤 생물보다 슬픈 존재라는 것을 알게 되었어. 노란색과 붉은색으로 번득이는 눈에서 눈물이 강물처럼 흘렀거든."

그 말을 듣고 내가 어떤 기분이었는지 아시오? 꿈의 영상과 나를 동일시하는 데에 대한 반감, 동정받는 것 같은 기분에 대한 거부감, 그들 모두가 공룡의 권위를 하찮게 생각하는 것에 대한 참을 수 없음? 나는 갑자기 오기가 치솟고 뻣뻣하게 굳어, 그녀의 면전에 대고 몇 마디 경멸 서린 말을 내뱉었다오.

"대체 왜 그렇게 점점 더 유치해지는 꿈 이야기로 날 성가시게 하는 거지? 넌 바보 같은 꿈밖에는 꾸지 않나 보지?"

'양치류꽃'은 울음을 터뜨렸소. 나는 어깨를 으쓱하며 그 자리를 떠났다오.

그 일은 둑에서 벌어졌소. 그곳에는 우리 둘만 있던 게 아니었소. 고기잡이들은 우리의 대화를 듣지는 못했지만 내가 버럭 화를 내고 젊은 아가씨가 우는 것을 알아차렸다오.

자흔은 자기가 나서야겠다는 의무감을 느낀 듯했소.

"대체 네가 뭔데 내 동생한테 그렇게 함부로 구는 거지?" 그는 불쾌한 투로 말했소.

나는 걸음을 멈추고 아무 대꾸도 하지 않았다오. 그가 싸우고 싶다면 나는 준비가 되어 있었소. 하지만 최근에 마을 분위기가 바뀌어 있었다오. 모든 것을 비웃을 뿐이었지요. 고기잡이 무리들에게서 가성의 고함 소리가 들렸소.

"꺼져, 꺼져, 공룡아!"

그것은 최근에 사용하게 된 농담으로, 말하자면 "꼬리를 내려, 잘난 체하지 말라고."라는 뜻이었소. 그렇지만 내 핏속에서 뭔가가 꿈틀거렸다오.

"그래, 너희가 공룡이 정말 어떻게 생겼는지 알고 싶다면 알려 주지!" 내가 소리쳤소. "너희가 공룡을 한 번도 본 적이 없다면, 여기 있으니, 잘 보라고!"

그러자 모두들 비웃었소. 그때 노인 하나가 말했소.

"내가 어제 한 마리 봤어. 눈 속에서 나왔지."

곧 노인의 주위가 조용해졌다오.

노인은 산악 마을에서 돌아온 참이었소. 해빙기가 되면서 오래된 빙하가 녹아내렸고 거기서 공룡 뼈들이 나왔다고 하더구려.

소문은 온 마을에 퍼졌지요.

"공룡을 보러 가자!"

모두들 산으로 달려갔고 나도 같이 뛰어갔다오.

뿌리 뽑힌 나무둥치들, 진흙과 죽은 새들의 뼈로 뒤범벅된 빙퇴석 언덕을 넘자 골짜기가 펼쳐졌소. 최초의 이끼들이 얇은 초록의 장막처럼 얼음이 녹아내린 바위들을 덮고 있었소. 그 한가운데에 거대한 공룡의 유해가 마치 잠을 자듯 누워 있었소. 목은 띄엄띄엄 놓인 척추뼈에서 길게 뻗어 나와 있고, 꼬리뼈는 뱀처럼 길게 선을 그리며 흩어져 있었소. 가슴 골격은 바람에 날리는 돛처럼 구부러져 있고, 가늘고 긴 갈비뼈 위로 바람이 불 때면 그 안에서 눈에 보이지 않는 심장이 아직도 뛰고 있는 것만 같았다오. 최후의 비명을 지르듯 입은 벌어지고 두개골은 뒤틀려 있었소.

새 주민들은 환호성을 지르며 거기까지 달려갔다가, 두개골 앞에서 텅 빈 눈구멍이 자신들을 뚫어지게 쳐다보는 듯한 기분이 들어 몇 발짝 떨어진 곳에 조용히 멈춰 서 있었소. 그러더니 등을 돌리고 다시 생각 없이 떠들어 대기 시작했소. 그들 중 누군가가 공룡 잔해에서 눈길을 돌려, 그 공룡을 물끄러미 바라보고 있는 나를 보기만 했어도 우리 둘이 똑같이 닮았다는 것을 알아차렸을 거요. 하지만 아무도 그러지 않았다오. 그 뼈, 그 이빨, 그 파멸한 사지는 이제는 이해할 수 없는 언어로 말하고 있었소. 현재의 경험과는 아무런 연관성 없이 남아 있는 그 공허한 이름 말고는 더 이상 아무 말도 하지 못했지요.

나는 나와 똑같은 그 유해를, 아버지를, 형제를, 나 자신을 계속 바라보았소. 살점이 다 떨어져 나간 내 사지, 바위에 새겨진 내 윤곽, 우리의 모습이었으나 이제 더는 우리의 것이 아닌 모든 것, 우리의 당당함, 우리의 잘못, 우리의 파멸을 알아볼 수 있었다오.

이제 그 유해는 지구를 차지한, 생각 없는 새로운 점령자들에게 볼거리를 만들어 주는 데 이용될 것이고, 의미 없는 막연한 소리가 된 '공룡'이라는 이름의 운명을 따르게 될 거요. 하지만 난 그것을 결코 용납할 수가 없었다오. 공룡들의 진정한 본질과 관련된 것은 무엇이든 신비롭게 남아 있어야만 했지요. 한밤중에 새 주민들이 깃발을 꽂아 놓은 공룡의 유해 주위에서 잠든 사이, 나는 죽은 내 종족의 척추뼈를 하나씩 옮겨 땅에 묻었소.

이튿날 아침 새 주민들은 해골의 흔적조차 찾지 못했다오. 그들은 그 점에 대해 오래 신경 쓰지도 않았소. 그것은 공룡을 둘러싼 수많은 수수께끼에 덧붙여진 또 다른 수수께끼에 불과했소. 그들은 머릿속에서 그 생각을 곧 떨쳐 버렸다오.

그러나 공룡의 출현은 흔적을 남겼소. 공룡에 대한 그들 모두의 생각은 슬픈 종말의 개념과 연결되었다오. 이제 그들은 동정과 연민이 섞인 말투로 우리 공룡들의 고통을 이야기했소. 그들의 이런 동정에 난 어떻게 해야 할지 알 수가 없었다오. 무엇에 대한 연민이란 말이오? 만약 우리 종족이 완벽하고 풍부하게 진화를 완성했더라면, 우리는 오랫동안 행복하게 지구를 지배했을 것이오. 우리의 절멸은 우리의 과거에 걸맞은 위대한 에필로그였소. 이런 바보들이 그것을 어떻게 이해할 수 있겠소? 죽은 공룡들에 대해 감상적으로 이야기하는 것을 들을 때마다 나는 그들을 놀려 주고 진짜처럼 그럴듯하게 꾸며 낸 이야기를 들려주고 싶은 생각이 들었다오. 이제 공룡에 대한 진실은 아무도 이해할 수 없는 것이 되어 버려, 오로지 나 자신만을 위해 간직해야 할 비밀이 되었지요.

한 무리의 떠돌이들이 마을에 머물렀다오. 그들 가운데 젊은 아가씨가 하나 있었지요. 그녀를 보자 내 몸이 떨렸소. 내 눈이 틀림없다면 그 아가씨의 혈관 속에는 새 주민들의 피만 흐르는 게 아니었다오. 그녀는 혼혈, 공룡과의 혼혈이었지요. 그녀가 그 사실을 알았겠소? 그녀의 자유분방한 태도로 미루어 보면 모르는 게 분명했다오. 어쩌면 그녀의 부모 한쪽이 아니라, 조부모나 증조부모 한쪽 혹은 고조부모의 한쪽이 공룡이었을지도 모를 일이지요. 우리 혈통의 성격과 몸짓이 거의 노골적으로 그녀에게서 나타났지만, 이제는 그녀뿐만 아니라 그 누구도 그것을 식별할 수는 없었소. 그녀는 사랑스럽고 유쾌한 아가씨였소. 곧 그녀를 따라다니는 무리가 생겨났는데 그들 중 그녀를 가장 열정적으로 사랑하는 젊은이는 바로 자흔이었다오.

여름이 시작되었소. 젊은이들은 강가에서 축제를 벌였다오.

"우리하고 같이 가자!"

여러 번 다투고 난 뒤 나를 친근하게 대하려 애쓰던 자흔이 나를 초대했소. 그러더니 그는 곧 혼혈 아가씨 옆에서 헤엄을 쳤소. 나는 '양치류꽃'에게 다가갔다오. 그녀에게 설명을 하고 이해를 구할 순간이 온 것인지도 몰랐지요.

"어젯밤에는 무슨 꿈 꿨어?" 대화를 시작하기 위해 내가 물었소.

그녀는 고개를 숙이고 있었소.

"상처를 입고 고통으로 괴로워하는 공룡을 봤어. 기품 있는 아름다운 머리를 숙이고는 몹시 고통스러워했어……. 나는 보았어. 그에게서 눈을 뗄 수가 없었지. 그리고 그렇게 고통스러워하는 그를 보면서 내가 미묘한 기쁨을 맛보고 있다는 것을 깨달았어…….”

‘양치류꽃’의 입술이 보기 흉하게 일그러진 채 굳어 있었는데 그런 모습을 본 건 그때가 처음이었소. 난 그녀의 모호하고 불명료한 그런 감정 놀이와 전혀 상관이 없다는 것을 그녀에게 보여 주고 싶었을 뿐이오. 나는 삶을 즐기는 자이고 행복한 혈통의 후손이라는 것을 말이오. 나는 그녀 주위에서 춤을 추기 시작했고 꼬리를 흔들어 그녀에게 강물을 뿌렸소.

“넌 슬픈 얘기밖에 할 줄 모르는구나!” 나는 가볍게 말했소. “그런 얘기는 그만두고 이리 와서 춤추자!”

그녀는 나를 이해하지 못했소. 얼굴을 찌푸렸지요.

“네가 안 추겠다면 다른 여자랑 출 거야!” 내가 소리쳤소.

나는 자흔의 코앞에서 혼혈 아가씨의 다리를 잡아끌고 데려가 버렸다오. 자신의 사랑에 완전히 빠져 있던 자흔은 처음에는 영문도 모르는 채 멀어져 가는 그녀를 바라보기만 했소. 그러다가 갑자기 질투심에 사로잡혔지요. 하지만 너무 늦었다오. 나와 혼혈 아가씨는 벌써 강물에 뛰어들어, 관목 숲에 몸을 숨기기 위해 강 건너편으로 헤엄쳐 가고 있었으니 말이오.

어쩌면 나는 ‘양치류꽃’에게 내가 진짜 누구인지 보여 주고 나에 대한 그녀의 잘못된 생각을 부정하고 싶었는지도 모르겠소. 자흔에 대한 해묵은 원한 때문에 그렇게 행동했는지도 모르고. 나는 친구가 되자는 그의 새로운 제안을 보란 듯이 거절하고 싶었소. 하지만 무엇보다 내가 비밀스러운 생각도 기억도 없는, 자연스럽고도 직접적인 관계를 맺고 싶게 한 건 혼혈 아가씨의 친근하면서도 특이한 자태였소.

떠돌이 일행은 다음 날 아침 떠날 예정이었다오. 혼혈 아가씨는 관목 숲에서 나와 함께 하룻밤을 보내는 데 동의했지요. 나는 새벽까지 그녀와 사랑을 나누었다오.

그렇지만 그것은 사건이랄 게 거의 없던 평온한 일상에서 벌어진 덧없는 일화들에 불과하다오. 나는 나에 대한, 그리고 우리들이 지배하던 시대에 대한 진실이 침묵 속에 가라앉게 내버려 두었다오. 이제는 공룡에 대해 이야기하는 이가 드물었고, 어쩌면 아무도 공룡이 존재했다고 믿지 않는지도 몰랐소. '양치류꽃'도 더 이상 공룡 꿈을 꾸지 않았다오.

그녀는 이렇게 말했소.

"꿈을 꿨는데 동굴 안에 아무도 그 이름을 기억하지 못하는 종족의 마지막 생존자가 있었어. 내가 그에게 뭔가를 물어보러 갔지. 동굴 속은 깜깜했어. 그가 거기 있다는 건 알았지만 보이지가 않았어. 나는 그가 어떤 이이고 어떻게 생겼는지 잘 알지만 그 말을 할 수 없었어. 내 질문에 그가 대답하는 건지, 그가 물어보는 말에 내가 대답하는 건지도 알 수가 없었어……."

나는 마침내 우리 사이에 사랑의 이해심이 싹트기 시작한 것이라고 생각했다오. 내가 처음 샘물가에서 걸음을 멈췄던 그 순간부터, 아직 내가 생존할 수 있을지 알 수 없던 그때부터 원했던 대로 말이오. 그리고 그때부터 나는 많은 것을, 특히 공룡들이 승리하는 방식을 배웠소. 처음에 나는 내 형제들이 사라진 것이 패배를 너그럽게 받아들였기 때문이라고 생각했다오. 하지만 지금은 공룡들이 사라지면 사라질수록 그들의 지배력이 확대되었다는 것을 알게 되었소.

그 지배력은 대륙들을 뒤덮은 그 무한한 숲들로, 남아 있는 이들의 뒤얽힌 생각 속으로 뻗어 나갔다오. 이제는 아무것도 모르는 세대들의 두려움과 의혹의 그늘 속에서 공룡들은 계속해서 그들의 목을 길게 뻗고 날카로운 발톱이 달린 발을 들어 올리고 있지요. 그들의 마지막 그림자가 지워졌을 때, 그들의 이름은 계속 모든 의미들에 중첩되었고 그들의 존재는 살아 있는 존재들 속에서 영속하게 되었지요. 이름마저 지워진 지금 소리도 없고 특징도 없는 틀을 가진 단 하나의 어떤 것이 되는 일만이 그들을 기다리고 있다오. 이러한 사고의 틀을 통해 새 주민들, 새 주민들 뒤에 올 이들, 그리고 또 그 뒤에 올 이들의 생각은 형태와 본질을 갖게 될 것이오.

나는 주위를 둘러보았소. 내가 이방인으로서 찾았던 마을을 이제는 나의 마을이라고 말할 수 있고 나의 '양치류꽃'이라고 말할 수 있었다오. 공룡이 말할 수 있는 방식으로 말이오. 그 때문에 나는 말없이 작별 인사를 하고 '양치류꽃'과 헤어져 마을을 영원히 떠났소.

길에서 나무와 강과 산을 보았지요. 공룡 시대부터 있던 것들과 그 뒤에 생긴 것들을 나는 구별할 수가 없었소. 어느 동굴들 주위에서 떠돌이 무리가 야영을 하고 있었는데, 멀리 혼혈 아가씨가 보였소. 약간 살이 찐 것 같았지만 여전히 매력적이었소. 나는 눈에 띄지 않게 숲에 숨어 그녀를 훔쳐보았다오. 이제 겨우 달릴 수 있을 정도의 어린 아들이 뒤뚱거리며 그녀 뒤를 따르고 있었소. 그렇게 완벽한 어린 공룡, 공룡의 정수로 가득한 공룡, 공룡이라는 이름이 무엇을 의미하는지도 모르는 그런 공룡을 도대체 얼마 만에 본 것인지?

나는 숲 속 빈터에서 꼬마를 기다렸다오. 꼬마가 노는 것을 보기 위해, 나비를 쫓아다니고 씨앗을 빼내려고 돌멩이로 솔방울을 두드리는 것을 보기 위해서였지요. 나는 다가갔소. 정말 내 아들이었소.

꼬마는 호기심 어린 눈으로 나를 보며 물었다오.

"누구세요?"

"아무도 아니다." 내가 말했지요. "그런데 넌 네가 누군지 아니?"

"그럼요! 모두 알아요. 난 새 주민이에요!"

내가 기대했던 말은 바로 그 말이었소. 나는 꼬마의 머리를 쓰다듬으며 말했소.

"똑똑하구나."

그리고 나는 떠났다오.

계곡과 평야를 지났소. 나는 어느 역에 도착해 기차를 타고 군중 속으로 섞여 들어갔다오.

공간의 형태

물질이 분포되어 공간을 활처럼 휘게 만드는 중력장의 평형 상태는 이미 상식의 일부가 되고 있다.

내가 허공에 떨어졌듯이 허공으로 떨어지는 게 어떤 것을 의미하는지는 아마도 여러분 중 아무도 이해하지 못할 거요. 여러분에게 떨어진다는 것은 고층 건물 20층에서 혹은 비행 중인 고장 난 비행기에서 아래로 곤두박질치는 것을 의미하겠지요. 머리를 밑으로 한 채 추락하며 대기 중에서 발버둥을 조금 치는 것 말이오. 그리고 곧바로 땅에 부딪쳐 엄청난 굉음을 내는 거지요. 하지만 나는 땅도 없고 단단한 것도 전혀 없던 때를 말하는 거라오. 멀리 있는 천체조차 자신의 궤도로 여러분을 끌어들일 수 없었던 때여서, 끝없는 시간 동안 끝없이 떨어지는 거지요. 나는 허공 속에서 마지막 경계선까지 내려갔다오. 그 경계선이 내려갈 수 있는 최후의 바닥이라고 생각했지요. 하지만 그 경계선에 도착했을 때에도 최후의 바닥은 훨씬 더 밑에, 까마득히 아래에 있을 수 있다는 것을 알게 되었다오. 나는 거기에 도착하기 위해 계속 떨어졌소. 기준점이 없었기 때문에 내가 빠르게 추락하고 있는지 느리게 떨어지는지도 알 수 없었소. 다시 생각해 보면 실제로 떨어지고 있었다는 증거도 없었다오. 어쩌면 나는 계속 같은 지점에서 꼼짝도 하지 않았거나 위로 올라가고 있었는지도 모르겠소. 위도 아래도 없었으니 그것은 단지 명목상의 의문일 뿐이었소. 그러니 떨어지고 있다고 계속 생각하는 게 자연스러울 수 있었지요.

그렇게 떨어지고 있던 것으로 가정한다면 모두가 같은 속도로, 갑작스러운 변화 없이 떨어지고 있었소. 사실 나, 우르술라 흐'크스, 그리고 페니모어 중위는 계속 같은 위치에 있었다오. 우르술라 흐'크스가 너무 아름다웠기 때문에, 그리고 그녀가 자유롭고 편안한 자세로 떨어지고 있었기 때문에 나는 그녀에게서 눈을 뗄 수가 없었소. 종종 그녀와 눈길이 마주치기를 기대했지만 그녀는 늘 손톱을 다듬고 매니큐어를 바르거나 윤이 나는 긴 머리를 빗는 일에 몰두하느라 내 쪽으로는 눈을 돌리지 않았다오. 눈길을 주지 않은 건 페니모어 중위에게도 마찬가지였다는 걸 말해야겠구려. 중위가 그녀의 관심을 끌어 보려고 온갖 노력을 다했는데도 말이오.

한번은 중위가 우르술라 흐'크스에게 신호를 보내다가 내게 들켰소. 그는 내가 보고 있지 않다고 생각했던 거요. 처음에는 양손의 집게손가락을 서로 부딪히고 한 손을 돌리는 시늉을 하더니 아래쪽을 가리켰소. 간단히 말해 그녀와의 합의, 나중에 저 아래 어느 곳에서 만나자는 약속을 암시하는 것 같았소. 그 모든 게 쓸데없는 이야기라는 것을 난 너무나 잘 알고 있었다오. 우리는 평행으로 추락하고 있었고 우리 사이의 거리는 항상 똑같았으니 말이오. 하지만 페니모어 중위가 그런 생각을 하고 있다는 것, 그리고 그 생각을 우르술라 흐'크스의 머릿속에도 심어 주려고 애쓰고 있다는 것이 영 내 신경에 거슬렸다오. 그녀가 그에게 관심을 보이지 않을 뿐만 아니라, 내가 보기에는 틀림없이 그를 향해 입술을 살짝 삐죽이기는 했지만 말이오.(우르술라 흐'크스는 침대에 누워 있는 사람처럼 느릿느릿 몸을 뒤척이며 떨어지고 있었소. 그녀의 동작이 특정한 사람을 향한 것인지, 습관처럼 자기 혼자 놀기 위한 것인지는 정확히 말하기가 어렵다오.)

물론 나 역시 우르술라 흐'크스와 만날 꿈만 꾸었다오. 하지만 그녀와 완벽한 평행선으로 떨어지고 있었기 때문에 비현실적인 바람을 표현하는 게 부적절해 보였지요. 물론 낙관적으로 생각해 보면 그 무한한 두 개의 평행선이 어느 순간엔가 만나게 될 가능성은 늘 있었소. 이런 우연성은 내게 희망을 주기에 충분했소. 뿐만 아니라 계속 나를 흥분시키기도 했지요. 여러분에게 솔직히 말하자면 우리 두 평행선의 만남을 어찌나 세세히 꿈꿨던지, 이 만남이 벌써 일어난 일인 것처럼 내 경험의 일부가 되어 버렸다오. 모든 것은 어느 순간에든 아주 단순하고 자연스럽게 일어날 수 있을 거요. 한 뼘도 가까워지지 않은 채 그렇게 오랫동안 서로 떨어져 추락하다가, 직선인 자신의 길에 갇힌 그녀를 그렇게 낯설게 느끼다가, 항상 감지할 수 없던 공간의 밀도가 드디어 점점 조밀해지는 동시에 부드러워지는 거요. 그리고 허공이 촘촘해지는데, 그것이 우리 외부가 아니라 내부에서 시작된 것처럼 보이는 거요. 그리고 나와 우르술라 흐'크스를 함께 껴안는 거지요.(눈을 감기만 해도 그녀가 다가오는 것을 느낄 수 있다오. 그녀는 평소와 전혀 다르긴 하지만 틀림없는 그녀의 몸짓으로, 마치 기지개를 켜듯, 그리고 몸을 쭉 펴기 위해 뱀이 꿈틀거리듯 두 팔을 옆구리에 딱 붙인 채 밑으로 내려 손목을 꼬며 몸을 꼼지락거리고 있소.) 바로 그때 내가 따라가던 눈에 보이지 않는 선과 그녀의 선이 하나가 되어 그녀와 내가 뒤섞이는 거요. 그 선을 통해 부드럽고 비밀스러운 그녀가 스며들 뿐만 아니라, 혼자 떨어져 힘들게 고통받고 긴장감을 느끼며 거기까지 간 나를 감싸고 거의 빨아들인다고 말할 수 있소.

아름다운 꿈이 느닷없이 악몽으로 변하는 일도 있다오. 바로 그렇게 해서 우리 두 사람의 평행선이 만나는 지점이 공간 속에 존재하는 모든 평행선들이 만나는 지점이 될 수도 있다는 생각이 내 머릿속에 떠오르는 거요. 그러니까 나와 우르술라 흐'크스만 만나는 것이 아니라 페니모어 중위의 선도 만나는 거지요. 상상만 해도 끔찍하오! 우르술라 흐'크스가 내게 친숙한 존재가 되는 바로 그 순간, 가느다란 검은색 콧수염의 이방인이 불가피하게 우리의 내밀함을 공유하게 된다니. 이러한 생각만으로도 나는 고통스러운 질투의 환영에 빠졌다오. 나는 비명 소리를 들었는데, 그것은 우리, 그녀와 나의 만남을 가로막으며 하나의 발작적인 기쁨의 소리로 녹아들었소. 동시에(불길한 예감에 내 몸은 얼어붙었지요!) 능욕당하는 그녀의 날카로운 비명 소리(분노에 찬 편견 때문에 나는 그렇게 상상했지요.)도 함께 들려왔소. 그리고 그와 동시에 천박하고 의기양양한 중위의 목소리도 들려왔다오. 아니, 어쩌면(여기서 나는 질투심 때문에 광분한 상태에 이르렀다오.) 이들(그와 그녀)의 비명 소리는 서로 다르지 않고 불협화음이 아닐 수도 있었소. 그 소리 역시 하나의 소리, 내 입에서 터져 나오는 절망적인 비명과는 구별되는 희열에 찬 하나의 비명 소리일 수 있었소.

이렇게 희망과 염려가 교차하는 가운데 나는 계속 추락했다오. 그러면서도 혹시 무언가로 인해 현재 혹은 미래의 우리 상황에 변화가 일어나지는 않을지 보려고 깊은 허공을 자세히 살피는 일을 멈추지 않았다오. 두어 번 우주를 볼 수 있었지만 멀리 있어서 아주 작게,

오른편이나 왼편 저 너머로 아주 조그맣게 보였다오. 한 덩어리로 뭉쳐 작게 윙 소리를 내며 돌아가는 반짝이는 작은 점들 같은 은하계들도 겨우 볼 수 있었지요. 그러고는 어느새 그 모든 것들이 나타날 때와 마찬가지로 빠르게 위아래로 흩어져 버려서, 혹시 잘못 본 게 아닌가 하는 의심이 들 정도였다오.

"저기! 저기 좀 봐! 우주가 있어! 저기 봐! 저기 뭔가 있어!" 내가 그쪽 방향을 가리키며 우르술라 흐'크스에게 소리쳤소.

하지만 그녀는 이로 혀를 문 채 매끄럽고 윤나는 다리를 매만지며 찾아보기 힘들고 거의 눈에 보이지도 않는 불필요한 털을 손톱으로 잡아 뽑는 데 열중해 있었다오. 내가 부르는 것을 들었다는 표시라고는 다리를 들어 올리는 것뿐이었소. 말하자면 마치 그 먼 창공에서 반사되는 약간의 빛을 이용해 좀 더 꼼꼼하게 털을 찾아내려는 몸짓 같았지요.

이런 경우 페니모어 중위가 내가 발견한 것을 얼마나 하찮게 여겼는지는 말할 필요도 없다오. 그는 어깨를 으쓱했고(이 몸짓에 그의 견장, 탄띠, 그리고 불필요하게 달고 다니는 장식품들이 흔들렸지요.) 다른 쪽으로 돌아서서 낄낄거렸소. 다만 그가(물론 내가 다른 쪽에서 쳐다보고 있을 때인데) 우르술라의 호기심을 불러일으키기 위해 허공으로 달아나는 희미한 한 점을 가리키며 "저기! 저기다! 우주다! 정말 큰데! 내가 봤어! 우주야!"라고 소리치는 경우는 예외였다오.(그러면 그에 대한 대답처럼, 공중제비를 돌듯 그에게서 등을 돌리는 그녀를 보며 그를 비웃어 주는 건 내 차례였지요. 물론 그리 생각 있는 몸짓은 아니었지만 그래도 보기에는 너무나 아름다워서 그게 내 경쟁자에 대한 모욕인 것처럼 즐거워하다가 그의 특권인 듯 생각되어 놀랍게도 그를 질투하게 되었다오.)

그가 거짓말을 했다는 말은 아니오. 그와 같은 주장은 내가 아는 한 거짓이기보다는 진실에 가까울 수도 있다오. 가끔씩 우리가 어느 우주의 가장자리로 지나가는 것이 증명되었으니 말이오.(아니면 우주가 우리에게서 멀리 떨어진 가장자리로 지나간 것일 수도 있지요.) 하지만 공간에 수많은 우주가 흩어져 있었던 건지, 아니면 늘 같은 우주 하나가 알 수 없는 궤도를 돌다가 교차한 것인지는 알 수가 없다오. 또 아예 우주라는 것은 없고 우리가 보았다고 믿는 것은 예전에 존재했을지도 모를 우주, 메아리가 울려 퍼지듯 공간의 벽에 계속 그 영상이 반사되는 우주의 신기루에 불과한 것인지도 알 수 없었소. 우주들이 항상 거기, 우리 주위에 조밀하게 있으면서 움직일 생각조차 하지 않았고 우리 역시 움직이지 않았다고도 할 수 있다오. 재빨리 지나가는 섬광들만 드문드문 보이는 어둠 속에서 모든 것은 시간의 흐름도 없이 영원히 정지해 있었소. 그때 무엇인가 혹은 누군가 잠시, 시간이 부재하는 그 무기력한 상태를 찢어 버리고 움직임을 시작할 수도 있었지요.

이 모든 가정이 똑같이 고려해 볼 만한 가치가 있었지만, 나는 오로지 우리의 추락과 관련된 것, 우르술라 흐'크스와 접촉할 수 있을지 없을지에만 관심이 있었다오. 하지만 그건 아무도 모르는 일이었지요. 그런데 무엇 때문에 그 거만한 페니모어가 자기 일에 확신이 있는 사람처럼 종종 거만한 태도를 보인 걸까요? 그는 나를 화나게 할 가장 확실한 방법은 우르술라 흐'크스와 오래전부터 친밀한 관계인 척하는 것이라는 것을 알아차렸다오. 한번은 우르술라가 무릎을 모으고 몸을 흔들어 몸의 무게를 이리저리 옮기면서 떨어졌소. 점점 더 넓게 지그재그로 몸을 흔드는 것 같았지요. 그 모든 행동이 끝없는 추락의 지루함을 잊기 위한 것이었다오. 그러자 중위도 우르술라와 똑같이 박자를 맞추려고 애쓰면서 이리저리 몸을 흔들었소. 눈에 보이지 않는 궤도를 따라가듯이, 아니 두 사람만 들을 수 있는 음악 소리에 맞춰 춤을 추듯이 말이오. 그는 휘파람을 부는 척하면서, 옛 친구들과 떠들썩하게 놀던 것을 은근히 암시하는 듯했소. 그 모든 게 허세였다오. 내가 그걸 몰랐을 리 없지요. 그렇지만 그런 허세 때문에 나는 언제부터인지는 모르지만, 그들의 궤도가 시작되었을 무렵부터 우르술라 흐'크스와 페니모어 중위가 벌써 만났을 수도 있다는 생각을 하게 되었다오. 그리고 이런 생각에 몹시 고통스러웠는데 부당하게 내가 피해를 입은 것 같았소. 하지만 다시 곰곰 생각해 보면, 우르술라와 중위가 공간의 같은 지점을 차지한 순간이 있었다면 그것은 추락하는 각각의 선이 멀어졌으며 아마도 계속 멀어지고 있을 수 있다는 증거였소. 지금은 느리게나마 지속적으로 중위로부터 멀어지고 있으니 우르술라가 내게 가까이 올 가능성은 더 커진 거지요. 그러니까 중위는 과거에 우르술라와 친밀했다고 자랑할 게 전혀 없었던 거요. 미래는 나를 향해 웃고 있었으니 말이오.

하지만 이런 추론만으로는 내 마음까지 평온해지지는 않았다오. 우르술라 흐'크스가 중위를 벌써 만났을 가능성은 그 자체로 부당한 것이었고, 그러한 부당함을 내가 겪었다면 더 이상 보상받을 수는 없는 것이었으니. 덧붙여 말해야 할 것은 내게는 과거와 미래가 구별되지 않는 애매모호한 용어였다는 거요. 나의 기억은 우리가 평행으로 추락하고 있는 그 무한한 현재를 넘어서지 못했다오. 기억할 수 없으니 그 이전에 있었을 일들은 미래라는 가상의 세계에 속한 것과 마찬가지였고, 미래와 혼동이 되었소. 그렇게 해서 나는 만일 두 개의 평행선이 같은 지점에서 출발했다면 이 선들은 나와 우르술라 흐'크스가 따라가고 있는 선일 수도 있다고 가정하게 되었다오.(이 경우 잃어버린 동질성에 대한 향수가 그녀를 만나고자 하는 초조한 갈망을 키워 주는 것이겠지요.) 그렇지만 이런 가정을 선뜻 믿고 싶지는 않았소. 우리가 차츰 멀어질 가능성과 어쩌면 우르술라 흐'크스가 페니모어 중위의 품에 안길 가능성이 내포되어 있었기 때문이지요. 또한 무엇보다 지금과 다른 현재를 상상하지 못한다면 현재에서 벗어날 수 없기 때문이었지요. 나머지는 전혀 중요하지 않았다오.

어쩌면 비밀은 이것이었는지도 모르겠소. 그러니까 추락의 상황을 나 자신과 완전히 동일화하는 것이지요. 그렇게 해서 나의 추락선은 겉으로 보이는 그 선이 아니라 다른 선이라는 것을 이해하는 것, 다시 말해 변화시킬 수 있는 유일한 방식으로 그 선을 변화시켜서 정말 언제나 존재해 왔던 선이 되게 만드는 것 말이오. 그러나 그 일은 이런 생각을 떠올린 나 자신에게 집중하면서 할 수 있는 일은 아니라오. 사랑에 빠진 눈으로 우르술라의 뒷모습이 얼마나 아름다운지 관찰하면서, 그리고 멀리 있는 성좌들이 보이는 지점을 지나가는 순간 둥글게 구부러지는 그녀의 등과 튀어나올 듯한 엉덩이를 보면서 할 수 있는 일이지요. 물론 그녀의 엉덩이 자체가 아니라, 엉덩이를 어루만지면서 엉덩이 편에서도 불쾌하지 않을 반응을 불러오는 듯 보이는 외적인 이탈을 바라본 것이지요. 이런 순간적인 인상만으로도 나는 충분히 상황을 새롭게 바라볼 수 있었다오. 그러니까 무엇인가가 들어 있는 공간은, 그 안에 들어 있는 물질이 구부러짐을 유발하거나, 그 안의 모든 선들을 팽팽하게 하거나 구부러지게 하는 긴장감을 일으키기 때문에 텅 빈 공간과는 다른 게 사실이라면, 우리들 각자가 따르는 선은 직선일 거요. 그것은 일반적인 공간의 투명한 조화가 그 공간을 차지한 물질에 의해 변형되는 만큼 변형되면서도, 혹은 공간 한가운데에 있는 우주인 덩어리나 사마귀나 혹 주위에서 꼬이면서도 유일하게 곧게 뻗을 수 있는 직선이라오.

나의 기준점은 항상 우르술라였소. 사실 빙빙 돌듯 떨어지는 그녀의 모습을 보면, 우리의 추락선은 조금씩 좁아지기도 하고 넓어지기도 하는 일종의 나선 속으로 들어갔다 나왔다 하는 것이라는 생각에 익숙해졌다오. 하지만 자세히 살펴보면 우르술라가 이쪽저쪽으로 기울어져서, 우리가 그려 가는 선이 아주 복잡해졌소. 그러니까 우주는 무처럼 거기에 심어져 있는 조잡한 팽창물이 아니라 모가 나고 뾰족한 형상으로, 움푹 들어가거나 튀어나오거나 작은 면으로 분할된 모든 부분이 구멍과 돌출부, 그리고 공간과 우리가 지나간 선들로 인해 들쭉날쭉해진 부분들에 부합하는 것으로 간주되었다오. 그렇지만 그것은 아직 도식적인 모습에 지나지 않았지요. 우리가 매끄러운 면을 지닌 고체, 서로 얽혀 있는 다면체, 결정체 들을 우주의 이미지로 떠올리는 것처럼 말이오. 사실 우리가 움직이고 있던 공간은 사방에서 빛나는 첨탑과 작은 뾰족탑, 둥근 지붕과 난간과 주랑, 윗부분이 뾰족한 이중 창문과 삼중 창문 들 때문에 온통 들쑥날쑥했고 구멍이 뚫려 있었소. 밑으로 떨어지고 있는 듯 보이지만 사실 우리는 눈에 보이지 않는 조형물과 장식물 들의 가장자리를 따라 떨어지고 있었던 거요. 포장길 위가 아니라 벽과 천장과 코니스와 전등을 따라 그려진 길을 통해 도시를 지나는 개미들처럼 말이오. 지금 도시라고 말했는데, 도시라고 하면 흔히 직선과 대칭적 균형을 갖춘 약간 규칙적인 형상들을 머릿속에 떠올리게 될 게요. 하지만 우리는 공간이라는 게 모든 벚나무들과 바람에 흔들리는 모든 나뭇가지의 모든 나뭇잎들 주변에서는, 모든 나뭇잎들의 뾰족한 가장자리에서는 가지런하지 않으며, 모든 나뭇잎의 잎맥, 나뭇잎 내부의 잎맥의 그물, 매 순간 빛의 화살이 만들어 놓은 구멍을 바탕으로 만들어졌다는 것을 항상 기억해야 한다오. 공간이라는 반죽 속에는 모든 것이 음화로 새겨져 있어서, 거기에 자신의 흔적을 남기지 않는 것은 아무것도 없소. 존재할 수 있는 모든 것은 흔적을 남길 수 있지요. 더불어 이러한 흔적들은 매 순간 변화할 수 있다오. 그래서 이슬람 제국 왕의 코에 솟은 종기나 세탁하는 여인의 가슴에 내려앉은 비누 거품은 공간의 전체적인 형태를 모든 차원에서 바꿔 놓을 수 있는 거라오.

공간이 이런 식으로 만들어졌다는 것을 이해했기 때문에 나는 이리저리 흔들리는 부드럽고 아늑한 그물 침대에서처럼 우르술라 흐'크스와 하나가 되어 서로의 온몸을 애무할 수 있는 아늑한 구멍들이 공간 속에 있다는 것을 충분히 알아차릴 수 있었소. 사실 공간의 속성은 한쪽에는 평행선 하나가, 또 한쪽에는 다른 평행선이 놓여 있는 그런 것이라오. 예를 들어 나는 구불구불한 동굴 속으로 떨어지는 반면 우르술라 흐'크스는 내가 떨어진 그 동굴과 소통할 수 있는 지하굴에 빨려 들어갈 수 있는 것이지요. 결국에는 일종의 하위 공간인 섬에서 우리가 다시 만나 해초 양탄자에서 구르며 우리의 모든 자세가 뒤얽히고 뒤집힐 수 있게 말이오. 그러다가 갑자기 우리 두 사람의 궤도는 다시 직선로를 따르게 되어 각자 아무 일도 없었던 듯이 자기 길로 계속 가게 되는 거지요.

공간이라는 알맹이는 깊은 틈들과 언덕들로 인해 구멍이 뚫리고 기복이 심했다오. 나는 주의를 기울여 살펴보다가 페니모어 중위가 언제 굽이굽이 굽이진 깊은 협곡 밑을 지나가는지 알아차렸다오. 그래서 아주 높은 절벽에 올라가 있다가 정확한 순간에 그에게로 뛰어내렸소. 내 몸으로 중위의 목뼈를 공격하기 위해서 말이오. 이런 허공의 절벽들 바닥은 마른 강바닥처럼 돌투성이였소. 그리고 페니모어 중위는 두 개의 뾰족한 바위 사이로 둔중하게 떨어져 머리가 바위 틈에 끼어 버렸고, 나는 무릎으로 그의 배를 찍어 눌렀다오. 하지만 그 와중에도 그는 내 손가락을 선인장 가시에 대고 짓눌렀소. 아니, 고슴도치 등이었나?(어쨌든 날카롭게 수축된 어떤 공간과 상응하는 것들의 가시.) 내가 발로 차서 떨어뜨린 그의 권총을 잡지 못하게 하기 위해서였지요. 어찌 된 일인지 모르지만 잠시 후 나는 공간이 모래처럼 푹푹 빠지는 숨 막히는 알갱이들 층에 머리를 처박고 있었다오. 나는 기절할 듯 놀란 데다가 앞도 보이지 않아 침을 내뱉었다오. 페니모어는 자기 권총을 다시 손에 넣는 데 성공했소. 총알은 개미탑 모양으로 높이 솟아 퍼져 나간 허공을 빗나가 쉿 소리를 내며 내 귀를 스치고 지나갔소. 나는 두 손으로 그의 목을 조르려고 달려들었지만 두 손이 찰싹 소리를 내며 맞부딪히고 말았소. 우리의 길은 다시 평행선으로 돌아갔고, 나와 페니모어 중위는 우리의 평소 거리를 유지하면서, 생전에 만난 적도 없고 알지도 못하는 사람들처럼 거만하게 등을 돌린 채 밑으로 떨어졌다오.

일차원으로 알려진 직선들은 사실 하얀 면에 펜으로 써 놓은 흘림체 글씨의 행들과 비슷했소. 그 펜은 연속적이지만 항상 불만스러운 접근을 통해 이루어지는 설명을 끝내려고 서두르는 가운데 삽입하고 참조하면서 행과 행의 단어를 이동시키고 문장들을 옮긴다오. 그렇게 해서 우리, 나와 페니모어 중위는 작은 표제들 뒤의 'I'이라는 알파벳, 특히 'parallele'[5]의 'l' 뒤에 숨어 서로를 추격한다오. 총을 쏘고 총알로부터 몸을 피하고, 페니모어가 지나가기를 기다리기 위해서지요. 나는 그의 다리를 걸고 발을 잡아끌어 v와 u와 m 그리고 n의 밑부분에 턱이 부딪히게 하려고 하지요. 예를 들어 'universo unidimensionale'[6] 같은 표현처럼, 흘림체로 쓰인 그 글자들은 모두 똑같아서 포장도로에 구멍이 연달아 뚫린 것 같다오. 그리고 글씨들이 지워져 완전히 뭉개진 한 지점에 그를 버려 두고 거기 굳어 있는 잉크 얼룩에서 다시 몸을 일으켜 우르술라를 향해 달려가는 거요. 우르술라는 실이 될 정도로 가늘어진 f들의 뭉치 속으로 들어가려고 꾀를 부린다오. 그렇지만 나는 그녀의 머리를 잡아, 지금 내가 서둘러 쓰고 있는 것처럼 기울어져 있어 사람이 위에 누울 수 있는 d와 t에 대고 그녀의 몸을 굽히게 하지요. 그런 다음 우리는 g 속에, 'giù'[7]에 굴을 판다오. 우리 몸에 맞게 마음대로 조절하거나 거의 보이지 않게 더욱 좁게 만들거나 아니면 잘 누울 수 있도록 수평으로 배치할 수 있는 지하 굴이지요. 물론 연속되는 알파벳과 단어들뿐만 아니라 그것들의 행도 그들의 검은 선을 펼칠 수 있고 계속되는 직선으로 팽팽하게 이어질 수 있다오. 그것은 계속 추락하는 우리, 즉 나와 우르술라 흐'크스, 페니모어 중위, 그리고 다른 모든 이들이 결코 만나는 일이 없듯이, 이것들 역시 연속되는 행 속에서 결코 만나는 일이 없다는 것을 의미할 뿐이라오.

---

5 '평행의'라는 뜻의 이탈리아어.

6 '일차원적 우주'라는 뜻의 이탈리아어.

7 '밑으로, 아래로'를 뜻하는 이탈리아어.

광년

은하계는 멀리 떨어질수록 우리에게서 빨리 멀어진다. 우리에게서 100억 광년 떨어진 은하계라면 빛의 속도, 다시 말해 1초에 30만 킬로미터의 속도로 달아날 것이다. 최근에 발견된 '퀘이사'[8]들이 이런 경계점에 가까이 있을 것이다.

어느 날 밤 나는 여느 때처럼 망원경으로 하늘을 관찰하고 있었소. 그때 1억 광년 떨어진 은하계에서 게시판 하나가 나타나는 것을 보았다오. 거기에는 이렇게 적혀 있었소. "당신을 보았다." 나는 재빨리 계산을 했지요. 은하계의 빛이 내게 도착하는 데에는 1억 광년이 걸리고, 저쪽에서는 여기서 일어나는 일을 1억 광년 뒤에 보게 되니까 그들이 나를 본 순간은 2억 광년 전으로 거슬러 올라가야 하지요.

그날 내가 무슨 일을 했는지 확인하려고 수첩을 보기도 전에 나는 등골 오싹한 예감에 사로잡혔다오. 2억 년 전 바로 그날, 하루 전도 하루 뒤도 아닌 그날, 내가 숨기려고 애쓰던 일이 벌어졌던 거요. 나는 시간이 흐르면서 그 일이 완전히 잊히기를 바랐다오. 그 일은

8 강한 전파를 내는 성운.

그날 전후의 나의 평소 태도와는 완전히 모순되는 일이었소. 적어도 내가 보기엔 그랬지요. 그랬기 때문에 만일 누군가 그 이야기를 다시 꺼내려고 한다면 아주 침착하게 부정하려 했다오. 증거를 댈 수 없어서가 아니라 우연에 의해 결정된 그렇게 예외적인 일이, 실제로 확인했다 해도 내 스스로도 진짜라고 믿기 어려울 만큼 그렇게 있을 수 없는 일처럼 보였기 때문이라오. 그런데 멀리 떨어진 천체의 누군가가 나를 보았다고 하는 거였소. 그래서 그 사건이 바로 지금 다시 튀어나오게 된 거라오.

물론 그 일을 모두 설명할 수는 있소. 어떻게 그런 일이 일어날 수 있었는지, 완전히 정당하다고 할 수는 없을지라도 내 행동 방식을 설명할 수는 있다오. 나도 당장 "설명을 하겠다."든가 "당신이 내 입장이 되어 봐라." 같은 방어적인 투로 게시판에 답을 하고 싶어졌지요. 하지만 그것으로는 충분하지 않았다오. 할 이야기가 너무 많아 그렇게 먼 거리에서 읽을 수 있게 간결하게 쓸 수가 없었소. 무엇보다 나는 실수하지 않도록, 다시 말해 "당신을 보았다."라는 말이 암시하는 바를 내가 분명히 인정했다는 사실을 강조하지 않도록 조심해야만 했소. 간단히 말해 어떤 표명을 하기 전에 내가 은하계에서 본 것과 보지 못한 것을 정확히 알아야 했지요. 그 때문에 게시판에 이런 문장밖에는 쓸 수가 없었소. "전부 다 보았는가, 아니면 일부만?" 혹은 "사실인가? 그렇다면 내가 무엇을 했는가?" 그러고 나서 그쪽에서 내가 쓴 글을 볼 수 있는 시간, 그리고 그들의 대답을 보고 내가 수정하는 데 걸리는 시간을 기다려야 했지요. 이 모든 일에 다시 2억 년, 아니 거기에다 몇백만 년이 더 걸릴 수도 있었다오. 문장의 영상들이 빛의 속도로 오가야 하니 말이오. 은하계들은 계속 서로 멀어지고 있었기 때문에, 그 성좌도 지금 내가 보았던 그곳이 아니라 조금 더 멀어진 곳에 있었고, 그러니 내 게시판의 영상들도 그 뒤를 쫓아 달려야 했다오. 간단히 말해 그것은 느린 방식이어서, 되도록 빨리 잊고 싶은 사건이 발생한 지 4억 년이 더 지나야만 다시 그 문제를 이야기할 수 있었소.

내가 할 수 있는 가장 좋은 행동은 아무것도 아닌 척하는 것, 그들이 알고 있을 수 있는 사실의 범위를 최소화하는 것이었다오. 그래서 나는 서둘러 "그래서?"라고만 쓴 게시판을 잘 보이게 배치했소. 은하계 사람들이 "당신을 보았다."라는 말로 나를 당혹스럽게 했다고 생각한다면, 나의 침착한 태도는 그들을 혼란스럽게 할 것이고 그 일을 물고 늘어질 때가 아니라고 확신하게 할 터였지요. 그들이 나에 관한 많은 요소를 가지고 있지 않다면, "그래서?"와 같이 애매한 표현은 "당신을 보았다." 같은 그들의 주장에 부여된 확장된 의미를 신중하게 조사하는 데 쓰일 수도 있었소. 우리를 갈라놓은 거리(100억 광년의 항구에서 그 은하계는 이미 100만 세기 전에 닻을 올리고 어둠 속의 항해를 시작했다오.) 때문에 나의 "그래서?"라는 질문이 2억 년 전 그들이 보낸 "당신을 보았다."라는 말에 대한 대답이라는 사실은 그렇게 분명하지 않을 수 있었소. 하지만 게시판에서 그 문제를 확실하게 언급하는 것도 적절해 보이지는 않았소. 300만 세기가 지나 그날의 기억이 흐릿하게 지워져 버렸다면 내가 굳이 나서서 그것을 새롭게 상기시키고 싶지 않았기 때문이라오.

그렇다면 결국 그 단 한 번의 상황에서 만들어졌을 수도 있는 나에 대한 의견은 내가 지나치게 걱정할 필요가 없었지요. 내 인생의 사건들, 그날 이후로 여러 해, 여러 세기, 그리고 몇천 년 동안 이어진 사건들은 내게 유리하게 말을 했소. 적어도 대부분은 그랬다오. 그러니까 사실이 말을 하게 내버려 두는 수밖에 없었소. 그 머나먼 천체에서 그들이 2억 년 전 그날 내가 무엇을 하는지 보았다면 그다음 날, 그다음다음 날, 또 그다음 날의 나도 보았을 테니, 특정한 사건을 토대로 성급하게 판단을 내려 만들었을 수 있는 부정적인 의견을 차츰 차츰 수정했을 거라고, 뿐만 아니라 "당신을 보았다." 이후로 흐른 햇수만 생각해 보아도 그 나쁜 인상은 이미 오래전에 지워졌고 아마도 긍정적인, 그리고 어쨌든 현실에 훨씬 더 부합하는 평가가 그 자리를 차지했을 거라고 나 자신을 납득시킬 수 있었다오. 하지만 이런 이성적인 확신만으로는 내게 충분히 위안이 되지 못했소. 나에 대한 견해가 내게 유리하게 바뀌었다는 증거를 얻게 될 때까지는 당혹스러운 상황을 들켜 그런 상황과 내가 동일시되고 거기에 고정되어 버린 것 같은 불편한 느낌을 지울 수가 없었지요.

여러분은 고립된 성좌의 이름 모를 주민들이 나를 어떻게 생각하는지는 전혀 신경 쓸 것 없다고 말할 게요. 사실 내가 걱정하는 것은 이런저런 천체의 제한된 의견이 아니라 그들에게 들킨 일의 결과가 끝없이 불러일으킬 의혹이었소. 그 은하계 주위에는 수많은 은하계가 있었는데, 몇몇 은하계는 1억 광년보다 가까운 거리에 있고, 그 은하계에는 눈을 똑바로 뜨고 지켜보는 관찰자들이 있었다오. "당신을 보았다."라는 게시판을 내가 발견하기 전에 다른 천체에 사는 주민들이 읽었을 게 틀림없고, 멀리 떨어진 성좌에도 뒤이어 같은 일이 벌어졌을 거요. "당신을 보았다."라는 말이 어떤 특수한 상황과 관련이 있는지는 아무도 모를 수 있겠지만 그렇다고 그와 같은 불분명함이 내 편에 유리하게 작용하는 건 결코 아니었다오. 뿐만 아니라 사람들이란 항상 나쁜 추측을 믿는 경향이 있기 때문에, 1억 광년 떨어진 거리에서 보았을 내 모습은 결국 다른 곳에서 보았다고 상상할 수 있는 그 모든 것과 비교해 보면 결국 아무것도 아니었소. 2억 년 전 잠시 방심하던 그때에 내가 남겼을 수도 있는 나쁜 인상은 그러니까 우주의 모든 은하계를 통과하면서 흩어져 확대되고 다양해졌을 거요. 나로서는 상황을 악화시키지 않고는 부인할 수가 없었다오. 나를 직접 보지 못한 이들이 어떤 극단적인 중상모략에 이르게 될지 모르니, 내가 어디서부터 시작해서 어디까지를 부인해야 할지 알 수 없었지요.

이런 정신 상태로 나는 매일 밤 망원경으로 주위를 둘러보았다오. 그리고 이틀 뒤, 1억 광년하고 하루 광일 떨어진 은하계에도 "당신을 보았다."라는 게시판이 걸려 있다는 것을 알아차렸소. 그들 역시 그날의 일을 말하고 있는 게 틀림없었소. 그러니까 내가 계속 숨기려고 애썼던 일을 하나의 천체만이 아니라, 우주 공간의 전혀 다른 구역에 위치한 다른 천체, 그리고 또 다른 천체들도 안다는 뜻이었지요. 그 뒤로 며칠 밤 동안 나는 계속 새로운 성좌에서 "당신을 보았다."라는 게시판들이 나타나는 것을 보았다오. 광년을 계산해 보니 그들이 나를 보았던 때는 바로 그날이었소. 나는 "당신을 보았다."라는 게시판 하나하나에 "아, 그랬어? 좋겠다."나 "굉장한걸." 같은 경멸 서린 무관심이 담긴 문장으로 대답하거나, 아니면 거의 도발적으로, 예를 들면 "할 수 없지." "물론 나지!" 같은 것으로 답했소. 하지만 항상 자제심을 잃지는 않았다오.

대세로 보아 이성적인 낙관주의로 미래를 바라볼 수 있긴 했지만 "당신을 보았다."가 내 인생의 단 한 시점에 대해 의견 일치를 보여 준다는 것 때문에 나는 좌불안석이었소. 별과 별 사이의 특별한 가시적 상황에서 기인한 우연한 의견 일치가 분명했지만 말이오.(단 한 가지 예외가 있었는데, 한 천체에서 그 날짜와 관련해 "하나의 사건으로 보이지 않는다."라는 게시판이 나타났소.)

마치 모든 은하계를 수용하는 우주 공간에서 내가 그날 했던 일에 대한 영상이 구(球)의 내부로 투사되어 빛의 속도로 끊임없이 확장되는 듯했다오. 그래서 구의 영역 안에 서서히 자리 잡게 된 천체의 관찰자들은 무슨 일이 일어났는지 볼 수 있게 되었지요. 관찰자들은 각자 나름대로 하나의 구의 중심에 있다고 할 수 있었는데, 이 구들 역시 그들의 게시판 중 "당신을 보았다."라는 글자를 사방으로 투사하며 빛의 속도로 확장시켰다오. 동시에 이 모든 천체들은 공간 속에서 거리에 비례해 서로 멀어지는 은하계들의 일부가 되었다오. 메시지를 받았다는 신호를 보낸 모든 관찰자들은 거기서 두 번째 메시지를 받기도 전에 이미 점점 더 빠른 속도로 공간 속에서 멀어져 갔소. 어느 순간 나를 보았던(아니면 우리와 아주 가까운 은하계에서 내걸었던 "당신을 보았다."라는 게시판이나, 거기서 조금 더 떨어진 곳에 있던 " '당신을 보았다.'를 보았다."라는 게시판을 보았던) 머나먼 은하계들은 100억 광년 정도의 지점에 이르렀고, 그 지점을 넘어서자 빛의 속도인 초당 30만 킬로미터로 멀어져 갔소. 그래서 어떠한 영상도 더 이상 그 은하계들에 도달할 수 없었지요. 그러니 그들이 나에 대해 일시적으로 가진 잘못된 견해를 그대로 간직하고, 또 그 순간부터 그 의견을 더 이상 수정할 수 없는 결정적이고 확정적인 것으로, 그래서 어떤 의미에서는 옳은, 즉 진실에 부합하는 것으로 받아들일 위험이 있었소.

그러므로 되도록 빨리 애매모호한 부분을 명확히 밝혀야만 했소. 그것을 밝히기 위해 내가 바라는 것은 단 한 가지뿐이었다오. 즉 그때 이후 여러 곳에서 나를 봤다면, 전혀 다른 나의 모습, 고려해야 할 진정한 모습(이 점은 전혀 의심의 여지가 없었소.)을 그들에게 보여 주었기를 바란 거요. 최근 2억 년 동안 기회가 없었던 것은 아니라오. 혼동을 주지 않기 위해서는 아주 분명한 단 한 번의 기회로도 충분했소. 예를 들면 이런 것이라오. 나는 진짜 나 자신이었던 날, 다시 말해 다른 사람이 나를 바라봐 주기를 원하는 대로의 본래 나였던 그 날을 기억하고 있소. 그날은, 내가 재빨리 계산해 보니, 바로 1억 년 전이었다오. 그러니까 1억 광년 떨어진 은하계에서는 내 명성에 어울리는 나를 보았던 거요. 물론 나에 대한 그들의 의견도 변하고, 그뿐만 아니라 이전의 일시적인 인상도 부인하고 있을 거요. 바로 지금 혹은 지금과 거의 비슷한 시기일 거요. 지금 우리를 갈라놓은 거리는 더 이상 1억 광년이 아니라 적어도 1억 1광년은 되기 때문이라오. 어쨌든 나는 빛이 이곳에 도달하는 데 걸리는 그만큼의 시간을 기다리는 수밖에 없었소.(이 일이 일어나게 될 정확한 날짜를 '허블의 상수'까지 고려해 급히 계산해 보았다오.) 곧 그들의 반응을 알게 되겠지요.

x 순간에 최대한 이성적으로 나를 볼 수 있었던 사람은 y 순간에도 나를 볼 수 있었을 거요. 그리고 y에서의 모습이 x에서의 모습보다 훨씬 더 설득력이 있기 때문에(뿐만 아니라 한번 보면 다시는 잊지 못할 정도로 매혹적이라고 할 수 있을 거요.) 내가 기억되고 싶은 것은 y 순간에 있었을 때라오. 반면 x에서 보였던 나는 즉시 잊히고 혹시 일시적으로 상기되었더라도, 말하자면 적절히 지워질 것이오.

여러분도 생각해 보시오. y라고 생각하는 사람이 x로 보일 수 있고, 자기는 x라고 생각하는데 y로 보이는 경우가 있지 않겠소.

여기저기서 나타나는 "당신을 보았다."라는 수많은 게시판을 보고 나는 거의 즐거울 정도였다오. 그것은 나에게 관심이 많다는 증거였고, 그러니까 아주 눈부신 나의 하루가 그들 눈에 띄지 않을 리 없다는 표시였지요. 그것은 내가 그 당시 크게 기대하지 않았던 반향(특정 지역에 한정된 반향, 게다가 약간은 주변적인 반향이었다는 점을 인정해야만 할 거요.)보다 훨씬 더 광범위한 반향을 갖게 될 거외다. 말하자면 나도 모르는 사이에 이미 반향이 퍼지고 있었던 거요.

또한 그러한 천체들이 나를 직접 본 것이 아니라, 부주의해서 혹은 위치가 좋지 않아서, 옆 천체의 "당신을 보았다."라는 게시판만 보고 그들 역시 "당신을 본 것 같은데." 혹은 "그래, 거기서 당신을 봤어!"(때로는 호기심을, 때로는 비웃음을 끌어내는 표현이었소.) 같은 게시판을 내놓았을 가능성도 고려할 필요가 있었다오. 거기에도 나를 겨냥한 눈들이 있었는데 하나의 기회를 놓쳤기 때문에 두 번째 기회도 포착할 수 없었을 거요. 또한 x에 대해서는 추측에 근거한 간접적인 정보만 있기 때문에, 그만큼 y를 나와 관련된 단 하나의 진실로 받아들일 준비가 되어 있을 게요.

그렇게 해서 y 순간의 메아리는 시간과 공간을 통해 퍼져 나가 빠르게 움직이는 머나먼 은하계에 도착할 거요. 그리고 그 은하계들은 이후의 모든 영상을 놓친 채, 빛의 속도인 초당 30만 킬로미터로 달리면서, 이미 시간과 공간을 초월해 결정된 나의 모습들을 가져갈 것이오. 그 모습은 자신의 무한한 구 속에 편파적이고 모순적인 진리를 포함하는 진실이 될 게요.

수십만 세기가 영원은 아니지만 내게는 전혀 흐르지 않는 시간 같았다오. 마침내 어느 날 밤이 되었소. 얼마 전부터 나는 망원경을 첫 번째 은하계 방향으로 배치해 놓았다오. 나는 실눈을 뜨고 망원경 렌즈에 오른눈을 가져다 대고는 천천히 눈을 떴소. 이윽고 성좌가 완벽하게 렌즈에 잡혔는데 거기 한가운데에 게시판이 서 있었소. 글자가 잘 보이지 않아 초점을 맞추었더니 이렇게 적혀 있었소. "트랄라라라." 그뿐이었소. "트랄라라라." 내 개성의 본질을 명백하게 오해의 소지 없이 표현했던 바로 그 순간, 나의 지난 생과 미래의 생의 모든 행동을 해석할 수 있고 총체적이고 객관적인 판단을 끌어낼 수 있는 열쇠를 주었던 바로 그 순간, 내가 행동한 것을 관찰하고 기록할 가능성뿐만 아니라 도덕적인 의무까지 지녔던 사람은 대체 무엇을 본 것일까요? 아무것도 없었소. 그 사람은 아무것도 알아차리지 못했고 특별한 것을 전혀 발견하지도 못했다오. 내 명성의 많은 부분이 그다지 신뢰하지 못할 사람에게 맡겨졌다는 것을 알고 나는 맥이 빠졌소. 내가 누구였다는 증거, 다른 수많은 호의적인 상황에서는 되풀이될 수 없다고 여겨진 그 증거가 그렇게 간과되고 아무 소용도 없어지고 우주의 전 지역으로 완전히 사라져 버린 거였소. 그것은 오로지 그 신사가 방심하거나 딴 데 한눈을 팔며, 말하자면 무책임하게 5분을 보냈기 때문이었소. 멍하니 허공을 올려다보며 혹은 술에 취한 사람처럼 행복감에 취해서 말이오. 그래서 게시판에 아무 의미도 없는 기호들을 적는 것 말고는 더 좋은 일을 찾지 못한 거요. 어쩌면 자신의 임무를 잊은 채 바보같이 "트랄라라라."라고 흥얼거리고 있었기 때문일 거요.

다른 은하계에는 좀 더 성실한 관찰자들이 있을 거라는 생각이 조금이나마 위안이 되었다오. 불쾌한 옛 사건을 보았고 지금은 새로운 상황을 지켜보는 관찰자들이 많다는 게 그때처럼 기분 좋았던 적은 없었소. 나는 다시 매일 밤 망원경 앞에 붙어 있었다오. 며칠 뒤 적당한 거리에서 한 은하계가 눈부시게 나타났소. 게시판이 있었고, 거기에는 이렇게 적혀 있었다오. "당신, 순모 스웨터를 입었군."

나는 눈물을 머금고 그 의미를 헤아려 보려고 애썼소. 아마도 그곳에서는 세월이 흐르면서 완벽한 망원경을 만들 수 있게 된 것 같았소. 전혀 무의미한 사실, 즉 어떤 사람이 입은 스웨터가 순모인지 면인지 관찰하며 즐길 수 있을 정도로 말이오. 그러느라 그 이외의 것에는 전혀 주의를 기울이지 않은 거요. 그러니까 말하자면 내 고결하고 너그러운 행동 중에 내가 자랑스러워할 다른 요소는 전혀 고려하지 않았던 거지요. 내 순모 스웨터는 두말할 것도 없이 최고급이었고 다른 때라면 그들이 알아봐 줬다는 게 그리 불쾌하지 않았겠지만 그때는, 그때는 아니었소.

어쨌든 내게는 나를 기다리는 다른 수많은 증거가 있었소. 물론 숫자상으로는 몇 가지 빠져 있었지만, 나는 그런 사소한 걸로 평정을 잃을 사람이 아니었다오. 실제로 조금 떨어진 은하계에서 나는 드디어 누군가 내 행동을 완벽하게 보고 정확하게, 그러니까 열광적으로 평가했다는 증거를 갖게 되었소. 그 은하계의 게시판에는 이렇게 적혀 있었소. "저자는 유능하다." 나는 그것을 보고 정말 만족스러웠소. 이러한 만족감은 내 기대뿐만 아니라 내 정당한 가치를 인정받고 있다는 확신을 확인시켜 주었소. 그때 "저자"라는 표현이 내 주의를 끌었다오. 그들이 나를 그 불쾌한 상황에서 보았던 것이 아니라면 왜 "저자"라고 불렀을까? 어쨌든 내가 저들에게 잘 알려져 있다는 말일까? 나는 뭔가를 직감하고 망원경의 초점을 맞췄소. 그리고 그 게시판 아래쪽에 깨알 같은 글씨로 "누굴까? 알 게 뭐람?"이라고 한 줄이 적혀 있는 것을 발견했소. 그보다 더 큰 불행을 상상할 수 있겠소? 정말 내가 누구인지 이해하는 데 필요한 요소들을 손에 쥔 그들이 내가 누구인지도 알아보지 못하다니. 그들은 칭찬받아야 할 사건과 2억 년 전에 일어났던 비난받을 일을 연결하지 못했소. 그러니까 비난받을 사건은 계속 내 탓으로 남는 것이었지요. 그런데 그것도 아니었다오. 그것은 익명의 사건으로 남아 그 어떤 역사에도 속하지 못했다오.

"나다!"라고 쓴 게시판을 흔들고 싶은 충동이 제일 먼저 일었지만 포기했다오. 그게 무슨 소용이 있겠소? 그들은 1억 년도 더 지난 뒤에야 보게 될 테고 x 순간으로부터 흐른 3억 년 이상의 시간이 더해지면 5억 년 정도의 시간이 지나야 할 테니 말이오. 확실히 이해를 받으려면 그 옛날 사건, 그러니까 내가 너무나 피하고 싶었던 바로 그것을 다시 끄집어내서 분명히 밝혀야만 할 것이오.

나는 나 자신도 더 이상 신뢰할 수 없게 되었다오. 다른 은하계에서도 큰 만족을 얻을 수 없을 것 같아 두려웠소. 나를 보았던 사람들은 부주의하고 부당하게 편파적으로 나를 보았거나 혹은 그 사건의 본질을 이해하지 못한 채, 경우에 따라 부각된 내 개성의 요소들을 분석하지 않은 채 어느 순간까지 일어난 일만 알고 있었던 거요. 하나의 게시판만이 정말 내가 기대했던 것을 말해 주었다오. "그런데 당신은 정말 유능하군요!" 나는 x 순간에 그 은하계에서 보였던 반응을 알아보기 위해 서둘러 공책을 넘겨 보았소. 뜻밖에도 "하나의 사건으로 보이지 않는다."라는 게시판이 나타났던 곳이 바로 그 은하계였소. 우주의 그 구역에서 나는 분명 높이 평가받고 있었던 거요. 마침내 난 기뻐했어야 마땅하지만 전혀 만족하지 못했다오. 나를 칭송하는 그들은 처음에도 나에 대해 잘못된 생각을 가졌을 사람들이 아니기 때문에 그들은 내게 조금도 중요하지 않다는 것을 깨달았던 거요. y 순간이 x 순간을 부정하고 지웠다는 증거를 그들은 내게 보여 줄 수 없었소. 기간이 긴 데다 그 원인이 제거되었는지도 제대로 알지 못했기 때문에, 계속되던 나의 불안감은 더 심해졌다오.

물론 우주에 흩어진 관찰자들에게 x 순간과 y 순간은 관찰 가능한 셀 수 없이 많은 순간 중 두 개에 불과했소. 그리고 실제로 다양한 거리에 위치한 성좌들에서 매일 밤 다른 사건들과 관련된 게시판들이 나타났다오. 그 게시판들에는 이렇게 적혀 있었소. "잘하고 있으니 계속해 봐." "당신은 계속 거기 있군." "당신이 한 일을 좀 봐." "내가 그랬지, 내가." 각각의 게시판을 보고 여기서 그곳까지의 광년, 거기서 여기까지의 광년을 계산하면서 게시판이 어떤 사건과 관련이 있는지 확인할 수 있었소. 내 인생의 모든 몸짓, 콧구멍에 손가락을 집어넣었던 모든 순간, 달리는 전차에 뛰어올랐던 모든 순간이 아직도 이 은하계에서 저 은하계로 여행을 하고 있었고, 고려의 대상이 되고 이야깃거리가 되고 평가받고 있었다오. 논평과 평가가 항상 적절한 것은 아니었소. "쯧, 쯧."이라는 글귀는 내가 월급의 삼분의 일을 좋은 일을 하는 데 기부하기로 서명했을 때에 해당했소. "이번에는 내 마음에 드는군."은 내가 여러 해 동안 연구해 썼던 논문 원고를 기차에서 잃어버렸을 때를 가리켰소. 괴팅겐 대학에서 유명했던 나의 취임 강연은 이런 글귀로 논평되었다오. "대기의 흐름에 주의하라."

어떤 의미에서 보면 나는 마음을 놓을 수도 있었다오. 선행이든 악행이든 내가 했던 것은 그 어떤 것도 완전히 사라지지 않았기 때문이오. 뿐만 아니라 메아리 하나는 항상 살아 있었소. 확장되면서 다른 구들을 만들어 내는 구 안으로 여러 다양한 메아리가 울려 퍼졌지요. 그렇지만 그것은 불연속적이고 조화롭지 않고 비본질적인 소식이었소. 이들을 통해서는 내 행위들 사이의 연관성이 드러나지 않았다오. 그리고 새로운 행위로는 다른 행위를 설명하거나 수정할 수 없었소. 그랬기 때문에 그런 소식들은 긍정적이거나 부정적인 표시와 한데 합쳐졌다오. 단순한 표현으로 축소할 수 없는 길고 긴 다항식처럼 말이오.

그 시점에서 내가 무엇을 할 수 있었겠소? 과거에 계속 매달리는 것은 부질없는 짓이었소. 일어난 일은 이미 일어난 일이니 말이오. 미래에는 좀 더 나은 방향으로 행동해야만 했지요. 중요한 것은 내가 했던 모든 일에서 무엇이 본질이었는지, 어디를 강조해야 하는지, 어떤 것을 주목하고 어떤 것을 주목하지 말아야 할지를 분명하게 밝히는 것이었소. 나는 집게손가락으로 가리키는 손같이, 방향이 표시된 아주 큰 게시판을 준비했다오. 관심을 끌고 싶은 행위를 할 때는 집게손가락이 그 상황의 가장 특별한 부분을 가리키게 하면서 그 게시판을 들어 올리기만 하면 되었지요. 대신 내가 관심을 받고 싶지 않은 순간을 위해서도 게시판을 만들었는데, 관심을 다른 데로 돌릴 수 있도록, 내가 돌아보는 쪽과 반대 방향으로 엄지손가락을 쳐든 손을 그린 것이라오.

내가 어디로 가든 그 게시판들을 가져가 상황에 따라 두 게시판 중 하나를 들어 올리기만 하면 되었지요. 물론 그것은 시간이 아주 오래 걸리는 작업이었소. 수억 광년 떨어진 곳에 있는 관찰자들은 수억 광년 뒤에나 내가 지금 한 일을 감지할 수 있을 테니 말이오. 또 그들의 반응 역시 수억 광년 뒤에야 읽을 수 있을 테지요. 그렇지만 그것은 어쩔 수 없는 지연이었다오. 안타깝게도 내가 예상하지 못한 다른 골치 아픈 문제가 있었지요. 게시판을 잘못 들어 올렸다는 것을 알아차렸을 때는 내가 어떻게 해야 하겠소?

예를 들어 한번은 내게 품위와 명성을 가져다주리라 확신하며 어떤 일을 하고 있었다오. 그래서 나는 서둘러 집게손가락을 내 쪽으로 향하게 해서 게시판을 들었소. 그런데 바로 그 순간 내가 그만 보기 흉한 꼴을 보이고, 용서받을 수 없는 실수를 하고, 수치심에 땅속으로 숨어 버리고 싶을 만큼 인간적으로 비참한 모습을 보이고 말았다오. 하지만 게임은 끝난 뒤였지요. 손가락 표시가 있는 게시판의 영상이 우주 공간을 떠돌고 있어서 이제 아무도 그것을 멈출 수가 없었다오. 그 영상은 광년들을 집어삼키고 은하계들로 퍼져 나가, 수백만 세기 동안 논평과 웃음과 코웃음을 불러일으켰소. 그것들은 수백만 세기의 심연에서 내게로 돌아올 것이고, 나는 어쩔 수 없이 그것들에 대해 점점 더 우스꽝스러운 변명을 시도하고, 당황하며 어떻게든 수정해 보려고 할 것이오…….

반대의 예도 있다오. 어느 날 나는 불쾌한 상황에 직면해야만 했소. 인생을 살면서, 벗어날 방법이 없다는 것을 알면서도 마주칠 수밖에 없는 경우 중 하나였지요. 나는 반대쪽을 가리키는 엄지손가락이 그려진 게시판을 방패로 삼았다오. 그런데 뜻밖에도 그렇게 미묘하고 곤란한 상황에서 내가 민첩한 정신, 균형감, 품위, 그리고 그 누구도, 나 자신마저도 내게서 기대하지 못했던 단호한 결단력을 증명해 보인 거요. 갑자기 내가 가진 재능을 아낌없이 발휘한 거였소. 오랜 성숙의 기간이 걸렸음을 짐작할 수 있는 그런 자질들이었지요. 그런데 게시판이 관찰자들의 시선을 다른 곳으로 돌려 옆에 있는 작약 화분을 보게 한 거라오.

처음부터 내가 예외적인 일이고 미숙함의 산물이라고 생각했던 이와 같은 상황이 점점 더 자주 일어났다오. 내가 보이고 싶지 않았던 것을 가리키고, 가리키고 싶던 것은 숨겨야만 한다는 사실을 너무 늦게 깨달았던 거지요. 하지만 영상보다 먼저 도착해, 게시판에 신경 쓸 필요 없다고 알릴 방법이 없었다오.

그래서 "무효."라고 적힌 세 번째 게시판을 만들어 보았다오. 이전의 게시판을 부인하고 싶을 때 들 게시판이었지만, 모든 은하계에서 이 영상은 수정해야만 하는 영상 다음에 볼 수밖에 없었소. 이미 저지른 잘못에다 점점 더 우스운 모습만 덧붙이는 꼴이었지요. 잘못을 무효화하기 위해 "무효는 무효."라는 새로운 게시판을 드는 것도 마찬가지로 도움이 되지 않았다오.

나로서는 당혹스럽고 불안한 새로운 사건들에 대한 논평이 은하계들에서 도착할 순간, 그리고 내가 상황에 따라 연구해 놓은 답변을 그들에게 던지며 반박할 수 있을 머나먼 순간을 기다리며 나는 계속 살아갔다오. 그사이 나와 많은 관계로 얽혀 있던 은하계들은 이미 수십억 광년의 문턱들을 가로질러 빠르게 구르고 있었지요. 내 메시지들이 거기에 도달하기 위해서는 가속도가 붙어 달아나는 그들을 뒤쫓아 있는 힘을 다해 공간을 가로질러 달려가야 했다오. 바로 그때 은하계들이 수백억 광년의 마지막 시야에서 하나씩 사라졌고, 그 너머로는 눈으로 볼 수 있는 것이 아무것도 없었소. 그렇게 은하계들은 이제 돌이킬 수 없는 판단을 내린 채 사라졌지요.

나로서는 더 이상 바꿀 수 없는 그들의 판단을 생각하니, 불현듯 안도감 같은 게 찾아왔다오. 마치 자의적인 오해의 기록에 무엇인가 덧붙일 수도, 제거할 수도 없는 그 순간에야 비로소 평화가 내게 찾아온 것 같았지요. 어둠의 영역 밖으로 빠져나간 눈부신 빛의 마지막 꼬리로 변한 은하계들이 나에 대해 알고 있던 유일한 진실을 가져가 버리는 듯하던 그 순간에야 말이오. 그래서 나는 은하계들 모두가 저마다 그 길을 따라가기를 간절히 기대했다오.

나선

대부분의 조개류에게, 눈으로 볼 수 있는 기관의 형태는 같은 종족 구성원들의 삶에서 중요하지 않다. 그들은 서로를 볼 수 없거나 혹은 다른 개체와 환경을 막연하게 감지할 뿐이기 때문이다. 그러므로 우리 눈에 매우 아름다워 보이는 선명한 색의 줄무늬와 모양(복족류의 수많은 조개들처럼)이 시각적인 것과는 전혀 관계가 없다는 사실을 배제할 수 없다.

I

내가 그 바위에 달라붙어 있었을 때처럼 말이오? **크프우프크가 물었다.** 파도가 바위로 몰려왔다 물러나고, 나는 바위에 납작 달라붙어 빨아 먹을 것이 있으면 빨아 먹으면서 나머지 시간에도 그 생각만 하던 그때처럼? 여러분이 그 당시에 대해 알고 싶어 해도 해 줄 말이 별로 없다오. 난 형태도 없었으니 말이오. 그러니까 형태를 몰랐던 거라오. 정확히 말하자면 형태를 가질 수 있다는 것조차 몰랐지요. 나는 되는대로 사방으로 조금씩 자라났소. 이것이 여러분이 방사상 대칭이라고 부르는 것이라면 나는 방사상 대칭으로 자랐다고 할 수 있지요. 내가 어느 한쪽으로 더 자라야 할 이유가 있었겠소? 나는 눈도 없고 머리도 없고, 몸의 한 부분이 다른 부분과 다른 곳도 없었다오. 지금 사람들은 내가 가졌던 두 개의 구멍 중 하나는 입이고 다른 하나는 항문이라고 나를 설득하려 하지요. 그러니까 이미 그 당시 내가 삼엽충이나 여러분과 똑같이 좌우대칭이었다는 거요. 그렇지만 내 기억으로는 난 그런 구멍들을 전혀 구별하지 못했다오. 나는 내키는 대로 음식을 통과시킬 수 있었소. 안으로 들여보내나 밖으로 내보내나 똑같았지요. 차이점과 까다로운 식성은 아주 뒤에야 나타났다오.

가끔씩 나는 상상에 빠지곤 했소. 이건 사실이라오. 예를 들면 겨드랑이를 긁는다든가 다리를 꼰다든가 하는 상상을 했고 한번은 짧은 콧수염을 기르는 상상까지도 했다오. 여러분에게 이런 단어들을 말하는 것은 설명을 하기 위해서라오. 당시에는 수많은 세세한 부분을 예상할 수 없었소. 나는 비슷비슷한 세포들을 가졌고, 그 세포들은 항상 똑같은 일을, 그러니까 삼키고 뱉는 일을 했지요. 하지만 나는 형태가 없었기 때문에 내 안에 모든 가능한 형태가 있다고 생각했다오. 어떤 몸짓이든 할 수 있고, 얼굴을 찡그리고, 불쾌한 소리까지 낼 수 있다고 말이오. 간단히 말해 내 사고에는 한계가 없었던 거요. 나한테 생각할 수 있는 뇌가 있었던 게 아니니 사고라고 할 수도 없었지요. 그리고 각각의 세포는 생각할 수 있는 모든 것을 한번에 생각했는데 그건 이미지를 통해서가 아니었다오. 그 당시 우리에게는 어떤 종류의 이미지도 없었으니까. 다른 방식으로도 느낄 수 있다는 것을 배제하지 않는, 불명확한 방식을 통해 생각했을 뿐이지요.

당시의 내 상황은 여러분 생각과는 정반대로 풍요롭고 자유롭고 만족스러웠다오. 나는 독신이었고(당시의 생산 체계에서는 일시적인 짝짓기조차 필요 없었소.) 건강했고 크게 필요한 게 없었소. 누구든 젊을 때는 그 앞에 완전한 진화의 가능성과 함께 모든 길이 열려 있지요. 그와 동시에 바위 위에 납작하고 축축하고 행복한 연체동물의 속살로 존재한다는 사실을 즐길 수도 있었다오. 그 뒤에 나타난 한계와 비교해 보면, 형태를 갖는다는 게 다른 형태들을 배제하는 것임을 생각해 보면, 어느 순간 자기도 모르게 빠져 있음을 느끼게 되는 틀에 박힌 일상을 생각해 보면, 어쨌든 그 당시의 삶은 아주 멋졌다고 말할 수 있다오.

물론 나는 나 자신에게 집중하며 살았소. 그건 사실이오. 지금과 같이 관계로 이루어진 삶과는 비교할 수 없었지요. 나이 때문에, 그리고 주변 환경의 영향으로 자기애에 빠져 있었다는 것도 인정한다오. 간단히 말해 나는 거기서 하루 종일 나 자신을 관찰했고, 나의 모든 장단점을 바라보았지요. 장점이든 결점이든 다 좋아했소. 나에게는 비교의 용어가 없었다는 점도 고려해야 한다오.

하지만 나 말고 다른 존재가 있다는 것을 모를 정도로 생각이 뒤떨어지지는 않았소. 물론 내가 달라붙어 있는 바위가 있고 파도칠 때마다 내게 밀려오는 바닷물도 있고, 뿐만 아니라 저 먼 곳에 다른 것, 말하자면 세상이 존재했지요. 물은 믿을 만하고 정확한 정보를 전해주는 수단이었다오. 내 모든 표면으로 흡수할 수 있는 먹을거리들을 가져다주고 먹을 수 없는 것들도 실어 왔는데, 그것들을 통해 나는 주위의 것들을 알 수 있었소. 그러니까 이런 방식이었다오. 파도가 밀려오면 바위에 달라붙어 있던 나는 거의 알아차릴 수 없을 정도로 몸을 약간 드는 거요. 바위를 누르던 힘을 조금 늦추기만 하면 되지요. 그러면 철썩 하고 물질들과 감각과 자극으로 가득한 바닷물이 내 밑으로 지나간다오. 이런 자극들이 어떻게 돌아다녔는지 여러분은 모를 거요. 때로는 웃음이 터져 나오게 간질이기도 하고 때로는 전율, 불에 덴 듯한 느낌, 가려움 같은 것을 느끼게도 했소. 그렇게 해서 번갈아 가면서 계속 즐거움과 감동을 느꼈지요. 하지만 내가 거기서 수동적으로 머물며 입을 벌린 채 입에 들어오는 것을 모두 삼켰다고는 생각하지 마시오. 조금 뒤 나는 경험을 쌓아, 내게 도달하는 물건이 어떤 종류인지 재빨리 분석하고, 그것을 최선의 방법으로 이용하기 위해 혹은 불쾌한 결과를 피하기 위해 어떤 태도를 취해야 할지를 결정했다오. 모든 것은 내가 가진 각각의 세포를 수축하거나 적절한 순간에 이완하는 것에 달려 있었소. 나는 선택하고, 거부하고, 끌어당기고, 심지어 뱉을 수도 있었지요.

그렇게 해서 나는 '다른 남자 개체'들이 존재한다는 것을 알게 되었다오. 나를 둘러싼 환경에 그들, 적대적일 정도로 나와 다르거나 혐오스러울 정도로 비슷한 다른 것들의 흔적이 넘쳐난다는 것을 말이오. 이런, 지금 내가 꽤나 까다로운 성격을 가진 것처럼 여러분이 생각하게 만들고 있구려. 그건 사실이 아니라오. 물론 각자 자기 일에 신경을 썼지만 '다른 남자 개체'의 존재는 나를 안심시켰고, 내 주위에 존재들이 사는 공간이 있음을 말해 주었으며, 내가 불안한 예외의 경우가 되는 건 아닐까, 그러니까 유형자처럼 홀로 존재하는 것은 아닐까 하는 의심으로부터 나를 자유롭게 해 주었다오.

그리고 '다른 여자 개체'들도 있었소. 바닷물은 찰랑 찰랑 찰랑 흔들리듯 특별한 진동을 전했소. 처음 그것을 알아차렸던 때가 생각나는구려. 아니, 그건 처음이 아니었소. 내가 항상 알던 것을 어떻게 알아차리게 되었는지를 깨닫게 된 때를 기억하는 거라오. 그녀들의 존재를 발견하고 나는 큰 호기심에 사로잡혔소. 그녀들을 보고 싶은 것도, 그녀들에게 나를 보이고 싶은 것도 아니었다오. 왜냐하면 첫째로 우리에게는 시각이 없었기 때문이고, 둘째로 성별이 아직 구별되지 않아 모든 개체가 다른 개체와 동일시되고 다른 남자 개체나 다른 여자 개체를 보면서 나 자신을 보는 것 같은 기분을 느꼈기 때문이라오. 그것은 그녀들과 나 사이에 어떤 일이 일어날 수 있을지 알고 싶은 호기심이었소. 내가 괴로웠던 것은 특별히 어떤 일을 하지 못해서가 아니었소. 그런 일을 할 상황도 아니었고 말이오. 특별하건 그렇지 않건 해야 할 일이 아무것도 없다는 걸 알고 있었으니까. 어떤 식으로든 그런 진동에 부합하는 진동으로 대답을 해야 했기 때문에 괴로웠던 거요. 더 정확히 말하자면 내 개인적인 진동으로 말이오. 게다가 다른 것과는 정확하게 다른 어떤 일, 다시 말해 여러분이 지금 호르몬의 작용이라고 부를 만한 일이 벌어지고 있다는 게 드러났기 때문이라오. 나에게는 너무나 멋진 일이었지요.

간단히 말해 그녀들 중 하나가 꼬륵 꼬륵 꼬륵 하면서 알들을 낳으면, 나는 꾸륵 꾸륵 꾸륵 하면서 그것들을 수정시켰다오. 모든 것이 바다 속에서, 태양 아래의 따뜻한 물속에서 뒤섞였소. 내가 태양을 느꼈다는 말이 아니오. 단지 태양이 바다를 미지근하게 하고 바위를 뜨겁게 달구었다는 뜻이지요.

분명히 그녀들 중 하나라고 말했소. 바다에서 내게 보낸 그 모든 여성적인 메시지들은 처음에는 서로 구별되지 않는 수프 같았다오. 너무 맛있어서 서로 어떻게 다른지 신경도 쓰지 않고 내가 정신없이 먹던 수프 말이오. 그러다가 어느 순간 내 취향에, 물론 그 순간까지 나 자신도 모르고 있던 취향에 좀 더 부합하는 게 어떤 것인지를 알게 되었다오. 간단히 말해서 사랑에 빠진 거였소. 말하자면 이런 것이지요. 나는 그녀들의 신호에서 한 여자의 신호를 알아보고 구별하기 시작했을 뿐만 아니라 그 신호를 기다리고 찾았다오. 또 내가 기다렸던 신호에 내가 만든 신호로 대답했지요. 게다가 그녀가 신호를 보내게끔 자극했고 나는 나의 신호들로 대답했다오. 말하자면 나는 그녀를 사랑하고 그녀는 나를 사랑하게 되었던 거요. 내 인생에서 그것 말고 더 바랄 게 뭐가 있겠소?

지금은 풍습이 바뀌었지요. 만나 보지도 않은 여자를 그렇게 사랑할 수 있다는 게 여러분에게는 상상도 하기 어려운 일일 거요. 그렇지만 바닷물에 녹아 있고 파도를 통해 알게 된 그녀만의 독특한 성질을 통해 나는 그녀에 대한 정보를 여러분은 상상도 할 수 없을 정도로 많이 얻게 되었다오. 그것은 지금처럼 눈으로 보고 냄새를 맡고 손으로 만지고 목소리를 들어서 알 수 있는 표면적이고 포괄적인 정보가 아니라 본질적인 정보, 그에 관해 오랫동안 상상할 수 있는 정보였소. 나는 세세하고 정확하게 그녀를 생각할 수 있었다오. 그녀가 어떻게 생겼는지를 생각했던 게 아니오. 그런 식으로 그녀를 생각하는 것은 천박하고 통속적일 수 있지요. 내가 생각한 것은 형태가 없는 그녀, 무한히 가능한 형태들 중 하나를 택하더라도 그녀 자신으로 남아 있으면서 변할 수 있는 무형의 그녀였소. 다시 말하자면 그녀가 취할 수 있는 형태를 상상한 것이 아니라, 그런 형태를 취하면서 그녀가 그 형태들에 부여할 수 있는 특징을 상상한 거지요.

어쨌든 나는 그녀를 잘 알았다오. 그런데도 그녀에 대한 확신이 없었지요. 가끔씩 나는 의심, 불안감에 사로잡히고 초조해졌지만 그런 내색을 전혀 하지 않았소. 여러분도 내 성격을 잘 알다시피 말이오. 하지만 그런 태연함의 가면 뒤로는 지금도 고백할 수 없는 여러 가지 상상이 지나갔다오. 그녀가 나를 배신하지는 않을지, 나뿐만 아니라 다른 남자들에게도 메시지를 보내는 건 아닐지 여러 번 의심했지요. 그런 메시지들 중 하나를 내가 중간에 가로챘거나 내게 직접 보내온 메시지에서 진실하지 않은 분위기를 감지했다고 생각한 게 한두 번이 아니었다오. 이제야 말하지만 나는 질투를 하고 있었던 거요. 그녀를 믿지 못해서가 아니라 나 자신에 대한 확신이 없었기 때문이라오. 내가 누구인지 그녀가 제대로 이해했다고 누가 내게 보장해 줄 수 있겠소? 뿐만 아니라 내가 존재한다는 것을 이해했다고 누가 보장하겠소? 바닷물을 통해 맺어진 우리 둘의 이런 관계는 충만하고 완벽한 관계로, 내가 더 이상 무엇을 요구할 수 있겠소? 이런 관계는 내게 유일하고 분명한 두 개성 사이에 맺은 완전히 개인적인 것이었소. 그렇지만 그녀에게는? 그녀가 내게서 발견한 것을, 나와 같은 다른 이에게서, 둘이나 셋 혹은 열이나 백에게서 발견하지 못하리라고 누가 보장하겠소? 그녀가 나와 관계를 맺으며 보여 준 자유로운 태도가 무분별한 자유분방함, 누구나 느끼는 집단적인 기쁨의 표현이 아니라고 누가 장담하겠소?

이러한 의심이 사실이 아니라는 것은 잔잔하고 개인적인, 때로는 수줍음으로 떨리는 진동을 통해 확인할 수 있었다오. 그것은 우리가 주고받는 메시지에서 기인한 수줍음이었소. 하지만 바로 그 수줍음이나 미숙함 때문에 그녀가 내 특징에 충분한 관심을 기울이지 않아 다른 자들이 그것을 이용해 끼어들려 한다면? 경험 없는 그녀가 그 자들과 나를 구별하지 못해 계속 나라고 생각하고, 또 그렇게 해서 우리의 은밀한 놀이가 낯선 자들 무리에게로 확장된다면……?

내가 석회질 물질을 분비하기 시작한 건 바로 그때부터였소. 나는 내 존재를 뚜렷하게 표시해 줄 무엇인가를 만들고 싶었소. 나머지 모든 것들이 차별 없이 지닌 불안정성으로부터 개성 있는 내 존재를 보호해 줄 것을 말이오. 지금 여러분이 굳이 여러 단어를 모아, 나의 이런 새로운 의도를 설명하려 애쓸 필요는 없소. 이미 내가 말한 '만들다', '만들고 싶다'라는 최초의 말이면 충분하니까 말이오. 내가 무엇인가를 하지 않았을 뿐만 아니라 무엇인가를 할 수 있다는 생각조차 해 본 적이 없다는 점을 고려하면 그것은 일대 사건이었소. 그렇게 해서 나는 내게 떠오른 첫 번째 것을 만들었는데, 그것이 바로 조개껍질이었소. 내 몸을 덮은 육질의 가장자리부터 분비선들을 따라 분비물을 내보내기 시작했지요. 이 분비물은 완전한 곡선이 되어 빙빙 돌다가 단단하고 알록달록하며, 밖은 거칠거칠하고 안은 매끄럽고 윤이 나는 방패가 되어 나를 감쌌소. 물론 나는 내가 만들어 가는 형태를 제어할 수가 없었소. 여전히 나 자신 위에 조용히 둔하게 웅크리고 앉아 분비물을 내보냈지요. 조개껍질이 내 몸을 완전히 뒤덮은 뒤에도 계속 분비물을 내보내어 또 다른 원을 그리기 시작했다오. 간단히 말해 나선형으로 돌돌 감긴 조개껍질을 만들게 된 거요. 여러분이 보면 만들기 꽤나 힘들었을 거라고 생각할 테지만, 그냥 고집스레 같은 물질을 끊임없이 천천히 밖으로 내뱉기만 하면 되었다오. 그러면 그렇게 하나의 나선형 원 위에 또 다른 원이 생겼지요.

그때부터 이 조개껍질은 반드시 필요하고 없어서는 안 될 장소가 되어 그 안에 머물 수 있게 되었다오. 만들지 않았다면 큰일 났을, 내 생존을 지키는 보호물이 된 거요. 하지만 그것을 만드는 동안 꼭 필요해서 만드는 거라고 생각한 건 아니었소. 오히려 하지 않는 게 훨씬 좋을 감탄사를 터뜨리는 사람처럼, "이런"이나 "아!"라고 감탄사를 터뜨리는 사람처럼 조개껍질을 만든 거였소. 그러니까 단지 나 자신을 표현하기 위해서, 그리고 그렇게 나 자신을 표현하면서, 거기에 그녀에 대해 가지고 있던 모든 생각을 집어넣었던 거요. 그녀로 인한 분노를 표출했고, 그녀를 생각하는 사랑의 방식, 그녀를 위해 존재하고 내가 나이고자 하는 의지, 존재 그대로의 그녀를 위한 존재 의지를 담았던 거라오. 그리고 그녀를 사랑하는 나 자신에 대한 사랑, 나선형으로 빙빙 도는 그 조개껍질 속에서만 말할 수 있는 모든 것들을 담았지요.

내가 분비한 석회질 물질은 규칙적인 간격으로 색깔을 물들여 수많은 아름다운 띠를 만들었는데, 그 띠들은 나선형을 가로질러 곧게 뻗어 나갔소. 그렇게 해서 그 조개껍질은 나와는 다르면서도 나의 가장 진실한 부분이 되었다오. 그것은 내가 누구인지에 대한 설명, 부피와 선과 색깔과 단단한 물질을 지녔고, 리듬감 있게 변형된 나의 초상화였소. 하지만 있는 그대로의 그녀를 닮은 초상화와 똑같은 것이기도 했다오. 같은 시기에 그녀도 나와 똑같은 조개껍질을 만들고 있었기 때문이라오. 나는 나도 모르게 그녀가 만들고 있는 것을 모방했고, 그녀 역시 그녀도 모르게 내가 하고 있는 것을 흉내 내고 있었던 거요. 그리고 다른 것들은 다른 것들을 모방해서 모두가 똑같은 조개껍질을 만들어 가고 있었지요. 방금 전에 이 모든 조개껍질이 똑같다고 말했지만, 자세히 살펴보면 훗날 큰 차이를 만들어 낼 작은 차이점들을 보이는데, 이 작은 차이점들이 없었다면 처음 상태와 똑같았을 거요.

그러니까 나의 조개껍질은 내가 이렇게 혹은 저렇게 만들어야겠다고 특별히 관심을 쏟지 않았는데도 스스로 만들어졌다고 말할 수 있다오. 그렇다고 해서 내가 조개껍질을 만드는 동안 아무 생각 없이 방심했다는 뜻은 아니라오. 오히려 일 초도 방심하지 않고 다른 생각을 할 겨를도 없이 분비하는 행동에만 전념했지요. 말하자면 계속 다른 것을 생각하고 있었던 거요. 조개껍질을 생각할 줄 몰랐기 때문에, 게다가 다른 것도 생각할 줄 몰랐기 때문이지요. 하지만 조개껍질을 만들려고 애쓰면서 무엇인가를, 다시 말해 아무것이나, 그러니까 할 수 있는 것은 다 하려는 생각을 하려고 노력했다오. 그러니까 그것은 단조로운 노동이 아니었던 거요. 그러한 노동에 따르는, 생각하려는 노력은 수많은 유형의 생각을 향해 뻗어 나갔고, 그 생각은 각각 수많은 행동으로 뻗어 나갔고, 그 행동은 다시 각각 셀 수 없이 많은 사물을 만드는 데 이용될 수 있었기 때문이라오. 그리고 그렇게 사물을 만든다는 것은 조개껍질의 나선을 한 바퀴씩 만들어 내는 행위에 포함되어 있었지요.

2

(5억 년이 지난 지금 나는 주위를 둘러본다오. 그리고 바위 위에서 경사진 철도와 그 위를 지나가는 기차를 바라보지요. 한 객차의 차창에 한 무리의 네덜란드 소녀들이 보이고 마지막 칸에는 대역판 헤로도토스를 읽는 여행자 한 사람만 보인다오. 기차는 굴 속으로 사라지는데, 굴 위에는 화물차가 달리는 길이 있고 그 길에는 "이집트 항공으로 여행하세요."라는, 피라미드가 그려진 광고판이 서 있소. 그리고 아이스크림을 실은 삼륜차 한 대가 『르 슈틸 백과사전 전집』의 부속 간행물을 가득 실은 화물차 한 대를 추월하려고 애쓰다가 브레이크를 밟고 다시 자기 차선으로 돌아간다오. 길을 가로지르

는 구름 같은 벌 떼에 시야가 가로막혔기 때문이지요. 벌 떼는 들판에 일렬로 놓인 벌통에서 날아오는 거라오. 물론 그중 여왕벌이 벌 떼를 모두 이끌고, 굴 반대편 끝에서 다시 나타난 기차에서 뿜어져 나오는 연기와는 반대 방향으로 날아가는 중이었소. 그렇게 해서 벌 떼와 석탄 연기구름 때문에 더 이상 아무것도 보이지 않았지요. 몇 미터 너머에서 괭이로 땅을 파는 농부를 제외하고는 말이오. 농부는 자기도 모르는 사이에 자기 괭이와 비슷한 신석기 시대의 괭이 파편을 발견했다가 다시 밭에 파묻어 버렸다오. 밭은 망원경들이 하늘을 향해 있는 천체 관측소를 에워싸고 있었는데, 관측소 관리인의 딸이 관측소 입구에 앉아 영화 「클레오파트라」 여주인공의 얼굴이 표지에 실린 주간지의 별자리 운세를 읽고 있었소.

나는 이 모든 것을 보면서도 전혀 놀라지 않았다오. 왜냐하면 조개껍질을 만든다는 것은 밀랍 벌집에서 꿀을 만드는 것, 석탄과 망원경들, 클레오파트라의 왕국, 클레오파트라에 대한 영화들, 피라미드, 칼데아[9] 점성술사들의 12궁도, 전쟁, 헤로도토스가 말한 제국과 그가 쓴 말들, 네덜란드어로 적힌 스피노자의 작품을 포함해 모든 언어로 쓰인 작품들, 아이스크림을 실은 삼륜차에 추월당했던 『르 슈틸 백과사전』에 열네 줄로 요약된 스피노자의 삶과 작품을 포함하는 것이기 때문이라오. 그렇게 조개껍질을 만들면서 나는 나머지 것도 만든 듯했다오.

나는 주위를 둘러본다오. 누구를 찾고 있는 걸까요? 5억 년 전부터 사랑에 빠진 내가 찾는 건 언제나 그녀였소. 나는 해변에서 해수

---

9 바빌로니아 남쪽을 가리키는 옛 지명.

욕하는 네덜란드 여자를 본다오. 금 목걸이를 한 해수욕장 구조원이 그녀를 놀래 주려고 하늘의 벌 떼를 가리킨다오. 나는 그녀를 알아보지요. 바로 그녀라오. 뺨에 닿을 듯 말 듯 어깨를 으쓱하는 그 분명한 행동으로 그녀를 알아보는 거요. 나는 거의 확신한다오. 아니, 내가 다른 데에서 어떤 유사성을 발견하지 못했다면 아마 틀림없다고 믿었을 거요. 예를 들면 천체 관측소 관리인의 딸이나 클레오파트라로 분장한 여배우, 클레오파트라를 표현한 모든 것들 속에 살아남아 있는 진짜 클레오파트라의 면모로 보자면, 진짜 클레오파트라나, 굽힘 없이 저돌적으로 날아가는 벌 떼의 선두에 선 여왕벌이나, 아이스크림 차의 플라스틱 앞 유리에 오려 붙인, 지금 해변에서 해수욕하는 여자와 똑같은 수영복을 입은 여자에게서도 그런 유사성을 발견했다오. 지금 해변에 있는 여인은 트랜지스터라디오에서 흘러나오는 여자의 노랫소리를 듣고 있소. 그 목소리는 백과사전을 실은 화물차 운전사가 라디오로 듣고 있는 것과 똑같은 목소리이며, 이미 내가 5억 년 동안 들었다고 확신하는 바로 그 목소리이기도 하다오. 물론 내가 들은 노랫소리의 주인은 그녀지요. 주변에서 그녀의 모습을 찾아보지만 멸치 떼가 번득이며 모습을 드러내는 바닷물 위로 내려앉는 갈매기들 말고는 아무것도 보이지 않았다오. 잠시 동안 암컷 갈매기들 틈에서 그녀를 발견했다고 확신했소. 그런데 잠시 후 그게 아니라 멸치가 그녀일지도 모른다는 의심이 들었소. 하지만 헤로도토스가 언급했던 여왕이거나 노예일 수도 있었지요. 기차 복도에서 네덜란드 관광객 아가씨들과 대화하기 위해 복도로 나간 이가 읽던 곳을 표시해 둔 책의 책장에 들어 있는 여자일 수도 있고 네덜란드 관광객 아가씨일 수도 있었지요. 나는 그런 여자들 모두를 사랑하는 동시에 늘 그녀만을 사랑했다고 말할 수 있다오.

내가 그녀들 모두에게 조바심을 내면 낼수록 그녀들에게 “나요!”라고 말할 결심을 할 수가 없었소. 실수할까 봐 두렵고, 그녀가 실수로 나를 다른 누군가와 혼동하는 것은 더욱 두려웠기 때문이라오. 나를 알게 된 뒤로 그녀는 나를 다른 누군가로 혼동하고 있을 수도 있었지요. 예를 들면 금 목걸이를 한 해수욕장 구조원이나 천체관측소 관리인이나, 갈매기나, 멸치나, 헤로도토스를 읽는 독자나, 헤로도토스 본인이나, 지금 선인장들 사이로 난 먼지 뽀얀 길을 따라 해변으로 내려가 수영복 입은 네덜란드 관광객 아가씨들에게 에워싸인 삼륜차의 아이스크림 장수나, 스피노자나, 2000번 요약되고 반복된 스피노자의 삶과 작품을 화물차에 실은 운전사나, 종족 번식의 행위를 완수한 뒤 벌집 밑에서 죽어 가는 수벌로 말이오.)

3

……그렇다고 해서 조개껍질이 자신만의 독특한 형태를 가진 조개껍질이라는 사실이 없어지는 것은 아니라오. 그것은 내가 부여했던 형태 그 자체이기 때문에, 다시 말해 내가 알고 있고 부여할 수 있는 유일한 형태이기 때문에 다른 것이 될 수 없었소. 조개껍질이 하나의 형태를 갖춤으로써 세상의 형태도 변했다오. 조개껍질이 없던 세상의 형태가 조개껍질의 형태를 포함하게 되었다는 의미에서 말이오.

그것은 엄청난 결과를 가져왔소. 모든 물체에 닿는 빛의 파동이 특별한 효과를 만들어 냈기 때문이지요. 먼저 색깔이 그 효과의 하나였소. 그것은 다시 말해 내가 선을 만들기 위해 사용했던 것, 그리고 나머지와는 다르게 진동하는 것이었소. 또한 하나의 부피가 다른 부피들과 특별한 관계를 맺는 것도 그 효과였지요. 이러한 모든 현상은 내가 알아차리지는 못했지만 존재했던 것이라오.

그렇게 해서 조개껍질은 조개껍질이라는 시각적인 이미지들을 생산해 낼 수 있었소. 알다시피 그 이미지들은 조개껍질 그 자체와 아주 유사한 것이지요. 단지 조개껍질은 여기 있는 반면 이미지들은 다른 쪽 망막에 형성될 수 있었다오. 그러니까 이미지는 망막을 전제로 했고, 또 망막은 대뇌를 선두로 하는 복잡한 체계를 전제로 했지요. 다시 말해 나는 조개껍질을 만들어 내면서 이미지도 생산해 낸 거요. 조개껍질 하나로 원하는 만큼의 수많은 이미지를 만들어 낼 수 있었기 때문에 하나의 이미지가 아니라 수많은 이미지였지요.

하지만 그것은 잠재적인 것들이었소. 이미지를 만들기 위해서는 앞서 말했듯이 모든 게 필요했기 때문이라오. 이미지와 관련된 시각 신경절이 있는 대뇌와 외부의 진동을 내부로 전해 줄 시각 신경이 있어야 하며 시각 신경의 다른 쪽 끝에는 밖에 있는 것을 보기 위해 만들어진 무엇, 즉 눈이 있어야 하지요. 한 사람의 대뇌에서 신경이 마치 어둠 속에 걸린 낚싯줄처럼 뻗어 나가다가 거기서 눈이 생겨나서, 밖에 볼 만한 무엇이 있는지를 알게 된다고 생각하면 우습다오. 내겐 그런 물질들이 하나도 없었소. 그러므로 그에 대해 말할 자격도 별로 없지요. 하지만 나는 하나의 생각을 해냈다오. 그러니까 중요한 것은 시각적 이미지를 만들어 내는 것이라는 생각이었소. 눈은 그 뒤에야 생기는 것이지요. 그래서 나는 나의 외부에 있는 것(그리고 나의 내부에서 외부를 조건 짓는 것도)이 하나의 이미지를 만들고, 뿐만 아니라 후에 아름다운 이미지라고 할 만한 것(그다지 아름답지 않거나, 약간 보기 흉하거나, 혐오스러울 정도로 흉한 다른 이미지들과 비교했을 때)을 만들어 낼 수 있도록 집중했다오.

명확하고 분명한 방식으로 빛의 파동을 발산하거나 반사할 수 있는 물체는(나는 생각했다오.) 이런 파동들로 무엇을 할까요? 주머니에 넣어 둘까요? 아니오. 옆을 지나가는 첫 번째 사물을 향해 파동을 발산한다오. 그러면 이용할 수 없고 약간 짜증스러울 수도 있는 파동을 만난 이는 어떤 태도를 취하게 될까요? 머리를 구멍에 숨길까요? 아니오. 그 방향으로 머리를 내밀게 될 것이오. 시각적 진동에 가장 많이 노출된 부위가 민감해져서, 이미지의 형태 아래 그 진동을 이용하기 위해 기관을 발전시키게 될 거요. 간단히 말해 나는 눈과 대뇌의 연결을, 내부에서 혹은 어떤 이미지라도 포착할 의도에서가 아니라 이미지로서 준비된 것의 힘에 의해 밖에서 파고 들어간 굴과 같은 것으로 생각했소.

내 생각은 틀린 게 아니었소. 오늘날에도 나는 내 계획이 대체로 옳았다고 믿는다오. 하지만 내 실수는 우리에게, 그러니까 그녀와 나에게 시력이 생길 거라고 생각한 거였소. 나는 그녀의 시각적 감수성 안으로 들어가 자리 잡고 그 중심을 차지하기 위해 나에 대한 조화롭고 다채로운 이미지를 공들여 만들었다오. 그녀가 꿈과 기억으로, 시각보다는 생각으로 나를 계속 이용할 수 있게 하기 위해서였지요. 동시에 나는 그녀가 자신에 대한 이미지를 발산하고 있음을 느꼈소. 그것은 선명하지 않고 게으른 내 감각에 부여되어 나의 내면적인 시각 영역을 발전시킬 정도로 완벽한 이미지였소. 그 시각 영역에서 이미지는 결정적으로 눈부시게 빛나겠지요.

그렇게 해서 우리의 노력은 우리를, 아직은 잘 알지 못하는 감각의 완벽한 대상물로 만들었소. 그리고 감각은 바로 그 대상이 완벽하게 기능할 때 완벽해졌는데, 그 대상이란 바로 우리였소. 내가 말하는 감각이란 눈이라오. 내가 예견하지 못한 게 딱 한 가지 있는데, 그것은 보기 위해 떠야 할 눈은 우리의 것이 아니라 다른 사람들의 것이라는 거였소.

무형무색에 대충 모인 내장들로 만들어진 존재들이 주위에 넘쳐났소. 자기 자신으로 무엇을 할 수 있는지, 어떻게 자신을 표현해야 하는지, 그리고 안정적이고 완성된 형태로, 누가 보든 시각적인 가능성을 풍부하게 해 줄 형태로 자신을 보여야 한다는 것은 꿈에도 생각하지 않은 채 말이오. 그 존재들은 공기와 물과 암초 사이의 공간에서 가고 오고 물에 잠겼다가 약간 올라오고, 아무 생각 없이 돌아다니고 몸을 뒤척일 뿐이었지요. 그사이 우리, 나와 그녀, 그리고 우리 스스로 형태를 만들어 내기 위해 골몰해 있던 모두는 힘겨운 노력을 다하고 있었다오. 거의 구별되지 않던 공간이 우리 덕에 시각적 영역이 되었지요. 누가 그곳을 이용했을까요? 바로 그 침입자들, 시력의 가능성은 생각조차 해 보지 않던 자들(너무 못생겼기 때문에 서로 보아 봤자 득 될 게 아무것도 없었지요.), 형태의 소명에 전혀 귀 기울이지 않았던 자들이었소. 우리가 몸을 숙이고 열심히 일하는 동안, 다시 말해 눈으로 볼 수 있는 무엇인가를 만드는 동안, 그들은 조용히 아주 편안한 입장에 있었지요. 자신들의 게으르고 초보적인 수용 기관을 우리들의 이미지에 적응시키기만 할 뿐이었소. 그것을 받아 주는 게 바로 우리 이미지였으니까. 그렇기 때문에 그들도 힘겨운 일을 했다고 내게 말할 수 없는 거요. 그들의 머리를 꽉 채운 점액질 덩어리에서는 모든 게 튀어나올 수 있었고, 감광 기관을 만드는 데는 그리 많은 게 필요하지 않았지요. 하지만 그 기관을 완성할 수 있을지 정말 보고 싶구려! 눈으로 볼 수 있는 가시적인 대상들, 뿐만 아니라 시각을 압도할 정도로 눈에 띄는 대상물들이 없다면 어떻게 하겠소? 간단히 말해 우리의 노력으로 그들이 눈을 갖게 된 거라오.

그렇게 해서 시력은, 우리가 막연하게 기대했던 우리의 시력은 다른 자들이 우리를 바라보는 시력이 되었지요. 아무튼 대변혁이 일어났다오. 갑자기 우리 주위에 눈과 각막과 홍채와 동공 들이 펼쳐졌지요. 그것은 문어와 오징어의 툭 불거진 생기 없는 눈, 먹도미와 숭어의 젤라틴 같은 놀란 눈, 가재와 새우의 튀어나온 꽃자루 같은 눈, 파리와 개미의 다면적이고 부푼 눈들이었소. 반짝이는 검은색 피부의 물개가 못대가리 같은 눈을 껌뻑이며 걸어간다오. 달팽이가 긴 더듬이 끝에 달린 공 모양의 눈을 내민다오. 갈매기는 무표정한 눈으로 수면을 정탐한다오. 수경 너머 찡그린 잠수부의 눈은 바다 속을 탐험한다오. 원양 항로를 항해하는, 망원렌즈 뒤의 선장의 눈과 해수욕하는, 검은 선글라스 뒤의 여자의 눈이 내 조개껍질에 쏠렸다가 곧 나를 잊고 서로를 바라본다오. 돋보기 안경을 쓴 동물학자의 눈을 내 몸으로 느낀다오. 동물학자는 롤라이플렉스 카메라 렌즈로 내게 초첨을 맞추려고 애를 쓰고 있소. 그 순간 방금 태어난 작디작은 멸치 떼가 내 앞을 지나간다오. 하얀 멸치들은 검고 작은 눈만 있는 것처럼 보일 정도로 작소. 그러니까 먼지 같은 눈들이 바다를 가로지르고 있는 거라오.

이 모든 눈은 내 눈이오. 그 눈들을 있게 한 건 나였소. 내가 적극적인 역할을 했지요. 그리고 그것들에 최초의 재료, 즉 이미지를 제공했지요. 눈과 더불어 나머지 모든 것이 등장했소. 그러니까 눈이 있기 때문에 다른 것들이 그들 각자의 형태와 기능을 통해 이룰 수 있었던 모든 것, 눈이 있기 때문에 그들의 형태와 기능을 통해 만들 수 있었던 수많은 사물은 내가 만든 것에서 나온 것이오. 그곳에 있던 나의 존재 속에, 내가 수컷과 암컷 들과 관계를 맺는 과정 속에, 조개껍질을 만드는 동안에 모든 것이 포함되어 있었던 거요. 간단히 말해 나는 바로 이 모든 것을 예상했던 거라오.

그리고 그 각각의 눈 밑에 내가 살고 있었지요. 다시 말해 또 다른 나, 내 이미지들 중 하나가 살고 있었고, 그녀의 이미지, 가장 충실한 그녀의 이미지와 만났다오. 반액체 상태의 홍채, 검은 눈동자, 망막의 거울 궁전을 가로질러 열리는 저 너머 세상에서, 해안선도 경계선도 없이 펼쳐지는 진정한 우리의 요소 속에서 말이오.

티 제로

I 크프우프크의 다른 이야기들

물렁한 달

H. 알프벤이 발전시킨 H. 게르스텐코른의 계산에 따르면 지구의 대륙은 우리 행성에 떨어진 달의 조각에 불과하다. 원래는 달도 태양의 주위를 돌던, 중력을 가진 행성이었는데 자기 궤도를 이탈해서 지구에 가까이 접근했을 것이라고 한다. 중력에 이끌려 지구에 가까워진 달은 우리 가까이에서 궤도를 형성했다. 그러다 어느 순간, 서로의 중력이 두 행성의 표면을 변형시키면서 높은 파도가 일었고 거기서 떨어져 나온 파편 일부가 지구와 달 사이의 공간에서 소용돌이쳤는데 특히 달의 파편들이 지구에 떨어지고 말았다. 그 뒤 조석의 영향으로 달은 다시 지구에서 멀어져 현재의 궤도를 갖게 되었다고 한다. 하지만 달 덩어리의 일부분, 아마 절반쯤 될 그 일부분은 지구에 남아 대륙을 형성하고 있다.

그것이 다가오고 있었지요. **크프우프크가 기억을 떠올렸다.** 집으로 돌아가는 길에 유리와 강철로 된 벽들 사이에서 눈을 들었다가 그 사실을 알아차렸습니다. 내 눈에 비친 그것은 밤을 비추는 수많은 불빛 같은 그런 불빛이 아니었습니다. 정해진 시간에 발전소에서 레버를 내리면 지상에 켜지는 불빛들, 그리고 그 불빛보다 멀리 있지만 별로 다르지 않은, 혹은 어찌 됐든 다른 나머지 것과 그럭저럭 조화를 이루는 하늘의 별빛들과는 달랐다 이 말입니다. 현재형으로 말하고 있지만 내가 말하는 건 언제나 아득히 먼 그때의 일입니다. 하늘의 별빛과 도로의 불빛에서 떨어져 나간 그것을 보았지요. 그것은 오목한 검은 지도 위에서 유난히 두드러졌는데 작은 점이 아니라 화성이나 금성 정도의 크기로, 빛이 퍼져 나가는 구멍처럼 보였지만 이제는 정말 공간의 일부를 차지하고 형태를 갖추기 시작했답니다. 그 형태를 정확히 정의할 수 없었던 것은, 아직 눈에 익지 않아서이기도 했지만 보통의 형상으로 정의할 만큼 윤곽이 뚜렷하지 않아서이기도 했습니다. 간단히 말해 나는 무언가가 되어 가고 있는 어떤 것을 보았던 겁니다.

나는 그것에 거부감을 느꼈습니다. 뭔지 알 수는 없었지만, 아니, 어쩌면 뭔지 알 수 없었기 때문에 더욱 우리가 살면서 접하는 다른 모든 물질, 예를 들면 플라스틱, 나일론, 크롬 도금 강철, 아크릴 섬유, 합성수지, 플렉시글라스, 알루미늄, 비닐, 내열 플라스틱 판, 아연, 아스팔트, 석면, 시멘트 같은 우리에게 좋은 물질, 우리가 나고 자라면서 함께한 그런 물질과 다르게 보였는지도 모릅니다. 그것은 이해할 수 없는 이질적인 무언가였습니다. 나는 매디슨 애비뉴(지금과는 비교할 수 없는 그 당시의 매디슨 애비뉴를 말하는 겁니다.)의 고층 건물들 사이로 파고들겠다는 듯이, 건물들의 들쭉날쭉한 코니스 위쪽으로 후광 같은 빛에 에워싸인 밤하늘 사이로 미끄러져 다가오는 그것을 보았습니다. 그것은 어울리지 않는 색깔의 빛뿐 아니라 크기, 무게, 희한한 물질로 우리의 익숙한 풍경을 덮으면서 넓게 퍼져 나갔습니다. 그리고 전 지구의 표면, 말하자면 금속판 표면, 강철 뼈대, 고무 바닥, 유리 돔 등 외부로 노출된 모든 것을 관통했습니다. 나는 소름이 끼쳤습니다.

나는 교통 상황이 허락하는 한 최대한 빠르게 터널을 지나 관측소 쪽으로 차를 몰았습니다. 시빌은 관측소에서 망원경에 시선을 고정하고 있었습니다. 보통 그녀는 근무 시간에 찾아가는 걸 좋아하지 않아서 나를 보면 바로 얼굴에 짜증을 드러내곤 했습니다. 하지만 그날 저녁은 달랐습니다. 망원경에서 얼굴도 들지 않았지요. 내가 오리라 예상했던 게 분명합니다. "봤어?" 바보같이 들릴 이 질문을 하지 않으려고 나는 혀를 깨물어야 했습니다. 그녀 생각을 알고 싶어 조바심이 났습니다.

"맞아, 행성 달이 지구에 더 가까워졌어." 내가 묻지도 않았는데 시빌이 먼저 말했습니다. "예상했던 현상이야."

나는 약간 마음이 놓였습니다. "다시 멀어질 거라고도 예상하는 거야?" 내가 물었습니다.

시빌이 여전히 눈을 가느스름하게 뜨고 망원경을 살폈지요. "아니." 그녀가 말했습니다. "더 이상 멀어지지는 않을 거야."

나는 이해가 되지 않았습니다. "지구와 달이 쌍둥이 행성이 되었다는 말이야?"

"달이 이제 행성이 아니라 지구 소유가 되었다는 뜻이야."

그런 식으로 문제를 일축해 버리는 시빌의 태도는 매번 나를 짜증 나게 했습니다. "어떻게 그런 생각을 하는 거지?" 내가 반박했습니다. "모든 행성은 다른 행성과 같은 행성이잖아, 안 그래?"

"그럼 당신은 이걸 행성이라고 부를 수 있다는 거야? 내 말은 지구와 같은 행성이냐는 말이야. 한번 봐!" 시빌이 망원경에서 눈을 떼더니 가까이 오라고 손짓했습니다. "달은 절대 우리 지구 같은 행성이 될 수 없어."

난 시빌의 설명을 듣지 않았습니다. 달이 망원경에 확대되어 그 세부적인 부분을 모두 드러냈습니다. 아니, 세부적인 부분의 거의 대부분이 한꺼번에 눈에 들어왔다고 해야 할 겁니다. 그 부분은 하나로 뒤섞여 있어서 아무리 들여다봐도 형태를 분간할 수 없었습니다. 다만 그러한 광경이 내게 남긴 인상만은 분명하게 말할 수 있는데, 그것은 뭔지 모르게 매력적이면서도 역겨운 느낌을 주었습니다. 제일 먼저 본 것은 어떤 구역에서 마치 그물망처럼 촘촘하게 달을 가로지르던 초록의 줄무늬들이었는데 솔직히 말해서 의미도 없고 별로 눈에 띄지도 않는 부분이었습니다. 우리가 달의 일반적인 속성이라고 부르는 것은 보이지 않았으니까요. 아마 땀구멍이나 아가미 뚜껑이라 할 수 있는 무수한 구멍에서, 그리고 가래톳이나 빨판 모양으로 표면에 넓게 퍼져 있는 종양 곳곳에서 스며 나오는 약간 끈적끈적해 보이는 빛들 때문이었을 겁니다. 지금 나는 세부적인 사항에 집착하고 있는데 언뜻 보면 생생한 것 같지만 사실 별로 효율적인 묘사 방법은 아닙니다. 세부 사항을 모두 하나로 관찰할 수밖에 없기 때문입니다. 마치 달 속에 들어 있던 걸쭉한 것이 부풀어 올라서 외부의 창백한 조직들을 팽창시키긴 했지만 상처들처럼 그 조직들이 스스로 일그러지고 울퉁불퉁해진 것 같았습니다.(그러니까 달도 함께 눌려 있으나 잘 붙어 있지는 않은 조각들로 구성된 것이라 할 수 있었습니다.) 내 말은 모두를 하나로 관찰해야 하지만 질병에 걸린 장기들처럼 각각의 세부적인 것들도 관찰해야 한다는 겁니다. 가령 울창한 숲에서 벌어진 틈 사이로 솟아오른 검은 깃털을 관찰하듯이 말이지요.

"달이 우리처럼 계속 태양 주위를 도는 게 맞다고 생각해?" 시빌이 말했습니다. "그러기엔 지구가 지나치게 강해. 결국 달을 궤도에서 이탈시켜 지구 주위를 돌게 만들 거야. 우리가 위성을 갖게 되는 거지."

나는 불안감을 드러내지 않으려고 조심했습니다. 불안감을 드러내면 시빌이 어떤 반응을 보일지 잘 알았으니까요. 바로 냉소적인 태도를 보이거나 우월감을 과시하곤 했지요. 자기는 어떤 일이 닥쳐도 놀라지 않는 사람이라는 듯이 말입니다. 나를 화나게 하려고 그랬다고 생각합니다. 아니, 그랬기를 바랍니다. 그녀가 정말 무심해서 그랬다고 생각하면 더 불안했을 겁니다.

"그러면…… 그러면……." 나는 객관적인 호기심만을 드러내면서, 시빌이 어떤 말로든 나의 불안감을 가라앉혀 주기를 바라며(그러니까 아직은 그녀에게 이걸 바랐고, 차분한 그녀가 나를 안심시켜 주리라 굳게 믿었습니다.) 궁리 끝에 이렇게 물었습니다. "그러면 항상 이렇게 달을 볼 수 있는 건가?"

"이건 아무것도 아니야." 그녀가 대답했습니다. "달은 더 가까워질 거야." 그러더니 처음으로 미소를 지었습니다. "마음에 들지 않아? 우리가 알던 모든 형태와 저렇게 다르고 동떨어진 달이 저기 있는 게. 또 저게 우리 것이고, 지구가 달을 끌어들여 저곳에 있게 했다는 게. 이유는 모르겠지만 난 좋아, 멋진 것 같아."

이쯤 되자 나는 더 이상 기분을 숨길 수 없었습니다. "그런데 혹시 우리한테 위험하지는 않을까?" 내가 물었습니다.

시빌이 내가 별로 좋아하지 않는 표정을 지으며 입술을 쭉 내밀었습니다. "우리는 지구에 있잖아. 지구는 태양처럼 스스로를 위해 주위에 위성을 둘 힘이 있어. 저런 덩어리인 달이, 중력장과 안정된 궤도와 밀도를 갖고 있는 지구와 겨룰 수 있겠어? 당신은 달과 지구를 비교하고 싶은 거야? 달은 굉장히 물렁해. 지구는 단단하고 견고하고. 지구는 그런 상태를 유지하고 있어."

"그럼 달은? 달이 그런 상태를 계속 유지하지 않는다면?"

"아, 지구의 힘이 달을 제자리에 있게 할 거야."

나는 시빌의 관측소 교대 근무가 끝나기를 기다렸다가 그녀와 함께 집으로 돌아왔습니다. 시내를 벗어나자마자 제각각 높이가 다른 시멘트 교각 위에 높이 떠받쳐진 고가 도로들의 입체 교차로가 나왔고 고속 도로들이 거기서 분기되었습니다. 교차로의 도로는 나선형이어서 아스팔트에 페인트로 그려 놓은 하얀 화살표들을 따라가다 보면 어느 방향으로 회전하는지 알 길이 없었으며 이따금 방금 등진 도시가 눈앞에 나타나서 교각들과 소용돌이 같은 나선들 사이로 네모난 불빛들이 다가오곤 했습니다. 달은 바로 그 위에 있었습니다. 그래서 내 눈에는 하늘을 부풀어 오르게 하는 이상한 성장물 밑에서, 거미줄처럼 공중에 걸려 있는, 유리창들이 딸그랑거리고 실 같은 불빛들이 수놓아진 도시가 부서질 듯 연약해 보였습니다.

방금 나는 달을 가리키기 위해 이상 성장물이라는 단어를 사용했지만 그 순간 발견된 새로운 현상을 묘사하려면 다시 한번 같은 단어에 의지해야 합니다. 그러니까 이상 성장물인 달에서 이상한 성장물이 솟아 나와서 촛농이 떨어지듯 지구를 향해 뻗어 나오고 있었던 겁니다.

"저게 뭐지? 무슨 일이지?" 내가 물었지만 자동차는 이미 새로운 커브 길을 돌아서 우리를 어둠 속으로 데려가고 있었습니다.

"지구의 중력 때문에 달 표면에 단단한 조석이 이는 거야." 시빌이 말했습니다. "아까 말했던 대로야. 밀도가 상당한데!"

고속 도로의 입체 교차로로 인해 우리는 다시 한번 달을 마주보게 되었습니다. 달의 촛농은 여전히 지구를 향해 길게 늘어났는데 끝부분이 콧수염처럼 곱슬곱슬하고 달에 붙은 부분이 꽃자루처럼 가늘어서 거의 버섯 모양에 가까워 보였습니다.

우리는 드넓은 그린벨트 지역의 수많은 거리 중 하나에 나란히 줄지어 자리한 아담한 집에 살았습니다. 우리는 언제나처럼 뒤뜰 쪽으로 난 베란다의 흔들의자에 앉았지만 이번에는 초록의 공간 중 우리 몫인 반 에이커를 덮은 광택 타일을 보지 않았습니다. 우리의 눈은 위에 걸려 있는 낙지 같은 그것에 이끌려 하늘에 고정되어 있었습니다. 촛농의 수가 아까보다 훨씬 많아졌고 그것들이 끈끈한 촉수처럼 지구를 향해 뻗어 나오고 있었기 때문입니다. 그리고 그 촛농 하나하나가 젤라틴과 털과 곰팡이와 침으로 만들어진 어떤 물질을 금방이라도 떨어뜨릴 것 같았습니다.

"천체가 저렇게 해체될 수 있다고 생각하는 거야?" 시빌이 고집스레 주장했습니다. "이제 당신은 우리 행성의 우월함을 깨닫게 될 거야. 달이 밑으로 내려오면 어쩌냐고? 내려오라지. 멈춰야 할 순간이 올 테니까. 지구의 중력장은 달을 우리에게 거의 닿을 만큼 끌어당긴 뒤 갑자기 멈춰 세우고 적정한 거리까지 이동시킨 다음, 단단한 공 모양으로 압착시켜서 궤도를 돌게 할 거야. 그 정도 힘은 있어. 곤죽이 되어 버리지 않는다면 그거야말로 달이 우리에게 감사할 일이지!"

나는 시빌의 추론이 설득력 있다고 생각했습니다. 내 눈에도 달은 왠지 열등하고 역겨운 어떤 것처럼 보였으니까요. 그렇지만 그녀의 생각이 내 불안감을 가라앉혀 주지는 못했습니다. 달에서 나온 것들이 어딘가에 도달하려는 듯, 아니 뭔가를 감싸려는 듯이 하늘에서 물결처럼 움직이며 비틀리는 게 눈에 들어왔습니다. 바로 그 밑에, 불빛들이 은은히 번지는 곳에 도시가 있었고 우리는 삐죽삐죽한 스카이라인이 시커멓게 그려진 지평선에서 깜빡이는 불빛들을 보았습니다. 시빌의 말처럼 달의 촉수가 어떤 고층 빌딩의 첨탑을 움켜쥐기 전에 제때 멈출 수 있을까요? 그런데 그보다 먼저 계속 길어지고 가늘어지는 이 종유석 중의 하나가 달에서 떨어져 나와 우리를 덮치는 건 아닐까요?

"뭔가 아래로 떨어질 수도 있겠지." 시빌이 인정했고 내 질문을 기다리지 않고 말했습니다. "하지만 그게 뭐 그리 큰 문제야? 방수가 되고 변형도 없고 씻을 수 있는 물질이 지구를 완전히 감싸고 있는데. 달에서 곤죽이 좀 떨어진다 해도 금방 씻어 내면 돼."

시빌의 장담이, 분명 조금 전부터 일어나고 있던 어떤 일을 볼 수 있게 하기라도 한 듯 내가 소리쳤습니다. "저기 봐, 떨어진다!" 나는 팔을 들어 공중에 정지해 있는 크림같이 부드럽고 걸쭉한 덩어리들을 가리켰습니다. 바로 그 순간 지구에서 진동이 시작되었고 딸그랑거리는 소리가 났습니다. 그러더니 단단한 조각들이 행성의 분비물 덩어리들이 뚝뚝 떨어지는 곳과 반대 방향으로 하늘을 가로질러 순식간에 날아갔습니다. 지구를 뒤덮은 갑옷의 미늘들이 산산조각 난 겁니다. 그러니까 깨지지 않는 강화 유리와 강철판과 부전도 피복제의 파편들이 달의 중력에 이끌려 회오리바람이 칠 때의 모래 알갱이처럼 하늘로 날아오른 겁니다.

"사소한 피해야." 시빌이 말했습니다. "그냥 표면에서만 그래. 피해는 단시간에 복구할 수 있어. 위성 하나를 점유하는 데 약간의 손실이 있는 건 당연하잖아. 그래도 그만한 가치가 있어. 비교할 것도 없다니까!"

바로 그때 첫 번째 달의 운석이 지구에 떨어지는 소리가 들려왔습니다. "철퍼덕!" 귀가 먹먹할 정도로 격렬하면서도 역겨우리만큼 물렁함이 느껴지는 굉음이었습니다. 그 소리에서 끝난 게 아니라 폭발적인 철퍼덕 소리와 힘없는 채찍 소리 같은 것이 연이어 들려왔습니다. 시간이 조금 더 지나서야 하늘에서 떨어지고 있는 것들을 알아볼 수 있었습니다. 솔직히 말하면 내가 늦게 알아차린 건데 그건 달의 파편들이 환히 빛나리라 기대했기 때문입니다. 반면 시빌은 그것들을 벌써 알아보고는 경멸이 담긴 특유의 어조로, 그러면서도 이상하게 너그러운 말투로 말했습니다. "물렁한 운석들이네. 정말 달에서 이와 비슷한 게 떨어진 걸 본 사람이 있는지 궁금한걸……. 어쨌든 나름대로 흥미로워……."

그중 하나가 철조망 울타리에 걸려 있다가 무게를 이기지 못하고 절반 정도로 일그러져서 땅으로 흘러내렸고 금방 흙과 뒤범벅이 되었습니다. 나는 그 물질을 살펴보기 시작했습니다. 다시 말해 내 앞에 있는 것의 시각적 이미지를 만들기 위해 감각을 모으기 시작했습니다. 그러자 타일 바닥 여기저기에 흩어져 있는 수많은 작은 얼룩이 눈에 띄었습니다. 지표층을 뚫고 들어간 산성 점액 덩어리 같기도 했고, 더 정확히 말하면 자기에게 닿는 것은 죄다 흡수해서 점성이 있는 조직과 뒤섞어 버리는 기생 식물이나 정신없이 선회하며 게걸대는 미생물들이 엉겨 붙은 혈장 같기도 했고, 나중에 잘린 가장자리의 세포들을 빨판처럼 열어서 함께 봉합시키려고 조각조각 잘라 놓은 췌장 같기도 했으며, 또는…….

나는 눈을 감고 싶었지만 그러지 못했습니다. 그때 시빌의 목소리가 들렸습니다. "물론 나도 역겨워. 그렇지만 지구가 완전히 다르고 우월하다는 사실이 마침내 확인되었다고 봐. 우리는 그런 지구에 있고, 그러니 잠시 저 속에 푹 빠져 즐길 수도 있어. 왜냐하면 나중에는……." 나는 불현듯 그녀 쪽을 돌아보았습니다. 그녀가 입을 벌리고 지금까지 한 번도 본 적 없는 환한 미소를 지었습니다. 끈적하고 약간은 동물적인 미소였지요…….

그런 그녀를 보며 내가 느낀 감정이, 그 미소를 본 순간과 거의 동시에 떨어진 거대한 달 조각을 보며 느낀 공포와 뒤섞였습니다. 달 조각은 뜨뜻하고 시럽 같은 놀라운 단 하나의 물질로 우리의 아담한 집과 넓은 길과 교외의 주거 지역, 그리고 카운티의 대부분을 뒤덮고 파괴했습니다. 밤새도록 달에서 떨어진 물질을 파헤치고 나와서야 우리는 겨우 다시 빛을 볼 수 있었습니다. 동이 틀 무렵이었습니다. 운석의 폭풍은 이제 가라앉았습니다. 녹색 번식물들과 미끈미끈한 유기체들이 뒤범벅된 진흙 층이 높디높게 우리 주위의 지구를 뒤덮어 버려 원래의 모습을 찾아볼 수가 없었습니다. 예전 지구의 물질은 아예 흔적조차 없었습니다. 창백한 달은 하늘로 멀어지고 있었는데 그 역시 본디 모습이 아니었습니다. 눈을 가느스름하게 뜨고 보니 사방에 흩어진 반짝반짝하고 날카롭고 깨끗한 조각과 파편과 부스러기들이 빼곡하게 달을 뒤덮고 있었습니다.

그 후의 일은 모두가 아는 대로입니다. 수십만 세기가 지난 뒤 우리는 지구가 예전의 자연스러운 모습을 되찾을 수 있도록 애쓰고 있습니다. 플라스틱, 시멘트, 철판, 유리, 에나멜, 인조 피혁으로 된 원래의 지구 껍질을 재건하는 중이지요. 하지만 아득하기만 합니다. 엽록소와 위액과 이슬과 질소 지방질과 생크림과 눈물로 뒤범벅된 더러운 달의 파편 속에 얼마나 더 처박혀 있어야 하는지 누가 알겠습니까. 이질적이고 적대적인 부가물을 없앨 수 있게, 아니, 최소한 감출 수라도 있게 지구가 원래 가진, 매끄럽고 정확히 들어맞는 판들을 단단하게 연결하려면 얼마나 더 시간이 필요한지 말입니다. 그리고 부패한 지구가 만들어 내는 지금의 재료를 가지고, 게다가 무계획적으로 아무렇게나 짜 맞춘다면, 어디에도 비할 바 없던 최고의 재료를 흉내 내려 애써 봤자 헛일입니다.

진짜 재료, 그 당시의 재료는 이제 아무 쓸모도 없이 뒤죽박죽되어 달에만 있다고 하는데 이 때문에라도 달에 가는 게 중요하다고 사람들은 말합니다. 그것들을 되찾아오기 위해서지요. 항상 반대만 하는 사람으로 보이고 싶지는 않습니다만 우리 모두는 달의 상태가 어떤지 잘 압니다. 우주의 폭풍에 노출되어 구멍이 뻥뻥 뚫린 데다가 부식되고 노화되었습니다. 달에 가 보면 당시의 우리 재료들도(지구가 우월하다는 대단한 근거이자 증거지요.) 유효 기간이 짧은 조잡한 물건들이어서 폐품으로도 쓸 수 없게 되었다는 사실을 알고 실망할 겁니다. 예전이라면 시빌에게 이런 의심을 드러내지 않으려고 조심했을 겁니다. 그렇지만 지금은 살이 찌고 머리는 다 헝클어진 채 크림빵을 게걸스럽게 먹는 게으른 시빌이 내게 뭐라고 하겠습니까?

새의 기원

진화의 역사에서 새는 동물계의 다른 강(綱)보다 비교적 늦게 출현한다. 새의 시조, 아니 적어도 고생물학자들이 찾아낸 최초의 흔적인 시조새(선조인 파충류의 특징 몇 가지를 아직 간직하고 있는 새)는 최초의 포유동물이 등장하고 수백만 년이 흐른 뒤 쥐라기에야 나타났다. 이것은 전보다 진화한 동물 그룹이 계속해서 출현하던 동물학 계보에서 유일한 예외다.

그 당시만 해도 여기서 더 놀라운 일들이 일어날 거라고는 예상하지 못했어요. **크프우프크가 말했다.** 앞으로 있을 일은 너무나 자명하다는 듯이 말입니다. 존재하는 것은 존재할 테니 우린 그저 우리 일에나 신경을 쓰면 그만이었습니다. 더 멀리까지 갈 것도 있을 것이고 지금 있는 자리에 머물 것, 생존하지 못할 것도 있을 테지요. 선택의 가능성은 제한되어 있었습니다.

그런데 어느 날 아침 밖에서 그때까지 한 번도 들어 보지 못한 노랫소리가 들리는 겁니다. 아니 정확히 말해야겠군요.(그때는 아직 노래가 뭔지 모르던 때였으니까요.) 그때까지 그 누구에게서도 나지 않던 소리가 들려왔습니다. 나는 밖을 내다보았습니다. 낯선 동물이 나뭇가지에 앉아 노래를 하고 있더군요. 다리와 꼬리, 발톱과 며느리발톱, 털, 깃털, 지느러미, 가시, 부리, 이빨, 모이주머니, 뿔, 벼슬이 있고 부리에서 목 쪽으로 피부가 축 늘어졌으며 이마에는 별 모양이 박혀 있는 동물이었습니다. 새였습니다. 여러분은 벌써 알아차렸겠지만 나는 그렇지 않았습니다. 한 번도 본 적이 없었으니까요. 새가 노래를 불렀습니다. "꽈압스…… 꽈압스…… 쿠쿠쿠우후후……." 새는 무지갯빛 줄무늬가 있는 날개를 퍼덕이더니 위로 날아올랐고 그 가지에서 약간 떨어진 곳으로 돌아와서 또 노래를 불렀습니다.

이제 이 이야기는 문장이 죽 이어지는 소설보다는 만화로 이어가는 게 좋을 것 같습니다. 하지만 나뭇가지에 앉아 있는 새와 그걸 내다보는 나, 그리고 위를 올려다보는 이들을 전부 만화로 그리려면 오래전에 잊어버린 많은 것들의 구성을 좀 더 자세히 기억해 내야 할 겁니다. 먼저 내가 새라고 부르는 것, 두 번째는 지금 내가 '나'라고 부르는 것, 세 번째는 나뭇가지, 네 번째는 내가 얼굴을 내밀고 있는 장소, 다섯 번째는 다른 이들 전부를 말입니다. 내가 기억하는 건 이런 요소들이 지금 그릴 수 있는 모습과는 아주 달랐다는 것뿐입니다. 이것들 대신에, 여러분이 직접 효과적으로 묘사된 배경에 다른 등장인물들이 나오는 일련의 만화를 상상해 보는 것도 좋습니다. 하지만 그와 동시에 어떤 인물도, 어떤 배경도 상상하지 않으려 애써야 합니다. 등장인물들에게는 각자의 말이나 소리를 담은 말풍선이 있지만 그 안에 적힌 글자를 일일이 읽을 필요는 없습니다. 내가 여러분에게 하는 이야기에 맞춰 대략적인 아이디어만 가지고 있으면 충분합니다.

먼저 여러분은 우리의 머리에서 솟구쳐 나오는 수많은 감탄 부호와 의문 부호를 볼 겁니다. 이것은 우리가 놀라고 신기한 눈으로 새를 보았지만(축제 분위기에서 놀라고 신기해하고, 우리도 그 노래를 따라 하고 처음의 그 꾸르륵 소리를 흉내 내고 위로 뛰어오르고 싶어 하기도 하고 날아가는 새를 보고 싶어 하면서) 새라는 존재로 인해 그동안 우리를 성장시켰던 사고방식이 모두 무너져 내렸기 때문에 그 눈길에 당혹스러움도 가득 담겨 있다는 뜻입니다.

이어지는 컷에서 우리 중 제일 지혜로운 우(흐) 노인이 무리에서 떨어져 나가며 이렇게 말합니다. "다들 쳐다보지 마! 저건 실수로 생겨난 거야!" 그러더니 그 자리에 있는 이들의 눈을 가리고 싶은 듯 두 팔을 벌립니다. "이제 내가 지워 버리겠어!" 그가 말합니다. 아니, 생각합니다. 그의 이런 욕망을 표현하기 위해 우리는 그에게 만화의 컷에 대각선으로 선을 하나 긋게 할 수 있습니다. 새가 날개를 퍼덕이며 대각선을 피해 반대쪽 귀퉁이로 무사히 옮겨 갑니다. 그 대각선 때문에 그 컷의 한가운데에 이제 새가 보이지 않게 되자 우(흐) 노인이 즐거워합니다. 새가 부리로 선을 쪼아서 끊습니다. 그리고 우(흐) 노인에게로 날아갑니다. 우(흐) 노인은 새를 지워 버리려고 두 개의 선을 교차되게 그려 봅니다. 두 선이 만나는 바로 그 지점에 새가 내려앉아서 알을 낳습니다. 우(흐) 노인이 새 밑의 선을 잘라 버리자 알이 떨어지고 새는 날아갑니다. 그 컷은 깨진 알의 노른자로 얼룩집니다.

만화 형식으로 말하는 건 마음에 들지만 나는 실제 행동을 담은 장면과 관념을 담은 장면을 교차시켜야 합니다. 그리고 가령 새의 존재를 인정하고 싶어 하지 않는 우(흐) 노인의 고집을 설명할 필요가 있습니다. 그러니까 글씨만 빼곡한 만화의 한 컷을 상상해 보십시오. 이전에 어떤 일이 있었는지에 대한 종합적 정보를 주는 데 필요한 글씨들이지요. **프테로사우루스의 실패 이후 수백만 년 전부터 날개 달린 동물의 흔적은 사라졌다.**("곤충들은 예외다."라고 각주에서 정확히 밝힐 수 있습니다.)

날개 달린 동물의 장(障)은 이미 막을 내린 것으로 간주되었습니다. 파충류에서 탄생할 수 있는 동물은 모두 탄생했다고 몇 번이나 말하지 않았던가요? 몇 백만 년이 흐르는 동안 어떤 형태든 세상에 나와 지구를 차지하고 살던 생물의 99퍼센트는 차츰 그 수가 줄어들다가 사라졌습니다. 이 점에 대해서는 우리 모두가 동의했습니다. 환경에 잘 적응하여 좀 더 엄선된 후손을 남기도록 예정되어 남을 만한 동물들만 남는다는 사실에 말입니다. 누가 괴물이고 누가 괴물이 아닌지에 대한 의심이 오랫동안 우리를 괴롭혔는데 얼마 전에 그 문제가 해결되었다고 할 수 있습니다. 지금 여기 존재하는 우리 모두는 괴물이 아니고, 존재할 수 있었으나 존재하지 않는 그 모든 것들이 괴물입니다. 계속 이어지는 원인과 결과가 그들이 아니라 괴물이 아닌 존재들, 즉 우리에게 유리하게 작용했기 때문이지요.

하지만 이제 우리가 이상한 동물들과 다시 시작을 한다면, 한물간 파충류가 이전에는 한 번도 그럴 필요를 느끼지 못하다가 지금 네 다리와 피부를 밖으로 드러내기 시작한다면, 간단히 말해 새와 같이 정의하기 불가능한 생물의 정의가 가능해진다면(게다가 이 새처럼 예쁘고, 양치식물 잎사귀 위에 균형을 잡고 앉아 있는 모습을 보거나 지저귀는 소리를 들으면 기분이 좋은 새가 될 수 있다면), 그러면 괴물과 괴물이 아닌 것 사이의 경계가 사라져 버리고 모든 게 다시 가능해지는 겁니다.

새가 멀리 날아갔습니다.(만화에서는 하늘의 구름을 향해 날아가는 검은 그림자만 보입니다. 새가 검은색이어서가 아니라 멀리 있는 새들은 그렇게 표현하기 때문이랍니다.) 나는 새의 뒤를 따라갔습니다.(산과 숲이 끝없이 펼쳐진 풍경 속으로 들어가는 내 뒷모습이 보입니다.) 우(흐) 노인이 내 뒤에서 소리칩니다. "돌아와, 크프우프크!"

나는 낯선 지역을 가로질렀습니다. 여러 번 길을 잃었다고 생각했지만(만화에서는 한 번만 표현해도 됩니다.) "꽈압스……." 소리가 들려 눈을 들어 보면 마치 나를 기다리듯, 나무 위에 가만히 앉아 있는 새가 보였습니다.

그렇게 새를 따라가다 보니 관목들이 시야를 가린 지점에 도착했습니다. 나는 관목들 사이로 길을 냈습니다. 발아래로 허공이 보였습니다. 땅은 거기서 끝났습니다. 나는 균형을 잃지 않고 땅끝에 섰습니다.(내 머리 위로 올라가는 나선들은 내가 현기증을 느낀다는 걸 표현합니다.) 발밑으로는 구름 몇 점 말고는 아무것도 보이지 않습니다. 새는 그 허공을 따라 멀리 날아가는 중이었는데 이따금 고개를 돌려 나를 보았습니다. 자기를 따라오라고 권하는 듯이 말입니다. 내 앞쪽에는 아무것도 없는데 어디로 따라오라는 걸까요?

바로 그때 멀리 떨어진 하얀 부분에서, 마치 안개 낀 지평선에서처럼 그림자 하나가 나타나더니 서서히 윤곽이 또렷해지기 시작했습니다. 그것은 대륙이었는데 허공 속에서 앞으로 나아오는 중이었습니다. 해변과 계곡과 고원이 보였는데 새는 벌써 그 위를 날고 있었습니다. 그런데 어떤 새였지? 이제 새는 한 마리가 아니었습니다. 대륙 위의 하늘에서 각양각색의 새들이 날개를 퍼덕이며 날고 있었습니다.

지구 가장자리에서 몸을 내민 채 나는 떠다니는 그 대륙이 가까이 다가오는 걸 지켜봤습니다. "우리와 충돌하겠어!" 내가 소리쳤습니다. 그 순간 땅이 흔들렸습니다.('꽝!'이라는 글자가 크게 쓰였습니다.) 두 세계는 한 번 더 부딪친 다음 충격으로 멀어졌다가 잠시 후 또 부딪쳤고 또 떨어졌습니다. 이렇게 수차례 충돌하는 와중에 나는 그 대륙으로 튕겨져 나갔고 그사이 텅 빈 심연이 넓게 벌어져 나의 세계와 나를 갈라놓았습니다.

나는 주위를 둘러보았습니다. 내가 아는 것은 한 가지도 없었습니다. 나무며 크리스털이며 짐승, 풀, 모든 게 달랐습니다. 나뭇가지에는 새들뿐 아니라 거미 다리가 달린 물고기(말하자면 그렇다는 겁니다.)나 깃털이 달린 벌레(이렇게 부르도록 합시다.)가 앉아 있었습니다. 지금 나는 그 대륙에 있는 생명체의 모습이 어떠했는지를 묘사하고 싶은 게 아닙니다. 여러분의 머리에 떠오르는 대로 상상하는 게 더 나을지도 모릅니다. 더 이상하고 덜 이상하고는 별로 중요하지 않습니다. 중요한 것은 이 세상이 변화의 과정에서 취할 수 있었으나, 우연한 동기 때문에, 또는 어떤 근본적인 모순 때문에 취하지 않았던 온갖 형태가 내 주위에서 모습을 드러냈다는 겁니다. 버려지고 되찾을 수 없으며 잊힌 형태들이었습니다.

(의미를 분명히 하려면 이 만화의 컷을 음화(陰畫)로 그려야 할 겁니다. 다른 형상과 다르지는 않겠지만 검은 바탕에 흰색으로 그려지는 거지요. 아니면 어떤 형상에서든 어디가 위고 어디가 아래인지 결정할 수 있다고 가정하고 거꾸로 뒤집어 그려야 합니다.)

어찌 보면 친숙하기도 하고 어찌 보면 비율이나 조합이 약간 일그러진 그들의 모습을 보면서(새하얀 내 모습에, 검은 그림자들이 중첩되었고 그 그림자들이 만화 한 컷을 다 차지합니다.) 나는 놀라고 겁이 나서 뼛속까지 얼어붙었지만(만화에 그려진 내 모습에서 식은땀이 뚝뚝 떨어집니다.) 주위를 탐색하고 싶은 욕망은 누를 수가 없습니다. 여러분이 나의 시선을 본다면 내가 괴물을 피하려 하는 게 아니라 찾고 있다고 말할 수도 있을 겁니다. 마치 그들이 속속들이 괴물은 아니며, 어느 순간에 이르면 공포가 불쾌하지 않은 감정으로 바뀔 수 있다고 확신하듯이 말입니다.(만화에서는 빛줄기들이 검은색 배경을 가로지릅니다.) 알아볼 수만 있다면 그 속에도 아름다움은 존재할 겁니다.

이러한 호기심에 떠밀려 나는 해변을 떠나 거대한 성게처럼 가시가 돋친 언덕 사이로 들어갔습니다. 나는 이제 미지의 대륙 한가운데서 길을 잃었습니다.(나를 나타내는 그림은 아주 작아졌습니다.) 조금 전까지만 해도 아주 이상한 출현물처럼 보였던 새가 이제는 가장 친숙한 존재가 되었습니다. 엄청나게 많은 새들이 내 주위에 돔을 만들며 다 함께 날개를 퍼덕였습니다.(만화 한 컷이 새들로 빼곡하고 나는 겨우 윤곽만 보입니다.) 땅에 내려앉은 새도 있고 관목에 웅크린 새도 있습니다. 내가 천천히 앞으로 걸어가면 새들도 이동했습니다. 내가 그 새들의 포로였을까요? 달아나려고 몸을 돌려 보았습니다. 하지만 나는 새들의 장벽에 포위되었는데 한 방향만 빼고는 틈 하나 없이 사방이 꽉 막혀 있었습니다. 새들은 자기들이 원하는 쪽으로 나를 밀고 있었는데 그들의 움직임은 모두 나를 한 곳으로 안내했습니다. 거기, 그 끝에는 무엇이 있는 걸까요? 길게 뉘어 있는 거대한 알 하나가 눈에 띄었습니다. 알은 조개껍질처럼 천천히 벌어지고 있었습니다.

갑자기 알이 확 열렸습니다. 나는 미소를 지었습니다. 감동의 눈물이 눈에 가득 고였습니다.(만화 속에는 내 옆모습만이 그려져 있습니다. 내가 바라보는 것은 컷 밖에 있습니다.) 지금까지 한 번도 본 적 없는 아름다운 창조물이 내 앞에 있었습니다. 지구에서 우리가 아름답다고 인정했던 어떤 형태와도 비교할 수 없는, 다른 아름다움이었지만(만화에서는 계속 독자들의 눈에는 보이지 않고 나만 볼 수 있습니다.) 우리 세계의 것보다 훨씬 더 우리다운 게 있었기 때문에 우리의 아름다움이었습니다.(만화에서는 상징적으로 표현될 수 있습니다. 예를 들면 넓은 깃털 망토 밖으로 드러난 여자의 손이나 발, 가슴처럼 말이지요.) 그러니까 그것이 없이는 우리 세계가 항상 뭔가 부족한 느낌이 드는 그런 것 말입니다. 나는 모든 것이 한데 모이는 지점에(소용돌이로 변하는 길고 눈부신 눈썹이 있는 눈을 하나 그릴 수 있을 겁니다.) 도착한 느낌이었고 그 속으로 빨려 들어가는 기분이었습니다.(아니면 입을 하나 그릴 수도 있겠지요. 딱 벌어진, 내 키만 한 두 개의 입술을 섬세하게 그리고 어둠에서 나오는 혀 쪽으로 빨려 들어가는 나를 그릴 수 있을 겁니다.)

나는 온통 새에 둘러싸여 있었습니다. 사방으로 휘젓는 부리들, 퍼덕이는 날개들, 앞으로 내민 발톱들, 요란한 울음소리. "꽈압스…… 꽈압스…… 쿠쿠쿠우후후……."

"당신은 누구시오?" 내가 물었습니다.

캡션이 설명합니다. **아름다운 오르그-오니르-오르니트-오르와 마주 선 크프우프크**. 그리고 이로써 내 질문은 필요가 없어집니다. 그러더니 이 캡션이 담긴 말풍선에 다른 말풍선이 겹쳐지는데 거기에도 내 입에서 나간 이런 말이 담겨 있습니다. "당신을 사랑해요!" 이 역시 아까 질문처럼 쓸데없는 말인데 다른 질문이 담긴 네 번째 말풍선이 바로 뒤이어 나타납니다. "포로인가요?" 그녀의 대답을 기다리지 않고 다른 말풍선들을 뚫고 그 위로 등장한 네 번째 말풍선에 내가 덧붙입니다. "당신을 구해 주겠소. 오늘 밤 같이 도망갑시다."

그 뒤의 컷들은 전부 탈출 준비와 미지의 하늘에서 빛이 비치는 한밤중에 깊이 잠든 새들과 괴물들에게 할애되었습니다. 작고 어두운 컷과 내 목소리가 등장합니다. "날 따라오겠소?" 오르가 대답합니다. "네."

여기서 여러분은 일종의 모험 만화를 상상할 수 있을 겁니다. 새들의 대륙을 가로질러 탈출 중인 크프우프크와 오르. 경보음, 추격, 위험, 여러분이 알아서 상상하십시오. 이야기를 하려면 어떤 식으로든 오르의 외모를 묘사해야 할 텐데 나는 그럴 수가 없습니다. 왠지 나를 압도하는 모습, 하지만 내가 어떻게든 숨기고 보호했던 모습을 상상하시면 될 겁니다.

우리는 낭떠러지 끝에 도착했습니다. 새벽녘이었지요. 흐릿한 해가 떠오르며 멀리서 우리 대륙이 모습을 드러냈습니다. 저곳까지 어떻게 가지? 내가 오르를 돌아보았습니다. 오르가 날개를 폈습니다.(여러분은 이전 컷에서 그녀에게 날개가 있다는 걸 알아차리지 못했지요. 그녀에게는 돛처럼 넓은 날개가 두 개 있었답니다.) 나는 그녀의 망토에 매달렸습니다. 오르가 날았습니다.

이어지는 만화에서 구름 사이를 나는 오르와 그녀의 배에서 밖으로 내민 내 머리가 보입니다. 그리고 하늘에서 작고 시커먼 삼각형들이 만들어 내는 큰 삼각형이 보입니다. 우리를 추격하는 새 떼입니다. 우리는 아직 허공 한가운데를 날고 있습니다. 우리 대륙이 가까워지고는 있지만 새 떼는 굉장히 빠르게 다가옵니다. 휘고 뾰족한 부리에 눈이 이글이글 불타는 맹금류들입니다. 오르가 빨리 지구에 도착하면 우리는 맹금류의 공격을 받기 전에 우리 편 속에 있게 될 겁니다. 힘내요, 오르, 날갯짓 몇 번만 더 하면 돼. 그러면 다음 컷에서는 무사할 겁니다.

그러나 어림없는 일이었죠. 바로 이때 새 떼가 우리를 에워쌌습니다. 오르가 맹금류 사이로 날아갑니다.(작고 시커먼 삼각형들로 이루어진 삼각형 안의 작고 하얀 삼각형입니다.) 우리는 내 고향 마을 위를 날고 있습니다. 오르가 날개를 접고 밑으로 내려가기만 하면 곧 자유로워질 겁니다. 하지만 오르는 다른 새들과 함께 계속 날아갑니다. 내가 소리를 질렀어요. "오르, 내려가!" 그녀가 망토 자락을 펼쳐 나를 떨어뜨렸습니다. ('쿵!') 오르를 한가운데에 두고 날던 새 떼가 하늘에서 한 바퀴 돌더니 오던 길로 돌아갔고 지평선 근처로 멀어졌습니다. 나는 혼자 땅에 쓰러져 있었습니다.

(캡션: 크프우프크가 없는 동안 여러 가지 변화가 있었다.) 새라는 존재가 발견된 후에 우리 세상을 지배하던 사상이 위기를 맞았습니다. 예전에는 모두 이해한다고 믿었던 것, 단순하고 규칙적인 사물의 존재 방식이 이제 그 가치를 잃어버렸습니다. 다시 말하면 그것은 무수한 가능성 중의 하나가 되었습니다. 세상일이 완전히 다른 방향으로 전개될 수도 있다는 사실을 아무도 배제하지 않았습니다. 이제는 모두가, 예전에 자신이 어떤 모습일 거라 예상했던 것을 부끄러워한다고 할 수 있었지요. 그리고 불규칙적이고 예측 불가능한 면, 다시 말해 약간은 새 같은 면, 설령 꼭 새가 아니더라도, 새처럼 이상한 것과 대면했을 때 스스로가 이상해 보이지 않을 그런 측면을 자랑하려고 애썼습니다. 내 이웃들에게서도 예전의 모습을 찾아볼 수 없었습니다. 그 정도로 많이 변했기 때문이 아닙니다. 하지만 전에는 설명할 수 없는 뭔가 특이한 점을 가진 사람은 그것을 숨기려 애썼던 반면 지금은 그것을 과시했습니다. 그리고 모두들 금방이라도 무슨 일이 일어나기를 기다리는 듯한 분위기였지요. 예전처럼 원인과 결과가 분명히 연결되는 일이 아니라 예기치 못한 어떤 일을 말입니다.

나는 어떻게 해야 할지 몰랐습니다. 다른 이들은 내가 새가 출현하기 이전의 낡은 사고방식을 가진 사람이라고 생각했습니다. 그들이 새에 대해 품은 환상이 내 눈엔 그저 우스워 보인다는 것을 그들은 알지 못했습니다. 나는 완전히 다른 것을 보았고 존재할 수 있는 게 모두 존재하는 세상에 다녀왔습니다. 그래서 그 세상을 머리에서 지울 수 없었습니다. 그리고 그 세상 한가운데에 갇혀 있던 아름다움을, 나와 우리가 모두 잃었던 아름다움을 보았고 그 아름다움을 사랑하게 되었습니다.

나는 혹시 새가 하늘을 가로질러 날아가지나 않는지 살피면서 산꼭대기에서 하루하루를 보냈습니다. 내가 있는 산 옆의 다른 산 정상에서는 우(ㅎ) 노인이 하늘을 바라보았습니다. 우(ㅎ) 노인은 여전히 우리 중 제일 지혜로운 사람으로 대접받았지만, 새에 대한 태도는 변했습니다. 이제는 새가 실수가 아니라 진리라고, 이 세상에 단 하나뿐인 진리라고 생각했습니다. 새의 비행을 해석하며 거기서 미래를 읽어 내려고 애썼지요.

"뭐 좀 봤나?" 노인이 자기 산에서 소리쳤습니다.

"아무것도 안 보여요." 내가 대답했습니다.

"저기 하나 있다!" 가끔 나나 노인이 이렇게 외쳤습니다.

"어디서 왔지? 때를 놓쳐서 어느 쪽 하늘에서 나타났는지를 미처 보지 못했네. 말해 주게나, 어느 쪽이지?" 노인이 숨을 몰아쉬며 물었습니다. 우(ㅎ) 노인은 새가 나타나는 방향에 의지해서 미래를 점치곤 했습니다.

아니면 내가 이렇게 묻기도 했습니다. "어느 방향으로 날아갔습니까? 못 봤는데! 이쪽으로 사라졌나요, 아니면 저쪽으로 사라졌나요?" 나는 새들이 오르에게 가는 길을 알려 주길 기대했던 겁니다.

어떤 꾀를 내어 새들의 대륙으로 돌아갈 수 있었는지를 자세히 이야기할 필요는 없습니다. 만화에서는, 그림으로만 제대로 설명되는 그런 속임수 중의 하나로 이야기될 겁니다.(만화의 컷은 비어 있습니다. 내가 등장합니다. 오른쪽 상단 모퉁이에 풀을 발라 놓습니다. 나는 왼쪽 아래에 앉아 있습니다. 왼쪽 윗부분으로 새가 한 마리 날아 들어옵니다. 그 컷에서 나가려다가 꼬리가 풀에 달라붙고 맙니다. 새가 계속 날아가는 바람에 꼬리가 붙은 만화의 컷이 통째로, 밑에 앉아 있는 나까지 끌려갑니다. 나는 가만히 끌려갑니다. 그렇게 해서 새들의 나라에 도착합니다. 이 이야기가 마음에 들지 않으면 여러분이 다르게 상상을 해도 됩니다. 중요한 것은 나를 그곳으로 가게 하는 겁니다.)

도착을 하고 보니 날카로운 것들이 내 팔과 다리를 움켜쥐는 느낌이 들었습니다. 나는 새들에게 포위당했는데 한 놈은 내 머리 위에 앉아 있었고 한 놈은 내 목을 쪼았습니다. "크프우프크, 넌 체포되었다! 마침내 우리가 네놈을 잡았다!" 나는 감옥에 갇혔습니다.

"나를 죽일 건가?" 간수 새에게 물었습니다.

"내일 재판정으로 갈 테니 그때 알게 되겠지." 창살에 앉은 간수 새가 말했습니다.

"누가 나를 심판하지?"

"새들의 여왕."

다음 날 나는 왕좌가 있는 알현실로 끌려갔습니다. 하지만 입을 벌리고 있는 거대한 알-조개는 이미 전에 본 적이 있는 것이었습니다. 나는 흠칫했습니다.

"그러니까 당신은 새들의 포로가 아니었군요!" 내가 크게 말했습니다. 부리 하나가 내 목을 쪼았습니다. "오르그-오니르-오르니트-오르 여왕 폐하에게 고개를 숙여라!"

오르가 손짓을 했습니다. 새들이 모두 동작을 멈췄습니다.(그림에서는 반지를 낀 가냘픈 손이 깃털 더미에서 나타나는 걸 볼 수 있습니다.)

"나와 결혼하면 목숨은 구할 수 있다." 오르가 말했습니다.

결혼식이 거행되었습니다. 결혼식에 대해서도 전혀 이야기할 수 없습니다. 내 머릿속에 남아 있는 것이라곤 솜털같이 살랑거리는 무지갯빛 이미지가 전부니까요. 어쩌면 내가 경험한 일에 대한 이해를 포기하는 대가로 행복을 얻었는지도 모릅니다.

오르에게 물었습니다.

"알고 싶어."

"뭘?"

"전부, 지금 이 모든 걸 전부 다." 내가 주위를 가리켰습니다.

"예전에 당신이 알았던 걸 모두 잊으면 이해하게 될 거야."

밤이 되었습니다. 알-조개는 왕좌로도, 첫날밤 침대로도 사용되었습니다.

"잊었어?"

"응. 뭘? 뭔지 모르겠어. 아무것도 기억나지 않는데."

(크프우프크의 생각을 보여 주는 만화: **나는 잊는다……. 잊어버리는 건 멋져……. 아니, 기억하고 싶은걸……. 잊는 동시에 기억하고 싶어……. 잠깐만 더, 잊었던 것 같아……. 잠깐만……. 오!** 대문자로 '번쩍!' 또는 '유레카!'라고 표시된 번개 그림.)

이전에 내가 알던 모든 것을 잊어버리고 나중에 알게 될 모든 것을 습득하려는 찰나, 나는 존재하는 사물의 세상과 존재할 수 있었을 사물의 세상을 단 하나의 생각 속에 포용하게 되었습니다. 그리고 단 하나의 체계 속에 모든 것이 들어 있다는 사실을 깨달았습니다. 새, 괴물, 오르가 가진 아름다움의 세계는 내가 항상 살아왔고, 우리 중 누구도 완벽하게 이해하지 못했던 바로 그 세계였습니다.

"오르! 알았어! 당신은! 너무나 아름다워! 만세!" 내가 크게 소리치며 침대에서 일어났습니다.

나의 신부가 소리 내 울었습니다.

"이제 내가 당신에게 설명해 줄게!" 내가 떨 듯이 기뻐하며 말했습니다. "이제 모든 사람에게 모든 것을 설명하겠어!"

"아무 말 하지 마." 오르가 소리를 질렀습니다. "아무 말도 하면 안 돼!"

"세상은 하나이고 존재하는 것이 설명되려면 꼭 필요한 게……." 내가 선언했습니다. 오르가 내 몸을 덮치고 입을 막으려고 했지요.(그림에서는 나를 누르는 그녀의 가슴.) "조용히 해! 조용히 하라고!"

(수백 개의 부리와 날카로운 발톱이 침대에 달린 커튼을 갈기갈기 찢었습니다. 새들이 내게 내려앉았지만 그들의 날개 너머로 내 고향 마을의 풍경이 보였습니다. 마을은 미지의 대륙과 뒤섞이는 중이었습니다).

"차이가 없어! 괴물과 괴물이 아닌 것은 항상 서로의 곁에 있었어! 존재하지 않았던 것은 계속 존재해서……." 나는 새와 괴물 들에게뿐 아니라 내가 알고 지냈던 사람들, 사방에서 몰려오는 사람들에게도 말했습니다.

"크프우프크! 너는 나를 잃었어! 새들아! 공격하라!" 그러더니 여왕이 나를 밀었습니다.

나의 폭로로 다시 연결된 두 세계를 새들이 부리로 갈라놓으려 한다는 걸 알아차렸지만 이미 때는 너무 늦어 버린 뒤였습니다. "안 돼, 오르, 잠깐만, 내게서 떨어지지 마. 우리 둘은 함께 있어야 해, 오르, 어디 있어!" 그렇지만 나는 종잇조각과 깃털이 흩날리는 허공에서 구르고 있었습니다.

(새들이 부리로 쪼고 발톱으로 할퀴어서 만화의 페이지들이 다 찢어졌습니다. 각자 인쇄된 종잇조각을 부리에 물고 날아갑니다. 찢기고 남은 페이지에도 만화가 그려져 있습니다. 거기에는 새들이 등장하기 이전의 세계와 그 뒤에 이어지리라 예측할 수 있는 발전된 모습이 그려져 있습니다. 나는 넋을 잃고 다른 사람들 틈에 서 있습니다. 하늘에는 계속 새들이 날아다니지만 이제 아무도 신경 쓰지 않습니다.)

이제는 그때 내가 깨달았던 사실을 다 잊어버렸습니다. 여러분에게 들려준 이야기는 내가 재구성할 수 있었던 것뿐입니다. 공백으로 남은 부분은 추측의 도움을 받았습니다. 나는 새들이 어느 날 나를 오르 여왕에게 데려다줄 거라는 희망을 한 번도 버린 적이 없습니다. 그런데 우리들 틈에 남은 이 새들이 진짜 새일까요? 새들을 관찰하면 할수록 내가 기억하고 싶은 것들은 멀어지기만 하는군요.(만화의 마지막 컷은 사진으로 도배됩니다. 새 한 마리, 클로즈업한 새, 확대한 새의 머리, 머리의 한 부분, 눈…….)

결정체들

지구를 구성하는 물질들이 백열 상태에서 벗어나, 충분한 시간 동안 냉각되고 자유롭게 움직였다면 그것들은 각각 다른 물질과 분리되어 거대한 하나의 결정체가 되었을 것이다.

지금과는 완전히 달랐을 수도 있습니다. 압니다. **크프우프크가 말했다.** 여러분은 지금 내게 이렇게 말하려는 거겠지요. 탄생했어야 할 그 결정체의 세계에 대한 굳은 믿음 때문에, 지금 이 세계, 형체도 없고 파편화되고 끈적끈적한 이 세계에 사는 걸 나는 받아들이지 않지만 우리는 이 세계에 살고 있다고 말입니다. 나도 다른 사람들과 마찬가지로 매일 아침 달려가 기차를 타고(나는 뉴저지에 삽니다.) 허드슨 강 너머로 불쑥 보이는, 뾰족한 첨탑을 가진 각기둥의 밀집 지역으로 들어갑니다. 나는 그 안에서, 치밀하고 단단한 각기둥을 가로지르는 수직 축과 수평 축을 오르내리거나 벽면이나 모퉁이에 바짝 붙은, 정해진 길을 따라 걸으며 하루하루를 보냅니다. 하지만 나는 함정에 빠지지 않습니다. 나도 잘 알고 있지만, 투명하고 매끄러운 벽들과 대칭을 이룬 모퉁이들 사이를 달리다 보면 내가 결정체 안에 있다고 믿게 됩니다. 또 그 안에서 규칙적인 형태, 회전축, 2면각 내의 정수(定數)

를 발견하게 된다고 생각하게 됩니다. 하지만 그런 것은 존재하지 않습니다. 존재하는 것은 그와 반대되는 것들뿐이지요. 길 양옆으로 늘어선 것들은 단단한 유리이지 결정체가 아닙니다. 그것은 이 세계에 침입하여 세계를 단단하게 얽어맨, 아무렇게나 뒤얽힌 분자 덩어리이고 갑자기 냉각되어 외부에서 부여한 형태로 굳어 버린 용암층입니다. 그 안의 마그마는 지구가 백열 상태일 때와 같습니다.

물론 내가 그 시절을 애타게 그리워하는 건 아닙니다. 지금 상태의 세계에 대해 불만을 토로한다고 해서 내가 과거에 대한 향수에 젖어 과거를 떠올린다고 짐작한다면 그건 오해입니다. 아무런 층도 없는 지구, 흰색에 가까운 빛이 날 정도로 뜨거운 상태로 영원히 지속되던 겨울, 광물의 늪, 거기에 시커멓게 소용돌이치다가 틈이 벌어진 곳만 있으면 지구의 중심을 향해 흘러들던 철과 니켈, 그리고 분수처럼 높이 솟구치던 수은까지, 끔찍했습니다. 나는 부그[10]와 함께 뜨거운 연무를 헤치고 나아갔지만 단단한 지점을 디딜 수 없었습니다. 우리 앞에 나타난 액체 바위의 장벽들이 눈앞에서 갑자기 증발하더니 산성 구름으로 흩어져 버렸습니다. 우리는 그 구름을 앞지르려고 돌진했지만 벌써 구름이 응축되어 거센 금속 비처럼 우리에게 쏟아졌고 그것이 불어 올라 밀도 높은 파도가 일렁이는 알루미늄 바다가 되었습니다. 사물의 본질이 우리 주위에서 시시각각 변했습니다. 다시 말해 원자들이 무질서한 어떤 상태에서 역시 무질서한 다른 상태로 옮겨 가고 또 다른 상태로 변한 겁니다. 그러니까 사실은 전부 항

---

10 부그(vug)는 '암석 또는 수로의 움푹 파인 곳이나 구멍과 같이 대체로 불규칙하며, 다른 공간들과 연결되지 않은 비교적 큰 공간'을 의미하는데, 작가가 이를 염두에 두고 붙인 이름인 듯하다.

상 같은 상태였지요. 단 하나의 진정한 변화라면 원자들이 어떤 질서 속으로든 배치될 수 있었다는 겁니다. 기준점도 없이 전후 맥락도 없이 뒤섞인 그런 물질 속을 돌아다니며 부그와 내가 찾았던 게 바로 그 질서입니다.

지금은 상황이 달라졌습니다. 그건 인정합니다. 나는 손목시계를 차고 있습니다. 나는 그 시곗바늘의 각도와 지금 내 눈에 보이는 모든 시곗바늘의 각도를 비교합니다. 나는 업무상의 약속이 기록된 다이어리와 수표책을 한 권씩 갖고 있는데 수표를 떼어 주고 남은 종이에 숫자를 빼고 더합니다. 펜 역에서 기차를 내려 지하철을 탑니다. 한 손으로는 손잡이를 잡고 다른 손으로는 신문을 반으로 접어 들고 서서 주식 시세를 훑어봅니다. 나는 게임을 하고 있습니다. 다른 말로 하면 먼지 속에 질서가 있는 척하고 시스템 속에 규칙성이 있는 척, 혹은 다양하고, 서로 어울리지는 않지만 어쨌든 측정 가능한 시스템들이 상호 침투하는 척하는 게임을 하는 겁니다. 모든 무질서의 입자들이 곧 부스러지는 질서의 단면과 일치할 수 있도록 말이지요.

물론 이전에는 더 나빴습니다. 세상은 모든 것으로 용해되고 모든 것을 용해하는 물질로 이루어진 용액이었습니다. 부그와 나는 그 세상 한가운데서 언제나처럼 길을 잃었는데 앞으로 우리가 뭘 찾아야(혹은 무엇이 우리를 찾아내야) 길을 잃지 않을지도 짐작할 수 없었습니다.

갑자기 우리는 모든 것을 알아차렸습니다. 부그가 말했습니다. "저기!"

그녀는 용암이 흘러내리는 한가운데에서 형태를 갖춰 가는 무언가를 가리켰습니다. 예리한 모서리에 규칙적이고 매끄러운 면이 있는 고체였습니다. 면과 모서리가, 주변의 물질을 흡수하듯 서서히 커지더니 고체의 형태가 변했는데, 그 과정에서도 대칭적인 비율은 계속 유지됐습니다……. 그것의 형태 때문에 주위와 구별되는 것만은 아니었습니다. 빛이 안으로 들어가서 그것을 관통하며 굴절되는 방식도 다른 것들과 달랐습니다. 부그가 말했습니다. "반짝거려! 진짜 많아!"

정말 하나가 아니었습니다. 예전에는 지구 깊숙한 곳에서 방출된 가스들이 일시적으로 부글부글 끓어오르던 뜨겁고 드넓은 지대에 육면체, 팔면체, 각기둥들이 나타나고 있었는데 거의 공기 같고 안이 텅 빈 투명한 형상들이었습니다. 하지만 우리가 곧 목격했듯이, 그것들은 믿기지 않을 정도로 치밀하고 단단하게 응축되었습니다. 각이 진 그 눈부신 꽃들이 지구를 뒤덮었습니다. 그러자 부그가 말했습니다. "봄이야!" 나는 부그에게 키스를 했습니다.

이제 여러분도 이해했을 겁니다. 내가 질서를 사랑한다면, 그것은 대부분의 다른 사람들이 그렇듯이 내적인 규율, 억압된 본능에 복종하는 그런 성질을 나타내는 질서가 아닙니다. 내가 생각하는 완벽하게 규칙적이고 대칭적이고 체계적인 세계는 자연이 보이는 최초의 충동과 풍성함, 성적인 긴장, 여러분이 에로스라고 말하는 것과 연결됩니다. 반면 여러분이 열정과 무질서, 사랑과 그것의 거침없는 범람(강물과 불길과 소용돌이와 화산 같은)과 연결된다고 생각하는, 여러분이 가진 다른 이미지들은 나에게 무(無)와 의욕 부진과 권태에 대한 기억만을 불러일으킵니다.

그것은 나의 실수였습니다. 그 사실을 깨달은 것은 오랜 시간이 지나지 않아서였습니다. 우리는 도착 지점에 와 있습니다. 부그를 잃었습니다. 에로스라는 다이아몬드는 먼지만 남았습니다. 지금 나는 결정체라는 것에 갇혀 있는데 결정체는 사실 질이 좋지 않은 유리입니다. 나는 아스팔트에 그려진 화살표를 따라가다가 신호등 앞에서 정지했고(오늘은 차를 가지고 뉴욕에 왔습니다.) 초록불이 들어오자 1단 기어를 넣고(도로시를 정신과 의사에게 데려다주어야 합니다.) 다시 출발합니다.(차를 가져오는 매주 수요일이면 언제나 그렇듯이 말이지요.) 2번가에서 항상 초록 신호를 받고 지나갈 수 있게 일정한 속도를 유지하려고 애씁니다. 여러분이 질서라고 부르는 이것은 올이 풀리고 낡아 빠져 쓸모없게 된 누더기입니다. 주차할 장소를 찾았지만 두 시간 뒤에 다시 내려와서 주차 미터기에 동전을 집어넣어야 합니다. 혹시 잊어버렸다가는 내 차를 견인해 갈 수도 있으니까요.

그 당시에 나는 결정체로 된 세상을 꿈꾸었습니다. 꿈을 꾼 게 아니라 두 눈으로 보았습니다. 파괴할 수 없는 차가운 석영의 봄을 말입니다. 산처럼 높고 투명한 다면체들이 자라고 있었습니다. 두꺼운 다면체를 통해 그 너머에 있는 사람의 그림자가 비쳤습니다. "부그, 당신이군!" 나는 그녀에게 가기 위해 거울처럼 매끄러운 벽으로 달려들었다가 미끄러져 내리고 말았습니다. 모퉁이를 잡아 보다가 상처를 입었습니다. 사람을 현혹하는 석영의 둘레를 따라 달렸는데 모퉁이를 돌 때마다 그 산이 품고 있는 다른 빛, 널리 퍼지는 우윳빛의 불투명한 빛이 비쳤습니다.

"어디 있어?"

"숲속에!"

가느다란 실처럼 보이는 나무들은 은빛 결정체였는데, 가지들이 직각으로 이리저리 뻗어 있었습니다. 주석과 납으로 된 앙상한 나뭇잎들이 기하학적 초목의 숲을 빼곡하게 채웠습니다.

그 숲 한가운데로 부그가 달렸습니다. "크프우프크! 저쪽은 달라!" 부그가 소리쳤습니다. "황금, 초록, 파랑이야!"

베릴륨의 계곡이 연한 청록색에서부터 에메랄드 색까지, 온갖 색깔을 띤 산등성이에 에워싸여 넓게 펼쳐져 있었습니다. 나는 행복하기도 하고 불안하기도 한 복잡한 심경으로 부그의 뒤를 쫓았습니다. 이 세계를 구성하는 물질들이 어떤 식으로 결정적이고 견고한 형태를 찾았는지 보게 되어 행복했습니다. 그러면서도 그렇게 다양한 형태를 가지면서 승리를 거둔 질서가, 방금 우리가 등진 무질서를 또 다른 차원에서 재생산하는 것은 아닌지 막연히 불안하기도 했습니다. 나는 완전한 결정체의 세계를 꿈꿨습니다. 밖에 아무것도 남겨 두지 않는 토파즈의 세계를 말입니다. 나는 모든 천체가 정신없이 선회하는 가스와 먼지의 공간에서 우리 지구가 분리되기를, 행성들이 불필요하게 흩어져 있는 우주에서 우리 지구가 제일 먼저 달아나는 행성이 되기를 간절히 바랐습니다.

물론 누군가 원한다면 그는 별들 속에서, 은하계에서, 그리고 9시에서 자정 사이에 청소부들이 바닥에 왁스칠을 하는 고층 건물 텅 빈 사무실의 불빛 환한 창문에서도 질서를 찾을 수 있다고 생각할 수 있습니다. 합리화하기, 이건 중요한 일입니다. 사물이 와해되길 원하지 않는다면 여러분은 합리화하십시오. 오늘 저녁 우리는 시내 24층에 자리한 테라스 레스토랑에서 식사를 합니다. 사업상의 만남이지요. 모인 사람은 총 여섯 명입니다. 도로시도 참석했고 딕 벰베르크의 아내도 있습니다. 나는 굴을 먹으면서 베텔게우스라는 이름의 별(저게 그 별이 맞다면)을 바라봅니다. 우리는 대화를 나눕니다. 남자들은 생산에 대해, 여자들은 소비에 대해 말하지요. 어쨌든 하늘을 보기는 어렵습니다. 맨해튼의 불빛들이 후광을 퍼뜨리며 멀리 퍼져 나가 하늘에서 반짝이는 별빛들과 뒤섞입니다.

결정체가 경이로운 건 그것이 계속 반복되는 원자들의 그물망이기 때문입니다. 부그는 특히(나는 곧 그것을 알게 되었지요.) 결정체 속에서 미세한 차이나 불규칙, 불완전함을 발견하는 걸 좋아했습니다.

"규칙적인 체계에 따라 무한히 확장하도록 되어 있는 고체에서, 제자리를 벗어난 원자 하나, 일그러진 박편 하나가 당신에게 중요하다는 뜻이야? 우리에게 중요한 건 단일한 결정체, 거대한 결정체야……."

"난 작은 것들이 많을 때가 좋아." 그녀가 말했습니다. 물론 나에게 반박하려고 한 말입니다. 그렇기는 해도 결정체 수천 개가 동시에 확 솟아나고, 다른 결정체와 접촉하는 부분에서는 성장을 멈추고 상호 침투를 하면서, 그들의 형태를 만들어 낸 액체 바위를 완전히 차지하지 못했기 때문이기도 합니다. 세계는 점점 더 단순한 형상으로 구성되어 가는 게 아니라 유리질 덩어리로 엉겨 붙어서, 각기둥과 팔면체와 육면체 들이 거기서 자유로워져서 스스로에게로 온갖 물질을 끌어당기려고 분투하는 것 같았으니까요…….

분화구 하나가 폭발했습니다. 다이아몬드가 폭포처럼 쏟아져 내렸습니다.

"저기 좀 봐! 엄청나게 크다!" 부그가 큰 소리로 외쳤습니다.

사방에서 화산이 분출했습니다. 다이아몬드의 대륙에 햇빛이 굴절되어 무지갯빛 파편들이 모자이크를 만들어 냈습니다.

"아까는 작을수록 좋다고 말하지 않았나?" 내가 부그에게 상기

시켰습니다.

"아니야! 저것들! 어마어마하게 커! 갖고 싶어!" 그러더니 앞으로 돌진했습니다.

"저것보다 훨씬 더 큰 게 있어!" 내가 우리 위쪽을 가리키며 말했습니다. 눈부신 광채가 쏟아졌습니다. 나는 어느새 다이아몬드 산, 다면으로 이루어진 무지갯빛 산맥, 보석 고원, 히말라야코이누르[11]를 보고 있었습니다.

"내가 저걸로 뭘 할 수 있는데? 나는 가질 수 있는 게 좋아! 저걸 갖고 싶어!" 부그는 벌써 이성을 잃고 소유욕에 휩싸였습니다.

"다이아몬드가 우리를 소유할 거야. 저게 제일 강하거든!" 내가 말했습니다.

늘 그랬듯이, 이번에도 내가 틀렸습니다. 다이아몬드는 누군가의 손에 들어갔습니다. 물론 우리는 아닙니다만. 티파니의 보석상 앞을 지날 때면 나는 걸음을 멈추고 진열장을 바라봅니다. 그리고 거기 갇혀 있는 다이아몬드들을, 잃어버린 우리 왕국의 파편들을 물끄러미 봅니다. 그것들은 은과 백금 체인에 묶여 벨벳 관(棺) 안에 누워 있습니다. 상상력과 기억으로 그 다이아몬드를 확대하고 다시 바위, 정원, 호수처럼 드넓게 만들어서 거기 비친 부그의 푸르스름한 그림자를 상상해 봅니다. 상상이 아닙니다. 지금 다이아몬드들 사이로 걸어 나오는 사람은 정말 부그입니다. 내가 돌아섰습니다. 한 아가씨가 이마에 머리가 흘러내린 채로 내 등 뒤의 진열장을 바라보고 있습니다.

"부그!" 내가 말했습니다. "우리의 다이아몬드야!"

---

11 13세기에 인도 안드라프라데시 주에 있는 전설적인 광산 콜루르에서 채굴된 것으로 추정되는 다이아몬드. 현재 알려진 다이아몬드 중 가장 오래된 것이다.

그녀가 웃습니다.

"정말 당신이야?" 내가 묻습니다. "당신 이름은?"

그녀가 내게 전화번호를 알려 줍니다.

우리는 유리판들 사이에 있습니다. 거짓 질서 안에 살고 있는 나는 그녀에게 이렇게 말하고 싶습니다. 이스트사이드에 사무실이 있고 사는 곳은 뉴저지이며 주말에 도로시가 벰베르크 부부를 초대했다고, 거짓 무질서는 거짓 질서에 대항해서 아무것도 할 수 없다고 말입니다. 그리고 다이아몬드가 필요하다고도 말하고 싶습니다. 우리가 다이아몬드를 갖기 위해서가 아니라 다이아몬드가, 부그와 내가 그 속에서 자유를 느꼈던 그런 다이아몬드가 우리를 소유할 수 있도록 말이죠…….

"전화할게." 내가 말합니다. 어서 빨리 부그와 다시 논쟁을 하고 싶은 생각뿐입니다.

우연히 크롬의 원자들이 흩어져 있는 알루미늄 결정체 안에서 검붉은색들이 투명한 부분을 물들여 버립니다. 그래서 우리 발밑에서 루비들이 꽃처럼 피어올랐습니다.

"봤지?" 부그가 말했습니다. "아름답지 않아?"

루비의 계곡을 지나면서는 다시 한번 말다툼을 하지 않을 수 없었습니다.

"아름다워." 내가 말했습니다. "육각형의 규칙성이……"

"어휴!" 그녀가 말했습니다. "이질적인 원자가 침투하지 않았다면 루비가 어떻게 만들어졌을지 한번 말해 보라고!"

나는 화가 났습니다. 더 아름다울까, 덜 아름다울까, 우리는 끝도 없이 논쟁을 이어 갔습니다. 하지만 확실한 사실 하나는 지구가 부그가 좋아하는 방향으로 움직이고 있었다는 겁니다. 균열이 생기고, 틈이 벌어져 거기서 용암이 흘러나와서 바위를 녹이고 광물을 뒤섞어 예측할 수 없게 응고시키는 그런 세상이 부그의 세상이었습니다. 화강암 벽을 쓰다듬는 그녀를 바라보자니 정밀하기 그지없는 장석과 운모와 석영이 그 암벽 속으로 얼마나 사라졌을까 싶어 애석한 생각이 들었습니다. 부그는 미세한 차이를 드러내는 다양한 모습의 세상을 보는 것만으로도 기쁜 듯 보였습니다. 우리가 어떻게 서로를 이해할 수 있겠습니까? 나는 동질적인 성장, 나뉠 수 없는 성질, 평온에 도달하는 것만을 가치 있게 생각했고 부그는 분리와 혼합으로 이루어진 것, 분리되었거나 혼합되었거나 아니면 둘 다인 것만을 중요하게 생각했습니다. 우리 둘도 하나의 모습을 가져야만 했습니다.(아직 우리에게는 형상도 미래도 없었습니다.) 나는 결정체를 본보기로 해서, 아주 느리고 균일하게 확장되다가 나-결정체와 부그-결정체가 서로에게 침투하고 용해되는 상상을 합니다. 어쩌면 우리 둘이 결정체-세상과 함께 단 하나의 사물이 될지도 모를 일입니다. 그런데 그녀는 무한하게 분리되었다가 다시 합쳐지는 것이 살아 있는 물질의 법칙이라는 사실을 이미 알고 있었던 것 같습니다. 그러니까 부그의 생각이 옳았던 걸까요?

월요일입니다. 내가 그녀에게 전화를 합니다. 어느새 여름이 문 앞에 와 있습니다. 우리는 스태튼섬 해변에 누워 함께 하루를 보냅니다. 부그가 손가락 사이로 흘러내리는 모래를 봅니다.

"전부 미세한 결정체야……."

우리를 둘러싼 파편화된 세계는 그녀에게 항상 그때의 그 세계, 우리가 뜨겁게 달아오른 세계에서 탄생하리라 기대했던 그 세계입니다. 물론 결정체들은 산산이 부서지고 파도에 휩쓸려 거의 눈에 보이지 않는 파편으로 변하면서 여전히 세상의 형태를 만드는 중입니다. 그런 파편들은 바다에서 용해된 물질에 뒤덮여 있는데, 바다는 그 파편들을 뒤섞어 깎아지른 듯한 바위로, 수백 번 흩어졌다가 다시 뭉쳐진 사암석으로, 편암, 점판암, 순백의 매끄러운 대리석, 존재할 수 있었지만 결코 존재하지 않을 것의 가짜 복사품으로 다시 만들어 냅니다.

게임에서 진 게 확실하고, 지구의 표면이 서로 이질적인 형태들의 덩어리가 되어 가는 게 분명해지기 시작했을 때 나는 완강한 태도를 보였는데 지금 다시 그런 고집에 사로잡힙니다. 나는 물러나고 싶지 않았습니다. 부그가 즐거워하며 내게 가리켰던 반암의 불규칙성과 현무암에서 나타나는 유리 성질을 볼 때마다 그것들이 모두 표면적인 불규칙성에 불과하다고 믿고 싶었습니다. 그러한 불규칙성이 매우 방대하고 규칙적인 구조를 이루고 있으며, 거기서 우리가 보았다고 믿었던 비대칭은 사실은 알아차릴 수도 없을 정도로 복잡한 대칭적 그물과 일치한다고 생각하고 싶었습니다. 그래서 복잡하게 뒤얽힌 이 결정체, 결정체와 비결정체를 모두 가지고 있는 이 하이퍼결정체가 몇 십 개의 단면과 각도를 가지고 있는지 계산해 보려고도 했습니다.

부그는 해변에 조그만 트랜지스터라디오를 가져왔습니다.

"모두 결정체에서 나와." 내가 말합니다. "우리가 듣는 음악도." 하지만 나는 트랜지스터의 결정체는 불완전하고 결함이 있으며 불순한 것들이 관통하고 원자들의 그물을 찢은 결정체라는 걸 잘 압니다.

그녀가 말합니다. "당신은 고정 관념에 사로잡혀 있어." 우리의 오래된 입씨름이 계속됩니다. 그녀는 내가, 진정한 질서는 자체 내에 불순함과 파괴력을 가지고 있다는 사실을 인정하기 바랍니다.

보트가 배터리 파크에 도착합니다. 밤입니다. 불빛이 환한 각기둥-고층 건물의 그물에서 검은 공백들과 구멍들만이 내 눈에 들어옵니다. 부그를 집에 데려다줍니다. 나는 계단을 오릅니다. 부그는 다운타운에 살며 사진 작업실을 가지고 있습니다. 주위를 둘러보아도 눈에 들어오는 건 형광등, 텔레비전, 사진 건판에 응축되어 있는 미세한 은색의 결정체들처럼 질서 있는 원자들 속의 혼란뿐입니다. 나는 냉장고를 열어 위스키에 넣을 얼음을 꺼냅니다. 트랜지스터에서 색소폰 소리가 흘러나옵니다. 이 세계를 이루고, 그 자체로 투명한 세계를 만들고, 무한한 스펙트럼의 이미지로 그것을 굴절시킬 수 있는 결정체는 나의 것이 아닙니다. 그것은 부식되고 더럽고 뒤죽박죽 뒤섞인 결정체지요. 결정체의(그리고 부그의) 승리는 결정체의(그리고 나의) 패배와 같았습니다. 이제 나는 셀로니어스 멍크(Thelonious Monk)[12]의 레코드판이 다 돌아가기를 기다립니다. 음악이 끝나면 부그에게 그 이야기를 할 생각입니다.

---

12 "조화되지 않은 각진 멜로디가 조화를 이루는 것"이 셀로니어스 멍크 음악의 특징이다.

피, 바다

인체의 세포는, 생명체가 바다에서 아직 모습을 드러내기 전의 상황과 크게 다르지 않아서, 지금도 혈관을 타고 계속 흐르는 태초의 파도에 젖어 있다. 사실 우리 피의 화학적 구성은 최초의 살아 있는 세포들과 다세포 존재들이 산소와 기타 생존에 필요한 요소를 얻었던 그 바다와 유사하다. 복잡하기 그지없는 유기체들이 진화하면서 액체 상태의 환경과 접촉하는 세포의 수를 최대한으로 유지하는 문제는 외부 표면을 확장하는 것만으로는 더 이상 해결할 수 없었다. 그래서 바닷물이 흐를 수 있게 내부가 텅 빈 구조를 가진 유기체들이 유리한 입장에 서게 되었다. 그렇지만 이러한 공동이 혈액순환계로 분기되고서야 비로소 전체 세포에 산소의 공급이 보장되어 지상에서의 삶이 가능해졌다. 한때 생명체들이 잠겨 있던 바다는 이제 생명체의 몸 안에 갇혀 있다.

기본적으로 많이 변한 건 아닙니다. 나는 헤엄을 치고 있습니다. 똑같이 따뜻한 바다에서 계속 헤엄을 치는 거지요. **크프우프크가 말했다.** 다시 말해 내부는 변하지 않았습니다. 예전에 내가 태양 아래에서 헤엄을 쳤던 외부가 바로 그곳입니다. 그 안에 들어 있는 지금도 나는 어둠 속에서 헤엄을 치고 있습니다. 변한 것은 외부, 예전에 내부였던 지금의 외부입니다. 변했지만 괜찮습니다. 별로 중요하지 않습니다. 그러면 여러분은 곧 이렇게 말하겠지요. 뭐라고요? 외부가 별로 중요하지 않다고요? 내가 하고 싶은 말은 이겁니다. 예전의 외부, 그러니까 지금의 내부의 관점에서 잘 살펴보면 현재의 외부란 무엇일까요? 그것은 건조한 곳, 밀물도 썰물도 없는 바로 그런 곳일 뿐입니다. 물론 그 역시 중요합니다. 외부이기 때문에, 그것은 밖에 있을 때부터, 그 외부가 외부였던 때부터 당연히 중요했습니다. 그러니까 사람들은 그것을 내부보다 훨씬 중요하게 고려해야 한다고 믿습니다.

그런데 궁극적으로 그것은 안에 있을 때에도, 아주 좁은 영역에(그 당시에는 그렇게 보였습니다.) 있을 때에도 중요했습니다. 이 경우엔 별로 고려할 만한 대상이 아니었다는 뜻이지만 말입니다. 어쨌든 당장 다른 사람들, 그러니까 내가 아닌 사람들, 이웃들 이야기를 해 보도록 하지요. 우리는 우리 밖에 이웃이 있다는 것을 압니다. 그렇죠? 지금의 외부와 같은 외부에 말이지요. 하지만 예전에, 우리가 헤엄치던 그곳, 그러니까 밀도가 아주 높고 따뜻한 대양이 외부였던 때, 그 당시에도 다른 사람들이, 민첩한 것들이 예전의 외부에 있었습니다. 그러니까 우리는 예전의 외부, 그러니까 지금의 내부 같은 외부를 통해서도 다른 사람들이 존재하는 것을 알 수 있었습니다. 그렇다면 코도뇨 휴게소에서 체체레 박사와 자리를 바꾸고 그에게 운전대를 넘겨주는 바람에 내 앞이자 그의 옆에 제니 푸마갈리가 앉고 나는 질피아와 뒤에 앉아 있는 지금, 외부는, 밖은 무엇일까요? 의미가 없고 약간 비좁은 건조한 차 안(우리 네 사람은 폭스바겐 안에 있습니다.)입니다. 제니 푸마갈리, 코도뇨, 체체레 박사, 휴게소, 이 모든 게 서로 무관하고 다른 것으로 대체될 수 있는 곳입니다. 질피아의 경우, 카살푸스테를렌고[13]와 15킬로미터 정도 떨어진 지점에서 그녀의 무릎에 내가 손을 올려놓은 순간, 아니, 외부의 사실은 가끔 뒤섞이기도 하니 내 몸을 먼저 만진 게 그녀였는지는 잘 기억나지 않지만, 바로 그 순간 내가 느꼈던 감정은, 분명 외부에서 오는 느낌이었는데, 피를 통해 내게 전달되는 것, 그리고 그때, 질피아와 내가 눈부셔 하던, 뜨거운 그 바다에서 함께 헤엄칠 때 느꼈던 것과 비교하면 정말 아무것도 아니었습니다.

---

13 이탈리아 북부 롬바르디아 주 로디 지방의 도시.

깊은 물속은 붉은색이었는데 지금은 눈꺼풀의 안쪽에서만 볼 수 있습니다. 그리고 섬광처럼 번득이거나 잘게 부서진 햇빛이 바닷속으로 들어와 그곳을 환히 밝혀 주었습니다. 우리는 방향 감각 없이, 감지할 수 없을 정도로 가벼우면서도 동시에 우리를 높은 파도 위로 끌어 올렸다가 소용돌이 속으로 집어던질 만큼 강력한 힘을 가진 위협적인 바닷물에 이끌려 이리저리 떠다녔습니다. 질피아는 내 밑에서, 거의 검은빛이 도는 보라색 소용돌이에 거꾸로 가라앉기도 하고 때로는 나를 추월해서 눈부신 하늘 아래로 흐르는 진홍색 줄무늬의 수면을 향해 올라가기도 했습니다. 자양분이 많은 그 바다와 되도록 넓게 접촉할 수 있도록 확장된 표면의 층들을 통해 우리는 이 모든 것을 느꼈습니다. 파도가 일렁일 때마다 모든 물질이 우리의 외부에서 내부로 옮겨 갔으니까요. 철분까지 있는 모든 종류의 물질, 간단히 말해 건강에 좋은 물질이었습니다. 그 당시 나는 어느 때보다 건강했습니다. 정확히 말하자면 내 표면적을 확장시킴으로써 나와 내 외부에 있는 그 귀중한 것과의 접촉 가능성이 커졌기 때문에 좋았습니다. 하지만 그와 동시에 바다 물질을 흡수한 내 몸의 구역이 서서히 늘어 가고 내 몸체가 커지면서, 나 자신의 내부에서 점점 더 부피가 커지는 부분은 건조하고 무딘 외부의 요소가 닿을 수 없는 곳이 되어 갔습니다. 내가 내부로 끌어들인 건조하고 둔한, 이 두꺼운 부분의 무게는 나의 행복에, 나와 질피아, 그러니까 우리의 행복에 드리워진 유일한 그림자입니다. 그녀가 바다에서 눈부시게 자리를 차지하면 할수록 그녀의 내부에서도, 생명의 흐름이 스치지도 않고, 스칠 수도 없이 완전히 그것과 무관한 무기력하고 어두운 부분의 두께가 점차 두터워졌습니다. 파도의 흔들림을 통해 내가 그녀에게 전하는 메시지조차 닿지 않는 부분이었습니다. 그래서 그 당시보다 지금이, 예전의 표면층, 그러니까 외부를 향해 펼쳐져 있던 표면이 장갑이 뒤집히듯 안으로 뒤집어진 지금이, 외부의 모든 것이 내부로 뒤집어지고 실낱같이 갈라진 가지들을 통해 우리의 내부로 침투해 들어온 지금이 더 좋다고 말할 수 있는 겁니다. 무딘 부분이 외부로 투사되어, 나의 트위드 정장과 스치듯 지나가는 로디 지방 풍경의 거리만큼 넓게 확장되었기 때문은 아닙니다. 그 부분은 지금 나를 에워싸고 있으며 체체레 박사처럼 원치 않는 존재들로 부풀어 오릅니다. 체체레 박사는 예전과 두께가 똑같습니다. 예전에는 아마 공처럼 균일하게 확장하는 멍청한 방식으로 스스로를 그 안에 가두었을 테지만, 지금은 그 두께가 부적절할 정도로 불규칙하고 정밀한 표면으로 펼쳐지는데 특히 뾰루지에 뒤덮인 통통한 목덜미가 그렇습니다. 약간 빳빳하게 풀을 먹인 칼라 속의 그 목덜미는 그가 "이봐, 이봐, 뒤에 앉은 두 사람!"이라고 말하며 백미러를 살짝 움직일 때 팽팽하게 긴장합니다. 물론 그는 분명 우리의 손, 나와 질피아의 손, 아주 작은 우리 외부의 손이 하는 동작을 얼핏 보았을 것입니다. 헤엄치던 우리 스스로에 대한 기억, 정확히 말하면 헤엄을 치는 기억을, 다시 말해 그때처럼 계속 헤엄을 치거나 떠밀려 가는 나와 질피아 속에 있는 것의 존재를 따라가는 아주 작고 예민한 우리의 손을 말입니다.

이것은 예전과 현재에 대한 개념을 좀 더 분명하게 설명하기 위해 제시할 수 있는 차이입니다. 예전에는 우리가 헤엄을 쳤는데 지금은 떠밀려 다니고 있습니다. 하지만 잘 생각해 보면 나는 아무것도 하지 않는 게 좋습니다. 사실 바다가 외부에 있을 때에도 지금과 마찬가지로, 내 의지와 상관없이 헤엄을 쳤습니다. 그러니까 그 당시에도 지금과 거의 비슷하게 떠밀려 다녔던 겁니다. 나를 감싸서 이리저리 이끌고 가는 흐름이 있었습니다. 잔잔하고 부드러운 흐름으로 그 속에서 질피아와 나는 빙글빙글 돌기도 하고 투명한 루비 색 심연 위를 맴돌거나 밑바닥에서 흐느적거리는 터키 색 필라멘트들 속에 몸을 숨기기도 하면서 느긋하게 그 시간을 즐겼습니다. 그런데 이런 움직임의 느낌(설명할 테니 기다려 주세요.)은 오로지 무언가에서 기인하기만 했을까요? 일종의 일반적인 박동에서 기인했을까요? 아니요, 나는 지금과 혼동하고 싶지 않습니다. 바다가 우리를 그 내부에 가두어 둔 뒤에는, 움직일 때 피스톤 효과를 내는 게 자연스러웠으니까요. 하지만 그 당시에는 피스톤에 대한 이야기를 할 수 없었습니다. 벽면이 없는 피스톤, 무한한 바다처럼 보이는, 아니, 우리가 잠겨 있는 대양처럼 무한한 크기의 연소실을 상상해야 했으니까요. 반면 지금은 혈관의 안과 밖에서, 혈관 안 바다에서의 모든 게 박동이고 고동이며 굉음이고 폭발음입니다. 혈관 안 바다의 흐름은 나를 찾는 질피아의 손길을 느끼는 순간부터 빨라집니다. 아니, 자신을 찾는 내 손길을 느낀 질피아의 혈관 안, 바다의 흐름이 빨라지고, 그걸 내가 느끼는 순간부터라고 하는 게 맞을 겁니다.(두 흐름은 아직 같은 바다에서 같이 진행되고 있으며 서로를 갈망하는 손가락 끝 너머에서 합쳐집니다.) 그리고 외부에서도, 불분명한 갈망으로 애타는 외부도 내부의 고동과 굉음과 폭발음을 무분별하게 흉내 내려 애쓰며, 체체레 박사의 발밑 액셀에서 진동합니다. 고속 도로 출구에 길게 늘어서서 꼼짝하지 않는 자동차들 역시 이제는 우리 내부에 묻어 버린 바다의 박동을, 한때 태양 아래에 해변도 없이 드넓게 펼쳐졌던 붉은 바다의 박동을 반복해 보려 애씁니다.

지금 요란하게 붕붕거리며 길게 늘어선 이 자동차들이 전하는 움직임의 느낌은 거짓입니다. 잠시 후 자동차들이 움직이는데 멈춰 있는 것과 마찬가지의 느낌입니다. 움직임은 거짓이고 그저 표지판과 하얀 차선과 아스팔트만이 되풀이됩니다. 그리고 그 어떤 여행도 부동성과 외부에 있는 모든 것들에 대한 무관심 속에서 이루어지는 거짓 움직임에 불과합니다. 바다만이 외부와 내부에서 움직였고 지금도 움직이는데, 그런 움직임 속에서만 질피아와 나는 서로의 존재를 알아차렸습니다. 물론 그 당시에 우리는 서로 스치지도 않았지만, 나는 이쪽에서 그녀는 저쪽에서 물결을 타고 흘러 다녔지만 바다의 리듬에 조금만 가속도가 붙어도 나는 질피아의 존재를, 예를 들면 체체레 박사의 존재와는 다른 그 존재를 금방 알아차렸습니다. 그렇기는 해도 체체레 박사 역시 그 당시에 거기 있었는데 다른 것과 똑같은 유형이지만 부정적인 힘을 가진 가속도를 느끼며 그의 존재를 감지했습니다. 그러니까 질피아와 관련된 바다의(지금은 피의) 가속도는 그녀에게 가기 위해 헤엄치는 것, 혹은 장난으로 서로를 뒤쫓으며 헤엄치는 것과 같았습니다.(지금도 그렇습니다.) 그러나 체체레 박사와 관련된 가속도는 그를 피하기 위해 헤엄치는 것, 다시 말해 그에게로 가고 있지만 그에게서 달아나기 위해 헤엄을 치는 것이나 마찬가지였습니다.(지금도 그렇습니다.) 이런 움직임들이 거리가 있는 우리의 관계를 조금도 변화시키지는 않았지만 말입니다.

이제 체체레 박사는 점점 더 속도(예전과 동일한 단어를 사용하지만 의미는 다릅니다.)를 높여 커브 길에서 플라미니아[14] 자동차를 추월합니다. 그가 속도를 높이는 건 질피아와 관련이 있는데 위험하고 거짓

14 이탈리아 자동차 회사 '란치아'에서 1957년부터 1970년까지 생산된 고급 승용차.

된 운전 조작으로, 나와 질피아를 결합시키는 진실한 헤엄으로부터 그녀의 관심을 돌리기 위함입니다. 내 말은 운전 조작이 거짓이라는 것이지 위험이 거짓이라는 건 아닙니다. 어쩌면 위험은 진짜일지도 모릅니다. 그러니까 충돌에 의해 밖으로 분출될 수도 있을 우리 내부와 관계가 있습니다. 하지만 운전으로는 아무것도 바뀌지 않습니다. 플라미니아, 커브 길, 폭스바겐 사이의 거리는 각기 다른 가치와 관계가 있을 수 있는데, 본질적인 일은 전혀 일어나지 않을 수 있고 체체레 박사의 추월에 전혀 신경을 쓰지 않는 질피아에게도 마찬가지입니다. 기껏해야 제니 푸마갈리가 즐거워하는 것으로 끝나겠지요. "어머나, 작은 차가 정말 잘 달리네요!" 체체레 박사가 자신을 위해 대담하게 운전 묘기를 선보인다고 추측하며 기뻐하는 그녀는 근거 없는 판단을 이중으로 하는 겁니다. 먼저 그녀의 내부가 이러한 기쁨을 정당화할 근거를 스스로에게 하나도 전달하지 않았고, 두 번째는 그녀가 체체레 박사의 의도를 오해했기 때문입니다. 체체레 박사 편에서도 오해를 해서 뭔지는 모르지만 뭔가를 한다고 생각하며 으스대는 중입니다. 아까 내가 운전을 하고 내 옆에 제니 푸마갈리가 앉았을 때 그녀가 내 의도를 오해했듯이 말입니다. 뒷좌석에 질피아와 앉아 있던 체체레 박사도 오해를 했는데 둘 다(푸마갈리와 그) 거짓으로 배치된 얇은 두께의 층에 집중하느라, 공처럼 성장해서 우리의 일부분이 잠겨 헤엄을 칠 때 일어나는 일이 진짜 일어날 뿐이라는 사실을 몰랐습니다. 그래서 붙박인 채 꼼짝 않고 고정되어 있는 물건들을 추월하듯 아무 의미 없는 이 어리석은 추월의 이야기는 진정으로 자유롭게 헤엄을 치는 우리의 이야기와 계속 중첩됩니다. 그리고 이 이야기는 자신이 아는 단 한 가지 어리석은 방법으로, 피와 관련된 위험과 우리의 피가 피의 바다로 돌아갈 가능성에 대한 이야기, 그리고 이제 더 이상 피도 바다도 아닐지 모를 피의 바다로 거짓 귀향하는 이야기에 개입하며 의미를 찾게 됩니다.

이제 체체레 박사가 트레일러를 무분별하게 추월하여 상세한 설명을 모두 무위로 만들어 버리기 전에 서둘러 자세히 설명해야겠습니다. 아주 오래전 공통의 피-바다를 우리 각자가 어떻게 공유했으며 그와 동시에 어떻게 개인적으로 이용했는지, 그와 같은 바다에서 계속 헤엄을 칠 수 있는지, 그럴 수 없는지를 말이지요. 이런 이야기를 급하게 할 수 있을지 모르겠습니다. 이런 전반적인 본질은 언제나 그렇듯이 일반적인 용어로 이야기할 수 있는 게 아니라 한 사람과 다른 사람들 사이의 관계에 따라 이야기가 다양해져야 하고 그래서 처음부터 다시 시작하는 게 더 나을 수도 있기 때문입니다. 그러니까 이런 겁니다. 생명의 요소를 공통으로 가지고 있다는 이 이야기는 나와 질피아의 분리가, 말하자면, 충만했기 때문에 그리고 우리가 분명한 두 개의 개체이자 하나의 완전체라는 것을 동시에 느꼈기 때문에 아름다웠습니다. 완전체는 항상 그 나름의 장점을 갖고 있습니다. 하지만 이 유일한 완전체 안에 제니 푸마갈리같이 따분한 존재, 더 나쁘게는 체체레 박사같이 견디기 어려운 존재도 포함되어 있다는 것을 알게 될 때 너무나 고맙게도 사물은 대부분 흥미를 잃게 됩니다. 번식의 본능이 게임에 끼어든 것이 바로 그 지점입니다. 우리가 점점 더 많이, 체체레 박사는 점점 더 적게 그것을 이용하는 식으로 바다-피 속에서 우리의 존재를 번식시키고 싶은 욕망이 질피아와 나에게 생긴 겁니다. 아니, 적어도 나는 그런 욕망을 느꼈습니다. 그녀도 동의했기 때문에 그랬을 거라 생각합니다. 우리가 점점 더 많이, 체체레 박사는 점점 더 적게 그것을 이용하는 식으로 말이지요. 그런 목적을 위한 증식 세포를 가지고 있었으므로 아주 느리게 수정을 진행했습니다. 그러니까 내가 그녀에게 수정시킬 수 있는 걸 모두 수정시켜서 절대적인 숫자와 비율에서 우리의 존재가 증가하고 체체레 박사가(그 역시 우스꽝스레 분주히 번식을 하기는 했지만) 소수로 남도록, 점점 더 그 수가 줄고 무의미하며 0.000……퍼센트의 소수로 남아 있다가(이것이 바로 나의 꿈이자 나를 거의 사로잡았던 열망이었습니다.) 게걸스럽고 번개처럼 빠른 멸치 떼 속으로 사라지듯, 우리 후손들의 짙은 구름 속으로 사라지게 만들기 위해서였습니다. 멸치 떼는 아마 그를 서서히 집어삼켜서, 절대 바닷물이 닿지 않을 메마른 우리의 내부 층 속에 묻어 버릴 겁니다. 그러면 바다-피는 우리와 하나가 될 겁니다. 다시 말해 모든 피가 마침내 우리의 피가 되는 거지요.

이게 바로 내가, 앞에 앉은 체체레 박사의 빳빳한 칼라를 보며 느낀 비밀스러운 욕망입니다. 그를 사라지게 하고 먹어 치우는 것 말입니다. 내 말은 내가 먹어 치우겠다는 뜻이 아닙니다. 약간 구역질이 나서 말이죠.(뾰루지들 때문에요.) 게걸스러운 멸치류를 나의(질피나와 나의) 외부로 떼거리로(나-정어리, 질피아-나-정어리) 방출하고 투사해서 체체레 박사를 집어삼키고 순환계를 사용하지 못하게(멍청하게 연소되는 기관을 사용하리라는 착각 이외에도) 제거해 버리는 겁니다. 아까 내가 옆에 앉았다는 이유로, 나는 눈곱만큼도 관심이 없는데 내가 자기에게 뭔지 모르겠지만 뭔가 집적거렸다고 생각하는 골칫거리 푸마갈리도 집어삼켜 버렸기 때문에 이제 그녀가 조그맣게 말합니다. "조심해, 질피아……."(파란을 불러일으키려고 하는 말입니다.) "그분 내가 알아……." 내가 지금은 질피아와 같이 있지만 예전에는 자기와 같이 있었다는 것을 믿게 하려고 하는 말입니다. 그렇지만 나와 질피아 사이에 진짜 어떤 일이 벌어졌는지, 나와 질피아가 어떻게 오랜 옛날처럼 진홍빛 심연에서 계속 헤엄을 치는지 그녀가 알 수 있을까요?

약간 혼란을 준 것 같아서 다시 정리합니다. 체체레 박사를 잡아먹고 꿀꺽 삼키는 것은 피가 바다였던 바로 그때, 지금의 내부가 외부였고 외부가 내부였던 그때 피-바다에서 그를 분리하기에 가장 좋은 방법이었습니다. 하지만 지금 실제로 나의 비밀스러운 욕망은 체체레 박사를 순수한 외부가 되게 하고, 부당하게 그가 차지하고 즐기는 내부에서 그를 제거하여 그의 장황한 인격 안에서 사라진 바다를 토해 내게 하는 겁니다. 간단히 말하면 내 꿈은 나-멸치 떼나 나-발사물을 그에게 발사하는 겁니다. 탕-탕-탕, 머리부터 발끝까지 그의 몸을 벌집으로 만들어서 검은 피를 마지막 한 방울까지 뿜어내게 만드는 겁니다. 이것은 질피아와 함께 나를 재생하고, 질피아와 함께 우리의 혈액 순환을 증대시켜서 우리 후손 소대 또는 대대를 만들려는 생각과도 연결됩니다. 복수심에 불타는 우리 후손들이 자동 소총으로 체체레 박사의 몸을 벌집으로 만드는 생각 말입니다. 바로 지금 이것이 내가 가진 피의 본능(여러분과 마찬가지로 나도 교양 있고 예의 바른 태도를 지속적으로 유지하므로 완전히 비밀입니다.)을 암시합니다. 여러분과 마찬가지로 교양 있게, 예의 바르게 내 마음속에 가지고 있는 '우리의 피'와 같은 피의 의미에 연결된 피의 본능이지요.

여기까지는 모든 게 분명해 보입니다. 하지만 여러분이 명심할 것은 이렇게 분명하게 만들기 위해 한 걸음 나아간 게 정말 한 걸음 나아간 것인지 나 자신이 확신할 수 없을 정도로 내가 여러 가지 일들을 단순화시켰다는 점입니다. 피가 '우리의 피'가 된 그 순간부터 우리와 피의 관계가 변했기 때문입니다. 그러니까 중요한 것은 '우리의' 피이기 때문에 우리를 포함한 다른 나머지 것들은 그다지 중요하지 않습니다. 그래서 질피아를 향한 나의 충동 속에도, 우리를 위한 바다를 완전히 소유하고 싶은 충동 말고도 바다를 잃어버리고 그 속에서 파멸하고 스스로를 파괴하고 싶은 충동, 우리를 괴롭히고 싶은, 혹은 먼저 내가 사랑하는 질피아를 괴롭히고 갈기갈기 찢어서 먹어 버리고 싶은 충동도 들어 있었습니다. 그녀도 마찬가지였습니다. 그녀가 원했던 것은 나를 괴롭히고 집어삼키는 것, 그것뿐이었습니다. 깊은 바닷속에서 본 오렌지색 점 같은 태양이 해파리처럼 흔들렸고, 나를 집어삼키려는 욕망에 사로잡힌 질피아는 눈부신 필라멘트들을 가로질러 쏜살같이 헤엄쳤지요. 나는 쪽빛으로 반짝이는 길고 구불구불한 해초처럼 깊은 바다에서 퍼져 나오는 어둠의 덩어리들 속에서 그녀를 물어뜯고 싶은 욕망에 시달리며 온몸을 비틀었습니다. 그리고 마침내 급하게 방향을 바꾸는 폭스바겐 뒷좌석에서 그녀 쪽으로 쓰러져서 민소매 원피스를 입어서 맨살이 드러난 그녀의 어깨를 꽉 깨물었고 그녀는 날카로운 손톱을 내 셔츠 단추들 사이로 집어넣었습니다. 이것은 예전과 똑같은 충동, 그녀가 가진 바다의 시민권을(또는 나의 시민권을) 빼앗고자 했었고 지금은 대신 그녀에게서, 내게서 바다를 빼앗고자 하는 충동입니다. 어찌 되었든 뜨겁게 타오르는 삶의 요소에서 우리가 없는 바다, 또는 바다가 없는 우리라는 흐릿하고 불투명한 요소로 옮겨 가고자 하는 충동이지요.

그러니까 똑같은 충동이 나와 질피아의 맹렬한 사랑에 의해, 그리고 체체레 박사를 향한 맹렬한 적대감에 의해 움직이고 있습니다. 이 방법 말고 우리 각자가 다른 사람들과 관계를 맺을 방법은 없습니다. 내 말은 이런 뜻입니다. 각기 다 다르고 알아보기 힘든 형태를 가진 타인들과의 고유한 관계를 키워 나가는 것은 항상 이런 충동이라는 것이지요. 체체레 박사가 자신의 자동차보다 좋은 차를 압도해 버리려는 의도로, 그리고 질피아에 대한 무분별한 사랑 때문에, 나에 대한 복수심 때문에, 그와 동시에 자신을 향한 자기 파괴의 의도 때문에 포르셰처럼 훨씬 배기량이 큰 자동차를, 추월할 때의 충동처럼 말이지요. 그렇게 해서 무의미한 외부는 위험을 통해 본질적인 요소 안으로, 나와 질피아가 수정과 파괴의 신혼 비행(飛行)을 계속하는 바다로 들어올 수 있습니다. 위험이 바로 피를, 우리의 피를 목표로 하기 때문입니다. 체체레 박사의(무엇보다 교통 법규를 무시하는 운전자인) 피만이 문제라면 대략 그가 도로 밖으로 차를 몰고 나가 버리길 바랄 수 있겠지만 실제로 그는 우리 모두와 관련되어 있습니다. 우리의 피가 어둠에서 태양 아래로, 분리에서 혼합으로 돌아갈 가능성이 있는 위험과말이죠. 거짓 회귀할 가능성이 있는데, 우리 모두가 애매한 게임을 하며 잊은 척하고 있듯이, 지금의 내부는 뒤집혔을 때 지금의 외부가 되어 그 당시의 외부로 다시 돌아갈 수 없기 때문입니다.

그래서 나와 질피아는 커브 길마다 서로에게 달려들어 핏속의 떨림을 자극하는 게임을 하고 있습니다. 시시한 외부의 거짓 떨림들이 수천 년의 바닥, 바닷속 심연에서 진동하는 떨림과 합쳐지게 하는 게임을 말입니다. 그러자 체체레 박사는 그가 지속적으로 품고 있는 무기력한 폭력성을 삶에 대한 너그러운 사랑으로 위장하면서 이렇게 말했습니다. "트럭 기사 식당에 가서 차가운 미네스트로네[15]를 먹읍

15 채소와 파스타, 쌀 등을 넣어 만든 이탈리아의 전통 수프.

시다." 그러자 교활한 푸마갈리가 끼어들었습니다. "그러려면 트럭 기사들보다 먼저 도착해야 해요. 안 그러면 미네스트로네가 남아 있지 않을 거예요." 그녀는 교활하고 항상 가장 불길한 파멸로 이어질 일에 힘을 보탭니다. 바로 앞에는 '우디네 38 96 21'이란 번호판을 단 시커먼 트럭이 연속되는 커브 길에서 굉음을 내며 시속 60킬로미터로 달리고 있습니다. 체체레 박사는 이렇게 생각했습니다.(아니, 말했을 수도 있습니다). '추월할 수 있어.' 그리고 왼쪽으로 차를 움직입니다. 우리는 모두 이렇게 생각했습니다.(말을 하지는 않았습니다.) '추월하지 못할 거야.' 실제로 커브 길에 가려져 보이지 않던 시트로엥 DS가 반대편에서 총알처럼 튀어나왔고 그 차를 피하려던 폭스바겐이 벽에 부딪치면서 그 반동으로 곡선의 크롬 범퍼가 벽에 긁혔고 다시 튕겨져 나와 플라타너스와 충돌한 뒤 빙그르르 돌며 절벽으로 떨어졌습니다. 일그러진 철판이 가라앉은 피의 바다는 태초와 같은 공용의 피-바다가 아니라 무한히 세분화된 외부, 무의미하고 건조한 외부, 주말 교통사고의 통계 숫자에 불과합니다.

2 프리실라

무성 생식에서 세포라는 가장 단순한 개체는 성장을 하다가 어느 순간 분열한다. 핵은 두 개로 나뉘고 개체는 하나에서 둘이 된다. 그러나 한 개체가 다른 개체에게 생명을 주었다고 말할 수는 없다. 동일한 수준의 새로운 두 개체를 탄생시킨 뒤 첫 번째 개체는 사라진다. 자기가 만들어 낸 두 개체 중 어디에도 남아 있지 않으므로 죽었다고 할 수 있다. 그것은 암수가 있는 동물처럼 분해되는 게 아니라 존재를 중단한다. 여기서 존재의 중단이란, 불연속적이라는 의미이다. 그들에게 연속성은 생식의 시점에만 존재했다. 원시적인 하나가 둘이 되는 시점이 존재한다. 둘이 되었기 때문에 그 각각의 존재는 다시 불연속성을 갖는다. 하지만 이러한 이행 과정에 둘 사이의 연속성이 존재하는 순간이 있다. 첫 번째 개체는 죽지만 그 죽음 속에 본질적인 연속성의 순간이 나타나는 것이다.

— 조르주 바타유, 『에로티즘』, 서문

생식 세포는 절대 죽지 않지만 체세포의 생존 기간은 유한하다. 생식 세포 계통을 통해 오늘날의 유기체들은 이제는 죽어 없어진, 아주 예전의 생물체와 다시 연결된다. (……) 생식 세포, 즉 난원세포와 정원세포의 때 이른 분열은 일반적인 핵분열을 통해 일어난다. 모든 세포는 이 시기에 이중으로 조성된 염색체를 가지고 있다. 분열을 할 때마다 염색체는 똑같은 크기로 세로로 갈라지는데, 이 두 부분은 떨어져서 각각의 딸세포로 옮겨 간다. 일정 수의 통상적인 분열을 하고 난 뒤 그 세포들은 두 번의 특별한 분열을 하는데 그중 하나에서 염색체의 수가 반으로 나뉜다. 이것을 성숙 분열 또는 감수 분열이라고 하며, 유사 분열 또는 정상적인 분열 과정과 대비된다. (……) 정원세포들의 성숙 분열 전에 가느다란 실 같은 염색체들이 즉시 다시 나타나는데 이들은 커다란 핵 속으로 뻗어 나간다. 어떤 것은 매듭 모양이고 어떤 것은 막대 모양이다. 염색체들은 세로 방향에서 서로의 등에 업힌다. 그래서 서로 혼합되는 듯이 보이지만 경험을 기초로 한 유전적 지식은 그것들이 혼합되지 않았음을 증명한다. 아마 이런 단계에서 또는 난원세포나 정원세포에서 또는 둘 다에서 염색체들은 완벽할 정도로 동일한 부분들을 교환할 것이다. 이 과정을 교차(crossing-over)라고 부른다. (……) 성숙 분열 중에는 정원세포에서든 난원세포에서든 부계와 모계의 염색체들이 재분배된다.

— T. H. 모건, 『발생학과 유전학』, 제3장

아버지인 안키세스들을 등에 업고 가는 아이네이아스들 가운데 있는 나는 홀로 이 기슭에서 저 기슭으로 옮겨 간다. 평생 동안 아들들을 타고 가는 보이지 않는 부모들을 증오하면서 말이다.

— 장폴 사르트르, 『말』

세포를 구성하는 요소 중 하나인 핵산은 구조나 기능이 전혀 다른 또 하나의 요소인 단백질을 어떤 식으로 구성하는 걸까? DNA는 유전 정보를 상징할 수 있다는 O. 에이버리의 발견은 생물학의 혁명이었다. 분열하기 전에 세포는 DNA 내용물을 두 배로 늘리는데, 두 개의 딸세포가 정확히 복제된, 총체적인 유전 형질 두 개를 갖고 있도록 하기 위해서다. '수소 결합'에 의해 결합되어 동일한 두 개의 나선을 갖고 있는 DNA는 이러한 복제에 이상적인 모델을 제공한다. 두 개의 필라멘트가 지퍼가 열리듯 둘로 갈라지고 각각의 나선이 보완적인 나선을 구성하기 위한 모델로 이용된다면 DNA, 그러니까 유전자의 정확한 복제가 보장된다.

— 에른스트 보렉, 『생명의 코드』

모든 것이 우리를 죽음 앞으로 불러들인다. 우리에게 베풀었던 좋은 것을 시샘하듯이 자연은 우리에게 이 점을 자주 알려 주고 상기시킨다. 자신이 우리에게 하사했던 딱 그만큼의 물질을 더 이상 오래 갖고 있어서는 안 되며, 그 물질이 한 사람의 수중에 계속 머물기보다는 영원히 순환하게 해야 한다고, 따라서 자연은 그 물질을 다른 형태를 만드는 데 쓸 것이고 다른 피조물을 위해 다시 불러들인다고 말이다.

— 보쉬에, 『죽음에 관한 설교』

이런 유형의 로봇이 어떻게 자기보다 훨씬 크고 복잡한 다른 로봇들을 만들어 낼 수 있는지를 깊이 생각할 필요는 없다. 이 경우 만들어져야 할 대상의 보다 방대하고 고도화된 복잡성은 제공될 명령 I에 반영되어 명령 I의 크기 역시 방대해진다. (……) 그 뒤 A 유형의 로봇이 만든 다른 로봇들은 모두 A와 동일한 성질을 공유할 것이다. 그 로봇들에는 명령 I

가 삽입될 부분이 모두 준비되어 있을 것이다. (……) 그리고 명령 I가 대략적으로 유전자의 기능을 수행할 것이 틀림없다. B의 복제 메커니즘이 복제의 기본적인 활동, 즉 유전 형질을 복제하게 되리라는 사실도 명백한데, 두말할 필요도 없이 유전 형질의 복제는 살아 있는 세포가 증식하는 데 있어 기본이 되는 활동이다.

— 요한 폰 노이만, 『자동화에 관한 일반 및 논리 이론』

사람들이 불후성과 불변성을 찬양하는 것은 끝없이 오래 살고 싶은 욕망과 죽음에 대한 두려움 때문일 것이다. 그들은 인간이 죽지 않았다면 자신들이 이 세상에 태어나지 않았으리라는 점은 고려하지 않는다. 이런 사람들은 메두사의 머리를 보아야 한다. 메두사가 그들을 벽옥이나 다이아몬드상으로 변신시켜서 더할 나위 없이 완벽한 존재로 만들 테니 말이다. (……) 지구가 돌덩이가 아니기 때문에, 더욱이 단단하고 꿈쩍도 하지 않는 금강석이 아닌 지금처럼 변화 가능하고 바뀔 수 있는 것이기 때문에 훨씬 더 완벽하다는 점은 의심의 여지가 없다.

— 갈릴레오 갈릴레이,

『두 개의 주요 우주 체계에 대한 대화』, 제 1일

유사 분열

……"죽을 만큼 사랑한다."라는 내 말은 여러분이 생각하지 못하는 무언가를 의미합니다. **크프우프크가 말을 계속했다.** 여러분은 사랑에 빠진다는 것이 다른 사람 또는 어떤 것, 뭔지 모를 어떤 것을 사랑한다는 뜻이라고 생각하지요. 간단히 말해 나는 여기 있고 내가 사랑하는 대상은 저기 있다고 말입니다. 그러니까 관계의 삶과 연결된 관계죠. 하지만 지금 나는 여러분에게 내가 그 어떤 것과도 관계를 맺기 전의 이야기를 하려고 합니다. 옛날에 세포가 하나 있었는데 그때 거기 있던 세포는 바로 나였습니다. 그게 전부입니다. 그때 그 주위에 다른 세포도 있었는지는 지금 생각하지 맙시다. 중요하지 않으니까요. 거기 세포가 하나 있었는데 그게 바로 나였던 겁니다. 그것으로 충분합니다. 그러니까 하나의 생명만으로도 충분하고 충만했다 이겁니다. 내가 말하고 싶은 것은 바로 그 충만감입니다. 내가 가지고 있던 원형질로 인한 충만감을 말하려는 게 아닙니다. 원형질이 놀라울

정도로 증가하긴 했지만 그건 전혀 특별한 일이 아니었습니다. 잘 알다시피 세포에는 원형질이 가득 들어 있습니다. 원형질이 아니면 뭐가 그렇게 잔뜩 들어 있겠습니까. 내가 말하는 건 충만한 느낌입니다. 여러분 머릿속에서 그 말을 따옴표 안에 넣어 봅시다. 그러니까 그때 거기 있던 세포가 나였음을 의식해 보는 겁니다. 충만한 느낌이 그러한 의식이었고 의식이 그런 충만한 느낌이었습니다. 밤잠을 이루지 못하게 하는 어떤 일, 기뻐 어쩔 줄 모르게 만드는 일, 그러니까 내가 조금 전 "죽을 만큼 사랑한다."라고 말했던 바로 그 상황입니다.

이제 여러분은, 사랑에 빠진다는 것은 자신을 의식하는 것뿐 아니라 다른 사람에 대한 의식도 포함한다 등등의 말들을 동원해 내 말을 반박하겠지요. 나도 거기까지는 생각이 같으므로 여러분에게 수없이 고맙다고 대답할 겁니다. 그렇지만 여러분에게 인내심이 별로 없다면 내가 아무리 설명하려 애써도 소용없을 겁니다. 그리고 무엇보다 지금 여러분이 사랑에 빠지는 방식(나 역시 같은 방식으로 사랑에 빠집니다만)을 잠시라도 잊어야 합니다. 이런 종류의 은밀한 이야기를 나눠도 좋다면 말이지요. 은밀한 이야기라고 한 것은 지금 내가 사랑에 빠지는 이야기를 들려주면 여러분은 내가 신중하지 못하다고 말할 수 있기 때문입니다. 반면 내가 단세포 생물일 때의 이야기는 별 거리낌 없이, 그러니까 흔히 말하듯, 객관적으로 이야기할 수 있습니다. 다 지난 일이니까, 그리고 그것을 기억하는 것은 나로서도 어려운 일이니까요. 하지만 기억하는 몇 가지만으로도 내 몸은 머리에서 발끝까지 흔들릴 정도입니다. "객관적으로"라고 했습니다만, 그건 말하자면 그렇다는 말입니다. 객관적이라고 말하지만 말을 하다 보면 결국은 주관적으로 끝날 때가 많으니까요. 그래서 여러분에게 들려주고자 하는 이 이야기를 꺼내는 게 나로서는 굉장히 어려운데 모든 게 주관으로, 그 당시의 내 주관으로 흐를 수 있기 때문입니다. 기억에 떠오르는 얼마 되지 않는 사실만으로도 그 당시의 주관은 지금의 주관처럼, 머리에서 발끝까지 나를 당황스럽게 만들기 때문입니다. 이 때문에 내가 사용한 표현은 지금과 다른 그 당시의 주관과 혼동되는 불리한 점이 있는 반면, 공통적인 것을 밝히는 이로운 면도 있습니다.

제일 먼저 별로 기억나지 않는다고 말한 부분을 좀 더 명확히 이야기하겠습니다. 다시 말해 내 이야기의 어떤 부분이 다른 부분보다 훨씬 막연하게 전개된다면 그것은 그 부분이 상대적으로 중요하지 않다는 의미가 아니라 내 기억이 그만큼 확실하지 않다는 의미라는 걸 미리 밝히겠습니다. 내가 또렷이 기억하는 것은 나의 사랑 이야기 중, 말하자면 초기 단계이므로, 그러니까 거의 그보다 앞선 단계에 가깝다고 말할 수 있습니다. 다시 말해 내 사랑의 이야기 중 가장 아름다운 순간에 관한 기억은 흩어지고 흐릿해지고 파편화되어서 그 후 어떤 일이 일어났는지를 기억할 도리가 없습니다. 내가 기억조차 하지 못하는 사랑의 이야기를 여러분에게 들려주겠다고 주장하며 나 자신을 방어하려고 하는 말이 아니라 엉뚱한 이야기가 아닌 사랑 이야기가 되려면, 내가 잘 기억하지 못하는 게 어떤 순간에 꼭 필요하다는 사실을 밝히기 위해서입니다. 그러니까 보통은 이야기가 기억으로 이루어졌다면 여기서는 이야기를 기억하지 못하는 게 바로 이야기가 되는 거지요.

그러니까 나는 사랑 이야기의 시작 단계를 이야기하려 합니다. 이 단계는 아마 계속 되풀이되어 최초의 단계와 똑같은 단계가 끝도 없이 다양하게 되풀이되고 증가할 겁니다. 증가하거나 좀 더 정확히 말하자면 제곱이 될 겁니다. 이야기들이 기하급수적으로 증가하는데 항상 첫 번째 이야기와 같은 이야기처럼 보일 겁니다. 그렇기는 해도 내가 이 모든 것을 확신하는 건 아닙니다. 나는 그저 추정만 할 뿐인데 여러분 역시 그럴 수 있습니다. 다른 시작 단계들보다 앞선 시작 단계, 틀림없이 그렇게 존재했을 최초의 단계를 말하는 겁니다. 첫 번째는 그렇게 존재했다고 기대하는 게 논리적이기 때문이며, 두 번째는 내가 너무나 분명하게 기억하고 있기 때문입니다. 내가 말하는 최초의 단계가 절대적인 의미에서의 첫 번째를 의미하는 건 결코 아닙니다. 그런 의미라면 여러분이 즐겁게 받아들이겠지만 그렇지 않습니다. 항상 동일한 이런 초기 단계들 중 어떤 단계라도 최초의 단계로 간주할 수 있다는 의미에서 최초라고 말하는 겁니다. 내가 말하게 될 그 단계는 내가 기억하는 단계입니다. 그 이전 단계에 대해서는 전혀 기억이 없다는 의미에서, 내가 기억하는 최초의 단계입니다. 나는 무엇을 의미하는지 모를 절대적인 의미에서의 최초 단계에 대해서는 전혀 관심이 없습니다.

그러니 이렇게 시작하도록 합시다. 세포가 하나 있는데 이 세포는 단세포 생물입니다. 그리고 이 단세포 생물은 바로 나입니다. 나는 그 사실을 알고 있고 그 점에 만족합니다. 여기까지는 특별할 게 하나도 없습니다. 이제 공간과 시간 속에서 이런 상황을 표현해 보도록 합시다. 시간이 흐릅니다. 나는 시간이 흐르면 흐를수록 그런 식의 존재 방식에, 나라는 존재에 만족합니다. 시간이 있어서, 그리고 시간 속에 내가 있어서, 다시 말하자면 시간이 흐르고 내가 시간을 흘려보내고 시간이 나를 흘려보낸다는 게 갈수록 흡족합니다. 그러니까 내가 시간 속에 포함되었다는 것, 시간의 내용물이, 아니, 시간을 담은 용기가 나라는 사실이 기분 좋습니다. 간단히 말해 나라는 존재로 시간의 흐름을 표시할 수 있어서 행복합니다. 이제 여러분은 기다림, 행복하고 희망에 찬 기다림, 뿐만 아니라 초조함, 기쁨에 들뜬 초조함, 기쁨과 흥분과 풋풋함이 뒤섞인 초조함의 의미가 시작되었다는 사실을 인정해야 합니다. 그와 더불어 불안감, 흥분한 젊은이의 불안감이, 간단히 말해 고통스러운 불안감, 초조함으로 인한 고통스럽고 저항할 수 없는 긴장감이 시작되었다는 것도 인정해야 합니다. 덧붙여, 존재한다는 것은 공간 속에 있음을 의미한다는 점도 명심해야 합니다. 사실 나는 내 넓이만 한 공간에 담겨 있었습니다. 물론 인지하지는 못했지만 내 주위에는 공간이 사방으로 펼쳐져 있었지요. 그 당시 공간에 다른 무엇이 포함되어 있었는지를 지금 살펴볼 필요는 없습니다. 나는 나 자신에게만 집중했고 내 일에만 신경 썼습니다. 밖으로 내밀 코도, 바깥세상에 관심을 기울여, 뭐가 있고 뭐가 없는지에 신경을 쓸 눈도 없었습니다. 그렇지만 공간 속의 공간을 차지하고 있다는 느낌, 공간 한가운데서 편안하게 뒹굴며 원형질에 의해 사방으로 성장하고 있다는 느낌은 있었습니다. 그렇지만 앞서 말했듯이 양적이고 물질적인 면을 강조하고 싶은 생각은 없습니다. 그보다는 공간과 더불어 뭔가를 할 수 있고 공간으로부터 즐거움을 이끌어 낼 시간이 있으며 시간이 흐르는 동안 뭔가를 흐르게 할 공간을 가지고 있어서 얼마나 기뻤는지, 얼마나 열광했는지는 말하고 싶습니다.

지금까지 나는 여러분이 쉽게 이해할 수 있도록, 아니, 정확히 말하자면 여러분에게 이해시켜야 하는 대상인 나를 좀 더 쉽게 이해할 수 있도록 시간과 공간을 분리했지만 그 당시에는 시간과 공간의 분리가 명확하지 않았습니다. 그 지점에 그 순간에 내가 존재했던 겁니다, 아시겠습니까? 그리고 외부는 연속적으로 이어질 다른 순간과 다른 지점 가운데, 어떤 순간 또는 어떤 지점에서 내가 차지할 수 있는 허공처럼 보였습니다. 간단히 말하자면 잠재적으로 나를 투사할 수 있는 곳이지만 나는 그곳에 없었던 겁니다. 한마디로 허공은 세상이고 미래였지만 나는 아직 그 사실을 몰랐습니다. 그때의 나는 아직 지각하는 능력이 없었고 상상력은 그보다 더 없었으며 정신적인 범주에서 보면 아예 형편없었기 때문에 텅 빈 공간에 불과했습니다. 하지만 나의 외부에 내가 아닌, 그러나 '나'라는 말이 내가 아는 단 하나의 말이었고 표현할 줄 아는 유일한 단어였기 때문에, 어쩌면 '나'일 수도 있는 그런 허공이 있다는 게 만족스러웠습니다. 허공은 나일 수 있었지만 그 순간에는 그렇지 않았습니다. 그리고 근본적으로 그렇게 되지도 않았을 겁니다. 허공은 아직 아무것도 아니었지만 어쨌든 나는 아닌, 더 정확히 말하자면 그 순간, 그 지점에서 내가 아닌 다른 뭔가에 대한 발견이었습니다. 나는 그런 발견에 흥분해서 뜨겁게 열광했습니다. 아니, 고통스러워했지요. 현기증이 이는 고통이었습니다. 온갖 게 가능한 허공, 다른 곳, 다른 시간, 다른 가능한 무언가, 내게 전부였던 충만한 그것의 보완물인 허공이 만드는 현기증이었습니다. 이 때문에 바로 그때 다른 곳, 다른 시간, 소리 없고 텅 빈 다른 어떤 것에 대한 사랑의 봇물이 터져 버린 겁니다.

그러니까 여러분이 보다시피 "사랑에 빠졌다."라는 나의 말이 영 터무니없는 건 아니었습니다. 그런데 여러분은 항상 내 말을 급히 가로막고 이렇게 말하려 했지요. "자신을 사랑하게 되다니, 으흠, 자신을 사랑하게 되다니." 내가 여러분에게 신경을 쓰지 않고 그런 표현을 사용하지도, 여러분이 사용하게 내버려 두지도 않은 건 잘한 일이었습니다. 여러분이 보다시피 사랑에 빠진다는 것은, 그러니까 벌써 나의 외부에 대한 고통스러운 열정이었습니다. 그리고 또 죽을 만큼 사랑에 빠져 시간과 공간 속에서 굴러다니던 그 당시의 나처럼, 스스로에게서 벗어나 외부로 달아나길 갈망하는 사람의 몸부림이었습니다.

일이 어떻게 전개되었는지를 제대로 이야기하려면 내가 어떤 모양이었는지를 기억해야 하는데 나는 가운데에 핵이 들어 있는 일종의 부드러운 뇨끼[16] 같은 원형질 덩어리였습니다. 이건 관심을 끌기 위해 하는 말이 아니라 진짜로 그 핵 속에서 나는 아주 강렬한 생명력을 지니고 있었습니다. 물리적으로 나는 한창 전성기에 접어든 개체였습니다. 좋습니다. 이 문제로 관심을 끄는 게 신중해 보이지는 않는군요. 나는 젊고 건강했으며 힘이 넘쳤지만 그렇다고 해서, 최악의 상태에 있는 다른 존재가 점성이 떨어지는 허약한 세포질을 가지고도 훨씬 큰 재능을 드러낼 수 있다는 점을 배제할 생각은 없습니다. 내가 하고자 하는 이야기의 중요한 목적은 나의 물리적인 생명력이 핵에 얼마나 반영되었는가 하는 것입니다. 물리적이라고 말한 이유는 물리적인 생명력과 약간 다른 식의 생명력을 구별하기 위해서가 아니라, 물리적인 생명력이 어떻게 핵 속에서 집중력과 감수성과 긴장의 최고 지점을 갖게 되었는지를 여러분에게 이해시키기 위해서입니다. 그래서 내가 허여스름한 원형질 속에서 평안하고 행복하게 지내고 있을 때 핵은 이러한 원형질의 평안과 행복에 핵의 방식으로 참

16 감자와 밀가루를 섞어 둥글고 납작하게 빚은 파스타의 일종.

여했습니다. 즉 복잡한 나뭇결무늬와 작은 반점들을 강조하고 진하게 만들어 주위를 장식했던 겁니다. 그렇게 해서 나는 내부에 치밀하고 고된 핵의 노동을 숨기고 있는데, 이것은 후에 바로 나의 외적 행복과 일치됩니다. 말하자면, 내가 나로서 존재하는 데 만족하면 할수록 내 핵은 더욱 초조해지며 밀도 높은 부담감을 갖게 되었던 겁니다. 그리고 나였던 모든 것, 그리고 서서히 되어 가던 나의 모든 것이 결국은 핵으로 귀결되어서 핵으로 흡수되고 기록되고 축적되어 나선형들로 구불구불 꼬이게 되었습니다. 나선형들은 서서히 각기 다른 방식으로 돌돌 말리거나 풀려 나갔습니다. 그래서 여러분이 내 이야기를 듣고 핵의 기능이 다른 것과 분리되거나 또는 대립된다고 생각할 위험만 없다면, 내가 알고 있던 모든 것을 핵 속에서 알았다고 말할 수도 있습니다. 한편 큰 차이를 찾을 수 없는 민첩하고 충동적인 생물이 있다면 그게 바로 단세포 생물이지만 정반대 의미로 과장을 해서 그때 거기 던져진 한 방울의 무기 물질처럼 화학적 동종성을 지닌 존재라는 생각을 여러분에게 전하고 싶지도 않습니다. 세포의 내부, 그리고 핵의 내부에도 얼마나 많은 차이들이 있는지 여러분이 나보다 더 잘 아실 테니까요. 내 핵의 내부에도 반점이 찍히고 주근깨가 있고 가느다란 실이나 잔가지나 막대 들이 흩어져 있었답니다. 이러한 실과 가지와 막대 또는 염색체들은 나라는 존재의 몇 가지 특색과 정확하게 연결되었습니다. 이제 나는 내가 바로 그 실이나 가지나 막대의 총합일 뿐이라고 다소 과감하게 단언할 수 있습니다. 이러한 주장은 나라는 것은 나 자신의 일부가 아니라 총체적인 나를 가리킨다는 사실에 의해 반박될 수 있지만 그 막대들은 막대들로 변형된 나 자신이라는 점, 그러니까 나의 일부분이 막대로 변형되었다가 어쩌면 다시 나의 일부분으로 변형될 수도 있다는 점을 명확히 함으로써 지지를 얻을 수 있습니다. 그러니까 내가 핵의 강렬한 생명력에 대해 말한다면, 그것은 핵의 내부에서 그 막대들이 흔들린다거나 부딪힌다는 뜻뿐 아니라 그런 막대를 전부 가지고 있으며, 자기 자신이 그 모든 막대라는 것을 알지만 그런 막대로 표현될 수 없는 뭔가가, 그런 막대에 공허를 느낄 수 있는 텅 빈 공간이 있다는 것을 아는 한 개체의 신경과민이기도 합니다. 그러니까 외부, 다른 어떤 곳, 다른 뭔가를 향한 긴장감으로 나중에 욕망 상태라고 부르는 그것입니다.

이 욕망 상태라는 것에 대해 좀 더 정확히 해 두는 게 좋을 것 같습니다. 욕망 상태는 만족 상태에서 점점 더 만족감이 커지는 상태가 되다가 곧이어, 불만족한 만족 상태가 될 때 나타나지요. 뭔가 부족할 때 욕망의 상태가 된다는 건 사실이 아닙니다. 뭔가 부족하면, 안타깝지만, 그것 없이 살아가면 됩니다. 그런데 그것 없이 살아갈 수 없는 필수 불가결한 뭔가가 부족하다면, 생명을 유지하는 데 필요한 몇몇 기능이 되지 않고, 그렇게 해서 틀림없이 급속하게 소멸을 향하게 될 겁니다. 내가 하고 싶은 말은 순수하고 단순한 결핍의 상태에서는 좋거나 나쁜 것, 그 어떤 것도 탄생할 수 없다는 겁니다. 또 다른 결핍만을 탄생시켜, 잘 알려져 있다시피, 좋지도 나쁘지도 않은 상태인 생명의 결핍에 이르게 할 뿐입니다. 하지만 내가 아는 한, 순수하고 단순한 결핍의 상태는 사실상 존재하지 않습니다. 결핍의 상태는 항상 만족했던 이전 상태와의 비교를 통해 경험하게 됩니다. 그러니까 성장할 수 있는 모든 것을 성장시키는 만족의 상태에 대한 비교 말입니다. 욕망의 상태가 욕망했던 무언가를 필연적으로 가정한다는 것은 사실이 아닙니다. 욕망했던 무언가는 욕망의 상태가 있을 때에만 존재하니까요. 그러니까 욕망의 상태는 무언가가 존재하기 시작했을 때 나타납니다. 그 무언가는 모든 일이 순조로울 경우 욕망하는 무언가가 될 수 있지만, 욕망하면서 존재하기를 중단하는 욕망하는 사람의 부재로 인해 그저 무언가로 남아 버릴 수도 있습니다. 결말이 어떻게 될지 아직 아무도 모르는, "죽을 만큼 사랑한다."의 경우처럼 말입니다. 그러니 우리가 아까 하던 이야기로 돌아가려면 나의 욕망 상태가 다른 곳, 다른 시간, 다른 무언가(아니, 세계라고 말하도록 합시다.)를 포함하거나 나 자신을, 혹은 무언인가와(아니, 세계와) 관계를 맺은 나 자신을, 이제 내가 없는 무언가(세계)를 포함할 수도 있을 다른 무언가를 향해 있다고 말해야 할 겁니다.

이 점을 명확히 밝히려다 보니 또다시 막연하게 이야기를 하면서, 이전의 설명으로 획득한 기반을 잃어버리고 있다는 걸 알아차리게 되었습니다. 사랑의 이야기를 할 때 종종 있는 일이지요. 핵에서, 특히 핵의 염색체에서 일어났던 일을 통해 내게 어떤 일이 일어났는지를 알아차려 가는 중이었습니다. 그러니까 염색체를 통해 나를 넘어서는, 염색체를 넘어서는 허공에 대한 의식이 나의 내부에 생겼던 겁니다. 발작적인 그 의식이 염색체를 통해 내게 무언가를, 우리가 약간이라도 움직일 수 있으면 금방 욕망의 움직임으로 변하는 욕망의 상태를 강요했던 겁니다. 이런 욕망의 움직임은, 세상이 존재하지 않거나, 존재하는지 알지 못하기 때문에 어떤 장소를 향해 움직일 수 없을 때처럼 결국 움직임의 욕망으로 남았습니다. 이런 경우에 욕망은 행동을 하게, 뭔가를 하게, 다시 말해 무슨 일이든 하게 움직입니다. 그러나 외부 세계가 부재해서 아무 행동도 할 수 없을 때 몇 가지밖에 안 되는 수단을 이용해서 우리가 할 수 있는 행동은 말하기라는 특별한 형태의 행동뿐입니다. 간단히 말해서 나는 말을 하기 위해 움직였습니다. 나의 욕망 상태, 움직임-욕망-사랑에 대한 나의 욕망-움직임 상태가 나를 움직여 말을 하게 만들었습니다. 내가 할 말이라고는 나 자신에 관한 것뿐이었으므로 나 자신을 이야기하게 되었습니다. 그러니까 나 자신을 표현한 겁니다. 좀 더 정확히 설명해 보겠습니다. 조금 전에 나는 말을 하는 데는 극소수의 수단이면 충분하다고 했는데 그건 사실 맞는 말이 아니었습니다. 그래서 말을 하는 데는 언어가 필요하다고 수정하겠습니다. 하찮은 일은 아닙니다. 언어로서의 나는 염색체라 불리는 그 모든 반점 또는 막대를 가지고 있었습니다. 그러므로 나 자신을 반복하려면 그 반점이나 막대를 반복하기만 하면 됩니다. 물론 언어로서의 나 자신을 반복하는 것인데, 앞으로 보게 되듯이 이것은 그런 식으로 나 자신을 반복하기 위한 첫걸음으로, 나중에 보게 되겠지만 절대 반복이 아닙니다. 앞으로 보게 될 것은 제때에 보는 게 더 좋을 겁니다. 다른 설명들 속에서 설명을 계속하다 보면 내가 거기서 벗어나지 못할 테니까요.

사실 여기서 오류를 범하지 않으려면 세심한 주의를 기울여야 합니다. 내가 이야기하려고 애썼던 이 모든 상황들, 그리고 처음에 "사랑에 빠지다."로 정의했고 뒤이어 이 말이 어떤 의미를 가질 수 있는지 설명하려 했던 이 상황들 모두가 간단히 말해 핵의 내부에 영향을 미쳐서 염색체를 양적으로, 역동적으로 풍부하게 만들었습니다. 실제로 염색체들은 행복하고 만족스럽게 두 배로 증가했는데 개개의 염색체들이 순식간에 염색체로 반복되었기 때문이랍니다. 핵에 대해 말하다 보면 나는 자연스레 그것을 의식과 동일시하게 됩니다. 이것은 다소 대략적으로 단순화시킨 것에 불과하지만 사실이 정말 그렇다 해도 이것이 이중 막대들을 소유한다는 의식을 내포하지는 않습니다. 각각의 막대가 하나의 기능을 가지고 있어서, 각각의 막대가, 은유적 언어를 다시 사용해 보자면, 하나의 단어를 가지고 있어서 동일한 단어가 여러분에게 두 개의 이미지를 준다고 해도 내가 존재했었다는 사실은 변화되지 않습니다. 나는 내가 이용할 수 있었던 다양한 단어나 기능의 배합 또는 어휘로 구성되어 있으니까요. 그리고 이중의 단어를 가지고 있다는 사실은, 처음에 내가 머릿속으로 따옴표 안에 넣었다고 표현했던 충만함의 의미를 느끼게 해 주었습니다. 이제 따옴표들이 결국은 우리가 실이나 가느다란 막대나 잔가지 같은 물질적인 문제, 그리고 마찬가지로 기쁘고 행복하고 역동적인 문제를 다루고 있음을 어떻게 암시하는지 보게 될 겁니다.

여기까지는 너무나 또렷하게 기억이 납니다. 핵, 의식 또는 의식이 아닌 것에 대한 기억들은 대부분 선명하게 간직되어 있습니다. 하지만 내가 여러분에게 말했던 긴장은 시간이 흐르면서 세포질로 전해졌습니다. 나는 온몸을 옆으로 펴야 할 필요를 절실하게 느꼈습니다. 내가 가지고 있지도 않던 신경들이 일종의 경련을 일으키며 굳어버릴 정도로 말입니다. 그렇게 해서 세포질은 마치 양 끝이 서로에게서 달아나고 싶다는 듯이 길게 늘어나서, 핵과 똑같이 진동하는 섬유질 줄기 다발이 되었습니다. 사실 핵과 세포질을 구분하는 건 여전히 어려웠습니다. 핵은 말하자면 용해되었고 가는 막대들은, 팽팽하게 긴장되어 경련하는 그 섬유질 줄기들 한가운데에서 균형을 유지한 채 회전목마처럼 모두 함께 빙빙 돌았습니다.

솔직히 말해서 나는 핵폭발을 알아차리지 못했습니다. 그 어느 때보다 완전한 방식으로 나의 존재를 온전히 느꼈고 그러면서 동시에 내가 더 이상 존재하지 않는다고 느끼기도 했습니다. 완전하게 존재하는 나 자신은 나 외의 모든 것이 존재하는 장소였습니다. 그러니까 누군가 내게 거주하고 있다고 느꼈던 거죠. 아니, 내가 거주했었다는 느낌, 아니, 다른 누군가 거주하고 있는 나 자신에게 내가 거주하는 느낌, 아니, 다른 사람이 거주하는 또 다른 어떤 사람이 있는 느낌이었습니다. 하지만 그제야 내가 알아차린 사실은 바로 증가였습니다. 앞에서 말했듯이 나는 그것을 분명하게 본 적이 없었습니다.

그 순간 지나치게 많은 염색체와 함께 있는 나 자신을 발견했는데 그 많은 염색체들이 모두 섞여 있었습니다. 쌍둥이 염색체 쌍들이 분리되었던 것이지요. 나는 전혀 이해할 수가 없었습니다. 말하자면 이렇습니다. 내가 부드럽게 빠져들었던 고요한 미지의 허공 앞에서 나의 존재를 회복할 어떤 말이라도 해야 할 필요를 느꼈지만 그 순간 내가 이용할 수 있는 단어들이, 여전히 나 자신이라고 말할 만할 것으로, 내 이름과 새 이름이라고 말한 만한 것으로 정리하기에는 굉장히, 지나치게 많아진 기분이 들었습니다.

다시 기억이 또 하나 떠오릅니다. 이와 같이 혼란스러운 혼돈의 상태에서 위안을 얻으려는 시도를 부질없이 하다가, 내가 어떻게 훨씬 균형 잡히고 질서 정연한 혼돈으로 옮겨 가게 되었는가 하는 기억입니다. 그러니까 완벽하게 배합된 염색체들이 한쪽에 있고 다른 쪽에 다른 배합체가 자리할 수 있도록 말이지요. 다시 말해서 폭발한 핵의 자리를 차지했던 그 가느다란 가지들의 회전목마가 갑자기 균형 잡히고, 거울에 비친 듯 대칭적인 모습을 갖게 된 겁니다. 고요한 미지의 허공이 도발하지 않도록, 자신들의 힘을 둘로 나누기라도 한 것처럼 말입니다. 그렇게 해서 예전에는 개개의 막대와 관련되었던 증가가 이제는 핵 전체와 연관된 겁니다. 그러니까 두 개의 뚜렷한 회오리로 분리되고 있는 하나의 회오리에 불과했지만, 내가 계속 단일한 핵으로 생각해 왔고 그렇게 움직였던 바로 그 핵과 말이지요.

여기서 정확히 해 두어야 할 게 있는데 이러한 분리를 통해 한 쪽에는 오래된 염색체가, 다른 쪽에는 새로운 염색체가 자리 잡게 된 것은 아니라는 겁니다. 앞에서 설명하지 않았다면 지금 하지요. 모든 막대들은 굵어지고 나면 세로로 갈라집니다. 오래된 염색체와 새로운 염색체가 완전히 똑같이 갈라지는 겁니다. 이건 아주 중요한데 전에 내가 '반복하다'라는 동사를 사용했기 때문입니다. 이 동사는 대개 그렇듯이 원래 뜻의 근사치에 가까운 말이어서 원래의 막대가 하나 있고 복제된 막대가 하나 있다는 잘못된 생각을 심어 줄 수 있습니다. '말하다'라는 동사 역시 다소 부적절하게 사용되었는데, "나 자신을 말하다."라는 문장은 특히 잘 만들어지기는 했지만 이 말을 사용하려면 말하는 사람과 이미 말해진 뭔가가 필요하므로 지금은 정말 그 동사를 쓸 때가 아닌 거지요.

간단히 말해 사랑에 빠진, 불분명한 마음의 상태를 정확한 언어로 정의하기는 어렵습니다. 사랑은 허공을 소유한다는 기쁨에 들뜬 초조함, 허공으로부터 나를 향해 올 수도 있을 것에 대한 탐욕스러운 기대, 그리고 또 아직은 존재하지 않아서 이 때문에 내가 탐욕스러운 초조함과 기대를 갖는 데서 오는 고통으로 이루어집니다. 잠재적으로 나의 것이지만 아직은 소유할 수 없으며, 잠재적으로 나의 것이 아니라고 생각해야 하는 무언가를 소유하기 위해, 그러니까 내가 잠재적으로 소유해 가고 있지만 잠재적으로 다른 사람의 것으로 간주해야 하는 무언가를 잠재적으로 소유하기 위해 나 자신이 이미 잠재적으로 두 개가 되었다고 느끼는 데서 오는 끔찍한 고통도 포함됩니다. 잠재적인 나의 것이 잠재적인 타인의 것일 수도 있다는, 또는 내가 알았던 대로 실제로도 타인의 것이라는 사실을 견뎌야 하는 고통, 탐욕스럽고 질투에 찬 이런 고통은 그것 자체로 충만해서, 사랑에 빠지는 게 사실은 완전히 고통스럽기만 한 일이라고 믿게 할 정도입니다. 그러니까 탐욕스러운 초조함은 질투 어린 절망감이며, 초조함에 의한 움직임은 절망에 의한 움직임일 뿐입니다. 절망에 의한 움직임은 스스로의 내부로 파고들어 점점 더 절망적이 되는데 절망의 각 입자들이 두 개로 나뉘고, 유사한 입자와 균형 있게 배치되고 자신의 상태에서 나와 다른 상태로, 어쩌면 더 나쁜 상태로 들어갈 수도 있지만 그래도 새로운 상태를 조각내고 갈기갈기 찢을 능력을 가졌기 때문입니다.

이렇게 움직이는 동안 두 개의 소용돌이 사이에 점차 간격이 만들어졌습니다. 나의 분열 상태가 나 자신에게 분명해지기 시작한 것은 바로 그러한 순간이었습니다. 처음에는 의식이 갈라지는 것 같았고, 눈을 가느스름하게 하고 존재를, 나 자신이라는 존재의 의미를 바라보는 것 같았습니다. 이러한 현상과 관련된 것이 핵만은 아니었으니까요. 이미 여러분이 알다시피, 거기서, 그러니까 핵의 가느다란 막대들에서 일어난 모든 일은, 바로 그 막대들이 지휘하는 나의 가느다란 물리적 몸체가 확장할 때도 영향을 미쳤습니다. 그렇게 해서 나의 세포질 섬유들도 반대 방향으로 응축되면서 가운데가 가늘어져서 내가 마치 병목처럼 가는 그 가운데 부위에 연결된 똑같은 두 개의 몸체를 가진 것처럼 보일 정도였습니다. 그 병목 부위는 실처럼 보일 정도로 계속해서 가늘어졌습니다. 그리고 그 순간 나는 처음으로 다수에 대한 의식을 갖게 되었습니다. 이미 너무 늦었기 때문에 처음이자 마지막이었습니다. 다수의 세상에 대한 이미지와 그 세상의 운명처럼 나의 내부에서 다수를 느끼게 된 것이지요. 세상의 일부분이 된 느낌, 수많은 세상 속으로 나 자신이 사라진 느낌과 함께 나라는 존재에 대한 예리한 느낌을 동시에 느꼈습니다. 나는 의식이 아니라 느낌이라고 말했는데 핵 속에서 느꼈던 것을 의식이라고 부르기로 우리가 동의했다면 이제 핵이 두 개였고 각각의 핵이 서로를 연결해 주었던 마지막 섬유질들을 끊어 버렸기 때문입니다. 이제 그 섬유질들은 각각 그들 나름대로, 나는 나 나름대로, 반복적이며 독립적인 방법으로, 거의 말을 더듬는 것 같은 의식을 전달했습니다. 나의 기억, 기억들의 마지막 섬유질을 끊어 버린 의식을 말이지요.

내가 존재한다는 느낌이 핵들에서 나온 게 아니라 한가운데가 좁혀지고 조여진 그 약간의 원형질에서 나왔다는 말을 하는 겁니다. 그리고 그 느낌은 여전히 실처럼 가느다란 충만감이 절정에 이른 기분이었고 섬망(譫妄) 상태에서 최초로, 그리고 나 혼자만 지니고 있던 연속성에서 실 모양으로 뻗어 나간 복수의 세상이 보여 주는 다양성을 하나도 빼놓지 않고 바라보는 기분이었습니다. 그리고 그와 동시에 나 자신으로부터 내가 빠져나오면 다시 예전으로 돌아가지 못하며, 나로 돌아갈 가능성이 없다는 사실을 깨달았습니다. 절대 예전으로 돌아갈 수 없는데 지금 내가 나를 버리고 있다는 사실을 알아차리고 있는 나로 돌아갈 수 없는 거지요. 그때 갑자기 불안감이 의기양양하게 불쑥 모습을 드러냈습니다. 이미 생명이 다른 곳에 있었으며, 중첩되지 않고 분열된 세포가 가진 다른 기억의 섬광들이 새로운 세포의 관계, 새로운 세포 자체와 나머지 것과의 관계를 벌써 설정했기 때문입니다.

이후 모든 것은 파편화되고 증가된 기억 속으로 사라져 갑니다. 건망증이 심하고 언젠가 죽을 운명인 개인들의 세상으로 퍼져 나가고 반복되듯이 증가되는 겁니다. 하지만 이후가 시작되기 바로 전에 나는 앞으로 일어날 일을 모두 알게 되었습니다. 미래를 또는 지금이나 그 당시 이미 일어나고 있었거나 필사적으로 일어나려고 하던 일들의 단단하게 연결된 고리를 알게 된 것이지요. 탄생-죽음이라 할, 나 자신을 획득했다가 거기서 벗어나는 이런 과정이 잇달아 되풀이될 것이며 조임과 단절이, 비대칭적인 세포들의 상호 침투와 혼합으로 변형되리라는 사실을 알게 된 겁니다. 그러한 세포들에는 헤아릴 수 없이 많은 치명적인 사랑에 대한 메시지가 반복적으로 더해져 있습니다. 나는 최초 또는 최후의 결합을 다시 찾는 나의 치명적인 사랑을 보았습니다. 그리고 내 사랑의 이야기에서 정확하지 않았던 단어들이 정확해지는 것을, 다시 말해 그들의 의미가 예전의 정확한 의미로 남는 것을, 그리고 무수한 사랑이 다수의 성(性)과 개체와 종의 숲에서 불타오르는 것을, 공허한 현기증이 종과 개체와 성의 모양으로 가득 채워져 가는 것을, 뿐만 아니라 나 자신의 분열, 그 획득과 벗어남, 나 자신을 획득했다가 나 자신으로부터 벗어나는 과정이 영원히 되풀이되는 것을 보았습니다. 그리고 자기 스스로가, 말을 하는 자기 자신으로 분열되더라도, 말해진 자기 자신으로, 말을 하다가 분명 죽게 될 자기 자신으로, 말해졌으며 때로는 위험을 무릅쓰고 살아야 하는 자신으로, 스스로를 반복하면서 우리 자신인 어휘들의 비밀스러운 단어들을 반복하는 그 세포를 자신의 세포들 속에 간직한 다세포이자 단세포인 자신으로, 셀 수도 없이 많은 단세포 자신으로 분열하더라도 말로 이어질 불가능한 행동과, 나 자신을 말해야 하는 불가능한 말하기에 대한 갈망이 영원히 되풀이되는 것도 보았습니다. 그러한 단세포는 무수한 세포 단어로 흘러갈 수 있는데, 그들 중 단 하나만이 보완적인 세포 단어를 만나게 됩니다. 바꿔 말하면 비대칭적인, 또 다른 자기 자신이 연속되는 파편적인 이야기를 계속해 나가려고 할 겁니다. 그러나 그런 세포를 만나지 못해도 상관없습니다. 아니, 내가 지금 하려는 이야기의 경우에는 그러한 만남이 전혀 예측되지 않습니다. 사실 처음에는 만남을 피하려 애쓸 겁니다. 중요한 것은 초기의, 아니, 이전의 상황이 매번 되풀이되는 초기의, 아니, 이전의 상황, 사랑에 빠진 최고의 순간에 그리고 죽을 운명인 매 순간, 언젠가는 죽을 운명으로 사랑에 빠져 있는 자기 자신을 만나는 거니까요. 중요한 것은 자기 자신에게서 떨어져 나오면서 순간적으로 과거와 미래의 결합을 느끼는 겁니다. 여러분에게 이야기를 마친 바로 지금, 나 자신이 분열되면서 오늘, 어쩌면 미래의 오늘 또는 과거의 오늘일 수도 있지만 또 단세포의 마지막 순간과 동일하며 자족적인 순간인 오늘, 사랑에 빠진 내게 일어난 일을 보았을 때처럼 말입니다. 나는 다른 곳, 다른 때, 다른 무언가의 허공에서 이름과 성과 주소를 갖고 빨간 외투에 검은 부츠를 신고 나를 향해 걸어오는, 뱅헤어에 얼굴이 주근깨투성이인 한 사람을 보았습니다. 파리 제 15구, 보지라르가, 183번지, 마담 레브라스 집에 사는 프리실라 랭우드였습니다.

감수 분열

어떤 상황에 대해 이야기한다는 것은 그 상황을 처음부터 이야기한다는 의미입니다. 등장인물이 다세포 생물인 그 지점에서 이야기를 시작한다 해도, 예를 들어 프리실라와 나의 관계에 대한 이야기라 해도 나라고 말할 때의 내가 프리실라라고 말할 때의 의미를 제대로 정의하고 이야기를 시작할 필요는 있습니다. 그러고 나서 이 관계를 설정하는 문제로 넘어가야겠지요. 그래서 나는 프리실라가 나와 똑같은 종에 성이 다른 개체, 지금 존재하는 나처럼 다세포 생물이라고 말할 겁니다. 여기까지 말했지만 사실 나는 아직 아무 말도 하지 않은 것이나 마찬가지입니다. 다세포라는 게 대략 50조의 세포들로 이루어진 복합체를 의미한다는 것을 분명히 밝혀야 하기 때문입니다. 매우 상이한 이 복합체는, 모든 개체의 세포가 가진 염색체 내의 동일한 핵산, 그러니까 세포들 자체의 단백질 합성의 다양한 과정을 결정하는 핵산의 사슬에 의해 구별됩니다.

그러니까 나와 프리실라의 이야기를 한다는 것은 먼저 나의 단백질과 프리실라의 단백질의 관계를 정의한다는 뜻입니다. 따로따로든, 함께이든, 그녀의 모든 세포에 동일하게 배치된 핵산의 사슬들이 나의 단백질을 지배하든, 나의 모든 세포에 동일하게 배치된 핵산의 사슬들이 그녀의 단백질을 지배하든 말이지요. 그래서 우리의 이야기는 세포가 하나일 때보다 훨씬 복잡해지는데, 관계를 묘사할 때 여러 가지 사항을 고려해야 할 뿐만 아니라, 어떠한 관계인지를 명확히 하기 이전에 누가 누구와 관계를 맺는지를 반드시 결정해야 하기 때문입니다. 사실 잘 생각해 보면 관계의 유형을 정의하는 일은 보기보다 그렇게 중요하지 않습니다. 예를 들어 정신적인 관계 또는 육체적인 관계에 있다고 해도 달라지는 건 별로 없습니다. 정신적인 관계는 뉴런이라고 불리는 몇 십억 개의 특수한 세포와 관련이 있으니까요. 그렇지만 뉴런은 엄청나게 많은 다른 세포들, 그러니까 우리가 육체적인 관계에 대해 말할 때처럼 한 생물의 수십조 세포 모두라고 생각할 만큼의 세포들의 자극을 받아 작용합니다.

그런데 누가 어떤 사람과 관계를 맺고 있는지를 설정하기가 어렵다고 말하려면 우리는 대화에 종종 등장하는 주제를 정리해야 합니다. 예를 들면 우리 세포의 단백질 분자들은 소화나, 산소를 핏속으로 공급하는 호흡을 통해 계속 새로워지므로, 매 순간 나는 더 이상 이전의 내가 아니고 프리실라 역시 더 이상 이전과 동일한 프리실라가 아니라는 주제 말이지요. 세포들이 새로워지지만 새로워지면서 계속 이전에 존재했던 세포가 정해 놓은 프로그램을 따라가기 때문에 이것은 완전히 빗나간 추론 형태입니다. 그러므로 이 경우 나는 여전히 나이고 프리실라도 계속 프리실라라고 충분히 주장할 수 있습니다. 간단히 말해 문제는 그게 아니지만 그런 문제를 제기하는 게 불필요한 일은 아니었을 겁니다. 세상의 일이 생각처럼 단순하지 않으며, 그러므로 그것이 얼마나 복잡한지를 이해할 수 있을 때까지 서서히 거기에 접근해야 한다는 점을 우리에게 이해시키는 데 도움이 되니까요.

그러니까 내가 나라고 말하거나 프리실라라고 말할 때 그것은 무슨 의미일까요? 나의 세포와 그녀의 세포가 특수한 유전적 유산을 지닌 환경과의 특별한 관계를 위해 만들어 내는 특별한 형상을 의미합니다. 그러한 환경은 내 세포는 내 세포가 되고 프리실라의 세포는 프리실라의 것이 되도록 처음부터 의도적으로 만들어져 있는 듯이 보였습니다. 이야기가 진행되면서 우리는, 의도적으로 만들어진 것은 아무것도 없고 아무도 준비해 두지 않았으며 나와 프리실라의 상태를 중요하게 생각하는 존재는 아무도 없다는 것을 알게 될 겁니다. 유전적 유산이 해야 할 일은 자신에게 전달된 것을, 그것을 어떻게 받았는지는 신경 쓰지 않으면서 전달하는 게 전부입니다. 하지만 지금은 따옴표 속의 나, 따옴표 속의 프리실라가 따옴표 속의 유전적 유산 또는 따옴표 속의 우리의 형상인지 아닌지에 대해서만 제한적으로 답하도록 합시다. 형상에 대해 말하자면 그것은 눈에 보이는 것과 보이지 않는 것, 다시 말해 프리실라로 존재하는 그녀의 모든 방식을 의미합니다. 그녀는 자홍색이나 오렌지색이 잘 어울리고 피부에서 좋은 향기가 나는데 그런 향기를 발산하기에 적합한 분비선을 타고났을 뿐만 아니라 그녀가 지금까지 먹은 음식과 사용했던 비누 상표 때문이라는, 그러니까 소위 말하는 문화, 따옴표 속의 문화 때문이라는 의미입니다. 그리고 그녀가 살던 도시와 집과 거리에서 움직이는 이들 속에서 움직였던 방법에 의해 생기게 된 그녀의 걸음걸이, 앉는 자세, 이 모든 것들도요. 그리고 어쩌면 딱 한 번 극장에서 본 것이 전부일지도 모르지만, 기억 속에 남아 있는 것들과 한 개인이 어릴 때부터 받은 정신적 외상의 형태로 뉴런의 구석진 곳 어디엔가 기록되어 남아 있을지도 모를 잊힌 모든 것을 뜻하기도 합니다.

이제 눈에 보이거나 보이지 않는 형상에 의해서든, 유전적 유산에 의해서든 나와 프리실라는 완전히 똑같은(우리 둘에게, 또는 환경이나 종에 공통된) 요소들, 그리고 차이를 결정하는 요소들을 가지고 있습니다. 그래서 나와 프리실라의 관계가 서로 차이 나는 요소들의 관계에 불과한 게 아닌가 하는 문제가 제기되기 시작합니다. 공통의 요소들이 양편 모두로부터 간과될 수 있으니까요. 그러니까 '프리실라'라는 말이 '그 종의 다른 구성원들과 비교해서 특별히 프리실라에게만 있는 것'을 의미해야 한다면 말이죠. 또는 공통의 요소들 사이의 관계가 아닌가 하는 문제가 제기되지요. 그래서 공통의 요소들이 종이나 환경 또는 종의 다른 구성원과 구별되는, 그리고 어쩌면 그들보다 훨씬 아름다울지 모를 우리 둘에게 공통되는 것인지를 살펴볼 필요가 있습니다.

성이 다른 개체들이 특별한 관계를 맺는 방법을 잘 살펴보면 그 관계를 결정짓는 것은 우리가 아니라 종, 아니, 종이라기보다 동물적인 조건, 아니, 서로 다른 성으로 구별되는 동식물의 동식물적인 조건입니다. 어떤 관계인지 아직 잘 모를 관계를 프리실라와 맺기 위해 내가 선택할 때(프리실라가 나를 선택할 것이며, 마지막 순간에 생각이 바뀌지 않는다고 가정하면, 프리실라가 나를 선택할 때) 어떤 우선순위가 먼저 작동하는지 우리는 알지 못합니다. 먼저 내가 나라고 생각하는 나보다 얼마나 많은 내가 있었는지, 그리고 내가 프리실라를 향해 달려가고 있다고 믿고 있는 지금, 프리실라 이전에 얼마나 많은 프리실라가 있었는지 알지 못합니다.

간단히 말해 문제의 용어들은 단순화시키면 단순화시킬수록 다시 더 복잡해집니다. 내가 '나'라고 부르는 것이 일정한 방식으로 줄지어 배열된 일정수의 아미노산으로 구성되어 있다고 결정했을 때, 이 분자들의 내부에 이미 모든 가능한 관계가 예측되어 있고 외부에서는 일정한 진행 과정을 차단하는 몇몇 효소의 형태로 그 가능한 관계 중 몇 개를 배제하는 것 말고는 할 수 있는 게 없다는 논리에 이르게 됩니다. 그러니까 내게 일어나지 않은 것까지를 포함한 모든 가능한 일이 내게 이미 일어난 것이나 마찬가지라고 할 수 있지요. 내가 나로 존재하는 순간부터 식은 죽 먹기가 됩니다. 나는 한정된 수의 가능성만을 처리하면 그만입니다. 외부에서 일어난 일은 나의 핵산에 의해 이미 예상된 활동으로 옮겨질 때에만 내게 중요합니다. 나는 나 자신 안에 갇혀 있고 내 분자의 프로그램에 매여 있습니다. 나는 외부의 그 어떤 것과도 그 누구와도 관계를 맺지 않았습니다. 그리고 프리실라 역시 마찬가지입니다. 진짜 프리실라, 불쌍한 그녀를 말하는 겁니다. 나와 프리실라 주위에 다른 사물과 관계를 맺은 듯이 보이는 것이 있다면 그것은 우리와 상관이 없는 일입니다. 실제로 나와 그녀에게 본질적인 일은 전혀 일어날 수 없습니다.

그러니 상황이 유쾌할 리 없지요. 내가 가진 세포마다 들어 있는 마흔여섯 개의 염색체에서 스무 개 남짓 되는 아미노산의 배치를 지휘하는 기본적인 네 가지 요소와 핵산의 특별한 배치에서 출발해서, 내 몫이 된 개성보다 더 복잡한 개성을 가질 수 있으리라 기대해서가 아니라, 마흔여섯 개의 염색체 중 스물세 개는 아버지에게서, 스물세 개는 어머니에게서 왔으므로 내 각각의 세포에서 반복되는 이 개성이 말하자면 내 개성이기 때문입니다. 다시 말해 나는 계속 내 모든 세포에 내 부모를 가지고 다녀야 하고 이러한 부담감으로부터 자유로워질 수 없는 거지요.

우리 부모가 처음에 나라고 말했던 것, 이게 바로 나일 뿐 나는 다른 어떤 것도 아닙니다. 부모의 명령 속에는 부모의 부모의 명령이 들어 있는데 그것은 그 부모의 부모들이 그 이전 세대의 부모들에게서 물려받은 명령으로 복종의 사슬은 끝없이 이어집니다. 그러니까 내가 들려주고 싶은 이야기는 말하는 것뿐 아니라 경험하는 것도 불가능합니다. 이미 거기 있고, 과거에 포함되어 있으니까요. 그 과거 역시 이미 이야기할 수 없는 자신의 과거에, 어디까지가 종의 과거, 종 이전에 있던 과거의 과거인지 알 수도 없는 개별적인 수많은 과거에 포함되어 있고, 모든 개별적인 과거와 관련되어 있으나 나와 프리실라처럼 개별적인 경우가 아니라면 시간을 거슬러 올라가 봐도 존재하지 않는 일반적인 과거 속에 포함되어 있는 겁니다. 그러나 나와 프리실라의 경우에는 개별적인 일도 일반적인 일도 전혀 일어나지 않습니다.

정말 우리 각각의 존재이자 우리가 가지고 있는 것은 과거입니다. 우리이자 우리가 가진 모든 것은 실패하지 않을 가능성, 반복할 준비가 되어 있는 시도의 목록입니다. 현재는 존재하지 않습니다. 우리는 맹목적으로 외부와 이후를 향해 나아가면서 우리 스스로가 항상 똑같이 만들어 내는 물질에 의해 결정된 프로그램을 전개합니다. 우리는 미래를 바라보지 않습니다. 우리를 기다리는 것은 아무것도 없습니다. 우리는 자기 자신을 기억하는 일만을 하도록 준비된 기억 시스템에 갇혀 있습니다. 지금 나와 프리실라가 서로를 찾게 만드는 것은 이후를 향한 충동이 아닙니다. 그것은 우리를 통해 완성되는 과거의 마지막 행동입니다. 프리실라, 잘 가요. 만남과 포옹은 필요치 않다오. 우리는 멀리 떨어져 있으니. 아니, 벌써 영원히 가까워졌으니. 다른 말로 하면 영원히 가까워질 수 없으니.

이별과 불가능한 만남은 처음부터 이미 우리 안에 존재했습니다. 우리는 다른 몸체의 융합이 아니라 병렬을 통해 태어났습니다. 두 개의 세포가 가까워졌습니다. 하나는 게으르고 전체가 걸쭉한 물질이며 다른 세포는 머리와 날쌘 꼬리만 있습니다. 두 세포는 난자와 정자입니다. 두 세포는 약간 머뭇거리다가 서로를 향해 각기 다른 속도로 돌진하고 급히 만납니다. 정자가 난자 속으로 곤두박질해 들어갑니다. 꼬리는 밖에 남아 있습니다. 핵이 꽉 찬 머리는 난자의 핵을 향해 던져집니다. 두 핵은 산산조각 납니다. 융합이든 혼합이든 또는 두 핵의 교환이든 무슨 일인가 벌어지리라 예측할 수 있지요. 하지만 한 핵과 다른 핵에 적힌 그것, 공간을 사이에 둔 그 줄들이 새로운 핵에 나란히 배치되는데 새로운 핵에는, 두 핵 모두의 말들이 거기 전부, 선명하게 분리되어 아주 촘촘하게 적혀 있습니다. 간단히 말하면 그 어느 핵도 상대의 내부로 사라지지 않았고 자신을 준 것도 상대를 받은 것도 아닙니다. 하나가 된 두 세포는 거기에서 하나의 덩어리가 되지만 이전과 똑같습니다. 그래서 그 두 세포가 처음 느끼는 감정은 약간의 실망감입니다. 그사이 이중의 핵은 계속해서 복제를 시작해서 아버지와 어머니와 연결된 메시지들은 각각의 딸세포에게 새겨지고 결합될 뿐만 아니라, 각각의 쌍에서 두 세포를 갈라놓는 메울 수 없는 거리, 실패, 더 성공한 쌍 한가운데에 남아 있는 공간까지도 영속시키게 됩니다.

물론 논의해야 할 지점이 나타날 때마다 우리의 세포들은 양 부모 중 한 부모의 명령만을 따를 수 있으며 그래서 다른 부모의 명령에서 자유로워진 기분을 느낍니다. 하지만 우리가 알다시피, 우리가 우리의 외부 형태 속에 있다고 주장하는 것은 우리의 세포 안에 새겨진 비밀스러운 프로그램과 비교하면 별로 중요하지 않습니다. 그러한 세포 안에서는 아버지와 어머니의 모순된 명령이 계속 대치하지요. 정말 중요한 것은 우리 각자가 따라야 하는 양립 불가능한 이런 싸움입니다. 이 싸움에서는 한 배우자가 다른 배우자에게 양보를 해야 하는 순간마다 패배한 배우자의 원한이 뒤를 따르는데, 이 원한은 싸움에 우세한 배우자의 승리보다 한층 강력한 느낌을 줍니다. 그러니까 나의 내적, 외적 형상을 결정하는 특성들이 아버지와 어머니에게서 함께 받은 명령의 총합 또는 평균이 아닐 때, 그 특성들은 세포들의 한가운데에서 부인된 명령들, 잠재적으로 남아 있던 다른 명령에 의해 균형이 잡힌 명령들, 어쩌면 다른 명령이 더 좋았을지 모른다는 의심에 의해 약화된 명령들이라고 할 수 있습니다. 이 때문에 종종 내가 정말 과거에 우세했던 특성들의 총합인지, 항상 0보다 큰 수를 만들어 내는 일련의 활동의 결과인지, 아니면 나라는 존재가 오히려 계속 전해져 온 실패한 특성들을 물려받은 존재, 즉 마이너스 표시가 된 용어들, 계통수에서 배제되고 억압받고 중단되어 있던 모든 것의 총체는 아닌지 하는 불안감을 느끼게 됩니다. 존재하지 않았던 것의 무게가 존재하는 것과 존재하지 않을 수 없었던 것의 무게 못지않게 나를 짓누르는 겁니다.

허공, 이별과 기대, 이것이 우리입니다. 우리의 내부에서 과거가 원래의 형상을 되찾아서, 정자 세포들이 무리 지어 응축되고 난자 세포들이 집중적으로 성숙되던 그날도 우리는 그런 상태로 남아 있었습니다. 그리고 마침내 핵에 쓰인 말들이 예전과 똑같지 않을 뿐만 아니라 이제 우리의 일부분도 아니어서 우리를 벗어나, 이제 우리에게 속하지 않은 메시지가 된 그날도 말입니다. 우리 내부에 숨겨진 지점에서 이중으로 배열되어 있던 과거의 명령들이 둘로 나뉘고 새 세포들은 더 이상 이중적이지 않은 단순한 과거와 다시 만나게 되었습니다. 이러한 과거는 새 세포들에게 가벼움을, 정말 새로운 존재가 되었으며 거의 미래처럼 보이는 새로운 과거를 갖게 되었다는 착각을 하게 했지요.

급하게 말하긴 했지만 이것은 거기 어두운 핵에서, 생식기 한가운데에서 일어나는 복잡한 과정입니다. 약간은 서로 뒤죽박죽된 상황의 연속이지만 그렇다고 되돌릴 수는 없습니다. 처음에는 그때까지 떨어져 있던 어머니와 아버지의 메시지 쌍들이, 자신들이 한 쌍이었다는 사실을 기억하며 둘씩 단단히 결합되어서 수많은 가느다란 실들이 뒤섞이고 꼬인 듯이 보입니다. 그때 나의 외부에서 짝을 이루고자 하는 욕망이 나의 내부에서, 나를 구성하는 재료의 뿌리 끝에서 짝을 이루도록, 나의 내부에 가지고 있는 오래된 쌍의 기억과 결합하도록 이끕니다. 그 오래된 쌍은 내가 존재하기 이전에 존재했던 어머니와 아버지 쌍인 최초의 쌍이자 완전무결한 최초의 쌍, 지구상에서 최초로 결합한 동식물적 기원을 가진 쌍입니다. 잘 알려지지 않고 비밀스러운 세포가 핵 속으로 가져온 마흔여섯 개의 실들이 자신이 해 오던 오래된 분열을 중단하지 않은 채 둘씩 둘씩 매듭을 짓습니다. 사실 실들은 곧 매듭을 풀려 애쓰지만 매듭의 어느 지점에 묶여 있게 됩니다. 그래서 마침내 갑자기 분리에 성공하게 될 때(그사이 분리의 메커니즘이 세포 전체를 장악해서 걸쭉한 물질에까지 확산되기 때문에) 모든 염색체는 다시 변하여, 이전에는 이 사람과 저 사람의 것이었던 부분들로 구성됩니다. 그리고 이미 마찬가지로 변화를 했고 교대로 교환된 부분들이 뚜렷이 나타난 다른 염색체에서 멀어집니다. 이미 두 세포는 각기 다른, 예전 세포에 있었을 때와는 다른 스물세 개의 염색체를 가지고 각자 분리되고 있습니다. 다음 분열 때에는 각자 스물세 개의 염색체를 가진 완전히 다른 세포 네 개가 될 겁니다. 그 안에서 어머니와 아버지의, 아니 어머니들의 염색체와 아버지들의 염색체가 뒤섞이게 됩니다.

그렇게 해서 마침내 과거들의 만남이 이루어지는데, 만날 수 있으리라 생각하는 이들의 현재에는 결코 일어날 수 없는 일이지요. 그러니까 바로 이후에 태어나게 될 존재의 과거로, 자신의 현재에서는 결코 만날 수 없는 존재의 과거로 실현되는 겁니다. 우리는 결혼을 향해 가고 있다고 생각하는데 그것은 여전히 우리의 기대와 욕망을 통해 실현되는 아버지와 어머니 들의 결혼입니다. 우리의 눈에 행복으로 보이는 이것이 어쩌면, 우리의 이야기가 시작된다고 믿었던 바로 그곳에서 끝나는 다른 이야기의 행복에 불과할지도 모릅니다.

그러니 프리실라, 서로를 좇고 만나기 위해 달리는 우리의 노력은 얼마나 부질없는 것인지요. 과거는 우리를 아무렇게나 던져 놓고, 그렇게 우리의 파편을 이동시키고는 우리가 그것을 어떻게 사용하든 신경 쓰지 않습니다. 우리는 과거들의 만남을 위한 준비물, 껍질에 지나지 않습니다. 우리를 통해 일어나지만 이미 다른 이야기, 이후 이야기의 일부분이 된 과거 말입니다. 언제나 우리보다 먼저 그리고 나중에 그러한 만남이 이루어지고 우연, 위험, 불가능같이 우리에게는 접근이 가로막힌 새로운 요소들이 거기서 작동을 하게 됩니다.

그렇게 우리는 자유에 에워싸여 자유롭지 않게 살아갑니다. 가능한 경우들의 조합이자, 방사상의 과거와 미래가 결합하는 공간과 시간의 바로 그 지점을 통과하는 물결인, 계속 밀려오는 파도에 떠밀려 움직이면서 말이지요. 태초의 바다는 고리 모양 분자들의 수프였는데, 우리를 에워싸고 새로운 조합을 명령하는 동일한 메시지, 그리고 다른 메시지들이 간헐적으로 그곳을 가로질러 지나갔습니다. 그렇게 해서 달의 움직임을 따르다 보면 나와 프리실라의 내부에서 아주 오래된 조수(潮水)가 높아지기도 했습니다. 그렇게 유성(有性) 종들은 오래전에 부여된 조건, 그러니까 사랑의 나이와 계절을 규정하고, 나이나 계절을 연장하거나 연기하기도 하며 종종 고집과 강압과 악습과 관련되기도 하는 그런 조건에 부응합니다.

간단히 말해 나와 프리실라는 과거의 메시지, 그러니까 그들끼리의 메시지일 뿐만 아니라 메시지에 대한 답이 담긴 메시지가 만나는 장소에 불과합니다. 각기 다른 요소와 분자가 상이한 방식으로(감지할 수 없게 또는 끝도 없이 상이하게) 메시지에 응답하므로 메시지는 그것을 받아들이고 해석하는 세상에 따라 더 이상 동일한 메시지가 아닌 겁니다. 혹은 메시지 자체로 남기 위해 변화를 할 수밖에 없는 메시지인 겁니다. 그러니까 메시지는 전혀 메시지가 아니며 전달해야 할 과거는 존재하지 않고 과거의 흐름을 수정하고, 거기에 형식을 부여하고 과거를 새롭게 만들어 낼 수많은 미래가 존재할 뿐입니다.

내가 하고 싶었던 이야기는 존재하지 않는 두 개체의 만남을, 과거 또는 미래, 그 실재가 서로 의심의 대상이 되는 과거와 미래와 관련해서만 정의할 수 있는 만남에 관한 것이었습니다. 아니면 존재하는 것 외의 다른 모든 것에 대한 이야기, 그러니까 존재하지 않으며, 존재하지 않기 때문에 존재하는 것을 존재하게 만드는 것에 대한 이야기와 분리할 수 없는 이야기였지요. 우리가 말할 수 있는 것이라고는 어떤 지점, 어떤 순간에, 분자의 조합을 새롭게 고쳐 나가고 그것을 복잡하게 만들거나 없애 버리는 파도가 우리의 개별적 존재를 나타내는 간격이 벌어진 공간을 스치고 지나간다는 것 정도입니다. 이것은 살아 있는 세포의 시간과 공간으로 배분되어 누군가는 '나'가 되고 누군가는 '프리실라'가 되며 직접적으로, 감히 말하자면 행복하고 완전하게 우리를 끌어들일 무슨 일인가가 일어나거나 일어났었거나 일어나리라는 확신을 우리에게 충분히 주고도 남습니다. 프리실라, 내가 목을 쭉 뻗어 당신의 목 위에 숙이고 당신의 노란 털을 살짝 깨물어 당신이 콧구멍을 벌름거리며 이를 드러낼 때, 당신이 모래 위에 무릎을 꿇어 툭 솟아오른 등을 내 가슴 높이로 낮추어서 내가 거기에 기대어 뒷발로 힘을 주어 당신을 밀어낼 때, 나는 그것만으로도 충분히 행복하다오. 오, 대상들이 우리의 안장에서 짐을 풀어놓고 흩어지고, 우리 낙타들의 몸이 갑자기 가벼워질 때, 당신이 갑자기 달려 나가고 내가 총총걸음으로 당신을 따라 야자나무로 달려가던 그 오아시스에서 맞던 해 질 녘 시간들이 얼마나 달콤했는지 당신도 기억하겠지요.

죽음

우리에게 닥친 위험은 사는 것, 영원히 사는 것이었습니다. 계속 살아가야 한다는 위협이, 우연히 삶을 시작한 모두를 무겁게 짓눌렀습니다. 지구를 뒤덮은 껍질은 액체입니다. 여러 액체 방울들 가운데 한 방울이 농도가 짙어지고 점점 커져서 서서히 주변의 물질을 흡수합니다. 이것은 젤라틴 성분의 물방울 섬으로 응축되고 확장되는데, 진동할 때마다 차지하는 공간이 넓어집니다. 그러다가 물방울 대륙으로, 대양으로 자신의 지층을 넓히고 극지점을 응고시키고 적도에 초록 점액으로 자신의 윤곽을 굳히는데 제때 중지되지 않으면 지구를 다 삼킬 수도 있습니다. 그 물방울만이 시간과 공간 속에서 영원히, 균일하게 계속 살아가게 될 겁니다. 그것은 지구를 핵으로 가지고 있는 점액질의 구(球)이고 우리 모두가 살아가는 데 필요한 물질을 가지고 있는 물렁한 덩어리입니다. 우리는 모두 태어날 수도 죽을 수도 없게 만드는 이 물방울 속에 갇혀 있으므로 생명은 다른 누구도 아닌 그 물방울의 것입니다.

다행히 그것은 산산이 부서집니다. 각각의 조각은 일정한 질서로 배치된 분자의 사슬입니다. 그리고 질서가 있다는 사실만으로 무질서한 물질 한가운데에 충분히 떠 있을 수 있고, 그 즉시 그 사슬 옆으로 동일하게 배열된 다른 분자 사슬이 형성됩니다. 각 사슬은 주변으로 명령을 확산합니다. 다시 말해 자기 자신을 여러 차례 복제합니다. 그리고 복제된 사슬은 계속 기하학적인 배치를 유지하면서 또다시 자신을 복제합니다. 모두 동일한 살아 있는 결정체들의 용액이 지구 표면을 뒤덮고, 매 순간 결정체는 스스로도 알아차리지 못한 채 태어나고 죽습니다. 파편화된 시간과 공간 속에서 자기 자신과 항상 똑같으며 불연속적으로 지속되는 삶을 사는 겁니다. 다른 형태는 모두 배제됩니다. 우리까지도요.

복제에 꼭 필요한 재료가 점점 줄어들어 분자 사슬이 자신의 주변에 예비 물질 같은 것을 만들기 시작하고 필요한 게 전부 들어 있는 일종의 꾸러미 속에 그것을 보관하기 시작할 때까지 그런 상황은 지속됩니다. 이 세포는 성장합니다. 그렇게 어느 시점까지 성장을 이어 가다가 둘로 분열됩니다. 두 개의 세포가 네 개, 여덟 개, 열여섯 개로 분열됩니다. 증가한 세포들은 따로따로 유영하는 대신 군체나 무리나 폴립처럼 서로서로 달라붙습니다. 세상은 해면의 숲에 뒤덮이고, 각각의 해면은 그물처럼 얽힌, 꽉 찬 공간과 텅 빈 공간으로 자신의 세포를 증가시키고, 그물은 점점 코를 늘려 가며 바닷물에 이리저리 흔들립니다. 각 세포는 자신을 위해 살며 세포 전체는 그들 모두의 총체적인 삶을 살아갑니다. 겨울 강추위에 해면 조직들은 너덜너덜해지지만 최근 만들어진 새로운 세포들은 거기 그대로 있다가 다시 분열을 시작하고 봄이 되면 똑같은 해면을 복제합니다. 이제 거의 다 끝났고 주사위는 던져졌습니다. 유한한 수의 영속하는 해면들이 세상을 차지할 겁니다. 바다는 그들의 구멍에 흡수될 것이며 해면 속의 촘촘한 길을 따라 흐를 겁니다. 그것들에 의해 생성될 순간을 부질없이 기다리는 우리가 아니라 그것들이 영원히 살 겁니다.

그러나 바다 밑바닥의 괴물 같은 덩어리들 속에서, 솟아오르는 육지의 부드러운 껍질에서 돋아나기 시작한 끈적이는 버섯 배지에서 모든 세포들이 계속 중첩되어 성장하는 것은 아닙니다. 이따금 한 무리의 세포들이 떨어져 나와 이리저리 떠돌다가 날아가서 한참 떨어진 곳에 내려앉아 다시 분열을 시작해서 그 해면이나 폴립이나, 자신이 떠나온 버섯을 복제합니다. 이제 시간은 순환합니다. 항상 똑같은 단계들이 교차됩니다. 버섯은 바람에 포자를 조금 퍼뜨리기도 하고, 부패하기 쉬운 균사체로 성장하기도 하다가 또 다른 포자로 성숙하는데, 이 포자들은 그와 형태가 같기 때문에 분열을 할 때 죽을 겁니다. 살아 있는 존재들의 내부에서 대분열이 시작됩니다. 죽음을 모르는 버섯들은 하루를 살고 다른 날 다시 태어나지만 생식 명령을 전달하는 부분과 그것을 실행하는 부분 사이에는 채울 수 없는 틈이 벌어집니다.

이제 싸움은 존재하는 것들과 영원히 존재하고 싶어 하는 것들 사이에서 전개됩니다. 그래서 존재하지 않지만 존재하고 싶어 하는 우리가 할 수 있는 일은 거의 없습니다. 존재하는 것들은 우연한 실수에 의해 차이가 발생할까 두려워하면서, 통제 장치를 늘립니다. 만일 생식 명령이 각각 별개지만 동일한 메시지의 비교에서 비롯된다면 잘못 전달된 명령은 보다 쉽게 차단될 겁니다. 이러한 교차의 단계는 갈수록 복잡해집니다. 바다 밑바닥에 고정된 폴립의 가지에서 투명한 해파리들이 떨어져 나와 바닷물 속을 떠다닙니다. 해파리들끼리 사랑을 나누기 시작하는데 사랑은 연속성을 위한 덧없는 놀이이자 사치입니다. 이 놀이를 통해 폴립들은 영원을 확인할 겁니다. 솟아오른 육지에서는 식물 괴물들이 이파리를 부채꼴로 활짝 펴고 이끼 카펫을 넓게 펼치면서 가지가 휠 정도로 자웅동체 꽃을 피웁니다. 그렇게 하면서 자신의 은밀한 일부분만을 죽음에게 내주기를 바라지만 이미 교차된 메시지 게임이 세상을 침범했습니다. 존재하지 않는 군중인 우리가 틈새를 통해 세상으로 밀려 들어갈 겁니다.

바다는 떠다니는 알에 뒤덮여 있습니다. 파도가 그 알들을 들어올리고 구름처럼 많은 정자들과 섞습니다. 수정된 알에서 나와 물에 떠다니는 모든 존재들은 하나의 존재를 되풀이하는 게 아니라 그 존재 이전에 거기서 헤엄치던 두 개의 존재를 되풀이합니다. 그것은 두 존재 중 어느 하나가 아니라, 다시 다른 하나, 세 번째 존재입니다. 그러니까 처음의 두 존재가 처음으로 죽게 되고 세 번째 존재가 처음으로 태어나는 겁니다.

종의 내부에서 모든 조합이 이루어졌다가 해체되는, 눈에 보이지 않는 프로그램인 세포의 바다에는 아직도 태초의 연속성이 흐르고 있습니다. 그러나 죽을 운명을 타고났고 성(性)이 있으며 각기 다른 개체들이 조합과 조합 사이를 채웁니다.

위험하기 그지없는, 죽음 없는 삶을 영원히 피했다고들 말합니다. 늪지의 뜨거운 진흙에서, 분리되지 않은 최초의 생명 덩어리가 다시 솟아나올 수 없기 때문이 아니라 지금 우리가, 특히 미생물과 박테리아 기능을 하는 우리 중의 누군가가 그 덩어리로 달려들어 그것을 집어삼킬 준비를 하고 있기 때문입니다. 바이러스 사슬들이 수정같이 정확한 자신들의 질서에 따라 스스로를 반복하지 않아서가 아니라 이러한 일이 우리 신체와 조직의 내부에서, 아주 복잡한 동식물인 우리의 내부에서만 일어날 수 있기 때문입니다. 그러니까 외부 세계는 덧없는 세계에 포함되어 있으며 죽음을 피할 수 있는 그 외부 세계들은 언젠가 죽어야 하는 우리의 상황을 보장해 주는 데 도움이 됩니다. 우리는 아직 산호와 말미잘에 뒤덮인 바다 밑을 헤엄치며, 태초의 숲의 우거진 나뭇가지들 밑에 자라는 양치식물과 이끼를 헤치고 다니지만 이미 유성 생식은 순환하는 아주 오래된 종(種) 속으로 어느 정도 들어가 있습니다. 마법은 깨졌고 영원한 것들은 죽습니다. 자신의 차지가 되는 건 일부분에 불과할지라도, 성을 포기할 준비가 된 듯이 보이는 것들은 하나도 없습니다. 끝없이 스스로를 재생하는 생명을 다시 얻기 위해서지요.

지금으로서는 불연속의 존재인 우리가 승리자입니다. 패배한 숲-늪지는 아직 우리 주위에 있습니다. 우리는 이제 막, 빽빽하게 뒤얽힌 맹그로브 뿌리들 사이로 마체테[17]를 휘두르며 길을 냈습니다. 마침내 우리 머리 위로 구름 한 점 없는 하늘이 얼핏 나타납니다. 우리는 손차양을 하고 햇빛을 피하며 하늘을 올려다봅니다. 그 위로 또 다른 지붕이 펼쳐지는데 우리가 계속 분비해 온 단어들의 껍질입니다. 연속성을 지닌 원시적인 물질에서 벗어나자마자 우리는 불연속성 사이의 틈, 죽음과 삶 사이의 틈을 다시 가득 메우는 결합 조직에 단단하게 연결됩니다. 기호, 분절음, 표의 문자, 형태소, 숫자, 천공 카드, 마그네틱테이프, 문신의 집합체와 사회적 관계, 친족 관계, 단체, 상품, 광고 포스터, 네이팜, 그러니까 넓은 의미에서 언어라고 할 만한

17 열대 지방에서 길을 내거나 사탕수수와 같은 작물을 자르거나 길을 내는 데 사용되는 외날의 긴 칼.

모든 것을 포괄하는 소통의 시스템에 연결되는 것입니다. 여전히 위험은 남아 있습니다. 우리는 나뭇잎이 떨어지는 숲에서 불안에 떱니다. 복제된 지구의 껍질 같은 뚜껑이 우리 머리 위에서 단단하게 굳어 갑니다. 정확한 지점을 찾아 그것을 깨부숨으로써 그 자체의 지속적인 반복을 막지 않는다면 그것은 적대적인 껍질, 감옥이 될 것입니다.

우리를 덮은 천장은 돌출한 철제 기어입니다. 고장 난 곳을 수리하러 들어간 자동차의 밑부분 같습니다. 나는 거기서 나올 수가 없습니다. 나는 땅에 등을 대고 누워 있는데 자동차가 넓어지고 확장되어서 전 세계를 덮어 버렸기 때문입니다. 허비할 시간이 없습니다. 나는 기계 장치를 이해해야 하고 제어할 수 없는 이 확장 과정을 중단시키기 위해 손을 댈 지점을 찾아야 하고 다음 단계로의 이행을 통제하는 구동 장치를 작동시켜야 합니다. 수컷과 암컷이 교차의 메시지를 통해 자동 번식되며 새로운 기계를 탄생시키고 낡은 기계는 죽게 만드는 그런 기계들의 단계로의 이행을 말이지요.

갑자기 모든 게 나를 조여 오기 시작하는데, 결론을 낼 수 없는 결말, 단어들의 그물망을 향해 가려고 하는 내 이야기가 담긴 이 페이지 역시 마찬가지입니다. 단어들의 그물망 속에서 글로 쓰인 나와 글로 쓰인 프리실라가 만나서 수많은 다른 단어와 다른 생각으로 증가되고 연쇄 반응을 일으킵니다. 이에 의해 인간이 만든 것 또는 인간이 사용한 것, 그러니까 인간 언어의 여러 측면 역시 그들의 언어를 획득하며 기계가 말을 하고, 기계를 구성하는 단어, 그것들을 움직이는 메시지를 교환하게 됩니다. 핵산에서 글쓰기로 흐르는 생명 정보 회로는 다른 로봇의 로봇 자식들의 천공 테이프로 연장됩니다. 아마 우리보다 훨씬 뛰어난 기계 세대가 계속 삶을 이어 가며 우리의 것이기도 했던 삶과 단어를 이야기할 겁니다. 그리고 전자 명령으로 변환된 나라는 단어와 프리실라라는 단어가 다시 만나게 될 것입니다.

3 티 제로

티 제로

내가 이런 상황에 있어 본 게 처음은 아니라는 느낌이 든다. 앞으로 쭉 뻗은 왼손에는 막 시위를 늦춘 활이 들려 있고 오른손은 뒤로 한껏 젖혀져 있으며 화살 F는 자기 궤도의 약 삼분의 일쯤 되는 지점의 허공에 정지되어 있다. 그리고 조금 떨어진 곳에 사자 L이 입을 쩍 벌리고 발톱을 세운 채 나에게 덤벼들려는 동작을 취하고 있는데, 그 사자 역시 자기 궤도의 삼분의 일 지점 허공에 정지되어 있다. 나는 화살의 궤도와 사자의 궤도, 즉 L과 F가 바로 그 순간인 t_x의 순간에, X 지점에서 마주칠지 아닐지를 일 초 후에 알게 될 것이다. 그러니까 화살이 박힌 시커먼 목에서 피를 뿜어내며 사자가 숨이 넘어갈 듯한 울부짖음과 함께 공중에서 뒤집어질지, 아니면 화살을 맞지 않은 사자가 앞발로 나를 덮쳐 쓰러뜨리고 내 가슴과 어깨 근육을 찢어 버리면서 턱을 한 번 움직여 입을 꽉 다물어 버림으로써 나의 머리를 목덜미에서 떼어 낼지를 말이다.

포물선을 그리는 사자들과 화살들의 움직임을 결정하는 요인은 너무나 많고 복잡해서 가장 가능성이 높은 상황이 어느 것인지 지금은 판단을 내릴 수 없다. 그러니 나는 정말 무슨 생각을 해야 할지 모를 상황, 불확실함과 기대에 찬 그런 상황에 있다. 동시에 머리에 떠오른 생각은, 이 상황이 처음은 아닌 듯하다는 것이다.

여기서 나의 다른 사냥 경험을 이야기하고 싶지는 않다. 활을 쏘는 사람이 어떤 상황에 대해 경험이 있다고 생각하면 그 순간 그는 패배하게 된다. 우리의 짧은 생에서 마주치는 사자는 제각기 모두 다른 사자다. 우리의 움직임을 일반적인 규범과 전제와 비교하고 추론하려 드는 건 곤란한 일이다. 나는 지금 각자의 궤도 삼분의 일 지점에 있는 사자 L과 화살 F에 대해 이야기하는 중이다.

그리고 나는 최고이자 절대적인 사자의 존재를 믿는 사람에 속하지 않는다. 그런 사람들은 우리를 향해 뛰어오르는 제각각의 다양한 사자들, 일반적인 사자들은 최고이자 절대적인 그 사자의 그림자나 복제품에 불과하다고 생각한다. 우리의 힘겨운 삶에는 구체적이지 않은 것 또는 감각으로 포착되지 않는 것을 위한 자리가 어디에도 없다.

마찬가지로 우리 각자는 태어날 때부터, 아버지에게서 아들에게로 전해지는 사자에 대한 기억을 가지고 있어서 꿈에서 자주 보며, 그래서 사자를 보게 되면 "와, 사자다!"라고 금방 말할 수 있다는 사람들의 의견에도 별로 동의하지 않는다. 왜 그리고 어떻게 내가 그런 의견을 받아들이지 않게 되었는지를 설명할 수는 있지만, 지금은 적절한 순간이 아닌 것 같다.

내게 '사자'는 사바나의 관목 숲에서 튀어나온 이 노란 덩어리,

피비린내를 풍기는 거친 숨소리, 하얀 털에 덮인 뱃가죽, 장밋빛 발바닥, 그리고 지금 내 눈앞에서 나를 위협하는 게 분명한, 오그릴 수 있는 발톱의 예리한 각도를 의미할 뿐이라는 사실을 말하는 것으로 충분하다. 그것이 '사자'라는 말과 아무 관계도 없으며 사람들이 다른 상황에서 할 수 있는 사자에 대한 생각과도 관계가 없는 게 분명한데도 나는 그것에 이름을 부여하기 위해 '사자'라고 부른다는 복잡한 느낌 속에서 그 발톱을 보고 있다.

지금 내가 이런 순간을 경험하는 게 처음은 아니라고 말한다면, 그것은 이 순간의 이미지들이 살짝 이중적인 느낌을 주기 때문인데, 한 마리의 사자 또는 하나의 화살이 아니라, 겨우 감지할 수 있을 정도로 약간 어긋나게 중첩되어 있는 두 마리 또는 그 이상의 사자, 두 개 또는 그 이상의 화살을 동시에 보는 듯한 기분인 것이다. 유연한 사자의 윤곽과 화살의 활꼴이 강조되는 것처럼, 더 정확히 말하면 아주 가느다란 선들과 흐릿한 색깔들의 후광에 에워싸인 것처럼 보이는 것도 그 때문이다. 그러나 중첩은 단순히 환각에 불과할 수도 있어서, 다른 식으로는 정의할 수 없는 두께감을 그러한 환각으로 표현한 것일 수도 있다. 그로 인해 사자, 화살, 관목 숲은 지금 이 사자, 이 화살, 이 관목 숲 이상의 무언가가 된다. 말하자면 방금 활시위를 늦춘 순간에 끝없이 되풀이되는 나 자신과의 정확한 관계 내에서 그 자리에 배치된 사자, 화살, 관목 숲의 끝없는 반복인 것이다.

그렇지만 내가 묘사했던 이러한 느낌이 이미 보았던 무언가에 대한 인식, 그러니까 그 위치에 있는 화살과 다른 위치에 있는 사자, 그리고 손에 활을 들고 꼼짝하지 않는 나와의 상호 관계에 대한 인식과 지나치게 유사하지 않기를 바란다. 내가 인식했던 것은 그저 하나의 공간이었다고 말하고 싶다. 화살이 있는 공간의 한 지점, 만일 화살이 없다면 비어 있을 공간의 한 지점, 지금은 사자를 담고 있는 텅 빈 공간, 그리고 지금 나를 담고 있는 그 텅 빈 공간 말이다. 마치 우리가 차지하거나 지나가는, 말하자면 세상이 차지하거나 지나가는 그 텅 빈 공간 속에서, 마찬가지로 비어 있고 마찬가지로 세상이 지나가는 다른 모든 지점들 가운데에 있는 몇몇 지점들을 내가 인식하게 된 것과 같다. 그래서 분명히 해야 할 게 있는데 그러한 인식은 관계 속에서, 예를 들어 대지의 형상, 강 또는 숲의 거리와의 관계 속에서 생기는 게 아니라는 점이다. 나는 우리를 둘러싸고 있는 공간은 항상 다른 공간이라는 걸 잘 안다. 지구는 계속 움직이는 다른 천체들 가운데서 움직이는 하나의 천체라는 것도 안다. 또한 지구에서나 하늘에서나 절대적인 기준점으로 이용할 표시 같은 건 어디에도 없다는 사실도 안다. 나는 별들이 은하계에서 돌고 있으며 은하계들은 거리에 비례한 속도로 서로 멀어지고 있다는 사실을 늘 잊지 않는다. 그러나 새롭지 않은 공간에 내가 있는 것 같은, 우리가 이미 지나쳤던 어떤 지점으로 돌아와 있는 것 같은 의심에 자꾸만 휩싸인다. 나뿐 아니라 하나의 화살과 한 마리의 사자와도 관련이 있으므로 그저 우연이라고 생각할 일은 아니다. 여기서는 시간과 관련이 있는데, 시간은 이미 흔적을 남기고 지나간 곳을 계속해서 다시 지나간다. 그러므로 나 자신이 지난 것으로 인식한 듯한 그 허공을 공간이 아니라 시간으로 정의할 수 있을 것이다.

호르는 시간의 한 지점이 앞서 흐른 여러 지점과 중첩될 수 있는가 하는 의문을 지금 나 자신에게 제기해 본다. 이 경우 겹쳐진 이미지들이라는 느낌은 동일한 순간에 반복되는 시간의 박동으로 설명될 수 있을 것이다. 물론 어떤 지점에서는 중첩되는 시간의 흐름들이 서로 약간 어긋날 수도 있을 것이다. 그러므로 살짝 분리되거나 초점이 흐려진 이미지들은, 그간의 사용으로 인해 시간의 흔적이 약간 마모되었고 시간이 어쩔 수 없이 지나가야 하는 길 주위에 미세한 유희의 여백을 남긴 징후라고 할 수 있으리라. 그러나 그것이 순간적인 광학 효과에 불과하다 하더라도 강세가 남는데, 그것은 내가 살고 있는 순간에 들리는 듯한 리듬과 같다. 그렇지만 내 말로 인해 앞서거나 뒤따라가는 일련의 순간 중에서 바로 지금 이 순간이 특별한 시간적 밀도를 가지고 있다는 인상을 주고 싶진 않다. 시간의 관점에서 보면 이 순간은 다른 순간처럼 지속되는 한순간이며, 내용물과는 상관없이 과거에서 미래로 흐르는 여정에서 정지된 한순간이다. 내가 발견한 것 같은 사실은, 이 순간이, 매번 동일하게 반복되는 순간의 연쇄 속을 정확히 다시 지나기만 한다는 점이다.

결국 모든 문제는, 화살이 쉬잇 소리와 함께 공중을 지나가고 있으며 사자는 등을 둥글게 구부린 채 뛰어오르고 있는데 아직은 독사의 독을 적신 화살 끝이 부릅뜬 사자 두 눈 사이 황갈색 털에 박힐 것인지, 아니면 빗나가서 사자가 아직은 뼈대에 잘 자리 잡고 있는 내 무력한 내장들을 갈기갈기 뜯어내서 피와 먼지로 뒤범벅된 땅 위로 끌고 다니며 흩어 놓아 밤이 되기 전에 독수리와 승냥이 들이 흔적 하나 남기지 않고 해치워 버릴지 아직 예측할 수 없는 지금, 나의 모든 문제는 이 순간이 속해 있는 순간의 연쇄가 열려 있는지 아니면 닫혀 있는지를 아는 것이다. 종종 들어 본 듯한 주장처럼 만약 그것이 한정된 연쇄라면, 즉 우주의 시간이 어떤 순간에 시작되었고 별들과 성운이 폭발을 계속해서 점점 별들과 성운이 희박해지다가 그렇게 흩어지는 게 극에 달해서 별들과 성운이 다시 응축되기 시작하는 순간에 이른다면, 거기에서 내가 도출해야 할 결론은 이것이다. 즉 시간은 자신의 발자취를 되찾아 갈 것이며 분(分)의 사슬은 반대 방향으로 뻗어 나가다가 다시 최초의 분에 도달하여 거기서 처음부터 다시 시작하는데, 이런 과정이 무한하게 반복되리라는 것이다. 그러니 시간에 시작이 있다고 확실히 말할 수는 없다. 우주는 극단의 두 순간 사이에서 진동할 뿐이므로 이러한 진동을 영원히 반복해야만 한다. 마치 지금 내가 있는 이 순간이 무한 반복되었고 반복되고 있듯이.

그러니 좀 더 분명하게 살펴보도록 하자. 나는 지금 우주의 어느 단계 중 시공간적으로 중간인 어느 한 지점에 있다. 지금 사자와 화살과 나와 관목 숲이 이렇게 만났듯이, 수천억만 초 후에 사자와 화살과 나와 관목 숲도 이렇게 만날 것이다. 그리고 이 순간은 곧바로 수천억만 초들의 연쇄 속에 흡수되고 묻혀 버릴 텐데, 일 초 후에 여기서 일어날 결과, 그러니까 공중으로 날아오른 화살과 사자가 한 곳에서 부딪히느냐, 아니면 어긋나느냐의 여부와 무관하다. 그러다가 갑자기 어느 순간 시간의 흐름이 방향을 바꿀 것이고 우주는 거기서 벌어진 복잡한 사건을 거꾸로 반복할 것이며, 결과에서 원인이 정확히 다시 드러날 것이다. 따라서 나는 무엇인지는 모르지만, 나를 기다리고 있는 결과로부터, 누런 흙먼지와 작은 돌조각을 튀기면서 땅에 박히는 화살, 또는 새로 난 무시무시한 이빨처럼 사자의 입천장에 박힌 화살로부터 지금 내가 살고 있는 이 순간으로 돌아올 것이다. 화살은 마치 무언가가 빨아들이듯이 팽팽한 활시위로 돌아와 제자리에 놓일 것이며, 사자는 관목 숲에 다시 떨어져 뒷다리를 용수철처럼 웅크리고 있으리라. 그리고 그 뒤에는 그 이전의 일이 되풀이되어서 모든 게 순간순간 지워지고, 대뇌엽 속에서 수십억 개 뉴런의 배합이 흐트러지면서 잊힐 것이다. 그렇게 해서 전도된 시간 속에 살고 있다는 걸 알아차리는 사람은 아무도 없을 텐데, 나 역시도 시간 속에서 움직이고 있지만 그 시간이 어떤 방향으로 움직이는지 확신할 수 없으며 내가 기다리는 '이후'가 사실 이미 발생했거나 나의 구원이나 나의 죽음을 가진 한순간이 아닌지도 확신할 수 없다.

내가 궁금한 것은 어쨌든 우리가 이 지점으로 다시 돌아와야 하므로, 막 늦춰진 활시위는 이전에 팽팽하게 당겨졌을 때와 반대 방향으로 구부러지고, 체중을 실었다가 힘을 뺀 오른쪽 다리를 들어 올려 구십 도 각도로 틀고, 시간과 공간의 어둠 속에서 사자가 다시 나와 네발을 공중으로 들어 올린 채 나와 대치하고 화살이 지금의 궤도 바로 그 지점으로 다시 들어가는 사이, 내가 동작을 멈춰야 하는 게 아닐까, 시간과 공간 속에서 멈춰 서는 게 현명한 일 아닐까 하는 점이다. 조만간 이와 같은 상황에 다시 처한다면 사실 동작을 계속하는 게 무슨 소용이 있겠는가? 나는 나 자신에게 수십억 년의 휴식을 허용하고 나머지 우주가 시간적, 공간적으로 끝까지 흘러가게 내버려 두었다가, 다시 돌아오길 기다려서 그 안에 뛰어들어 내 이야기와 우주의 이야기를 최초의 지점으로 되돌려 놓고, 다시 이곳에 있기 위해 처음부터 시작해 다시 이곳에 있고 싶다. 아니면 시간이 저절로 되돌아와서 내게 다가오게 내버려 두고 나는 움직이지 않고 가만히 기다리고 싶다. 그리고 다음 단계로 나아갈 결심을 하기에, 일 초 후 내게 일어날 일을 보러 가기에 적당한 기회인지, 아니면 여기서 완전히 꼼짝 않고 있는 게 적절한지를 살펴보는 게 좋을 것이다. 이 때문에 나의 물리적인 부분들이 시공간적 흐름에서, 사냥꾼이나 사자의 피비린내 나는 일시적인 승리에서 제거될 필요는 없다. 어쨌든 우리 일부분은 시간과 공간의 개별적인 교차점에 뒤얽혀 있다고 확신한다. 그러므로 우리 스스로가 그 지점에서 분리되지 않고 그것과 하나가 되어, 그 외의 부분이 끝까지 회전해야만 하는 것처럼 회전하게 내버려 두기만 하면 충분하다.

간단히 말해서 내게는 진동하는 우주의 여러 단계 중에 고정된 한 지점을 만들 가능성이 주어진다. 기회를 잡아야 할까, 아니면 그냥 내버려 두는 게 좋을까? 멈춘다면 나 혼자만 멈추는 건 별 의미가 없으리라. 나 혼자만이 아니라 이 순간을 정의하는 데 필요한 것, 그러니까 영원히 그럴 것처럼 정지해 있는 화살, 사자, 활 쏘는 사람 모두가 멈춰야 하리라. 실제로 사자가 이러한 상황을 분명하게 안다면, 사자 역시 틀림없이 지금 이 상태로, 그러니까 격렬하게 뛰어오른 궤도의 삼분의 일 지점에 그대로 있는 것에 동의할 것이고 스스로 몸을 던져 일 초 후면 경련을 하다가 뻣뻣하게 몸이 굳어 가며 고통스레 죽음을 맞거나 아직 뜨거운 인간의 머리를 분노에 차서 씹어 먹게 될 상황과 분리되는 데 동의하지 않을까. 그러므로 나는 단지 나 자신뿐 아니라 사자의 이름으로도 말할 수 있다. 그리고 화살의 이름으로도 말할 수 있는데, 화살 역시 빠른 이 순간에 그렇듯이 화살로서 존재하기만을 바라며 그 어떤 표적을 맞추든 끝이 부러져 못 쓰게 될 자신의 운명을 연기하고 싶어 할 것이기 때문이다.

그러므로 지금 t_0의 순간에 나와 사자와 화살이 있는 이 상황이, 시간이 오고 갈 때마다 두 번씩 나타나게 되는데 이러한 상황이 다른 때와 똑같다고 한다면, 그러니까 우주가 과거에 확장과 수축을 반복했던 횟수만큼(확장과 수축 단계들이 연속되기 때문에 과거와 미래에 대해 말하는 게 의미가 있을 수는 있지만 우리는 그런 단계의 내부에 어떤 의미도 없다는 것을 잘 알고 있다.) 이 상황이 이미 반복되었다고 한다면 t_1, t_2, t_3 등등으로 이어지는 순간에서의 불확실한 상황은 영원히 남아 있게 된다. t_0 이전의 t_{-1}, t_{-2}, t_{-3} 순간에서 상황이 불확실해 보였듯이 말이다.

자세히 살펴보면, 다음과 같은 대안이 있다.

우주가 자신의 박동 단계에서 따라가는 시공간적 선들이 우주의 모든 지점에서 일치하거나,

내가 살고 있는 순간처럼, 몇몇 예외적인 지점에서만 일치하고, 다른 지점으로 갈라지는 것이다.

만약 이 두 번째 대안이 옳다면 지금 내가 있는 시공간의 지점으로부터, 시간 속에서 앞으로 나아가면 나아갈수록 여러 가능성들이 완전히 서로 다른 미래를 향해 뻗어 나가 원뿔 모양으로 벌어지게 될 것이다. 그리고 내가 허공의 화살과 사자와 함께 여기 있을 때마다, 여러 가능성의 궤도 가운데 각기 다른 곳에 위치하는 교차 지점 X와 일치할 것이다. 매번 다른 사자는 다른 식으로 상처를 입고 다른 고통을 느끼며 죽어 가거나 대응할 힘을 새로 얻을 다른 방법을 찾아낼 것이다. 아니면 조금도 상처를 입지 않고 매번 상이한 방법으로 내게 덤벼들어 매번 다른 방법으로 방어를 하거나 포기할 가능성을 나에게 남겨 줄지도 모른다. 그래서 사자와의 싸움에서 나의 승리나 패배는 잠재적으로 무한하다는 사실이 드러날 것이다. 내가 사자에게 갈기갈기 찢기면 찢길수록 다음에는, 수천억 년 후 다시 이 자리에 서게 될 때는 표적을 맞힐 확률이 더 높아지리라. 그러므로 현

재의 이러한 내 상황에 대해서는 어떠한 판단도 내릴 수 없다. 내가 사자에게 붙잡히기 직전의 순간을 살고 있는 경우라면 지금이 행복한 시절의 마지막 순간이 되겠지만 부족들의 환호를 받는 의기양양한 사자 사냥꾼의 승리가 나를 기다리고 있다면 지금 내가 살고 있는 이 순간은 고통의 정점이며, 환호를 받기 위해 거쳐야 할 지옥의 가장 어두운 내리막이기 때문이다. 그러므로 나를 기다리는 것이 무엇이든 이러한 상황에서 벗어나는 게 내게는 최선일 것이다. 조금도 중요하지 않은 시간의 간격이 있다면, 바로 이 순간, 즉 뒤에 이어지는 순간과의 관계에 의해서만 정의될 수 있는, 말하자면 그 자체로는 존재하지 않아서 멈출 가능성뿐 아니라 가로지를 가능성도 전혀 없는 이 순간이기 때문이다. 간단히 말하자면 사자와 화살이 각자의 비행을 시작했던 순간과 사자 또는 내 정맥 밖으로 피가 솟구칠 순간 사이를 건너뛰는 시간이다.

이 순간으로부터 가능한 미래의 선들이 무한하게 원뿔형으로 뻗어 나가기 시작한다면 그 선들 역시 과거로부터 비스듬하게 뻗어 나온 것이라는 점을 덧붙여 생각해 볼 수 있다. 그 과거 역시 무한한 가능성들의 원뿔이기 때문이다. 그러므로 위에서 덮치려 하는 사자와 허공으로 날아가려 하는 화살과 함께 지금 이 자리에 존재하는 나 자신은 매번 다른 나 자신이고 사자는 언제나 다른 사자이다. 나의 과거, 나이, 어머니, 아버지, 종족, 언어, 경험이 매번 다르기 때문이며, 사자는 내가 볼 때마다 펄쩍 뛰어오르는 순간 꼬리가 구부러져 채찍질을 하는 것 같기도 하고 뭔가를 부드럽게 어루만진다고도 할 수 있게 움직여서 그 풍성한 꼬리털이 오른쪽 옆구리에 닿기는 하지만, 갈기털이 쫙 벌어져 내가 보기에는 가슴과 몸통 대부분을 뒤덮은 듯하고, 반가워 포옹을 하려는 듯 앞다리가 그 털 밖으로 말 그대로 불쑥 나와 있지만 사실은 있는 힘을 다해 발톱으로 내 어깨를 찍어 내릴 준비를 하고 있는 모습이기는 해도 늘 다른 사자이기 때문이다. 그리고 화살은 똑같은 포물선과 똑같은 소리를 내며 공기를 가로지르더라도 항상 다른 재료로 만들어졌고 다른 도구에 의해 뾰족해진 화살촉에는 매번 다른 독사의 독이 묻어 있다. 변하지 않은 것은 똑같이 반복되는 불확실함의 순간, 즉 죽음을 위해 마련된 불확실함의 순간에 놓인 나, 화살, 사자의 관계이다. 그러나 눈앞에 닥친 이 죽음이 다른 과거를 지닌 나의 죽음이라면, 그러니까 어제 아침 사촌 누이와 함께 나무뿌리를 캐지 않았던 나, 즉 잘 살펴보면 전혀 다른 나, 이질적인 나, 어쩌면 어제 아침 사촌 누이와 나무뿌리를 캤을지도 모를 이질적인 나, 그래서 적과 마찬가지인 나의 죽음이라면, 어쨌든 만약 여기 이 자리에 나 대신에 다른 사람이 여러 번 존재했다면, 화살이 사자에 먼저 적중했는지, 아니면 나중에 적중했는지를 아는 건 별로 중요하지 않다.

그러니까 이런 경우 시간과 공간이 한 번의 주기를 완전히 도는 동안 내가 t_0에 정지해 있는 것을 흥미롭게 여긴다는 점은 배제된다. 그러나 항상 또 다른 가정은 남아 있다. 옛날 기하학에서 직선들이 두 지점에서 일치하기만 하면 모든 지점에서 일치하듯이, 우주가 교차하는 단계에서 그런 시공간의 직선들은 그 단계의 모든 지점에서, 그러니까 t_0뿐만 아니라 t_1, t_2의 지점에서 일치될 수도 있고, 그 이후에 나타나게 될 것도 모두 다른 단계의 t_1, t_2, t_3에서 각각 일치할 것이며, 그렇게 해서 그 이전과 이후의 모든 순간과 일치할 것이다. 그리고 나는 이 순간을 전후하여 끝없이 반복되는 단 하나의 과거와 단

하나의 미래를 갖게 될 것이다. 그러나 시간의 지점이 단일한 연쇄로 이루어져서 자체의 성질이나 계속 이어지는 지점에서 변화를 허용하지 않는다면 반복에 대해 말하는 게 의미가 있는지 자문해 보아야 한다. 그 경우 시간은 유한하며 항상 동일하다고 말할 수 있으며, 따라서 시간이란 동시에 완전히 확장하며 겹겹이 층으로 쌓인 현재를 형성한다고 간주할 수 있다. 다시 말해 그것은 완전하게 꽉 찬 시간인데, 흩어질 수 있는 각각의 순간이 자기 자리에서 계속해서 현재로 존재하는 층을 형성하고 역시 계속되는 다른 현재의 층 속에 삽입되기 때문이다. 간단히 말해 화살 F_0와 조금 더 저쪽의 사자 L_0와 여기에 있는 나 자신 Q_0가 서 있는 순간인 t_0는 영원히 고정되어 동일한 시공간상의 한 층이다. 그리고 그 옆에는 위치가 약간 변한 화살 F_1과 사자 L_1과 나 자신 Q_1과 함께 순간 t_1이 자리하고 있으며, 또 그 옆에 F_2와 L_2와 함께 Q_2와 t_2가 자리하고…… 하는 식이다. 한 줄로 이어진 그러한 순간들 중의 한순간에 사자 L_n과 나 자신 Q_n 중 누가 죽고 누가 사는지가 분명해진다. 그리고 그 뒤 이어지는 순간 속에서 다음과 같은 상황들이 확실하게 전개된다. 그러니까 죽은 사자를 둘러메고 돌아온 사냥꾼에게 부족들이 축하 잔치를 열어 주거나 사냥꾼의 장례식이 치러지고 살인 사자가 지나갈 때마다 사바나에 공포가 퍼지는 것이다. 모든 순간은 다른 순간의 개입 없이 그 자체로 결정적이고 폐쇄적이다. 여기 나의 영역 t_0에 있는 나 Q_0는 평온을 유지할 수 있으며 내 영역 옆에서 각각의 순간에 Q_1, Q_2, Q_3에게 동시에 일어나고 있는 일에는 무관심할 수 있다. 사실 사자 L_1, L_2, L_3, L_n은 위협적이기는 해도 아직은 해가 없으며, 치명적인 힘을 그대로 간직한 채 날아오는 화살 F_0를 주시하는 친숙한 사자 L_0의 자리를 절대 차지할 수 없을 것이다. 궤도 중 표적에서 점점 멀어지는 구간에 위치한 F_1, F_2, F_3, F_n이 F_0의 치명적인 힘을 낭비해 버린 게 드러나면서 나를 부족의 사냥꾼 중 제일 멍청한 사냥꾼으로 조롱받게 할 수 있다. 아니, 정확히 말하자면 t_{-n}에서 자신의 활로 표적을 맞히는 그 Q_{-n}을 멍청이로 만들어 조롱받게 할 수 있다.

자연스레 영화 필름의 프레임과 비교할 수 있다는 걸 알지만 지금까지 그렇게 하지 않은 데에는 물론 나름의 이유가 있다. 매 순간이 그것 자체로 닫혀 있고 영화 프레임처럼 다른 순간과 소통 불가능한 것은 맞지만 그 내용을 정의하려면 Q_0, L_0, F_0 같은 요소만으로는 충분하지 않다. 그러한 요소들로는, 원한다면 극적일 수는 있지만 분명 시야가 넓지는 않은 간단한 사자 사냥의 한 장면만을 만들 뿐이다. 그런데 동시에 고려해야 할 것은, t_0의 순간에 제외된 게 하나도 없으며 우주에 포함된, 전체 요소들이다. 그러니까 프레임은 생각을 복잡하게 만들기만 하므로 머리에서 지워 버리는 것이 좋다.

지금 나는 영원히 t_0의 순간에 살기로 결정했기 때문에(Q_0로서의 나는 다른 어떤 곳에서도 살 수 없으므로 그렇게 결정하지 않았더라도 마찬가지일 것이다.) 아주 편하게 주위를 바라보고 완전히 확장된 나의 순간을 응시할 수 있다. 하마가 우글거려 시커먼 내 오른쪽의 강과, 얼룩말 무리 때문에 흰색과 시커먼 색으로 얼룩덜룩하며, 코뿔새들이 내려앉아 검붉은색으로 변한 몇 그루의 바오밥 나무들이 지평선 여기저기에 흩어져 있는 내 왼쪽의 사바나가 이 순간 속에 포함되어 있다. 이러한 요소들은 하마 $I(a)_0$, $I(b)_0$, $I(c)_0$ 등등, 얼룩말 $Z(a)_0$, $Z(b)_0$, $Z(c)_0$ 등등, 코뿔새 $B(a)_0$, $B(b)_0$, $B(c)_0$ 등등이 차지하고 있는 각각의 위치 때문에 모두 선명하게 눈에 들어온다. 이 밖에도 이 순간 속에는 오두막

집들과 물건을 수입하고 수출하는 상점들, 발아 과정이 각기 다른 수천 개의 씨앗들이 땅속에 숨어 있는 대규모 농장, 바람에 실려 온 모래알 $G(a)_0$, $G(b)_0$…… $G(nn)_0$가 각자의 위치를 차지한 광대한 사막, 불 켜진 창과 불 꺼진 창이 혼재한 밤의 도시, 빨강 파랑 노랑 신호등이 깜빡이는 한낮의 도시, 생산 곡선, 물가 지수, 주식 시세, 그리고 바이러스가 각각의 위치에 자리한 전염병의 유행, 나뭇잎 사이에 숨어 있는 적들, $N(a)_0$, $N(b)_0$, $N(c)_0$에게 적중할지 아닐지 모른 채 각자의 궤도 속에 정지해 있는 탄환 $P(a)_0$, $P(b)_0$…… $P(z)_0$, $P(zz)_0$, $P(zzz)_0$가 빗발치는 국지전, 방금 투하되어 공중에 정지해 있는 클러스터 탄 위의 비행기들, 투하되기를 기다리는 클러스터 탄을 실은 비행기들, 어떤 순간 IS_x가 되면 노골적인 전면전으로 바뀔지 그 누구도 예측할 수 없지만, 국제적인 상황 IS_0에 숨어 있는 전면전, 우리 은하계의 형태를 근본적으로 변화시킬 수도 있는 '초신성' 별들의 폭발…… 등등이 포함되어 있다.

매 순간은 하나의 우주이며, 내가 사는 순간은 내가 살아가는 순간이다. The second I live is the second I live. 순간이자 우주인 나의 이 순간을 광범위하게 살아가고 싶다면, 나의 이야기를 가능한 모든 언어로 동시에 생각하는 일에 익숙해져야 하리라. 동시 발생적인 모든 자료들의 조합을 통해, 나 자신을 포함하여 공간적으로 완전히 확장한 순간이자 우주인 t_0를 객관적으로 인식할 수 있을 것이다. t_0의 내부에서 나 Q_0는, 나의 과거 Q_{-1}, Q_{-2}, Q_{-3}등등에 의해서가 아니라 모든 코뿔새 B_0, 모든 탄환 P_0, 모든 바이러스 V_0 등으로 구성된 시스템에 의해 결정되며, 이러한 것들 없이는 나 자신을 Q_0라고 설정할 수 없기 때문이다. 게다가 나는 Q_1, Q_2, Q_3 등등에서 무슨 일이 일어날지 전혀 걱정하지 않으므로, 여기까지 나를 안내한 주관적인 관점을 계속 사용할 상황은 더 이상 아니다. 그러니까 나를 나 자신과 동일시하듯이, 사자나 모래알, 생계비 지수나 적, 혹은 적의 적과 동일시할 수 있다.

그러기 위해서는 모든 지점의 좌표를 정확하게 설정하고 몇몇 상수를 계산하는 것으로 충분하다. 예를 들어 나뿐 아니라 사자, 화살, 폭탄, 적 그리고 적의 적에게도 가치가 있는, 정지되어 있고 불확실한 모든 요소를 강조할 수 있고 t_0를 보편적인 정지와 불확실함의 순간으로 정의할 수 있다. 그러나 이를 통해서는 아직 t_0에 대한 본질적인 이야기를 전혀 들을 수 없는데, 어쨌든 t_0는 지금 내가 경험한 듯이 느껴지는 끔찍한 순간이므로, 그것이 점점 더 소름 끼치는 끔찍한 순간의 연쇄 가운데 자리한 공포의 순간일 수도 있고 끔찍한 공포가 차츰 사라지다가 거의 환영처럼 보이는 순간들의 연쇄 속에 자리한 공포의 순간일 수도 있기 때문이다. 바꿔 말하면 t_1, t_2, t_3가 t_0의 실체를 근본적으로 변화시킬 수 있기 때문에, 좀 더 정확히 말해 t_0의 기본적인 성질을 결정할 힘을 지니고 있는 것은 Q_1, L_1, $N(a)_1$, $N(1/a)_1$의 다양한 t_1들이기 때문에 확고하면서도 상대적인 t_0의 공포는 그 가치가 완전히 달라질 수 있다.

여기서 상황들이 복잡하게 엉키기 시작하는 듯하다. 나의 행동 방침은 t_0에 갇혀 있으며, 객관적이고 총체적인 형상을 띤 t_0를 살아가기 위해 제한된 개인적 관점을 포기하고 이 순간 밖에서 일어나는 일을 전혀 알려 하지 않는다. 그러나 이 객관적 형상은 t_0의 내부가 아니라 다른 순간이자 우주에서, 예를 들어 t_1 또는 t_2에서 그것을 관찰할 때에만 포착할 수 있다. 그리고 동시에 완전히 확장된 상태에서가 아니라 결정적으로 하나의 관점, 즉 적의 관점이나 그 적의 적의 관점, 사자의 관점 또는 나 자신의 관점을 취할 때에만 가능하다.

요약해 보기로 하자. t_0에 정지해 있으려면 나는 t_0의 객관적인 형상을 설정해야 한다. 그런데 t_0의 객관적인 형상을 설정하기 위해서는 t_1으로 이동해야 한다. t_1으로 이동하기 위해서는, 어떤 주관적인 관점을 취해야 하므로 내 관점을 유지하는 게 좋다. 다시 한 번 요약하자면, 내가 시간 속에 정지해 있으려면 시간과 함께 움직여야 하고 객관적이 되기 위해서는 주관적이어야만 한다.

그렇다면 실제로 내가 어떻게 행동해야 하는지 살펴보자. Q_0로서의 내가 t_0에 고정된 거주지를 가지고 있다는 사실을 인정하는 한편 나는 최대한 빠르게 t_1으로 달아날 수 있다. 그리고 그것만으로 부족하다면 t_2, t_3까지 가서 일시적으로 Q_1, Q_2, Q_3와 나를 동일시할 수 있다. 이 모든 것은 물론 연쇄 Q_0가 계속되고 Q_0가 너무 일찌감치 L_1, L_2, L_3의 구부러진 예리한 발톱에 목이 잘리지 않는다는 희망 속에서 진행된다. 그래야만 t_0에서 Q_0인 내가 어떤 위치를 형성하는지를 알아차릴 수 있기 때문이다. 내게 중요한 것은 그 위치뿐이다.

그러나 내게 닥친 위험은 t_1, 즉 순간이자 우주인 t_1의 내용이, 승리로 인한 것인지, 파멸로 인한 것인지 모를 감정과 놀라움의 측면에서 t_0보다 훨씬 흥미롭고 풍부해서, 내가 t_0에 대한 정보를 얻으러 t_1에 왔다는 사실을 잊어버린 채 t_0에게 등을 돌리고 완전히 t_1에 몰두하고 싶은 유혹을 느낄 수 있다는 점이다. 그리고 t_1에 대한 이러한 호기심 속에서, 내 것이 아닌 순간이자 우주에 대해 알고자 하는 이러한 부당한 욕망 속에서, t_1이 나에게 제공할 수 있는 약간의 새로움을 위해서, t_0에서의 확실하고 안정된 나의 시민권을 바꾸는 게 정말 잘하는 일인지 알고 싶기 때문에 t_1에 대한 보다 객관적인 생각을 가지려고 t_2까지 한 걸음 더 나아갈 수 있다. 그리고 t_2로의 이러한 한 걸음은 또 다시 앞으로…….

만약 일이 이렇게 진행된다면 내가 출발점으로 삼았던 가정들을 포기한다 하더라도 나의 상황은 전혀 바뀌지 않으리라는 깨달음이 온다. 말하자면 시간은 반복을 모르고, 되돌릴 수 없는 각기 다른 순간들의 연쇄로 이루어지며, 모든 순간은 단 한 번만 찾아오고, 정확하게 지속되는 그 순간을 산다는 것은 영원히 그 순간에 산다는 뜻이며, t_0는 오로지 뒤에 이어지는, 내가 화살을 쏘았을 때의 움직임과 사자가 위로 뛰어올랐을 때의 움직임, 그리고 사자와 내가 다음 순간에 하게 될 움직임과 두려움, 그러니까 끝없이 지속될 그 순간에 나를 돌처럼 굳게 만들고, 공중에 있는 사자와 내 눈앞의 화살을 정지시켜 버린 그 두려움의 결과로 따라올 삶과 죽음을 자신의 내용으로 가진 t_1, t_2, t_3와의 관계하에서만 흥미로우며, 번개처럼 도착한 번개 같은 순간 t_0가 곧 이어지는 순간에 튀어 나가 사자와 화살의 궤도를 아무런 의심 없이 그리리라는 가정을…….

추격

나를 추격하는 자동차는 내 차보다 빠르다. 그 차에는 권총을 가진 남자가 혼자 타고 있다. 그가 쏜 총알들이 내게서 겨우 몇 센티미터밖에 떨어지지 않은 지점을 스쳐 간 것으로 미루어 볼 때 그는 명사수다. 도망을 다니다가 나는 시내 중심가로 직진했는데 이건 상당히 유용한 결정이었다. 추격자는 계속 내 등 뒤에 있지만 우리 사이에는 몇 대의 자동차가 있다. 우리는 신호등 앞에 길게 늘어선 자동차들 속에 정차해 있다.

신호등은 우리가 있는 쪽은 빨간불이 백팔십 초 동안, 초록불은 백이십 초 동안 켜지도록 조절되어 있는데 이건 우리와 직각을 이루는 길의 교통 체증이 더 심해서 차량 흐름이 느리다는 전제하에 조절된 것이 분명하다. 잘못된 전제다. 그쪽 편에 초록불이 켜졌을 때 길을 가로지르는 자동차들을 보며 계산한 바에 따르면 똑같은 시간 동안 우리 줄을 벗어나 신호를 받은 차보다 그 수가 약 두 배는 더 되는 것 같았다. 그렇다고 해서 반대쪽 줄의 차들이 속도를 내서 달린다는 말은 아니다. 실제로 그들 역시 답답할 정도로 느리게 움직이고 있어서, 사실상 초록불일 때에도 빨간불일 때와 마찬가지로 꼼짝하지 못하고 있는 우리와 비교해 보자면 약간 속도를 내는 정도라 할 수 있다. 우리가 움직일 수 없는 것은 그들이 느리게 움직이는 탓이기도 한데 그들 편의 초록불이 꺼지고 우리 편에 켜질 때 교차로는 여전히 물결을 이룬 그쪽 차량에 점령당해 절반 정도는 막혀 있기 때문이다. 그래서 우리의 백이십 초 가운데 적어도 삼십 초는 이쪽 편 차량이 바퀴 한번 굴려 보기도 전에 지나가고 만다. 길을 가로지르는 차량의 움직임이 너무 느려 짜증이 나는 것은 사실이지만 길게 늘어서 교통체증을 일으키는 차량들 때문에 우리 쪽 차량의 움직임도 매우 느려져서 잠시 후 그쪽에 초록불이 다시 켜져도 그쪽 차들이 다시 움직이기 전에 역시 사십 초에서 육십 초가량이 그냥 지나가므로 이쪽의 손해를 보상한다고 해야 할 것이다. 그러나 이쪽 편의 마지막 지체(그리고 저쪽 편 지체의 시작)와 저쪽 편의 더 심각한 마지막 지체(이쪽 편 지체의 시작)가 일치하므로 그들의 손해가 우리의 이익을 의미하는 것은 절대 아니다. 그러니까 지체 시간이 비례해서 증가하고 그래서 초록불은 양쪽 편 모두를 점점 더 길게 교착 상태에 빠뜨리는데 이런 교착 상태는 그들보다 우리의 흐름에 더 많은 피해를 입힌다.

이런 추론을 하면서 '우리'와 '그들'을 대립시킬 때 '우리'라는 용어 속에는 나뿐 아니라 나를 죽이기 위해 추격하고 있는 그 남자도 포함시키고 있음을 깨닫는다. 적대감의 선이 그와 나 사이가 아니라 오히려 이쪽 줄의 우리와 길을 가로지른 줄의 저들 사이에 그어지기라도 한 듯이 말이다. 하지만 여기서 클러치에 한쪽 발을 올려놓은 채 꼼짝하지 못하고 초조해하는 사람들의 생각과 감정은 차가 움직일 때마다 각각의 상황이 만들어 내는 길 외의 다른 길을 따라갈 수 없다. 그리하여 초조하게 달아나려고 하는 나와, 두 발의 총을 쏜 이전과 같은 기회가 다시 오길 기다리는 그 사이에는 공통의 목표가 성립되었다고 가정해도 좋다. 그는 조금 전 변두리 도로에서 나에게 두 발의 총을 쏘았는데 한 발은 사이드윈도를 깨뜨렸고 다른 한 발은 차 천정에 박혀 버렸다.

'우리'라는 용어 속에 내포된 연대감은 표면적인 것에 불과하다고 할 수 있는데 사실 나의 적대감은 우리 줄에 서 있는 차들뿐 아니라 우리와 교차하고 있는 자동차에게도 뻗어 나가고 있다. 하지만 우리 줄의 내부에서는 당연히 내 뒤에서 나를 따라오는 차보다는 내 앞에 가면서 나의 진로를 막는 차들에 훨씬 적의를 느낀다. 만약 뒤의 차들이 나를 추월할 경우 그들 역시 명명백백하게 적이 될 테지만, 옴짝달싹도 하지 못할 만큼 차와 차들이 빼곡히 늘어서 있는 상황에서 추월은 힘겨운 모험이다.

간단히 말해 이 순간 나의 주적인 그 남자는, 내가 반감과 공포를 느끼고 충돌할 수밖에 없었던 견고한 여러 차체들 한가운데서 당황하고 있다. 마찬가지로 오로지 나만을 직접적으로 겨냥하고 있던 그의 살의도 중간에 끼어든 수많은 물체들 여기저기로 흩어지고 이탈하고 있다. 어쨌든 그 역시 나와 똑같은 계산을 하면서 우리 줄을 '우리'라고 부르고 우리와 교차하는 줄의 차들을 '그들'이라고 부르고 있음이 분명하며, 상반된 결과를 목표로 하지만 우리의 계산은 많은 공통의 요소와 함께 비슷한 추이로 진행되고 있음이 틀림없다.

나는 우리 줄이 처음에는 빠르게 그다음에는 아주 느리게 움직이기를 바란다. 즉 갑자기 내 앞에 있던 자동차들이 달리기 시작하고 그들 뒤에 있던 나도 초록불이 마지막으로 깜박이는 순간에 교차로를 가로질러 건너가지만 내 뒤에 꼬리를 물고 있는 차들은 내가 그 자리에서 벗어나 두 번째 교차로로 달아날 수 있을 만큼 오랜 시간 동안 신호에 걸리기를 바라는 것이다. 반대로 내 추격자는 가능한 한 나와 똑같은 흐름을 타고 신호를 받을 수 있을지, 아니면 우리 사이에 있는 자동차들이 각자 다른 방향으로 흩어지거나 줄어들어 버려 내 뒤를 바짝 따라와서 그의 자동차가 내 뒤에 바로 서거나 내 옆에 서서, 예를 들면 다른 신호를 기다리는 줄에서 초록불이 켜져 그에게 자유롭게 달아날 수 있는 길을 열어 주기 직전에 권총으로(내겐 무기가 없다.) 나를 공격하기 적당한 좋은 위치를 차지할 수 있을지를 점쳐 보려고 애쓰고 있을 것이다.

한마디로 나는 차량 행렬의 끝부분에서 정지 시간과 움직이는 시간이 불규칙하게 교차되는 상황에 의지하고 있다. 반면 그 남자는 늘어선 각각의 차에서 정지 시간과 움직이는 시간의 평균치를 찾을 수 있게 해 주는 규칙성을 믿는다. 그러니까 문제는 차량 행렬을 각자 고유한 생명을 지닌 일련의 구역으로 나누느냐, 아니면 분할할 수 없는 단일한 몸체로 간주하느냐 하는 것이다. 단일한 몸체로 간주할 경우 기대할 수 있는 변화는 밤이 되어서 차량의 밀도가 차츰 낮아지다가 자동차가 완전히 줄어들어 우리 두 사람의 자동차만 같은 방향을 유지하면서 마지막엔 두 차의 거리가 사라지는 경우뿐이다…….
우리의 계산에서 확실하게 공통되는 점은 자동차의 개별적인 움직임을 결정하는 기본적인 요소라 할 수 있는 엔진의 성능과 운전자의 능력은 거의 고려하지 않았다는 사실이다. 모든 것은 행렬의 전반적인 움직임, 좀 더 정확히 말해 도시에서 교차하는 다양한 차량 행렬의 조화로운 움직임에 의해 결정된다고 할 수 있다. 결국 나와 나를 살해할 임무를 지닌 남자는 독자적으로 움직이는 공간 안에서 꼼짝할 수 없듯이, 흩어졌다가 다시 모이며, 그것의 조합에 우리의 운명이 결정되는 이 가상의 공간에 단단하게 결합되어 있다.

이러한 상황에서 벗어나는 가장 간단한 방법은 자동차에서 내리는 것이다. 우리 중 한 사람이나 우리 두 사람이 다 자동차를 버리고 계속 걸어가면, 다시 공간이 생기고 그 공간 안에서 우리가 움직일 가능성이 만들어질 것이다. 하지만 우리는 주차가 금지된 도로에 있다. 우리는 이 차량 행렬 한가운데에다 자동차를 버려두어야만 할 것이다.(내 차나 그 남자의 차나 둘 다 훔친 차로 쓸모가 없어지는 순간 아무 곳에서나 버려질 운명이다.) 나는 다른 자동차들 속으로 살금살금 기어서 살짝 빠져나가 그의 눈에 띄지 않고 사정거리에서 벗어날 수 있다. 하지만 그렇게 도주를 하다 보면 시선을 끌게 되어 곧 경찰의 추격을 받을 수 있다. 지금 나는 경찰의 보호를 청할 수 없을뿐더러, 오히려 어떤 식으로든 관심을 끄는 걸 피해야 한다. 그가 자기 차를 포기한다 해도 나는 절대 내 차에서 나갈 수 없다.

우리가 여기서 신호에 막혀 정차한 순간, 가장 먼저 나를 엄습한 것은 앞으로 걸어 나오는 그를 발견할지도 모른다는 두려움이었다. 핸들을 잡고 있는 100여 명의 사람들 한가운데서 그 남자 혼자만 자유로이 늘어선 자동차 안을 하나하나 검열하다가 내 차까지 도착해 탄창에 남아 있는 총알을 내게 쏘고 달아나 버릴지도 모른다는 두려움. 나의 두려움이 근거가 없지는 않았다. 나는 백미러에 비친 추격자의 형체를 곧 발견했다. 그는 반쯤 열린 자동차 문 밖으로 몸을 내밀고, 무엇 때문에 정차 시간이 지나칠 정도로 길어지는지 이유를 알고 싶은 듯 줄줄이 늘어선 강철 지붕들 위로 목을 빼고 있었다. 뿐만 아니라 잠시 후, 차에서 나온 호리호리한 그가 자동차들 사이에서 옆으로 몇 걸음 움직이는 게 보였다. 하지만 바로 그 순간 간헐적이던 움직임의 신호 하나에 자동차 행렬이 동요했다. 그의 빈 차 뒤에 서 있던 차들이 화가 나서 계속 경적을 울려 대더니 어느새 운전자와 승객들이 고함을 지르고 위협적인 동작을 하며 차 밖으로 뛰쳐나왔다. 그가 서둘러 다시 자기 자리에 앉아 기어를 넣고 뒤쪽 행렬이 짧은 거리나마 앞으로 나가게 힘쓰지 않았다면 그에게 달려와서 강제로 끌어다 핸들에 머리를 처박았을 것이다. 그러니까 나를 안심시켜 주는 것은 바로 이런 점이다. 우리는 자동차에서 단 일 초도 멀어질 수 없으며 내 추격자는 감히 걸어서 내게 올 엄두를 내지 못할 것이다. 비록 제때에 나에게 총을 쏜다 해도, 살인을 해서가 아니라 길 한가운데에서 꼼짝하지 않는 두 대의 차량(그의 자동차와 죽은 자의 차) 때문에 교통이 마비된 데에 분노하여 그를 두들겨 팰 준비가 된 다른 운전자들을 피할 방법이 없을 테니까.

나는 모든 가정을 다 해 보지만, 예측을 상세하게 하면 할수록 내가 목숨을 건질 가능성이 더 컸다. 게다가 달리 할 수 있는 일도 없지 않은가? 우리는 단 1센티미터도 움직이지 못하는 상태다. 지금까지 나는 자동차 행렬을 연속된 선으로 또는 개개의 자동차들이 무질서하게 달리는 유연한 흐름으로 간주해 왔다. 행렬을 이룬 자동차들이 세 줄로 서 있고 세 줄 각각의 정지 시간이나 주행 시간이 나머지 다른 줄과 일치하지는 않는다는 점을 분명히 말할 때가 되었다. 그런 상황이므로 오른쪽 줄이나 왼쪽 줄만, 또는 나와 나를 죽이려는 잠재적인 살인자가 위치한 중앙의 줄만 앞으로 나아가는 순간들이 있다. 이렇게 분명한 상황을 지금까지 내가 간과하고 있었다면, 그것은 세 줄이 규칙적으로 차츰차츰 제자리를 잡아서 나 자신이 그 사실을 빨리 알아차리지 못했기 때문만이 아니라 실제로 상황이 더 좋아지지도 나빠지지도 않았기 때문이다. 세 줄의 속도에 차이가 생긴다면 그것이 결정적인 역할을 할 수도 있는데, 가령 갑자기 추격자가 오른쪽 줄로 방향을 바꿔 달려 나와서 내 차 옆에 자신의 차를 바짝 들이대며 총을 쏜 뒤 계속 주행을 할 수 있기 때문이다. 하지만 이러한 우연 역시 배제해야 한다. 중앙의 줄에서 그는 양쪽의 어떤 줄로든 끼어들 수 있으므로(자동차들은 거의 범퍼가 닿을 정도로 가까이 붙어 앞으로 나아가고 있지만 옆줄에서 앞차의 뒷부분과 뒤차의 앞부분 사이에 작은 틈이 벌어지는 순간을 포착해서 10여 대에서 울려 대는 경적 소리를 무시하며 자기 차의 앞부분을 그 틈에 밀어 넣기만 하면 된다.) 나는 백미러에서 눈을 떼지만 않으면 그가 끼어들기를 끝내기 전에 작전을 눈치채고 우리를 갈라놓는 거리를 이용하여 그와 유사한 작전으로 몸을 피할 수 있는 시간을 충분히 확보할 수 있을 것이다. 즉, 나도 똑같이 그가 있는 오른쪽 줄이나 왼쪽 줄에 끼어들 수 있을 것이고 그렇게 하면 똑같은 속도로 계속 그보다 앞서 나갈 수 있는 것이다. 아니면 반대 방향의 바깥 줄로 옮길 수도 있으니 그가 왼쪽으로 가면 나는 오른쪽으로 가면 된다. 그러면 진행 방향에서뿐 아니라 위도상에서도 우리 사이에 거리가 생기고 그것은 영원히 뛰어넘을 수 없는 장벽이 될 것이다.

어쨌든 옆줄에 나란히 서게 되는 경우도 가정해 보아야 한다. 옆차의 핸들 위에 시체가 쓰러져 있고 경찰이 앞쪽에서 차량 행렬을 가로막고 기다릴지도 모르는 위험스러운 상황을 감수하지 않고서는, 나를 쏜다는 것이 아무 때나 쉽게 할 수 있는 일은 아니다. 신속하고 안전하게 행동할 기회가 오기 전까지 추격자는 내 곁에 딱 달라붙어 있을 텐데 얼마나 그러고 있어야 할지는 아무도 모르는 일이다. 그리고 그사이 각 줄의 속도 관계가 불규칙하게 변하기 때문에 우리 두 사람의 차는 같은 위치에 오래 있을 수 없을 것이다. 나는 다시 유리한 상황에 놓이거나 처음의 상황으로 되돌아갈 수 있으니 여기까지는 그다지 나쁘지 않다. 내 줄은 가만히 있는데 추격자의 줄은 앞으로 진행하는 게 그에게는 무엇보다 위험한 일이다.

추격자가 내 앞에서 달린다면 나는 이제 추격당하는 사람이 아니다. 그리고 그런 새로운 상황을 확실히 하기 위해 내가 그의 줄로 옮겨 가서 몇 대의 자동차를 사이에 두고 그의 뒤에 설 수도 있다. 그는 진행 방향을 바꿀 가능성도 없이 어쩔 수 없이 차량의 흐름을 따라가야 할 테고 나는 그의 뒤를 따라가면서 확실하게 목숨을 건질 수 있다. 신호등에서 그가 어느 쪽으로 가는지를 보고 내가 다른 쪽을 택하면 우린 영원히 갈라질 수 있다.

어쨌든 이 모든 가상의 전략에서 고려해야 할 점은 신호등에 도착했을 때 오른쪽 줄의 차들은 우회전하고 왼쪽의 차들은 좌회전하는 반면(교차로는 교통이 몹시 혼잡해서 진로를 수정할 수 없다.) 가운데 줄의 차에 탄 사람은 마지막 순간에 가서야 자기에게 적합한 방향을 선택할 수 있다는 것이다. 그와 내가 둘 다 되도록 가운데 줄을 떠나지 않으려고 하는 진짜 이유도 바로 이것이다. 그러니까 나는 마지막 순간까지 선택의 자유를 가질 수 있고 그는 내가 택한 방향을 보고 자기도 회전할 준비를 할 수 있다.

갑작스레 미친 듯이 흥분이 된다. 나와 추격자 모두 가운데 줄에서 있으니 우린 정말 영리한 놈들이다. 나에게 아직 자유가 있다는 사실을 안다는 건 멋진 일이다. 그와 동시에 아무도 들어갈 수 없는 튼튼한 차체들에 둘러싸여 보호받는 기분을 느끼며, 클러치의 페달에서 왼쪽 발을 떼고, 잠시 오른쪽 발로 액셀러레이터를 밟았다가 떼고 왼쪽 발로 클러치를 다시 밟는 것, 더욱이 우리가 결정하는 게 아니라 전반적인 교통 흐름의 리듬에 따라 행해지는 동작에만 신경을 쓴다는 건 더할 나위 없이 멋진 일이다.

나는 행복과 낙관주의가 넘치는 순간을 경험하는 중이다. 결국 우리의 움직임은 다른 모든 움직임과 거의 똑같다. 그러니까 그 움직임이란 우리 앞에 있는 공간을 차지했다가 그 공간을 등 뒤로 보내는 것이어서 나는 앞에 자유로운 공간이 나타나면 바로 그 자리를 차지한다. 그렇지 않으면 다른 누군가가 서둘러 차지할 것이기 때문이다. 공간에서 할 수 있는 유일한 행위는 그것을 부정하는 것이다. 나는 공간이 형성되는 조짐이 보이면 그 즉시 그것을 부정하고 내 뒤에 다시 공간이 형성되도록 둔다. 그곳에는 공간을 부정할 또 다른 사람이 존재한다. 간단히 말해 우리는 공간을 절대 볼 수 없는데 공간은 어쩌면 존재하지 않을 수도 있고 확장된 사물을 가리키거나 거리의 척도에 불과할 수도 있다. 나와 추격자의 거리는 나와 그 사이에 늘어선 자동차의 수만큼이라 할 수 있다. 이 수가 불변하기 때문에 우리의 추격은 추격의 모습을 갖추고 있다 할 수 있다. 그렇지 않았다면 동일한 기차의 각기 다른 칸에 앉아 있는 두 여행자를 서로 추격하는 관계로 설정하기 어렵듯이 우리의 관계를 설정하기도 어려웠으리라.

하지만 우리 사이를 벌려 놓은 자동차의 수가 증가하거나 감소

할 경우, 속도와 자유로운 움직임과는 무관하게 우리의 추격은 진짜 추격이 될 것이다. 우연히 자동차의 수가 증가하거나 감소하는 것 모두 어느 정도 현실화될 가능성이 있으므로 나는 다시 완전히 주의를 집중해야 한다. 지금 내가 있는 지점과 신호가 바뀌는 교차로 사이에 골목이라 할 만한 샛길이 하나가 있다는 사실을 깨닫는다. 많지는 않지만 그래도 계속 자동차가 그 도로에서 나오는 중이다. 그 길에서 합류하는 자동차 몇 대가 그와 나 사이에 끼어들기만 하면 그와 나의 거리는 곧 충분히 멀어지고도 남는다. 그러면 나는 갑작스레 이 위기 상황을 탈출하게 되는 것이나 마찬가지일 수 있다. 반면 지금 우리의 왼쪽으로, 길 한가운데에 주차할 수 있게 마련된 좁은 구역이 나타나기 시작한다. 만약 빈자리가 있거나 생겨 그와 나 사이의 자동차 중 몇 대만 주차를 하기로 결정해도 내 추격자는 우리 사이의 거리가 갑자기 짧아진 것을 발견할 것이다.

나는 서둘러 해결책을 찾아야 하는데 내게 열려 있는 영역이라고는 이론적인 것뿐이므로 남은 일은 이 상황에 대한 이론적 지식을 확대하는 길밖에 없다. 현실이 아름답든 추하든 나는 그것을 바꿀 수 없다. 저 남자에게는 나를 붙잡아 살해할 임무가 있는 반면, 나는 도망치는 것 외에는 어떤 일도 할 수 없도록 결정되어 있다. 이러한 지시는 공간의 한 차원 또는 전 차원이 없어져 버리고 그 결과로 움직이는 게 불가능한 경우에도 유효하다. 이 때문에 나는 추격당하는 사람으로, 그는 추격자로 존재하는 상황은 중단될 수 없다.

나는 두 가지 유형의 관계를 동시에 고려해야 한다. 그중 하나는 시내 중심에서 움직이는 모든 자동차를 동시에 포함하는 시스템의 관계로 그 자동차들의 총 표면적이 도로의 총면적과 같거나 그것을 뛰어넘는 경우이다. 다른 하나는 무장한 추격자와 무기 없이 쫓기는 사람 사이에 생기는 시스템의 관계이다. 이 두 유형의 관계는 동일시되는 경향이 있는데, 두 번째 시스템이 첫 번째 시스템에 포함되어 있다는 의미이다. 마치 그릇이 자신에게 담겨 있는 물체에 자신의 형태를 부여해 그 물체를 눈으로 볼 수 없게 만드는 것과 같다. 그래서 외부에서 바라보는 사람은 똑같은 자동차들의 강물 한가운데에서, 이런 참을 수 없는 상황에 몸을 숨기고 목숨을 건 추격에 몰두하는, 미친 듯이 질주하는 두 대의 자동차를 찾아낼 수 없다.

차분하게 모든 요소를 검토해 보도록 하자. 추격은 공간 안에서 움직이는 두 차체의 속도 대결일 수도 있다. 그러나 우리가 살펴보았듯이 공간은 자신을 차지하고 있는 차체와 독립되어 존재할 수 없으므로 추격은 그와 같은 차체와 관련된 위치들의 다양한 변화 속에서만 가능하다. 그러므로 주변 공간을 결정하는 것은 바로 차체들이다. 그런데 이런 주장이 나와 내 추격자의 경험과 모순되는 듯이 보인다면(우리 둘 다 도망치기 위한 공간이든 추격하기 위한 공간이든 아무것도 결정을 할 수 없으므로) 그것은 개별적인 차체가 아니라, 상호적인 관계 안에 있으면서, 단호하게 또는 머뭇거리며 움직이고 엔진의 시동을 걸고 전조등을 깜빡이고 경적을 빵빵 울리고, 격렬하게 중립 기어, 일단, 이단 기어, 중립 기어, 일단 기어, 이단 기어를 계속해서 변환시키는 차체들 전체의 속성과 관련되기 때문이다.

이제 우리가 공간의 개념을 없애 버렸고(이렇게 신호를 기다리는 동안 추격자도 나와 같은 결론에 도달했을 것이라 생각한다.) 움직임의 개념이 일련의 지점들을 가로지르는 차체의 연속적인 흐름이 아니라 이 지점 또는 저 지점을 차지하는 불연속적이고 불규칙적인 이동을 암시하게 되었으니, 어쩌면 나는 이 줄의 느린 움직임을 그다지 조바심 내지 않고 받아들일 수 있을지도 모른다. 중요한 것은 줄에 서 있는 다른 모든 차량과 내 차 주위의 공간이 상대적으로 정의되고 변형된다는 사실이기 때문이다. 간단히 말해 모든 자동차는 사실 다른 관계망과 같은 관계망의 중심에 자리한다. 다시 말해 자동차들은 교환이 가능하다. 여기서 자동차란 그 안에 운전자가 있는 차를 말한다. 각 차의 운전자들은 다른 자동차의 운전자와 자리를 바꿀 수 있는데 나 역시 내 주변 차의 운전자와, 내 추격자는 자기 주변 운전자와 그렇게 할 수 있다.

이렇게 위치를 바꾸는 가운데 선호하는 방향들이 부분적으로 확인될 수 있다. 가령 실제로 진행하는 것을 의미하지는 않지만 우리 줄의 진행 방향은, 반대 방향으로 진행할 가능성을 배제한다. 그리고 이 추격의 방향은 우리 두 사람이 선호하는 방향이다. 사실 절대 일어나지 않을 단 한 번의 위치 변화는 바로 우리 둘 사이의 자리 바꿈이거나 우리의 추격과 모순되는 다른 어떤 바꿈이다. 이것은 표면적으로 상호 교환이 가능한 이 세계에서 추격자와 추격당하는 자의 관계는 우리가 계속 유지할 수 있는 유일한 현실이라는 사실을 증명한다.

요점은 이렇다. 만약 모든 자동차가(진행 방향과 추격 방향의 자동차라는 가정하에) 다른 자동차와 똑같다면 그 자동차들의 속성이 다른 자동차에 부여되어 있을 수 있다. 그러니까 이 줄의 자동차가 모두 추격당하는 차일 가능성도 절대 배제할 수 없다. 다시 말해 이 모든 자동차들은 나처럼 뒤에 오는 차들 중 어떤 차에서 권총을 쥐고 위협하는 자를 피해 달아나는 중일 수 있다. 마찬가지로 이 줄의 모든 자동차가 살해 의도를 가지고 다른 차를 추격하는 중이라 갑자기 시내 한복판이 전쟁터나 대량 학살의 현장으로 변할 가능성 역시 절대 배제할 수 없다. 이것이 사실이든 아니든 내 주위에 있는 자동차들이 지금과 다른 태도를 취할 수는 없을 것이다. 그래서 나는 가정을 계속하고 한 자동차에는 추격당하는 역할을, 또 다른 자동차에는 추격하는 역할을 맡기면서 다양한 순간에 두 자동차의 위치를 추격할 수 있다. 무엇보다 이것은 기다리는 시간을 죽이기에 제일 좋은 놀이이다. 기다리는 줄에서 위치가 변할 때마다 그것을 가상의 추격 일화로 해석하기만 하면 된다. 예를 들어 그와 나 사이에 있는 자동차 중 한 대가 주차장의 빈자리를 보고 좌측 깜빡이를 깜박거리는 지금 나는 그와 나의 거리가 짧아지는 사실을 걱정하는 대신 그걸 또 다른 추격의 작전이라고, 내 주위에 있는 수많은 자동차 속에 있는 또 다른 추격자와 추격당하는 사람의 움직임과 관련이 있다고 생각할 수 있는 것이다. 그렇게 하면 내가 그때까지 고독하게 두려움에 사로잡혀, 주관적으로 경험했던 상황이 나의 외부로 투사되고 우리 모두가 일역을 담당하고 있는 일반적인 체계로 확장된다.

그와 나 사이에 있던 자동차가 제자리를 떠난 게 이번이 처음은 아니다. 한편에서는 주차장이, 다른 편에서는 약간 빠르게 진행되는 오른쪽 줄이 내 뒤의 자동차들에게 강한 매력으로 작용한 듯하다. 내가 추론을 계속하는 동안 나를 둘러싼 상대적 공간은 다양하게 변했다. 갑자기 나의 추격자도 오른쪽으로 갔고 앞으로 이동하는 그 줄을 이용해서 가운데 줄의 자동차 두 대를 추월했다. 그래서 나도 오른쪽으로 갔다. 그러자 그가 가운데 줄로 다시 왔고 나도 중앙으로 다시 돌아왔지만 그가 세 대의 자동차를 앞지르는 동안 나는 한 대 뒤로 밀려나야만 했다. 이전 같으면 이 모든 상황 때문에 불안에 떨었겠지만 지금은 무엇보다도 이 모든 게 추격의 일반 체계에서 세부적인 요소들로 보여 흥미롭다. 내가 그 추격의 속성을 규명해 보려 애쓰고 있기 때문이다.

잘 생각해 보면 만약 자동차들이 모두 추격과 관련이 있다면 추격의 속성은 가환(可換)적일 필요가 있다. 그러니까 추격을 하는 사람은 누구든 추격을 당하고 있고 추격당하는 사람은 누구든 추격을 하고 있는 것이다. 자동차들 사이에서 그렇게 균일하고 균형 잡힌 관계가 실현될 수 있는데, 그 속에서 결정하기 힘든 단 하나의 요소는 개별적인 추격의 고리 안에 있는 추격자와 추격당하는 자 사이의 간격이다. 사실 이 간격은 스물 혹은 마흔 대의 자동차로 만들어지거나 지금의 내 경우처럼(백미러로 본 바에 따르면) 한 대도 없을 수 있다. 바로 이 순간 내 추격자는 내 차 바로 뒷자리를 차지했다.

그러므로 나는 패배했다고 생각해야 하고, 내 가정을 발전시켜 어떤 구제책이라도 생각해 내지 않으면 이제 몇 분 후에 죽게 된다는 사실을 받아들여야 한다. 예를 들어 나를 추격하는 자동차의 바로 뒤에 그 차를 뒤쫓는 자동차들이 연쇄적으로 길게 늘어서 있다고 가정해 보자. 내 추격자가 총을 쏘기 바로 일 초 전에 내 추격자의 추격자가 내 추격자를 붙잡아 그를 살해한다면 나는 목숨을 건지게 된다. 하지만 이런 일이 일어나기 이 초 전 내 추격자의 추격자가 다시 그의 추격자에게 붙잡혀 살해되면 내 추격자는 살아남아 자유롭게 나를 죽이게 된다. 추격의 완벽한 시스템은 기능의 단순한 연쇄를 토대로 해야 한다. 그러니까 모든 추격자는 자기가 죽여야 할 희생자에게 총을 쏘기 전에 자기 앞에 나타난 추격자를 막을 의무가 있는데 그것을 가능케 하는 수단은 단 하나다. 바로 추격자에게 총을 쏘는 것이다. 그러니까 모든 문제는 연쇄 고리에서 어떤 고리가 끊어질지를 아느냐 하는 것이다. 한 추격자가 다른 추격자를 살해하는 데 성공하는 지점으로부터 출발하면, 뒤따라오는 추격자는 이미 살인이 저질러져서 그것을 막을 수 없기 때문에 총 쏘기를 포기할 것이며, 그 뒤에 오는 추격자는 막아야 했던 살인이 더 이상 일어나지 않을 것이므로 총을 쏠 이유가 없을 것이고, 그렇게 고리가 이어지면서 더 이상 추격자도 추격당하는 사람도 존재하지 않게 되기 때문이다.

하지만 만약 내가 내 뒤로 존재하는 추격의 고리를 인정한다면 이 고리가 나를 통해 내 앞줄까지 이어지지 말라는 법도 없다. 신호등이 초록불로 바뀌고 자유롭게 움직일 차례가 되어 내 운명을 결정하게 될 교차로로 달려 나갈 수 있게 된 지금 나는 결정적인 요소는 내 뒤가 아니라 내 앞에 있는 사람과의 관계라는 점을 알아차린다. 즉 기대할 수 있는 유일한 대안은 추격을 당하는 내 상황이 불균형한 상태로(내 추격자와의 관계에서 내가 무기를 가지고 있지 않았던 사실에서 증명된 듯한데) 종말을 맞거나 나 자신이 추격자가 되는 것이다. 문제점들을 좀 더 자세히 검토해 보면 바로 이런 가정을 할 수 있다. 나는 어떤 사람을 죽이되 그 어떤 이유에서든 그 사람 외의 다른 사람에게는 절대 무기를 사용해서는 안 되는 임무를 부여받았을 수 있다. 이 경우 나는 내가 죽여야 할 사람을 향해서만 무장을 하고 있고 다른 사람들에 대해서는 무장이 해제된 상태다.

이러한 가정이 진실과 부합되는지 알아보기 위해서는 손만 한번 뻗어 보면 된다. 내 차의 글러브 박스 안에 권총이 있다면 나도 추격자라는 표시다. 이 가정을 확인할 시간은 충분하다. 나는 이번 초록 신호를 이용할 수가 없었는데 내 앞의 차가 대각선으로 진행하는 자동차들에게 막혀 정지해 버렸고 이제 빨간불이 들어왔기 때문이다. 직각으로 움직이는 차량 행렬이 다시 움직이기 시작한다. 내 앞의 차는 신호 대기 차선을 넘어 버렸기 때문에 좋지 않은 위치에 있다. 후진을 할 수 있을지 살펴보려고 몸을 돌던 운전자가 나를 보더니 겁에 질린 표정을 짓는다. 그는 내가 온 도시를 따라다니며 추격했었고 이 느려 터진 줄에서 인내심을 가지고 뒤쫓던 적이다. 소음기가 달린 권총을 움켜쥔 오른손을 기어 변환 장치 위에 올려놓는다. 백미러로는 나를 표적으로 삼는 내 추격자가 보인다.

초록불이 켜지자 나는 시동을 걸고 기어를 넣으며 왼손으로 완전히 핸들을 돌리는 동시에 창 쪽으로 오른손을 들어 총을 쏜다. 내가 추격하던 남자가 핸들로 푹 고꾸라진다. 나를 추격하던 남자는 이제 쓸모없어진 권총을 내려놓는다. 나는 벌써 대각선 길로 들어섰다. 바뀐 것은 아무것도 없다. 차량 행렬은 조금씩 불규칙하게 움직이고 나는 움직이는 차량 행렬, 추격자와 추격당하는 자들을 구분할 수 없는 그 행렬의 일반 구조 속에 여전히 갇혀 있다.

한밤의 운전자

도시를 벗어나자마자 주위가 어두워진 것을 알아차렸다. 전조등을 켰다. 지금 나는 3차선 고속도로를 달려 자동차로 A시에서 B시로 가는 중인데 고속 도로의 가운데 차선은 양쪽 차선에서 추월이 가능하다. 야간 운전을 할 때 두 눈은 그 안에 들어 있는 장치를 떼어 내고 다른 장치의 불을 켜야 한다고 할 수 있는데, 두 눈이 아무리 노력을 해도 어둠과 저녁 무렵이면 색이 흐릿해지는 주위의 풍경 속에서, 멀찌감치 앞서 달리거나 반대편에서 달려오는 작은 얼룩 같은 자동차들은 구별하기가 힘들지만 일종의 검은 칠판처럼 통제를 할 수는 있기 때문이다. 그러니까 그 칠판에서 주의를 빼앗을 수 있는 그림의 세부 사항들을 모두 지워 버리고 꼭 필요한 요소들, 아스팔트 위의 하얀 선이라든가 노란 전조등 불빛과 빨간 불빛들만을 부각시켜서 더 정확하면서도 단순하게 다른 식으로 읽을 수 있는 것이다. 이런 과정은 자동적으로 진행되었는데 내가 오늘 밤 그 문제에 신경을 쓰는 경향이 있다면 그것은 아마 외적인 문제에 시선을 돌림으로써 지금 내 마음을 압도하는 내적인 문제에 시간을 빼앗기지 않을 수 있기 때문일 것이다. 내 생각은 내가 차단할 수 없는 의심과 여러 선택 가능성의 회로 속으로 제멋대로 달려가고 있었다. 간단히 말해 나는 운전에 집중하기 위해 특별한 노력을 기울여야만 했다.

나는 Y와 전화로 말다툼을 하고 난 뒤 충동적으로 자동차에 올라탔다. 나는 A시에 살고 Y는 B시에 산다. 나는 오늘 밤 그녀를 만나러 갈 계획이 아니었다. 하지만 매일 일상적으로 주고받는 통화에서 아주 심각한 문제가 이야기되었다. 결국 나는 화가 나서 Y에게 관계를 정리하고 싶다고 말했다. Y는 헤어지든 말든 중요하지 않으며 당장 내 경쟁자인 Z에게 전화를 하겠다고 대답했다. 그 순간 우리 둘 중 한 사람이(그녀였는지 나였는지 기억이 나지 않는다.) 전화를 끊어 버렸다. 일 분도 지나지 않아서 나는 벌써 우리가 말다툼을 하게 된 이유는 그것이 야기할 결과에 비하면 아무것도 아니라는 걸 알아차렸다. Y에게 다시 전화를 한다면 그건 아마 중대한 실수가 될 터였다. 이 문제를 해결할 방법은 B시로 달려가서 Y의 얼굴을 직접 보고 설명을 하는 것뿐이었다. 그래서 지금 나는 밤이나 낮이나, 사계절 어느 때고 수백 번 달렸던 이 고속 도로에 있다. 이 길이 이렇게 길게 느껴진 것은 처음이다.

좀 더 정확히 말하자면 시간과 공간 감각을 상실한 기분이다. 전조등에서 비치는 원뿔 모양의 불빛에 장소의 윤곽은 흐릿하게 사라져 버렸다. 표지판에 적힌 킬로미터와 계기판 위에 나타나는 숫자는 내게 아무것도 말해 주지 않았으며, 지금 이 순간 Y가 뭘 하고 있으며 무슨 생각을 하는지 궁금해하는 내 절박한 의문도 해결해 주지 않았다. 정말 Z에게 전화를 할 생각이었을까, 아니면 그냥 화가 나서 그 순간 위협적으로 내뱉은 말일까? 진심으로 그런 말을 했고 우리의 통화가 끝난 즉시 전화를 했을까? 아니면 잠시 생각을 좀 하면서 결정을 내리기 전에 분노를 가라앉히려 했을까? Z는 나처럼 A시에 살았다. 몇 년 전부터 Y를 사랑했지만 행운을 얻지 못했다. 만일 그녀가 전화를 해서 그를 초대했다면 그는 틀림없이 B시로 가기 위해 자동차에 뛰어올랐을 것이다. 그러니까 그 역시 지금 이 고속 도로를 달리는 중일 수 있다. 내 차를 추월하는 자동차들이 그의 차일 수도 있고 내가 추월하는 자동차들도 마찬가지이다. 확인을 하기는 어렵다. 나와 같은 방향으로 달리는 자동차들 중 내 앞에 달리는 자동차들은 빨간 불빛 두 개만 보이고 내 뒤를 따르는 자동차들은 백미러로 보면 노란 불빛 두 개만 보인다. 추월을 하는 순간에야 겨우 어떤 종류의 차인지, 몇 명이나 타고 있는지 정도만 구분할 수 있는데 운전자만 탄 자동차가 대부분이다. 자동차 모델로 말하자면 나는 Z의 차를 특별히 분간할 수 없다는 걸 알게 되었다.

설상가상으로 비까지 내리기 시작했다. 와이퍼가 차창의 빗물을 닦으며 만들어 내는 반원형으로 시야가 축소되었고 그 외에는 빗줄기가 그려지거나 불투명한 어둠만 남았다. 밖에서 내게 주어지는 정보라고는 회오리치는 빗줄기 때문에 형태가 일그러진 노란불빛과 빨간 불빛이 전부였다. 내가 Z에 대해 할 수 있는 일은 그를 추월하려 애쓰는 것과 그가 어떤 자동차를 타고 있든지 간에 그에게 추월당하지 않는 것뿐이었지만 나는 그의 차가 정말 달리고 있는지 어떤지도 알 방법이 없다. A시 방향으로 가는 다른 자동차들 모두에 대해서도 같은 적개심을 느꼈다. 내게 양보를 구하려고 방향 지시등을 내 백미러 쪽으로 숨 가쁘게 비춰 대는, 나보다 속도가 빠른 자동차들 전부에게 강한 질투심이 타올랐다. 내 경쟁 자동차의 후미등 불빛과 내 자동차의 거리가 좁아지는 것을 볼 때마다 떨 듯이 의기양양해져서 경쟁자보다 먼저 B시에 도착하려고 중앙 차선으로 달려든다.

몇 분만 일찍 도착하면 될 터였다. 이렇게 빨리 자신에게 달려온 나를 보면 Y는 말다툼의 이유 같은 건 금방 잊어버릴 테고 우리는 예전 관계를 회복할 것이다. 그때 도착한 Z는 우리 둘 사이에 일어난 장난 같은 것 때문에 Y가 자기에게 전화했다는 것을 알고 소외감을 느끼겠지. 그런데 어쩌면 지금 이 순간 Y가 내게 했던 말을 후회하고 내게 전화를 해 보려고 할 수도 있다. 아니, 그녀도 나처럼 직접 나를 찾아오는 게 제일 낫겠다 생각하고 핸들을 잡았을 수 있다. 말하자면 지금 이 고속 도로에서 나와 반대 방향에서 달리는 중일 수 있는 것이다.

이제 나는 나와 같은 방향으로 달리는 자동차를 주의 깊게 관찰하기를 그만두고 나를 향해 달려오며 내게는 그저 두 개의 별 같기만 한 전조등 불빛, 내 시야의 어둠까지 쓸어 가다가 갑자기 바닷속의 발광체 같은 것을 이끌고 내 등 뒤로 사라지는 불빛에 불과했던 자동차들을 유심히 살핀다. Y의 자동차는 아주 흔한 모델이었고 게다가 내 자동차와 같았다. 갑자기 빛을 발산하며 나타나는 이 자동차들 모두가 나를 향해 달려가는 그녀일 수 있어서 나는 자동차가 지나갈 때마다, 비밀스러워야만 하는 은밀함 때문인 듯 내 핏속에서 움직이는 뭔가를 느꼈다. 오로지 나만을 향한 사랑의 메시지가 고속 도로에서 줄줄이 달리는 다른 메시지들과 뒤섞이고 있었는데 나는 이것과 다른 메시지를 그녀로부터 바랄 수가 없을 것이다.

Y에게 달려가면서 나는 내가 질주의 끝에서 Y를 만나지 않기를

더 간절히 바란다는 것을 알아차렸다. 나는 Y가 내게로 달려왔으면 좋겠다. 내게 필요한 답은 이렇다. 그녀는 내가 자신에게 달려간다는 사실을 알아야 했고, 동시에 나도 그녀가 내게 달려오고 있다는 걸 알아야 했다. 이런 생각은 내게 위안을 주는 유일한 생각이면서 또 나를 괴롭히는 생각이기도 했다. 그러니까 만일 지금 이 순간 Y가 A시 쪽으로 달려가고 있고 그녀 역시 B시 쪽으로 달리는 자동차의 전조등을 볼 때마다 혹시 내가 자기에게로 달려가는 게 아닌지 자문하며, 내가 그렇게 해 주길 바라지만 그 점을 확신하지 못할 수도 있지 않을까 하는 생각이다. 지금 반대 방향에서 달리던 두 대의 자동차가 잠시 나란히 달리게 되어, 눈부시게 환한 불빛이 빗방울을 비추고 두 차의 엔진 소리가 거센 바람 소리처럼 뒤섞였다. 어쩌면 우리도 저랬는지 몰랐다. 말하자면 이게 무언가를 뜻한다면, 당연히 나는 나였고, 다른 여자는 그녀였을 수 있다. 그러니까 내가 바라던 그녀, 내가 식별하고 싶었던 그녀의 표식일 수 있었다. 나는 그 표식을 알아볼 수 없었지만. 고속 도로를 달리는 일은 우리에게 할 말이 남아 있다는 것을 표현할 수 있는, 그녀와 나, 우리에게 남은 단 하나의 방법이었다. 하지만 우리가 계속해서 고속 도로를 달리는 한은 그 사실을 전할 수도 전달받을 수도 없다.

물론 나는 최대한 빨리 그녀에게 가기 위해 운전대를 잡았다. 하지만 앞으로 달리면 달릴수록 내가 도착하는 순간이 내 질주의 진정한 목표가 아님을 분명히 알게 되었다. 만남의 장면 속에 들어 있어야 할 별로 중요하지 않은 세부 사항을 모두 갖춘 우리의 만남과 내 앞에 펼쳐질 감각과 의미와 기억(필로덴드론[18] 화분이 있던 방, 유백색 전

---

18 브라질과 서인도 제도가 원산인 관엽 식물.

등, 귀고리)의 미세한 망, 어떤 말은 분명 실수일 수도 있고 오해를 불러오기도 하겠지만 내가 하고 싶은 말, 분명 약간 불협화음을 이루고 어쨌든 내가 기대한 말은 아닐 그녀의 말, 그리고 모든 행동과 말이 내포하고 있는 예측할 수 없는 결과들, 이 모든 게 우리가 해야 할 말, 아니 더 정확히 말하자면 우리가 듣고 싶은 말 주위에 요란한 구름을 만들어 낼 것이다. 이 구름으로 인해 전화로는 어려워진 의사소통이 더 방해를 받고 억압받으며 쏟아지는 산더미 같은 모래에 파묻히듯 묻혀 버리고 말겠지. 이 때문에 나는 말을 계속하는 대신에 시속 140킬로미터로 달리는 자동차가 던지는 원뿔형 불빛 속에서 해야 할 말을 다른 말로 바꾸고, 고속 도로에서 움직이는 원뿔형 불빛 속에서 나 자신을 바꿀 필요를 느꼈다. 그래야만 애매하고 무질서한 부차적인 떨림 속에서, 그녀가 보내는 신호를 놓치지 않고 받고 이해할 수 있을 것이다. 그와 마찬가지로 나도 그녀가 내게 하고 싶어 하는 말을 이해하기 위해, 내 앞에 보이는 고속 도로에서 시속 110킬로미터에서 120킬로미터의 속도로(어림짐작으로 말하자면) 달리는 자동차에서 나오는 그 원뿔형 불빛이 바로 그녀가 하고 싶은 말이길 바란다.(아니, 그녀 자체이길 바란다.) 중요한 것은 여타의 것들은 모두 사라지게 내버려 둔 채 절대적으로 필요한 사실만 전달하고 우리 자신을 본질적인 의사소통으로, 정해진 방향으로 움직이는 반짝이는 신호로 바꾸는 것이다. 그와 동시에 복잡한 우리의 개성과 상황과 얼굴 표정을 지워 버리고 어둠의 상자 속에 버려두어 전조등이 가지고 가서 숨겨 버리게 해야 한다. 내가 사랑하는 Y는 사실 움직이는 이 빛들이며 그녀의 나머지 것들은 감춰져 있을 수 있다. 그녀가 사랑하는 나 자신, 그녀의 애정 생활이라고 할 열광의 회로 속에 들어갈 힘을 가진 나 자신은 지금 그녀의 사랑을 얻기 위해 위험을 무릅쓰고 추월을 시도하며 깜빡이는 방향 지시등의 불빛이다.

그리고 Z와도(나는 Z를 한시도 잊은 적이 없다.) 내게는 그저 나를 추격하는 눈부신 방향 지시등 혹은 내가 추격하는 주차등에 불과한지 아닌지를 알 수 있게 적절한 관계를 설정할 수 있으리라. 내가 Z의 성격을 진지하게 고려하기 시작하면, 그 결과가 어떻게 될지 아무도 알 수 없기 때문이다. 말하자면 그는 측은하지만 부인할 수 없게 불쾌하기도 하고, 그러면서도 짝사랑이라는 따분한 연애사와 언제나 다소 애매한…… 행동 방식을 보자면 또 그런 면이 양해가 되기도 하는(나는 이 점을 인정해야 한다.) 면이 있는 성격이니 말이다. 어쨌든 모든 게 이런 식으로 계속된다는 건 아주 좋은 일이었다. Z(하지만 나는 그인지 아닌지 알 수가 없다.)는 나를 추월하려 하거나 나에게 추월당하고, Y(하지만 나는 그녀인지 아닌지 알 수가 없다.)는 자신의 행동을 후회하고 나에 대한 사랑을 새삼 느끼며 나를 향해 가속 페달을 밟고, 나(하지만 나는 그녀에게도, 그에게도 이 사실을 알릴 수가 없다.)는 질투에 눈이 멀어 초조한 마음으로 그녀에게 달려가는 식으로 말이다.

물론 고속 도로에 나 혼자뿐이고 어느 방향으로도 달리는 자동차가 한 대도 보이지 않는다면 모든 게 훨씬 분명해질 테고 나는 Z가 내 자리를 차지하려는 행동을 하지 않았고 Y도 나와 화해를 하기 위해 차를 몰고 나오지 않았다고 확신할 수 있을 것이다. 이것은 내 대차 대조표에 손해 또는 이익으로 기록할 수 있는, 어쨌든 의심이 전혀 남지 않는 자료이다. 하지만 나에게 현재의 불확실한 상황과 그와 같이 부정적인 확실한 상황을 바꿀 수 있는 기회가 주어진다면 두말 않고 거절할 것이다. 모든 의심을 배제할 수 있는 가장 이상적인 조건은

이 고속 도로에서 딱 세 대의 자동차, 그러니까 내 차와 Y와 Z의 차만 달리는 것이다. 그러면 내 방향에서 나보다 앞서 달리는 차는 Z의 차일 수밖에 없고 반대 방향에서 홀로 직진하는 차는 Y의 차가 분명할 테니. 어둠과 비로 인해 특징 없는 불빛으로 변해 버린 수백 대의 자동차 사이에서는 유리한 위치에 꼼짝 않고 앉아 있는 관찰자만이 자동차를 구별할 수 있고, 어쩌면 그 안에 탄 사람도 알아볼 수 있을 터였다. 내 상황은 그와 반대였다. 내가 메시지를 받고 싶다면 나는 나 자신이 메시지가 되기를 포기해야 한다. 하지만 내가 Y로부터 받고 싶은 메시지는(그러니까 Y 스스로가 메시지가 되는 것) 나 자신이 메시지가 되어야만 가치를 지니게 된다. 다른 한편 나 자신이 스스로 만든 메시지는 모든 메시지의 수신자가 그렇듯이 Y가 그것을 받기만 하는 게 아니라 그녀 자신이 내가 그녀로부터 받고자 기다리는 메시지가 될 때에만 의미가 있다.

이제 B시에 도착해서 Y의 집으로 올라가서 두통에 시달리며 말다툼의 원인을 곱씹고 있는 그녀를 만난다 해도 나는 전혀 기쁘지 않을 것이다. 게다가 Z까지 그 집에 온다면 끔찍한 영화의 한 장면이 탄생할 것이다. 반면 Z가 B시로 오지 않았거나 Y가 그에게 전화하겠다는 위협을 실행에 옮기지 않았다는 사실을 알게 되면 나는 바보짓을 한 기분이 들 것이다. 한편 내가 A시에서 움직이지 않았고 Y가 내게 사과를 하러 A시까지 왔다면 나는 당혹스러운 상황에 처할 것이다. 아마 Y를 다른 눈으로, 나를 잡으려 하는 시답잖은 여자로 보게 되어 우리 관계에 뭔가 변화가 생길 것이다. 우리 사이에 이런 변화가 생기지 않는다면 나는 더 이상 다른 상황을 받아들일 수 없다. 그렇다면 Z는 어떨까? Z도 우리의 운명을 피해서는 안 된다. 그 역시 그 자신이 메시지로 변신해야 한다. 내가 Z에 대한 질투심으로 Y에게 달려가고 있고 Y가 Z에게 달아나려 한 것을 후회하며 내게 달려오고 있는데 Z는 자기 집에서 움직일 생각도 하지 않는다면 이 얼마나 낭패스러운 일인가…….

고속 도로 중간에 휴게소가 있다. 나는 차를 세우고 바에 들어가 전화기용 동전을 한 주먹 사고 B시의 지역 번호와 Y의 전화번호를 누른다. 전화를 받지 않는다. 기쁜 마음으로 수화기를 내려놓자 동전이 비 오듯 떨어졌다. Y가 불안감을 이기지 못하고 자동차를 타고 A시로 달려가는 게 분명했다. 이제 나는 고속 도로의 반대 방향으로 돌아서 나 역시 A시로 달린다. 나를 추월하는 자동차 또는 내가 추월하는 모든 자동차가 Y의 자동차일 수 있다. 반대쪽 차선에서 반대 방향으로 직진하는 자동차들은 착각에 빠진 Z의 자동차일 수 있다. 그런데 Y도 고속 도로 휴게소에 들러 A시의 내 집에 전화를 했다가 전화를 받지 않자 내가 B시로 가고 있다는 것을 알고 방향을 바꿨을 수 있다. 그 경우 우리는 서로 반대 방향으로 달리며 멀어지고 있는 것이다. 그리고 내가 추월하는 자동차 또는 나를 추월하는 자동차가, 그 역시 고속 도로 휴게소에서 Y에게 전화를 걸어 보았던 Z의 자동차일 수 있다…….

모든 게 더욱 불확실해졌지만 나는 이미 어떤 내적인 평화의 상태에 도달한 기분이다. 전화번호를 눌러 아무도 전화를 받지 않는 걸 확인할 수 있는 한 우리 세 사람은 계속 출발지도 도착지도 없이 이 하얀 차선을 달려 오고 갈 것이다. 우리가 달리는 이 유일한 길 위에, 마침내 우리의 신체와 목소리와 정신 상태라는 불편한 무게에서 자유로워져 빛의 신호로 바뀐 수많은 감각과 의미가 불안하게 그 모습을 드러낸다. 우리의 존재 또는 다른 사람의 존재가 우리에게 말하는 것을 전하는 기형적인 요란한 소리 없이, 말하는 것과 자신을 동일시하고 싶은 사람에게만 유일하게 어울리는 질주이다.

물론 치러야 할 대가가 아주 많지만 우리는 그것을 받아들여야만 한다. 우리는 이 길을 지나는 수많은 표식들 하나하나를 구별할 수 없다. 이곳을 벗어나면 어떤 의미도 수용할 수 없고 이해할 수 없기에 숨겨져 있고 해석할 수 없는 의미를 각자 가지고 있는 그 표식들을.

몬테크리스토 백작

1

이 감방에서는, 내가 오래전부터 갇혀 있는 이 이프 성의 구조에 대해 할 수 있는 말이 별로 없다. 두꺼운 벽에 난 지하 통로 끝에 쇠창살이 달린 작은 창이 하나 있지만 그 창으로는 아무것도 볼 수 없다. 거기 비치는 선명하거나 흐릿한 하늘의 빛을 통해 시간과 계절을 알아차리는 정도다. 그러나 그 창 밑에 바다가 펼쳐져 있는지, 낭떠러지가 있는지, 아니면 요새의 안뜰이 연결되어 있는지는 전혀 알 수 없다. 지하 통로는 깔때기 모양으로 좁아진다. 그렇기 때문에 밖을 내다보려면 그 통로 끝까지 기어가야만 한다. 시도해 보았지만 해골처럼 말라 버린 나 같은 남자에게도 불가능한 일이었다. 아마 출구는 생각보다 훨씬 더 멀리 있나 보다. 시야에 들어오는 깔때기 모양과 빛의 명암 때문에 거리를 제대로 계산하기가 어렵다.

성벽이 매우 두꺼워서 그 안에 다른 감방과 계단과 위병소, 그리고 탄약고까지 있을지 모른다. 아니면 요새 자체가 속이 꽉 찬 단단한 하나의 벽으로, 그 안에는 산 채로 매장된 남자 하나만이 있을지도 모른다. 감옥에 갇힐 때의 이미지들이 꼬리에 꼬리를 물고 되살아난다. 감방, 통풍구, 그리고 간수가 하루에 두 번씩 빵과 수프를 가지고 오던 복도 같은 그 이미지들은 스펀지 같은 바위에 뚫린 작은 구멍에 불과할 수도 있다.

철썩이는 파도 소리는 폭풍이 이는 밤, 유난히 더 크게 들린다. 어느 때는 내가 귀를 댄 그 벽에 파도가 부딪혀 산산이 부서지는 것 같기도 하고 어느 때는 그 벽 밑을, 이 성이 서 있는 바위 밑을 파고드는 것 같기도 하다. 내 감방은 이 요새에서 제일 높은 탑의 맨 꼭대기에 있는데 굉음은 감옥의 벽을 타고 올라와 마치 소라 껍질 속에 갇히듯 요새에 갇혀 버리고 만다.

귀를 기울인다. 이런저런 소리가 다양하게 변화 가능한 비뚤비뚤한 형상과 공간을 내 주위에 그려 낸다. 질질 끄는 간수들의 발소리를 들으며 그물같이 퍼진 복도, 구부러지는 부분, 넓어지는 곳을 그려 보려고 애쓰고 각 감방의 문 앞에서 수프 통이 끌리는 소리와 자물쇠 삐걱이는 소리에 의해 중단되는 직선을 그려 본다. 나는 공간과도 일치하지 않는, 시간 속에서 점점이 이어지는 부분들만을 상상할 뿐이다. 밤이 되면 소리가 좀 더 선명해지지만 들려오는 장소와 거리는 가늠하기 어렵다. 어느 곳에선가 쥐가 갉아 대는 소리와 병자의 신음 소리가 들려오고, 화물선의 사이렌 소리가 마르세유 항구에 배가 들어오고 있음을 알린다. 그리고 파리아 신부는 삽으로 계속 이 돌들 속에 자신의 길을 뚫고 있다.

나는 파리아 신부가 몇 번이나 탈출을 시도했는지 알지 못한다. 그는 매번 몇 달씩 돌바닥의 연결 부위에 발린 시멘트를 잘게 부수어 바닥의 돌멩이들을 삽으로 들어 올리고 원시적인 송곳으로 바위에 구멍을 뚫어 탈출을 시도했다. 하지만 곡괭이로 마지막 일격을 가해 암초를 뚫고 길을 낸 순간이면 그는 자신이 출발했던 감방보다 더 안쪽에 있는 감방으로 왔다는 사실을 깨닫곤 했다. 계산을 조금만 잘못해도, 경사진 터널에서 조금만 비껴 나가도 충분히 일어날 수 있는 일이어서 그는 길을 다시 찾을 방법도 없이 요새의 심장 속으로 들어가곤 했다. 신부는 실패할 때마다 자신의 감방 벽을 장식한 도면과 공식을 수정했다. 그리고 임시로 마련한 도구들이 담긴 연장 통을 재정비하고 다시 바닥을 긁어 댔다.

2

나 역시 과거에 탈옥할 방법을 생각했고 지금도 생각하고 있다. 사실 요새의 지형과 성벽 밖으로 나가서 바다에 몸을 던질 수 있는 가장 짧고 안전한 길에 대해서는 수많은 가정을 해 보았던 터라 이제는 나의 추측과, 경험에 기초한 실제 자료를 구별하기도 힘들 정도다. 가정을 하다 보면 때때로 아주 설득력 있고 상세한 요새의 이미지를 만들어 내는 데 성공해서 생각 속에서 마음껏 자유를 누리기도 한다. 반면 내 눈에 보이고 귀에 들리는 것에서 얻을 수 있는 요소들은 무질서하고 불완전하며 점점 더 모순을 드러낸다.

감옥살이를 시작하던 초기, 그러니까 아직 반항이라는 필사적인 행동의 결과로 이 독방에 격리되어 썩어 가기 전, 나는 수감자들이 일상적으로 해야 하는 노동 때문에 계단과 이프 성 입구의 방들과 샛문들을 드나들었다. 하지만 내가 기억 속에 간직한 모든 이미지, 지금 내가 가정을 하며 계속 해체하고 재조합하는 그 이미지 중 어떤 것도 다른 이미지와 일치하지 않으며, 이 요새가 어떤 형태인지, 그리고 내가 어느 지점에 있는지를 설명하는 데 도움이 되지 않는다. 그러면 가난하지만 정직한 선원이었던 나 에드몽 당테스가 어쩌다가 엄중한 법의 심판을 받고 갑자기 자유를 잃게 되었는지에 관한 수많은 생각들이 떠올라 나를 괴롭힌다. 공간의 배치에 내 주의를 집중하기 힘들 정도로 많은 생각들이.

마르세유 만(灣)과 인근 작은 섬들은 어린 시절부터 내게 친숙한 곳이었다. 짧은 선원 생활을 할 때 나는 여기서 배를 타고 출발하고 도착했다. 그러나 선원들은 시커먼 암벽 같은 이프 성이 눈에 들어오면 두려워하며 다른 곳으로 눈길을 돌렸다. 그래서 사슬에 묶인 채 경찰선에 태워져 이 섬으로 오게 되었을 때, 수평선에 암벽과 요새의 윤곽이 선명히 드러났을 때 나는 피할 수 없는 운명을 실감하고 고개를 떨구었다. 배가 어느 부두에 정박했는지, 어떤 계단으로 끌려가는지, 내 등 뒤에서 어떤 문이 닫히는지 보지 않았다. 아니, 하나도 기억나지 않는다.

몇 년이 흐르고, 감옥에 갇힌 나의 운명과 계속 가해진 모욕 때문에 괴로워하기를 그만두고서 내가 알게 된 사실은 단 하나였다. 바로 감옥이 어떻게 만들어졌는지를 알아야 죄수의 상태에서 벗어날 수 있다는 것이다.

파리아를 흉내 낼 마음이 생기지 않는 것은 아마 누군가가 탈출구를 찾고 있다는 사실을 아는 것만으로도 출구가 존재한다는 것을 확신할 수 있기 때문이리라. 아니, 적어도 출구를 찾는 문제를 제기할 수 있다고 확신할 수 있기 때문이리라. 그래서 파리아가 땅을 파면서 내는 소음은 내가 생각을 집중하는 데 없어서는 안 될 보완물이다. 파리아는 탈출을 시도하는 당사자일 뿐만 아니라 내 계획의 일부분인 것 같은 기분이 든다. 그가 탈출의 길을 열어 놓길 바라서가 아니라(이미 그가 여러 번 실수를 거듭해서 나는 그의 직관을 전혀 신뢰하지 않게 되었다.) 계속 이어지는 그의 실수로부터 내가 있는 장소에 대한 정보를 얻을 수 있기 때문이다.

3

벽과 천장은 신부의 곡괭이에 의해 사방으로 구멍이 났지만 그가 낸 길들은 마치 실이 타래에 감기듯 계속 감기고 파리아는 항상 다른 선을 따라가며 내 감방을 가로지른다. 이미 오래전에 방향 감각을 잃은 파리아는 이제 동서남북뿐 아니라 천정(天頂)과 천저(天底)도 구별하지 못한다. 가끔씩 천정 긁는 소리가 들린다. 석회 가루가 비처럼 쏟아지고 구멍이 생긴다. 그리고 그곳에서 거꾸로 매달린 파리아의 머리가 나타난다. 내 편에서나 거꾸로지 그의 편에서는 거꾸로가 아니다. 그가 자신이 판 굴 밖으로 기어 나온다. 그러고는 흐트러진 데 하나 없이 고개를 숙이고 걷는다. 하얀 머리도, 곰팡이가 뒤덮인 푸르스름한 수염도, 쇠약한 허리를 덮은 거친 천 조각도 말짱하다. 그는 마치 파리처럼 천정과 벽 위를 기어 다닌다. 그러다가 걸음을 멈추고 한 지점에 곡괭이를 꽂아 구멍을 낸 뒤 사라진다.

때로는 한쪽의 벽 속으로 사라지자마자 바로 앞에 있는 벽에서 다시 얼굴을 내밀기도 한다. 이쪽에서 아직 발뒤꿈치를 다 빼지도 않았는데 어느새 그의 수염이 저쪽에서 나타나는 것이다. 내가 그를 마지막으로 본 이후로 오랜 시간이 흐르기라도 한 듯 다시 나타날 때는 더 지쳐 보이고 더 해골 같고 훨씬 늙어 보인다.

또 어느 때는 굴속으로 들어가자마자 요란하게 재채기라도 할 것처럼 거칠게 숨을 들이쉬는 소리가 들린다. 요새의 미로는 춥고 축축하다. 그런데 재채기 소리는 들리지 않는다. 나는 일주일, 한 달, 일 년을 기다린다. 파리아는 돌아오지 않는다. 나는 그가 죽었다고 확신한다. 그런데 갑자기 내 앞의 벽이 지진이 난 듯 흔들리더니 무너지면서 파리아가 얼굴을 내밀고 재채기를 마친다.

우리의 대화가 점점 뜸해진다. 아니, 우리는 언제 시작했는지 기억도 나지 않는 대화를 계속하고 있다. 파리아가 잘못된 길을 가로지르며 지나는 수많은 감방 중에서 특별히 어느 하나의 감방을 구별해 내기 어렵다는 걸 나는 잘 알고 있다. 각 감방에는 누추한 침대, 물주전자, 양동이, 그리고 좁은 환기통을 통해 하늘을 바라보는 남자가 서 있다. 파리아가 지하에서 나올 때 죄수가 몸을 돌린다. 죄수는 늘 같은 얼굴에 같은 목소리를 내며 똑같은 생각을 한다. 그의 이름 역시 에드몽 당테스다. 요새에는 특별히 조건이 좋은 지점이 없다. 요새 속의 형태는 시간과 공간 속에서 항상 똑같은 조합을 되풀이할 뿐이다.

4

도주에 대해 가정할 때마다 나는 그 도주의 주인공을 파리아로 상상하려고 한다. 그와 나를 동일시하려는 것이 아니다. 내가 직접 탈출을 시도하면 성공할 수 없기라도 한 듯, 탈출을 객관적으로 머릿속에서 재현하는 데 있어 파리아는 꼭 필요한 인물이다. 내 말은 일인칭으로 그것을 꿈꾸어 본다는 뜻이다. 이제는 두더지처럼 땅 파는 소리를 내는 사람이 진짜 파리아여서 진짜 이프 성벽에 구멍들을 뚫고 있는 것인지, 아니면 가상의 요새를 뚫고 있는 가상의 파리아인지도 정확히 알 수가 없다. 어쨌든 계산은 늘 똑같다. 항상 요새가 승리한다. 마치 파리아와 요새의 시합에서 내가 공정성을 잃고 요새의 편에 서서 파리아를 공격하기라도 한 듯이……. 아니다, 지금 나는 과장하고 있다. 시합은 내 머릿속에서만 벌어지는 것이 아니라 나와 관계없는 두 경쟁자 사이에서 벌어진다. 나는 거리를 두고, 무심히 승부를 지켜보려 한다.

만약 내가 완전히 똑같이 거리를 둔 관점에서 요새와 신부를 관찰할 수 있다면 파리아가 매번 저지르는 개별적인 실수뿐 아니라 그가 계속 부딪히지만, 나는 문제에 대한 정확한 설정 덕분에 피할 수 있는 방법상의 실수를 알아차릴 것이다.

파리아는 이런 식으로 진행한다. 어려움에 부딪히면 해결책을 연구하고 해결책을 시도하고 또다시 새로운 어려움과 부딪히고 새로운 해결책을 계획하는 식이다. 실수나 예상치 못했던 일이 일어날 가능성이 완전히 제거되어야 그는 탈출에 성공할 것이다. 모든 게 얼마나 완벽한 탈출을 계획하고 시행하느냐에 달렸다.

가정을 반대로 해 본다. 아무도 탈출할 수 없는 완벽한 요새가 존재한다고 말이다. 이 경우, 요새를 설계하고 건축하는 과정에서 실수나 부주의가 있었어야만 탈출이 가능하다. 파리아가 계속 취약한 곳을 찾아 요새를 해체하는 동안 나는 점점 더 넘어설 수 없는 장벽을 가정하면서 요새를 재구성한다.

파리아와 내가 가진 요새의 이미지는 갈수록 차이가 난다. 단순한 형태에서 출발한 파리아는 걷다가 만나게 되는 예기치 않은 개별적인 요소들을 요새에 포함시키기 위해 요새의 형태를 극단적으로 복잡하게 만든다. 뒤죽박죽된 자료에서 출발한 나는 개별적인 각각의 장애물에서 장애 시스템의 실마리를 찾고 각 부분을 규칙적인 형태로 발전시켜서, 이 형태들을 입체, 다면체 또는 초(超)다면체의 한 면으로 함께 연결하고 하나의 구체(球體) 또는 초(超)구체 속에 이 다면체들을 집어넣는다. 그렇게 해서 닫힌 형태의 요새를 계속해서 만들면 요새는 단순화되어서 숫자와의 관계에서, 또는 대수학적인 형식으로 정의된다.

그러나 그와 같은 요새를 상상하기 위해서는 신부 파리아가 무너져 내리는 돌과 강철 볼트와 하수관, 보초소, 벽감 들과의 싸움과 허공으로 뛰어오르기를 중단해서는 안 된다. 머릿속으로 만든 요새를 보강하는 방법은 실제 요새를 계속해서 시험하는 것뿐이기 때문이다.

5

그러니까 이렇다. 모든 감방은 두꺼운 벽만으로 외부와 분리된 듯이 보이지만 파리아는 파 내려가다 보면 항상 벽과의 사이에 또 다른 감방이 있으며 이 감방과 외부 사이에 또 다른 감방이 있다는 사실을 알게 된다. 여기서 나는 우리 주변에서 자꾸 자라는 요새의 이미지를 얻어 낸다. 그래서 우리가 이 안에 갇혀 있는 시간이 길어지면 길어질수록 우리는 외부와 점점 멀어지게 된다. 신부는 파고 또 파지만 벽은 더더욱 두꺼워지고 흉벽과 버팀벽은 자꾸만 늘어난다. 아마도 요새가 확장하는 속도보다 빨리 앞으로 나아갈 수 있다면 파리아는 자기도 모르는 사이에 요새 밖에 있게 될 것이다. 그러려면 요새가 수축되면서 마치 대포가 포탄을 발사하듯 신부를 밖으로 밀어 낼 수 있도록 두 속도의 관계가 전복되어야 한다.

그러나 만약 요새가 시간의 속도로 성장한다면 탈주를 하기 위해서는 그보다 빨리 시간을 거슬러서 나가야 한다. 밖에 있는 나를 발견하는 순간은 이 안으로 들어온 순간과 같을 것이다. 마침내 나는 바다와 마주 선 나는 무엇을 보게 될까? 경찰이 가득 탄 배가 이프 성에 다가오고 그 속에 사슬에 묶인 에드몽 당테스가 있을 것이다.

이제 나는 탈출의 주인공을 나 자신으로 다시 상상하게 되었고 곧 나의 미래뿐 아니라 과거 그리고 나의 기억까지 위태롭게 만들었다. 결백한 죄수와 그가 수감된 감옥 사이에 담긴 분명하지 않은 모든 관계가 이미지와 결정에 계속 그림자를 드리운다. 만약 감옥이 나의 외부를 둘러싸고 있다면 이 외부는 내가 거기에 도달할 때마다 나를 다시 감옥 내부로 이끌 것이다. 외부는 바로 과거에 다름 아니며 따라서 탈출을 시도하는 건 부질없는 짓이다.

나는 감옥을 내부만 존재하며 외부가 없는(그래서 거기서 나갈 수 없는) 곳으로 생각해야 한다. 아니면 나의 감옥이 아니라 외부도 내부도 나와 관련이 없는 장소로 생각해야 한다. 다시 말해 나의 감정 속에서 외부와 내부가 획득했던 가치가 배제된, 내부에서 외부로의 여정을 연구해야 한다. 내가 '외부' 대신 '내부'라고 말하거나 반대로 말하는 경우도 마찬가지다.

6

만약 외부에 과거가 있다면 미래는 이프 성의 가장 깊은 곳에 집중되어 있을 것이다. 그러므로 밖으로 나가는 길은 내부로 향하는 길이다. 파리아 신부가 긁은 자국들로 뒤덮인 벽에 가장자리가 비뚤비뚤하고 화살표와 부호가 여기저기 표시된 두 개의 지도가 번갈아 나타난다. 하나는 이프 성의 지도이고 다른 하나는 보물이 숨겨진 토스카나 군도의 한 섬, 몬테크리스토의 지도가 틀림없다.

바로 이 보물을 찾기 위해 파리아 신부는 탈옥을 하려 하는 것이다. 자신의 목적을 달성하기 위해 그는 이프 성의 지도에는 자기 자신을 내부에서 외부로 이끄는 선을, 몬테크리스토 섬의 지도에서는 외부에서부터 다른 어떤 장소보다도 깊은 곳에 자리한 보물 동굴이 있는 내부로 그를 인도하는 선을 그려야만 한다. 밖으로 나갈 수 없는 섬과 안으로 들어갈 수 없는 섬 사이에는 틀림없이 어떤 관계가 존재한다. 그래서 파리아의 상형 문자 속에서 두 지도는 서로 겹쳐지다가 결국 똑같아진다.

파리아가 드넓은 바다로 뛰어들기 위해 땅을 파는 건지, 아니면 황금이 가득한 동굴로 숨어들기 위해서 파는 건지 이제는 잘 모르겠다. 둘 중 어느 쪽이든, 잘 살펴보면 그는 동일한 도착 지점, 즉 다수의 사건 가능성이 존재하는 장소를 향해 가고 있다. 어떨 때 나는 반짝반짝 빛나는 지하 동굴에 집중되어 있는 다수의 가능성을 상상하는가 하면 그것들을 빛을 발산하는 폭발물로 바라보기도 한다. 몬테크리스토의 보물과 이프 성에서의 탈출은 동일한 진행 과정 속의 두 단계로, 연속적일 수도 있고 맥박처럼 규칙적일 수도 있다.

이프-몬테크리스토의 중심을 찾는 탐색이 도달할 수 없는 원 둘레를 걸으며 얻는 결과보다 확실한 결과로 이끈다고는 말할 수 없다. 내가 있는 어떠한 지점에서든 초구체가 사방을 향해 뻗어 나가며 내가 어디에 존재하든 그곳이 중심이다. 더 깊이 나아간다는 것은 나 자신에게로 내려간다는 의미이다. 파고 또 파라. 그래도 너는 똑같은 길을 다시 지날 뿐이다.

7

보물을 찾으면 파리아는 엘바섬에서 황제를 구출하고 황제가 군대를 다시 지휘할 수 있는 방법을 찾아줄 생각이다. 그러니까 이프-

몬테크리스토섬의 탐색과 탈출은 나폴레옹이 유배되어 있는 섬에 대한 탐색과 탈출을 포함할 때에만 완전하다. 파리아는 땅을 판다. 그리고 다시 한번 에드몽 당테스의 감방에 슬며시 들어온다. 그리고 여느 때처럼 환기통으로 하늘을 바라보고 있는 죄수의 등을 바라본다. 곡괭이 소리에 죄수는 등을 돌린다. 그는 나폴레옹 보나파르트다. 파리아와 당테스-나폴레옹은 함께 요새에 굴을 판다. 이프-몬테크리스토-엘바 지도는 일정한 각도로 돌리면 세인트헬레나섬의 지도가 되게 그려져 있다. 탈출은 귀향 없는 유배 생활로 뒤바뀐다.

파리아와 에드몽 당테스가 투옥된 복잡한 이유는 서로 다르기는 하나 그들이 나폴레옹 지지자라는 사실과 관계가 있다. 이프-몬테크리스토라고 불리는 이러한 가상의 기하학적 형태는 엘바-세인트헬레나라고 불리는 다른 형태와 몇몇 지점에서 일치한다. 나폴레옹 이야기가 불쌍한 우리 죄수의 이야기 속으로 끼어드는 과거와 미래의 지점들이 있고 나와 파리아가 혹시 가능할지도 모를 제국 복고에 영향을 미칠 수 있었거나 미쳤던 또 다른 지점들이 있다.

이러한 교차 지점들은 예측과 계산을 더욱 복잡하게 만든다. 우리 중 한 사람이 따라가는 선이 두 개로 갈라지고 여러 갈래로 뻗어 나가다가 부채꼴로 펼쳐지는 지점들이 있다. 갈라진 선은 다른 선에서 갈라져 나온 선과 만날 수 있다. 파리아는 각이 진 선 위를 지나며 땅을 판다. 그래서 잠깐 동안, 프랑스를 다시 정복한 나폴레옹 군대의 대포나 마차와 부딪히지 않는다.

우리는 어둠 속에서 앞으로 나아간다. 자꾸 방향이 바뀌는 우리의 길만이 다른 길에 뭔가 변화가 생겼다는 걸 알려 준다. 웰링턴 군대의 행로가 나폴레옹의 행로와 교차할 수 있는 지점은 워털루일 것이다. 만약 두 군대가 길에서 만나면 그 지점 외의 부분들은 잘려 나갈 것이다. 파리아는 굴을 파던 지도에서 워털루의 돌출한 모퉁이 때문에 가던 길을 되돌릴 수밖에 없다.

8

여러 가지 가상의 선들이 교차하는 지점들이 소설가의 책상 위에 원고지로 준비된 일련의 계획을 결정한다. 열두 권짜리 『몬테크리스토 백작』이라는 소설을 가능한 한 빨리 출판사에 넘겨야 하는 작가를 알렉상드르 뒤마라고 부르자. 그의 작업은 이런 식이다. 두 명의 조수(오귀스트 마케와 P. A. 피오렌티노)는 개별적인 지점에서 갈라져 나오는 여러 가지 다양한 대안을 발전시키고, 끝없는 하이퍼 소설을 가능케 하는 온갖 변형체로 구성된 줄거리를 뒤마에게 제공한다. 뒤마는 그것을 선택하고 배제하고 다시 만들고 연결하고 교차한다. 충분히 근거가 있는 이유를 선호하지만, 삽입하기 쉬운 일화는 배제하는 해결책이 제시되면 뒤마는 각기 출발점이 다른 이야기의 조각들을 그럴듯하게 연결하고 거기서 뻗어 나갈 미래의 여러 부분이 표면적인 연속성을 지닐 수 있도록 설정하느라 머리를 쥐어짠다. 그것의 최종 결과가 바로 인쇄소에 넘겨진 『몬테크리스토 백작』이 될 것이다.

나와 파리아가 감옥의 벽에 그린 도형들은 뒤마가 자신이 취사선택한 변형체의 질서를 고정하기 위해 원고지에 쓴 글과 비슷하다. 원고 뭉치는 이미 인쇄 중이다. 그 안에는 내가 젊은 시절을 보낸 마르세유가 담겨 있다. 빼곡하게 쓰인 원고지의 글 위에서 움직이는 나는 부두의 방파제 위를 걷는다, 아침 햇살 아래서 카느비에르 거리를 다시 거슬러 올라가고 언덕 위에 자리 잡은 카탈루냐 사람들의 마을에 도착한다, 그리고 메르세데스를 다시 만나고……. 다른 원고 뭉치는 최종 수정을 기다리고 있다. 그리고 뒤마는 이프 성의 감옥 생활을 다룬 장(章)을 아직도 교정하는 중이다. 파리아와 나는 그 안에서, 복잡하게 수정된 원고 속에서 잉크로 더럽혀진 채 발버둥치고 있다. 책상의 가장자리에는 두 조수가 체계적으로 완성시켜 가는, 사건을 이어 갈 제안들이 산더미처럼 쌓여 있다. 그러한 제안 중 하나에서 당테스는 감옥을 탈출하여 파리아의 보물을 찾고, 무표정하고 창백한 얼굴의 몬테크리스토 백작으로 변신하여 복수의 집념을 불태우고 막대한 재산을 바친다. 교활한 빌포르, 탐욕스러운 당글라르, 흉포한 카드루스는 비열한 행동의 대가를 치른다. 내가 이 감옥 안에서 오랜 시간 동안 분노에 차 복수를 갈망하고 상상하면서 예측했던 대가를 치르는 것이다.

이런 원고 옆에 미래를 다룬 원고도 놓여 있다. 파리아가 벽을 뚫고 알렉상드르 뒤마의 서재에 슬쩍 들어와서 책상에 펼쳐진 과거의 현재와 미래를 향해 공정하고 냉정한 시선을 던진다. 나는 그렇게 할 수 없을 것이다. 나는 방금 선장으로 승진한 젊은 당테스는 애정의 눈으로 바라보려 하고, 죄수 당테스는 가엾게 여기며, 파리의 고상한 살롱에 당당하게 출입하는 몬테크리스토 백작은 이성을 잃을 정도로 위대하게 생각하려 할 테니까. 그런 위치에서 매번 낯선 나 자신을 만나게 되어 실망할 테니까. 파리아는 여기서 원고지 한 장, 저기서 원고지 한 장을 집어 든다. 그리고 털이 수북한 긴 팔을 원숭이처럼 움직여서 탈출의 장(障)을, 페이지를 찾는다. 그것 없이는 요새 밖에서 전개될 소설의 가능한 조합들이 불가능해져 버리는 바로 그 페이지를. 동심(同心)의 요새인 이프-몬테크리스토-뒤마의 책상에는 우리 죄수들과 보물, 그리고 항상 유한수이기는 하지만 그래도 수십억 개의 성질을 가진 변형체와 그 변형체들이 조합된 하이퍼소설이 포함되어 있다. 파리아에게 중요한 페이지는 딱 한 장이며 그는 그 페이지를 찾으리라는 희망을 버리지 않는다. 나는 버려진 원고들이 점점 높이 쌓여 가는 것과 이미 산더미를 이루어 벽을 쌓고 있는, 일고의 가치도 없는 그 해결책들을 흥미롭게 지켜본다.

그럴듯하게 보이든 그렇지 않든 이야기를 길게 연장시켜 주는 연속점들을 모두 차례로 배치하면 비뚤비뚤한 선으로 이어지는 뒤마의 『몬테크리스토』가 탄생한다. 반면 이야기 진행을 가로막는 상황을 결합시키면 네거티브한 소설, 마이너스 기호가 있는 나선의 『몬테크리스토』가 만들어진다. 나선은 안쪽을 향해 돌 수도 있고 바깥쪽을 향해 돌 수도 있다. 나선이 안쪽을 향해 돈다면 이야기는 전개 가능성 없이 끝날 것이다. 나선이 돌면서 넓어진다면 한 번 돌 때마다 플러스 기호를 가진 『몬테크리스토』의 한 부분을 거기에 포함시켜서 뒤마가 출판할 소설과 같아지거나 그것을 뛰어넘는 행운의 기회를 쥘 수 있다. 두 책의(동일한 책이기는 하지만 하나는 진짜 책이고 다른 하나는 가상의 책이라고 정의할 만하므로) 결정적인 차이는 모두 방법에 있다. 한 권의 책을 또는 탈출을 계획하려면 제일 먼저 무엇을 배제해야 하는지부터 알아야 한다

9

그렇게 우리는 계속 요새와 씨름을 계속한다. 파리아는 성벽의 허술한 지점을 탐색하고 새로운 저항에 부딪히면서, 나는 나의 요새-추측의 지도에 덧붙일 성벽의 새로운 선들을 상상하기 위해 파리아의 실패한 시도를 깊이 숙고하면서 말이다.

만약 내가 탈출이 불가능한 요새를 생각으로 건설하는 데 성공한다면 생각으로 만든 이 요새는 진짜 요새와 같거나(이 경우 우리는 이 요새에서 절대 탈출할 수 없다. 그러나 적어도 다른 곳으로 갈 수 없기에 여기에 있을 수밖에 없는 사람의 평온을 얻게 되리라.) 내가 있는 곳보다 더 탈출이 불가능한 요새일 수 있다. 그러니까 이곳에 탈출의 가능성이 존재한다는 신호다. 생각으로 만든 요새와 실제 요새가 일치하지 않는 지점을 발견하기만 하면 가능성은 얼마든지 있다.

다른 우주만화 이야기

버섯 같은 달

조지 다윈 경에 따르면, 달은 태양 조석으로 인해 지구에서 저절로 떨어져 나갔을 것이라고 한다. 지구를 감싼 가장 가벼운 암석(화강암) 역시 유동체에 작용하듯 작용한 태양의 중력으로 인해 그 일부가 들어 올려져 우리 행성에서 떨어졌을 것이라고 한다. 그 당시 지구를 완전히 뒤덮었던 물은 달이 떠난 후 생긴 깊은 구멍(그러니까 태평양)에 대부분 흡수되어 남아 있던 화강암을 그대로 노출시켰는데, 화강암은 부서지고 중첩되어 대륙들이 되었다. 달이 없었어도 지구상에서 생명체가 진화하기는 했겠지만, 정말 그랬다면 전혀 다르게 진화했을 것이다.

그렇소이다, 그래요. 지금 여러분이 말하니까 생각이 나는군요! **크프우프크 노인이 크게 외쳤다.** 물론이지요. 물밑에서 달이 버섯처럼 솟아오르기 시작했습니다. 나는 배를 타고 바로 그 지점을 지나는 중이었는데 갑자기 밑에서 무언가 나를 미는 기분이 들었습니다. "빌어먹을! 모래톱이다!" 내가 소리를 질렀지만 나와 배는 벌써 하얀 혹 같은 것 위로 들어 올려져 있었어요. 낚싯줄은 물이 없는 곳으로 늘어지고 낚싯바늘은 허공에서 달랑거렸지요.

지금은 이런 이야기를 쉽게 하지만 여러분이라면 그 당시 그런 현상들을 예측할 수 있었을지 보고 싶군요! 물론 그 당시에도 미래가 예비해 두었을 위험을 경고하는 사람들은 있었어요. 그들은 많은 것을 알고 있었지만 그들이 아는 건 솟아오르는 땅에 대해서였지, 달에 대해서는 아니었지요. 그건 아니었답니다. 달은 우리 모두에게 정말 놀라웠답니다. '만조와 간조 관측소'의 조사관 오오는 달을 주제로 다양한 학술 대회를 개최했지만 그의 말에 귀를 기울이는 사람은 아무도 없었습니다. 오히려 천만다행한 일이었지요. 그는 나중에 엄청난 계산 오류를 범했는데 몸소 그 대가를 지불하고 말았으니까요.

그때 지구의 표면은 전부 물에 덮여 있었고 육지는 하나도 보이지 않았답니다. 세상의 모든 게 편평했고 튀어나온 곳도 없었으며 바다에는 담수가 얕게 고여 있어서 우리는 카누를 타고 가자미 낚시를 나가곤 했지요.

조사관 오오는 관측소에서 계산을 해 본 끝에, 지구가 머지않아 엄청난 변화에 노출될 거라고 확신했습니다. 지구가 조만간 두 개의 지역, 그러니까 대륙과 대양 지역으로 나뉜다는 게 그의 이론이었습니다. 대륙 지역에는 산과 물줄기가 생기고 식물이 무성하게 자랄 거라는 거였지요. 우리 가운데 대륙 지역에 있게 될 사람들은 막대한 부를 축적할 기회도 얻을 거라고 했습니다. 반면 대양 지역에는, 거기에 살 수 있는 특수한 동식물을 제외하고는 아무도 살 수 없을 것이며 부서지기 쉬운 우리의 배들은 어마어마한 폭풍우에 뒤집어질 거라고 주장했습니다.

하지만 그런 종말론적 예언을 진지하게 받아들일 사람이 얼마나 되겠습니까? 우리의 모든 생활이 얕은 수면 위에서 전개되고 있던 터라, 다들 그와 다른 생활은 상상도 하지 못했습니다. 우리는 각자 자그마한 자기 배를 타고 다녔습니다. 나는 끈기 있게 어부 일을 했고 해적 븜븐은 갈대숲에 숨어서 물오리 치는 사람들을 기다렸고 아가씨 프루으는 카약의 노를 경쾌하게 저었습니다. 거울처럼 매끄럽고 드넓은 그 바다에 파도가 일어서, 그것도 물의 파도가 아니라 화강암의 단단한 파도가 일어 우리를 이동시키리라고 우리 중 누가 상상이나 했겠습니까?

그래도 차근차근 이야기를 해 봅시다. 그 파도 꼭대기에 제일 먼저 올라간 사람은 나였습니다. 배를 탄 채로 갑작스레 물기 없는 곳에 올라가게 된 거지요. 바다에서 친구들의 고함 소리가 올라왔습니다. 그들은 나를 가리키고 놀리면서 자기들끼리 큰 소리로 떠들었는데 마치 다른 세상에서 들려오는 말 같았답니다. "저기 크프우프크 좀 봐, 하하!"

나를 들어 올린 툭 솟은 부위는 가만히 있지 않았습니다. 구슬이 굴러가듯 바다를 이동했지요. 아니, 설명이 잘못됐군요. 그것은 땅속에 파도를 일으켜서 지나가는 곳마다 바위 카펫을 들어 올렸다가 처음의 지점에 다시 내려놓았습니다. 무엇보다 멋진 것은 그런 고체 파도에 떠밀린 내가, 그 파도가 이동을 하자마자 물속에 다시 떨어진 게 아니라 그 위에 균형을 잡고 서서 파도와 함께 앞으로 나아갔다는 겁니다. 그리고 내 주위에는 물기 없는 곳에 계속 남겨진 새로운 물고기들이 보였는데 물고기들은 서서히 솟아오르는 단단하고 허여스름한 바닥에서 숨도 제대로 못 쉬고 퍼덕거렸습니다.

내가 무슨 생각을 했을까요? 물론 조사관 오오의 이론이 아니라(나는 그의 이름을 겨우 들어 본 정도였니까요.) 뜻밖에도 손쉽게 물고기를 잡을 기회가 왔다고 생각했지요. 그냥 한 손만 뻗으면 배 안에 가자미들을 잔뜩 실을 수 있었거든요. 다른 배에서 들려오던 놀라움과 비웃음 섞인 고함 소리는 욕설과 위협으로 변했습니다. 어부들은 나를 도둑놈이나 해적처럼 취급했습니다. 우리에게는 각자 자신에게 할당된 지역에서 고기를 잡는다는 규칙이 있었습니다. 다른 구역으로 들어가는 건 범죄 행위로 간주되었지요. 하지만 지금 스스로 앞으로 전진하는 이 암초를 누가 멈출 수 있단 말입니까? 내 배에는 생선이 넘치고 그들 배는 텅텅 비었지만 그건 내 잘못이 아니었습니다.

그러니까 그때의 광경은 이랬습니다. 화강암 덩어리가 점점 넓어지면서 드넓은 물을 가로지르며 나아가고, 그 덩어리를 이리저리 튀어 오르는 가자미들이 구름처럼 에워싼 겁니다. 나는 공중에 있는 물고기들을 잡았고 질투에 사로잡힌 내 친구들이 탄 배가 내 요새를 공격하려고 나를 추격했습니다. 그 배들 뒤로는 새로운 추격 집단이 이어졌는데 그들과의 거리가 점점 더 벌어져서 아무도 그 거리를 좁히지 못했습니다. 황혼이 내려앉아 밤의 어둠이 서서히 그들을 집어삼킨 반면, 내가 있는 곳은 태양이 영원한 한낮의 햇빛을 끊임없이 비추었습니다.

바위 파도에 걸려 좌초된 것은 물고기만이 아니었습니다. 주위에 떠다니던 모든 게 난파되고 말았지요. 활 쏘는 이들이 잔뜩 탄 카누 함대며 식량을 잔뜩 실은 바지선, 왕과 공주와 신하들을 실어 나르는 왕실 선박 모두가 말입니다. 앞으로 나아가자 물위로 높이 솟은 수상 가옥 도시의 윤곽이 수평선에 나타났습니다. 그 가옥들 역시 금방 무너져 내려 목재가 다 부서지고 짚으로 엮은 지붕이 흩어져 버렸으며 닭들이 요란스레 울어 댔습니다. 수상 가옥의 붕괴는 새로운 현상의 성질을 드러내는 징후였습니다. 세계를 덮은 얇은 사물 층의 존재가 부인되고, 지나가는 모든 생명체를 압도하고 제거하는 움직이는 사막이 그 층을 대신했던 것입니다. 이미 이런 현상이 우리 모두에게, 특히 조사관에게 경고를 하고 있었던 게 분명합니다. 하지만 다시 한번 말하지만 나는 미래에 대해 어떤 가정도 하지 않았습니다. 균형을 잡는 데, 그리고 토대부터 흔들리는 게 보였기에 좀 더 넓게,

전체적으로 균형을 유지하는 데만 온 정신을 쏟았지요.

바위 파도는 장애물을 만날 때마다 그것들을 산산조각 내서 온갖 잡동사니와 도구, 장신구 조각들이 내게로 비 오듯 쏟아져 내렸습니다. 내 자리에 양심 없는 사람이 있었다면(나중에 분명히 보게 되겠지만) 즉시 그 물건들을 자기 것으로 만들었을 겁니다. 하지만 여러분도 잘 알다시피 나는 그런 사람이 아니었습니다. 아니, 오히려 그와는 반대되는 욕구에 사로잡히게 되었지요. 그래서 나는 그렇게 쉽게 손에 넣은 가자미들을 가난한 어부들에게 던져 주기 시작했습니다. 자랑을 하려고 이런 말을 하는 게 아닙니다. 그 당시 일어난 일에 대응하기 위해 내가 찾은 유일한 방법은 피해를 복구하고 희생자들을 돕는 것이었습니다. 나는 앞으로 움직이는 산 위에서 고함을 질렀습니다. "각자 알아서 피하세요! 빨리 달아나요! 피해요!" 흔들리는 수상 가옥에 내 두 팔이 닿으면 그것을 떠받쳐 보려고 했습니다. 바위 파도가 지나고 난 뒤에도 그대로 서 있을 수 있도록 말이지요. 그리고 충돌과 붕괴가 일어날 때 내 손 닿는 곳에 떨어진 물건들은 모두, 그 아래 물속에서 허우적거리는 처량한 조난자들에게 나누어 주었습니다. 그 위에 내가 있다는 사실로 인해 새로운 균형이 탄생하길 바랐습니다. 바위가 음산하게 솟아오르며 만들어 낸 악과 내가 주저 없이 행하는 행동인 선을 이 바위 파도가 함께 실어 가면 좋겠다고 생각했습니다. 선과 악은 모두 같은 자연 현상의 다른 모습으로, 나의 의지와 타인의 의지를 압도했으니까요.

하지만 나는 아무것도 할 수 없었습니다. 사람들은 내가 뭐라고 고함치는지 알아듣지 못해 바위를 피하지 못했습니다. 수상 가옥들은 내 손이 닿자마자 무너져 버렸고 내가 던진 물건들 때문에 물속에서 난투가 벌어져 무질서는 가중되었습니다.

내가 한 선한 행동 중 성공한 것이라고는 해적 븜븐에게 약탈당하지 않게 물오리 떼를 구한 것뿐이었습니다. 아무것도 모르는 물오리 치는 사람이, 자신을 찌르려고 겨눈 창을 보지 못한 채, 평화롭게 통나무배를 타고 갈대 사이로 들어왔습니다. 바위 파도에 있던 내가 바로 그 순간 도착해서 해적의 팔을 막을 수 있었습니다. 내가 "훠이 훠이!" 하고 소리쳐서 물오리들도 무사히 날아갈 수 있었습니다. 하지만 내가 븜븐을 덮쳤을 때 그가 나를 잡았습니다. 그 후 우리는 바위 파도에 같이 있게 되었습니다. 그때까지 내가 지키고자 했던 선과 악의 균형이 결정적으로 위태로워졌습니다.

븜븐에게, 그곳에 있다는 건 해적질과 밀렵과 파괴를 할 새로운 기회만을 의미했습니다. 화강암 파도는 여전히 가차 없이 세계를 파괴해 나갔습니다. 하지만 이제 이 파괴로 자신의 이익을 취하려는 자가 바위 위를 차지해 버렸습니다. 나는 맹목적인 지각 변동의 포로가 아니라 그 해적의 포로가 되고 말았습니다. 동일한 두 개의 충동을 내가 어떻게 제어할 수 있었겠습니까? 바위와 해적 사이에서 나는 막연하게 바위의 편에 선 기분이 들었습니다. 다소 불가사의하지만 어쩐지 바위가 나의 동맹자 같았지요. 하지만 나의 허약한 힘을 어떻게 바위에 보태야만 븜븐의 폭력과 약탈 행위를 저지할 수 있을지 알 도리가 없었습니다.

바위 파도에 프루으가 오게 되었을 때도 상황은 변하지 않았습니다. 븜븐이 소시지처럼 묶어 놓았기 때문에 나는 그녀가 납치되는 것을 손가락 하나 까딱하지 못하고 지켜보아야만 했습니다. 프루으는 카약을 타고 수련과 노란 수선화 사이를 지나고 있었습니다. 븜븐이 올가미를 공중에서 휘휘 돌리더니 그녀를 납치했습니다. 하지만 그녀는 예의 바르고 순종적이어서 곧 그 악당의 포로로 사는 일에 적응했습니다.

하지만 나는 적응하지 못했습니다. 그래서 말했지요. "난 여기서 당신 시중이나 들기 싫소, 븜븐. 날 풀어 줘요. 떠나겠소."

븜븐이 고개를 슬쩍 돌렸습니다. "아직도 거기 있었나?" 그가 말했습니다. "여기 있든 말든 넌 내게 벼룩 한 마리만도 못 해. 꺼져, 물에 빠져 죽어 버리라고." 그러더니 나를 풀어 주었습니다.

"가겠소. 그렇지만 나에 대한 얘기를 다시 듣게 될 거요." 그에게 말했습니다. 그리고 프루으에게 작은 소리로 덧붙였지요. "기다려요, 곧 구하러 올게요!"

내가 막 물로 뛰어들려는 찰나였습니다. 바로 그 순간 수평선에 죽마를 신고 바다를 돌아다니는 남자가 보였습니다. 남자는 전진하는 우리 파도를 피하는 게 아니라 오히려 우리 쪽으로 다가왔습니다. 죽마가 산산조각 나 공중으로 날아갔습니다. 그는 화강암에 떨어졌습니다.

"내 계산이 정확했어." 그가 말했습니다. "여러분에게 제 소개를 하지요. '만조와 간조 관측소'의 조사관 오오입니다."

"조사관님, 정말 딱 맞추어 오셨습니다. 지금 제가 어떻게 해야 할지 가르쳐 주십시오." 내가 말했습니다. "이곳의 상황 때문에 지금 막 떠나려던 참이었습니다."

"큰 실수를 하는 겁니다." 조사관이 반대를 했습니다. "그 이유를 설명해 드리지요."

그가 이미 여러 가지 사실로 확인된 자신의 이론을 설명하기 시작했습니다. 즉, 그가 예상했던 대륙들의 출현이 지금 우리가 있는, 점점 커지는 이 덩어리에 의해 시작되었다는 겁니다. 우리 앞에는 무한한 가능성의 시대가 펼쳐져 있고요. 나는 그의 말을 들으며 입을 다물지 못했습니다. 상황이 바뀌고 있었습니다. 나는 파괴와 황폐의 중심에 있는 게 아니라 수천 배나 더 풍요로운 육지의 삶이라는 새로운 가능성의 싹 위에 있었던 겁니다.

"이 때문에 나는 여러분과 같이 있고 싶었습니다." 조사관이 의기양양하게 결론을 내렸습니다.

"내가 당신을 여기 그냥 놔두고 싶어 할 경우에나 가능하겠지!" 븜븐이 비웃었습니다.

"나는 우리가 친구가 될 거라고 믿습니다." 오오가 말했습니다. "이제 대격변의 시기가 찾아올 텐데 내 연구와 예측이면 그것을 컨트롤할 수 있습니다. 뿐만 아니라 우리에게 이롭게 만들 수 있습니다."

"우리에게만 이로운 게 아니길 바랍니다!" 내가 소리쳤습니다. "조사관님, 지금 하신 말씀이 사실이라면, 이런 큰 행운이 바로 우리 차지가 되었다면 동료들을 그 행운에서 제외할 수는 없지 않겠습니까? 우리가 만나는 사람들 모두에게 그 사실을 알려 주어야 합니다! 이 위로 올라와 우리와 함께 있게 해야 합니다."

"입 닥쳐, 멍청한 놈아!" 븜븐이 내 배를 움켜잡았습니다. "네가 나온 저 진흙탕에 거꾸로 처박히고 싶지 않으면 말이야! 여기에는 나하고 내 마음에 드는 사람만 있을 거야! 그걸로 충분해. 내 말이 맞지, 조사관?"

나는 난폭한 해적에 대항할 동지를 얻으리라 확신하고 오오 쪽을 돌아보았습니다. "조사관님, 조사관님은 이기적인 목적으로 연구를 하지는 않으셨겠지요! 븜븐이 이 행운을 개인적 목적을 위해 이용하게 하시면 안 됩니다…….”

조사관이 어깨를 으쓱했습니다. “솔직히 나는 여러분의 내부 문제에 끼어들고 싶지 않소. 이전에 어떤 일이 있었는지도 모르고. 나는 기술적인 면을 다루는 전문가요. 내가 이해한 대로, 만일 이곳을 지휘하는 사람이 이분이라면,” 그러더니 븜븐 쪽으로 고개를 까딱했다. “내 계산 결과를 이분에게 알려 드리고 싶소…….”

이 말을 들었을 때 나는 뜻밖의 배신을 당한 사람처럼 실망했는데 조사관 자체뿐 아니라 미래에 대한 그의 예측도 실망스러웠습니다. 그는, 등장하고 있는 육지에서의 삶이 어떻게 전개될지 계속 묘사했습니다. 솟아오를 바위 위에 세워질 도시들과 낙타와 말과 수레와 고양이와 대상(隊商) 들이 지나다닐 거리, 금광과 은광, 백단향과 등나무가 우거진 숲, 코끼리, 피라미드, 탑, 시계, 피뢰침, 전차 선로, 기중기, 승강기, 고층 빌딩, 국경일에 볼 수 있는 깃발과 꽃 줄 장식 들, 중요한 공연이 있는 밤이면 여자들의 진주 목걸이 위에서 그 빛이 반사되는 공연장과 영화관 정면의 총천연색 네온사인 글씨 들을 말이지요. 우리는 모두 그의 이야기를 들었습니다.

프루으는 넋을 잃고 미소를 지었고, 븜븐은 갖고 싶어 안달이 난 듯 코를 벌렁거렸지요. 하지만 나는 그런 동화 같은 예언에 어떤 희망도 품을 수 없었습니다. 그것이 내 적수의 왕국이 영원히 지속된다는 의미일 뿐만 아니라, 이로 인해 번쩍거리고 거짓되고 속된 녹이 경이로운 모든 것을 뒤덮을 게 뻔했기 때문입니다.

두 남자가 자기들 계획에 빠져 있을 때 내가 프루으에게 말했습니다. “븜븐에게 복종하는 대가로 얻게 되는 그런 화려한 생활보다

가자미를 잡으며 사는 우리의 수중 생활이 훨씬 더 나아요!" 내가 그녀에게 말했습니다. 그리고 해적과 조사관을 미래의 대륙에 두고 함께 달아나자고 제안했습니다. "저 두 사람이 어떻게 살아가는지 두고 봅시다."

내가 그녀를 설득했냐고요? 이미 말한 대로 그녀는 온순하고 나비 날개처럼 연약한 여자였습니다. 조사관이 예상한 미래에 매료되기는 했지만 그녀는 포악한 븀븐에게 거부감을 느꼈습니다. 그녀가 해적에 대해 느끼는 분노를 부추기기는 어렵지 않았습니다. 그녀는 나를 따라가기로 했습니다.

불룩 솟은 화강암은 점점 더 지구의 심장 밖으로 밀려 나와 온 힘을 다해 태양 쪽으로 뻗어 나가는 것 같았습니다. 실제로 태양의 중력에 가장 많이 노출된 부분은 계속 넓어졌고 그 아랫부분은 병의 목 부분이나 식물의 줄기처럼 좁아져서 원뿔형 그늘 속에 감춰졌습니다. 우리는 정오의 햇살 때문에 잘 보이지 않는 그 아래쪽을 탈출로로 이용해야 했습니다. "지금이오!" 내가 프루으에게 말했습니다. 그리고 그녀의 손을 잡고 줄기 모양 부분으로 미끄러져 내려갔습니다. "지금이 아니면 영원히 불가능해요!"

재촉을 하려고 조금 과장해서 한 말이지만 나는 이것이 진실에 부합한다는 점만은 조금도 의심하지 않았습니다. 화강암에서 헤엄을 쳐서 멀어지던 바로 그때 육지와 물이 진동하기 시작했습니다. 이제 벗어나서 바라보니 화강암은 우리 행성의 기괴한 번식물 같았습니다. 태양에게 이끌려 가던 화강암 덩어리가 그때까지 단단히 뿌리박고 있던 현무암 바닥에서 뽑히는 중이었습니다. 끝도 없이 큰 바윗덩어리가(윗부분은 침식되고 구멍이 숭숭 뚫려 있으며 아래쪽은 아직 지구 내장의 점액 같은 것에 젖어 있고, 유동성 광물과 용암이 길게 줄무늬를 그리고 있으며 지렁이들이 떼를 지어 달라붙어 있는) 나뭇잎처럼 가볍게 하늘로 날아올랐습니다. 그 뒤에 남겨진 거대한 구멍으로 지구의 물들이 폭포처럼 흘러 들어가면서 저 멀리 섬과 반도와 고원 들이 나타났습니다.

솟아오르는 여러 고원 중 하나에 매달려서 프루으와 나는 무사할 수 있었습니다. 하지만 나는 아직 하늘을 빙글빙글 돌며 멀어지는 세상의 한 조각에서 눈을 뗄 수가 없었습니다. 조사관에게 화를 내며 욕설을 퍼붓는 븜븐의 목소리도 놓치지 않았습니다. “무슨 염병할 예측이 이래, 멍청아…….” 그런데 그렇게 돌아가는 동안 뾰족하거나 돌출한 부위들이 깎여 나가 매끈해지면서 그것은 석회질의 균일한 표면을 가진 공 모양이 되었습니다. 이제 태양은 멀리서 움직였고 그 공, 그날 이후 우리가 달이라고 부르게 될 그 둥근 물체에 밤이 찾아왔고 그 공은 사막 위에 비칠 때처럼 창백하게 반사되는 빛을 간직하게 되었습니다.

“저 두 사람은 마땅히 받을 걸 받은 거야!” 내가 소리쳤습니다. 프루으가 상황이 바뀌었다는 걸 잘 이해하지 못하는 듯해서 내가 설명했습니다. “조사관이 예상했던 대륙은 저게 아니었어요. 아니, 내 느낌이 틀리지 않다면 오히려 우리 발밑에서 만들어지는 게 바로 그 대륙인 거죠.”

산과 바다와 계곡과 계절과 무역풍으로 인해 솟아오르는 지역들의 구체적인 모습이 드러났습니다. 미래의 전령인 최초의 이구아노돈들이 벌써 세콰이어 숲에서 나와 정찰을 했습니다. 프루으는 이 모든 걸 자연스럽게 받아들이는 것 같았습니다. 파인애플을 하나 따더니 나무 몸통에 부딪쳐서 껍질을 까고 즙이 많은 과육을 한입 먹으며 웃음을 터뜨렸습니다.

여러분도 잘 알다시피 세상은 그렇게 오늘까지 이어졌습니다. 프루으가 행복하게 살고 있다는 건 두말할 필요도 없겠지요. 네온사인이 눈부시게 빛나는 밤이면 그녀는 부드러운 친칠라 모피로 몸을 감싸고 거리를 거닐며 카메라맨들의 플래시에 미소로 답합니다. 그러나 나는 이 세상이 정말 내 세상이 맞는지 묻곤 합니다.

가끔 나는 달을 올려다보며, 저울의 다른 쪽 접시 위에 놓여서 우리의 이 초라한 화려함과 균형을 맞춰 주는 끝없는 사막과 추위와 허공을 생각합니다. 내가 제때 이쪽 세계로 뛰어온 것은 순전히 우연이었습니다. 내가 지구에서 가진 것은 달에게 빚을 진 결과라는 걸 잘 알고 있습니다. 여기 있는 모든 것을 위해 여기 없는 것에게 빚을 진 것이지요.

달의 딸들

달은 방패 역할을 하는 공기층의 공기가 희박해서 처음부터 지속적인 운석의 폭격과 태양 광선으로 인한 침식 작용에 노출되어 있었다. 코넬 대학의 톰 골드에 따르면 달 표면의 바위들은 장기간 운석 파편과 충돌해서 가루로 변했을 것이라고 한다. 시카고 대학의 제라드 카이퍼는 마그마 가스가 유출되어 달은 부석처럼 가벼운 다공질 상태가 되었을 것이라고 주장한다.

달은 늙고 구멍이 숭숭 나고 닳을 대로 닳았습니다. **크프우프크가 인정했다.** 아무 보호막 없이 하늘을 돌아다니다 보니 마모되고 살점을 다 물어뜯긴 뼈다귀처럼 야위었지요. 이건 처음 있는 일이 아닙니다. 지금 달보다 훨씬 늙고 망가진 달이 생각나는군요. 태어나서 하늘을 뛰어다니다가 스러져 가는 달을 나는 수도 없이 보았습니다. 어떤 달은 우박처럼 쏟아지는 유성 때문에 벌집이 되었고 어떤 달은 분화구가 전부 다 폭발하는가 하면 토파즈 색깔의 땀방울에 뒤덮이기도 했는데 그 땀방울은 금방 증발했고 그러고 나면 녹색을 띤 구름에 뒤덮였다가 메마르고 구멍이 숭숭 뚫린 껍질로 변해 버리곤 했습니다.

달이 하나 죽어 갈 때마다 지구에서 일어난 일을 묘사하기는 쉽지 않습니다. 기억나는 가장 최근 경우를 참조해서 이야기를 한번 해 보겠습니다. 길고 긴 진화의 시기가 지나고 지구는 이제 우리가 사는 상태에 도달했다고 할 수 있습니다. 다시 말해 신발 바닥보다 자동차가 더 빨리 닳아 버리는 그런 단계에 들어온 거지요. 대략 인간과 비슷한 존재들이 물건을 만들고 판매하고 구매했습니다. 도시들이 색색의 눈부신 빛으로 대륙을 뒤덮었습니다. 이 도시들은 지금과 똑같은 장소에서 거의 비슷하게 성장했습니다. 물론 대륙의 형태는 다 달랐지만 말이지요. 뉴욕도 있었는데 우리 모두에게 친숙한 뉴욕과 약간 비슷하지만 훨씬 새로운, 다시 말해 신상품들과 새로운 칫솔들이 훨씬 많이 넘쳐났습니다. 그 뉴욕의 맨해튼에는 새 칫솔의 나일론 칫솔모처럼 반짝이는 고층 건물이 빽빽하게 늘어서 있었습니다. 어떤 물건이든 조금이라도 부서지거나 노후한 기미가 보이면, 일그러지거나 얼룩이 조금만 생기면 그 즉시 버려지고 완전무결한 새 물건으로 교체되는 세계였지요. 그것과 어울리지 않는 단 하나, 유일한 그림자가 있었으니 바로 달이었습니다. 헐벗은 달은 회색빛으로 여기저기 침식당한 채 하늘을 떠다녔는데 그 아래 세상과 점점 더 맞지 않았고 이미 어울리지 않게 된 존재 방식의 유물이 되어 갔답니다.

보름달, 반달, 하현달 같은 오래된 표현이 계속 사용되었지만 비유적인 표현일 뿐이었습니다. 온통 갈라지고 구멍이 숭숭 뚫려서 금방이라도 부스러져 우리 머리 위에 석회 비로 쏟아져 내릴 것 같은 그 모양을 보고 어떻게 '보름달'이라고 부를 수 있겠습니까? 달이 기울 때 이야기는 하지도 맙시다! 그 무렵에는 갉아 먹은 치즈 껍질같이 변해서 늘 예상보다 일찍 사라졌답니다. 초승달이 뜰 무렵이면 우리는 매번 이번에야말로 정말 달이 다시 나타나지 않는 게 아닌지 서로에게 묻곤 했습니다.(그렇게 사라지길 바랐던 걸까요?) 그러다가 빗살이 빠진 빗과 한층 더 비슷한 모양의 달이 다시 뜨면 우리는 전율하며 달에게 눈을 돌렸습니다.

우울한 광경이었습니다. 우리는 밤낮없이 영업을 하는 대형 백화점에 드나드는 군중들 사이로 걸었습니다. 모두들 양팔에 쇼핑백을 잔뜩 들고 있었지요. 시장에 출시되는 신상품을 시시각각 알려 주는, 고층 건물 위에 우뚝 선 네온사인을 눈으로 좇았습니다. 바로 그때 달은 눈부신 네온사인 불빛 한가운데로 병들어 창백한 모습을 하고 느릿느릿 나오곤 했습니다. 그러면 우리는 새로운 모든 것, 방금 구입한 상품도 모두 부서지고 바래고 상태가 나빠지리라는 생각을 떨칠 수 없었습니다. 그러면 쇼핑을 하고 열심히 일을 하면서 부지런히 뛰어다니고 싶은 열정도 식어 버렸습니다. 이것은 산업과 상업의 발전에도 영향을 미치지 않을 수 없었습니다.

그래서 역효과를 가져오는 이 위성을 어떻게 해야 할지가 문제로 떠오르기 시작했습니다. 달은 이제 아무 데도 쓸모가 없었습니다. 아무것도 얻을 게 없는 망가진 고물에 불과했습니다. 무게가 사라지면서 달의 궤도는 지구 쪽으로 기울어졌습니다. 무엇보다 위험했습니다. 지구에 가까워질수록 달의 움직임은 느려졌습니다. 우리는 상현달과 하현달을 계산할 수 없게 되었습니다. 달력도, 각 달의 리듬도 순전히 관습적인 것으로만 남았습니다. 달은 금방이라도 무너져 내릴 듯 발작적으로 앞으로 나왔다가 서곤 했습니다.

이렇게 달이 낮게 뜨는 밤이면 기질이 불안정한 사람들은 기이한 행동을 하곤 했지요. 두 팔을 달 쪽으로 뻗은 채 고층 빌딩 꼭대기의 가장자리로 걷는 몽유병 환자나 타임스퀘어 한가운데에서 울부짖는 늑대 인간, 또는 부두 창고에 불을 지르는 방화범들이 자주 목격되었습니다. 그들이 하는 짓은 이제 특이할 것도 없어서 더 이상 호기심에 구경을 하러 몰려드는 사람도 없었습니다. 하지만 몸에 실오라기 하나 걸치지 않은 채 센트럴파크 벤치에 앉아 있는 아가씨를 본 순간 나는 걸음을 멈추지 않을 수 없었습니다.

그녀를 발견하기 전에 이미 나는 뭔가 말로 표현하기 힘든 일이 벌어지고 있는 것을 느꼈습니다. 오픈카를 운전하며 센트럴파크를 지나는데 형광등이 완전히 켜지기 전 푸르스름하게 깜빡이며 발산되는 빛처럼 떨리는 빛이 나를 포함한 내 주위를 흠뻑 적시는 기분이었지요. 주변의 풍경은 마치 달의 분화구 안에 깊숙이 자리한 정원 같았습니다. 달빛 한 조각이 비치는 연못 옆에 벌거벗은 아가씨가 앉아 있었습니다. 나는 브레이크를 밟았습니다. 처음에는 아는 여자인가 했지요. 자동차에서 내려 그녀를 향해 달려갔습니다. 그러다가 기절할 정도로 깜짝 놀라 걸음을 멈췄습니다. 모르는 여자였어요. 그래도 그녀를 위해 당장 무슨 일이든 해야 한다는 생각이 들었습니다. 벤치 주변 잔디밭에는 그녀의 옷과 스타킹, 구두가 여기저기 흩어져 있었고 귀고리, 목걸이, 팔찌, 핸드백, 쇼핑백, 그리고 거기서 쏟아져 나와 사방에 널브러진 내용물과 수많은 꾸러미와 물건이 눈에 띄었습니다. 마치 시내 상점을 돌며 흡족하게 쇼핑을 마치고 돌아가다가 어떤 부름을 받아 순간적으로 가지고 있던 모든 걸 바닥에 떨어뜨리고, 모든 물건에서 또는 지구와 그녀를 연결하는 모든 표시에서 자유로워져야만 한다는 것을 깨달은 사람처럼 보였습니다. 그래서 이제 그곳에서 달의 영역으로 들어가기를 기다리는 것 같았지요.

"무슨 일이신가요?" 내가 더듬거리며 말했습니다. "도와드릴까요?"

"헬프?(Help?)" 그녀가 눈을 휘둥그렇게 뜨고 하늘을 보며 물었습니다. "노바디 캔 헬프.(Nobody can't help.) 아무도 어떻게 해 줄 수 없어요." 스스로에게 하는 말이 아니라 달에게 하는 말이 분명했습니다.

볼록한 달이 마치 우리를 짓누를 듯이 바로 우리 위에 있었는데 강판처럼 구멍이 뚫린 게 꼭 부서진 지붕 같았답니다. 바로 그때 동물원의 동물들이 울부짖기 시작했습니다.

"종말인가요?" 내가 기계적으로 물었지만 나 자신도 내가 하는 말의 의미를 몰랐습니다.

그녀가 대답했습니다. "시작이에요." 아니, 이와 비슷한 말을 했습니다.(그녀는 입을 벌리지 않고 말했습니다.)

"무슨 말이지요? 종말이 시작되었다는 건가요, 아니면 다른 뭔가가 시작되었다는 건가요?"

그녀가 일어나더니 잔디밭으로 걸어갔습니다. 구릿빛의 긴 머리가 어깨로 흘러내렸습니다. 너무나 무방비 상태여서 나는 어떤 식으로든 그녀를 보호하고 지켜 줘야 한다고 생각했습니다. 넘어지는 것을 막으려고 준비하듯이, 아니, 상처를 줄 수 있는 것에서 그녀를 떼어 놓으려는 듯이 두 팔을 그녀 쪽으로 움직였어요. 하지만 그녀에게 손을 댈 용기가 나지 않아서 그녀의 몸에서 몇 센티미터 떨어진 지점에서 손을 멈추었습니다. 그렇게 꽃밭으로 그녀를 따라가면서 그녀의 동작과 내 동작이 비슷하다는 것을 알아차렸지요. 그녀 역시 뭔가 연약한 것을, 추락하거나 산산조각 날 수 있으며 그래서 조심스레 놓아둘 곳을 안내할 필요가 있는 뭔가를, 손을 댈 수 없고 오로지 동작으로만 함께할 수 있는 뭔가를 보호하고 있었습니다. 바로 달이었지요.

달은 길을 잃은 것 같았습니다. 자기 궤도를 이탈한 달은 어디로 가야 할지 몰랐습니다. 마른 낙엽처럼 떠돌았답니다. 지구를 향해 곤두박질치는 듯이 보이는가 하면 뱅글뱅글 돌며 나선을 그리기도 하고 이리저리 떠다니기도 했지요. 자신이 있어야 할 고도에서 벗어난 것은 확실했습니다. 순간적으로 플라자 호텔과 충돌할 것처럼 보였지만 두 개의 고층 건물 사이로 미끄러져 들어가더니 우리의 시야에서 사라져 허드슨강 쪽으로 갔습니다. 그러다 잠시 후 반대 방향의 구름 사이로 빼꼼히 모습을 보이며 다시 나타나더니 할렘과 이스트리버를 희뿌연 빛으로 물들였습니다. 그러더니 갑자기 바람에 떠밀린 듯 브롱크스 쪽으로 굴러가 버렸어요.

"저기 있어요!" 내가 소리쳤습니다. "저기요. 멈췄어요!"

"멈출 수 없어요!" 아가씨가 외치더니 실오라기 하나 걸치지 않은 채 맨발로 잔디밭을 달려갔습니다.

"어디 가는 겁니까? 그러고는 갈 수 없어요! 서요! 당신에게 하는 말이에요! 이름이 뭐죠?"

그녀가 자기 이름을 외쳤는데 다이애나인지 디애나인지 정확하지 않았습니다. 그 소리는 주문처럼 들리기도 했습니다. 그녀는 사라져 버렸습니다. 그녀를 쫓아가려고 나는 다시 자동차를 탔고 센트럴파크의 가로수 길을 뒤지기 시작했습니다.

전조등 불빛이 생울타리와 야트막한 언덕, 오벨리스크를 비추었지만 디애나라는 아가씨는 보이지 않았습니다. 너무 멀리 와 버렸던 겁니다. 아가씨는 훨씬 뒤에 있는 게 틀림없었지요. 오던 길을 되짚어 가려고 차를 돌리려 했습니다. 그때 등 뒤에서 아가씨의 목소리가 들렸어요. "아니요, 저기예요. 직진해요!"

벌거벗은 아가씨가 내 등 뒤, 접혀진 내 자동차 지붕에 앉아서 달 쪽을 가리켰습니다.

나는 내려앉으라고 말하고 싶었어요. 사람들 눈에 금방 띄는 그런 상태의 여자를 태우고 시내를 가로지를 수는 없었으니까요. 하지만 가로수 길 끝에서 나타났다가 사라지곤 하는, 빛을 발하는 얼룩을 시야에서 놓치지 않으려는 듯 그쪽에 온 신경을 집중한 그녀의 주의를 딴 데로 돌릴 엄두가 나지 않았습니다. 그런데 더욱 이상한 점은 오픈카에 앉은 이 여자에게 신경을 쓰는 행인이 하나도 없는 듯 보였다는 것입니다.

우리는 맨해튼과 육지를 연결하는 다리 중 하나를 건넜습니다. 이제 우리는 다른 자동차에 섞여서 여러 차선의 도로를 달렸습니다. 주변의 차들이 우리 모습을 보고 웃음을 터뜨리고 농담을 할 게 뻔했기 때문에 나는 눈을 돌리지 않고 앞만 뚫어지게 바라보았습니다. 그러나 자동차 한 대가 우리를 추월하는 순간 너무 놀라 하마터면 도로 밖으로 차를 몰 뻔했습니다. 세단 승용차에 벌거벗은 아가씨가 바람에 머리카락을 흩날리며 앉아 있었습니다. 순간적으로 내 차에 탔던 아가씨가 저리로 건너갔나 생각했지만 뒤로 시선을 슬쩍 돌리는 것만으로도 여전히 디애나의 무릎이 내 코 높이에 있다는 걸 확인할 수 있었습니다. 내 눈앞에서 하얗게 빛나는 건 그녀의 몸만이 아니었습니다. 아주 이상한 포즈로 차 밖으로 몸을 내밀거나 달리는 자동차의 라디에이터, 차문, 흙받이 등을 붙잡고 있는 여자들이 사방에서 보였는데 금빛이나 검은색 머리카락만이 그들의 장밋빛 또는 갈색의 깨끗한 나체와 대조를 이루었지요. 자동차마다 이런 이상한 여자들이 앉아 있었는데 모두 몸을 앞으로 내밀고 운전자에게 달을 추격하라고 재촉하고 있었습니다.

위험에 처한 달이 그녀들을 부른 게 분명했습니다. 몇 명이었을까요? 달의 아가씨들을 태운 새로운 자동차들이 교차로와 분기점에서 합류했습니다. 도시 곳곳에서 온 자동차들이 달이 멈춰 선 듯이 보이는 곳으로 집결했던 거지요. 도시가 끝나는 부근에서 자동차들의 무덤이 우리 앞에 나타났습니다.

길은 작은 계곡과 산맥과 언덕과 산봉우리가 있는 산악 지역으로 사라졌습니다. 그렇지만 그곳의 울퉁불퉁한 지형은 흙이 아니라 그곳에 버려진 물건들 때문에 생긴 것이었어요. 소비의 도시가 새로운 물건을 사용하는 즐거움을 즉각 새로 느낄 수 있도록 한순간 사용하고 버린 물건들이 모두 그 이상한 지역에 쌓여 있었던 겁니다.

오랜 세월에 걸쳐 넓디넓은 자동차 무덤 주변에 못 쓰게 된 냉장고와 누렇게 빛바랜《라이프》지들과 퓨즈가 나간 전구들이 산더미처럼 쌓여 있었습니다. 들쭉날쭉하고 녹슨 이 지역 위로 지금 달이 고개를 숙였고 일그러진 양철들이 쌓인 넓은 지역이 마치 밀물에 떠밀리듯 더 넓게 펴져 나갔습니다. 쇠락한 달과 고물이 엉겨 붙어 굳어 버린 지표면은 서로 닮아 보였습니다. 고철의 산은 산맥을 형성했는데 그 산맥은 마치 원형 극장처럼 둥글게 닫혀 있어서 그 모양이 정말 화산의 분화구나 달의 바다 같았습니다. 달은 그 위에 걸려 있었는데 지구와 위성이 서로를 비추는 듯했습니다.

자동차 엔진이 전부 정지했습니다. 자동차에게는 자신의 무덤보다 더 무서운 게 없을 테니까요. 디애나가 내 차에서 내리자 다른 디애나들도 모두 그녀를 따라 했습니다. 하지만 이제 그녀들은 아까만큼 격정적으로 보이지 않았습니다. 그들은 머뭇머뭇 걸음을 옮겼는데 찌그러지고 삐죽삐죽한 고철 더미 속에 있게 되자 갑자기 자신들이 벌거벗었다는 사실을 의식하게 된 것처럼 보였답니다. 대부분의 여자들이 추워서 몸이 떨리는 듯 두 팔을 엑스자로 겹쳐 가슴을 가렸습니다. 그러면서 이리저리 흩어져서, 못 쓰게 되어 산처럼 쌓인 쇳조각들 위로 올라갔습니다. 그들은 등성이를 넘어서 원형 극장 안으로 내려가더니 그 한가운데에서 크게 원을 그리듯 둥글게 모여 섰습니다. 그러고는 모두 함께 두 팔을 들어 올렸습니다.

달은 그녀들의 동작에 영향을 받은 듯 흠칫 놀랐고 순간적으로 다시 힘을 얻어 위로 솟아오르는 듯이 보였습니다. 원을 그린 아가씨들은 팔을 쭉 뻗고 달을 향해 얼굴과 가슴을 들었습니다. 달이 그녀들에게 요구한 게 이것이었을까요? 달이 하늘에 떠 있으려면 그녀들이 필요했던 걸까요? 스스로 의문을 가져 볼 시간도 없었습니다. 바로 그 순간 기중기가 등장했기 때문입니다.

기중기는 미관을 해치는 그 거추장스러운 달을 하늘에서 치워 버리기로 결정한 당국이 설계하고 제작한 장비였습니다. 그것은 일종의 불도저로 게의 집게발 같은 것이 위로 뻗어 나왔습니다. 진짜 게처럼 납작하고 튼튼한 불도저가 무한궤도를 움직여서 앞으로 나왔습니다. 작업 위치로 예정된 장소에 도착하자 자신의 몸체 대부분을 지표면에 밀착시키기 위해 더 납작하고 편평해진 듯 보였습니다. 권양기가 빠르게 돌더니 하늘을 향해 한 팔을 높이 들었습니다. 그렇게 긴 팔을 가진 기중기를 만들 수 있으리라고는 아무도 생각하지 못했을 겁니다. 끝에 이빨이 달린 집게발 버킷이 열렸습니다. 이제 그것은 게의 집게발이라기보다는 상어 아가리처럼 보였습니다. 달은 바로 거기 있었습니다. 달아나려는 듯 이리저리 흔들렸지만 그 기중기는 자석 같았습니다. 달이 빨려 들어가듯 그 아가리 안으로 들어

가는 게 보였습니다. 아가리가 메마르게 철커덕! 소리를 내며 닫혔습니다. 잠시 달이 부스러진 머랭 쿠키처럼 가루가 되어 버릴 것 같았지만 버킷 아가리에 걸린 채 반은 버킷 안에 반은 밖에 있었답니다. 달의 형태가 길쭉해져서 꼭 이빨에 문 굵은 담배 같았지요. 잿빛 가루가 비 오듯 쏟아졌습니다.

이제 기중기는 달을 궤도에서 잡아당겨 밑으로 끌어 내리려고 안간힘을 썼답니다. 권양기가 반대 방향으로 돌아가기 시작했는데 이번에는 아주 힘들게 돌았습니다. 디애나와 다른 아가씨들은 두 팔을 높이 쳐든 채 꼼짝하지 않았습니다. 자신들이 그린 원의 힘으로 달이 공격에 대항해서 적을 물리치기를 바라기라도 하듯이 말입니다. 파괴된 달에서 쏟아진 재들이 얼굴과 가슴 위로 쏟아져 내리자 여자들은 뿔뿔이 흩어지기 시작했습니다. 디애나가 애통해하며 날카롭게 소리를 질렀습니다.

그 순간 붙잡힌 달에게 남아 있던 약간의 빛이 마저 사라졌습니다. 달은 이제 시커멓고 형태가 불분명한 바위가 되었습니다. 버킷의 이빨에 물려 있지 않았다면 굉음과 함께 지구로 떨어졌을 겁니다. 버킷의 아래쪽에서는 작업을 맡은 인부들이 철망을 준비해서, 기중기가 천천히 달을 내려놓을 지점 주변에 긴 못으로 철망을 고정했습니다.

땅에 도착한 달은 구멍이 숭숭 뚫린, 모래 덩어리 같은 바위에 불과했으며 한때 그 눈부신 빛으로 하늘을 환히 비춘 적이 있다는 것이 믿어지지 않을 정도로 불투명했습니다. 기중기의 버킷이 열렸고 기중기는 무한궤도를 움직여 뒤로 물러났는데 갑자기 가벼워진 탓에 거의 뒤집힐 듯이 보였습니다. 인부들이 철망을 들고 준비를 하고 있었습니다. 그들은 철망과 땅 사이로 달을 밀어 넣은 뒤 철망으로 달을 감쌌습니다. 달은 자신을 구속하는 철망에서 벗어나려고 몸부림을 쳤지요. 지진이 난 듯 땅이 흔들려 쓰레기들의 산에서 빈 깡통들이 무너져 내렸습니다. 그러다가 다시 조용해졌습니다. 이제 환한 전등들에서 쏟아지는 불빛이 달이 사라진 하늘을 흠뻑 적셨습니다. 하지만 이미 어둠은 힘을 잃었습니다.

자동차 무덤을 찾은 새벽은 고물 더미에 쓰레기 하나가 더해진 것을 발견했습니다. 고물들 속에 난파당한 달은 거기 버려진 다른 물건들과 거의 구별이 되지 않았어요. 색깔도 똑같았고 버려진 상황이나 몰골도 똑같아서 새것이었을 때의 모습을 상상조차 할 수 없었습니다. 주변에, 지구상의 쓰레기들로 만들어진 분화구에 나지막한 웅얼거림이 메아리쳤습니다. 동이 트면서 생명체들이 깨어난 겁니다. 뼈대만 남은 트럭들 속에서, 닳아빠진 바퀴들과 구겨진 양철 판들 사이에서 수염이 덥수룩한 사람들이 걸어 나왔습니다.

도시에서 버려진 물건들 속에 역시 버려지고 가장자리로 밀려난 사람들, 또는 자발적으로 스스로를 버린 사람들이나 곧 낡아 버릴 운명의 새로운 물건들을 사고파느라 뛰어다녀야 하는 도시의 삶에 지친 사람들이 모여 살고 있었던 겁니다. 버려진 물건들만이 이 세상의 진정한 자산이라고 생각하는 사람들이었지요. 비쩍 마르고 수염이 덥수룩하며 머리가 헝클어진 사람들이 달 주위에, 경사진 원형극장 곳곳에 서거나 앉았습니다. 벌거벗은 디애나와 지난밤의 아가씨들이 모두 누더기를 걸치거나 희한한 옷을 입은 그 사람들 가운데에 있었습니다. 그녀들이 앞으로 나오더니 땅에 못으로 박아 놓은 철망을 풀기 시작했습니다.

묶여 있던 밧줄에서 풀려난 열기구처럼, 달은 아가씨들의 머리 위로, 누더기를 입은 원형 극장의 남자들 위로 날아올랐답니다. 디애나와 그 친구들이 철망의 철사를 잡아당기기도 하고 놓아주기도 하며 철망을 조종했기 때문에 달은 그 자리에 정지해 있었습니다. 그러다가 그녀들이 다 함께 철사 줄의 끝을 잡고 달리기 시작하자 달이 그 뒤를 따랐습니다.

달이 움직이기 시작하자마자 쓰레기 계곡에 파도가 이는 것 같았습니다. 아코디언처럼 짓눌려 있던 낡은 자동차들이 움직이기 시작했고 삐거덕거리며 행렬을 이루었습니다. 그리고 밑 빠진 깡통들이 천둥소리를 내며 굴러떨어졌는데 나머지 쓰레기들이 끌고 간 건지, 아니면 끌려간 건지는 분명하지 않답니다. 버려졌다가 구원받은 달을 따라가면서, 한쪽 구석에 버려진 걸 체념하고 받아들였던 모든 물건과 사람 들이 다시 걷기 시작했고 도시의 가장 화려하고 호화로운 지역을 향해 몰려갔습니다.

그날 시내에서는 소비자 감사의 날 축제가 열리고 있었답니다. 매년 11월의 어느 하루에 그 축제가 열리곤 했는데 상점의 고객들이, 자신들의 모든 욕망을 지치지 않고 계속해서 만족시켜 주는 생산의 신에게 감사의 마음을 표현하는 축제였지요. 시내에서 제일 큰 백화점이 해마다 시가행진을 준비했습니다. 스팽글로 장식된 옷을 입은 아가씨들이 화려한 색깔의 거대한 인형 모양 풍선 줄을 잡고 악대의 뒤를 따라 중심가를 행진하곤 했습니다. 그날 아침에도 악대 행렬이 5번가를 따라 내려오고 있었지요. '여성 악대장'이 지휘봉을 돌렸고 큰북 소리가 둥둥 울려 퍼졌답니다. '만족한 고객'을 상징하는 풍선 거인이 고층 건물들 사이로 날아다녔지요. 장식 술이 달린 견장에 장식 단추로 치장된 옷을 입고 케피 모자[19]를 쓴 아가씨들이 번쩍이는 오토바이를 타고 풍선 줄을 잡았는데 풍선은 아가씨들이 이끄는 대로 고분고분 따라다녔답니다.

바로 그때 또 다른 행렬이 맨해튼을 가로질렀어요. 껍질이 벗겨지고 곰팡이에 뒤덮인 달 역시 벌거벗은 아가씨들에게 이끌려 고층 건물들 사이를 떠다니고 있었던 겁니다. 그리고 그 아가씨들 뒤로는 부서진 자동차들, 뼈대만 남은 트럭들이 점점 많아지는 사람들 사이로 길게 전진하고 있었습니다. 이른 아침부터 달을 따르던 행렬에 온갖 인종의 사람들, 자녀들을 포함해 다양한 연령대의 가족들이 합류했습니다. 행렬이 할렘 근처, 흑인과 푸에르토리코인들이 밀집한 지역을 지날 때 특히 더했지요.

달의 행렬은 업타운을 지그재그로 돌아서 브로드웨이로 들어갔고 풍선 거인을 끌고 5번가를 따라오던 행렬에 다른 행렬이 순식간에 소리 없이 합류했습니다.

두 행렬은 매디슨 스퀘어에서 교차했습니다. 정확히 말하자면 하나가 되었지요. '만족한 고객'이 달의 뾰족한 표면에 충돌했는지 고무 조각으로 변해서 사라졌습니다. 이제 디애나들이 오토바이를 타고 알록달록한 끈으로 달을 잡아당겼어요. 아니, 그 숫자가 적어도 두 배는 더 많아져서 오토바이를 타고 있던 아가씨들이 제복과 케피 모자를 벗어던졌다고 생각할 정도였습니다. 이런 변화는 뒤따르던 오토바이와 자동차에도 곧 전해졌습니다. 이제 어느 게 새것이고 어느 게 낡은 것인지 알아볼 수도 없었지요. 낡은 타이어와 녹슨 흙받이가 거

19 위가 평평한 프랑스의 군모.

울같이 반짝이는 차체, 에나멜 칠을 한 새 차들과 뒤섞였습니다.

행렬이 지나가고 나자 거미줄과 곰팡이가 상점 진열장을 뒤덮었고 고층 건물의 엘리베이터는 덜컹거리고 삐걱였으며 광고 포스터들은 누렇게 빛이 바래고 냉장고 안의 계란 보관칸에는 부화기 안처럼 병아리들이 삐약거렸고 텔레비전에서는 회오리를 동반한 폭풍우 장면만 방송되었습니다. 갑자기 도시가 스스로를 소비하기 시작했습니다. 버려진 도시가 되어 달을 따라 마지막 여행을 하게 된 것이지요.

악대가 빈 연료통을 북처럼 두드리는 소리에 맞춰 행렬은 브루클린 다리에 도착했습니다. 디애나가 '여성 악대장'의 지휘봉을 높이 들었습니다. 그녀의 친구들은 허공에서 리본을 돌렸어요. 달이 마지막으로 돌진했습니다. 그러고는 다리의 곡선 철제 구조물을 넘어서 바다 쪽으로 곤두박질 쳐서 벽돌처럼 바다에 떨어지더니 수면에 무수한 물방울을 만들며 바닷속으로 가라앉았습니다.

그래도 아가씨들은 끈을 놓지 않고 꽉 잡고 있었지요. 그러자 달이 그녀들을 들어 올려 다리 밖으로, 난간 위로 날아오르게 만들었습니다. 그녀들은 다이빙 선수처럼 공중에 궤도를 그리더니 파도 속으로 사라졌습니다.

우리는 너무 놀라 브루클린 다리와 부두에 멍하니 서 있었습니다. 여자들의 뒤를 좇아 바다에 뛰어들고 싶은 충동과 다른 때처럼 그녀들이 다시 우리 눈앞에 나타나리라는 믿음 사이를 오락가락하면서 말입니다.

그리 오래 기다릴 필요는 없었어요. 바다에 파도가 일기 시작하더니 파도가 크게 원을 그렸습니다. 그 원 한가운데에 섬이 하나 나타났는데 섬은 산처럼, 반구(半球)처럼, 물위에 놓인 공처럼 점점 커졌답니다. 아니, 물위에 들어 올려진 공 같았지요. 아니, 하늘로 올라가는 새로운 달 같았답니다. 내 말은 조금 전 우리 눈앞에서 물속에 가라앉은 그 달과 비슷하지는 않았지만 그래도 달 같았다는 겁니다. 그러나 이 새 달은 예전의 달과 완전히 달랐습니다. 반짝이는 녹색 해초들을 길게 끌고 바다에서 나왔습니다. 잔디밭의 분수에서처럼 물이 위로 솟구쳐 나와 달을 에메랄드 빛으로 물들였답니다. 부드러운 식물이 달을 뒤덮었지만 식물이라기보다는 무지개 색으로 빛나는 공작의 깃털 같았습니다.

그런 모양의 원반이 쏜살같이 하늘로 멀어져 버렸기 때문에 우리가 본 것은 이 정도의 풍경이 전부였습니다. 전반적으로 신선하고 풍성하다는 인상만을 받았을 뿐 세부적인 사항은 알 수 없었습니다. 해가 뉘엿뉘엿 지고 있었습니다. 대비되던 여러 색상이 선명한 명암 속으로 사라졌습니다. 달의 초원과 숲은 이제 눈부시게 빛나는 원형의 팽팽한 표면에서 보이는, 약간 튀어나온 윤곽에 불과했습니다. 우리는 그래도 나뭇가지에 걸린 해먹이 바람에 흔들리는 모습을 놓치지 않았습니다. 나는 우리를 여기까지 데리고 온 아가씨들이 그 해먹에 누워 있는 것을 보았습니다. 마침내 평온을 찾은 디애나도 보였습니다. 그녀는 깃털 부채를 부치고 있었는데 어쩌면 내게 인사를 보내는 것일지도 몰랐습니다.

"저기 있다! 여자들이 저기 있다!" 내가 소리쳤습니다. 우리는 모두 소리쳤습니다. 그녀들을 다시 찾았다는 행복감은 곧 그녀들을 잃었다는 아픔으로 변했습니다. 어두운 하늘로 올라간 달은 자신의 호수와 초원에 비친 햇빛만을 우리에게 돌려보냈으니까요.

우리는 분노에 차서 온 대륙을, 지구를 뒤덮고 도시와 거리를 묻어 버리고 예전의 모든 흔적을 지워 버린 사바나와 숲을 질주했습니다. 이제 삶이 시작되었다는 것을 알게 되었을 때 우리 젊은 매머드들은 모두 격심한 고통에 사로잡혀 코와 가늘고 긴 어금니를 하늘로 들고 울부짖었습니다. 하지만 우리가 바라는 것은 결코 가질 수 없을 겁니다.

운석들

최근의 이론에 따르면 지구는 원래 아주 작고 차가운 물체였는데 운석과 운석 가루를 흡수해서 커졌을 거라고 한다.

처음엔 지구를 깨끗하게 유지할 수 있다고 착각했습니다. **크프우프크 노인**이 이야기했다. 지구가 아주 작아서 매일 쓸고 먼지를 털 수 있었으니까요. 물론 엄청나게 많은 물건이 쏟아져 내렸지요. 회전하는 동안 지구는 오로지 허공에 떠도는 온갖 먼지와 쓰레기를 모아들이는 일에만 전념하는 것 같았습니다. 지금은 전혀 다르지요. 대기가 있으니까요. 여러분은 하늘을 보며 이렇게 말합니다. 오, 정말 깨끗한 하늘이야. 오, 하늘이 정말 맑은데. 하지만 지구가 궤도를 따라 돌다가 운석 구름과 부딪쳐 거기서 갇혀 빠져나오지 못했을 때 우리 머리 위로 떠다니던 것을 여러분이 봤어야 합니다. 나프탈렌처럼 하얀 가루였는데 작은 입자로 결합되거나 때로는 크리스털 같은 아주 큰 파편들로 뭉쳐져서, 마치 하늘에서 유리 전구가 산산조각 난 것 같았습니다. 그것들 사이에는 아주 큰 조약돌이나 다른 행성계의 조각, 수도꼭지, 이오니아 식 기둥머리, 오래된 《헤럴드 트리뷴》 지와 《파에세

세라》지도 섞여 있었습니다. 다 알다시피 우주는 생성되었다가 해체되기를 반복하지만 우주를 떠다니는 물건들은 항상 똑같잖습니까. 지구는 작고 날렵해서(지금보다 훨씬 빠르게 회전했으니까요.) 많은 물건들을 피할 수 있었습니다. 새처럼 날아오거나(나중에 보니 양말 한 짝이었을 겁니다.) 가벼운 진동과 함께 항해를 하며(예전의 그랜드피아노처럼) 허공 깊숙한 곳에서 우리에게 다가오는 물건이 보이곤 했습니다. 코앞까지 왔다가 아무 일 없이, 우리를 스치지도 않고 계속 자기 궤도를 따라가곤 했지요. 우리가 뒤에 남긴 어두운 허공 속으로 영원히 사라져 버렸을지도 모르고요. 하지만 대부분 운석 소나기는 짙은 먼지를 일으키고 빈 깡통처럼 요란한 소리를 내며 우리에게 쏟아졌습니다. 그럴 때면 나의 첫 번째 아내 크하는 극도로 흥분했습니다.

크하는 모든 걸 깨끗하고 깔끔하게 정리하고 싶어 했고 실제로도 그렇게 했습니다. 물론 그러기 위해선 부지런히 움직여야 했지만 지구의 크기는 아직 매일 관리하는 것만으로도 충분할 정도였습니다. 지구에 사는 사람이 우리 둘뿐이라는 게 유리하기도 했는데, 물론 도와줄 사람이 아무도 없다는 불리함이 있긴 했지만, 우리같이 차분하고 정리된 사람들은 어지르는 법이 없어서 어떤 물건을 사용하면 항상 제자리에 다시 갖다 놓았으니까요. 운석 조각 때문에 부서진 부분을 고치고 곳곳의 운석 가루를 깨끗이 털어 내고 계속 더러워지는 속옷을 세탁해서 널고 나면 달리 할 일이 없었습니다.

처음에는 크하가 쓰레기를 여러 개로 작게 나누어 꾸러미를 만들었고 나는 허공으로 최대한 멀리 던졌습니다. 지구에는 아직 중력이 거의 없었고, 나는 팔이 튼튼하고 던지기도 잘했기 때문에 쓰레기를 온 곳으로 돌려보낼 수 있었지요. 하지만 가루 입자들은 그럴 수가 없었습니다. 종이봉투에 가득 담아도 다시 돌아오지 못할 만큼 멀리 던질 수가 없었습니다. 거의 언제나 공중에서 흩어져 버려 우리가 다시 머리에서 발끝까지 가루를 뒤집어쓰곤 했지요.

크하는 가루를 가능한 한 갈라진 땅바닥 속으로 사라지게 하는 걸 좋아했습니다. 그런데 갈라진 틈이 메워졌습니다. 아니, 정확히 말하면 차츰 그 틈이 걷잡을 수 없이 넓어져서 널따란 분화구가 되었지요. 사실 막대한 양의 물건들이 지구에 쌓여서 지구가 내부에서 부풀어 올랐는데, 그 균열들은 바로 지구가 커지면서 생긴 거랍니다. 정리를 반쯤 하다 말았다거나 방치한 듯한 인상을 풍기지 않으려면 지구의 표면에 가루가 균일한 층으로 쌓이도록 고루 뿌리고 연속적인 표면으로 응고되게 하는 게 더 나을 것 같았습니다.

우리 세계의 윤기 나는 조화를 방해하는 입자들을 제거하면서 보여 주었던 크하의 능력과 집요함은 이제 운석 부스러기로 동일하게 조화로운 질서의 토대를 만드는 데 사용되어서, 그것을 고른 층으로 쌓고 광택이 나는 표면에 숨겼습니다. 하지만 매일 새로운 가루가 지구 바닥에 내려앉아서 막처럼 얇게 바닥을 덮거나 두껍게 쌓여 이곳저곳을 혹처럼 울퉁불퉁 튀어나오게 하거나 야트막한 언덕으로 만들어 버렸습니다.

지구는 점점 커졌지만 내 아내와, 아내의 지휘를 받는 내가 열심히 관리한 덕분에 고르지 못한 부분이나 툭 튀어나온 부위도 없고 쓰레기도 쌓이지 않은 형태를 유지했으며, 나프탈렌처럼 하얗고 산뜻한 표면에는 그림자나 얼룩도 없었습니다. 가루에 뒤섞여 우리에게 쏟아지는 그런 물건들도 외부의 층들 속에 감춰졌습니다. 지구의 부피가 점점 커지면서 이제 그 주위에 내 팔의 힘으로 뛰어넘기에는 너무 넓은 중력장이 확장되어 우리가 움직이는 우주 속으로 다시 돌려보낼 수 없게 된 그런 물건들이었지요. 쓰레기가 산더미처럼 쌓이는 곳에는 정사각형 토대에 피라미드 형태의 가루 무덤을 만들어 그 속에 쓰레기를 묻었습니다. 무덤은 그리 높지 않았고 모두 대칭이 되게 나란히 배치해서, 형태가 없고 제멋대로인 것들이 불쑥 눈에 띄는 일도 없었습니다.

내 첫 번째 아내의 부지런한 성격을 묘사하면서 꼼꼼하고 민첩한 그녀의 행동이 신경과민이나 불안감, 거의 과도하다 싶은 공포와 관련이 있다는 인상을 줄 생각은 전혀 없습니다. 그녀는 그렇지 않았습니다. 크하는 운석이 비처럼 쏟아지는 게, 아직 조정의 단계에 있는 우주에서 일어나는 우연하고 일시적인 현상이라고 확신했습니다. 우리의 행성과 다른 천체, 그리고 그 천체의 안과 밖에 있는 모든 것들은 직선과 곡선, 평면으로 이루어진 정확하고 규칙적인 기하학을 따른다는 사실을 조금도 의심하지 않았지요. 그녀에 따르면 이런 조정의 구도에 들어가지 않은 것은 모두 의미 없는 잔여물이었습니다. 그래서 그것을 당장 쓸어 버리거나 묻어 버리려고 애쓰는 게 그것의 의미를 최소화하고, 심지어 그 존재조차 부정하는 그녀만의 방법이었던 셈이지요. 물론 이건 내 나름대로 그녀의 생각을 해석해 본 겁니다. 크하는 현실적인 여자여서 막연한 말에 빠져 헤매지 않았으며 자기가 잘할 것 같은 일만 잘하려고 애쓰면서 최선을 다했습니다.

크하와 나는 매일 저녁 잠자리에 들기 전에, 그렇게 꾸준하고 세심하게 보호한 이런 지구의 풍경 속으로 산책을 나갔습니다. 아무것도 없는 매끈하고 반들반들한 넓은 공간에 이따금 반듯하게 각이 진 피라미드들이 규칙적인 간격으로 서 있는 풍경 속으로 말이지요. 우리 머리 위의 하늘에서는 행성과 별 들이 적당한 거리와 적당한 속도를 유지하고 돌아가면서 빛을 발산하여 균일하게 반짝이는 우리의 땅에 그 빛을 퍼뜨렸습니다. 내 아내는 우리 얼굴 주위에 언제나 약간씩 떠다니는 먼지들을 없애려고 거세게 부채질을 했습니다. 나는 혹시 운석 소나기가 오면 그걸 피해 보려고 우산을 쓰고 있었지요. 살짝 풀을 먹인 크하의 주름 원피스는 깔끔한 상태를 유지했고 머리는 하얀 리본으로 묶여 있었지요.

이러한 순간은 우리에게 허락된 평온한 명상의 시간이었습니다. 그러나 오래 지속되지 않았지요. 우리는 아침 일찍 일어났습니다. 그런데 우리가 잠들어 있는 그 짧은 시간에도 지구는 쓰레기에 완전히 뒤덮이곤 했습니다. "빨리 일어나요, 크프우프크, 꾸물거릴 시간이 없어요!" 크하가 내 손에 빗자루를 쥐여 주면서 말했습니다. 나는 늘 하던 대로 한 바퀴 돌아보러 출발했지요. 그사이 동이 터서 아무것도 없는 좁은 지평선이 하얗게 모습을 드러냈습니다. 걸어가다 보면 여기저기서 쓰레기 더미와 잡동사니들이 눈에 띄었습니다. 주위가 점점 밝아지면서 불투명한 먼지들이 반짝이는 지구 바닥을 뒤덮고 있는 걸 알아차렸습니다. 비질을 해서 가능한 한 모든 먼지를 내가 가지고 온 쓰레기통과 자루에 집어넣으려 했습니다. 하지만 그 전에 걸음을 멈추고 지난밤 지구에 실려 온 이상한 물건들을 자세히 관찰했습니다. 조각된 황소 머리, 선인장, 마차 바퀴, 금괴, 시네라마[20] 용 영사기 같은 것들이 있었습니다. 나는 그것들의 무게를 재고 이리저리 돌려 보았습니다. 선인장에 찔린 손가락을 빨았습니다. 그렇게 어

20 대형 스크린에 세 대의 영사기로 동시에 영사하여 파노라마 같은 효과를 주는 영화.

울리지 않는 물건들 사이에 이상한 관계가 있고 내가 그 관계를 알아맞혀야만 한다고 상상하며 즐거움을 느끼기도 했습니다. 혼자 있을 때면 나는 그런 공상에 빠져들곤 했답니다. 정리하고 없애고 버리는 것을 좋아하는 크하 때문에 우리가 쓸어 버리는 물건을 찬찬히 살펴볼 틈이 없었거든요. 하지만 이제 매일 순찰을 나가도록 부추긴 건 나의 호기심이었습니다. 그래서 매일 아침 나는 거의 행복에 젖어 휘파람을 불며 집을 나섰지요.

크하와 나는 해야 할 일을 약간 나누었고 정리할 구역도 반으로 나누었습니다. 가끔은 내가 맡은 반구(半球)의 물건을 바로 치우지 못했는데 특히 무게가 많이 나가는 물건일 경우에 그랬지요. 그런 것들은 나중에 손수레를 가지고 와서 모아 가려고 한쪽 모퉁이에 쌓아 두었답니다. 그래서 가끔 카펫이나 모래 더미, 다양한 판본의 코란, 석유 갱 등 비슷한 데가 하나도 없는데 이상하게 모여 뒤섞인 잡동사니들이 수북하게 쌓이거나 덩어리를 이루곤 했지요. 물론 크하는 내 방법에 찬성하지 않았을 겁니다. 그렇지만 나는 솔직히 말해 여러 가지 혼합된 이런 무더기의 그림자가 지평선에 우뚝 나타나는 게 정말 좋았답니다. 쌓인 물건들을 며칠씩 그대로 놔두는 일도 있었습니다.(지구가 점점 커지기 시작해서 크하가 매일 지구를 다 돌 수 없었습니다.) 그러다 보니 얼마나 많은 새 물건이 이전의 물건에 보태졌는지를 살펴보는 게 깜짝 놀랄 만큼 즐거운 일과가 되었지요.

어느 날 아침 나는 수북하게 쌓인 부서진 상자와 녹슨 통 들을 바라보고 있었습니다. 그 위로는 일그러진 고물 자동차가 기중기에 매달려 있었습니다. 더미를 올려다보다가 아래로 눈길을 돌리니 양철과 합판 조각으로 만든 오두막 입구에서 열심히 감자를 깎는 아가씨가 보였습니다. 아가씨는 누더기를 입고 있는 것 같았습니다. 셀로판 조각을 걸치고 올이 빠진 스카프를 두른 모습이었죠. 긴 머리에는 지푸라기와 톱밥이 붙어 있었습니다. 자루에서 감자를 꺼내서 작은 주머니칼로 감자를 깎았는데 길고 가늘게 깎여 나가는 감자 껍질이 쌓여서 회색 더미가 되었습니다.

사과를 해야겠다는 생각이 들었습니다. "미안해요. 정말 어수선하군요. 내가 당장 청소할게요. 전부 치우고……."

아가씨가 껍질을 벗긴 감자를 양푼에 던지며 말했습니다. "무슨 소리예요?"

"혹시 아가씨가 나를 도와줄 수 있다면……." 내가 말했습니다. 아니, 정확히 말하자면 항상 생각했던 대로 계속 생각을 하던 나 자신의 일부분이 말을 한 겁니다.(바로 전날 밤 나하고 크하가 이렇게 말했거든요. "맞아, 우리를 도와줄 사람을 구하면 상황이 좀 달라질 거야!")

"그보다 감자 깎는 걸 좀 도와주세요." 아가씨가 하품을 하고 기지개를 켜면서 말했습니다.

"우리에게 쏟아져 내리는 이 물건들을 어떻게 치워야 할지 알 수가 없어서……." 내가 그녀에게 설명했습니다. "여길 좀 봐요." 그리고 바로 그 순간 내 눈에 보인 뚜껑 없는 큰 통을 들어 올렸습니다. "이 안에 대관절 뭐가 들어 있을지……."

아가씨가 냄새를 맡더니 말했습니다. "멸치예요. 피시 앤드 칩스를 먹을 수 있겠네요."

그녀는 내가 자기 옆에 앉아 감자를 가늘게 채 썰어 주길 바랐습니다. 그 쓰레기 더미들 속에서 기름이 가득 든 거무스름한 통을 찾아냈습니다. 포장 재료들을 이용해서 땅에 불을 피우고 멸치와 채 썬

감자를 녹슨 양푼에 넣어 튀기기 시작했습니다.

"여기서는 안 돼요, 더러워요……." 크하의 부엌에 있는, 거울처럼 반짝이는 그릇들을 떠올리며 내가 말했습니다.

"괜찮아요. 자, 먹어 봐요……." 그녀가 신문지 조각에 뜨거운 튀김을 올려 주며 말했습니다.

훗날 나는 여러 번 자문해 보곤 했습니다. 그날 지구에 물건만 아니라 사람도 한 명 떨어졌다는 이야기를 크하에게 하지 않은 게 잘못이 아니었는지 말입니다. 하지만 그 말을 하려면 내가 게으름을 피워 여러 가지 물건을 쌓아 놓았다는 사실도 고백해야 했습니다. '먼저 청소부터 깨끗이 해야 해.' 모든 상황이 더 어려워졌다는 걸 알면서도 이렇게 생각했습니다.

나는 이제 소나기처럼 쏟아져 반구를 뒤덮다시피 한 새로운 물건들 속에 사는 우하를 매일 찾아갔습니다. 나는 우하가 그렇게 어수선한 상태에서 어떻게 살아가는지, 물건들이 쌓이고 또 쌓이는 걸 어떻게 내버려 두는지 이해할 수가 없었습니다. 바오밥 나무 위로 칡넝쿨이, 지하 묘지 위로 로마네스크 양식의 대성당들이, 석탄층 위로 호이스트가 쌓이는 식이었습니다. 그리고 또 다른 것들, 그러니까 칡넝쿨에 매달린 침팬지나, 로마네스크 양식 대성당 앞 광장에 주차한 관광 버스, 광산 갱도에서 올라오는 폭발성 가스 같은 것이 그 위에 덧붙여졌습니다.

그렇지만 어느 때는 그런 물건들이 모두 우연히 만들어지기라도 한 듯, 그 사이에서 무심하게 움직이는 그녀를 보는 게 기뻤다는 사실을 인정하지 않을 수 없습니다. 뜻밖에도 모든 일을 잘해내고 있는 그녀를 볼 때마다 나는 놀라곤 했습니다. 우하는 아무거나 제일 먼저 손에 잡히는 것, 예를 들면 콩이나 돼지 껍데기를 같은 냄비 안에 집어던졌습니다. 누가 상상이나 했겠습니까? 최고의 수프가 탄생하리라는 것을요. 이집트 유물 조각들(여자 머리 하나, 따오기 날개 두 개, 사자 몸통)을 설거지해야 할 그릇처럼 포개 놓았는데 그러자 멋진 스핑크스가 튀어나왔습니다. 결국 그녀에게 익숙해지면 그녀와도 편안하게 지낼 수 있을 거라 생각하며 나는 속으로 깜짝 놀랐습니다.

건망증이 있고 정리 정돈을 모르고 물건을 어디 두어야 하는지의 개념도 없는 그녀의 성격을 용서하기 힘들었습니다. 그녀는 쟁기로 잘 갈아 놓은 밭이랑에 멕시코 화산 파리쿠틴을 놓아두거나 원형극장을 루니의 포도나무 사이에 놓아두고 잊어버렸습니다. 그러다가도 너무 늦기 전에 항상 그것들을 되찾곤 했지만 나의 분노를 완전히 가라앉히지는 못했습니다. 그때까지의 일만으로 부족한 듯, 항상 예기치 못한 새로운 상황이 발생했으니까요.

물론 이곳이 아니라 다른 곳, 지구의 다른 반구의 표면을 평평하고 깨끗하게 유지하는 크하 옆에서 지내는 게 나의 생활이었지요. 지구에 관한 일에서 나는 크하와 생각이 완전히 같았습니다. 나는 지구가 완벽한 상태를 유지하도록 일했습니다. 우하와 시간을 함께 보낼 수 있었던 것은 크하의 세계, 모든 게 순리대로 진행되는 곳, 이해해야 할 것이 모두 이해되는 곳으로 돌아갈 수 있다는 확신이 있었기에 가능했지요. 크하와 함께 지내면서 지속적인 외부 활동을 통해 내면의 평온을 얻었다고 말해야겠습니다. 반면 우하와 함께 있으면 외적인 평온을 지속시킬 수 있었고 그 순간 내가 하고 싶은 일만을 할 수 있었습니다. 계속되는 갈등을 대가로 치르고 얻은 평온이었지요. 사물의 이런 상태가 오래 지속될 수 없다고 확신했으니까요.

내 생각이 틀렸습니다. 오히려 닮은 데가 전혀 없는 운석 조각들이 서로 연결되어 가면서, 군데군데 빈 곳이 있는 대충의 모습이기는 해도 어쨌든 모자이크를 만들어 나갔습니다. 코마키오호의 뱀장어, 몬테비소산의 수원(水原), 공작들의 대저택, 수헥타르의 논, 농업 노동자들의 노동조합 관습, 켈트족과 롬바르드족의 몇몇 접미사, 산업 생산성의 성장지수는 흩어지고 고립되어 있던 재료들인데, 갑자기 지구에 강이 떨어진 바로 그 순간, 하나로 융합되어 촘촘한 상호 관계의 망을 짰습니다. 그것은 바로 포강이었습니다.

그렇게 결국 우리 지구에 쏟아져 내리던 새로운 물건들은 마치 원래 그곳에 있었던 것인 양 자리를 찾았고 다른 물건들과 의존적인 관계를 맺었습니다. 그래서 비합리적인 존재인 어떤 물건은 다른 비합리적인 물건들 속에서 자신의 존재 이유를 찾아서 전반적인 무질서가 사물의 자연스러운 질서로 간주되기 시작할 정도에 이르렀지요. 내 사생활에 속하기 때문에 살짝만 언급하려 하는 다른 일도 이런 맥락으로 볼 수 있습니다. 여러분도 짐작하셨을 테지만, 크하와 이혼하고 우하와 재혼했다는 사실을 암시하는 중입니다.

잘 살펴보면 우하와의 생활에도 나름의 조화가 있었습니다. 우하 주변의 사물은 그녀의 스타일에 따라 각기 자리를 잡고 다른 사물과 연결되고 스스로를 위한 공간을 만들어 나갔습니다. 그녀와 똑같이 체계가 없고 재료에 무관심했으며 움직임이 불분명했는데 이것은 결국 뭐라 할 말이 없는 순간적이고 분명한 선택으로 끝나게 되었습니다. 우주의 조난자들 때문에 완전히 파손된 에레크테이온 신전이 하늘을 날아다녔는데 거기서 부서진 조각들이 떨어졌습니다. 신전은 잠시 리카비토스 언덕 위를 맴돌더니 다시 아래로 내려오기 시작해서, 파르테논 신전이 내려와야 할 아크로폴리스 광장을 스쳐 거기서 조금 더 떨어진 곳에 가볍게 내려앉았습니다.

서로 떨어져 있는 조각을 연결하고 겹쳐진 부분을 잘 맞춰 놓으려면 우리가 개입해야 할 때도 가끔 있었습니다. 그럴 때 우하는 빈둥거리며 놀려는 분위기 속에서도 항상 뛰어난 손재주를 보여 주곤 했습니다. 퇴적 암석층들을 만지작거려서 향사(向斜)[21]와 배사(背斜)[22] 구조로 구부렸고 수정의 여러 면의 방향을 바꿔서 장석이나 석영, 운모, 점판암으로 변형시켰으며 지층과 지층 사이에 날짜 순서에 따라 각기 다른 높이에 해양 화석들을 숨겨 놓았습니다.

그렇게 지구는 서서히 여러분이 아는 형태를 갖춰 갔습니다. 운석 조각 비는 계속 내려서 그림에 세부적인 새로운 모습이 덧붙여졌지요. 창문과 커튼과 그물같이 얽힌 전화선이 더해지고 잘 들어맞는 조각들, 신호등, 오벨리스크, 담배 가게를 겸한 바, 애프스,[23] 사자를 무는 사냥꾼이 그려진 《도메니카 델 코리에레》 지의 표지가 공간을 다시 채웠습니다. 그리고 필요 이상으로 세세하게 진행되다 보면, 가령 나비 날개의 색소처럼 뭔가 과도한 것이나 카시미르 전쟁처럼 어울리지 않는 게 항상 덧붙여지기도 하지요. 그리고 언제나 아직 뭔가가 부족해서 그것이 곧 나타날 것 같은 인상을 풍깁니다. 조각조각 흩어진 서사시 사이의 간격을 다시 메우려면 사투르누스를 노래한 나에비우스의 시구만 있으면 될지 모릅니다. 염색체 DNA의 변형을

---

21 오목한 모양의 습곡. 중앙부에서 가장자리로 갈수록 오래된 지층이 분포한다.

22 지층이 횡압력에 밀려 형성된 습곡에서 산 모양으로 솟은 부분. 중심부에는 오랜 암석이 분포한다.

23 직사각형 건물의 평면에서 입구의 맞은편 마구리 벽면에 설치한 반원형 또는 다각형의 돌출부.

조절한 공식만 있으면 될지도 모르고요. 그렇게 되면 그림이 완성되어 정확하고 치밀한 세계가 내 눈앞에 나타날 것이고 크하와 우하를 동시에 다시 갖게 될 겁니다.

오래전 두 사람을 다 잃은 지금(크하는 먼지 비에 압도당해서 그녀의 정확한 왕국과 함께 사라졌습니다. 우하는 아마 우리가 찾아낸 물건들이 가득 찬 창고의 어느 은신처에 웅크리고 앉아 놀이를 하고 있겠지만 이제 찾을 수가 없습니다.) 나는 그녀들이 다시 돌아오길, 내가 눈을 뜨고 있든 감고 있든 생각으로라도 둘이 함께 동시에 떠오르길 기다리는 중입니다. 단 한 순간만이라도 그 두 사람과 함께하는 것, 그것이 내가 원하는 전부입니다.

암석 하늘

지구 내부에서 지진파가 확산되는 속도는 지각과 맨틀, 핵을 구성하는 물질 사이의 불연속성과 깊이에 따라 달라진다.

당신들은 거기 껍질에, 밖에 살고 있지요. **분화구 바닥에서 크프우프크의 목소리가 들렸다.** 당신들의 머리 위에 공기로 된 껍질이 또 있으니 거의 바깥에 가까운 곳이라고 말해야겠군요. 하나의 구(球)와 다른 구의 틈새에서 움직이며 당신들을 바라보는 나처럼, 지구 내부에 포함된 동심의 구에서 당신들을 본다면 어쨌든 당신들은 항상 밖에 사는 겁니다. 지구의 내부가 치밀하지 않다는 사실을 당신들은 알려고도 하지 않습니다. 지구 내부에는 불연속적이며 각기 밀도가 다른 껍질이 중첩되어 있습니다. 그 아래 철과 니켈의 핵까지. 그런데 그 핵도 한 핵이 다른 핵 속에 들어가 있는 식이랍니다. 그리고 각각의 핵은 그 구성 요소의 유동성 정도에 따라 다른 핵과 독립되어 회전합니다.

당신들은 자신을 지구인이라고 부르지만 무슨 권리로 그렇게 부르는지 모르겠군요. 당신들의 진짜 이름은 지구 외부인, 그러니까 외부에 사는 사람이지요. 나처럼, 또 당신들이 속임수를 써서 그 황량한 외부로 데려갔던 그날까지의 르딕스처럼 지구 안에 사는 사람이 지구인입니다.

나는 언제나 그랬듯이 지구 내부의 땅 중 한 곳에 살고 있습니다. 처음에는 르딕스와 함께였지만 지금은 혼자 살지요. 우리 머리 위로는 돌로 된 하늘이, 당신들의 하늘보다 훨씬 맑고 깨끗한 하늘이 움직이고 있습니다. 크롬이나 마그네슘이 응축된 곳에서는, 당신들의 하늘과 마찬가지로 구름이 떠다닙니다. 날개 달린 그림자들이 날아오릅니다. 내부의 하늘에도 새들이 날아다니는데 가벼운 바위들이 서로 응결되어 나선을 그리며 높이 올라가다가 시야에서 사라지는 겁니다. 날씨는 갑자기 바뀌는 때가 많지요. 납 소나기가 거세게 퍼붓거나 아연 결정체 우박이 쏟아지면 해면 같은 바위 구멍 속으로 들어가는 것 외에는 달리 비와 우박을 피할 길이 없답니다. 가끔 지그재그의 불길이 어둠을 가르기도 합니다. 번개가 아니라 백열(白熱) 금속이 광맥을 따라 구불구불 아래로 내려가는 것이지요.

우리는, 땅은 우리를 받쳐 주는 구이고 하늘은 그 구를 둘러싼 구라고 생각했습니다. 간단히 말해 당신들의 생각과 같았지요. 그렇지만 우리 쪽에서의 이러한 구별은 항상 임의적이고 일시적이었는데 광물의 밀도가 계속 변했기 때문입니다. 그런데 갑자기 우리는 하늘이 단단하고 밀도가 높아져서 바위 같은 게 우리를 짓누르고 있다는 걸 알아차렸습니다. 반면 땅은 끈적한 풀처럼 되어 소용돌이쳤으며 작은 거품들이 발생해서 주위에 보글거렸습니다. 나는 아주 무거운 금속들이 용해되는 때를 이용해서 진짜 지구의 중심에, 모든 핵의 핵 역할을 하는 핵에 가까이 가 보려고 했습니다. 그래서 르딕스의 손을 잡고 아래로 내려가는 길로 그녀를 안내했습니다. 하지만 핵으로 향하는 모든 침투물이 다른 물질의 힘을 약화시켜 다시 표면으로 올라가게 만들었습니다. 어느 때 우리는 밑으로 내려가다가 상층을 향해 솟구치며 빙글빙글 소용돌이치는 물결에 휩쓸려 들어가기도 했습니다. 그렇게 해서 반대 방향으로 지구의 반지름을 지나가기도 했지요. 광물층 사이에 틈이 벌어져서 그 속으로 빨려 들어가기도 했고 우리 발밑의 바위가 다시 단단해지기도 했습니다. 그러다 보면 또 다른 땅이 우리를 받쳐 주고 다른 바위 하늘이 우리 머리 위에 나타났는데 그곳이 처음 출발했던 지점보다 높은 곳인지 낮은 곳인지는 알 수 없었답니다.

우리 머리 위의 새로운 하늘이 유동적으로 변하는 것을 보자 르딕스는 곧바로 날아오르고 싶은 충동에 휩싸였습니다. 위로 뛰어들어 첫 번째 둥근 하늘, 두 번째, 세 번째 하늘을 헤엄쳐서 가로질렀고 더 높은 둥근 하늘에 매달린 종유석을 잡았습니다. 나는 그녀가 재미있게 실컷 놀도록 내버려 두면서도 우리가 완전히 반대 방향으로 다시 가야 한다는 사실을 상기시키기도 할 겸 그녀의 뒤를 따라갔습니다. 물론 르딕스도 우리가 가야 할 곳이 지구의 중심이라고 나처럼 굳게 믿고 있었지요. 중심에 도착해야만 이 지구가 전부 우리 행성이라고 말할 수 있으니까요. 우리는 지구 생명체의 시조였으므로 지구의 중심부터 살아 있는 지구를 만들고 우리의 이러한 상황을 전 지구로 차츰차츰 확장시켜야 했습니다. 말하자면 지구의 삶, 그러니까 지구에서의 삶과 지구 내부에서의 삶을 겨냥한 것입니다. 지표면에 불쑥 나타나는 삶, 여러분이 지구에서의 삶이라고 부를 수 있다고 생각하는 그런 삶이 아니었습니다. 그것은 오히려 주글주글한 사과 껍질

위에 얼룩처럼 번져 가는 곰팡이에 불과했지요.

여러분은 잘못된 길에 들어섰습니다. 불완전하고 표면적이고 무의미한 삶을 살아야 할 운명이었던 겁니다. 르딕스도 그 점을 잘 알고 있었답니다. 그렇기는 해도 어디에든 잘 빠져드는 그녀의 천성 때문에 일시적으로 정지해 있는 모든 상태를 특히 좋아하게 되었습니다. 위로 뛰어오르고 날고 지하의 좁은 통로로 기어오를 수 있게 되자 곧바로 제일 색다른 위치를 찾고 깜짝 놀랄 만큼 시야가 넓은 곳을 찾는 그녀를 볼 수 있었어요.

접경 지역들, 하나의 지층에서 다른 지층으로 옮겨 가는 통로들에서 그녀는 가벼운 현기증을 느꼈지요. 잘 알려져 있듯이 지구는 거대한 양파처럼 여러 겹으로 중첩된 지붕으로 이루어졌습니다. 그리고 모든 지붕은 그 위의 지붕으로 이어지며 그 모든 지붕이 마지막 지붕을 예고합니다. 마지막 지붕은 지구가 지구로서 끝나는 곳이며 모든 내부는 이쪽에 있고 그 너머에는 외부만 있는 거지요. 당신들은 지구의 경계를 지구 그 자체와 동일시합니다. 당신들은 지구 전체의 부피가 아니라 그것을 감싼 표면이 지구라고 생각합니다. 당신들은 항상 평면적인 차원에서 살았기 때문에 다른 곳에서도 살 수 있고 다른 존재 방식도 있을 수 있다고는 상상조차 하지 않지요. 그 당시 우리에게 이러한 경계는, 존재한다는 것은 알지만 지구를 벗어나지 않는 한은 볼 수 없는 어떤 것이었습니다. 우리로서는 두렵다기보다 터무니없는 가정이었지요. 지구가 자신의 내장에서 밀어내는 모든 것, 그러니까 가스와 액체 혼합물, 휘발성 물질과 별 쓸모없는 광물들, 온갖 쓰레기들이 뿜어져 나오고 끈적하게 솟구치고 던져지는 게 바로 그 경계였으니까요. 그곳은 세상의 부정적인 면, 우리가 상상조차 하지 못한 무언가였고 막연하게 생각만 해도 혐오감을, 아니, 불안감을, 정확히 말하면 당혹감을, 바로 현기증을(그렇습니다. 우리의 반응은 여러분이 생각하는 것보다 훨씬 복잡했어요. 특히 르딕스의 반응이 말입니다.) 느끼게 할 만한 것이었습니다. 그러한 감정 속으로 허공, 양면적인 모든 것, 최후에 대한 매력 같은 약간의 매력이 슬며시 끼어들기도 했습니다만.

기분에 따라 종잡을 수 없이 움직이는 르딕스를 따라 우리는 휴화산의 좁은 통로 안으로 들어갔습니다. 모래시계의 목 같은 곳을 지나는 동안 우리 머리 위로 덩어리들이 많은 회색 분화구가 펼쳐졌어요. 그곳의 형태나 물질은 모두 우리가 사는 깊숙한 곳에서 흔히 보는 풍경과 그리 다르지 않았지요. 그렇지만 지구가 거기서 정지했고 다른 모습으로 자신을 다시 끌고 가지 않는다는 사실에 우리는 깜짝 놀랐습니다. 거기서 조금 지나자 허공이 시작되었는데 어쨌든 그때까지 우리가 가로질러 온 물질과는 비교도 안 될 만큼 부드러운 물질이, 투명하게 진동하는 물질이, 파란 대기가 나타나기 시작했습니다.

진동에 관해 말하자면 우리는 화강암과 현무암을 통해 서서히 퍼져 가는 그 진동, 삐걱이고 쨍그랑거리는 소리, 용해된 금속 덩어리나 수정 같은 벽들 사이로 느리게 전달되는 둔탁한 쿵 소리를 모두 받아들일 준비가 되어 있었습니다. 이제 대기의 진동은 마치 작고 예리한 형태의 소리를 담은 섬광처럼 견디기 힘든 속도로 사방에서 우리를 향해 쏟아졌습니다. 혼란스러운 갈망을 불러일으키는 일종의 간지럼 같았지요. 우리는 지진의 메아리가 나지막이 들려오다 멀리 사라지는, 어둡고 깊은 침묵의 장소로 몸을 숨기고 싶었습니다. 적어도 나는 그랬습니다. 앞으로는 어쩔 수 없이 나의 정신 상태와 르딕스의 정신 상태를 구별해야 할 것입니다. 하지만 언제나 그렇듯이 희한하고 특이한 것에 매료된 르딕스는 좋든 나쁘든 유일한 무언가를 소유하고 싶어 안달했지요.

바로 그 순간 덫이 던져졌습니다. 분화구 가장자리 너머에서 대기가 지속적으로 진동했습니다. 사실 불연속적으로 진동하는 다양한 방식을 포함한 지속적인 진동이었지요. 그것은 하나의 소리였는데 사방에 울려 퍼지다가 아스라이 사라지는가 싶더니 다시 커졌습니다. 그런 식으로 소리가 변하면서, 충만함과 공허함이 간격을 두고 이어지듯이, 시간 속으로 확장되는 보이지 않는 유형을 따라갔습니다. 또 다른 진동이 거기에 덧붙여졌습니다. 그 진동은 예리했고 서로 분리되어 있었지만 때로는 부드럽게, 때로는 씁쓸하게 들리는 소리 속으로 사라졌고 아주 묵직한 소리의 흐름을 거역하거나 뒤따르면서 일종의 소리의 원 또는 소리의 장(場), 영역을 만들어 냈습니다.

나는 당장 그 원에서 빠져나와 밀도가 높고 소리가 약해진 곳으로 돌아가고 싶은 충동을 느꼈어요. 그렇지만 르딕스가 바로 그 순간 소리가 들려오는 쪽으로 가더니 절벽을 향해 달리기 시작했습니다. 내가 잡으려고 하기도 전에 그녀는 벌써 분화구 가장자리를 넘어가 버렸습니다. 아니, 어떤 팔 하나가, 내가 팔이라고 생각할 만한 구불구불한 어떤 것이 그녀를 꽉 잡더니 밖으로 끌어가 버렸어요. 비명 소리가, 르딕스의 비명 소리가 들렸습니다. 그 소리는 아까 들리던 소리와 조화롭게 결합하더니 그녀와 낯선 사람이 박자를 맞추는 어떤 악기 소리와 어우러져 하나의 노래가 되었고 화산 외부의 비탈을 타고 내려갔습니다.

이런 이미지가 내가 본 것인지 상상한 것인지는 모르겠습니다.

나는 벌써 나의 어둠 속으로 가라앉고 있었으니까요. 내부의 하늘이 하나씩 내 머리 위에서 닫히는 중이었습니다. 규토질의 둥근 천장, 알루미늄 지붕, 끈적한 유황의 대기도 마찬가지였습니다. 그리고 억눌린 굉음과 나지막한 천둥소리가 포함된 다양한 지하의 침묵이 내 주위에서 메아리쳤습니다. 나는 구역질 나는 대기의 가장자리에서, 음파의 고문에서 멀어졌다는 안도감과 르딕스를 잃었다는 절망감을 동시에 느꼈습니다. 그래요, 나는 혼자였습니다. 지구에서 끌려 나가, 허공의 세계가 존재한다고 착각하게 하는 공기 중에서 팽팽히 긴장된 현들의 떨림에 계속 노출되는 고통으로부터 그녀를 구할 방법이 없었습니다. 르딕스와 함께 지구의 최종적인 중심부에 도달해서 지구를 살아 있는 것으로 만들려던 나의 꿈은 물거품이 되어 버렸습니다. 르딕스는 지붕 없이 노출된 외부라는 황무지에 유배당한 죄수였어요.

기다림의 시간이 이어졌습니다. 나는 서로를 누르며 촘촘하게 지구를 다시 채워 나가는 경치를 물끄러미 바라보았습니다. 막대같이 가늘고 좁은 동굴들과 얇은 암석층들과 암석 파편들이 중첩된 산맥들과 해면을 짜 놓은 것 같은 대양들이었지요. 우리의 세계가 점점 충만해지고 응축되고 치밀해지는 것에 감동하면 할수록 이 세계에 르딕스가 살지 않는다는 사실이 고통스러웠습니다.

내 머릿속은 온통 르딕스를 자유롭게 해 줘야 한다는 생각뿐이었어요. 외부의 문들을 강제로 열고 내부와 함께 외부에 침입하여 르딕스를 다시 지구의 물질과 연결시키고 그녀의 머리 위에 새로운 둥근 천장을, 새로운 광물 하늘을 만들어 주고 그 진동하는 공기, 소리, 노래의 지옥에서 그녀를 구해야만 했습니다. 나는 화산 동굴 안에 용암이 모여 지구 표면 쪽으로 난 수직 통로를 누르는 장면을 유심히 지켜보았습니다. 그 수직 통로가 길이었습니다.

분출의 날이 되었습니다. 화산 자갈들이 시커먼 탑처럼, 윗부분이 잘린 베수비오 화산 위의 공중으로 솟구쳤습니다. 용암이 나폴리만의 포도밭으로 밀려 들어갔고 헤르쿨라네움시의 문들을 열어젖혔으며 노새몰이꾼과 노새를 벽으로 밀어붙였고 수전노를 돈에서 떼어 냈으며 목줄에 묶여 있던 개는 목줄에 연결된 쇠사슬을 뽑아 내고 헛간에서 달아나려 했습니다. 나는 용암과 함께 앞으로 나아갔어요. 시뻘건 용암이 밑으로 흘러내리며 이리저리 갈라지더니 널름거리는 혀처럼 사방으로 뻗었고 개울처럼, 뱀처럼 구불구불 흘러갔지요. 갈라지는 부분의 제일 앞쪽 끝부분에서 나는 르딕스를 찾아 달렸습니다. 르딕스는 아직 그 미지의 가수에게 붙잡혀 있는 게 분명했습니다. 무언가가 내게 그렇게 알려 주었거든요. 그 악기의 음악과 그 목소리가 다시 들려오는 곳에 그녀가 있을 겁니다.

나는 흘러내리는 용암을 따라 외딴 밭과 대리석 신전 사이로 빠르게 이동했습니다. 노랫소리와 하프 소리가 들려왔습니다. 두 사람은 번갈아 가며 노래를 했지요. 나는 낯선 목소리 뒤로 들려오는 르딕스의 목소리를 금방 알아들었습니다. 하지만 얼마나 변했던지요! 문틀에는 그리스어로 오르페우스라고 적혀 있었습니다. 나는 문을 부수고 문턱을 넘어 흘러 들어갔습니다. 바로 그 순간 하프 옆에 있는 르딕스가 보였습니다. 그곳은 일부러 밀폐되고 오목하게 만들어져 있었는데(아마도 그럴 겁니다.) 조개껍질 속에서처럼 소리가 흩어지지 않게 하기 위해서였지요. 그들의 음악을 주변 세상과 차단시키려고 창에는 묵직한 커튼이(가죽으로 만든, 아니, 누비이불처럼 안에 솜을 넣은 것 같았지요.) 쳐져 있었습니다. 내가 들어가자마자 르딕스가 커튼을 확 잡아당기고 창문을 활짝 열었습니다. 창밖으로 햇살 아래 눈부신 만과 도시와 거리가 펼쳐졌습니다. 정오의 햇살이 방 안으로 밀려 들어왔어요. 빛과 다른 소리들까지도요. 사방에서 기타 연주 소리와 수백 개의 확성기에서 또렷하지 않게 웅웅거리는 소리가 들려왔고 털털거리는 자동차 엔진 소리와 빵빵거리는 요란한 경적 소리가 뒤섞였습니다. 소음의 껍질이 그곳에서 지구 표면으로 점점 확대되었어요. 다시 말해 당신들이 지구 외부인으로서 살아가는 그 구역으로 말입니다. 안테나들이 지붕 위에 깃대처럼 서서 보이지도 않고 들리지도 않게 공간을 가로지르는 음파를 소리로 전환시켜 주고, 당신들은 트랜지스터의 소리를 듣지 않으면 본인이 살았는지 죽었는지도 몰라서 트랜지스터를 귀에서 떼지 않은 채 매 순간 귀에 달라붙는 소리로 귀를 가득 채우며, 주크박스는 음을 저장하고 발산하고, 매 순간 당신들이 끝없이 저지르는 대량 학살의 희생자들을 끊임없이 실어 나르는 사이렌 소리가 끊이지 않는 곳이었지요. 그런 소음의 벽에 부딪히며 용암이 멈췄습니다. 요란하게 진동하는 철조망 가시에 찔린 채 나는 다시 앞으로 움직여서, 르딕스를 보았던 곳으로 갔습니다. 하지만 르딕스는 사라졌고 그녀를 납치했던 남자도 사라졌습니다. 그들이 의지하며 살았던 음악은 산사태같이 밀려드는 소음에 잠식되어 나는 르딕스도, 그녀의 노랫소리도 구별할 수가 없었습니다.

나는 물러나서 용암 속으로 돌아왔고 화산의 비탈길로 올라가서 다시 침묵 속에 살며 그 속에 나를 묻어 버렸습니다.

이제 외부에 살고 있는 여러분이 혹시라도 당신들을 둘러싼 그 소리, 촘촘하게 뒤섞인 그 소리 속에서 르딕스의 노래를, 그녀를 가두었고 또 그녀 스스로 포로가 되어 버린 그 노래, 모든 노래를 포괄하는 노래가 아닌 그 노래를 듣게 되면 내게 말해 주십시오. 아직도 침묵의 메아리가 아련하게 남아 있는 르딕스의 목소리를 듣게 되면 내게 말해 주십시오. 지구 외부인인 당신들이, 일시적인 승자인 당신들이 그녀의 소식을 전해 주십시오. 르딕스를 다시 만나 그녀와 함께 지구 한가운데로 내려와 밖을 향한 중심에서의 삶을 꾸리겠다는 계획으로 돌아가도록 말입니다. 지금 당신들이 거둔 승리는 패배임이 명확해질 겁니다.

태양이 지속되는 한

별은 크기와 빛과 색상에 따라 각기 다르게 진화하는데, 이는 헤르츠스프룽러셀 도표로 분류되어 있다. 별의 수명은 아주 짧거나(청색 거성은 불과 몇 백만 년) 수십억 년이 지나서야 쇠퇴기에 접어들 정도로(적색 왜성처럼) 아주 느린 과정을 이어 가기도 한다.(황색 왜성의 경우 100억 년) 모든 별은 자체의 수소를 모두 연소하고 나면 팽창하고 온도가 낮아지는(적색 거성으로의 변화) 일만 남게 되고, 그들을 금방 사라지게 만들 일련의 열핵 반응을 시작하는 순간을 맞는다. 40~50억 년 전부터 이미 눈부시게 빛나던 중간 정도의 힘을 가진 황색 왜성인 태양은 그 순간에 이르기 전, 앞으로도 최소한 그 정도의 시간을 더 가질 수 있다.

할아버지가 이곳에 와서 정착을 한 건 조금 조용히 살고 싶어서였답니다. **크프우프크가 말했다.** 가장 최근의 초신성 폭발로 할아버지와 할머니 자식들과 손자들과 증손자들이 또다시 공중으로 던져지고 난 뒤였지요. 바로 그 무렵 태양은 은하계의 한쪽에서 노르스름한 색으로 둥글게 응축되어 가고 있었는데 주위의 여러 별들 가운데 그 태양이 할아버지에게 좋은 인상을 주었던 겁니다. "이번에는 노란 별에 가서 한번 살아 봅시다." 할아버지가 할머니에게 말했습니다. "내가 아는 게 맞다면 노란 별은 변화 없이 오래 지속되는 편이지. 그리고 아마 곧 저 주위로 행성계가 형성될 거요."

우리 할아버지 에그그그 대령은 백열성 물질을 오가며 하던 일을 마치고 정년퇴직을 하면 온 가족과 함께 한 행성에, 어쩌면 대기도 있고 동물과 식물도 있을 그런 행성 중 하나에 정착해 살겠다는 생각을 예전부터 하고 있었습니다. 할아버지가 뜨거운 것을 참지 못하는 것은 아니었어요. 오랜 세월 근무를 하다 보니 갑작스러운 기온 변화에도 적응을 해야 했답니다. 그러나 어느 정도 나이가 들면 누구나 주위의 온화한 기운을 좋아하게 되는 법이지요.

하지만 할머니가 즉시 반대했습니다. "저 별은 어때요? 더 크고 더 믿음직해 보이잖아요!" 할머니가 청색 거성 하나를 가리켰습니다.

"당신 미쳤소? 저게 어떤 별인지 몰라요? 청색 별들이 어떤 별인지 모른다는 거요? 당신이 알아차리지도 못할 정도로 빠르게 불타 버린다고. 당신은 200만 년도 지나지 않아 짐을 싸야 할 거요!"

그렇지만 여러분도 잘 알다시피, 그그그에 할머니는 외모뿐 아니라 사고방식도 젊은 사람과 똑같았지요. 현재 가진 것에 절대 만족하지 못하고, 좋은 방향으로든 나쁜 방향으로든 항상 변화를 갈망했으며 색다른 것엔 무엇이든 금방 빠져들곤 했답니다. 솔직히, 한 천체에서 다른 천체로 그렇게 성급하게 이사를 하게 될 경우 처리해야 할 엄청나게 많은 일들이, 특히 자식들이 어릴 때는 항상 할머니 차지였는데도 말이지요. "네 할머니는 지난 일은 금방 잊어버리는 것 같구나." 에그그그 할아버지는 우리 손자들에게 분통을 터뜨렸습니다. "가만히 있는 법을 배우지 못했다니까. 내 말은 여기 이 태양계에서 할머니가 불평할 게 뭐냐는 거다. 난 오래전부터 은하계 구석구석을 돌아다녔어. 그러니 내가 경험이 좀 많겠니, 안 그러냐? 그런데 너희 할머니는 그걸 절대 인정하지 않고……."

할아버지의 가슴에 쌓인 불만은 바로 이것이었습니다. 오랫동안 직장 생활을 하면서 할아버지는 여러 가지 만족감을 맛보았지만 이제부터 무엇보다 중요할 만족감만은 좀체 얻지 못했습니다. 그건 바로 할머니에게 마침내 이런 말을 들어야만 성취되는 것이었지요. "그래요, 에그그그, 당신이 딱 맞는 곳을 찾았네요. 나라면 이 태양을 대수롭지 않게 생각했을 텐데 당신은 이 태양이 금방 장난을 치지 않을 그런 별 중에서도 제일 믿음직하고 안정적인 별이라는 걸 한눈에 알아보았잖아요. 게다가 당신은 지구가 형태를 갖추었을 때 지구의 적당한 위치에 가서 당신 자리를 차지할 줄도 알았고요……. 지구는 한계와 결점이 많지만 아직은 그래도 생활하기에 좋은 장소들이 많아요. 아이들이 뛰어놀 공간도 있고 학교도 별로 멀지 않고…….” 할아버지는 할머니에게 이런 말을 듣고 싶었고 평생 한 번만이라도 이런 말을 듣기를 바랐을 겁니다. 하지만 바랄 걸 바라야죠. 할머니는 이런 말은커녕 전혀 다른 방식으로 움직이는 어떤 항성계, 가령 ‘거문고자리 RR’의 광도가 다양하게 변한다는 이야기를 듣기만 해도 그곳을 갈망하기 시작했답니다. 그곳에서는 훨씬 다양한 생활을 할 수 있고 여기저기 많이 돌아다닐 수 있을 텐데 우리는 이 구석에, 아무 일도 일어나지 않는 활기 없는 곳에 처박혀 있다면서 말이지요.

“대관절 무슨 일이 일어나길 바라는 거요?” 에그그그 할아버지가 우리 모두를 증인으로 세우고 물었습니다. “어디로 가나 다 그곳이 그곳이라는 걸 우리가 아직도 모르는 줄 아나 보군. 수소는 헬륨으로 변형되고 베릴륨과 리튬은 늘 하던 장난을 하고 백열층은 서로에게로 무너져 내렸다가 공처럼 부풀어 오르며 하얗게 변했다가 또 무너져 내리고……. 적어도 이런 것들 한가운데 가만히 있으면 그 광경을 즐기기라도 하지! 그런데 이사를 다닌다면 매번 크고 작은 이삿짐들을 잃어버릴까 봐 걱정을 해야 하잖아. 아이들은 울고 딸자식 눈은 충혈되고 사위 틀니는 망가져 버리고……. 다 알다시피 제일 고생하는 건 그그그에 할머니야. 할머니는 계속 말하지만 실제 행동할때 모습을 봐야 해……."

우리에게 수도 없이 하신 말씀이지만, 에그그그 할아버지의 눈에도 처음에는 모든 것이 놀랍고 경이로워 보였답니다. 가스 구름이 응결되고 원자가 충돌하는가 하면 물질이 덩어리를 이루어 차츰차츰 커지다가 불이 붙기도 하고 온갖 색깔을 내는 백열의 천체들이 하늘을 가득 메우기도 했으니까요. 천체들은 직경과 온도와 밀도, 응축하거나 흩어지는 방식이 모두 달랐답니다. 그리고 아무도 존재를 상상하지 못했던 동위 원소들과 연기와 폭발과 자기장, 그러니까 예측 불가능한 것들이 연이어 등장한 겁니다. 그렇지만 지금은…… 할아버지는 한번 슬쩍 보기만 해도 벌써 다 알 수 있습니다. 그게 무슨 별인지, 어떤 성질인지, 무게는 얼마나 나가는지, 무엇을 연소하는지, 자석처럼 물질을 끌어당기는지 아니면 밀어내는지, 밀어낸 물질은 밀려나서 어느 정도 거리에서 정지하는지, 몇 광년의 거리에 다른 별이 있는지를 말입니다.

할아버지에게 텅 빈 광대한 공간은 마치 철로 교차 지점의 여러 철로들과 같았습니다. 그것은 궤도, 전철기, 방향 전환기들이었습니다. 이 철로나 저 철로를 선택할 수는 있지만 철로 가운데로 달리거나 철로에 깔린 자갈이 튀어 오르게 해서는 안 되었지요. 시간이 흘러도 똑같습니다. 모든 움직임은 할아버지가 기억하는 열차 시간표에 정확히 분류되어 들어가 있었습니다. 할아버지는 정거장, 연착, 연결 열차, 막차 시간, 계절에 따른 시간표의 변화를 다 알고 있었습니다. 은퇴할 때를 대비해 할아버지가 항상 꾸어 온 꿈은 우주를 가로지르는 질서 정연하고 규칙적인 교통의 흐름을 바라보는 것이었어요. 연금 생활자들이 매일 역에 가서 도착하고 출발하는 기차들을 바라보는 것처럼 말이지요. 그리고 각자 빙글빙글 돌며 무심하게 오고 가는 기계들 속에서, 이제 끊임없이 바쁘게 뛰어다니지 않아도 되고 이 삿짐과 아이들을 책임지지 않아도 된다는 생각을 하며 행복에 젖는 거지요.

그러니까 지구는 모든 면에서 이상적인 장소였습니다. 이곳에서 40억 년을 사는 동안 그분들은 이미 충분히 적응을 했고 사람들도 사귀었습니다. 물론 사람들이 오고 가는 건 이곳에서 흔한 일이었지만 ㄱ그그에 할머니는 변화를 너무나 좋아했기에 이를 장점으로 여겼을 게 분명합니다. 이제 두 분에게 이웃이 생겼는데 같은 층에 사는 카비키아 가족으로 정말 좋은 사람들이었습니다. 서로 도와주고 친절하게 교류할 수 있는 이웃이었지요.

"어디 말 좀 해 봐요." 에ㄱ그그 할아버지가 할머니에게 말했습니다. "마젤란 성운에서 저렇게 교양 있는 사람들을 만난 적이 있는지!"(ㄱ그그에 할머니가 다른 곳에 살지 못하는 걸 아쉬워하며 은하계 밖의 별자리까지 끌어들여 이야기했기 때문입니다.)

하지만 사람이 어떤 나이에 이르면 생각을 바꾸기가 쉽지 않답니다. 그 오랜 결혼 생활 중에도 할아버지는 할머니의 생각을 바꾸지 못했으니 지금도 물론 불가능했지요. 예를 들어 ㄱ그그에 할머니는 이웃이 테라모[24]로 떠난다는 이야기를 듣게 됩니다. 카비키아 씨네는 아브루초 출신들로 매년 친지들을 만나러 가는 겁니다. "봐요." ㄱ그그에 할머니가 말합니다. "모두 떠나는데 우리만 여기서 꼼짝도 하지 않는다고요. 우리 엄마를 만난 지가 수십억 년도 더 지났어요!"

---

24 이탈리아 아브루초주에 위치한 도시.

"그건 이 문제와 다르다는 걸 모르는 거요?" 에그그그 할아버지가 반박했습니다.

여러분이 알아야 할 것은 우리 증조할머니는 안드로메다 은하계에 사신다는 겁니다. 그래요, 예전에 증조할머니는 항상 딸과 사위와 함께 여행을 하곤 했지만 은하계들이 형성되기 시작한 바로 그 순간 서로를 시야에서 놓쳐 증조할머니는 저쪽으로, 딸과 사위는 이쪽으로 가게 되었답니다.(그그그에 할머니는 지금까지도 그걸 할아버지 탓으로 돌렸습니다. "당신이 좀 더 주의했어야 해요." 할머니가 말합니다. 그러면 할아버지가 이렇게 대답하죠. "아, 그렇지. 그때 내가 신경 쓸 게 그것밖에 없었으니 오죽하겠소!" 할아버지는 이렇게만 말했는데, 장모가 아주 훌륭한 분이기는 하지만 여행 동료로서는 별로이며 특히 혼란 상태에서 문제를 더 복잡하게 만드는 그런 유형이라는 말은 하지 않았답니다.)

안드로메다 은하계는 바로 우리 머리 위에 있었지만 그 사이에는 수십억 광년의 거리가 있었지요. 그그그에 할머니는 광년의 거리를 엎어지면 코 닿을 거리 정도로 생각했습니다. 공간이 시간처럼 우리에게 달라붙은 점성 있는 덩어리라는 것을 이해하지 못했어요.

어느 날, 아마 할머니 기분을 좋게 해 주려고 그랬던 것 같은데 에그그그 할아버지가 말했습니다. "이봐요, 그그그에, 우리가 여기에 영원히 머물 건 아니오. 여기 산 지 몇 억 년이나 됐지? 40억 년 전부터였던가? 좋아, 나는 우리가 이곳에 머물 기간 중 대략 절반 정도는 살았다고 생각해요. 50억 년이 지나지 않아 태양이 부풀어 올라서 화성과 금성과 지구를 삼켜 버릴 거고 일련의 대변동이 차례로 눈 깜짝할 사이에 일어날 테니까. 우리가 어디로 던져질지는 아무도 모르는 일이오. 그러니까 우리에게 얼마 남지 않은 이 평화로운 시간을 즐기도록 합시다."

"아, 그래요." 할머니가 즉시 흥미를 느끼며 말했습니다. "그러면 불시에 그런 일을 당하지 않게 해야겠네요. 부서지지 않고 크게 짐이 되지 않을 물건을 한쪽에 모아 두어야겠어요. 태양이 폭발할 때 가져가게요."

그러더니 할아버지가 말릴 틈도 없이 다락방으로 달려가서 여행 가방이 몇 개나 있는지, 상태는 어떤지, 자물쇠는 튼튼한지를 살펴보았습니다.(할머니는 미리 확인을 해야 한다고 주장합니다. 허공에 던져졌을 때 가방 속 물건들이 성간 가스 속으로 흩어져 버려 그걸 주워 담아야 하는 사태가 생긴다면 그거야말로 최악이라는 거죠.)

"대체 왜 이렇게 서두르는 거요?" 할아버지가 소리쳤습니다. "아직 수십억 년은 남았다고 말했잖소!"

"알아요. 그래도 할 일이 너무 많아요, 에그그그. 마지막 순간까지 일을 미루고 싶지 않아요. 예를 들면 내 동생 드드드에를 우연히 만날 수도 있으니 그 애가 좋아하는 마르멜로 잼을 만들어 놓을 생각이에요. 그 애가 그 잼을 맛본 게 언제였는지 모르잖아요, 가여운 내 동생."

"당신 동생 드드드에라고? 그렇지만 처제는 시리우스에 있지 않소?"

몇 명인지는 모르지만, 그그그에 할머니의 가족들은 여러 별자리에 몇 명씩 흩어져 살고 있었습니다. 그래서 대변동이 있을 때마다 할머니는 누군가를 만날지도 모른다고 기대했지요. 사실 할머니 생각이 틀린 건 아닙니다. 할아버지가 공간 속으로 튕겨져 나갈 때마다 처남이나 할머니의 외사촌들을 만나곤 했으니까요.

간단히 말해 이제 할머니를 말릴 사람은 아무도 없습니다. 할머니는 이사 준비에 완전히 빠져 버려 다른 생각은 전혀 하지 않고 급하게 해야 할 중요한 일들도 중간에 그만두어 버립니다. '얼마 후면 태양이 끝나기' 때문이었지요. 할아버지는 말할 수 없이 괴롭습니다. 할아버지는 계속되는 폭발 가운데서 휴식을 취하며 은퇴 후의 삶을 즐기리라 생각해 왔거든요. 하늘의 용광로는 각양각색의 연료를 태우게 두고 안전한 곳에 머물며 끊임없이 흐르는 균일한 흐름처럼 수세기의 시간이 흘러가는 것을 가만히 바라보면서 말입니다. 그런데 그런 휴가의 절반 정도에 겨우 이르려 하는 지금, 그그그에 할머니가 여행 가방들을 활짝 열어서 침대마다 올려놓고 서랍을 뒤죽박죽으로 만들고 셔츠를 차곡차곡 쌓으면서 할아버지를 긴장시키기 시작한 겁니다. 이제 할아버지는 끝없는 휴가로 즐길 수 있었던 수백억, 수천억의 시간과 날과 주와 달 모두를, 언제라도 바로 출발할 사람처럼 살아야 합니다. 은퇴를 하기 전 항상 전근을 기다리던 때와 마찬가지로 말입니다. 그럴 때 그는 자신을 둘러싼 모든 게 일시적이라는 것을, 일시적이지만 영원히 되풀이된다는 것을, 흩어졌다가 끝없이 다시 모이는 양자와 전자와 중성자의 모자이크이며 차가워질 때까지 또는 뜨거워질 때까지 휘저어 주어야 하는 수프라는 것을 한순간도 잊을 수 없었지요. 한마디로 말해 태양계에서 가장 온화한 지구에서 보내는 휴가는 완전히 망한 겁니다.

"당신 생각은 어때요? 에그그그, 그릇들을 잘 포장하면 몇 개 정도는 깨뜨리지 않고 가져갈 수 있지 않을까요?"

"안 돼. 지금 무슨 생각을 하는 거요? 그그그에, 자리를 차지하는 건 어쩌고. 당신이 짐 안에 넣어야 할 게 얼마나 많은지 생각해 보라고…….”

그러니까 할아버지도 어쩔 수 없이 관여를 하게 되고 여러 가지 문제에 의견을 내고 할머니와 함께 초조해하며 영원히 여행 전날을 살아가야 하는 겁니다…….

나는 은퇴한 할아버지가 지금 간절히 바라는 게 무엇인지 잘 압니다. 우리에게 수도 없이 말했으니까요. 이런 일에서 완전히 손을 떼고 별들이 소멸했다가 다시 만들어지고 수십만 번 소멸하고 만들어지게 내버려 두는 겁니다. 거기서 그그그에 할머니와 처형 처제들도 모두 서로를 만나러 달려가서 부둥켜안고 모자 상자들과 양산들을 잊어버리고 다시 찾았다가 또 잃어버리는 거지요. 할아버지와는 아무런 상관도 없이 말입니다. 할아버지는 짓눌리고 씹히고 뱉어 놓은 물질, 그러니까 아무짝에도 쓸모없는 물질 밑에 있을 거니까요…….
바로 백색 왜성 밑에 말입니다!

에그그그 할아버지는 말만 앞세우는 분이 아닙니다. 할아버지는 분명한 계획을 가지고 있었지요. 여러분, 백색 왜성, 그러니까 밀도가 매우 높고 비활성화된 별이며 강력한 폭발의 잔여물로, 서로 짓눌리고 압축된 금속 핵들의 하얀 열에 의해 뜨겁게 달아오른 별들을 아시나요? 잊힌 궤도를 계속 천천히 돌다가 차츰차츰 차가워지고, 원소들이 묻히는 불투명한 관(棺)이 되는 그 별들을 아시나요? “그그그에는 가게 놔두자고, 가라고 해.” 에그그그 할아버지가 빙긋 웃었습니다. “분출되어 날아다니는 전자들을 데려가게 내버려 둬야지. 태양과 그 주위를 도는 모든 게 늙고 늙어 백색 왜성이 될 때까지 나는 여기서 기다리겠어. 제일 단단한 원자들 사이에 벽감을 하나 파고 온갖 색깔의 불길을 견딜 거야. 결국 막다른 골목에 이르게 되어도, 다시 출발할 수 없는 해변에 도착하더라도…….”

그러더니 벌써 백색 왜성에 가 있기라도 한 듯 눈을 들어 위를 바라봅니다. 그러면 파란색과 노란색과 빨간색 불이 붙었다 꺼지고 구름과 진운(塵雲)이 모였다가 흩어지는 은하계의 회전은 이제 평상시의 부부 싸움거리가 아니라 존재하는 무언가, 그곳에 있는 것, 있어야 하는 무언가가 되었습니다. 그것으로 충분했습니다.

그렇지만 나는 할아버지가 그 황폐하고 잊힌 행성에 머무르게 되면 초기에는 머릿속으로 그그그에 할머니와 입씨름을 계속할 거라고 생각합니다. 아마 그만두기가 쉽지는 않을 겁니다. 텅 빈 공간에 홀로 있는 할아버지의 모습이 눈에 선합니다. 할아버지는 몇 광년의 거리를 지나와서도 계속해서 할머니와 다툴 겁니다. 별들의 탄생과 은하계의 움직임, 행성들의 냉각을 이야기할 때면 빠지지 않던 “내가 말했잖소.”와 “굉장한 발견이야.” 같은 말이나 부부 싸움의 상황과 단계와 폭발, 그리고 우주 대변동 상황과 단계와 폭발을 알려 주던 “지금은 만족하겠군.”과 “당신은 그 말밖에 모르잖아요.” 같은 말, 그리고 이런 말이 빠지면 우주 이야기에 이름도 기억도 맛도 없다는 듯이 “당신은 항상 당신이 옳다고 생각하는구려.”와 “당신이 내 말을 하나도 듣지 않기 때문이에요.”라는 말들이 끊임없이 이어지는 부부 싸움에 등장하겠지요. 그런데 어느 날 이 부부가 싸움을 멈춰 버린다면 이 우주가 얼마나 황량하고 텅 빈 것 같을까요!

태양 폭풍

태양은 그 안에 있는 뜨거운 기체로 인해 작은 내적 변화를 계속 겪어야 한다. 그러한 변화는 표면의 대변동으로 나타나 눈으로도 볼 수 있는데, 비누 거품처럼 터지는 돌기나 광도가 약해진 흑점, 우주 공간으로 갑작스레 분출되는 강렬한 섬광 같은 것들이다. 태양에서 발사된 전기를 띤 가스 구름이 밴 앨런 복사대를 가로질러 지구에 이르면 자기 폭풍이 일어나고 북극의 오로라가 나타난다.

안정된 태양이 우리를 안전하게 보호할 거라고 생각하는 사람들이 있습니다. **크프우프크**가 말했다. 나는 그렇게 생각하지 않아요.

그 사람들은 이렇게 말하죠. "저기 태양이 있어. 언제나 그 자리에 있었지. 구름과 바람 위에 높이 떠서 변함없이 햇살을 비추고 우리에게 양분을 주고 우리를 따뜻하게 해 주면서. 지구는 대변동과 폭풍에 시달리며 태양 주위를 도는데 태양은 항상 저 자리에, 침착하고 무심하게 자리하고 있다고." 이런 말을 믿으면 안 됩니다. 우리가 태양이라 부르는 것은 끊임없이 폭발하는 기체일 뿐입니다. 50억 년 전부터 폭발이 지속되고 있으며 계속 물질을 분출합니다. 형태도 법칙도 없는 불의 태풍이며 위협이며 영원하고 예측 불가능한 횡포일 뿐입니다. 그런데 우리는 그 안에 있습니다. 우리는 이쪽에 있고 태양은 저쪽에 있다는 말은 사실이 아닙니다. 모든 게 중단 없는 동심(同心)의 흐름이 만들어 내는 소용돌이이고, 어떤 곳은 듬성듬성하고 어떤 곳은 치밀한 물질의 단일 조직으로, 응축했다가 불이 붙은 원래의 동일한 구름에서 출발한 겁니다.

물론 태양이 지구까지 내던지는 많은 양의 물질, 즉 미립자 조각과 원자 파편들은 북극에서 남극으로 이어지는 자기력선을 따라 배열되면서 눈에 보이지 않는 일종의 껍질을 만들어 지구를 감쌉니다. 그래서 우리는 우리의 세계가 태양과 분리되었다고 믿는 척할 수 있는 겁니다. 우리의 세계는 일정한 규칙에 따라 원인과 결과가 만들어지며, 그 규칙을 아는 우리는 주위에서 소용돌이치는 무질서한 요소의 폭풍에서 벗어나 안전한 곳에서 그 규칙을 조절할 수 있다고 말이지요.

예를 들어 나는 원양 항로를 운행하는 선박의 선장 자격증을 따서 증기선 '핼리'를 지휘하게 되었습니다. 항해 일지에 위도와 경도, 풍속, 기상 관측기의 자료, 무선 통신을 기록했습니다. 나는 여러분처럼 지구의 삶을 지탱해 주는 취약한 관습을 믿는 법을 배웠습니다. 더 이상 뭘 바라겠습니까? 항로는 안전하고 바다는 고요했습니다. 내일이면 친숙한 웨일스의 해안이 나타날 거고 이틀 후면 역청 같은 머지강 하구로 들어가 항해의 종착지인 리버풀항에 닻을 내릴 겁니다. 나는 세세하게 정해진 일정표에 따라 생활합니다. 다음 항해까지 남은 날들을 계산해 봅니다. 랭커셔 지방의 전원에 있는 평화로운 내 집에서 보낼 날들이지요.

이등 항해사 미스터 에번스가 해도실 문 앞에 나타납니다. 그가 말합니다. "사랑스러운 태양입니다, 선장님." 그가 빙그레 웃습니다. 나는 고개를 끄덕입니다. 태양이 정말 선명했는데 이 계절과 이 위도에서는 보기 힘든 광경이었습니다. 눈을 가느스름하게 뜨고 보면(나는 태양을 똑바로 보아도 눈이 부시지 않아 제대로 다 볼 수 있었습니다.) 코로나와 채층과 흑점의 배치를 분명하게 구별할 수 있었지요. 그리고 알아차리는 겁니다……. 여러분에게 말해 봐야 소용도 없는 것들이지만, 그 순간 뜨거운 태양의 내부를 뒤흔드는 대변동이 일어나고 있으며 불의 대륙들이 무너지고 백열의 대양들이 부풀어 오르는 것을 말이지요. 부풀어 오른 대양들은 용광로 밖으로 넘쳐흘러 보이지 않는 방사선 물결로 변해 빛처럼 빠른 속도로 지구를 향해 방출됩니다.

조타수 애덤스의 숨넘어가는 목소리가 확성기에서 울립니다. "나침반 바늘이, 선장님, 나침반 바늘이! 이게 무슨 일이죠? 룰렛처럼 돌아가고 있어요!"

"취한 거 아닌가?" 에번스가 소리쳤지만 나는 모든 게 정상이며, 모든 게 정상이 되어 가고 있다는 걸 압니다. 잠시 후면 무선 통신 기사 시먼스도 이곳으로 달려올 게 분명합니다. 눈이 튀어나올 만큼 놀란 얼굴로 오고 있군요. 그는 문 앞에 있는 에번스를 쓰러뜨릴 뻔합니다.

"다 끊어졌어요, 선장님! 권투 경기 준결승전 중계를 듣고 있었는데 다 끊어져 버렸어요! 통신이 되는 무선국이 하나도 없어요!"

"어떻게 할까요, 선장님?" 애덤스가 확성기에 대고 외칩니다. "나침반이 미쳤어요!"

에번스의 얼굴이 백짓장 같습니다.

내가 통솔력을 발휘해야 할 순간입니다. "진정하십시오, 여러분. 우리는 지금 자기 폭풍을 만났습니다. 어찌할 방법이 없어요. 여러분이 믿는 것에 정신을 집중하고 침착함을 잃지 마세요."

나는 뱃머리 갑판으로 나갑니다. 바다는 잔잔했고, 정점에 도달한 태양에서 쏟아지는 빛이 그 위를 뒤덮고 있었습니다. 그렇게 고요한 원소들 속에서 '헬리'는 쓸모없는 고철 덩어리가 되어 버려, 인간의 기술과 지혜로는 움직일 수가 없었습니다. 우리는 태양 속으로, 폭발하는 태양의 내부로 항해하고 있었기에 나침반도 레이더도 무용지물이었어요. 우리는 언제나 태양의 영향권에 있었습니다. 우리가 그 사실을 거의 잊고, 태양의 횡포에서 안전하다고 믿어 왔다 해도 말입니다.

그녀를 본 건 바로 그 순간입니다. 앞 돛대로 눈을 들었더니 그 위에 있었지요. 돛대의 맨 아래 활대를 움켜쥐고 몇 마일이나 펼쳐지는 깃발처럼 공중에 매달려 있는 겁니다. 머리카락이 바람에 휘날렸고 몸도 머리카락처럼 유연했는데 둘 다 똑같이 가벼운 성질의 미립자였기 때문입니다. 가느다란 팔목과 두 팔, 넓은 어깨와 초승달처럼 잘록한 허리, 증기선 갑판 위에 높이 뜬 구름 같은 가슴, 나선으로 펄럭이다가 굴뚝 연기와 그 위 하늘과 뒤섞이는 그녀의 옷자락을 바라봅니다. 나는 보이지 않는 공기의 대전(帶電) 속에서 이 모든 것을 보았지요. 아니, 어쩌면 그저 공중에 있는 선수상 같은, 이글이글 타오르는 눈과 머리카락을 가진 메두사의 웅장한 머리 같은 그녀의 얼굴만 보았는지도 모릅니다. 라흐가 나를 따라잡는 데 성공했습니다.

"거기 있군, 라흐. 나를 찾아냈네." 내가 말했습니다.

"당신 왜 그 아래 숨어 있는 거지?"

"다르게 존재하는 방법이 있는지 알아보고 싶었어."

"그래 있어?"

"여기서 컴퍼스로 그린 항로를 따라 배를 운항하고 나침반으로 방향을 정하지. 내 무선 장비가 전파를 잡아. 일어나는 일은 다 나름의 이유가 있는 거야."

"그래서 당신은 그런 걸 믿는 거야?"

무선 통신실에서 시먼스의 욕설이 들려왔습니다. 그는 탁탁거리며 전기가 방전되는 가운데 어떤 무선국하고라도 통신을 해 보려 애쓰는 중이었습니다.

"아니, 그렇지만 이렇게 하는 게 좋아. 마지막까지 게임을 계속하고 싶어." 내가 라흐에게 말합니다.

"불가능하다는 게 분명해지면?"

"그냥 물 흐르는 대로 가는 거지. 하지만 언제라도 다시 통제할 준비를 하고 있어."

"지금 혼자 말하시는 겁니까, 선장님?" 그 창백한 얼굴을 어디에나 들이미는 에번스였습니다.

나는 침착하려 애썼습니다. "미스터 에번스, 가서 애덤스를 좀 도와줘요. 나침반 바늘이 계속 요동치며 어떤 상수를 반복해서 가리킬 거요. 대략적으로 항로를 계산하고 오늘 밤 별자리를 보면서 방향을 잡을 수 있길 기대해 봅시다."

북극 오로라가 만들어 내는 긴 줄무늬가 우리 머리 위의 둥근 하늘을 뒤덮어서 꼭 호랑이의 등처럼 보였습니다. 라흐가 배의 활대에 매달려 불꽃같이 새빨간 머리카락과 화려한 옷을 자랑했습니다. 방향을 다시 찾는 것은 불가능했어요.

"결국 북극까지 왔나 봅니다." 유머 감각을 자랑하려는 듯 애덤스가 말했습니다. 그는 자기 폭풍이 어떤 위도에서든 북극 오로라를 만들어 낼 수 있다는 걸 잘 알고 있었습니다.

나는 어둠에 잠긴 라흐의 모습을 보았습니다. 화려하게 꾸민 머리와 보석과 무지갯빛으로 변하는 옷을 바라보았지요. "멋지게 차려입었군." 내가 말했습니다.

"당신을 다시 찾았으니 축하해야 하잖아." 그녀가 말했습니다.

나로서는 축하할 일이 하나도 없었습니다. 다시 예전처럼 그녀에게 구속당하게 되었으니까요. 그러니까 내가 끈기 있게 준비한 계획은 실패한 겁니다. "당신은 더 아름다워졌는데." 내가 인정했습니다.

"왜 달아났지? 결국 이런 구석에 처박혔잖아. 덫에 걸린 채 모든 게 제한된 세상의 차원 속에 빠져 버렸고."

"나는 내 의지로 여기 있는 거야." 내가 쏘아붙였지만 그녀는 나를 이해하지 못할 테지요. 그녀에게 삶이란 태양 광선이 가로지르는 자유로운 공간에서 펼쳐지는 것이어야 했습니다. 쉴 새 없이 우리를 여러 차원 밖으로, 여러 형태 밖으로 옮겨 놓는 태양 폭발에 의해 흔들리는 그 공간에서 말입니다.

"아직도 선택하고 결정하고 밝혀내는 게 바로 당신 자신인 척하는 게임을 하고 있군." 라흐가 말했습니다. "나쁜 버릇이야."

"그러는 당신은 어떻게 여기까지 왔지?" 내가 물었습니다. 이온층은 난공불락의 장벽이 아니었던 걸까요? 라흐가 날개를 파닥이며 방의 유리창에 부딪히는 나비처럼 이온층을 스쳐 가는 것을 수없이 느꼈지요. "어떻게 들어온 건지 아직 말 안 했잖아."

그녀가 어깨를 으쓱했습니다. "광선이 회오리치더니 천장에 구멍이 뚫렸어. 그래서 당신을 다시 데려가려고 내려왔지."

"나를 다시 데려간다고? 그렇지만 지금 함정에 빠진 사람은 당신이야. 어떻게 밖으로 다시 나갈 생각인데?"

"난 여기 있을 거야. 당신하고 함께 여기에." 그녀가 말했습니다.

"큰일 났습니다, 선장님!" 시먼스가 갑판 위를 달려 내 쪽으로 왔습니다. "배 안의 전기 설비가 다 고장 났습니다!"

에번스는 갑판의 뚜껑 문 뒤에 숨어 있었습니다. 그가 무선 통신 기사의 팔을 잡더니 가 봐야 소용없다고, 자기 폭풍 때문에 내 머리가 이상해져서 지금 돛대를 보고 혼잣말을 하고 있다고 말했습니다. 나는 에번스의 몸짓으로 그걸 알아차렸지요.

나는 권위를 되찾아 보려고 애썼습니다. "강력한 전류가 대양을 관통하고 있어요." 내가 설명했습니다. "전선에 흐르는 전압이 높아져서 퓨즈가 나간 겁니다. 다 정상이오." 하지만 나를 보는 그의 눈은 이제 나의 지위를 전혀 존중하지 않고 있었습니다.

다음 날 우리가 탄 배와 그 주위의 넓은 구역만 빼고 모든 바다에서 자기 폭풍의 영향이 사라졌습니다. '핼리'호는 계속 라흐에게 끌려갔는데 그녀는 한 손가락으로 레이더나 피뢰침 또는 굴뚝 가장자리에 매달려 허공에 느긋하게 몸을 맡기고 있었습니다. 나침반은 어항 속의 물고기처럼 퍼덕였고 무전기는 병아리 콩을 끓이는 냄비처럼 계속 요란한 소리를 냈습니다. 구조선들이 왔지만 우리를 찾지 못했습니다. 우리에게 접근을 하면 그 즉시 장비가 고장 났으니까요.

밤이 되면 '핼리'호 위로 눈부신 줄들이 길게 그려졌습니다. 우리의 깃발과도 같은, 우리만을 위한 북극 오로라였답니다. 이 오로라 때문에 구조선들이 우리를 추적할 수 있었습니다. 구조선들은 이상한 자기(磁氣) 전염병처럼 보이는 것에 감염되지 않으려고 우리 배에 가까이 오지 않은 채 우리를 리버풀 정박지로 인도했지요.

'핼리'호의 선장이 어디로 가든, 자기 폭풍과 북극의 오로라를 끌고 다닌다는 소문이 모든 항구로 퍼져 나갔습니다. 게다가 나의 선원들은 사람들을 만날 때마다 나와 보이지 않는 힘 사이에 어떤 관계가 있다고 떠들어 댔고요. 당연히 나는 '핼리'호의 선장 자리를 잃었고 다른 배에서도 일자리를 얻지 못했습니다. 다행히 랭커셔의 시골에 그동안 항해하면서 모은 돈으로 구입해 둔 낡은 집이 한 채 있었지요. 앞서 말했듯이 항해가 없을 때 머물며 내가 좋아하는 일을 하던 곳이었습니다. 바로 자연 현상을 측정하고 예측하는 일을 말이지요. 집 안에는 내가 만든 측정 기구들이 가득했는데 그중에는 태양을 촬영하는 흑백 사진기도 있었습니다. 육지에 오를 때마다 나는 하루라도 빨리 그 기구들 속에 틀어박히고 싶었습니다.

그렇게 해서 나는 아내 라흐와 함께 랭커셔 지방으로 은퇴했습니다. 곧 주위 몇 마일 반경에 사는 사람들의 텔레비전이 고장 났지요. 방송을 선명하게 볼 방법이 없었어요. 화면은 빈대가 들끓는 얼룩말이 들어간 듯 흑백의 선으로 요동쳤습니다.

우리에 대한 소문이 무성하다는 걸 알고 있었지만 나는 걱정하지 않았습니다. 사람들은 특히 내 실험 때문에 화가 난 것 같았지요. 어쩌면 아직은 내 아내를 의심하지 않을지도 모릅니다. 아내를 본 적이 한 번도 없었으니까요. 사람들은 우리 집에서는 어떤 기계 장치도 작동하지 않으며 전깃불조차 없다는 사실을 몰랐습니다.

게다가 우리 집 창문에서는 촛불의 불빛만 흘러 나갔는데 이것이 우리 집을 더욱 음산하게 만들었습니다. 그 무렵 많은 사람들이 북극의 오로라를 구경하기 위해 한밤중에도 깨어 있었습니다. 오로라는 우리 지역의 명물이 되었습니다. 우리 부부에 대한 의혹이 나날이 짙어지는 게 놀랄 일은 아니었지요. 그 뒤 방향 감각을 잃은 철새들이 사람들의 눈에 띄었습니다. 한겨울에 황새가 날아왔고 황무지에 알바스트로스가 내려앉았지요.

어느 날 교구 신부인 콜린스 신부가 나를 찾아왔습니다.

"선장님, 이야기를 좀 나누고 싶습니다." 그러더니 기침을 했습니다. "……교구에서 일어나는 몇 가지 현상에 대해서요……. 아시지요? …… 그리고 떠도는 소문도 있고……."

신부는 문 앞에 서 있었습니다. 내가 들어오라고 했지요. 산산조각 난 집 안의 물건들을 보더니 놀란 표정을 숨기지 못하더군요. 유리 조각이며, 동력 브러시, 찢어진 해양 지도 조각이 모두 정신없이 흩어져 있었으니까요.

"그런데 집이 지난번 부활절 때 방문했을 때와 많이 달라졌네요……." 그가 중얼거렸습니다.

나 역시 그때의 실험실이 잠시 그리웠습니다. 작년에는 깨끗하게 정돈되고 잘 갖춰진 도구가 제 기능을 했거든요.(콜린스 신부는 주변에 사는 주민들과 친절한 관계를 유지하는 데 신경을 많이 썼습니다. 교회에 절대 나가지 않는 사람들에게는 특히 더 그랬지요).

내가 다시 입을 열었습니다. "예, 배치를 좀 바꿨습니다……."

신부는 곧 자신이 찾아온 이유를 말했습니다. 내가 결혼을 하고(그는 이 말을 강조했습니다.) 이곳에 돌아와서 살게 된 뒤로 벌어지는 이상한 일들이 모두 나 개인과, 아니 크프우프크 부인과(나는 흠칫했습니다.) 관련이 있다는 게 중론이라는 겁니다. 그는 아직 아무도 크프우프크 부인과 인사를 나누는 행운을 얻지 못했다는 말도 덧붙였습니다. 나는 아무 대답도 하지 않았지요. "이곳 사람들이 어떤지 잘 아시잖습니까?" 콜린스 신부가 계속 말했습니다. "아직도 굉장히 무지하고 미신을 많이 믿습니다……. 그러니 사람들이 하는 말에 크게 신경 쓸 필요는 없습니다…….” 그가 나를 찾아온 이유가 나를 향한 교구 사람들의 적대감을 사과하려는 것인지, 아니면 소문이 어디까지 사실인지를 확인하려는 것인지 정확히 알 수 없었습니다. “밑도 끝도 없는 소문이 돌더군요. 제가 무슨 말까지 들었는지 아십니까? 한밤중에 선장님 부인이 지붕 위로 날아올라 텔레비전 안테나에 매달려 있는 모습을 봤다는 사람도 있습니다. ‘대체 어떻게요? 크프우프크 부인이 어떻게 그렇게 할 수 있나요? 그 부인이 도깨비나 요정처럼 생겼던가요?’ 하고 물었더니 사람들이 그러더군요. ‘아니요. 거인 같았는데 늘 구름처럼 허공에 길게 누워 있어요…….’”

“아닙니다, 그건 아닙니다. 제가 신부님께 분명히 말씀드릴 수 있어요.” 내가 말했습니다. 뭘 부정하려 하는지도 모르면서 말이지요. “라흐는 신체적인 상태 때문에 누워 있는 거예요……. 제 말 이해하시겠습니까?…… 그래서 우리가 사람들과 교제를 꺼리는 겁니다……. 아내는 집에 있어요……. 라흐는 지금 집에만 있답니다……. 신부님이 원하시면 소개시켜 드리지요…….”

물론 콜린스 신부가 기대한 건 바로 그것이었습니다. 나는 신부를 데리고 창고로 가야 했지요. 이곳이 예전에 큰 농장이었을 때 탈곡기들을 보관하고 건초를 말리는 데 사용하던 낡은 창고로 상당히 넓었습니다. 창문이 하나도 없었고 벌어진 벽 틈 사이로 스며 들어온 햇빛에 공중에 떠 있는 먼지가 보였습니다. 그 먼지 속에서 라흐가 분명하게 모습을 드러냈습니다. 옆으로 누워 있어서 창고가 거의 꽉 찼지요. 그녀는 등을 둥글게 구부리고 몸을 약간 웅크린 채 한 손으로 무릎을 짚고 한 손으로는 앙고라 고양이라도 되는 양 러더퍼드 코일을 쓰다듬고 있었습니다. 키에 비해 천장이 너무 낮아서 고개를 숙인 채로요. 매번 하품이 나올 때마다 입을 가리려고 손을 들면 코일의 구리선에서 불꽃이 튀어서 눈이 가느스름해졌습니다.

"가엾게도 저렇게 갇혀 있느라 조금 따분할 겁니다. 아직 습관이 안 돼서요." 설명을 제대로 했다고는 생각했지만 내가 하고 싶었던 말은 그게 아니었습니다. 그녀의 모습을 보자 자랑스러운 생각에 가슴이 뿌듯했거든요. 누군가 나를 이해해 주기만 한다면 이렇게 말하고 싶었습니다. '얼마나 변했는지 좀 보세요. 이곳에 처음 왔을 때는 분노의 화신 그 자체였거든요. 그런 폭풍과 같이 살면서 그걸 제지하고 길들이리라고 누가 상상이나 했겠습니까?'

나는 이런 생각을 하느라 신부를 거의 잊고 있었어요. 그러다가 신부 쪽을 돌아보았지요. 그가 없었습니다. 달아난 겁니다! 그는 집 밖으로 달려가고 있었습니다. 우산을 땅에 꽂고 그에 의지해 생울타리를 뛰어넘더군요.

나는 최악의 상황을 각오하고 있습니다. 이웃들이 무장을 하고 무리를 지어 언덕을 에워싸고 있다는 것을 압니다. 개 짖는 소리와 서로를 부르는 고함 소리가 들립니다. 가끔 생울타리의 나뭇잎들이 흔들리는데 사람들이 그 뒤에 숨어서 나를 염탐하는 겁니다. 우리 집을 공격하려 하는 중인데, 어쩌면 집에 불을 지를지도 모릅니다. 활활 타는 횃불이 집 주위로 퍼지는 게 보입니다. 우리를 생포할 생각인지, 때려죽일 계획인지, 아니면 불에 태워 죽이려는 건지 알 수 없습니다. 어쩌면 내 아내를 마녀처럼 화형시키고 싶은 건지도 모르지요. 아니면 혹시 아내가 절대 붙잡히지 않으리라는 걸 벌써 알고 있는 게 아닐까요?

나는 태양을 봅니다. 격렬한 활동 단계에 들어간 듯합니다. 흑점들이 수축되고 수백 배 더 밝아진 거품들이 점점 커지고 있습니다. 이제 나는 창고 문을 열고 햇빛이 들어가게 합니다. 좀 더 강렬한 폭발로 공중에 전기가 방출되기를 기다립니다. 이제 곧 태양이 여기까지 팔을 길게 뻗어 우리와의 사이에 놓인 막을 찢고 자신의 딸을 다시 데려갈 겁니다. 그녀가 다시 끝없이 펼쳐진 드넓은 우주 공간을 거침없이 질주할 수 있도록 말입니다.

곧 주위의 텔레비전이 다시 켜질 겁니다. 세제 광고와 아름다운 아가씨들이 화면을 가득 채울 것이고 나를 못살게 하던 무리도 뿔뿔이 흩어져 각자 합리적인 일상에서 자신들이 맡은 역할로 돌아가겠지요. 나도 다시 실험실을 정리하고 이렇게 강제로 중단되기 전 내가 선택했던 방식으로 돌아갈 수 있을 겁니다.

하지만 내가 라흐와 함께 있을 때, 미리 정해 놓은 행동 방침에서 벗어났으리라고는 생각하지 마십시오. 라흐에게서 도망칠 수 없는 것을 깨닫고, 그녀가 어느 때보다 강하다는 것을 알고 내가 갑자기 항복했다고 생각해서도 안 됩니다. 나는 더욱 어려운 계획을 세웠습니다. 라흐에게 의존할, 라흐임에도 불구하고, 아니, 오히려 그녀 덕에, 좀 더 정확히 말하면 라흐에 대한 사랑에서 비롯된 계획으로, 우리 두 사람의 사랑을 완성시킬 유일한 방법이었지요. 다 부서진 도구들 속에서, 진동하는 먼지 속에서 행성 간의 태양 폭풍을 정확히 알고 통제할 다른 도구들, 다른 측량과 계산을 계획하는 것이었어요. 그 태양 폭풍은 그것을 이온화된 우산이라고 믿는 우리의 착각을 넘어서 우리를 침범하고 뒤흔들고 좌지우지하니까요. 내가 원했던 건 바로 그런 계획이었습니다. 그녀가 둥근 불덩어리 쪽으로 번개처럼 올라가 버리고 내가 다시 나 자신의 주인이 되어 부서진 도구 조각들을 모으는 지금에서야 나는 내가 되찾은 힘이 얼마나 보잘것없는지를 눈으로 확인합니다.

나를 괴롭히던 사람들은 아직 아무것도 눈치채지 못했습니다.

"이제 됐소?" 내가 소리칩니다. "내 아내는 이제 없소! 이제 당신들의 나침반, 텔레비전 프로그램으로 돌아가요. 모든 게 제자리로 돌아왔소! 라흐는 떠났소. 그렇지만 당신들은 당신들이 뭘 잃었는지 모르겠지. 내가 어떤 계획을 가지고 있었는지도. 그것은 당신들을 위한 것이었소. 당신들은 우리에게 라흐가 어떤 존재였는지도 몰라. 파괴적이고 견디기 힘든 라흐가 내게, 그리고 나를 때려죽이려는 당신들에게 어떤 의미였는지 모른다고!"

그들이 걸음을 멈췄습니다. 그들은 내가 한 말을 이해하지도 못하고 내 말을 믿지도 않습니다. 자신들이 두려움에 떠는지 안도하는지도 모르고 있습니다. 게다가 나 역시 내가 했던 말을 이해하지 못하고 믿지 못합니다. 내가 안도감을 느끼는지도 잘 모르겠습니다. 그리고 나 역시 두렵습니다.

껍질과 시간

선캄브리아 시대에는 매우 희귀했던 지구 생물에 대한 자료는 약 5억 2000만 년 전부터 갑자기 풍부해진다. 실제로 캄브리아기와 오르도비스기에 생물들은 석회질 껍질을 만들어 내기 시작했는데 이 껍질은 지층에 화석으로 보존된다.

여러분이 속해 있는 차원, 그 속에서, 그것을 위해 태어났다고 생각하는 그 차원으로 여러분을 들어가게 만든 이가 누구라고 생각하나요? 그 차원에 틈새를 열어 놓은 이가? 바로 나였습니다. **껍질 밑에서 나와 크게 외치는 크프우프크의 목소리가 들렸다.** 순간순간을 살아가야 할 운명의 하찮은 연체동물이었던 나, 영원히 끝나지 않을 현재의 영원한 포로였던 나였습니다. 이해하는 척해 봐야 소용없습니다. 여러분은 내가 지금 무슨 이야기를 하는지 상상도 하지 못할 테니까요. 나는 시간에 대해 이야기하는 겁니다. 시간은 나를 위해서가 아니면 존재하지 않았습니다.

왜냐하면, 내 말 잘 들으세요, 나는 시간이 어떻게 존재해야 하는지에 대해 아는 바가 전혀 없었고 시간 같은 무언가가 존재할 수 있다는 생각도 해 본 적이 없었습니다. 수많은 낮과 밤이 내게 파도처럼 밀려들었는데 그날이 그날인 듯 똑같았지만 우연히 다른 점들이 나타나기도 했습니다. 그냥 왔다 가는 날들이어서 의미와 규칙을 정하기가 불가능했답니다. 하지만 내가 껍질을 만들었을 때, 그것을 만든 의도는 이미 어떤 식으로든 시간과 연관이 있다고 할 수 있지요. 나의 현재를 부식되어 소멸되는 모든 현재와 분리하고 그 현재를 밖으로 내보내고 따로 떼어 놓기 위함이었습니다. 현재가 수없이 다양한 모습을 가지고 내게 도착했는데 그것들의 순서를 정할 수가 없었어요. 파도, 밤, 오후, 햇빛, 겨울, 상현달, 밀물과 썰물, 무더운 여름의 순서를 말이지요. 나는 그 속에서 나 자신을 잃을까 봐, 내게 던져져서 서로 중첩되는 현재의 수많은 파편으로 나 자신이 조각조각 분열될까 봐 겁이 났습니다. 내가 아는 바로, 그 파편들은 모두 동시에, 그러니까 나 자신의 일부가 다른 파편들과 어떤 파편에 동시에 존재할 수 있었으니까요.

헤아릴 수 없는 이런 연속성 속에 몇 개의 표시를 정해 놓고 시작할 필요가 있었습니다. 일련의 구간, 그러니까 숫자를 정하는 것이지요. 내가 분비해서 나선형으로 돌아가게 만든 석회질 물질이 바로 연속적으로 따라가야 할 무언가였습니다. 그렇지만 동시에 나선이 한 바퀴 돌 때마다 그 나선의 테두리가 다른 나선의 테두리에서 분리되었습니다. 따라서 뭔가를 세고 싶으면 나는 이런 나선의 테두리를 계산하면 되었습니다. 간단히 말해 내가 만들고 싶었던 것은 오로지 나만의 시간, 나에 의해서만 조절되는 자족적인 시간이었습니다. 시곗바늘이 가리키는 시간을 누구에게도 알릴 필요가 없는 시계인 거지요.

나는 온 힘을 그 일에 쏟아부었습니다. 물론 나는 혼자가 아니었습니다. 수많은 다른 이들이 동시에, 끝이 없는 자기들의 껍질을 만들고자 했습니다. 내가 성공하든 다른 이가 성공하든 그건 중요하지 않았습니다. 우리 중 누군가가 무한한 나선을 만들면 되는 일이었습니다. 그러면 시간이 존재하게 될 것이고 그것이 바로 시간이 될 겁니다. 그렇지만 지금 여기서 제일 꺼내기 어려운(내가 여기 있는 것은 여러분에게 이야기를 하기 위해서라는 사실과도 어울리기 아주 어려운) 말을 해야 합니다. 시간은 머무를 수 없으며 해체되고 모래 언덕처럼 무너져 내린다는 겁니다. 시간은 소금 결정체처럼 다면체이며 산호초처럼 사방으로 뻗어 있고 해면처럼 구멍이 숭숭 뚫려 있습니다.(이 구멍이 어떤 구멍인지, 이곳에 오기 위해 내가 어떤 틈을 통과했는지는 말하지 않으렵니다.) 끝이 없는 나선은 만들어지지 않습니다. 껍질은 자라고 또 자라다가 갑자기 성장을 멈춥니다. 그것으로 끝입니다. 끝난 거지요. 또 다른 쪽에서 다른 껍질이 자라기 시작합니다. 매 순간 수천 개의 껍질이 자라기 시작하고 나선이 한 바퀴를 도는 단계마다 수천의 껍질이 계속 성장하지요. 그리고 조만간 모두 멈추고 파도가 텅 빈 껍질을 끌어가 버립니다.

우리의 노력은 부질없었습니다. 시간은 지속하기를 거부했습니다. 시간은 산산조각 날 운명인, 잘 부서지는 물질이었습니다. 작은 껍질의 나선만큼 시간이 지속되리라는 기대는 우리가 시간에 대해 가진 착각이었지요. 시간의 파편은 서로 다르고 다 떨어져 여기저기 흩어졌으며 그들끼리 연결할 수도 비교할 수도 없습니다.

힘겹게 지속되던 우리 노동의 잔해 위로 모래가 내려앉았습니다. 간헐적으로 불어오는 바람에 실려 시간-모래가 허공을 떠돌다가 다시 떨어져 텅 빈 껍질들을 고원들의 배 속에 파묻었습니다. 고원들은 계속 층층이 쌓여 높이 솟아올랐다가 바다가 대륙을 침범해 다시 텅 빈 껍질 비로 쏟아져 대륙을 뒤덮을 때 바다에 가라앉아 버렸지요. 그렇게 해서 세상의 물질은 우리의 패배로 뒤범벅되었답니다.

모든 껍질의 무덤이 진짜 껍질이라고, 우리가 온 힘을 다해 만들려고 애썼지만 성공하지 못했다고 생각한 그 껍질이라고 어떻게 생각할 수 있었겠습니까? 이제 생각해 보면 시간은 그것을 만들려는 우리의 노력이 무위로 돌아갈 때 만들어졌던 게 분명합니다. 다만 우리는 우리가 아니라 여러분을 위해 시간을 만들려고 했습니다. 처음으로 영속을 꿈꿨던 우리 연체동물은 우리의 왕국과 시간을, 일시적으로 왔다 사라지는 종족 중에서도 가장 불안정한 종족에게 선물했습니다. 바로 인간이지요. 우리의 선물이 없었다면 인간은 시간이란 걸 생각조차 하지 못했을 겁니다. 지층이 갈라지면서 1억 년, 3억 년, 5억 년 전에 버려진 우리의 껍질이 다시 땅 위로 올라온 게 틀림없습니다. 시간의 수직 차원을 여러분에게 펼쳐 보이고, 행성들의 회전으로 인해 항상 반복되는 주기에서 여러분을 자유롭게 해방시키기 위해서지요. 여러분이 그 행성의 회전에 존재의 단편을 계속 끼워 넣고 있으니까요.

여러분의 공적이 전혀 없다는 말은 아닙니다. 지구라는 공책에 쓰인 것을 읽어 낸 게 바로 여러분이니까요.(자, 여러분이 글로 쓰인 것을 가리킬 때 흔히 사용하는 은유를 사용해 봤습니다. 아무도 이런 은유에서 벗어나지 못하니까요. 바로 우리가 나의 영역이 아니라 여러분의 영역에 있다는 증거입니다.) 여러분은 수천 년 간격으로 이어지는 침묵을 사이에 두고 우리가 더듬거리며 여기저기 던져 놓은, 비틀린 알파벳을 한 자씩 구분해서 읽었고 논리 정연한 이야기, 여러분에 대한 이야기를 모두 끌어냈습니다. 그렇지만 어디 한번 들어 봅시다. 우리가 아니었다면,

우리가 모르고 한 일이기는 해도 우리가 거기에 쓰지 않았다면, 좀 더 정확히 말해서 우리가 쓴다는 건 잘 알았지만 쓰고 싶어 하지 않았고(내가 여기 있으므로 계속 여러분의 은유를 사용하는 겁니다.), 표시를 하고 기호가 되고 다른 존재들과 관계를 맺거나 연결되는 일, 그 자체로 존재하기 위해 다른 존재를 위해 다른 무언가가 되는 일을 받아들이기 원치 않았다면, 여러분이 그것을 어떻게 읽었을지를…….

어쨌든 누군가는 시작을 해야 했지요. 무언가를 만들고 무언가가 되기 위해, 누군가는 만든 것이 되기 위해, 버려진 것과 묻혀 버린 모든 것이 다른 무언가를 가리키는 기호가 되도록 말입니다. 점토 속의 생선 뼈 흔적, 화석 연료가 묻힌 숲, 텍사스의 백악기 진흙에 남은 공룡의 발자국, 잘게 깨진 구석기의 자갈들, 1만 2000년 전에 뜯어먹은 풀을 이빨에 끼운 채 베레소브카 툰드라에서 발견된 매머드, 빌렌도르프의 비너스, 우르의 유적, 사해(死海) 문서, 토르첼로 섬에서 갑자기 나타난 롬바르디아의 창, 성당 기사단, 잉카의 보물, 상트페테르부르크의 겨울 궁전과 스몬리 수도원, 자동차 무덤 같은 것들이 말이지요…….

여러분은 중단되는 우리의 나선에서 출발하여 여러분이 역사라고 부르는 지속적인 나선을 함께 만들었습니다. 여러분이 그렇게 기뻐할 일인지는 잘 모르겠군요. 나는 내 것이 아닌 그 나선을 평가할 수가 없습니다. 내게 그것은 발자국 같은 시간, 실패한 우리 모험의 흔적, 전도된 시간, 층층이 쌓인 유적과 껍질과 공동묘지, 그리고 사라짐으로써 살아났던 것, 걸음을 멈춰야 도달했던 것의 성층에 불과합니다. 당신들의 역사는 우리의 역사와 반대입니다. 움직여서 도달하지 못하는 것, 살아남기 위해서 사라져야 하는 것의 역사와 정반대인 것이지요. 항아리를 빚는 손, 알렉산드리아에서 불탔던 서가, 필사자의 발음법, 껍질을 분비하는 연체동물의 살 같은 것의 역사와…….

세상의 기억

이 말을 하려고 당신을 불렀습니다, 뮐러. 이제 내 사직서가 수리되었으니 당신이 내 후임이 될 거요. 곧 팀장으로 임명될 겁니다. 놀란 척하지 말아요. 얼마 전부터 소문이 돌았으니 분명 당신에게도 소문이 들어갔으리라 생각하오. 그리고 우리 조직의 젊은 간부 중 뮐러 씨 당신이 제일 능력 있고, 우리가 하는 일의 비밀을 모두 알고 있지 않소. 적어도 표면적으로는 말이오. 내 말 계속 들어요. 지금부터 하는 말은 나의 자발적인 의지가 아니라 상관을 대신해서 하는 말이오. 다만 당신이 아직 모르는 문제가 몇 가지 있는데 이제 그걸 알아야 할 때가 왔어요. 다른 직원들과 마찬가지로 당신도 우리 조직이, 지금까지 계획되었던 것 중 가장 큰 자료 센터를 오래전부터 준비하고 있다고 생각하겠지요. 인간과 동물과 사물에 관한 모든 것을 수집하고 정리하는 기록 보관소 말입니다. 현재뿐 아니라 과거와 관련된 것, 처음부터 있었던 모든 것에 대한 거의 전체적인 목록, 보편적이며 동시적인 역사, 좀 더 정확히 말하면 모든 순간에 대한 목록이라고 해야겠지요. 실제로 우리는 바로 이 일을 하고 있고 상당히 진척을 보았다고 할 수 있어요. 전 세계 주요 도서관과 기록 보관소와 박물관, 각국의 신문 연보뿐 아니라 각각의 사람에게서, 곳곳에서 수집한 특별한 자료를 벌써 우리 펀치 카드에 입력해 놓았어요. 모든 자료는 본질로 환원하고 압축하고 축소하는 과정을 거치는데 이 과정을 어느 지점까지 하게 될지는 아직 모릅니다. 마찬가지로, 존재하고 존재 가능한 이미지를 모두 아주 작은 마이크로필름 스풀에 기록했고, 녹음할 수 있는 음은 극히 작은 마그네틱테이프 릴에 담아 두었지요. 우리가 구축하려는 건 집중된 인류의 기억으로, 우리는 최대한 좁은 공간에서, 우리 뇌의 개별적인 기억을 따라 그것을 상상해 보려 애쓰고 있어요.

그렇지만 '한눈에 보는 브리티시 뮤지엄' 프로젝트 팀원 구인 시험을 통과하고 여기 우리 팀에 들어온 뮐러 씨에게 이런 말을 다시 할 필요는 없겠지요. 우리와 일한 햇수는 상대적으로 얼마 안 되지만 뮐러 씨는 이미 우리 연구실의 기능뿐 아니라 이 재단에서 팀장으로 일했던 나에 대해 잘 알고 있겠지요. 프로젝트를 계속할 힘이 남아 있었다면 분명히 말하지만 이 자리를 절대 떠나지 않았을 겁니다. 그렇지만 나는 아내가 의문의 죽음을 맞은 뒤 심각한 우울증에 빠져서 헤어날 수가 없군요. 우리 상사들이, 어쨌든 나의 바람이기도 한 사항을 받아들여서 당신을 내 후임으로 임명하기로 한 건 당연한 일이오. 그래서 지금까지 당신에게 한 번도 말한 적이 없던 사무실의 비밀을 알려 주는 게 내 차지가 된 겁니다.

뮐러 씨가 모르는 것은 우리 연구의 진정한 목적입니다. 이 연구는 세계의 종말을 위한 것이라오, 뮐러 씨. 우리는 지구에서의 삶이 종말에 가까웠다고 예측하며 연구하고 있어요. 모든 걸 무용지물로 만들지 않기 위해, 우리가 아는 전부를 다른 존재에게 전하기 위해서지요. 그들이 어떤 존재인지, 그들이 가진 지식이 어느 정도인지는 모르지만 말입니다.

담배 한 대 드릴까요? 앞으로 지구에 그리 오랜 기간 거주하지 못하리라는(적어도 우리 인류가 말이오.) 예측은 사실 그리 놀라운 게 아니오. 다들 태양이 제 수명의 절반에 도달했다는 걸 알고 있으니까요. 이대로 간다면 40억 년이나 50억 년 뒤에 태양은 사라지고 말 겁니다. 간단히 말해서 얼마 지나지 않아 여러 가지 형태로 문제가 생길 거예요. 한계 시한이 얼마 남지 않았고, 우리가 허비할 시간이 별로 없다는 게 새로운 소식이라고 해야겠지요. 이게 전부입니다. 우리 종의 멸종을 예측하는 건 물론 슬픈 일이지만 그렇다고, 그 때문에 눈물을 흘리는 건 개인적인 죽음을 애도할 때처럼 전혀 도움이 안 되는 위로에 불과해요.(이런 말을 할 때마다 죽은 아내가 생각납니다. 울컥한 걸 용서해요.) 우리가 알지 못하는 수백만 행성에는 우리와 비슷한 존재가 살고 있는 게 분명해요. 우리의 후손이 아니라 그들의 후손이 우리를 기억하고 우리 뒤를 이을지도 모른다는 점은 사실 그리 중요하지 않아요. 중요한 것은 우리의 기억, 뮐러 씨가 팀장으로 임명되려고 하는 조직이 준비한 일반 기억을 그들에게 전달하는 것이지요.

겁내지 말아요. 당신의 연구 영역은 지금까지 했던 것과 같을 겁니다. 다른 행성에 우리의 기억을 전달하는 시스템은 조직의 다른 부서에서 연구하고 있어요. 우리는 이미 할 일을 다 했어요. 그들이 시각이나 청각 미디어를 사용하는 게 더 적절하다고 주장해도 우리와는 상관없는 일이라는 겁니다. 메시지를 전달하는 시스템이 아니라 그것들을 지각 밑에 보관하는 시스템을 연구하는 걸지도 몰라요. 지구의 잔해가 우주 행성에 떠돌 때 은하계 외부의 고고학자들이 그 잔해에 도착해서 탐험을 할 수도 있을 겁니다. 암호나 코드를 미리 선택하는 일도 우리와 상관이 없어요. 다른 존재들이 어떤 언어 체계를 이용하더라도 우리가 저장한 정보들을 읽을 수 있게 하는 방법을 연구하는 부서도 있으니까. 이제 알다시피, 뮐러 씨에게는 어떤 변화도 없을 겁니다. 내가 자신 있게 말할 수 있어요. 책임을 져야 한다는 것 말고는 말이오. 내가 당신하고 잠깐 나누고 싶은 이야기가 바로 그 문제에 관한 겁니다.

멸종 순간의 인류를 뭐라고 할 수 있을까요? 자기 자신과 세계에 대한 일정량의 정보, 더 이상 새로워지거나 첨가할 수 없으니 유한한 양의 정보라고 할 수 있겠지요. 일정 기간 동안 우주는 정보를 모으고 정교하게 다듬을 특별한 기회를 가졌어요. 정보를 창조하고 그것을 얻을 만한 환경이 전혀 아닌 곳에 전달했지요. 지구에서의 삶, 특히 인류의 삶, 그 인류의 기억, 정보를 전달하고 기억하기 위한 발명은 그것을 위한 것이었습니다. 우리 조직은 이런 많은 양의 정보가 다른 존재들에게 받아들여지느냐의 여부와 별개로 유실되지 않게 확실히 일하고 있어요. 팀장의 임무는 어떤 정보도 배제되지 않도록 신경을 쓰는 거지요. 배제된다는 것은 존재하지 않는 것이나 다름없으니까요. 그와 동시에 아주 중요한 것들을 엉망으로 만들거나 보잘것없이 만드는, 다시 말해 정보를 확장하는 게 아니라 오히려 무질서와 혼란만 불러일으키는 정보는 모두 마치 존재하지도 않는 듯이 취급하는 일 역시 팀장의 책임이라고 할 수 있어요. 중요한 것은 우리가 가진 전체 정보로 만들어 내는 일반 모델입니다. 다른 존재들이 그 모델로부터 우리가 제공하지 않은, 그리고 어쩌면 우리에게 없을지도 모를 다른 정보를 얻을 수 있게 만드는 거죠. 간단히 말해 어떤 정보를 제공하지 않음으로써, 정보를 줄 때보다 더 많은 정보를 제공할 수 있게 되는 겁니다. 우리 연구의 최종 결과는 정보로서 중요한 모든 것이 담긴, 심지어 존재하지 않는 것까지 담긴 모델이오. 그렇게 되어야만 존재했던 모든 것에 대해 알게 되고, 정말 중요한 게 무엇인지, 다시 말해 정말 중요했던 게 무엇인지를 알 수 있게 될 테니 말이지요. 우리 자료의 최종 결과는 존재하는 것, 존재했던 것, 존재할 것을 총망라하게 될 겁니다. 그 외에는 아무것도 없어요.

뭘러 씨도 그럴 때가 있겠지만, 물론 작업을 하다 보면 우리의 기록을 피한 것이 진정 중요하고 흔적을 남기지 않고 지나가는 것만이 정말 존재하는 반면, 우리 파일에 담긴 것은 죽은 부분, 부스러기, 찌꺼기라는 생각이 드는 순간이 있지요. 하품, 날아다니는 파리, 가려움 같은 게 진짜 소중하게 여겨지는 순간이 있는데 그런 것들은, 세계의 기억에 저장될 단조로운 운명에서 벗어나 금방 잊혀서 완전히 쓸모없어져 버리기 때문이죠. 우주가 기록할 수 없는 순간이 불연속적으로 이어진 그물망이라는 사실을, 우리 조직이 부정적인 틀, 공허하고 무의미한 틀만을 확인하고 기록한다는 사실을 누가 배제할 수 있겠습니까?

그런데 우리의 일에서 특이한 점은 바로 이런 거예요. 우리가 뭔가에 집중하게 되면 곧 그것을 우리 파일에 포함시키고 싶어진다는 거지요. 그래서 고백하지만 나도 종종 하품이나 뾰루지, 부적절하게 연상되던 생각, 휘파람 목록을 만들고 그것을 아주 중요한 정보 꾸러미에 숨겨 두기도 했어요. 이제 당신이 곧 임명받게 될 팀장의 자리에는 세계의 기억에 자신의 개인적인 흔적을 남길 특권이 있으니까요. 내 말 계속 들어 봐요, 뮐러 씨. 지금 나는 자의성이나 권력 남용에 대해서가 아니라 우리 작업에서 꼭 필요한 요소에 대해 이야기하는 겁니다. 냉정할 정도로 객관적이고 이론의 여지가 없는 막대한 정보는 진실과 거리가 먼 이미지를 만들어 내고 각 상황의 아주 특수한 부분을 왜곡시킬 위험이 있어요. 다른 행성에서 우리에게 순전히 사실에 입각한, 정말 명료한 메시지를 보내왔다고 상상해 봅시다. 우리는 거기에 주의를 집중하지도 않을 거고 그런 메시지를 알아차리지도 못할 겁니다. 제대로 표현되지 않은 뭔가를, 의심스러운 면이 있고 부분적으로 해석할 수 없는 뭔가를 지닌 메시지만이 우리 의식의 문턱을 넘을 수 있고, 받아들이고 해석하라는 요구를 할 수 있을 거요. 따라서 우리는 이런 점을 명심해야 합니다. 팀장의 임무는 우리 사무실에서 수집하고 선별한 전체 자료에 주관적이고 불명확한 흔적, 다른 이들이 진짜라고 생각할 필요가 있을 정도로 대담한 흔적을 살짝 남기는 것이라는 사실을. 당신에게 임무를 넘기기 전에 이 점을 알려 주고 싶었어요. 지금까지 수집한 자료 여기저기에서 나의 손길(최대한 에둘러 말하자면 말이오, 이해하겠지요?)이 발견될 겁니다. 나의 판단이 여기저기 들어 있고 고의로 누락한 부분, 거짓말을 한 부분도 있어요.

거짓은 표면적으로 보면 진실을 배제하지요. 그런데 많은 경우 거짓은, 예를 들어 정신과 의사에게 말하는 환자들의 거짓말은 바로 진실을 드러냅니다. 우리의 메시지를 해석할 사람들도 마찬가지일 거예요. 뮐러 씨, 지금 내가 당신에게 하는 말은 상사들의 지시 때문이 아니라 내 개인적인 경험을 바탕으로, 동료로서, 인간 대 인간으로서 하는 말입니다. 내 말 잘 들어요. 거짓이 우리가 전해야 할 진짜 정보입니다. 그래서 나는 거짓이 메시지를 복잡하게 만드는 게 아니라 오히려 간결하게 만든다면 그 부분에서 거짓을 적절히 사용하는 것을 금하고 싶지 않았어요. 특히 나 자신에 관한 정보에서 어떤 세부 사항은 진실되게 말하지 않아도 될 권한이 나 자신에게 있다고 믿었지요.(이로 인해 누군가에게 혼란을 준다고는 생각할 수 없으니 말입니다.) 안젤라와 함께 산 내 인생을 예로 들어 보지요. 나는 그녀와 함께 산 세월을 몹시 사랑한 것으로, 위대한 사랑으로 묘사했지요. 안젤라와 내가 영원한 연인으로, 어떤 종류의 적대감도 없이 행복하고, 열정 넘치고, 신뢰하던 연인으로 보이게 말이지요. 정확히 말하면 그건 사실이 아니오, 뮐러. 안젤라는 나와 정략결혼을 했지만 곧 후회했어요. 우리의 삶은 비열한 행동과 속임수의 연속이었습니다. 그렇지만 하루하루가 어떻게 지나갔는지가 뭐 중요하겠습니까? 세계의 기억에서 안젤라의 이미지는 분명하고 완벽해서 어떤 것도 그 이미지를 손상시킬 수 없을 거요. 그런 아내를 둔 나는 세상에서 제일 부러운 남편으로 영원히 남을 거고.

내가 처음부터 우리 일상생활에서 얻는 자료들을 윤색한 건 아니었소. 매일 안젤라를 관찰할 때(그리고 몰래 숨어서 지켜보기도 하고, 결국 미행까지 하다 보니) 내 눈앞에 있는 자료들이 어느 순간 점점 모순되고 애매모호해지기 시작하더니 결국 수치스러운 의심까지 정당화시키더군요. 내가 어떻게 했어야 할까요, 뮐러? 그렇게 선명하고 전염성이 강한 안젤라의 이미지를, 그렇게 사랑받는, 그렇게 사랑스러운 그녀의 이미지를 뒤죽박죽으로 섞어 이해할 수 없게 만들고 우리 파일에 포함된 메시지 중 가장 눈부신 메시지의 빛을 사라지게 만들어야 했을까요? 나는 망설임 없이 그런 자료들을 매일 지워 나갔소. 하지만 짧았던 생에서 그녀가 한 행동과 원래 모습을 유추할 만한 어떤 낌새나 암시, 흔적이 안젤라의 선명한 이미지 주위에 남아 있을까 봐 항상 두려웠어요. 자료를 선별하고 삭제하고 누락하느라 매일 연구실에서 살았지요. 나는 질투에 사로잡혀 있었다오. 덧없이 죽은 안젤라가 아니라(그녀는 이미 내게는 패배한 경기와 같았으니까요.) 우주가 지속하는 한 남아 있을 안젤라의 정보에 대한 질투였어요.

안젤라의 정보에 어떤 오점도 남기지 않기 위한 첫 번째 조건은 살아 있는 안젤라가 그녀의 이미지와 중첩되지 않는 것이었지요. 그러니까 안젤라가 사라지고 모든 연구가 불필요해져야 했던 거예요. 지금은 당신에게 어떻게 시체를 조금씩 토막 낼 수 있었는지를 이야기해도 아무 의미가 없을 겁니다. 진정해요, 이런 세세한 사항은 우리 연구에서 전혀 중요하지 않으니까. 세상의 기억에서 나는 행복한 남편으로, 그리고 당신들 모두가 아는 대로 무엇으로도 위안을 받지 못하는 상심한 홀아비로 남아야 하니까요. 하지만 나는 평화를 얻지 못했어요. 안젤라의 정보는 어쨌든 영원히 정보 시스템의 일부분으로 남아서 그중 일부가 드러나 해석될 수도 있어요. 전달 과정에서 혼란이 생기거나 해석자의 악의로 그 정보가 애매모호한 추측이나 암시, 중상모략으로 해석될 가능성이 있는 겁니다. 그래서 나는 우리 파일에서 안젤라가 친밀한 관계를 맺었을 수도 있는 사람들과 관련된 자료를 모조리 없애 버리기로 결심했지요. 우리 동료 중 몇 명은 마치 이 세상에 존재조차 하지 않았던 사람처럼 세상의 기억에서 완전히 그 흔적이 사라지게 될 터라 몹시 유감스러웠어요.

내가 당신에게 공모를 부탁하고 싶어서 이런 말을 한다고 생각하겠지요, 뮐러 씨. 아니, 그건 아닙니다. 내 아내의 정부였을 수도 있을 사람들의 정보를 파일에서 제거하기 위해 내가 어쩔 수 없이 택했던 극단적인 방법을 당신에게 알려 주어야겠어요. 그로 인해 벌어질 일은 두렵지 않아요. 내가 익숙하게 계산하던 영원의 시간과 비교하면 내게 남은 인생의 시간은 한없이 짧으니까. 나의 진짜 모습은 벌써 완전하게 만들어서 천공 카드에 기록해 놓았어요.

세계의 기억에서 수정할 수 있는 게 아무것도 없다면 할 수 있는 일은 현실을 수정하는 것뿐이지요. 세계의 기억과 일치하지 않는 현실의 부분을 말입니다. 내 아내의 정부를 천공 카드에서 지워 버렸듯이 나는 살아 있는 사람들의 세계에서 그의 존재를 지워야 해요. 그래서 지금 권총을 꺼내 당신에게 겨누는 거요, 뮐러. 그리고 방아쇠를 당겨 당신을 죽일 거요.

새로운
우주만화

무(無)와 아주 약간

스탠퍼드 선형 가속기 센터의 물리학자 앨런 구스의 계산에 의하면 우주는 매우 짧은 순간, 즉 수백억, 수천억 분의 일 초 동안에 말 그대로 무에서 탄생했다고 한다.(1984년 6월 3일, 《워싱턴 포스트》)

내가 여러분에게 그때를 기억한다고 말하면 여러분은 아마 무의 상태에서는 아무도 아무것을 기억할 수 없고 아무것도 기억될 수 없다고 반박할 겁니다. 그리고 그런 이유로 내 말을 한마디도 믿으려 하지 않을 겁니다. **크프우프크가 이야기를 시작했다.** 여러분의 주장에 반대 의견을 제시하기 어렵다는 건 나도 인정합니다. 내가 여러분에게 할 수 있는 말은, 무언가가 존재했던 순간부터, 다른 게 존재하지 않았으므로, 그 무언가가 우주가 되었다는 것과 그 이전에는 결코 존재한 적이 없었기 때문에 그것이 존재하지 않았던 이전과 그것이 존재하게 된 이후가 있게 되었다는 것뿐입니다. 말하자면 그 순간부터 시간이 존재하기 시작했고 시간과 더불어 기억이, 기억과 더불어 기억을 하는 누군가가 존재하게 된 겁니다. 바꿔 말하면 내가, 아니, 나중에 나임을 깨닫게 될 무언가가 존재하게 된 거지요. 이렇게 이야기하도록 합시다. 내가 무의 시대에 어떤 상태로 존재했는지를 기억하는 게 아니라고 말이지요. 무의 시대에는 시간도 없었고 나도 없었으니까요. 하지만 이제 깨닫고 보니 존재했었다는 사실은 몰랐지만 나는 내가 있을 수 있는 장소, 즉 우주를 가지고 있었습니다. 반면 그 이전에는 원하기는 했어도 나를 어디에 두어야 할지 알지 못했습니다. 여기서 이미 큰 차이가 생깁니다. 바로 내가 기억하는 그 이전과 이후의 사이에 그런 차이가 있었던 겁니다. 간단히 말해 여러분은 내 말에 논리가 있으며 여러분처럼 단순화의 오류를 범하지 않는다는 걸 인정해야 합니다.

그러니 내 설명을 들어 보십시오. 그 당시에 있던 것이 정말 존재했었다고는 말할 수 없습니다. 미립자들, 아니 정확히 말하면 나중에 미립자가 될 구성 요소들은 가상의 의미로 존재했습니다. 그러니까 여러분이 존재한다면 존재하는 것이고, 여러분이 존재하지 않는다면 존재한다고 상상을 하고 그 후 어떤 일이 일어나는지를 보는 그런 존재 방식이지요. 우리는 그것이 굉장한 일이라 생각했고, 실제로도 그랬습니다. 가상으로 존재하기 시작할 경우에만, 그리고 확률의 장에서 움직이며 아직은 완전히 가설적인 비축 에너지를 빌려오고 돌려주기 시작할 경우에만 조만간 여러분이 실제로 존재하게 되니까요. 다시 말해, 작더라도 공간과 시간의 가장자리가 여러분 주위를 감쌀 테니까요. 뭔지 모르지만 점점 그 수가 증가해 가던 것에서 일어나듯이 말이지요. 그것을 중성 미립자라고 부르도록 합시다. 멋진 이름이잖아요. 그렇지만 그 당시 중성 미립자를 상상한 사람은 아무도 없었어요. 중성 미립자들은 무한한 열로 뜨겁게 끓어오르고 무한한 밀도를 가진 풀처럼 되직한 덩어리에서 서로 달라붙어 움직이고 있었습니다. 시간이라고 할 수도 없을 정도로 그렇게 짧은 찰나에 덩어리가 팽창했지요. 그리고 사실 시간은 자신이 어떤 것인지 보여 줄 시간조차 없었답니다. 팽창을 하면서 공간 자체도, 공간이 뭔지 모를 곳에 만들어 냈답니다. 그렇게 해서 우주는 매끄러운 무의 표면에 난 무한히 작은 뾰루지에서 순식간에 커져서 양자가 되었다가 원자가, 바늘 끝이, 못 대가리가, 수저가, 모자가, 우산 등등이 되면서 점점 커졌지요…….

아니, 내가 이야기를 너무 빠르게 하고 있군요. 어쩌면 너무 느린지도 모르겠네요. 누가 알겠습니까. 우주는 무한히 빠른 속도로 팽창했지만 원래 무에 묻혀 있었기 때문에 무의 밖으로 살짝 나와 시간과 공간의 문 앞에 나타나려면 시간과 공간의 용어로는 측정할 수 없는, 격렬하게 확 잡아당기는 무언가가 필요했습니다. 우주의 역사가 시작되던 첫 순간에 일어난 일을 전부 이야기하려면 내가 수백만 세기의 과거와 미래가 포함된 우주의 기나긴 세월로도 부족할 정도로 긴 보고서를 작성해야 할 거라고 해 두지요. 반면 그 순간 이후의 역사는 서두르면 오 분 안에도 다 이야기할 수 있답니다.

이전도 없고 비교할 용어도 없는 이런 우주에 속해 있다는 사실로 인해 곧 자부심을 느끼고 자만과 오만에 빠지게 된 건 두말할 필요도 없습니다. 순식간에 펼쳐진 상상할 수 없는 거리, 사방에서 튀어나오던 수많은 미립자(강입자, 중입자, 중간자, 쿼크), 놀랄 만큼 속도가 빠른 시간, 이 모든 것이 우리에게 무적이 된 듯한 기분과 힘과 자부심을 갖게 해 주었고 그와 동시에 모든 것이 마땅히 그래야 한다는 듯이 자만심을 갖게 해 주었지요. 우리가 비교할 수 있는 대상은 이전의 무뿐이었습니다. 그리고 우리는 최악의, 비참한 상황이라도 되듯, 불쌍히 생각하거나 조롱해야 할 대상이라도 되듯 그때를 되도록 생각하지 않았습니다. 우리의 생각은 전체를 포용하면서 부분적인 것들을 경멸했지요. 전체는 우리를 이루는 요소로서, 미래가 풍부함과 충만함으로 압도하게 될 시간까지도 포함했습니다. 우리의 운명은 더 많은, 항상 더 많은 것을 의미했고 우리는 잠깐이라도 더 적은 것을 생각하지 못했습니다. 지금부터 우리는 더 많은 것에서 점점 더 많은 것으로, 더하기에서 곱하기로 거듭제곱으로 계승(階乘)으로, 절대 속도를 늦추거나 멈추지 않은 채 나아갈 겁니다.

최근 이런 희열의 밑바닥에 불안감이, 우리 발생의 그림자를 지우고 싶은 갈망에 가까운 불안감이 숨어 있다는 느낌이 들었습니다. 나중에 내가 알게 된 바에 따라 지금에야 느끼게 된 것인지 이미 그 당시부터 막연하게 나를 괴롭히던 느낌인지는 잘 모르겠습니다. 주위 전체가 우리의 자연스러운 생활 환경이라고 확신하기는 했지만 우리가 무에서 나왔고 아무것도 소유하지 않은 상태를 방금 막 벗어났으며 공간과 시간의 희미한 선에 의해, 물질과 확장과 지속이 없이 존재하던 이전의 우리 상황과 분리된 것 역시 사실이기 때문입니다. 순간적이지만 강렬한 불안정성의 느낌이 당시의 나를 사로잡았는데, 형태를 만들어 가려고 애쓰는 모든 것이 그 자체의 본질적인 허약함과 근본적인 공(空)을 숨기지 못할 것만 같았습니다. 우리는 그런 공에서 빠른 속도로 빠져나왔듯이 똑같은 속도로 되돌아갈 수도 있을 것 같았지요. 이 때문에 나는 우주가 형태를 만들어 가면서 보여 준 우유부단함을 견딜 수 없었습니다. 우주는 그 현기증 나는 팽창을 멈추고 좋든 싫든 자신의 한계를 내게 인식시키면서 동시에 존재의 안정성을 획득하기를 간절히 바라는 것 같았으니까요. 불안감도 억누를 수 없었는데, 한번 멈추면 곧 하강 단계가 시작되어 이전처럼 빠른 속도로, 존재하지 않는 상태로, 되돌아갈 수도 있었기 때문입니다.

나는 저항을 하며 다른 쪽 극단으로 몸을 던졌습니다. "완전성! 완전성!" 내가 사방에 대고 선언했고 "미래!"라고 자랑스레 말했습니다. "다가올 앞날!", "내게 무한함을!" 이렇게 말하며 나는 어지러이 소용돌이치는 여러 힘 사이를 뚫고 나갔습니다. "잠재력이 강력해지기를! 행동이 실행되기를! 가능성이 실현되기를!" 내가 선동했습니다. 어느새 미립자(아니 그저 방사선 아니었을까요?)의 파동 속에 존재 가능한 모든 형태와 힘이 담긴 듯했습니다. 그리고 활동적인 존재들로 가득 찬 우주가 내 주위에 펼쳐지기를 기대하면 기대할수록 그러한 존재들이 그릇된 무력감과 패배주의적 자포자기에 감염되어 있는 것 같은 인상을 받았습니다.

그러한 존재들 중에는 여성이라 말할 수 있는 존재들도 있었지요. 내 말은 나를 보완해 줄 추진력을 갖춘 존재들이라는 뜻입니다. 그중 특히 한 존재가 내 관심을 끌었습니다. 그녀는 거만하고 말이 별로 없었는데 자신의 주위에 가늘고 길며 유연한 힘의 영역을 만들었지요. 그녀의 관심을 끌기 위해 나는 풍요로운 우주에 대한 만족감을 두 배로 보여 주었고 언제든 마음대로 이용할 수 있다는 듯이 우주의 자원을 자유롭게 손에 넣는다는 점을 과시했습니다. 그리고 항상 최고의 것을 기다리는 사람처럼 시간과 공간 속에서 앞으로 돌진했답니다. 누그크타(이제 나중에 알게 된 이름으로 부르도록 할게요.)가 존재한다는 사실이 무엇인지, 그리고 존재하는 무언가의 일부분이 된다는 게 무엇을 의미하는지를 다른 존재들보다 훨씬 더 의식했기 때문에 나는 수단과 방법을 가리지 않고 다른 다수와 차별된 모습을 보이려고 애썼습니다. 다른 다수는 그 당시에는 머뭇거리다가 나중에야 그런 생각에 익숙해졌으니까요. 결과적으로는 그녀에게 다가가지도 못한 채 모두에게 성가시고 비호감인 존재가 되어 버리고 말았습니다.

나는 모든 일에서 실수를 저지르는 중이었습니다. 나는 곧 누그크타가 나의 과도한 행동을 전혀 눈여겨보지 않을 뿐만 아니라, 가끔 짜증 난다는 듯 콧방귀를 뀌는 것 말고는 내게 어떤 관심도 보이지 않으려 한다는 것을 알아차렸습니다. 그녀는 다소 쌀쌀맞게 계속 혼자 지냈습니다. 긴 다리를 구부려 팔꿈치가 튀어나온 팔로 감싸고 턱을 무릎에 대고 웅크리고 있는 것 같았지요.(내말을 오해하면 안 됩니다. 지금 내가 말하는 그 당시 그녀의 무릎, 다리, 팔꿈치는 그녀가 앉아 있었을 법한 자세를 묘사하기 위한 표현입니다. 아니, 좀 더 정확히 말하면 그렇게 웅크리고 앉아 있던 건 바로 우주였습니다. 그러니 거기에 있던 존재는 다른 자세로 있을 수가 없었습니다. 몇몇 존재들은 좀 더 자연스럽게 앉아 있었는데 그녀가 바로 그랬지요.) 나는 그녀의 발치에 우주의 보물을 잔뜩 갖다 놓았는데 그러면 그녀는 마치 "이게 전부야?"라고 말하듯 그것들을 집어 들었습니다. 처음에는 일부러 그렇게 심드렁한 태도를 보인다고 생각했는데 곧 누그크타가 내게 가르침을 주려 한다는 걸 깨달았습니다. 내게 좀 더 자제력 있는 태도를 유지하라고 권하는 것이었지요. 그렇게 열정이 넘쳤으니, 순진하고 경험 없고 어리바리한 녀석으로 보였던 게 틀림없습니다.

내가 해야 할 일은 사고방식과 태도와 스타일을 바꾸는 것뿐이었습니다. 나와 우주의 관계는 실제적이고 사실에 기반을 두어야만 했습니다. 모든 사물의 전개 과정에서 그것의 객관적인 가치를, 그것이 아무리 크더라도 흥분하지 않고 평가할 줄 아는 사람처럼 말입니다. 나는 좀 더 설득력 있고 전도유망하고 신뢰할 만한 모습으로 그녀 앞에 나타나고 싶었습니다. 성공했냐고요? 아니요, 전혀 아니었습니다. 내가 확고하고 실현 가능하고 헤아릴 수 있는 것에 의지하면 의지할수록 그녀의 눈에는 허풍쟁이, 사기꾼처럼 보였던 것 같습니다.

마침내 나는 분명하게 알았습니다. 그녀가 경탄을 금치 못하는 대상도, 가치 있고 완벽한 모델이라 생각하는 것도 단 하나뿐이었는데 바로 무(無)였습니다. 그녀의 경멸은 내가 아니라 우주를 향해 있었습니다. 존재하는 모든 것은 그 안에 이미 태생적인 결함을 갖고 있었으니까요. 그녀의 눈엔 존재한다는 것 자체가 비존재의 굴욕적이고 천박한 타락으로 보였던 겁니다.

이런 사실을 발견하고 내가 당황했다고 말한다면 그건 상당히 절제된 표현입니다. 그런 발견은 나의 모든 확신, 완전성에 대한 갈망, 엄청난 기대감에 대한 모독과 같았습니다. 나와, 무에 대한 향수에 젖은 누군가라니, 이 이상 다를 수 없었죠. 그녀에게 이유가 없는 것은 아니었습니다.(나는 그녀에게 푹 빠져 있었기에 그녀를 이해해 보려고 애썼답니다.) 사실 무는 그 자체 내에 절대성과 엄격함, 그리고 실존을 위한 요건을 소유하고 있다고 주장하는 모든 것을, 제한적이고 불안정하며 근사치에 가까운 것으로만 보이게 하는 성질을 가지고 있었습니다. 존재하지 않는 것과 비교해야 한다면, 존재하는 것 안에서는 열등한 성질, 불순함, 결함이 금방 눈에 띕니다. 간단히 말해 무와 함께할 때 정말 안심이 되는 겁니다. 그렇긴 하지만 내가 거기서 어떤 결론을 끌어낸단 말입니까? 모든 것에 등을 돌리고 다시 무 속으로 뛰어들었어야 할까요? 그게 가능하기나 했겠습니까! 비존재에서 존재로 이행하는 과정은 일단 시작되고 나면 멈출 수 없습니다. 무는 돌이킬 수 없는, 이미 지나간 과거에 속하게 됩니다.

존재의 여러 장점 중 하나는, 충만함에 도달하고 나면 그 정점에서 잠시 쉬면서 잃어버린 무를 아쉬워하고 허공의 부정적인 충만함을 우울하게 관조할 수 있다는 겁니다. 이런 의미에서 나는 누그크타의 성향을 만족시켜 줄 준비가 되어 있었습니다. 아니, 이런 고통스러운 감정을 나보다 확신 있게 표현할 수 있는 사람은 없었지요. 그런 생각을 하는 동시에 그녀를 향해 달려가며 나는 외쳤습니다. "오, 무한한 무의 영역으로 우리가 사라질 수만 있다면……." (그러니까 그런 종류의 어떤 말을 외치는 것과 똑같은 식으로 어떤 행동을 한 겁니다.) 그녀의 반응은 어땠을까요? 역겹다는 듯 나를 보고 가 버렸습니다. 내가 얼마나 거칠고 세련되지 못했는지를 깨닫고, 무에 대해 말하려면(아니, 정확히 말해 무에 대해 말하지 않으려면) 매우 신중해야 한다는 것을 배우기까지는 좀 더 시간이 필요했습니다.

이후 여러 위기를 경험하면서 나는 더 이상 평화를 찾지 못했습니다. 완벽한 공허보다 완전한 충만함을 좋아해서 그 충만함을 찾으려는 순간에 어떻게 실수를 한 것일까요? 물론 비존재에서 존재로의 이행은 굉장히 새로운 것이었고 놀랄 만한 사건, 확실한 인상을 주는 발견이었습니다. 그렇지만 모든 게 다 좋게 변했다고 말할 수는 없었어요. 선명하고 실수와 결점이 없는 상황에서 대충 짜 맞춘 엉성한 구조물로 이행을 하고 보니, 그것은 사방에서 무너져 내렸고 순전히 운이 좋을 경우에만 그 상태를 유지했습니다. 소위 말하는 우주의 경이로움 중에서 나를 그렇게 흥분시킨 것은 무엇이었을까요? 이용 가능한 물질의 부족으로 대부분의 경우 단조롭고 반복적인 해결책을 택하게 되었고 또 다른 경우 무질서하고 일관성 없는 시도가 여기저기서 이루어졌는데 그런 시도가 무언가로 이어지는 경우는 거의 없었습니다. 어쩌면 출발이 잘못되었던 걸지도 모릅니다. 우주라고 믿게 만들려고 했던 것에 대한 주장이 곧 가면이 벗겨지듯 실체를 드러내고, 존재 가능한 진정한 완전체인 무가 다시 돌아와 아무도 어찌할 수 없는 그 절대성을 부여하게 될 것이라는 출발 말입니다.

나는 어떤 단계 속으로 들어갔는데 거기서는 비어 있는 좁은 틈, 부재, 침묵, 공백, 끊어진 연결 고리, 시간 구조 속의 불연속성만이 의미와 가치를 지닌 듯이 보였습니다. 그러한 틈을 통해 나는 거대한 비존재의 왕국을 훔쳐보았지요. 그곳이 나의 유일한 진짜 고향이라는 것을 알 수 있었습니다. 의식이 일시적으로 명료하지 않았을 때 배신한 사실을 후회하게 만들었던 고향, 누그크타가 다시 찾게 해 줬던 고향이었습니다. 그래요, 다시 찾은 겁니다. 영감을 주는 그녀와 함께 나는 밀도 높은 우주를 가로지르는 이 좁은 무의 터널로 들어갈 테니까요. 우리는 모든 차원, 모든 시간, 모든 물질, 모든 형식이 사라진 상태에 도달할 겁니다.

바로 그 순간 누그크타와 나는 아무런 의심 없이 서로를 이해하게 될 겁니다. 이제 무엇이 우리를 갈라놓을 수 있겠습니까? 하지만 이따금 예기치 못한 의견 차이가 생기기도 했습니다. 존재에 대해 그녀보다 내가 훨씬 엄격해진 것 같습니다. 막 뭉쳐지려 노력하는 그 미립자의 소용돌이에 대해, 거의 공모를 한 듯하다고 말할 만큼 너그러워진 그녀를 발견하고 나는 깜짝 놀랐습니다.(이미 잘 형성된 전자기장, 원자핵, 초기의 원자 등등이 있었지요…….)

한 가지 꼭 말해야 할 게 있습니다. 우주를 정점에 도달한 충만한 완전성으로 간주하는 한, 우주는 진부함과 허식만을 드러내겠지만 우주가 약간의 것으로 만들어졌다고, 무의 가장자리에서 모은 보잘것없는 것으로 만들어졌다고 생각한다면 고무적인 호감, 또는 적어도 호의적인 호기심을 불러일으킬 수 있습니다. 나는 이 보잘것없고 궁핍하고 허약한 우주를 도와주고 지탱하게 하는 누그크타를 보고 깜짝 놀랐습니다. 하지만 나는 굳건했습니다. "무가 돌아오기를! 무에게 명예와 영광을!" 허약해진 누그크타 때문에 우리의 목표에서 벗어나게 될까 봐 걱정이 되어서 고집스레 말했습니다. 그런데 누그크타가 뭐라고 대답했을까요? 내가 우주의 영광에 지나치게 열광하던 때처럼 조롱하듯 콧방귀로 대꾸하더군요.

늘 그랬듯이 이번에도 그녀가 옳았다는 것을 나중에야 깨달았습니다. 우리는 무가 공(空)의 정수로서 생산해 낸 그 약간의 것을 통해서만 무와 접촉할 수 있었습니다. 무에 대해 우리가 가진 이미지라고는 초라한 우리 우주의 이미지뿐이었어요. 우리가 발견할 수 있는 모든 무는 거기에, 존재하는 것의 상대성 속에 있었습니다. 무 역시 상대적인 무, 무언가가 되고자 하는 흔적과 유혹이 은밀히 지나가는 무에 불과했지요. 무가 위기를 맞은 순간에 우주가 탄생할 수 있었다는 게 사실이라면 말입니다.

시간이 수십억 분, 수십억 년 흐르고 난 지금, 우주의 초기 모습을 찾아볼 수 없는 지금, 그리고 공간이 갑자기 투명해진 뒤로 은하계는 눈부신 나선들로 밤을 감쌌고 태양계의 궤도에 있는 수백만의 세계에서는 우주 계절의 변화에 따라 그들의 히말라야 산들과 대양들이 완성되었습니다. 대륙마다 기쁨에 들뜬 사람들이나 고통에 잠긴 사람들, 집요하고 용의주도하게 서로를 학살하는 사람들이 차고 넘쳤습니다. 대리석과 반암과 콘크리트로 세워진 수도(首都)에서 제국들이 몰락했다가 다시 세워졌으며 시장에서는 도살한 소들과 냉동 완두콩과 비단과 망사와 나일론 옷감 들이 넘쳐났습니다. 그리고 트랜지스터와 컴퓨터와 온갖 종류의 물건들이 작동했지요. 각 은하계에서는 모두들 무한히 작은 것에서부터 무한히 큰 것에 이르기까지 모든 물건을 관찰하고 측정하는 일에만 몰두했는데 누그크타와 나만 아는 비밀이 있습니다. 공간과 시간 속에 포함된 것은 무가 탄생시킨 약간, 존재하지 않을 수도 있거나 매우 작고 빈약하고 변질되기 쉬운 약간에 불과하다는 사실이랍니다. 좋든 나쁘든 우리가 그 사실을 말하고 싶어 하지 않는 이유는 우리가 할 수 있는 말이 이 말뿐이기 때문입니다. 무의 아들이여, 허약하고 가여운 우주여, 우리의 모든 것, 그리고 우리가 하는 행동은 모두 너를 닮았구나.

내부 폭발

"퀘이사, 세이퍼트 은하, 도마뱀자리 BL 은하, 혹은 좀 더 일반적으로 말해 활동 은하핵들은 초속 1만 킬로미터의 속도로 그것들이 발산하는 막대한 양의 에너지 때문에 최근 천문학자들의 관심을 끌고 있다. 여러 근거들로 볼 때 은하계들의 중심 추진력은 거대한 크기의 블랙홀로 보아도 좋다."(《천문학》, 제36호) "활동 은하핵들은 빅뱅의 순간에 폭발하지 않은 조각들로, 폭발적으로 팽창하고 엄청난 양의 에너지를 방출하며('화이트홀') 블랙홀에서 진행되는 과정과 정확히 반대되는 과정이 진행되는 중일 수 있다. 그것들은 시간과 공간의 두 지점을 연결하는 통로의 끝으로(아인슈타인-로젠의 다리) 설명될 수 있는데 들어가는 입구인 블랙홀에서 집어삼킨 물질을 방출한다. 이 이론에 따르면 1억 광년의 거리에 있는 세이퍼트 은하가 우주의 반대편에서 100억 년 전에 빨아들인 가스를 방출하는 것도 가능하다. 심지어 지금 우리가 보는 100억 광년 거리의 퀘이사는, 오늘 형성된 블랙홀을 통해 미래의 어느 지점에서 온 물질로 만들어졌을 수도 있다."(파올로 마페이, 『하늘의 괴물』, 210~215쪽)

외부 폭발인가 내부 폭발인가, 문제는 바로 이겁니다. **크프우프크가 말했다.** 자신의 에너지를 제어하지 않고 공간 속으로 확산시키려 하는 의도가 더 고귀한가, 아니면 그것을 내적으로 치밀하게 압축시키고 집어삼켜 보존하는 게 더 고귀한가의 문제이지요. 달아나기, 사라지기, 그 이상은 아닙니다. 모든 섬광과 광선과 발산할 온갖 것을 자신의 내부에 담아 두기, 그리고 마음을 정신없이 뒤흔드는 갈등을 마음 깊은 곳에 억누르며 마음을 평온하게 유지하기, 스스로를 숨기고 지우기이지요. 어쩌면 다른 곳에서 다른 모습으로 깨어나는 것인지도 모릅니다.

다른 모습으로……. 어떻게 다를까요? 문제는 이겁니다. 외부 폭발이든 내부 폭발이든 다시 일어날 수 있을까요? 은하의 소용돌이에 빨려 들어갔다가 다른 시대와 다른 하늘에서 다시 나타날 수 있을까요? 이곳에서는 싸늘한 침묵 속에 가라앉았다가 저곳에서는 다른 언어로 불같이 고함을 지르며 자신을 표현할 수 있을까요? 이곳에서는 어둠 속의 해면처럼 선과 악을 빨아들였다가 저쪽에서는 눈부시게 분출되는 물줄기처럼 솟구쳐 오르고 흩어지고 소모되고 사라질 수 있을까요? 그러면 이러한 순환은 무엇을 위해 다시 반복되는 걸까요? 나는 아무것도 모릅니다. 알고 싶지도 않고 생각하기도 싫어요. 지금 여기서 나는 이미 선택했습니다. 나는 내부에서 폭발할 겁니다. 구심적인 돌진이 나를 의심과 실수로부터, 덧없는 변화의 시간으로부터, 이전과 이후의 미끄러운 하강으로부터 영원히 구하여 안정되고 정지된 균일한 시간에 접근할 수 있게 해 주고, 결정적이고 치밀하며 동질적인 상황에 도달하게 해 주기라도 하듯이 말이지요. 외부로 폭발하는 게 더 좋다면 여러분은 그렇게 하십시오. 무한한 화살로 여러분을 발사하고 아낌없이 힘을 사용하고 스스로를 낭비하고 던지십시오. 나는 안으로 폭발할 겁니다. 나 자신의 심연을 향해, 묻혀 있는 나의 중심을 향해 무한히 무너질 겁니다.

언제부터 여러분은 폭발의 형태로만 생명력을 상상하게 된 걸까요? 여러분 나름의 타당한 이유가 있겠지요. 그건 나도 인정합니다. 여러분의 모델은 무모한 폭발에서 탄생한 우주이지요. 첫 폭발의 파편들이 공간의 경계에서 자유분방한 형태로 눈부시게 밝은 빛과 열기를 뿜으며 날아다니고 있어요. 여러분의 상징은 활활 타오르는 초신성인데 에너지가 과도하게 넘치는 그 별들은 젊음을 무례하게 과시하고 있답니다. 여러분이 좋아하는 은유는 성숙하고 견고한 행성도 언제든 폭발하고 분출할 수 있다는 걸 보여 주는 화산이지요. 그리고 이제 하늘의 먼 구역에서 빛나는 용광로들은 총체적인 폭발에 대한 여러분의 숭배를 확인해 줍니다. 가스와 미립자는, 소용돌이에서 나선 은하의 한가운데로, 거의 빛에 가까운 빠른 속도로 몸을 던지고 둥근 타원 은하에서 넘쳐흐르며, 빅뱅은 여전히 계속되고 있고 위대한 판(Pan)[25]은 죽지 않았다고 선언합니다. 예, 여러분의 주장에 일리가 있다는 걸 모르지 않습니다. 나 역시 당신들에게 동조할 수 있어요. 힘내라! 폭발해라! 터져라! 새로운 세상이 다시 시작되고 언제나처럼 천둥같이 요란한 대포 소리와 함께 새로운 출발이 되풀이될 겁니다. 나폴레옹 시대처럼 말이지요……. 폭발이 재산과 인명의 피해를 가져오는 게 아니라 새로운 탄생, 발생의 신호로 여겨지게 된 게 혹시 대포들의 혁명적인 힘을 찬양하던 그 시대부터 아니었을까요? 열정과 자아, 시(詩)가 영원한 폭발로 비치게 된 것도 그때부터 아니었을까요? 그런데 만일 그렇다면 그와 반대되는 주장도 옳다고 해야 할 겁니다. 잿더미로 변한 도시 위로 버섯구름이 높이 솟아오른 그해 8월부터 폭발이 완전히 부정의 상징으로만 사용되는 시대가 시작되었다는 주장 말입니다. 게다가 지구 연대기 달력을 초월하여 우리가 우주의 운명에 의문을 갖자 열역학 신탁이 우리에게 답을 주었던 때부터 이미 알고 있던 일이 있지요. 존재하는 모든 형태는 뜨거운 불꽃으로 해체될 것이며 무질서한 미립자 중 원래의 상태로 돌아가 살아남을 존재는 하나도 없다는 것을 말입니다. 시간은 돌이킬 수 없는 영원한 재앙이 되는 거고요.

오래된 몇 개의 별만이 시간에서 벗어날 수 있습니다. 열린 차창

25 그리스 신화에 나오는 반인반수의 목신(牧神).

을 통해 절멸을 향해 달리는 기차에서 뛰어내릴 수 있는 것은 그 별들뿐입니다. 극도로 노쇠한 그 별들은 적색 왜성이나 백색 왜성으로 크기가 축소되고, 마지막 희미한 깜빡임을 발하는 펄서[26]들 속에서 숨을 헐떡이다가 중성자 별 단계까지 압축되어, 마침내 낭비되는 창공에서 자신들의 빛을 제거하고 스스로 소멸해서 어두워지다가 멈출 수 없는 붕괴를 준비합니다. 그렇게 붕괴되고 나면 빛조차 내부로 떨어져 다시는 밖으로 나올 수 없지요.

내부로 폭발하는 별들을 찬양할지니, 그들에게 새로운 자유가 펼쳐집니다. 공간에서 지워지고 시간으로부터 해방된 그 별들은 마침내 나머지 다른 것에 의지해서가 아니라 스스로 존재할 수 있게 됩니다. 진짜로 존재한다고 확신할 수 있는 것은 그들뿐입니다. '블랙홀'은 질투에서 비롯된 경멸적인 별명입니다. 그것들은 구멍과는 완전히 반대입니다. 그 어느 곳보다 충만하고 무겁고 빽빽하고 치밀합니다. 자체 내에 가진 중력을 고집스레 유지하기 위해 마치 주먹을 꽉 쥐고 이를 악물고 등을 구부리고 있는 것과 같습니다. 이러한 상태에서만, 과도한 팽창에서, 유출과 외부로 향하는 감탄할 만한 성질, 끓어오름과 폭발의 바람개비에서 흩어지지 않고 살아남을 수 있으니까요. 그렇게 할 때에만 공간과 시간 속으로 들어갈 수 있으니까요. 그 공간과 시간은 내포된 것, 표현되지 않은 것이 고유의 힘을 잃지 않는 곳이며 함축적인 의미들이 흩어지지 않고 신중함과 거리 유지에 의해 모든 행위의 효율성이 증대되는 곳입니다.

주의를 흐트려 우주의 불확실한 경계에 있는, 별과 유사한 가

---

26 눈에 보이지는 않지만 주기적으로 빠른 전파나 방사선을 방출하는 천체.

상 물체들의 무모한 반응을 상상하면 안 됩니다. 여러분이 바라봐야 할 곳은 이곳, 우리 은하계의 중심입니다. 모든 계산과 기구들이, 몸체는 거대하지만 눈에 보이지 않는 존재를 가리키는 이곳 말입니다. 아마 마지막 폭발의 시간에 잡혀 남아 있을 방사선과 가스의 그물망이, 그 한가운데에 소위 말하는 블랙홀 중의 하나, 이미 오래된 화산의 분화구처럼 활력을 잃은 블랙홀 하나가 누워 있다는 것을 증명합니다. 우리를 둘러싼 모든 것, 행성계와 성좌의 바퀴와 은하수의 가지들, 우리 은하계에 있는 모든 것은 자기 자신 속으로 가라앉는 이러한 내부 폭발을 중심으로 지탱됩니다. 그것이 나의 중심점이며, 거울이고 은밀한 고향입니다. 핵이 폭발하는 듯이 보이는 머나먼 은하계는 전혀 부러워할 것이 없습니다. 거기에서도 중요한 건 눈에 보이지 않으니까요. 거기에서도 밖으로 나오는 건 하나도 없습니다. 내 말 믿으세요. 눈부시게 빛나고 불가능한 속도로 회오리치는 것은 구심의 분쇄기에서 부서져 존재의 다른 방식, 그러니까 나의 방식에 동화될 자양분뿐입니다.

물론 이따금 멀고 먼 은하계들에서 이런 목소리가 들리는 듯합니다. "나는 크프우프크야. 나는 내가 안으로 폭발하는 동안 밖으로 폭발하는 너 자신이야. 나는 나를 소비하고 표현하고 나 자신을 확산하고 소통하고 내가 가진 잠재력을 남김없이 발휘하지. 내향적이고 말수가 적고 자기중심적이고 불변의 자아와 하나가 된 네가 아니라 내가 정말 존재하는 거야……."

그래서 나는 중력 붕괴의 장벽 너머에서도 시간은 계속 흐를지 모른다는 불안감에 사로잡힙니다. 여기 남아 있는 시간과 아무런 관련도 없는 다른 시간이겠지만 그래도 이곳의 시간과 마찬가지로 돌아올 수 없는 길로 질주하는 시간 말입니다. 그 경우 내가 뛰어든 내부 폭발은 내게 허락된 잠깐의 휴식, 달아날 수 없는 나의 운명 사이에 끼어든 유예 기간에 불과할 겁니다.

꿈이나 기억 같은 뭔가가 내 머리를 스쳐 갑니다. 크프우프크가 파국을 맞은 시간에서 달아나는 중입니다. 자신에게 내려진 형벌을 피할 틈을 발견하고 그쪽을 향해 돌진합니다. 그는 안전하게 몸을 피했다고 생각하고 좁은 틈새를 통해 자신이 도망쳐 온 격변의 현장을 바라봅니다. 거리를 둔 채, 거기에 휩쓸린 사람들을 동정의 눈으로 봅니다. 바로 그 순간 그가 아는 누군가를 발견한 것 같습니다. 그렇습니다. 크프우프크입니다. 크프우프크의 눈앞에, 조금 전인지, 조금 후인지와 똑같은 재난을 당하는 크프우프크가 나타납니다. 그 크프우프크가, 죽어 가는 순간 무사히 몸을 피했지만 자신을 구하려 하지 않는 크프우프크를 봅니다. "크프우프크, 몸을 피해야 해!" 크프우프크가 소리칩니다. 그런데 이 크프우프크는 안으로 폭발하면서 밖으로 폭발하는 크프우프크를 살리고 싶어 하는 크프우프크일까요, 아니면 그 반대일까요? 그 어떤 크프우프크도 밖으로 폭발하는 크프우프크들을 폭발에서 구할 수는 없습니다. 밖으로 폭발하는 크프우프크들은, 걷잡을 수 없이 안으로 폭발하는 크프우프크들을 저지할 수 없습니다. 시간은 이쪽 방향 또는 반대 방향의 재앙을 향해 흘러가며 그러한 흐름이 교차하는 곳에는 분기와 접속으로 조절되는 선로의 그물망이 아니라 뒤얽힘, 미로만이 만들어집니다…….

그렇습니다, 나는 목소리에 귀를 기울이지도 말고 환영이나 악몽을 믿지도 말아야 합니다. 나는 계속해서 내가 들어갈 구멍을, 두더지굴을 팔 겁니다.

변형된
우주만화

또 다른 에우리디케

외부에 있는 인간들이여, 당신들이 이겼소. 당신들은 당신들 좋을 대로 이야기를 다시 쓰고 당신들이 맡기고 싶은 역할을 우리에게 맡기고는 그 속에, 어둠과 죽음의 힘 안에 살아야 하는 형벌을 내렸어요. 당신들은 우리에게 하데스라는 이름을 주고 거기에 음울한 강세를 담았어요. 물론 우리 사이에, 그러니까 에우리디케와 오르페우스와 나 플루토 사이에 진짜 일어난 일을, 당신들이 이야기하는 것과 완전히 반대되는 그 일을 모두 잊어버린다면, 그리고 정말로 오르페우스가 기만적인 음악으로 에우리디케를 납치했으며, 그 전에는 에우리디케가 한 번도 지상에 산 적이 없다는 사실을 기억하는 이가 한 사람도 없다면 지구를 살아 있는 구(球)로 만들려던 우리의 오랜 꿈은 영원히 물거품이 될 겁니다.

지금은 지구를 살아 있게 만든다는 것이 무슨 의미였는지 기억하는 사람이 거의 없습니다. 땅과 물과 공기의 경계에 계속 내려앉는 먼지의 삶에 만족하는 여러분이 생각하는 그런 것이 아닙니다. 나는 삶이 지구의 중심에서 밖으로 확장되어서 지구를 형성하는 동심의 구들로 퍼져 나가고 유동적이고 치밀한 금속들 사이로 순환하기를 바랐어요. 이게 플루토의 꿈이었지요. 그럴 때에만 지구가 살아 있는 거대한 유기체가 되고, 그럴 때에만 삶이 결국 향할 수밖에 없던 불안정한 유배의 상태를 피할 수 있으니까요. 밑에는 불투명하고 무거운, 영혼 없는 둥근 돌을 두고 위에는 허공을 두고 살아가는 상태를 말입니다. 여러분은 삶이 지금 외부에서 펼쳐지는 것과 다른 무엇일 수도 있으리라고는 상상하지 못하겠지요. 아니, 좀 더 정확히 말하자면 거의 외부에서라고 해야겠군요. 여러분과 지각 위에는 어쨌든 항상 엷은 공기의 층이 존재하니까. 그렇지만 구의 연속과 비교할 만한 건 아니지요. 심부(深部)의 존재인 우리는 늘 그 구의 틈새에서 살고 있고 아직도 거기에서 다시 올라가 당신들의 꿈속에 모입니다. 지구의 내부는 치밀하지 않아요. 불연속적이고 각기 밀도가 다른 층들이 중첩되어서 철과 니켈의 핵까지 이어지지요. 핵들이 서로의 안에 들어가는 시스템이기는 하지만 각각의 핵은 그 구성 요소의 유동성 정도에 따라 다른 핵과 분리되어 회전합니다.

당신들은 자신을 지구인이라고 부르는데 무슨 권리로 그렇게 부르는지 모르겠군요. 당신들의 진짜 이름은 지구 외부인, 그러니까 외부에 사는 사람이지요. 나처럼, 또 당신들이 속여서 그 황량한 외부로 데려갔던 그날까지의 에우리디케처럼 지구 안에 사는 사람들이 지구인입니다.

플루토의 왕국은 바로 여기입니다. 내가 예전에는 에우리디케와 함께, 그 후에는 혼자 이 안에, 지구 내부의 이 땅에 계속 살아왔으니까요. 우리 머리 위로는 돌로 된 하늘이, 당신들의 하늘보다 훨씬 맑고 깨끗한 하늘이 움직이고 있습니다. 크롬이나 마그네슘이 응축된 곳에서는, 당신들의 하늘과 마찬가지로 구름이 떠다닙니다. 날개 달린 그림자들이 날아오릅니다. 내부의 하늘에도 새들이 날아다니는데 가벼운 바위들이 서로 응결되어 나선을 그리며 높이 올라가다가 시야에서 사라지는 겁니다. 날씨는 갑자기 바뀌는 때가 많지요. 납 소나기가 거세게 퍼붓거나 아연 결정체 우박이 쏟아지면 해면 같은 바위의 구멍 속으로 들어가는 것 외에는 달리 비와 우박을 피할 길이 없답니다. 가끔 지그재그의 불길이 어둠을 가르기도 합니다. 번개가 아니라 백열(白熱) 금속이 광맥을 따라 구불구불 아래로 내려가는 것이지요.

우리는, 땅은 우리를 받쳐 주는 구이고 하늘은 그 구를 둘러싼 구라고 생각했습니다. 간단히 말해 당신들의 생각과 같았지요. 그렇지만 우리 쪽에서의 이러한 구별은 항상 임의적이고 일시적이었는데 광물의 밀도가 계속 변했기 때문입니다. 그런데 갑자기 우리는 하늘이 단단하고 밀도가 높아져서 바위 같은 게 우리를 짓누르고 있다는 걸 알아차렸습니다. 반면 땅은 끈적한 풀처럼 되어 소용돌이쳤으며 작은 거품들이 발생해서 주위에 보글거렸습니다. 나는 아주 무거운 금속들이 용해되는 때를 이용해서 진짜 지구의 중심에, 모든 핵의 핵 역할을 하는 핵에 가까이 가 보려고 했습니다. 그래서 에우리디케의 손을 잡고 아래로 내려가는 길로 그녀를 안내했습니다. 하지만 핵으로 향하는 모든 침투물이 다른 물질의 힘을 약화시켜 다시 표면으로 올라가게 만들었습니다. 어느 때는 우리가 밑으로 내려가는 동안 상층을 향해 솟구치며 빙글빙글 소용돌이치는 물결에 휩쓸려 들어

가기도 했습니다. 그렇게 해서 반대 방향으로 지구의 반지름을 지나기도 했지요. 광물층 사이에 틈이 벌어져서 그 속으로 빨려 들어가기도 했고 우리 발밑의 바위가 다시 단단해지기도 했습니다. 그러다 보면 또 다른 땅이 우리를 다시 받쳐 주고 다른 바위 하늘이 우리 머리 위에 나타났는데 그곳이 처음 출발했던 지점보다 높은 곳인지 낮은 곳인지는 알 수 없었답니다.

우리 머리 위의 새로운 하늘이 유동적으로 변하는 것을 보자 에우리디케는 곧바로 날아오르고 싶은 충동에 휩싸였습니다. 위로 뛰어들어 첫 번째 둥근 하늘, 두 번째, 세 번째 하늘을 헤엄쳐서 가로질렀고 더 높은 둥근 하늘에 매달린 종유석을 잡았습니다. 나는 그녀가 재미있게 실컷 놀도록 내버려 두면서도 우리가 완전히 반대 방향으로 다시 가야 한다는 사실을 상기시키기도 할 겸 그녀의 뒤를 따라갔습니다. 물론 에우리디케도 우리가 가야 할 곳이 지구의 중심이라고 나처럼 굳게 믿고 있었지요. 중심에 도착해야만 이 지구가 전부 우리 행성이라고 말할 수 있으니까요. 우리는 지구 생명체의 시조였으므로 지구의 중심부터 살아 있는 지구를 만들고 우리의 이러한 상황을 전 지구로 차츰차츰 확장시켜야 했습니다. 말하자면 지구의 삶, 그러니까 지구에서의 삶과 지구 내부에서의 삶을 겨냥한 것입니다. 지표면에 불쑥 나타나는 삶, 여러분이 지구에서의 삶이라고 부를 수 있다고 생각하는 그런 삶이 아니었습니다. 그것은 오히려 주글주글한 사과 껍질 위에 얼룩처럼 번져 가는 곰팡이에 불과했지요.

우리가 건설하게 될 플루토의 도시들이 벌써 현무암 하늘 아래에서 탄생하고 있었습니다. 벽옥의 벽에 둘러싸인 도시들, 구 모양을 한 동심(同心)의 도시들, 하얀빛을 발하는 뜨거운 용암의 강들이 흘러

가는 수은의 대양을 항해하는 도시들이었지요. 우리가 원했던 것은 살아 있는 몸-도시-기계로, 이것이 성장해서 전 지구를 차지하길 바랐습니다. 그것은 지구의 기계로 무한한 지구의 에너지를 사용해서 똑같은 기계를 계속해서 만들고 모든 물질과 형식을 조합하고 교환해서, 바깥에 있는 당신들이 수백 년 땀을 흘려야만 끝낼 일을 지진에 의한 충격처럼 빠르게 완성할 수 있어요. 이 도시-기계-살아 있는 몸에는 우리 같은 존재들, 거인들이 살게 될 겁니다. 이 거인들은 회전하는 하늘에서 힘이 넘치는 팔을 뻗어, 회전하는 동심의 지구에서 늘 새로운 자세를 보여서 항상 새로운 성교를 가능케 하는 여자 거인들을 포옹할 겁니다.

그러한 뒤섞임과 진동에서 다양성과 총체성의 왕국이 탄생해야만 했어요. 침묵과 음악의 왕국이 말입니다. 재료의 깊이와 불연속성에 따라 각기 다르게 느릿느릿 퍼져 나간 연속적인 진동은 우리의 크나큰 침묵의 표면을 일렁이게 해서, 침묵을 세상의 연속적인 음악으로 변형시킬 겁니다. 그 음악 속에서 각 요소의 깊은 목소리가 조화를 이룰 겁니다.

내가 당신들에게 이런 말을 하는 이유는 당신들의 삶이, 일과 놀이가 대립하고 음악과 소음이 분리되어 있는 당신들의 삶이 얼마나 잘못되었는지 보여 주기 위함입니다. 그때부터 세상 일이 얼마나 선명했는지를, 오르페우스의 노래는 당신들의 불완전하고 분열된 세상의 표시에 불과하다고 말해 주기 위함이지요. 에우리디케는 왜 함정에 빠졌을까요? 에우리디케는 완전히 우리의 세계에 속해 있었지만 어디에든 잘 빠져드는 천성 때문에 일시적으로 정지해 있는 모든 상태를 특히 좋아하게 되었던 겁니다. 위로 뛰어오르고 날고 화산에 난 좁은 통로로 올라갈 수 있게 되자 곧바로 몸을 꼬고 뒤틀고 구부리고 뛰어오르는 그녀를 볼 수 있었어요.

접경 지역들, 하나의 지층에서 다른 지층으로 옮겨 가는 통로들에서 그녀는 가벼운 현기증을 느꼈지요. 나는 앞에서 지구는 거대한 양파처럼 여러 겹으로 중첩된 지붕으로 이루어졌다고 말했습니다. 그리고 모든 지붕은 그 위의 지붕으로 이어지며 그 모든 지붕이 최종적인 마지막 지붕을 예고합니다. 마지막 지붕은 지구가 지구로서 끝나는 곳이며 모든 내부는 이쪽에 있고 그 너머에는 외부만 있는 거지요. 당신들은 지구의 경계를 지구 그 자체와 동일시합니다. 당신들은 지구 전체의 부피가 아니라 그것을 감싼 표면이 지구라고 생각합니다. 당신들은 항상 평면적인 차원에서 살았기 때문에 다른 곳에서도 살 수 있고 다른 존재 방식도 있을 수 있다고는 상상조차 하지 않지요. 그 당시 우리에게 이러한 경계는, 존재한다는 것은 알지만 지구를 벗어나지 않는 한은 볼 수 없는 어떤 것이었습니다. 우리에게는 두렵기보다는 터무니없는 가정이었지요. 지구가 자신의 내장에서 밀어내는 모든 것, 그러니까 가스와 액체 혼합물, 휘발성 물질과 별 쓸모없는 광물들, 온갖 쓰레기들이 뿜어져 나오고 끈적하게 솟구치고 던져지는 게 바로 그 경계였으니까요. 그곳은 세상의 부정적인 면, 우리가 상상조차 하지 못한 무언가였고 막연하게 생각만 해도 혐오감을, 아니 불안감을, 정확히 말하면 당혹감을, 바로 현기증을(그렇습니다. 우리의 반응은 여러분이 생각하는 것보다 훨씬 복잡했어요. 특히 에우리디케의 반응이 말입니다.) 느끼게 할 만한 것이었습니다. 그러한 감정 속으로 허공, 양면적인 모든 것, 최후에 대한 매력 같은 약간의 매력이 슬며시 끼어들기도 했습니다.

기분에 따라 종잡을 수 없이 움직이는 에우리디케를 따라 우리는 휴화산의 좁은 통로 안으로 들어갔습니다. 모래시계의 목 같은 곳을 지나는 동안 우리 머리 위로 덩어리들이 많은 회색 분화구가 펼쳐졌어요. 그곳의 형태나 물질 모두 우리가 사는 깊숙한 곳에서 흔히 보는 풍경과 크게 다르지 않았지요. 그렇지만 지구가 거기서 정지했고 다른 모습으로 자신을 다시 끌고 가지 않는다는 사실에 우리는 깜짝 놀랐습니다. 거기서 조금 지나자 허공이 시작되었는데 어쨌든 그때까지 우리가 가로질러 온 물질과는 비교도 안 될 만큼 부드러운 물질이, 투명하게 진동하는 물질이, 파란 대기가 나타나기 시작했습니다.

에우리디케를 잃은 건 바로 이 진동 때문이었습니다. 화강암과 현무암을 통해 서서히 퍼져 가는 진동과는 달랐고, 삐걱이고 쨍그랑거리는 소리, 용해된 금속 덩어리들이나 수정 같은 벽들 사이로 느리게 전달되는 둔탁한 쿵 소리와도 달랐습니다. 이제 대기의 진동은 마치 작고 예리한 형태의 소리를 담은 섬광처럼 견디기 힘든 속도로 사방에서 우리를 향해 쏟아졌습니다. 혼란스러운 갈망을 불러일으키는 일종의 간지럼 같았지요. 우리는 지진의 메아리가 나지막이 들려오다 멀리 사라지는, 어둡고 깊은 침묵의 장소로 몸을 숨기고 싶었어요. 적어도 나는 그랬습니다. 앞으로는 어쩔 수 없이 나의 정신 상태와 에우리디케의 정신 상태를 구별해야 할 것입니다. 하지만 언제나 그렇듯이 희한하고 특이한 것에 매료된 에우리디케는 좋든 나쁘든 유일한 무언가를 소유하고 싶어 안달했지요.

바로 그 순간 덫이 던져졌습니다. 분화구 가장자리 너머에서 대기가 지속적으로 진동했습니다. 사실 불연속적으로 진동하는 다양한 방식을 포함한 지속적인 진동이었지요. 그것은 하나의 소리였는데 사방에 울려 퍼지다가 아스라이 사라지는가 싶더니 다시 커졌습니다. 그런 식으로 소리가 변하면서, 충만함과 공허함이 간격을 두고 이어지듯이, 시간 속으로 확장되는 보이지 않는 유형을 따라갔습니다. 또 다른 진동이 거기에 덧붙여졌습니다. 그 진동은 예리했고 서로 분리되어 있었지만 때로는 부드럽게, 때로는 씁쓸하게 들리는 소리 속으로 사라졌고 아주 묵직한 소리의 흐름을 거역하거나 뒤따르면서 일종의 소리의 원 또는 소리의 장(場), 영역을 만들어 냈습니다.

나는 당장 그 원에서 빠져나와 밀도가 높고 소리가 약해진 곳으로 돌아가고 싶은 충동을 느꼈어요. 그렇지만 에우리디케가 바로 그 순간 소리가 들려오는 쪽으로 가더니 절벽을 향해 달리기 시작했습니다. 내가 잡으려고 하기도 전에 그녀는 벌써 분화구 가장자리를 넘어가 버렸습니다. 아니, 어떤 팔 하나가, 내가 팔이라고 생각할 만한 구불구불한 어떤 것이 그녀를 꽉 잡더니 밖으로 끌어가 버렸어요. 비명 소리가, 에우리디케의 비명 소리가 들렸습니다. 그 소리는 아까 들리던 소리와 조화롭게 결합하더니 그녀와 낯선 사람이 박자를 맞추는 어떤 악기 소리와 어우러져 하나의 노래가 되었고 화산 외부의 비탈을 타고 내려갔습니다.

이런 이미지가 내가 본 것인지 상상한 것인지는 모르겠습니다. 나는 벌써 나의 어둠 속으로 가라앉고 있었으니까요. 내부의 하늘이 하나씩 내 머리 위에서 닫히는 중이었습니다. 규토질의 둥근 천장, 알루미늄 지붕, 끈적한 유황의 대기도 마찬가지였습니다. 그리고 억눌린 굉음과 나지막한 천둥소리가 포함된 다양한 지하의 침묵이 내 주위에서 메아리쳤습니다. 나는 구역질 나는 대기의 가장자리에서, 음파의 고문에서 멀어졌다는 안도감과 에우리디케를 잃었다는 절망감을 동시에 느꼈습니다. 그래요, 나는 혼자였습니다. 지구에서 끌려 나가, 허공의 세계가 존재한다고 착각하게 하는 공기 중에서 팽팽히 긴장된 현들의 떨림에 계속 노출되는 고통으로부터 그녀를 구할 방법이 없었습니다. 에우리디케와 함께 지구의 최종적인 중심부에 도달해서 지구를 살아 있는 것으로 만들려던 나의 꿈은 물거품이 되어 버렸습니다. 에우리디케는 지붕 없이 노출된 외부라는 황무지에 유배된 죄수였어요.

기다림의 시간이 이어졌습니다. 나는 서로를 누르며 촘촘하게 지구를 다시 채워 나가는 경치들을 물끄러미 바라보았습니다. 막대같이 가늘고 좁은 동굴들과 얇은 암석층들과 암석 파편들이 중첩된 산맥들과 해면을 짜 놓은 것 같은 대양들이었지요. 우리의 세계가 점점 충만해지고 응축되고 치밀해지는 것을 보며 감동하면 할수록 이 세계에 에우리디케가 살지 않는다는 사실이 고통스러웠습니다.

내 머릿속은 온통 에우리디케를 자유롭게 해 줘야 한다는 생각뿐이었어요. 외부의 문들을 강제로 열고 내부를 가지고 외부에 침입하여 에우리디케를 다시 지구의 물질과 연결시키고 그녀의 머리 위에 새로운 둥근 천장을, 새로운 광물 하늘을 만들어 주고 그 진동하는 공기, 소리, 노래의 지옥에서 그녀를 구해야만 했습니다. 나는 화산 동굴 안에 용암이 모이고 지구 표면 쪽으로 난 수직 통로를 누르는 것을 유심히 지켜보았습니다. 그 수직 통로가 길이었습니다.

분출의 날이 되었습니다. 화산 자갈들이 시커먼 탑처럼, 윗부분이 잘린 베수비오 화산 위의 공중으로 솟구쳤습니다. 용암이 나폴리만의 포도밭으로 밀려 들어갔고 헤르쿨라네움시의 문들을 열어젖혔으며 노새몰이꾼과 노새를 벽으로 밀어붙였고 수전노를 돈에서 떼어 냈으며 목줄에 묶여 있던 개는 목줄에 연결된 쇠사슬을 뽑아 내고 헛간에서 달아나려 했습니다. 나는 용암과 함께 앞으로 나아갔어요. 시뻘건 용암이 밑으로 흘러내리며 이리저리 갈라지더니 널름거리는 혀처럼 사방으로 뻗었고 개울처럼, 뱀처럼 구불구불 흘러갔지요. 갈라지는 부분의 제일 앞쪽 끝부분에서 나는 에우리디케를 찾아 달렸습니다. 에우리디케는 아직 그 미지의 가수에게 붙잡혀 있는 게 분명했습니다. 무언가가 내게 그렇게 알려 주었거든요. 그 악기의 음악과 그 목소리가 다시 들려오는 곳에 그녀가 있을 겁니다.

나는 흘러내리는 용암을 따라 외딴 밭과 대리석 신전 사이로 빠르게 이동했습니다. 노랫소리와 하프 소리가 들려왔습니다. 두 사람은 번갈아 가며 노래를 했지요. 나는 낯선 목소리 뒤로 들려오는 에우리디케의 목소리를 금방 알아들었습니다. 하지만 얼마나 변했던지요! 문틀에는 그리스어로 오르페우스라고 적혀 있었습니다. 나는 문을 부수고 문턱을 넘어 흘러 들어갔습니다. 바로 그 순간 하프 옆에 있는 에우리디케가 보였습니다. 그곳은 일부러 밀폐되고 오목하게 만들어져 있었는데(아마도 그럴 겁니다.) 조개껍질 속에서처럼 소리가 흩어지지 않게 하기 위해서였지요. 그들의 음악을 주변 세상과 차단시키려고 창에는 묵직한 커튼이(가죽으로 만든, 아니 누비이불처럼 안에 솜을 넣은 것 같았지요.) 쳐져 있었습니다. 내가 들어가자마자 에우리디케가 커튼을 확 잡아당기고 창문을 활짝 열었습니다. 창밖으로 햇살 아래 눈부신 만과 도시와 거리가 펼쳐졌습니다. 정오의 햇살이 방 안으로 밀려 들어왔어요. 빛과 다른 소리들까지도요. 사방에서 기타 연주 소리와 수백 개의 확성기에서 또렷하지 않게 웅웅거리는 소리가 들려왔고 털털거리는 자동차 엔진 소리와 빵빵거리는 요란한 경적 소리가 뒤섞였습니다. 소음의 껍질이 그곳에서 지구 표면으로 점점 확대되었어요. 여러분이 지구 외부인으로서 살아가는 그 구역으로 말입니다. 안테나들이 지붕 위에 깃대처럼 서서 보이지도 않고 들리지도 않게 공간을 가로지는 음파를 소리로 전환시켜 주고, 당신들은 트랜지스터의 소리를 듣지 않으면 본인이 살았는지 죽었는지도 몰라서 트랜지스터를 귀에서 떼지 않은 채 매 순간 귀에 달라붙는 소리로 귀를 가득 채우며, 주크박스는 음을 저장하고 발산하고, 매 순간 당신들이 끝없이 저지르는 대량 학살의 희생자들을 끊임없이 실어 나르는 사이렌 소리가 끊이지 않는 곳이지요. 그런 소음의 벽에 부딪히며 용암이 멈췄습니다. 요란하게 진동하는 철조망 가시에 찔린 채 나는 다시 앞으로 움직여서, 에우리디케를 보았던 곳으로 갔습니다. 하지만 에우리디케는 사라졌고 그녀를 납치했던 남자도 사라졌습니다. 그들이 의지하며 살았던 음악은 산사태같이 밀려드는 소음에 잠식되어 나는 에우리디케도, 그녀의 노랫소리도 구별할 수가 없었습니다.

나는 물러나서 용암 속으로 돌아왔고 화산의 비탈길로 올라가서 다시 침묵 속에 살며 그 속에 나를 묻어 버렸습니다.

이제 외부에 살고 있는 여러분이 혹시라도 당신들을 둘러싼 그 소리, 촘촘하게 뒤섞인 그 소리 속에서 혹시 에우리디케의 노래를, 그녀를 가두었고 또 그녀 스스로 포로가 되어 버린 그 노래, 모든 노래를 포괄하는 노래가 아닌 그 노래를 듣게 되면 내게 말해 주십시오. 아직도 침묵의 메아리가 아련하게 남아 있는 에우리디케의 목소리를 듣게 되면 내게 말해 주십시오. 지구 외부인인 당신들이, 일시적인 승자인 당신들이 그녀의 소식을 전해 주십시오. 에우리디케를 다시 지구 한가운데로 데려와 내부의 신들, 밀도 높고 두꺼운 사물에 사는 신들의 왕국을 복구할 계획을 내가 다시 세울 수 있도록 말입니다. 이제 외부의 신들, 높은 올림포스와 희박한 공기 중에 사는 신들이 줄 수 있는 건 다 주었으니, 그리고 그것만으로는 충분하지 않은 게 분명하니까요.

작품 해설

이탈로 칼비노는 고정된 문학 규범이나 틀 속에 갇히는 것을 의식적으로 거부하면서 다양한 글쓰기를 추구한 작가이다. 특히 빠르게 변화하는 복잡한 현실 세계에 끊임없는 관심을 보이며 그 현실을 포착하고 문학으로 형상화할 방법을 평생 고민했다. 그는 복잡하게 현대화되어 가는 현실 세계를 '미궁'으로 파악하고, 문학이 할 일은 그 미궁에서 벗어날 길을 제시하는 것이라고 생각했다. 칼비노는 그것을 실현할 방법으로 환상성과 동화적 기법을 선택하며 현실을 표현하기 위해 그것에 밀착해서 재현해 내는 방식 대신 한발 떨어져 거리를 두고 바라보는 방식을 택했다. 그렇게 할 때에만 미궁으로 변한 현실의 지도를 제대로 그릴 수 있다고 생각했기 때문이다.

그러니까 칼비노의 작품 전반에 흐르는 '환상성'은 현실의 지도를 그리기 위한 수단인 것이다. 그래서 신사실주의적인 초기 작품에서도, 동화적이고 과학적인 작품뿐 아니라 실험성이 짙은 구조주의적이고 기호학적인 작품과 하이퍼텍스트적 소설에서도 환상성을 찾아볼 수 있다. 그런데 칼비노의 환상성은 치열한 현실 인식을 바탕에 두고 있다. 거기에 이성을 기반으로 치밀한 논리와 규칙이 더해서 환상이 탄생한다. 칼비노의 환상 소설은 크게 두 가지로 나눌 수 있다. 하나는 『반쪼가리 자작』, 『나무 위의 남작』, 『존재하지 않는 기사』와 같이 동화적이고 우화적인 성격이 강한 작품들과 『모든 우주만화』와 같이 기하학적, 수학적, 과학적 성격이 강한 작품들이다. 칼비노는 "환상은 잼과 같아서 단단한 빵 위에 잘 발라야 한다."라고 했는데, 『모든 우주만화』에서는 과학이 바로 그 빵이 되어 준다.

『모든 우주만화』는 1965년과 1967년에 각각 발표된 『우주만화』와 『티 제로』, 그리고 1968년에 출판된 『세상의 기억과 다른 우주만화』, 1984년에 출판된 『오래된 우주만화와 새로운 우주만화』에 수록되었던 단편들을 총망라한 작품이다. 칼비노는 한번 출판된 단편들이 다른 책에 수록되면 다른 단편들과 함께 뜻밖의 의미를 만들어 내기 때문에 새로운 작품과 마찬가지라고 생각했다.

『모든 우주만화』의 단편들은 문학과 다른 학문과의 상호 보완적인 관계에 대한 탐구와 실험의 결과로 탄생했는데, 칼비노는 우주의 기원으로 거슬러 올라가 우주가 생성되는 '거대한 과정'들을 '인간적 차원'으로 축소시켜 보여 주면서 우리가 누구인지, 어디에서 왔는지, 어디로 가고 있는지에 대해 의문을 제기한다. 그리고 다른 작품에서와 마찬가지로 현실에서 한발 떨어져 현실을 바라보고 수용하려 했다. 또 인간 중심적인 사고에서 벗어나 의식, 진보, 역사 그 자체의 가능성을 문학적인 입장에서뿐 아니라 철학이나 과학의 입장에서도 보려고 시도했다.

『모든 우주만화』는 단편 소설 모음집의 형식으로 구성되어 있지만 각각의 이야기들이 소재와 구조, 문체 면에서 단일한 텍스트를 형성한다고 할 수 있다. 각 이야기들은 상이한 주제를 다루기는 하지만 때로는 다른 이야기에서 파생된 주제를 탐구하기도 하므로, 전체적으로 일관성을 잃지 않는다. 『모든 우주만화』는 크프우프크가 주인공으로 등장해 달과 지구, 태양과 별, 은하계에 관한 이야기를 들려주는 단편들과 수학적 과학적 추론을 바탕으로 전개되는 단편들로 크게 나뉜다. 크프우프크가 등장하는 단편들이 연극의 독백에 가깝다면 추론을 바탕으로 한 단편들은 주인공의 내적 독백과 비슷하다는 특징이 있다.

크프우프크가 주인공인 단편들은 "우주만화"와 "다른 우주만화"라는 장에 수록되었는데 원래의 제목인 '코스미코미케(Cosmicomiche)'는 '우주의(cosmico)'라는 형용사와 '만화들(comiche)'이라는 명사가 결합된 것이지만, '우주의(cosmico)'와 '우스운(comico)'이라는 뜻의 결합으로도 볼 수 있다. 구태여 해석하자면 '우스운 우주'라고 할 수 있을 것이다. 칼비노는 우주적 요소를 다루면서 '공간'의 현재적 의미를 환기할 뿐만 아니라 아주 오래된 무엇, 즉 우주와 자신의 관계를 재정립하고 싶었다고 한다. 그리고 '우스운', 즉 코믹한 글쓰기를 통해 그것을 실현하지만 천문학, 지질학, 물리학, 미생물학, 진화론, 인공두뇌학 등등 자신이 아는 과학적 지식과 상상력을 모두 동원하기도 했다. 한없이 무겁고 어려워질 수밖에 없는 우주에 대한 이야기에서 '우스운'은 그러한 무게를 제거하고 여과하는 필터 역할을 한다.

반면 수학적, 과학적 추론을 바탕으로 한 단편들에서는 코믹성이 사라지고 제논의 역설이나 반(反)공리주의적 태도 등이 등장한다. 주인공들은 엄격한 논리를 갈망하며 오류 추리를 통해 그 논리를 추구한다. 소설은 편집증적일 정도로 논리적으로 진행되지만 좀 더 들어가 보면 추격당하는 추격자(「추격」), 병적일 정도의 질투에 사로잡힌 운전자(「한밤의 운전자」), 혹은 자신이 갇힌 감옥의 지도를 그리는 데 몰두하는 죄수(「몬테크리스토 백작」) 등 매우 모순적이고 상징적인 인물들이 등장한다. 이런 주인공들에 대한 정보는 거의 소설에 주어지지 않아서, 그들 모두가 개성을 상실하고, 이 현대 사회에서 표류하며 고뇌하는 인간을 대변한다고 볼 수 있을 것이다.

『모든 우주만화』의 대부분을 구성하는 "우주만화"의 단편들은 모두, 주관성이 강한 1인칭 증언자적 시각으로 이야기가 펼쳐진다. 이 단편들의 주인공은 모두 크프우프크(Kfwfk)인데 이 이름은 발음할 수도 없고, 앞에서부터 읽어도 뒤에서부터 읽어도 똑같도록 작가가 고안한 이름이다. 이를 통해 알 수 있듯이 주인공은 방향성도, 시간과 공간도, 계급도 모두 초월한 존재이다. 그는 인간이나 동물, 식물로 특징짓기 어려운 캐릭터로, 물질적인 요소도 아니고 '주체'의 대변인도 아니다. 이런 성질 때문에 그는 인간의 한계를 뛰어넘어 존재하며 인간 역사의 상대성을 보여 주는 추상적이고 총체적인 의식을 상징한다. 실제로 작품 속에서 그는 공룡, 조개, 연체동물, 물고기 등으로 등장한다. 그리고 한 존재에서 전혀 다른 존재로 갑자기 변하기도 한다. 예를 들면 「공룡들」에서는 계속 공룡으로 등장하던 주인공 크프우프크가 소설의 마지막 부분에서 갑자기 인간의 모습으로 돌아와서 "어느 역에 도착해 기차를 타고 군중 속으로 섞여 들어"간다. 또 「얼마 내기할까」에서는 형상이 불분명했던 태초의 생명체였던 (크)이크가 반신불수의 대학 학장으로 등장한다. 이렇게 갑작스럽게 현실세계가 개입되고 독자는 무한한 우주에서 다시 현실로 돌아오면서, 작품에 완전히 몰입해서 주인공들과 자신을 동일시하는 게 아니라 거리를 두고 그들을 바라보게 된다. 그리고 우주나 은하계, 행성의 형성 과정과 같은 거대한 사건들과 우리 일상에서 발생하는 소소한 사건들이 충돌하는 순간 희극성이 탄생하기도 한다.

이야기를 읽으면서 독자들은 크프우프크가 우주의 형성 과정을 지켜보고 진화의 전 과정을 경험했을 정도로 나이가 많은 존재라는 것을 알게 된다. 그의 이야기는 어떤 형태도 존재하지 않고 서로 구별되지도 않는 우주의 기원에서 펼쳐지는데, 새로운 형태가 탄생하고 무(無)에서 무엇인가가 구별되는 과정은 만화와 같은 우스운 틀 안에서 진행된다. 그가 들려주는 증언적, 보고적 이야기는 대략, '과학적 전제'와 이 '전제에 대한 증언과 확인', 그리고 '이야기'의 구조로 이루어져 있다. 「달과의 거리」, 「물고기 할아버지」에서처럼 '이야기' 부분에 다른 등장인물들이 나타나서 좀 더 세분화되는 경우도 있지만 이 구조는 근본적으로 변하지 않는다. 과학적 전제는 소설 속에서 환상적으로 펼쳐지는데, 이야기 속의 사건들과 크프우프크의 설명은 전제가 된 과학 이론과 대조를 이루며 희극성을 만들어 낸다. 이를 통해 칼비노는 전통 과학에서 드러나는 이론적 실수나 과학적 도그마를 풍자하기도 한다. 또 칼비노는 여러 문학 작품과 신화를 패러디하기도 한다.

이렇듯 『모든 우주만화』의 소설들은 우주를 다루기 때문에 종종 공상 과학 소설과 혼동될 수 있지만 칼비노는 공상 과학 소설이 아니라고 밝힌다. 공상 과학 소설은 미래를 다루지만 이 소설은 '기원 신화'를 표방하기 때문이다. 또한 공상 과학 소설은 우리 세계와 동떨어진 것, 상상하기 어려운 것을 사실적으로 묘사해 상상할 수 있게 만드는 반면, 『모든 우주만화』의 소설들은 과학적 자료를 바탕으로 우리가 경험한 것들이나 일상생활과 거리가 있는 세계를 표현하려 하기 때문이다.

한편 『모든 우주만화』에는 여러 인물이 등장해서 다양한 의미를 만들어 낸다. 독자에 따라 해석이 다를 수 있지만 그러한 인물들은 이야기에서 고유한 의미를 전달한다. 여성적인 인물들은 현실의 질서와 동일시되며 문명 이전 선사 시대의 자연적인 질서, 안정성과 결속되어 있다. 그러나 그녀들은 땅의 심장으로 사라져 버린다. 「물고기 할아버지」의 르르르와 「동이 틀 무렵에」의 즈'드(으)^n, 「색깔 없는 시대」의 아일이 바로 이런 인물이다. 반면 남성적인 인물들은 새로움, 다름, 진화를 상징한다. 남성 인물의 중요한 성질이자 문명의 시발점이 되는 새로움에 대한 열망, 다름에 대한 탐구는 무질서와 일치한다. 남성 인물들에 의해 새로운 상태가 실현되지만 그것은 질서로부터 오는 행복과 일치하지도 않고, 그것을 가져다주지도 않는다. 완벽한 세상, 즉 여성 인물들로 상징되는 세상은 '사라진' 세계일 뿐이다. 이러한 맥락에서 남성 인물들의 욕망은 항상 좌절되고 패배한다. 에로스적인 이미지는 『모든 우주만화』에서 중요한 역할을 한다. 충동적인 사랑과 연인들의 대립은 주체와, 우주라는 불가사의한 객체 사이의 관계를 보여 주는 메타포이기도 하다.

여러 사건 속에서 각기 다른 모습으로 등장하는 크프우프크도 언제나 남성적인 본능과 태도를 보인다. 크프우프크의 주위에는 항상 여성 인물이 있는데 성격은 모두 다르지만 불안정하고 변덕스럽다는 공통점이 있다. 친절하기도 하고 까탈스럽기도 하고 팜므 파탈이기도 한 그녀들은 손에 잡히지 않는데, 이는 손에 잡히지 않는 삶의 본질과도 같다.

여성 인물들과 함께, 사회적 관습이 부여한 위선의 가면을 쓰고 본능을 숨기는 지식인이나 권력을 지닌 인물들도 등장하는데 칼비노는 그들을 통해 병든 사회 현실을 드러낸다. 온갖 학위와 교양으로 무장했지만 까마득한 옛날부터 그의 몸속에서 끓고 있는 에로스적 충동에 굴복하는 체체레 박사(「피, 바다」)나 처음에는 새의 존재를 부정하다가 '새가 실수가 아니라 진리'라고 확신하며 미래를 예언하려는 우(흐) 노인(「새의 기원」), '꼼짝도 하지 않으려는 그의 태도 덕에 반신불수의 모습으로 휠체어를 타고 나타나서' 학장이 된 (크)이크(「얼마 내기할까」) 같은 인물들이다.

『모든 우주만화』에서 칼비노는 우주의 역사가 생성되어 가는 과정뿐만 아니라 크프우프크의 의식이 형성되는 과정도 보여 준다. 즉 역사적 차원이 아니라 의식의 차원에서 주체와 객체의 관계를 보여 주기도 하는 것이다. 또 「공간 속의 기호 하나」나 「광년」처럼 기호학이나 글쓰기 문제에 대한 관심을 드러내거나 「몬테크리스토 백작」처럼 글쓰기 과정을 소설화한 메타 픽션을 통해 글쓰기의 존재 가치와 의미에 대한 의견을 제시하기도 한다.

칼비노는 과학 서적을 읽으면서 떠오르는 이미지들을 기록해 그것을 『모든 우주만화』의 소설들로 발전시켰다고 한다. 그는 자신의 작품에서 특히 이미지를 중시했다. 이미지는 상상력을 불러일으키고 상상력은 환상적으로 펼쳐질 수 있다. 문학은 이러한 이미지를 언어로 표현해 낸 결과물이다. 이미지에서 문학으로, 그리고 문학에서 탄생한 이미지로 순환되는 것이다. 그러므로 이미지 못지않게 중요한 것은 그것을 표현하는 '언어'이다. 그는 『모든 우주만화』에서 과학적이고 논리적인 언어로도 환상을 자극하는 투명한 이미지를 표현할 수 있다는 것을 보여 준다.

칼비노는 문학이란 어떤 존재가 형식 속에서 결정화(結晶化)되고 의미를 얻어 가는 것이라고 생각했다. 특히 그는 정확한 작은 면들이 있고 빛을 굴절시키는 수정을 문학의 상징으로 간직했다. 그는 수정을 통해 상상이 곁들여진 정확성의 이미지, 불변의 이미지, 그리고 특수한 구조에서 발견할 수 있는 규칙성의 이미지를 찾아냈다. 또한 수정의 탄생과 성장 과정이 아주 원초적인 생물 존재들과 유사해서 광물 세계와 생물 세계를 이어 주는 다리 역할을 한다는 것을 알고 난 뒤로는 수정에 대한 편애를 더욱 드러냈다. 수정처럼, 존재가 논리적이고 기하학적인 형식으로 고정되고 결정되지만 광물처럼 딱딱해지는 것이 아니라 살아 있는 유기체처럼 생물학적인 특징을 지니게 하는 게 칼비노의 바람이었고 그것을 『모든 우주만화』를 통해 보여 주었다.

『모든 우주만화』에는 아직 구체화되지 않은 현실, 그리고 생성되어 가는 우주가 묘사되어 있다. 그러한 과정을 지켜보면서 우리는 우리 삶의 철학적 문제들을 한발 떨어져서 바라볼 수 있다. 『모든 우주만화』는 그러한 과정을 통해 답을 제시한다기보다 문제의 본질을 더 넓은 시각으로 볼 수 있게 해 준다. 또한 존재 가능한 다양한 세계, 또 그 세계에 대한 다양한 해석의 가능성을 우리에게 제시함으로써 무한히 열린 문학과 삶의 지평을 보여 준다.

2018년 3월

이현경

작가 연보

1923년 10월 15일 쿠바의 산티아고데라스베가스에서 출생. 아버지 마리오 칼비노는 이탈리아 북부 산레모의 유서 깊은 가문 출신 농학자로 멕시코에서 이십 년을 보낸 뒤 쿠바에서 농학 연구소와 농업 학교를 맡아 운영. 어머니 에벨리나 마멜리는 사사리 출신으로 자연과학부를 졸업한 뒤 파비아 대학교에서 식물학 조교로 재직.

1925년 가족 모두 고향인 산레모로 돌아옴. 아버지가 화훼 연구소인 '오라치오 라이몬도'의 소장이 됨. 은행 도산으로 연구 자금을 잃은 뒤 활동을 계속하기 위해 자신의 저택 '라 메리디애나'의 정원을 사용. 이 연구 활동을 통해 수많은 화초를 산레모에 소개.

1927년 동생 플로리아노 출생. 플로리아노는 후에 집안의 과학적 전통을 따라 지질학자가 됨. 칼비노는 부모의 뜻대로 종교 교육을 전혀 받지 않고 자라남. 카시니 중고등학교 시절부터 시를 쓰고 풍자적인 그림과 자화상을 그리기 시작. 학창 시절 칼비노는 까다로운 편이었지만 친구들 사이에서 논쟁이 벌어질 때마다 재미있는 해석을 곁들이며 논쟁에 끼어듦.

1941년 토리노 대학교 농학부에 입학. 단편 몇 편을 쓰지만 출판되지는 않음. 발표되지 않은 단편 가운데 네 편(「가치에 대한 논의들」, 「행복한 사람」, 「자신을 믿지 않는 게 좋다」, 「노새를 탄 재판관」)은 칼비노 사후 1주기 때 고등학교 동창 에우제니오 스칼파리가 일간지 《라 레푸블리카》에 발표.

1943년 무솔리니가 이끄는 이탈리아 사회 공화국 군대에 징집되지 않으려고 동생과 함께 알프스로 피신. 그 후 공산주의자 부대 '가리발디'의 제2공격대에 자원.(『거미집으로 가는 오솔길』, 『까마귀는 마지막에 온다』라는 유격대 소설에서 이때의 경험을 찾아볼 수 있음. 특히 「피와 똑같은 것」은 독일군에게 인질로 잡힌 어머니 이야기를 다룸.)

1945년 해방 후 《우리들의 투쟁》, 《민주주의의 목소리》, 《일 가리발디노》에서 저널리스트로 활동. 이탈리아 공산당에 가입해 산레모와 토리노에서 당원으로 활동. 9월 토리노 대학교 문학부에 재등록. 《폴리테크니코》, 《아레투사》, 《루니타》에 기고. 에이나우디 출판사 편집부에 근무하던 파베세, 비토리니, 펠리체 발보 등과 교제. 「지뢰밭」으로 '루니타' 상 수상.

1947년 조셉 콘래드에 관한 논문으로 졸업. 몬다도리 출판사의 공모에 참가하기 위해 썼던 『거미집으로 가는 오솔길(Il sentiero dei nidi di ragno)』 출간. '리치오네' 상 수상.

1948년 다음 해까지 에이나우디 출판사 재직. 공산당 일간지 《루니타》의 편집자가 됨. 공산당원이자 저널리스트로 활동.

1949년 『까마귀는 마지막에 온다(Ultimo viene il corvo)』 출간.

1951년 파베세의 책 『미국 문학과 논문들』의 서문 집필. 아버지 사망. 어머니가 화훼 연구소의 책임을 맡아 1959년까지 운영.

1952년 비토리니가 첫 소설의 '리얼리즘적-사회 참여적-피카레스크적' 노선을 계속하기보다는 동화 작가의 영감을 따르라고 충고. 『반쪼가리 자작(Il visconte dimezzato)』 출간. 소련 여행. 바사니가 주관하는 잡지 《보테게 오스쿠레》에 「은빛 개미」 발표. 《루니타》에 「마르코발도」 연재 시작.

1954년 『참전(L'entrata in guerra)』 출간. 좌익 지식인들이 주관하는 《치타 아페르타》에 기고 시작.

1956년 이탈리아 각 지방에 전해 내려오는 이야기를 모아 『이탈리아 민담(Fiabe italiane)』 출간.

1957년 《치타 아페르타》에 「나무 위의 남작」 발표. 《보테게 오스쿠레》에 「건축 투기」 발표. 8월 공산당을 탈퇴하고 신좌익 사회주의자들과의 논쟁에 참여.

1950년 1월부터 1951년 7월에 걸쳐 써 놓았던 「포 강의 젊은이들」을 1957년 1월부터 1958년 3월에 걸쳐 《오피치나》에 연재.

1958년 「스모그 구름」 발표. 『단편들(I racconti)』 출판. 세르지오 리베로비치의 곡에 '독수리는 어디로 날아가는가'라는 제목의 가사를 붙임.

1959년 『존재하지 않는 기사(Il cavaliere inesistente)』 출간. 「다리 저편에」, 「세상의 주인」이라는 칸초네 작사. 루치아노 베리오의 음악을 위해 희극 「자 어서」 집필.

1960년까지 미국과 소련 여행. 두 나라의 지리적, 역사적 중요성을 강조하면서 문화를 비교하는 글을《루니타》에 기고.
'우리의 선조들(I nostri antenati)' 3부작 출간.
1967년까지 비토리니와 함께《일 메나보 디 레테라투라》발행. 이 잡지에「객관성의 바다」(1959),「미궁에의 도전」(1962),「노동자의 안티테제」(1967) 발표.

1963년 세르지오 토파노의 그림을 넣어『마르코발도 혹은 도시의 사계절(Marcovaldo; ovvero, le stagioni in città)』출간. 프랑스에서 체류.
『어느 선거 참관인의 하루(La giornata d'uno scrutatore)』출간.

1964년 '키키타'라는 애칭으로 불리는 통역사이자 번역가인 에스터 싱어와 결혼하여 파리에 정착. 프랑스 아방가르드 예술가들과 교류하고 과학과 문학 사이의 가설에 관한 자신의 이론을 그들의 이론과 비교해 봄.《카페》에『우주만화(Le cosmicomiche)』중 네 편 발표.

1965년 딸 아비가일 탄생.「우주만화」와 함께「스모그 구름」,「은빛 개미」를 단행본으로 출간.

1967년 레몽 크노의『푸른 꽃』번역 출간.

1968년 밀라노 출판 클럽에서『세상에 대한 기억과 우주 만화적인 다른 이야기들(La memoria del mondo e altre storie cosmicomiche)』출간.《누오바 코렌테》에 논문「조합 과정으로서의 소설에 대한 메모들」발표.

1969년 『교차된 운명의 성(Il castello dei destini incrociati)』출간.

1970년 『힘겨운 사랑(Gli amori difficili)』출간.「이탈로 칼비노가 들려주는 루도비코 아리오스토의 광란의 오를란도」집필. 그림 형제의『동화들』소개.

1971년 란차의 『시칠리아의 무언극들』 소개. 샤를 푸리에의 『네 가지 운동 이론』, 『새로운 사랑의 세계』 번역.

1972년 『보이지 않는 도시들(Le città invisibili)』 출판. 《카페》에 「흡혈귀의 왕국」 발표.

1973년 『교차된 운명의 성』 재출간.(결론 부분을 수정하고 「교차된 운명의 선술집」 수록.) 『보이지 않는 도시들』로 '펠트리넬리' 상 수상.

1974년 「게 왕자와 다른 이탈리아 민담들」 발표. 영화감독 페데리코 펠리니를 위해 『한 관객의 자서전(Autobiog rafia di uno spettatore)』 집필. 잠바티스타 바실레를 위해 논문 「메타포의 지도」 집필.

1975년 일간지 《코리에레 델라 세라》에 「팔로마르」를 발표하기 시작. 「피에르 파올로 파솔리니에게 보내는 마지막 편지」를 같은 신문에 발표.

1976년 독일 '슈타트프라이스' 수상.

1978년 스피나촐라가 편집하는 《푸블리코 1978》에 「1978년과 문학, 네 작가에게 보내는 다섯 가지 질문」 발표.

1979년 『어느 겨울밤 한 여행자가(Se una notte d'inverno un viaggiatore)』 출간. 여러 신문에 여행기 기고. 「나도 한때 스탈린주의자였나?」라는 글을 《라 레푸블리카》에 기고하기 시작.

1980년 가족과 함께 파리에서 로마로 이주. 칼비노는 이전부터 에이나우디 로마 지사의 자문 역할을 해 왔음.

1981년 어린이를 위한 『숲-뿌리-미궁』 집필. 프랑스의 레지옹 도뇌르 훈장 받음.

1982년 베리오와 함께 2막으로 된 오페라 「진실된 이야기」를 라 스칼라 극장에 올림.

1983년 『팔로마르(Palomar)』 출간. 「오디세이 속의 오디세우스들」, 「나일 강을 거슬러 올라가다」, 「신화, 동화, 알레고리」 발표.

1984년 가르찬티 출판사로 옮겨 『모래 수집(Collezione di sabbia)』 출간. 베리오와 함께 「이야기를 듣는 왕」을 잘츠부르크에서 공연. 피렌체에서 '현실의 차원들'이라는 주제로 열린 세미나에서 「문학과 다양한 차원의 현실들」 발표.

1985년 카스틸리오네델페스카이아에서 뇌일혈로 쓰러짐. 9월 6일 시에나의 산타마리아델라스칼라 병원에 입원. 같은 달 18일과 19일 사이에 사망.

1988년 미완성 유고 『미국 강의(Lezioni americane)』, 『민담에 대하여(Sulla fiaba)』 출간.

1991년 『왜 고전을 읽는가(Perché leggere i classici)』 출간.

옮긴이 **이현경**

한국외국어대학교 이탈리아어과를 졸업하고 동 대학원에서 이탈로 칼비노 연구로 비교문학과 박사 학위를 받았다. 현재 한국외국어대학교 이탈리아어 통번역학과 교수로 재직 중이다. 이탈리아 대사관에서 주관하는 제1회 번역 문학상과 이탈리아 정부에서 수여하는 국가 번역 문학상을 수상했다. 옮긴 책으로 이탈로 칼비노의 『거미집으로 가는 오솔길』, 『반쪼가리 자작』, 『나무 위의 남작』, 『존재하지 않는 기사』, 『힘겨운 사랑』, 『보이지 않는 도시들』 외에 『태연한 척할래』, 『이것이 인간인가』, 『침묵의 음악』, 『바우돌리노』, 『권태』, 『단테의 모자이크 살인』, 『미의 역사』, 『애석하지만 출판할 수 없습니다』 등이 있다.

이탈로 칼비노 전집
06

모든 우주만화

1판 1쇄 펴냄 2018년 3월 19일
1판 3쇄 펴냄 2022년 3월 2일

지은이 이탈로 칼비노
옮긴이 이현경
발행인 박근섭·박상준
펴낸곳 (주)민음사

출판등록 1966. 5. 19. 제16-490호
주소 (06027) 서울시 강남구 도산대로1길(신사동)
강남출판문화센터 5층
대표전화 02-515-2000 | 팩시밀리 02-515-2007
홈페이지 www.minumsa.com

ISBN 978-89-374-4344-2 (04880)
978-89-374-4330-5 (세트)

* 잘못 만들어진 책은 구입처에서 교환해 드립니다.